同舟

忽培元 著

作家出版社

同舟啊故乡,

你这百折不挠的古老村庄,

宛若黄河西岸一条渡船,

我为你拜地而歌……

　　　　——赵志强《同舟日记》扉页寄语

目 录

序　曲	... 001
第 一 章	... 017
第 二 章	... 033
第 三 章	... 045
第 四 章	... 059
第 五 章	... 076
第 六 章	... 092
第 七 章	... 108
第 八 章	... 130
第 九 章	... 148
第 十 章	... 162
第十一章	... 178
第十二章	... 195
第十三章	... 206
第十四章	... 219
第十五章	... 232
第十六章	... 243

第十七章	... 251
第十八章	... 263
第十九章	... 276
第二十章	... 292
第二十一章	... 304
第二十二章	... 317
第二十三章	... 331
第二十四章	... 350
第二十五章	... 369
第二十六章	... 389
尾　声	... 405
后　记	... 410

序　曲

一

夜晚到来的时候，天空下起了大雨。阵雨来势凶猛，巴特和布赫浑身很快就被冰冷的雨水打湿，心里却感到安全了许多。

周围除了噼噼啪啪的雨滴敲打在草叶和盐碱地上的噗噗声，就是西边传来的黄河波涛的怒吼。那声音比白天似乎大了好几倍，令他们心惊胆战。然而东边远处游动的灯火，还在明灭闪烁，看着就像是鬼火灵光。兄弟俩情知，那是明军提刀举着火把在搜索溃逃的元军。听说京城被明军攻破，晋城也已失守。明军到处追杀"鞑子"，扬言要斩尽杀绝。哥俩所在的护卫营，绝大多数的兵士都做了刀下之鬼。他们兄弟二人侥幸活下来，纯属偶然。他们是医务军士，平日专用草药偏方为兵士医伤治病，并不操戈上阵。好在他们还年轻，腿脚麻利，大难临头才得以逃遁至此。

雨越下越大。雨滴哗哗落地的声音，挟着雷鸣电闪盖过了一切。兄弟二人躲在河滩草丛深处已经整整一天。为了掩人耳目，他们早就丢弃了扎眼的军袍。此刻是又冷又饿，只穿了贴身褂子短裤的身体经雨一淋，浑身开始发抖。突然之间，一声惊心动魄的霹雳电闪，互相看到对方苍白惊惧的脸，心中越发恐慌不安。

"哥，我们……我们怎……办呀？"十九岁弟弟的话音里带着哭声。

"好兄弟……你，不要害……害怕！"哥哥巴特强装镇定。

他比弟弟布赫大两岁。在弟弟面前，巴特你永远都要扮演成英雄呀。他暗暗提醒自己。

黑暗中，巴特看不见弟弟的脸却能想象出他那可怜的表情。布赫生来胆小，连阿爸宰羊他都不敢正眼看。弟弟属蛇，巴特属兔。阿妈说："蛇盘兔子嘛，你们兄弟是相依相靠的命呀，一生一世不能分离。"那年护卫营征兵，阿爸让他们一同入伍。

"咱们不怕，好兄弟！"巴特从身后搂着布赫小声安慰，感觉弟弟身子在发抖。

"不……不怕……我……"布赫结巴着，声音也在颤抖，耳边响起了马头琴悲凉的弦声，如同草原上的寒风呜咽……他突然想起蒙古包里巴望着他们归来的双亲和黑豹子。黑豹子是一只黑色牧羊犬，总是守着他们兄弟去放牧。那年冬天，黑豹子咬死一只冲进羊群的恶狼，却被狼咬掉了半只耳朵……此刻要是黑豹子能在身边该多好呀！

滂沱大雨中，兄弟俩惊恐地发现脚下水在猛涨。他们的下半身浸在洪水之中。他们急忙向高处转移。一声炸雷滚过，一道闪电划破夜空。闪电照亮了黑暗的大地，霎时间，弟兄俩孤零零地暴露在河滩上。远处有人高喊："赶快，河畔有人！在那里，在那里！"

火把的列阵像一条毒蛇，迅速移动过来，速度快得惊人。兄弟俩转头牵手向深水中逃去。冰冷的河水，很快就淹过了他们的身体。两人随即漂浮起来，眼前漆黑一片。前面波涛汹涌，身后喊声阵阵逼近。他们没有了退路，只有死路一条……恐怖比黑暗还要浓重。

大雨之中，黄河水涨。追到河畔的明军满以为他们早已被洪水卷走了。

"布赫，布赫，你在哪里？"连巴特自己都听不见自己的喊声。

"巴特哥哥，巴特哥哥，你在哪里，你在哪里呀？"几乎是在同时，弟弟布赫也惊恐地喊道。他同样也听不见哥哥的回答。

正在这时，一声炸雷哗啦啦响过，闪电再度照亮了白光刺眼的水面。巴特看到面前一个黑乎乎的东西，慌忙伸手一搂。不远处的布赫也浮出水面，看到了这根木椽。

"快，赶紧！"巴特大吼一声。两人都紧紧抱住了救命的椽子。

"布赫，快，过来，我在这儿，这儿！"巴特惊喜地大声喊道。

"巴特哥……还以为这辈子再也……见不上你了……"布赫呜呜大哭。

绝处逢生的兄弟俩抱在一起呜呜痛哭。就在那一刻，彼此都强烈地意识到，对方就是自己的"长生天"，就是自己生命的太阳、救星。蛇盘兔子，蛇盘兔子，他们更贴切地体会到了阿妈此话的含义。

河水冰冷刺骨，圆木粗椽在波浪中顺流漂泊。弟弟布赫望着浩荡无涯的水流以及厚厚的漂浮物，开始担心其中会有毒蛇老鼠蜈蚣蝎子出没。这个念头刚一闪现，他就发现木椽上面有些异样。兄弟俩更紧地贴身在一起，四只手搭成马鞍的形状，随波沉浮跌宕。

浪涛不时地把木椽抛向半空，随即又吸入谷底，随时都可能把他们吞噬。在越过中流水域时，椽子几次被大浪掀翻。翻转的椽体重重地压下来，令他们窒息绝望。

"抱紧，抱紧！死活抱紧！"勇敢的巴特一再提醒弟弟。他心中只有一个信念，就是借助长生天的护佑，渡过黄河天险。

大雨终于停了！云开月出，东岸的明军早就退了。兄弟俩回顾来路，意识到了长生天的恩德。万分危急之时，上天及时呼风播雨。往年的深秋时节，哪里还会有如此的大雨降临。

"妈呀，那是什么？"

他们吃惊地发现，粗椽承载的竟然不光是他俩，身边一条大白蛇、一只苍兔。月光之下，但见那白蛇紧紧盘绕苍兔。白蛇眼睛瓦蓝，苍兔眼睛金红……胆小的布赫吓得浑身颤抖。"蛇，蛇……"他嘴里惊恐地惊叫。巴特却说："别动，别动。"

"哥，蛇……蛇……会咬人，会咬人！"

巴特冷静地说："不会，不就是'蛇盘兔子'嘛！长生天显灵啦！神灵在护佑咱们哩！"

黄河出了晋陕峡谷的禹门口，河面陡然变得开阔起来。在这广阔的古老河道上，一根承载着神秘生命的微不足道的椽子，悄然漂向西岸。深水无声，月朗星稀。隐约望得见黄河西岸的黄土高崖，和沿岸星星点点的人间灯火……经历了惊涛骇浪的较量和考验，弟兄俩顽强的生命迎来了梦幻般的安澜抚慰。

二

不知又过了多久，兄弟俩精疲力竭，竟然昏睡过去。等到他们醒来，却吃惊地发现自己躺在一户人家炕上，身上已经换了主人的干净衣衫。此时天已大亮，屋外阳光灿烂。屋里气氛祥和，土炕煨得滚烫。两个漂亮的年轻姑娘，正在笑眯眯地瞅着他们。巴特和布赫一阵紧张，这简直就像做梦一般。这家人住的地方是土墙草庵。房子孤零零地盖在一处被洪水阻隔的孤岛悬崖之巅。悬崖也就三五亩地，周围用黄土堆成垛口拦挡。院子里有一口水井，还有古槐一株奇松两棵枣树一片和观景遮阳的简陋凉亭一座。一进两开的七间草房，就盖在悬崖东侧，面东靠西。人坐在炕上透过窗户，看得见汹涌东去的黄河和正在升起的太阳。

"先喝口汤吧，相公哥哥。"圆脸蛋儿的姐姐说，温柔的语气中充满了怜悯。她白净的脸上，眉心有一颗诱人的红痣。说话时嫣然一笑，嘴角呈现一对迷人的酒窝儿。

巴特急忙坐起身，双手接过汤碗。汤里煮了大枣枸杞和黄芪，这几味自产的汤料，是姐妹俩每日给父亲烧汤用的，口味格外醇厚甘甜。当他喝热汤的时候，圆脸儿的姐姐一直盯着他看。巴特紧张起来。

"你也喝一碗吧，这位相公哥哥睡梦中老是咳嗽。"瓜子脸的妹妹说。她声音清脆，就像摇铃子一样动听。她说话时脸上呈现出笑意，大眼睛眯缝成月牙形。

布赫呆痴地去接热乎乎的汤碗，瞬间竟碰到了人家纤细的指尖。

他的脸呼地红到了脖根底。他发现哥哥巴特正瞅自己,心跳就更加厉害。接下来他的眼睛,再也不敢看那秀美的脸庞。布赫迷迷糊糊喝干一碗热汤,也不知什么滋味。从小到大,除了亲爱的阿妈,布赫没有这么近距离瞅过任何一个女人。姑娘身上有一股奇特的味道,闻着叫人着迷。

"哎呀,你们这汤真甜!"巴特一口气竟然喝了两碗,顿时浑身发热冒汗,感觉舒坦多了。

"想喝,壶里还有呢。"圆脸的姐姐笑嘻嘻地说,"不过,你们还没用膳。"

巴特听得一怔,心想这位姐姐不像是乡间村姑呀。他发现她们姐妹,衣着打扮和言行举止绝非等闲。但却不敢冒昧打探,只是暗中察言观色。

说话间,圆脸的姐姐端上一个黑漆盘子。每人两个白馍,一碗苞米面糊汤,一碟咸菜,几片鱼干,还有一碗凉拌的苦苣。饭菜看着简单,却是香溢满屋。巴特、布赫两天一夜没吃东西,早就饿得不行,随即大吃起来。哥俩吃相粗野,胜似风卷残云。姐妹二人在一旁看着,心中又是惊讶又是喜欢。心想如此英俊少年,何以落得这种地步?姑娘的心很细,她们姐妹平日在此独处,可谓世外桃源仙女一般。两人心灵之中,仍是一尘未染。如今看到两位英俊哥哥,甚是稀罕。话也不敢多问,心中好不犯疑。等到他们吃完了饭,又上来一碗热汤。巴特喝了一口,感觉醇香异常,忍不住连说好喝。布赫也喝了一口,同样连连喊香。姐妹俩在一旁看着只是嘿嘿地笑。布赫问:"这是什么汤呀,这么好喝?"

妹妹故意逗他说:"不能告诉你。"布赫更觉好奇,便又问姐姐。妹妹刚要制止,姐姐却笑着说:"这是我爹爹拿手的一道菜,我们段家祖传的清炖甲鱼汤。"巴特点头说:"嗯,果真不同一般。请问,如何称呼你们二位呢?""奴家姓段,"圆脸的姐姐抿嘴一笑回答道,"家父段文海,如今是黄河一渔夫。本人名叫段霞,妹妹段颖。家母早已过世,如今一家三口人相依为命。"

妹妹段颖接过话茬说:"我们姐儿俩每日里织网做饭务菜种粮。请问你们二位尊姓大名?爹爹今早天不亮下河,遇到你们昏睡河畔,身边是一根粗椽,粗椽之上还盘着一条大白蛇、一只苍兔。遇见家父出现,那粗椽和蛇、兔,瞬间竟然消失不见……"

巴特与布赫听得,惊异地张口结舌。段霞至此不再说话。

"对,好奇怪呀!"妹妹段颖又说,"听爹爹讲,那粗椽和蛇、兔,眼瞅着化作一团清气升空而起,低头再看时,你们二位相公已经苏醒过来。"

姐姐段霞接着说:"爹爹见你们又冷又饿,就请到我家更衣盥洗歇息,叮嘱我们姐妹好生照顾客人。"快言快语的妹妹段颖突然间问道:"说了半天,敢问你们二位尊姓大名?从何而来,到哪里去呀?"巴特瞅瞅布赫,稍加迟疑地回答道:"不瞒二位小姐,我们是一对亲兄弟。我叫忽守仁,弟弟叫忽守义,祖籍漠北草原阴山脚下,日前自山西到陕西做生意,在禹门口渡河时不幸遇到涨水翻了船。幸亏抱住那根粗椽,这才漂浮至此。""对呀,就是,就是。"布赫对哥哥的意思心领神会。这段传奇故事,是他们在河面上漂游时早已商量好的。心想到了陕西,从此只能隐姓埋名。"巴特"和"布赫"可不能再叫了。何以选择姓"忽"?当然是取自元世祖忽必烈名中首字,为的是子孙后代能记住自家蒙古族祖宗的源头根脉。

姐妹俩听完起初都两眼大瞪,感觉这其中似乎还藏匿着什么难言之隐,一时又提不出疑问。就像这守仁、守义兄弟,对她们姐妹也不无疑虑一样。初次见面的陌生人,彼此难免会有些猜忌和戒备。

"忽守义哥哥,那,大蛇和苍兔又是怎么回事?"妹妹段颖好奇地追问。"哥哥"两个字,从她樱桃小嘴里吐出,显得格外亲昵。"段颖妹妹,你是说那粗椽上面的蛇盘兔吗?"守义看一眼守仁,开始回答段颖的提问,"那也许是天意吉兆吧,老天爷降福消灾,危难之时暗助我们哥俩逢凶化吉。"平日在生人面前腼腆少语的胆小少年,突然之间话多起来。"对呀,这不就遇到了你们一家贵人,让我们绝处逢生。"忽守仁认真地说。

姐妹俩听得，不知为啥都咯咯地笑了起来。兄弟俩起初莫名其妙，随即也哈哈大笑起来。这一笑也怪，大家变得就像是认识多年知根知底的老朋友，顿时感觉无拘无束。

"段颖妹妹，你是笑我们哥俩太世故吧，贵人长贵人短地当面恭维人？""哪里，哪里，人家才不是呢。""那是为啥？"忽守仁装作认真地问。"那，你们哥俩笑，又是笑啥哩？"姐姐段霞反问。"哎，听口音，你们也不像是当地人呀。"忽守仁故意把话题岔开。"你又不熟悉当地民情，何以知道我们口音不对？"段霞狡黠地笑问。"我们久居河东，晓得黄河两岸的口音大致相同嘛。可你们讲的是京城的官话。"段霞忙说："哎呀，不谈这个，咱们还是说说，你们今后有什么打算？"

忽守仁听得一怔，看看弟弟守义，半晌答不上话来。"对呀，我们今后有什么打算？"守仁看着守义，心里暗问自己。这该到哪里去呢？元朝完了，到处都是明军的势力呀。如果不慎暴露了身份，必定性命难保。见他们兄弟俩突然间一脸愁苦，姐姐段霞说："我有个主意，不知当说不当说。""姐姐有什么好主张，快快讲来大家听呀。"妹妹段颖迫不及待地说，神情格外激动。段霞瞅瞅妹妹，稍有迟疑地说："你们能不能留下来呢，帮着我爹爹打鱼捞虾，也帮我们种菜种粮？""对呀，我爹爹成天喊叫说人手不够，说要能有两个帮手该多好呀！"妹妹段颖急忙附和道。忽守仁听得心中暗暗高兴，表面却绷着，显出犹豫不决的样子。忽守义忍不住问："那我们会不会拖累你们？再说，你们也不了解我们呀。""拖累什么？没听说'同是天涯沦落人，相逢何必曾相识'嘛！"妹妹段颖说着瞪了忽守义一眼。守义感到脸上一阵发烫，心跳异常剧烈。"咱们说了也不能算呀，得听听阿伯的意见再看。"忽守仁沉稳地说。

眼瞅到了晌午，四个年轻人还在屋里谈得热闹，就听门外坡底下传来一阵豪放的东府秦腔：

黄河呀水深鲤鱼肥，
老夫我撒网乐无边。

黎明时下河半晌午归，
满篓子扑腾着鱼虾欢。
天高水阔好畅快呀，
打鱼人强似中状元……

"快，爹爹打鱼归来了，咱们迎接去吧。"忽守仁、忽守义一听，急忙起身抢先朝长坡下跑去。他们这才发现，此处是一座孤立的寨子。

"哈哈哈"，一阵开怀大笑，长髯飘逸的老人家健步走上坡来。"哎，怎么是你们两位？咋不好好在屋里歇着？"老人家声若洪钟，开口像秦腔戏曲道白一般。"老伯，我们喝了热汤、吃了饭，早就缓过劲儿了。"忽守仁说着麻利上前深鞠一躬，随即接过老人家肩头扛着的柳条鱼篓。忽守义赶紧上手抬了便走。

"爹爹贵安！"段霞、段颖姐妹俩施礼上前，轻轻搀扶着爹爹，一路进了堂屋。

屋里厅堂前，进门抬头可见一幅水墨丹青《松鹤延年图》。两边对联写着："乡居无竹诗书润，小院有槐文士乐"。字画落款皆是"黄河渔夫"。

三

段文海打鱼归来进屋坐定，先是两位姑娘伺候爹爹洗脚擦脸、更衣换鞋。随即，段霞双手递上盖碗热茶。她爹爹仔细接住，左手托着，右手揭开盖子先用鼻子闻闻，再努嘴吹吹煎气，上下嘴唇比着，小心呷了一口。嘴里慢慢地品着茶香，这才把茶碗放到身边方桌上。段颖伺机端来白铜水烟袋和点火纸煤。老人家端坐木圈椅仰头挺胸，吐噜噜吹火抽开了水烟。趁此机会，段霞即给父亲一五一十讲述了兄弟二人的来龙去脉、姓名和今后打算云云。段老先生听得，慢慢地吸着水烟，陷入沉思。

忽守仁、忽守义把鱼篓抬进厨间反身来到堂前，正式拜见救命恩人。段文海老先生方脸阔嘴、目光如炬、寿眉圈眼、长髯垂胸，如此相貌堂堂，富态仪表，全然不像是一介乡野渔夫呀。此刻面对两位少年，老人慈眉善目，更是叫人肃然起敬。

"快进屋来，进来坐呀！""侄娃忽守仁、忽守义拜见段老伯。"忽守仁说完拽一把身后的忽守义，兄弟二人同时跪地一连三拜。老人家急忙放下手中水烟袋，起身搀手。"哎呀，可不必行此大礼，请起来坐着说话。你们这个'忽'姓，可是不多见呀。"老人家呷一口茶，意味深长地说。"是不多见。"忽守仁急忙附和道，心里有些发慌。心想这个秘密终究难逃老人家法眼。"看来你们到底年轻，洪水中冻了一夜，身体并无大碍。说说吧，今后有何打算？"守仁看看守义，说："段老伯，我们……现在是身无分文。加之在这河西地面，也是无亲无故……漠北老家怕是回不去了，总之我们兄弟别无选择，也再无任何牵挂。""那你们的意思是啥？""我们想……"忽守义支吾着欲言又止。"想什么？娃呀，有话直说无妨。"忽守仁鼓起勇气刚要开口，却见段霞、段颖端了饭菜进来。段老先生说："娃呀，有啥说啥，她们两个也不是外人。"忽守仁深吸一口气徐徐叹出，说："我们兄弟想留下来帮老伯打鱼种地。""对，还可以为邻里百姓看病哩。"忽守义说。"啊，你们还会医病？"段颖惊异地问。"头疼脑热尚可。"忽守仁赶忙解释。"也就是说，你们想留下来，再也不走了吗？"段文海郑重问道。"就是，我们留下来，再也不走了。"忽守仁说着看了弟弟一眼。"是，不走了。"忽守义赶忙附和道。"段霞、段颖，你们听清了没有？"段老先生问两个女儿。段霞红了脸，低头不语。段颖高兴地回答："爹爹，女儿听清了。""那你们的态度是啥，愿意人家留下来吗？""愿意，我愿意。"妹妹段颖高兴地说。"霞儿，你呢？"段霞羞涩地回答："只要爹爹愿意，女儿没有异议。"段老先生吸着水烟再度陷入沉思。

元大都陷落，元朝完了。眼下河西虽说还在元军手中，但明军已经逼近，也是危在旦夕。段老先生想，眼前这两位少年，不像是生意人呀。作为十年前于元朝京城告老还乡的官员，他也是受过朝廷恩惠之人。元世祖忽必烈治国，不排除汉人汉文化，相反，倒是格外器重汉族人才。眼下河西大约数十万元军已被打散，三十多万人就地脱去军袍，成了平民百姓。从这两兄弟的长相和奇异姓氏来看，必是蒙古族后裔无疑。

段文海老先生如此想着，随即郑重其事地说："守仁、守义，就看你们这名字起的，我也不忍心叫你们走了。忽守仁、忽守义，你们二位听着，我段家祖辈耕读传家。家风素以勤劳淳朴为本，崇尚仁义慈善。俗话说，不是一家人，不进一家门。今日一大早，老天既然让我一下河滩就遇见了你们，那就是天意。说心里话，当初一看你们兄弟面相，老夫我就心中喜欢。你们兄弟仪表端正，一看就是良家子弟。所以我才放心地让段霞、段颖用门板把你们抬回家中。如今你们既然已经表示愿意留下帮我，她们姐妹俩也愿意你们留下，老夫还能再说什么？不瞒你们说，老夫我年少考取进士，京城为官，早已告老还乡，妻亡多年未曾续弦，原因就是一双爱女尚小，担心她们遭受委屈嘛……眼目下她们已经长大，老夫也已经年近古稀。可谓日薄西山，土埋脖颈。两个女儿仍是孤单无靠，她们的终身大事，老夫不能不操心呀。"

老人家说着，停了下来。看看段霞、段颖，一个低头揉眼，另一个仰头落泪。守仁、守义看着，心中很不好受。段老先生话里有话呀。屋里头一阵沉默，四个年轻人自然心里都明白。见此情形，段老先生把手中的纸煤一口吹灭，道："干脆，苍天在上，祖宗在下。今日当着你们面问个明白！"段老先生挨个看了看四个人："忽守仁与段霞，忽守义同段颖，你们是不是同意从此结缘，了却老父我心头一桩大事？"

守仁、守义听得，心中窃喜。当即答应，遂一同跪地，共同给老泰山连磕三个响头。三日之后，两对新人圆房。婚礼没有请客，遵从段老先生提议，一家人乘船游览黄河胜景。是日天气晴朗，秋风送爽。河面风平浪静，一家人同舟悠然漂荡，老少其乐融融，共度美好时光。船至河心一片沙洲，遂抛锚下船踏青步游。但见绿草茵茵，鸥鸟低飞。野花阵阵飘香、沁人心脾。

"呜呼，人间几多好景致，皆为一个'贪'字引发喧嚣纷争，好梦往往毁于旦夕之间！"段老爷子触景生情，禁不住喟然感叹。此刻，他布衣斗笠，端坐船头观景垂钓。低头脚下河水悠悠，抬头远处村野渺渺。一生宦海沉浮，终究全身而退，也算是福祉不浅。老爷子扪心自问，不禁感慨系之。

四野空阔无际，天地亲密相吻，绿草如毡似毯，雁阵悠然北来。两对新人，尽情追逐欢笑、其乐陶陶。随即上拜苍天韶光祥云，下敬绿野土地山神。向北遥望大漠草原故乡父母，朝南恭敬华岳仙掌莲峰劲松。此后就地铺席，摆上水果茶点，老父居上而坐，女儿女婿依次双双拜过。随即挨个端茶敬果，个个孝心可鉴。段文海乐极而心中生悲，想到过世的亡妻，不胜怅然。

四

从此忽氏段门两户，喜结良缘成了一家。院中槐枣青松，朝夕沐浴着雨露阳光。七间草厦，足以遮风聚暖。春荣秋实，展现生机无限。忽守仁与段霞夫妻住进东厢房里，忽守义同段颖伉俪则搬入西厢房内。老泰山段文海原本每晚即在堂屋大厅之后安歇。此处朗窗明亮，床几宽敞，藏书的红木大柜散发着清香。书案上铺着棉毡，笔墨纸砚齐全。老人家时常秉烛夜读或踱步沉思。兴来研墨挥毫，抄诗作画。情至则开怀畅饮，拍案清唱乱弹。老人家日子过得散淡舒心，如同下凡的神仙一般。此日天雨，未曾下河打鱼。用过早膳，老爷子闲庭信步，思来想去，遂构思出一幅画作，起名《同舟共济图》。画的是电闪雷鸣之夜，大河暴涨之时，两位英俊少年抱着一根粗椽，于黄河风浪之中搏击的威武雄壮场面。黄河岸边，两个年轻女子搀扶一位老者，踮足翘首望眼欲穿。河里的浪花飞溅起来，打湿了他们的衣衫。老者鹤发雪髯，伸出右手指向河中。三人瞪眼张口，焦急万分地顾盼漂浮者快快靠岸。再仔细看时，粗椽上面清晰可辨：一条白蛇与一只苍兔相拥盘缠。

老爷子激情饱满，笔墨酣畅淋漓，一气呵成。画完搁笔仔细端详半晌，又点点滴滴地悉心收拾一番，这才满意地叫来女儿女婿欣赏。几位亲人看了，都说此画内涵深邃，构思精巧，画得惟妙惟肖。特别那两位少年，一看就是守仁、守义二人无疑。

"爹爹真是偏心眼儿！"段颖噘起小嘴发嗲道，"看把他两个画得多么俊气，我姐俩倒成了丑人儿。""谁说的？"姐姐段霞急忙摆手制止妹妹。段文海嘿嘿一笑，手捋雪髯隔窗远眺。老人家沉吟片刻，遂提笔蘸墨题诗一首曰："黄河秋潮波打浪，天降神舟救贤良。霹雳一声蛇盘兔，岸上老少沐紫光。"写罢低吟一遍。女儿女婿也都拍手称妙，当即用印盖章，不在话下。

日子就像黄河的水，昼夜涌流不息。人如河畔草木，兴衰枯荣四季。转眼之间过去了整整十年。忽守仁每日依旧帮着老泰山段文海下河打鱼跨河摆渡。他们换了一条大船，时常是老泰山仰面掌舵观潮，大女婿低头摇橹撒网。每日下河时和归来途中，朝霞复晚霞，映照翁婿二人，兴头上老泰山仰头一口喝干腰间酒葫芦中的家酿烧酒之后，总要忍不住吼喊一通乱弹桄桄。

> 清清白白一壶酒，
> 穿肠下肚洗千愁。
> 抬头遥望三河口，
> 上顾华岳下行舟。
> 农家最惜刮金板，
> 老夫打鱼下河间。
> 秦岭南北分水岭，
> 三河并流过潼关。
> 归来鸿雁从此去，
> 百川入海渺无还。
> 老夫自幼好观景，
> 渔舟晚渡乐陶然……

每逢此时，忽守仁即手拍船帮，为老岳丈打板助兴。他真佩服老人家的脑子，人已古稀，依旧文思泉涌，叫你怎不赞叹。早晚在船上，即兴吼出的这乱弹桄桄伴随家酿烧酒，正是段文海晚年一大乐事。

忽守义除了务菜种粮、下滩登塬采药，隔三岔五还挑着篓子和药箱到安礼镇上卖鱼看病销售草药，换回油盐酱醋茶和棉布绸缎等日用百货。安礼镇距离忽家寨子将近十里路，他挑着担子赶路，时常两头不见天光。日久天长，练就了一副铁脚板，走起路来一阵风，旁人很少能撵得上。

段霞段颖两位在屋里操持家务、生儿育女、相夫教子。一家人各执其事、各得其乐，日子过得颤颤活活。段霞先后生下两儿一女。妹妹段颖也是两儿一女。有趣儿的是，都是男娃大女娃小。依着年龄顺序，段文海老先生给大外孙起名叫忽承舟，二外孙起名叫忽季舟，三外孙起名叫忽师舟，四外孙起名叫忽汉舟。大外孙女二外孙女分别叫忽元莲、忽元岚。女儿女婿起初并不理解爹爹给娃们起名的确切含意。等到一溜串名字起完，忽守仁有一天在船上无事歇息琢磨，当他心中把承、季、师、汉四字连起来一念，这才恍然大悟。从此，他对于老岳丈更是感激无比、敬重有加。只是此中秘密，他从来不曾道破。好在也无人留意，更无人识得。由此可见，段文海老先生对于两位女婿的身世是清楚的，更是尊重的。这种博大胸怀，对于忽家勤俭包容、温良敦厚家风的形成，无疑产生了深刻影响。

洪武十年，明朝初定。漠北明军与故元残部虽然仍在拉锯厮杀，内地百姓却已经感到了日子太平。黄河中游一带虽不算风调雨顺，但也初见人寿年丰之象。对于忽家而言，黄河安澜，水清鱼肥，晋陕商贾往来频繁，生计委实不愁。古老的安礼名镇恢复繁荣，原本富足人家的日子着实越过越好。数年之内，远近皆知安礼镇忽家寨子，光景虽还不算富裕，但是吃穿不愁，收入年年有余。加之全家和睦，人丁兴旺，乡里皆颂：门风陡高。若遇远道而来的饥民上得寨子讨口，段文海老先生总是慷慨施舍。如此一来二去风传出去，每逢青黄不接时，十里八乡的饥民，纷纷结伴而至。最多时上寨讨口者达上百人。段老先生就吩咐守仁、守义在院中垒灶支起大锅，每日熬粥施舍。施舍加上免费为饥民看病，年年如此，救人无数，段员外文海大人同女婿忽守仁、忽守义乐善好施的名声越传越远。

秦岭北麓华山脚下，三河交汇处的关中东府，地处秦晋豫三省接壤处，号称"鸡鸣闻三省"。仅就河西一侧，关中平原与渭北高原交会过渡地带，河流自古冲积的泥沙逐年叠加，气候温润，滩原土地平坦、异常肥沃，乃华夏农耕文明与灌溉农业发端之地。文化积淀同黄土一样，也是格外深厚。当地民风淳朴，崇尚勤劳、赓续耕读传家，讲究感恩戴德、知恩图报。忽家寨子所在的华邑县及安礼镇，就处于这类典型的自然与人文环境中。

忽家人乐善好施，人缘好生意就越发兴隆。忽守仁、忽守义兄弟俩商量并征得老岳丈同意，干脆在安礼镇街上开了一家"忽记药铺"。忽守义坐堂行医渐渐有了名气。哥哥忽守仁则成了黄河古渡远近有名的渔夫兼船夫。四季晨昏，当地的优质小麦和肥美黄河鲤鱼，供养出他们彪悍结实特别能够吃苦耐劳的体魄。黄河风吹黑了他们蒙古族人颧骨高耸的浑圆脸颊。三十而立之后，兄弟俩也按照汉人风俗开始蓄起胡须。只是他们的胡须分布，确实与汉人不同。这其中的微妙区别，唯有见多识广的段文海老先生能够看出，即他们二人都是五缕胡须。圆形的宽阔脸颊两耳内侧两缕，国字形腮帮子外侧两缕，浑圆结实的下巴颏正中一缕。这五缕胡须，如同他们五官边上五条黑色的瀑布，正是蒙古族男子区别于汉人的醒目面貌特征。不过听口音察习俗，他们已经完全融入了当地文化，成了地地道道的此地劳动人民。就像两棵大树，在这黄河岸边的黄土高崖上牢牢扎下了根。两人受老泰山调教熏陶，稍稍上了点年纪后，说话办事更加沉着稳健。寨子里的居屋门外，老槐树上的喜鹊年年欢天喜地下蛋，孵出一窝又一窝后代。院子的主人也同那喜鹊一样，不变的是他们的勤劳和各自对于贤妻忠贞的爱。他们各自的儿女都在健康成长，一个个出脱得比他们还要英俊漂亮。老泰山段文海年过八旬之后，就不再下河打鱼，整日在家专事教导外孙子外孙女识文断字。老人家从《百家姓》到《三字经》，又从《弟子规》到《古文观止》，再到"四书五经"，带领娃子们就像朝山游水，把自己从小艰难的求知之路又踏过一遍。所不同的是，他又在每个阶段，都注入了现身说法的人生体验和切身感悟，且每日手记当下生活状态及人生感想，起名《渔翁杂记》。凡一十二卷，抄写装函分送承、季、师、汉四门收藏。同时于寨院正中封缸埋存一套。孩子们不仅跟随外公摇头晃脑识字背书，还从老人家生动有趣的讲解之中，开始明白许多做人做事的规矩和为人处世的道理，懂得了游牧生活、农耕文明的源头所在，华夏文明的根脉所系。

老人家从早到晚，除了打太极吊嗓子之外，作文教书，乐此不疲。教诲后代子孙，成了他颐养天年的一剂灵丹妙药。七间草房之外，旁边又盖起三间一砖到底的瓦房。新房坐北面南采光甚好，专供老泰山段文海居住读书授课。老人家的堂屋里总是书声琅琅，老少亲热交流，笑声不断。堂屋兼书房的正中，悬挂的正是那幅令人振奋的《同舟共济图》，两侧的对联是："守仁守义泰山大恩明志；克勤克俭长天浩气骋怀"。

这年春季，惊蛰过后，农家开始动牛。忽家兄弟照例种完了寨上院内的庄稼，忽守仁下河撑船，忽守义进镇行医。忽承舟和忽师舟，一个十六、一个十五，两人分别随着自己的父亲学习打鱼和行医。

此日日照中天，还不见爹爹起来在院子里打拳吊嗓儿。段霞和段颖感觉不对，推开门看时，爹爹安卧床上面带微笑，已经安然过世。事先毫无征兆，前一晚还挥笔作画，堪称无疾而终。老人家也未曾留下任何遗嘱，姐妹俩和孙娃子们床头跪哭告别。老人家在后人心目中是一尊完美之神，是后人心中的太阳。如今悄然离世，太阳依旧高悬心中。缅怀老人家一生，读书、做官、劳动，为官清廉、为人明理守德，是凝聚家族精神的核心人物。忽守仁、忽守义跪在老岳丈灵前不吃不喝，三日不起。闻讯前来吊唁者络绎不绝。墓地选在何处？经全家商议，决定全家搬迁到平原上，把忽家寨子这块风水宝地留给老爷子安息。三年之后，几位忽家寨子上吃舍饭长大的饥民牵头集资，竟在坟茔附近盖起一座祭祀殿堂，起名段公庙，亦称"泰山庙"。从此庙院香火不断。

料理完老爷子后事，守仁、守义兄弟俩披麻戴孝守灵三年。三年之后他们即在平原上购地规划建设了忽家巷，亦即六百年不散的同舟村之老根基。巷子东西走向，正对着忽家寨子，朝夕可望段老爷子的坟茔庙院。新街巷的房屋分布，按照关中东府风俗规制。街道两边，皆为四面收水的标准四合院子，建筑一字拉开，家户弟兄面对面，排列的顺序，则是严格依照家族的长幼辈分谱系：忽守仁、忽守义主干以下，依次为承、季、师、汉四大门。四门之外，忽元莲、忽元岚此后分别嫁与赵家和文家，即在本巷西头，逐步建立起赵家巷与文家巷。为了不使段家绝门，守仁、守义两兄弟商量，把忽承舟的长子改姓了段，作为段老爷子的顶门长孙另立门户，在忽家巷西头延伸线上，肇起段家巷。难怪至今还有个说法："六百年前一根椽，漂到西岸结姻缘。自古忽段不分家，再添赵文叫舅呀。"

第一章

一

"欢迎乡贤回乡呀……欢迎乡贤回乡！"

许多年后，一位身穿藏蓝色夹克衫、胸前挽着红绸花子的高个子年轻人，听到这乡音口号声，心里头别提有多激动。真的就像做梦，当年羞答答背着行囊悄然外出求学的半大小子，转眼之间竟成了受人尊重的"乡贤"。这称呼来得实在有些突然，令小伙子面对熟悉又陌生的父老乡亲，真是有点措手不及。

赵志强心跳加快，脸上有些发烫。当时他骑在一匹通体透红的蒙古走马背上，低头看见马鞍前面的雕花：一丛萧萧翠竹和一枝凌寒盛开的红梅。谁都知道，这是村里从前送兵和迎接军人立功喜报的专用坐骑呀。那红走马目光豁亮，似乎深通人性。它显然知道自己此刻是在完成一项极不寻常的重要使命，便同牵缰的主人一样昂首挺胸，呱嗒呱嗒迈着沉稳有力的步子，显出毫不掩饰的自豪与自信。

"强娃，那电视上介绍说人家如今是啥价博士？"

"对呀，你们快看，咱的博士娃回来了。省上电视台还撵着来录像哩。"

人群里发出惊喜的议论。赵志强听见人们念叨自己小名，心中更感到亲切温暖。年轻人鼓起勇气重新仰起头，激动地望着同舟村口这亲热的人们，还有那老树、房屋，高大的牌楼、熟悉的街巷，眼睛顿时湿润了。

那体格高大健壮的红走马，被身穿蓝色蒙古长袍、腰间绾着金黄腰带的壮汉忽经昌牵了迎着乡亲们走来。赵志强看见唱同州梆子的乱弹爷文有才亲自扬槌敲鼓，喜好热闹的户家叔赵能人争着敲锣助阵。领头迎接他这位县里点名表扬的重要乡贤人物的是老支书忽步康，还有上了年纪特别受人尊重的长辈忽子壬和忽子亥。赵志强一下就看到了亲爱的父亲、母亲，二老默默地站在欢迎的人群里仰头盼望。母亲手里拿着手帕，不停地擦着眼泪。他从来没有看见过父亲当众笑得那么开心。离着老远，仿佛都能听到那极少出现的嘿嘿的笑声。

赵志强的父亲、满头白发的赵兴国老汉张着缺牙的嘴，那表情分明是说："我娃这叫学成归来，衣锦还乡呀，荣宗耀祖的后人……"随即下意识抬起结满老茧的左手摘下近视眼镜，又伸出右手抹去了脸上热乎乎的泪水。平日少言寡语、性情抑郁的庄稼汉，终于在众人面前仰起头笑了……仿佛是一场噩梦刚刚醒来，老汉扬眉吐气地长出一口气，感觉心里舒坦多了。

儿子读懂了父亲的心思。赵志强欣喜地盘算着，这该不是父亲一生中最高兴的时刻吧，瞧老人家赤红脸上的笑纹生动绽放开来，活像一团夕阳里迎风怒放的金菊花……

"志强儿呀，你，你这'乡贤回乡'都大半年了吧，怎还不见你返回城去呢？"

终于有一天，蹲在炕头吸烟的赵兴国老汉鼓起勇气问道。听那口气，显然是心里头憋了很久的一个话题。

"回城？爸，我是向那研究所打了正式报告的，回来长期追踪搞田园调查呀。完全脱离了所里的工作，不用急着回去。"

"长期追踪……得多长时间？"

"也说不清，至少也得好几年吧。我们的导师，人家当初一搞就是三十多年。"

"该不会是一辈子吧!"父亲的嗓门突然提高。

"这就不好说了。"赵志强话赶话说。

"那你在咱这烂烂农村,就打算一辈子不找对象、不结婚生子呀?"

父亲生气地说完,低头狠狠地咬着烟锅嘴子猛咂。那劣质烟草燃烧的吱吱声,就像老汉心急火燎的痛苦呻吟。烟雾缭绕中,赵志强吃惊地抬头瞅了父亲一眼,心想他老人家该不是有意要把自己包裹在浓浓烟雾之中逃离现实吧。想到此,儿子心跳突然加剧。他担心接下来父亲会讲出更加令人难堪的话。可赵兴国再也没有言语,一直闷头抽烟。如此直到掌灯时分,都再也没有吭声。

赵志强对父亲的心思很能理解,却不能认同。他思前想后,一时不晓得如何同老人家沟通。心想这也许就是所谓的"代沟"吧。他头一次真切意识到,两代人彼此间看不见的一条鸿沟,是实实在在存在着,只是你摸不清它究竟多深多宽!年轻的社会学家心中犯了大愁。

从此父子见面,总是感到别扭。他们不再像从前那样,迟早总是笑脸相迎,彼此轻松愉快,都想着要说句令对方宽慰、满意的话。

"爸,你在哩。"儿子小心翼翼问。

"嗯,在哩。"父亲总是如此回答,阴沉着脸。

随后就再没话。吃饭、吸烟、喝茶、读报纸、看电视、发呆,唉声叹气。父子默然相对,屋里的气氛越发紧张沉闷。小心翼翼的母亲,翻眼瞅瞅老头儿,再看看儿子,也只能唉声叹气。一家人和和美美的日子,结上一层看不见的冰凌。

"乡贤回乡",转眼快满一年了,父子间的"冷战"仍在继续。随着对村里现实状况了解的深入,赵志强的内心开始变得越发不安起来。他夜里时常失眠,关注的问题也越来越多、想得越来越深,就越发意识到自己不能走,甚至不能只是"追踪调查",袖手旁观。

这天,走在村道上的赵志强眉头紧皱,步履有些沉重。以往见人有说有笑的开朗小伙子,眼下变得沉默无语。响午吃过饭,他原本打算主动同父亲说说话,可是刚一开口,父亲瞪他一眼竟然起身躲到门外扫院去了。

正在收拾碗筷的母亲小声说:"强娃呀,甭往心里去,你爸就是那脾气,过几天就没事了。"

赵志强苦笑着点点头,独自出了街门。他心中烦乱,漫无目的地走出赵家巷,来到村十字街口老槐树底下,一时竟然不知该向何处弄啥。这是一贯自信理智的他,从来没有过的茫然。他感觉自己心情糟糕透了,真想照着正从身边哼哼着走过的一头浑身散发着臭气的老母猪踢上一脚。

"秋老虎"还没过去,天气依然炎热。地里的农活总算忙完了,庄稼还在疯长。农民们有一个短暂的喘息时间,赵能人的麻将室和台球阵空前热闹起来。面对乱哄哄的场景,赵志强感觉脑子有些涨。他围着老槐树转了一圈,伸手摸摸树身一块疤痕,就像摸着自己身上的伤口,浑身隐隐作痛。此后就像逃离,他百无聊赖地转身沿着忽家巷朝村外走去。他起初急切地想到滩里找忽沛太,看看他和文燕、段淑娴的果木试验园子,说说心里话。此后还是决定,上忽家寨子文海书院拜访齐先生。知识渊博的大学教授、著名历史学家是他心目中的智多星。村里人都说,自从老教授慕名来到同舟村开创文海书院这几年,忽家寨子就成了全县乃至全省文旅界的关注点。赵志强回来,很快就同齐先生成了忘年交。他时不时上书院借书还书,也不断同齐先生交流思想观点,两人三观相同、心灵相通,很能谈得来。

赵志强喘着粗气快步登上半坡,感觉心情好多了。他在寨门外高高的砖台上停下脚步,一连做了三次深呼吸,这才双手叉腰眺望远远近近的村庄和原野。很快,他恢复了往日的乐观和丰富想象力。对故乡历史和地理的熟知与深爱,令他眼前幻化出一张浓缩的实景图:北洛河、渭河与黄河,由西北向东南涌流而来。就像"桃园三结义",形成了闻名遐迩"三河口"自然景观。时值 2012 年八九月间,眼前俯视的同舟村,酷似一条古老渡船,但那船又是搁置在黄河岸边的呀。

当晚,赵志强在《同舟日记》里写道:"赵志强呀赵志强,作为社会学学者,面对一条搁浅的渡船,咱不能袖手旁观呀……"这也是白天临分别时，齐先生紧握他手，语重心长叮嘱的一句话。

二

不久，渭河两岸进入了雨季。天上挂着冷飕飕的雨丝，地里看不见一个人影儿。唉，这属于多年不遇的连阴天气呀。华邑县安礼镇同舟村的天空是铅灰色的。人们的心情也像天空一样，灰蒙蒙的，显得格外沉重。

满地的苞谷豆子红薯花生金针都需要晒太阳呀，阴雨却淅淅沥沥拖磨了二十多天。黄河滩里就地起了水，村里四处开始墙倒房漏，人们逐渐怨声四起，都说："这老天爷疯了嘛，不想要咱这一茬人了咋的！"

这天下午，也就两点多钟，天就灰乎乎像是要黑。人站在街巷里朝东望去，别说是黄河，就连高耸眼前的忽家寨子都看不清了。忽沛东临出家门的时候，他妈说："沛东，你把手电拿上。"沛东指着墙上挂的电子钟说："妈，这才几点嘛！"随即母子俩都嘿嘿地笑了。他爸忽纪岱仰在炕上捧着一本书看，不耐烦地说："还笑哩，人都快愁死咧！下下下，滩地庄稼淹了，我看你来年吃空气呀！"说着把身子拧向屋墙。他妈不言声，努嘴瞪眼朝着他爸脊背连指带戳直摇头。

"啥人嘛，下雨还往外跑！"忽沛东刚开了屋门，就听见他爸自言自语嘀咕。当了大半辈子村小教师的忽纪岱近来对谁都不满意。原因就是嫌他儿县职校毕业留校教书好好的，突然自作主张辞职回乡务农啦。老汉说是供他娃上学，钱白花咧！忽沛东不以为然。反正不知为啥，他就是不愿意当教师，更不愿意漂泊在外给人打工。他只想回来当家做主，运用自己所学干点实事。可是回来几年，面对复杂现实，他的决心开始有些动摇。恰在此时，发小同学赵志强响应县里乡贤回乡召唤回来了，这叫忽沛东喜出望外。

在十字街口老槐树下，雨中赤脚披着塑料布的忽沛东遇见了手里打着雨伞的赵志强。离着老远，忽沛东就高兴地喊道：

"哎呀志强，我正要去你屋找你呢。"

"是吗……"两个人的脸上同时有了笑容。

"我赵叔，没事吧，听说这一向身上不美气？"

"唉，我看主要还是心病。"

"心病？"

"对呀，只要我说明儿离开村子回城，老爷子当下病就好了。"

"有这么灵吗？"老实的忽沛东吃惊地瞪大眼睛。

"嗯，就是这么灵。"

"哎呀，看来，赵叔和我爸得的是一种病呀。"忽沛东说着哧哧地笑了。

赵志强急了，说："还笑哩，我都快急死了！我回来就是为了搞科研嘛，选一个自己最熟悉的传统村落，开展田园追踪调查。"

"对呀，这我当然知道。我回来也是想干点实事，可我爸死活不理解呀。连老支书都说，你迟早还得走。"他学着老汉声调。

赵志强同情地点点头，说："嗯。咱讲这些，大人们是听不进去呀！"

"可不是，他们就是咬定一条死理：念书就是为了离开农村。"

在家同父亲无法沟通，二人见面就不由得倒苦水。赵志强说着不停挠头，显出十分苦恼的样子。忽沛东安慰赵志强不要着急，容他来想想办法。忽沛东当即拿起手机和部队复员的堂弟忽沛太商量，决定约文燕和段淑娴等几位要好同学，一同去赵家巷看望老同学的父亲，顺带做做老人家的思想工作。沛东还特意预备了自己承包地里种的冬枣和香瓜，还有一本他在实践中编写的《黄河盐碱滩地冬枣栽培技术》。老实讲，这几年，他通过深入考察，大胆调整自家的承包地种植结构，科学培育优质冬枣品种，带领文燕和段淑娴把自家的六亩多承包地，拿出三亩种枣，林下栽培香瓜和花生、黄花菜。这样收入轻而易举地翻了好几番。可惜，这试验成果没能受到村上重视，至今未能发挥示范作用。

第二天，雨还在下，忽沛东拿着塑料布刚要出门，他妈又是把一条麻袋叠成雨篷状硬是披到他的身上。这是关中老辈子人的简陋雨具，披在头上脊背暖和又能遮风挡雨。

忽沛东出了屋门，顺着砖台走到街门口。街上的路实在太烂。眼下农村人也不兴穿雨鞋了，他一皱眉干脆把皮鞋连袜子脱了提在手里赤脚出了街门。说实话，这几年他的心情也不甚好，就像这连阴的天气，叫人一点都高兴不起来。回到村里的感觉，和他原先想象的可是大不一样呀。他开始考虑起他爸的说法，果真今后咱农村就不需要知识青年了吗？

身材高大的华邑县职校果树栽培专业毕业生，正吃力地光脚走在泥泞的村道上。他一边走，一边瞅着各家各户的房门和院落。这低矮的土墙瓦房，都是他熟悉的，从小就是这个样儿。改革开放三十多年，城镇发展速度的确不慢，可是大多数农村情况如何呢？忽沛东如此想着，感觉双脚被冰冷的泥水泡得有些发木。三十多年了，村里除了赵家巷的赵杰魁，几乎再没有盖新房的。为了日子好过些，许多人家干脆不再供娃上学。人们早早地就让娃们外出打工挣钱……

这时，村里高音喇叭被重重地敲击了几下，随后就有人叫喊起来。忽沛东心中禁不住一阵烦乱："喂，村民同志们，喂，村民同志们……"

听声音又是户家爷、村支书忽步康。"这老汉当支书二十多年了，一天不在高音喇叭上讲一蹦子，心里就痒痒得难受吧。"忽沛东不满意地在心里嘀咕。

"村民同志们，今黑七点半钟，召开全体村民大会，正式选举村主任。正式选举村主任。各家各户，必须按时参加会议……"

支书爷那有些嘶哑的烟酒嗓子，一遍遍地在村巷上空回响。

"老主任段德怀去年年初因病去世，新主任选了快一年了，咋还没选出来？我看还是你支书爷继续兼任吧。一肩挑，一人说了算多美气。"忽沛东心里继续嘀咕着，脚步不由得加快了许多。1985年出生的血气方刚的小伙子，身上仍然保留着祖宗血脉中刚正不阿的秉性。回乡这几年也算是看清了，他对于自己的户家爷忽步康积累了一肚子的不满意。他曾经不止一次地上门给老汉提意见和建议，可是不知为啥，他的每一个观点和看法，最终都被老汉给软塌塌地顶了回来。到了还是那句话："沛东呀，你娃刚回来才几天。我看你迟早还是得走。"

沛东听得头都大了。好在老汉人品不错，村里人都说老汉是个好人，当干部从不谋私，处理问题还能一碗水端平。村里人不富，他家里比村里人还穷哩。

忽沛东走着想着，猛一抬头，看见不远处有个人影。走近些看清是忽仰正光着身子扫地哩。这是个疯子，论辈分得叫人家爷。疯爷身后跟着一条小黄狗儿，那狗浑身被雨淋得精湿，冷得不停地打战。

"仰正爷，下雨咋还不歇着？"沛东走过去，把自己身上的麻袋，披在老汉背上。年过半百的忽仰正嘿嘿一笑，把麻袋抖落，说："不扫咋办，人都懒成蛇了！""下雨路烂，越扫越烂呀。"老汉嘿嘿一笑说："不扫咋办呀？嘿嘿，人都懒成蛇了！"老汉说着话又开始扫地，动作就像机器人。他那手中的竹扫把弹起地上的泥水，溅得沛东满身满脸。雨滴落在老汉瘦骨嶙峋的脊背上，慢慢地流淌下来。活像许多拖着长尾巴的蛆虫，在黑乎乎的老墙皮上蠕动。那小黄狗瞅见了，对着老汉汪汪直叫。

忽沛东看着，不由得鼻子一酸，想到了父亲讲过不知多少遍的陈年老事："小时候你仰正爷可不是这个样子，多聪明精干的一个人呀。"

青草满地的黄河滩涂，砰的一声枪响，两只黑细狗箭一样射向远方，转眼之间，细狗叼着中枪的野兔喘着粗气跑回来。这就是少年仰正春秋两季下滩猎兔的情形。夕阳辉煌时刻，迎着平原落日，二十出头的英俊少年，牵着两条黑细狗，威风凛凛地走在村巷里。一群碎娃围着他跑呀叫呀，他就咧嘴笑着，像是凯旋的将军。他被河风吹日头晒透的皮肤光滑黑亮，看着结实得就像铁打铜铸一般。那浓眉毛大眼睛高鼻梁子，嘴唇棱角分明，一笑甚是好看。巷里门底纳鞋底碾辣子择棉籽剥花生的大姑娘小媳妇，不由得扭头瞪眼呆看那壮小伙。忽仰正昂首挺胸，身上背着一杆精致的自制土枪，腰里挎着霰弹布袋和火药篓子，走起路来趾高气扬，自信满满。

这就是从前的仰正爷……忽沛东高一脚低一脚地走着，禁不住回头望着那个雨天扫地的疯癫老汉。当初顶天立地一少年呀，咋就变成了眼前这样儿？也是听上辈子人说，忽仰正曾祖往上也是农忙原上种地，农闲滩里撵兔打鱼，所谓耕读持家，勤劳度日。还是他爷忽子辰头脑活泛，同人搭伙贩骡子贩马发了家，雇长工拴大车置地盖房，等到解放前夕，才努力成了个大桄桄地主。土改时，他爷顺理成章被划成了"地主分子"。他爷忽子辰方脸大眼，留着一大把银白胡子。老辈人都打趣说他就是忽家寨子供奉的段文海老祖宗托生再世。他爷辈分高，平日说话却口无遮拦，回回运动来了难免要挨批斗。他爷对此似乎满不在乎，事后还幽默地自称是"专业运动员"，说完竟自哈哈大笑。那笑也是声若洪钟，仿佛要抖落一身的难过。他爷成天给生产队磨面。每当老汉从库房扛来一袋麦子倒入笸箩用毛巾蘸水擦净，遂套了牲口吆喝一声"走呀——"。只要一动罗柜开始箩面，老汉就摇着手柄自打节拍吼开了乱弹桄桄。他满肚子都是同州梆子古典戏文，最喜好模仿黑头花脸毛毛声煞气怒吼的唱腔，常常张嘴就来，吼喊得地动山摇、撕心裂肺。那痴情入戏勇不可当，气势磅礴直逼人心。唱到劲头上，你就是天王老子来了，老汉也不认得。每逢此时，他爷忽子辰早忘了自己是在磨麦箩面，完全就是领兵上阵、厮杀打仗的元帅："啊呀——王朝马汉一声叫，你把老子尿咬掉！"吼声戛然落下，他爷自己苦着脸仰天长叹一声，随即低头泪流满面地瞅着围观的一群碎娃，竟又放声哈哈大笑不止。不妙的是，当天晚上批斗会，就有人一拍桌子喝问道："三哥，你这说，你是王朝还是马汉？你又是谁的老子？你想咬那谁的鸡巴呀？谁和你有这么大的仇恨？你这分明是尿尿大撒手，不扶（服）嘛！你这是地主分子转着圈圈骂咱贫下中农哩嘛，是不是？"批斗会上发言气氛严厉，也有人却忍不住哧哧地笑。

　　发言的人是家门兄弟忽子亥。子亥年轻时当兵，参加抗美援朝腿上负了伤走路右腿不得劲，性子却是出了名的刚烈。他儿忽顺生胆小怕事，忙上前拉他爸胳臂制止他再甭言传，被他转身扇个耳刮子。二十多岁小伙子当场捂着脸，下不来台。

　　忽仰正原本也像他爷年轻时一样，心比天高。可惜他托生在地主家庭，一出生就先低人一头。年少时他自己还没意识到问题的严重性，整天舞枪弄棍、牵狗撵兔。"这娃可是个好栽栽！"村里人有一阵也都忘了他家成分不好。忽沛东他爸每次讲着讲着就会沉吟不语。往事接下来令人不堪回首：二十世纪七十年代初的一天晚上，村里又开批斗大会。这回是造反派强行让老地主和孝子贤孙同站一条板凳。他们给忽子辰老汉胡子上吊起一个大秤锤。老汉双手下垂站在高凳上，还得开口交代问题。眼瞅着血沫和汗水顺着秤锤往下滴答，忽仰正心疼伸手替他爷把秤锤托住。背后就有人一脚把凳子踢翻……他爷一头栽下去当场断气。他昏迷不醒，等到醒过来就成了半疯半傻。这就是疯爷忽仰正的故事。

三

"沛东，你咋出门连伞都不打？"忽沛东心中一惊，扭头见是同学文燕。他赶忙伸手抹了把眼睛，勉强地冲着文燕不大自然地一笑说："嘿嘿，我……我这是锻炼身体哩。""哈，没听说过，看浑身都湿透了！咋还连鞋都脱了？""咳，我这是一双新皮鞋嘛。""咦咦，还真能说得出口，难道脚还没鞋当紧？书咋越念还越糊涂了！"文燕说着身子靠近来，把手里打着的粉红花伞伸到沛东头上。一股女娃身上特有的气息令小伙子陶醉紧张。

文燕身材高挑、眉清目秀。整天下地劳动的农家姑娘，脸上的皮肤并没有显得多黑，反而有种麦粒色的健康光泽。坦白讲，在看到文燕的那一瞬间，忽沛东就感到天突然放晴了。他的胸中涌起一阵无法克制的兴奋。说心里话，他之所以从安礼中学毕业后没有按照父亲意愿报考县里高中而上了职业学校学农，这与身在农村的文燕在他心目中占据的位置有关。再说文燕从小也喜欢沛东，两人又是同桌，知根知底。小学毕业后，忽沛东和文燕、赵志强、段淑娴、忽沛太一同考上了安礼中学。可怜文燕的父亲病了，看病花光了全家积蓄人还没了。

弟弟文祥才上小学三年级,她只得辍学回家帮着她妈种地供弟弟上学。段淑娴的母亲是她小学毕业那一年去世的。她爸段万奎一个人坚持开着小饭馆。淑娴心疼她爸,决然回家帮着父亲做事。留在村里的文燕和段淑娴从此成了闺蜜,两人一见面就有说不完的悄悄话。

眼下,文燕亲热地伸手把伞遮在忽沛东头上,又赶紧用手绢替他擦着满脸的雨珠。这时段淑娴和忽沛太也先后到了。忽沛太见文燕给沛东擦脸,故意蹑手蹑脚地从树后走到二人背后问道:"怎么,大白天,咋还动手动脚的?"

文燕和沛东吓了一跳。段淑娴也在不远处说:"对呀,大白天你们亲热也不避人!"文燕脸呼地烧到耳根后。人高马大的忽沛东恼羞成怒地把身材瘦小的忽沛太胳膊抓住一拧,说:"我叫你瘦猴小子当面造谣!"忽沛太假装疼得大喊:"好我哥哩,快放手,兄弟再不胡说还不行吗!"说着故意瞅了文燕和段淑娴一眼。

说话这会儿工夫,他们是在村十字街口的大槐树底下立着。这棵生长茂盛的老家槐,据县林业局专家测定说已经有六百年树龄,是同舟村历史的见证者。树冠硕大无朋,夏天树荫宜人,全村男女老少都喜欢到此乘凉避暑。这是各巷距离相当的中心地段。村里最远一户人家走到此,也就五六分钟的样子。看来老同舟村的建设布局,显然是一次规划完成的。忽家巷、段家巷平行,为东西走向。赵家巷、文家巷平行,为南北走向。四条巷交叉形成一个规整的"井"字形。紧靠村巷外围是一圈大叶泡桐。村外靠西高处栽了一片蓊郁的扁叶柏树,那是村里各巷的老坟地,立着几十通很有年头的古碑。

这六百岁老槐就长在"井"字口中,从前是老辈子人端着饭碗闲谝,即所谓开"老碗会"的场所。如今时代变了,各家吃饭很少有人端着饭碗满村巷转悠,这里就演变成了打台球和搓麻将的地方。

三年前,首先从安礼镇引进台球和麻将牌的人是赵吉财。他至今还得意地逢人就自夸,说自己是村里第一个吃螃蟹的人。不过他也的确是全村公认的怪才。人长得瘦小,一双漏睛眼总是煞有介事地圆瞪着。走路身子摇晃不止,右腿有些小儿麻痹后遗症迹象。可是他的脑子确实较常人灵光，最善于从社会变迁中找到发财之机。不过同时因为冒险，总也有马失前蹄时。他从前因"投机倒把"判过两年徒刑，结果老婆离了娃也随了别人姓，眼下年过半百倒沦为老光棍一条。出狱之后，村里大人碎娃平时却喊他"赵能人"，他也乐得答应。赵能人同赵志强是一门本家，论辈分，志强得叫他叔。天晴的时候，赵能人在树荫底下摆放十七八张台球桌，一次可供三四十人打台球赌博。从早到晚玩家不断，他坐收场地费来钱可观。眼下阴雨不停，树下空无一人，每张桌子上都盖了塑料布，压着砖头块子。

虽说淫雨绵绵，游戏室里却并不冷清。赵能人正手里举着打火机，在游戏室忙活着。这里原先是村里人读书看报的阅览室，如今承包给赵能人即成了整天热闹喧哗的麻将牌馆。二十张麻将桌，一次可供八十人打牌。他每年上交的承包费，刚好能够村干部们吃喝招待。在村干部的眼里，他赵能人就是村里的一棵不大不小的摇钱树。"三哥，你抽呀还是喝呀！"见门外又来了人，赵能人急忙上前迎接。他右手习惯性地举着明光锃亮的打火机，随时准备给人点烟。另一只手，在身后牵着个烫发头、穿高跟鞋的红唇美女。美女名叫丽丽，手中始终提着个精巧的铜茶壶，随时准备给人添茶。"哈哈，老规矩嘛，这还用问？"来人留着大背头，喝得满脸通红。他进门把丽丽扫了一眼说："连抽带喝嘛。""好——啦！连抽带喝——麻将一桌——"赵能人得意地朝屋里吆喝道。冒雨领人进门搓麻的"三哥"，即是村里有名的包工头赵杰魁。他五十多岁了，黑脸浓眉，嘴里镶着一颗金牙，说话满嘴喷着酒气。他进屋坐下，就大谈省城见闻和国际上近来发生的新鲜大事。同来的几位就跟着哈哈大笑。"行了！"有人怒气冲冲喊叫，"咋呼啥哩？好像谁没见过啥！"这位显然输了钱正躁着，借故发泄道。

赵能人急忙举着打火机上前散烟，企图阻拦冲突。"闪远些！看你赵家门里，贱得担不住一根鸡毛！"喊叫的人是村里有名的混球段新虎。他膀大腰圆，小时候在少林寺学过几天拳脚，还听说在省上田径队甩过铁饼，后因酗酒打架被除了名，如今四十出头仍然未婚，身边老是围着几个闲人。

"你娃说啥？嘴里吞狗屎咧？"赵杰魁瞪眼呼地站了起来，手指段新虎回骂道。

段新虎坐着不动，口气却毫不示弱："老家伙，你甭嘴硬嘛，谁不知道你腰里有几个臭钱，一天咋呼啥哩？把房顶都快吹上天了！""吹上天咋嘞，房拆了与你碎尿尿相干！"段新虎猛然站起把面前的塑料烟灰缸嗖地甩了过来。结果不偏不倚，正中赵杰魁鼻梁上的水晶眼镜。眼镜啪嚓一声掉地碎了，鼻血也流了出来。赵杰魁和同来的几个人大怒，一齐冲了上去同段新虎结实地扭打在一起。

"住手，你们都快住手，好我的二蛋爷哩……哎哟，我的游戏设备，都快住手……"赵能人拼命叫喊着。"不怕，放心，驴圈里踢不死驴。"有人小声说，大家都哈哈大笑起来。"行了，你们不要闹了，快看谁来了。"赵能人突然心生一计，神秘兮兮地怯声喊道。几个扭打在一起的人急忙松了手，都猜想一定是派出所张民警来了。

这张民警可是老山前线下来的转业军人，出门总骑着车子，裤带上永远都别着一副铐子。他逢人喜欢双腿交替捯链子，就像耍杂技一样潇洒。他脸长个子大，腰弓着显得有些驼背。黑脸上从来没有表情，说起话来一吹胡子二瞪眼。村民对他敬而远之，背后都叫他黑驴脸。他铐了人，也不赶紧回所里处理，只是把人铐在自行车后架上，自己悠闲地骑着车子，嘴里吹着口哨慢慢在村巷里转悠。他说这叫"巡巷"，其实是故意叫你丢人哩。这一招二蛋段新虎因酗酒斗殴刚才领教过，心里当然格外怯火。

正当大家慌忙把麻将桌上的现金收起来的时候，却见赵能人从门外转回来挤眉弄眼酸不溜溜地说："你快看，段罗敷，美人儿段罗敷来了。""段罗敷？不就是西头乡亲小饭馆的段淑娴嘛！看把你大惊小怪的。""对呀，人家可是从来不到咱这地方来呀。"赵能人躲在门里煞有介事地往外瞅。屋里一干人都好奇地涌到门口朝外张望，连段新虎也忍不住探头去看。赵杰魁趁机把一张五十元的票子塞进丽丽手里，还趁机在人家手心抠了两下。

四

  屋外老槐树底下，浓眉大眼的段淑娴，正拉着眉清目秀的文燕说话。两个从小一起长大的同学女友，平时总是各忙各的。今日冒雨相约在这种情况下相聚，心中有多少悄悄话要说呀。这些年来，生性要强的段淑娴，默默地在故乡土地上劳作，还帮助父亲段万奎把个小小的乡村饭馆经营得井井有条。女大十八变，如今女娃出脱得光鲜耀人。村里这一帮没对象的浪小伙子瞅着心里痒痒，背后都肉麻地叫人家"段罗敷"。有几次他们在小饭馆喝多了，干脆就叫到了本人当面。先后不知有多少媒人上门提亲，每回都被淑娴默不作声地堵在了门外。段万奎深知女儿心病何在。他只是含蓄地鼓励道："娃呀，你心里有啥，你就直说，不要窝在肚里难过。"段淑娴只是说："爸，不是的，不像你们猜想的那么俗气。"

  段淑娴心里头这个念想，除了她父女外还有文燕知晓。文燕在学校念书时就看出来了，段淑娴深深地爱恋着班长赵志强。这种爱没有任何的附加条件，也不掺杂任何的世俗功利因素。这犹如南山深处的竹子，华山顶上的青松，是从山泉石缝中自然生长出来的，不怕干旱与风吹雨打。这个美好心思的存在，一直是一个秘密，被纯洁的乡村少女小心翼翼地藏在心灵的天地中。虽然她向来没有勇气打开心扉向对方透露只言片语，但也从来没有因此而动摇徘徊或是苦闷彷徨。就是当他们小学毕业之后分手，直到眼前，其间整整十五年，经历了青春发育和人生变化最紧要的时期，她也丝毫没有改变初衷。她坚持每天晚上都在入睡之前给亲爱的赵志强写一封日记体的书信，用来表达和抒发自己的纯真爱情。聪慧的姑娘总觉得，爱是不需要谁来批准和回报的，一个人只要心中有了爱，就有了所有的一切。心中有一个你爱的人，你就已经填充了空虚，得到了精神层面的充实和幸福。无须急于表白，也不必要太多的获得甚或占有。正因为有了如此浪漫而不同凡响的恋爱观，段淑娴的精神一直是乐观向上的。少言寡语的姑娘呀，她对自己的未来充满了希望。她还像在学校念书时一样，平时特别喜欢看书。她特意在小饭馆的一角摆了个小书橱，把自己读过的好书摆在上面，供前来吃饭的村民借阅。爱情是姑娘的感情寄托，读书则是她的精神支柱。接受了新理念的乡村新女性，她的精神世界是全新的。她和思想并不保守的父亲段万奎之间，保持了一种新型的父女关系。父亲从不催着女儿谈婚论嫁，虽然心里也很着急。女儿则继续保持着乐观充实的内心平静。

"文燕妹子，最近都读啥书哩？有好书可不许一个人偷着看。"段淑娴比文燕大几个月，相互总以姐妹相称。"哎，你还别说，姐，我从网上买了一本新版的《简·爱》，看得人放不下手。""我最近又把《红楼梦》读了一遍，觉得咱们今天的生活真的是自由幸福的。""我可不这么认为。"文燕说着，瞪起了眼睛。"那你说，还有什么比从前差的？吃的，穿的，用的？"淑娴问。"唉，依我看，还是精神文化生活太贫乏太单调。"彼此谈论读书体会，一下就联系起自己的生活实际。这也是淑娴和文燕见面交谈的一个主要话题。文燕明显感觉今天段淑娴的心情有些激动，就想到了赵志强。"哎，对了，淑娴姐，赵志强回来这么长时间了，你们的事情该有进展了吧？""没有，每次见了面，也不知道该说啥。""那有啥，该说啥就说啥嘛。""你……你和忽沛东的事，进展如何？""有啥进展？你没看人家他爸，咱忽老师的心思，光想着叫他儿离开村里。"淑娴心想，文燕这又是没说实话。接下来她本来想说的话题是关于赵志强的，想问问沛东知不知志强的最新情况，可是话到嘴边又变了："好妹妹，你可不要多心，姐刚才可啥啥都没看见。"文燕眯眼笑着问："姐看见啥了？说嘛，你都看见啥了！"说着抽手就往淑娴胳肢窝里挠。段淑娴咯咯地笑着躲闪。游戏室门里的人看着，就爆发出一阵怪滋辣味的坏笑。

很快，忽沛东、忽沛太、段淑娴和文燕几个年轻人一同打着雨伞，轻松愉快地说着话拐进赵家巷口，冒雨朝赵志强家走去。

雨又开始大了，村部的高音喇叭就像凑热闹。支书爷忽步康又开始广播晚上的开会通知。脚下道路泥泞，眼瞅就要到了，大家突然放慢脚步，也没有一个人再说什么了。忽沛东心里挥之不去的，还是忽仰正和他爷的悲剧。人在忧虑之时，最容易纠缠于不愉快的往事。风雨中，他老觉得下巴颏隐隐作痛。感觉上面吊着个无形的大秤锤，沉甸甸的，叫人无法张口。

第二章

一

　　夜幕降临，雨还是哗哗下个不停。通知开会的时间眼瞅就快到了，会场上还是稀稀拉拉没来多少人。陆续到来的也都是上了年纪的老实胆小的庄稼人。人们披着各种颜色的塑料布，进门无精打采的。远处总算走来一位打伞的。赵能人一下来了精神，赶忙招手把丽丽叫到跟前。

　　"来咧，四舅，你今儿个可是早呀！"赵能人高声叫喊着，把忽沛东他爸忽纪岱迎进门。这也是他的老师，他知道人家心里瞧不起自己，态度就有些拘谨，手里的打火机也悄然收进了裤兜。忽纪岱不要人招呼，看看凳子摆的阵势，自觉坐在会场头排附近最靠边一个位子上。

　　进了门的人，有不少并不朝事先摆好的塑料凳子上坐，而是习惯性蜷腿蹴在地上吸烟喝茶。这茶淡淡的，不用问，又是赵能人无偿提供。"这得又是用泡过的茶叶熬的吧？"有人悄悄问。"唉，凑合喝吧，干吃枣甭嫌核儿大。"

　　来的人里面，也夹杂着少数头上顶帕子的上了年纪的妇女。她们开始都站在场子边上。妇女主任，即文燕她妈黄桂珍一再动员，妇女们这才扭捏着坐到了凳子上。沛东他妈也在其中坐着，手里纳着袜垫。

这些五十岁左右的妇女,她们多数都是奶奶级的了。三三两两地弓腰坐在那里,个个手里都不闲着。不是紧赶着纳鞋帮鞋底子,就是赶着缝碎娃的衣裤或鞋帽,总之心思并没放在开会上。有的在屋受了儿媳气,眼下见了她婆或是她姨、她姑,随即抓紧低头碰脸地倾诉委屈。媳妇吊脸,儿子摔碗,老汉吃烟不管,老娘受气可怜云云。嗡嗡声成了会场特殊的背景音乐。劣质的烟草燃烧,释放着呛人的烟气。这是乡村开会的特殊气氛。这种场合,赵能人自然是活跃分子。他拖着一条瘸腿,竭力表现自己热衷于公益事业。开会所需的茶水和香烟,统统都是他来提供。忽支书和主席台上领导喝的是一级茉莉,特意泡在一把青瓷茶壶里,由他亲自倒茶。他今天晚上脚底板就像抹了润滑油,在水泥地板上不停地滑来滑去,很快就满头是汗了。特意穿了一身黑色西服的女招待丽丽,烫发头在脑后绾扎起,完全按照县招待所女服务员打扮。她手提着铜茶壶,跟在老板屁股后面忙活。赵能人对她提出的要求是:见村民面带微笑,见领导要点头扭腰。

"三哥,抽呀么喝呀?"赵能人见了赵杰魁,虽说还是那句老台词但嗓门提得很高。众人复杂的目光,齐刷刷聚焦于背头梳得油光的赵杰魁。他刚给村里安装了电视接收天线。这件事,老支书忽步康亲自在高音喇叭上表扬了好几回。自从农村取消阶级成分,身为富农子弟的赵杰魁被压抑、被封存的智慧和胆识,就像火山深处的岩浆般迸发出来了。这个外表粗笨的人,他所选择的致富门路,则是在座许多人做梦都不敢想的。他首先注意到许多农民分散种地只能亏本的现实,趁机大面积廉价承包土地,之后再高价二包给外来的种田能手。结果没费多大力气,就成了村里人羡慕的万元户、十万元户。有了这宝贵的第一桶金,他就大胆地离开土地,进城寻找更大商机、牟取暴利。如此,很快就成为全县屈指可数的百万富翁,并戴上了"纳税大户"和"著名农民企业家"的桂冠。他还在自家老庄基上盖起了全村第一座四方四正的二层小楼,这可是实实在在光宗耀祖的英雄壮举。他今晚来参加会议,说白了就是奔着主任这个位子来的。

"赵杰魁这货也来开会?太阳从西边出来了呀!"有人小声说。

"人家这是来竞选主任的，你没看那架势，再看他堂弟赵能人，格外骚情相些。""这人外头把事弄大了，咋还回来凑这热闹？""人嘛，有了钱，还想掌权，玩弄个人才更有意思嘛。""嗨，我看问题不是那么简单。现在说是没阶级斗争，可咱贫雇农也不能大白天睡觉呀，还得提高警惕。""不会吧，难道果真要让那富农子弟暴发户当主任吗？""那是从前老皇历，如今人家早就取消了阶级成分，全是公民，啥啥都一视同仁。""他伯，你再甭唱反调啦，上头早就内定了。听说段万奎也只是个陪衬角色。""看看看，我说啥来，人家早就定了。""你就是百事通，刚才咋还说要选个年轻有为的，怎不选了？"人们七嘴八舌小声议论，说啥话的都有。赵杰魁独自四平八稳地坐在最前排正对主席台的塑料凳子上，跷着二郎腿抽烟，头仰着不看人，只在天花板上乱瞅，耳朵却没闲着。

为了等人，会计文凯歌在高音喇叭上一直播放歌曲。大伙最爱听的是"我们都有一个家，名字叫中国……"。

会场突然安静下来。只见支书忽步康侧着身子嘴里一个劲"请请请"地把一个人让进门。这人大伙儿在电视上见过。有人很快就认出来了，是县里主管农业的副县长刘登荣。刘副县长身后，是大家熟悉的身材矮胖结实的镇党委书记郭振峰。老实巴交好像啥啥问题都解决不了的县上驻同舟村干部徐安稳也跟在后面。主席台上原本就摆着三把折叠椅，四个人一同进来，忽支书安顿领导依次入座，自己只好立着搓手。赵能人急忙搬了一只凳子补上。随即亲自为四人点烟、端茶。一瘸一跛就像梆子戏里丑态百出的二花脸，逗得大伙儿哧哧直笑。

"文会计，人咋还没到齐？我看差得远嘛。"忽步康皱起眉头小声对文凯歌说，"你赶紧给咱再催，就说县上刘县长、镇上郭书记和驻村徐干部都来了！今黑人家上级领导要亲自指导咱的选举工作。"文凯歌赶忙接连又广播了好几遍，陆续就又来了一些人。总共到了二三百人。刘副县长跷着二郎腿一支接一支抽着香烟。徐安稳几次站起又坐下，郭振峰的脸色也不大好看。谁心里都明白，按照每户来一个代表算，也得四五百人呀。支书忽步康老脸明显有些难堪,老大人突然心生一计,赶忙问道:"文会计,你看你乱弹叔来了没?"文凯歌眼睛朝人群睄了一圈,发现一个人在会场角角窝着,怀里抱着个胡琴袋子打瞌睡,身边立着徒弟文祥。"来了,那不是嘛。"

忽步康赶忙亲自走过去掀了老汉一把,小声说:"好我的有才兄弟,你咋还瞌睡成这?赶紧,县上刘县长来了,想听咱戏。你今黑给咱来个藏民穿衫子,好好露一手吧。""县长想听我唱?"乱弹叔揉着视力很差的双眼惊讶地问,"真的吗?"说着话就提着胡琴袋子叫徒弟文祥牵着朝台前摸索着走。忽支书急忙牵着他的另一只手,还帮着文祥提了鼓板架子。

"哎呀,咱村大知识分子们来了!大家赶紧欢迎!"赵能人突然佯作癫狂地惊叫起来。众人看时,只见忽东和赵志强两个身材高大的年轻小伙子从门外迈步进来。身穿旧军服的忽沛太和文燕、段淑娴紧跟其后。果然是几位稀客,赵能人一鼓掌,人堆里果真就发出了一阵掌声。这突如其来的欢迎,把几个年轻人弄得不好意思。情急之下,沛东拉了志强,赶紧给领导和父老乡亲深深鞠了一躬,就像演员亮相,众人又是一阵掌声。支书忽步康见状暗暗高兴,心想这几个娃关键时候可给咱撑了门面。当即对郭振峰书记耳语道:"郭书记,今儿个天气不好,人还正往来走。要不,咱先给刘县长你们唱几段乱弹桄桄?"

郭振峰看看徐干部,凑在刘副县长耳朵上嘟嘟了几句,刘登荣打个饱嗝哈哈一笑说:"好呀,我就爱听咱农民唱戏,原汁原味,那才够味道。"

支书忽步康听得一挥手,文有才老汉当即紧弦定音,随即用板胡拉了一段同州梆子精彩过门。刘副县长嘴里的纸烟叼着忘了抽,郭书记眼睛瞪圆听呆了。连女人们的悄悄话、老汉咳嗽、小伙子打饱嗝全停了。我的爷,这板胡拉得真带劲。文祥的梆子和鼓板也敲得内行。等到吵台戛然而止,文有才老汉一仰脖子张口吼道:

人凭衣衫呀马凭鞍,
村支村委凭咱好领班。
镇上凭的是领头雁,
县里全凭书记好县官。
人民凭的是共产党,
社会主义凭的咱人民有吃穿!

老汉扯开嗓子,大实话六句开场白一吼,可谓拨云见日,赢来一片热烈喝彩。刘副县长格外激动,一边拍手一边嘴里连声叫好!

"这简直就是编剧、演员和乐队三位一体的全才嘛。"郭振峰自豪地对刘县长说,"无论走到哪里,现编现唱。这当然是村民最最喜闻乐见的。身边的人,演身边的事。不用搭台子,不用费事化装,更不用穿戏装戴行头什么。一个人一条板凳,只带个小徒弟往那儿一坐一立,也无须布景衬托,只要鼓板一响、板胡一拉,张口就来。生旦净丑,应有尽有,且客串得超专业一流,角色扮演得惟妙惟肖。"镇上郭振峰书记正对刘县长大发感慨,却听见老汉的声音又客串到了刀马花旦上。那嗓子圆润细腻,若春风拂面,似春雨润物:

"各位看客可知,咱同舟古村,六百年前一根橼,漂到此岸寻姻缘。如今仍有太公庙堂之上楹联为证,曰:'守仁守义泰山大恩明志;克勤克俭长天浩气骋怀'。……"文有才老汉由今人古,又鉴古论今,越说越来劲。听的人也早就忘了开会的事。加之声音从大喇叭上传了出去,全村人都赶紧循声赶来。

如此缓兵之计,果然奏效。老支书忽步康眼瞅会议室门口人若潮涌,当下喜笑颜开,立即起身宣布:同舟村全体村民大会现在开始。

"这个文有才,真是唱戏天才。是本县非遗传承人?唉这太低了,还得往上报呀,争取省里和全国非遗传承人。"刘登荣副县长内行地说,郭振峰赶忙应承:"那是,那是。我们抓紧上报、尽快抓紧上报。"

二

文有才快七十岁了。他父亲文天宝原本是县同州梆子剧团的台柱子,专演花脸胡子生。那年唱《红灯记》,他演鸠山队长。一天省地领导下来检查工作,晚上说要看样板戏。演李玉和的演员不巧感冒发烧,临时决定由文天宝演李玉和,另外一位同志客串演鸠山队长。剧团临时救场也是常有的事,加之文天宝又是久经舞台考验的老戏骨。这么安排,剧团团长和县政工组长都很放心,不料问题偏偏就出在他的头上。当晚,陪同省地领导看戏的,是县上全体领导和部分中层干部。剧情推进顺利,演出现场掌声不断。当唱到李玉和与鸠山队长唇枪舌剑一场戏时,那个演鸠山的演员一紧张,抢先说了李玉和的台词:"放下屠刀,立地成佛!"李玉和条件反射,厉声喝道:"人不为己,天诛地灭!"台上台下听得真切。随后,台下一片哗然。台上还想把戏救回来,台下有人带头鼓开倒掌,更有人起哄说:"你们这是让李玉和替鸠山说话嘛。"省地领导见状,站起来急急退场。县上领导一看戏演砸了,朝着身边的剧团团长和政工组长直咬牙。从此,名演员文天宝的人生命运发生颠覆性改变。他当即被开除出县剧团,同时取消城镇户口,全家遣返回乡由贫下中农监督改造。也就在这一年,得了伤寒没有得到及时医治的文有才,发烧损伤了视觉神经……此后母亲同父亲离婚,父子两人相依为命。文天宝发现儿子嗓门不错,有唱戏天赋。尽管他因唱戏吃了大亏,老戏骨的灵魂深处对于戏曲还是爱火未灭。他常常于没人处吼两句乱弹宣泄心中苦闷,慢慢竟成了父子俩驱赶孤独痛苦的一剂良药。儿子听觉特别灵敏,记忆力更是超人。秦腔的曲调和经典唱词,只要他听上一两遍,就能记住。这使得文天宝心生希望。他开始想着,给儿子多传授几出折子戏,好叫娃将来要饭也有个开口的本钱。文有才学得很快,记得牢靠。自从开始学戏,他的脸上渐渐有了笑容。文家长着一棵老桐树的院子里,渐渐又有了拉板胡唱乱弹和爷儿俩朗朗的欢笑声。每当农闲日子或漫漫冬夜，这里成了村里男女戏迷聚集场所。眼下父亲文天宝早已过世多年，自拉自唱果真成了文有才的谋生手段。自从农村实行一家一户种地，他就成了游走四方以唱独角戏为生的自由职业者。哪里公司开张、村民盖房上梁、谁家碎娃满月、娃子升学或婚丧嫁娶，巷里议事、村上开会、乡镇逢集、县里接待贵宾、各类节庆或春节文艺汇演……如此一路唱过来，乱弹叔的名声越来越大。他成了安礼镇的一颗乡村文艺明星，成了人们挂在嘴上的香饽饽。演完戏拉住照相的，恳请吃饭的，请求拜师学艺的，还有托人给他介绍对象的……他一概婉言谢绝。说起对象，年过花甲的老汉脸就有些发烫。眼前闪现出的熟悉姣美面容，那就像戏里的穆桂英、花木兰、梁红玉……这位他心仪的女人，就是本村赵家巷的赵莲花，比文有才能小十多岁。那女人多年前没了上门女婿，身边一个女娃已经出嫁。没事的时候，她就来文有才屋里帮着收拾卫生洗衣做饭。两人在一起很能说得来，村里人都说他俩是和谐的一对。可惜赵莲花目前还要照顾瘫痪在炕的母亲，老太太说什么也不同意女儿嫁给一个瞎子，事情就这样一直拖着。

　　文有才眼神不大好使，寒暑假的时候，就请文燕的弟弟、户家侄子文祥牵着行走于村镇之间走穴演出。聪明的文祥也爱上了拉胡琴唱戏，学会了敲鼓打板。从安礼中学毕业后，小伙子不顾他妈他姐反对，自作主张没考县高中，辍学跟上户家叔开始正式学戏。如今他叔演出，他就在一旁卖力地敲梆子打板。戏唱到紧要处，小伙子还能拉下手接唱几句。这令文有才喜出望外。他想趁着自己身子骨还算硬朗，好好带带文祥，同时他也开始琢磨着同州梆子的创新和传承问题。

三

　　外面漆黑一片，秋雨下得正紧。同舟村主任选举大会，紧锣密鼓进行中。会场设在一间四四方方的古建大房中，这里原先是座老戏楼。

近旁的忽家祠堂，早年土改已经拆了。唯独这雕梁画栋的明代戏楼，也许是碍于全村人都好看戏才幸免于难，没被拆除。合作化和人民公社时期，队里无论如何每年都要请县剧团来唱几台大戏。以后实行包产到户，集体经济成了空壳，也就无钱请戏供大伙儿娱乐，这里就成了开大会议事和村民婚丧嫁娶设席请客专用。四周墙上黑黢黢的，隐约可辨各种标语口号和贴过大字报、小字报的糨糊印子。

坦白讲，村里近年来很少开村民大会，主要是召集人难。可上面的精神还得及时传达呀，老支书忽步康无奈，就只好整天在高音喇叭上叫喊。至于村里人听得烦不烦，他自己可从来没考虑过这个问题。

眼下看到事先摆好的塑料凳子上，全都坐满了人，忽步康心中窃喜。前几次选举失败的教训不可不汲取呀，老汉又开始忧心忡忡，暗暗提醒自己注意。瞧那一大片座位，几乎均等地分成了四大方阵，刚好就是忽、段、赵、文四条巷的人。平时可不是这样的呀，老汉乡村政治家的脑子迅速转动起来。今黑要再出事，那就丢大人咧。老汉打量着人群，深感孤立无援。

"村民同志们，根据上头有关精神，咱同舟行政村主任，应该是年富力强的，思想解放的，社会交往能力强的，懂经济、能挣钱也会花钱的……一句话，要选开拓型人才。总而言之，要选能够带领着大伙儿脱贫致富奔小康的能人。"

谁都听出，支书这是有意给赵杰魁画像。人们开始议论纷纷。刚才同赵杰魁动过手的段新虎猛地站起来说："好我老舅爷哩，我咋听着你老人家夸了这半晌，不就是在说我哩嘛。年富力强呀、思想解放、社会交往广呀……"

会场上顿时发出一阵哄笑。连刘副县长和郭书记、徐干部都忍不住笑了。老支书呼地红了脸，恼羞成怒地大声呵斥道："段新虎，你不要故意捣乱！你是啥人，你自己还不知道？是脚不是脚，就敢往靴子里塞！"大伙又是一阵哄笑。这回，刘副县长绷住没笑。心想都说这同舟村情况复杂，看来还真是藏龙卧虎呀。

"嘿嘿嘿，塞进去都是脚嘛。"段新虎并不示弱，"我首先感谢领导和组织上信任。顺便在此也表个态，今黑要是叫我段新虎当选村主任，我一定好好干。保证按照党支部指引的正确方向，领着咱同舟人一心一意迈开大步奔小康。"

段新虎话音刚落，他身边围着的那几个闲人，就嬉皮笑脸地鼓起掌来。会场一片哗然。忽步康气得一时没辙。赵杰魁的脸上红一阵黑一阵的，就像当年陪着他爷老富农挨批斗。他万万没有想到，段新虎这小子会玩这阴招。他想着，伸手摸了摸肿还没消的鼻梁。正在这时，老支书忽步康开言道："好呀，你段新虎既然自告奋勇，那就也算一个候选人吧。下面谁再提名？"老支书话音刚落，会计兼村文书的文凯歌当即站起来，神情有些紧张地按照老支书事先的吩咐，堂而皇之提出了"赵杰魁"的名字。会场一阵沉默。沉默过后底下就有人嗡嗡议论。老支书手拍桌子说："安静，安静，不要开小会。下来谁接着提。""提啥？让提意见吗？"段新虎故意打岔。老支书没好气地说："提你个头，今天可不许你胡乱放炮。"

"嗨嗨，咱当干部可不要害怕人家放炮嘛。"众人哄笑，老支书自己也摇头苦笑。说话的是他本家叔忽子亥，都快九十岁了，年龄大，辈分也大，性子倔，人却正派。老汉不像他堂哥忽子壬那样性情温和、文质彬彬。他说起话来总是连钩带刺，让人听着很不舒服。

四

会场活跃起来。忽子亥提出他户家孙子、老教师忽纪岱。还有人提文燕她妈、现任村妇女主任黄桂珍。有人提出了段淑娴她爸段万奎，老支书暗暗松一口气。一阵沉默过后，有人嬉皮笑脸地提出赵吉财，说他最像老支书描绘的那号人。赵能人赶紧站起来，看了一眼脸红脖子粗的堂哥赵杰魁，自我否决说："我可不参加竞选，我自动退出，自动退出！"大伙儿又是一阵哄笑。老支书当即制止，提醒大家态度要严肃，认真履行各自的民主权利。

当下，在主席台一侧事先竖起的黑板上，文凯歌用粉笔歪歪扭扭地写下了赵杰魁、忽纪岱、段万奎、段新虎、黄桂珍等人的名字，会场上的气氛立刻变得严肃起来。家有千口，主事一人。人们的目光都齐刷刷集中到了老支书忽步康身上。老汉开始显得有些不自在，怎么才能把如此分散的意见集中起来？这戏该如何往下唱？事先预备好的脚本和台词似乎都用不上了呀。

"大家看，还有没有新的人选？县上镇上领导都在，咱今黑可得充分发扬民主。"老支书话音刚落，谁也没想到忽纪岱的儿子忽沛东站起来说："有，我提赵志强。"忽沛太也站起来说："我也提赵志强。他文化高，人品正，见识广，当咱村村主任最合适。"众人都莫名其妙。这兄弟俩可是忤逆子呀！没看你的大人忽纪岱在竞选村主任，可你们却提了外姓旁人。就在众人纳闷之际，文燕和段淑娴手拉手站起来说："我们同意赵志强当村主任，他担这副担子再合适不过了。"

坐在台下的赵杰魁，刚才还得意地拿出一盒软中华拆开给周围人散哩，此刻却像是被人点了麻醉穴，愣着不动弹了。"对，就选赵志强。""那这娃可是千里挑一的人才呀。""只要人家愿意干，这才是咱同舟村的人梢子。"人们议论的声音越来越高，谁也没留意赵能人在赵杰魁耳边嘟哝了什么，突然消失不见了。

"行了，大伙儿安静，安静。"老支书高声制止无效，只得拍了拍桌子。会场这才安静下来，接着开始投票。

头一轮投过，黑板上就只剩了赵志强和赵杰魁叔侄两个人的名字。会场上出现了戏剧性的一幕。赵志强和他户家叔并排坐在一起，叔侄俩大眼瞪小眼地相互瞅着。说句心里话，赵志强来开会时原本并没有参选的想法。他只是代表生病的父亲参加会议，但是来了才发现苗头不对。让他眼睁睁看着这个不法暴富的本家叔父当主任，他可是从心底里不能接受。眉目送爱，亦可传恨。两人虽一句话不说，心里都如明镜似的。这可不是客气的事情，是你死我活的一场短兵相接。有我没你，有你没我。主任选到这份儿上，可是谁也不曾料到的呀。满以为还是会在异姓之间产生竞争，不料竟然是叔侄相搏。忽步康看明白了,今晚要是再选,肯定是赵志强票多。不选吧,别说是群众不答应,领导也不会同意。无奈之下,老汉只能当面请示领导了。他先上前问镇上郭书记和县上驻村干部徐安稳,两人哼哼唧唧,都扭头看刘副县长。忽步康又凑到刘副县长近前问如何是好。刘登荣嘿嘿一笑说:"选举形势不错呀,接着投票嘛,这两位,我看选上谁都行。"

老支书听得,心里一块石头落了地。他当即宣布继续投票,结果很快揭晓:赵志强同志,高票当选同舟村主任。大伙儿热烈鼓掌祝贺,掌声刚刚落下,却听见门外有人喊叫:"且慢,且慢!我不同意!我坚决不同意我黑蛋当主任!"赵兴国一路喊着,被赵能人搀扶着进了会场。会场上当下成了一锅粥。赵志强红着脸,大大方方对众人说:"好呀,我爸来了也好。今后我的工作可是离不开他老人家的大力支持。"赵杰魁站起身满脸怒气地瞪了赵能人一眼,气呼呼地一个人先退出了选举会场。

大伙儿又是一阵哄笑。显然这个选举结果是大多数人没有想到,却又都愿意接受的。赵能人一看自己来晚一步,羞得赶紧把人背上转身就走。赵兴国老汉还在他背上挣扎,嘴里一个劲叫喊:"真的,我不同意我儿当主任嘛……""我说老赵哥呀,你厾这是割了驴屎敬神哩,驴也疼死了,神也惹下了!"有人怪声发出一阵嘲笑。赵能人气得回过头来,又要往会场里去。老支书忽步康一见苗头不对,刚说要宣布散会,不料镇上郭书记站起来大声说:"下面,请咱县上刘登荣副县长作重要讲话,大家热烈欢迎。"会场上响起一阵掌声。主席台上,刘登荣清了清嗓子说:"看来咱同舟村人觉悟不低呀,是非观念很清嘛。"郭振峰和忽步康忙附和说:"那是,那是。"刘副县长招手说:"赵志强同志,你上来吧,让大家看看你嘛。正式亮个相。"全场又是一阵热烈掌声。赵志强毫不犹豫,大大方方登上主席台,先给大伙儿深鞠一躬,又同刘副县长和镇上郭书记握了握手。刘副县长接着讲道:"赵志强同志,你当选村主任,在座好些人没想到,连我也没想到。但是这个选举结果,我却感到十分高兴。选一个国家培养的高级知识分子、青年社会学家来当咱同舟村的主任,这是打上灯笼也找不到的好事情呀!"

刘副县长说着停下来，目光朝着人群扫了一圈儿，台下连咳嗽声都暂停了。

"同时，我在这里还要郑重承诺，志强同志，你今后无论是工作上还是个人家庭有啥事，尽管到县里来找我。我刘登荣不敢说有求必应，但是一定会想办法帮助你克服困难的。一句话，我支持你！""好……"众人又是一阵更加热烈的欢呼和掌声。听得出，这回可是众人一致的由衷掌声。

第三章

一

清晨，平原上太阳刚从东边雾气沉沉的黄河滩里冒花儿，赵志强就起来了。他穿好衣服，用凉水漱口擦了脸，即蹑手蹑脚出了街门。街巷里静悄悄的，空气渗凉发甜。他习惯性地做着扩胸运动，放心大胆地吸气呼气。这样的深呼吸在雾霾严重的大城市里，已经很少了。他举目南北一瞅，仍不见一个人影儿。乡亲们都还睡着吧，他看了看手表，刚刚六点钟。记得小时候只要鸡叫二遍，村巷里就开始有人担水、拾粪、扫院子，或是套车送粪、吆牛下地。各种熟悉又亲切的声响，成为乡村晨曲的温馨前奏。天一透亮，十字街口老槐树上吊着的大铁钟准时被敲响。那钟声由慢到快而传开来，就像给每个人的精神上足了发条。如今大铁钟早已不知去向，换上了四只朝向四条巷的灰色高音喇叭。年轻的村主任想着，打开袖珍收音机开始收听广播电台新闻，慢慢朝十字街口走去。

同舟村新任村主任赵志强的一天，就这样平平淡淡地开始了。村巷里没有人注意到他的出现。连阴雨过后，紧接着就是一个又一个大晴天。深秋时节，是关中东府一年四季最好的日子，气温不冷不热，农民们开始抓紧收秋。一年两熟，这是本地的气候带给农业生产的优势。主要以夏粮麦子为主，秋粮则以苞谷和豆类、红薯为主。秋收紧张地进行了半个多月，眼下基本地净场光，各家都转入了整地种麦。大集体时期的大型农机具不见了。村里的几台小四轮拖拉机牵引的小型收割机和播种机，被土地多的家户轮流租用。因为地块小而分散，大部分人家基本上又回到了牛拉犁人担背的时代。赵志强以社会学家的眼光，审视着周围的一切。他在《同舟日记》里写道："改革开放过程中的中国乡村社会，许多方面并非垂直上升或一帆风顺呀。其中充满了预想不到的曲折和艰难……"

眼下，机械乏了，人也困了。赵志强家连同他出嫁的姐姐，平原上拢共十亩水浇地里的庄稼，也都收割完统统种上了麦子。秋粮，玉米和豆类入了瓮，红薯下了窖，花生和地塄上插种的金针，也都收净晾干打包。黄河滩里多数人家种的是花生，今年全被水淹了，黏得刨不出来。当他每天同沉默不语的父亲一道，干着各种从小就熟悉的农活时，就情不自禁地想起了童年……

那还是念小学的时候，每年忙假和周日，他和姐姐帮着父母干农活的情形历历在目。没干过农活的人，永远也想象不出那种顶着大太阳或风吹雨淋没完没了干活的熬苦滋味。当然，也有劳累过后歇下来才能体会到的那种难以言说的幸福。城里的孩子，从小也许会背"锄禾日当午，汗滴禾下土"，可是对于"粒粒皆辛苦"的体会，却和农村娃的理解大不相同。春天播种，深翻耙磨、摇耧下籽，他和姐姐幼小的身影紧紧跟随在大人身后，从早晨忙到天黑。他常常在料峭的寒风里，用冻得红肿的小手拽着牛尾巴，浑身鼓着劲儿站在耱子上。乡亲们称之为"压耱"，说压得住耱子的碎娃，将来做事才沉稳。行走中翘起尾巴的老牛，拉屎放屁全都冲着他，许多碎娃这时早就撒手逃离了，可是赵志强不松手。如此几天下来，他被晒黑了，村里人就给他起个外号叫黑蛋。时间久了，黑蛋就成了他的小名。五黄六月开镰割麦，那可更是熬苦得要命。暴露在毒日头下的皮肤，一天下来就得晒脱一层皮。弯腰割麦要不了一会儿，腰就疼得直不起来了。这时候，像老牛一样不辞辛劳的父亲和母亲在儿女心目中，就成了英雄。地头休息，父亲好吼几句乱弹桄桄。说是作为关中东府人，不会唱秦腔，人家就会笑话。黑蛋发现，每当父亲吼唱乱弹桄桄，母亲总是笑得十分开心。那喜悦是发自内心深处的。如今姐姐出嫁了，父母也老了，眼瞅着土地作务得也没有从前精细了。父亲腰腿经常疼……家庭是村子的缩影，而村子是县和乡镇的缩影。充满幻想的年轻社会学家，他一时还看不到乡村未来的希望，尽管已经糊里糊涂地成了村主任。历史的潮流滚滚向前，时代的脚步总体不可能倒退，但是前进道路上的曲折总是难免的……

赵志强一边走，一边想着心事。收音机里讲的什么，他一句都没有听清。

金色的阳光悄然照耀在瓦屋顶上。此刻，他已经来到十字街口的老槐树前。那老树经过充足的雨水浇灌后，如今在阳光下更显得蓊郁葱茏。不知为啥，每逢经过这里，一看到这棵老树，他心里就有一种庄严感，就像看到一位饱经沧桑的老人。他转过十字街口朝东，远远看见仰正舅爷依然在弯腰扫地。一群碎娃又来捣乱。他们喊叫着疯老汉、疯老汉，朝老人扔着土块。老人毫无反应，继续低头扫地。调皮的碎娃们更来了劲。

突然，一个虎头虎脑的男孩从街门里冲了出来，他手中挥动着马鞭，嘴里喊叫着："小混球，不许欺负我仰正爷！"碎娃们见了，哇的一声四散而逃。疯爷见状，回头哈哈大笑不止。

"哎，你是谁家的娃？叫啥名字？"赵志强好奇地问。"我是忽经昌的儿子，叫忽晓刚。你是谁？""我是赵志强，你得把我叫哥，咱村新任的村主任嘛，你不认识？"赵志强说着伸出手，和小家伙握手。"嗯，记起来了，你是乡贤，还骑过我爸的马哩。"小家伙仔细地端详着主任。"忽晓刚，你咋不去念书？""村里学校没了，上哪里念呀？再说我爸也供不起。"小家伙说着低下了头。正说着，晓刚他妈端着一碗热汤面出来，递到了疯爷手中说："叔，你歇呀，趁热吃。我给你调了油泼辣子，吃了身子暖和。"

时光在这一刻，突然倒流回了从前。在赵志强眼中，疯爷是岁月留在人们生活中的一尊活化石，有意无意地呼唤和提醒着人们的某种记忆。作为个体的生命虽然还活着，但是他的灵魂似乎留在了另外的世界。他读不懂当下人，当下人也无法读懂他。疯爷不像他爷忽子辰，关键时候一走了之。忽仰正，他的悲剧在于他用自己的故事，把历史与现实牢牢地焊接了起来，就像一根长长的钢针，扎在人们的心头。

"唉，人都懒成蛇啦！"吃了面，又开始扫着。老汉嘴里不停地嘟囔着，仿佛是在嘲笑周围这些把自己视为疯子的人们。

赵志强当了村主任，第一件事就是走访村民家庭、看望村里的孤寡老人和失学儿童。他一连五六天，同副支书文凯歌和妇女主任黄桂珍一道，走遍了四条巷所有的人家。在疯舅爷忽仰正一贫如洗的家里，他灵魂震颤了。

他在《同舟日记》里写道："村子就是一个完整的社会，只有深入到每一个家庭、了解每一个人的心思，理解所有人而不是部分人的喜怒哀乐，你才能真正全面了解这个社会的现实矛盾和真实状况。不过首先要为老年人和儿童做点实事。因为他们是这个社会的从前的奉献者和未来的希望，也是当下需要特别照顾的群体。"

二

这天是星期天，一大早，忽沛东和忽沛太已经在东坡口等着赵志强。三个年轻人提着自家的吃喝，相约看过了几户因种种原因生活严重困难的村民，并答应尽快帮助他们申请民政救济。想不到牧马人忽经昌家，生活会那么困难，除了马圈里那些马匹，简直是家徒四壁。连供儿子上学的钱都用来买饲料，儿子忽晓刚只好辍学在家帮助父亲放马。这令赵志强既感动又难过。在新任村主任看来，无论如何这扶贫帮困，仍然还是村委会的一项重要使命。早前显然被严重忽略了，本届村委会要尽快补上这个缺陷。

眼瞅时间还早，就临时决定上忽家寨子文海书院拜访学识渊博的齐清海教授。"文海书院"，赵志强在城里就有耳闻。可是这对于当地一些村民，却是可有可无。没事的时候，人们宁愿搓麻将、打台球或是抹花花。同舟村眼下的年轻人，多数不了解这座古寨的历史和老教授创办文海书院的意义，更不明白这书院与古庙同自己的生活有什么联系。在渭北高原与黄河滩之间，孤零零矗立的这座黄土塬峁，在历史学家齐清海教授的眼里，那是自然景观与文化积淀的有机融合，是珍贵无比、绝无仅有的稀缺文旅资源，是不可复制与再生的罕见的文化奇观，更是一本值得潜心研读的无字天书。他在研究撰写《关中灾荒史考据》和《历代西北地区征战史考古论证》两本专著时，发现了这座古寨的特殊文化意义和重要历史价值。这也是他老人家退休之后欣然前来创建"文海书院"并把自己全部藏书统统捐献给书院的一个重要原因。可是在文盲半文盲的村民们看来，那黄土峁子简直一文不值，矗在那里甚至有碍观瞻。难怪村里不断有人提议用推土机把寨子峁推平，还说要是真推平了，至少可以垫它几百亩好台地。要不是齐清海教授奔走呼吁阻拦，此处也许早就被夷为平地了。

这事令赵志强十分感动，因此齐清海教授在他的心目中成了偶像。齐先生用自己的行动证明，一个有出息的人文学者，不但要潜心研究学问，还要全力为社会进步助力。文海书院与泰山庙考古新发现，引起业内专家对这座地形险要的元明古寨和新时期乡村文化传播新模式的格外关注。有学者还就此话题与学养深厚的齐先生进行了颇有创意的学术对话。文章发表在《古迹新闻探索》上，并被《学术文摘》重点选登。默默无闻的元明古寨和文海书院逐渐成为中外游客和远近村民纷纷造访的好去处。

半小时之后，三位身强力壮的年轻人已经大步来到了古寨结实的石砌寨墙外面。寨门洞开着，他们手抚着坚固的石砌寨墙，仿佛抚摸到了自己儿时留下的体温。那时古寨已经荒废多年，寨院杂草丛生，时有山鸡野兔和长虫出没。猫头鹰夜里在寨上怪叫不止，白天这里却成了孩子们的乐园。只要学校一放学，他们就成群结伙登上寨子玩耍。

春天挖野菜逮鸟雀，夏天放羊割猪草，秋天摘酸枣、用竹竿敲大枣，冬天滚雪球打雪仗……特别是学校放了暑假，凉爽的寨子上更成了娃们的天堂。他们干脆一天到晚泡在寨子里，不到天黑吃饭睡觉绝不离开。他们在水井边的草丛中捉蚂蚱逗蟋蟀，在草房的椽眼儿中掏雀蛋、逮山雀。还在想象之中扮演不同的角色，小兔子和老狐狸捉迷藏，田鼠与黄鼠狼过家家。总之，那时候的忽家寨子顶上，完全是他们的童话世界。这些故事，在每个人的心灵中的印象又是不尽相同的，这就出现了多姿多彩的回味版本。记得一次也是赵志强和忽沛东、忽沛太三个好朋友相约而至。那是星期天，晴空飘着祥云。他们在泰山庙大殿落满尘灰的香案上，发现一条银白色的大蛇。从地上留下的明显印迹判断，那白蛇是从庙院的水井中爬出越过台阶翻过门槛进入大殿才攀上香案的。更令人惊奇的是，那碎娃手腕子一般粗的大白蛇，见了人也不害怕。它从容不迫地在香案上灵巧地扭动着画出对称的图案之后，圆圆地盘起不动了。就像举行完什么神秘的仪式过后身体定格下来。蛇头居中高高地竖起，目光安详地瞅着门外惊恐不已的小孩子。这白蛇在三个孩子眼中，逐渐就幻化成了一个白胡子、白头发的和善老翁。老人家同正殿中供着的泥塑泰山老翁完全融为了一体。三个孩子再定睛看时，香案上的白蛇已经不知去向……

仅仅一百多个台阶，今日显得格外漫长。三位发小慢慢地走着，仿佛从童年走到了当下。远远地就见齐先生和助手小陶站在文海书院门前迎候。那和蔼可亲的脸上透着虔诚的微笑。"欢迎诸位光临。"寨上微风和煦，先生声若风铃般悦耳。三个年轻人被书院那庄严肃穆的气氛浸染，他们不约而同地向老教授致敬。宾主谦让着步入书屋席地而坐。四围书架和几案上堆放的大量经典书籍，令赵志强眼睛一亮。齐先生亲自沏茶，他的助理、博士研究生小陶端着果盘，给客人分发果品：一颗文冠果、一块水晶饼、一个烤红薯和少许水煮花生米，还有蜜汁核桃仁和风干的老树红枣。

"尝尝吧，这些都是产自咱寨子上的。"齐先生说着，给每个人面前的茶杯中添着茶水。三个人都感到了如沐春风般的祥和温暖。

每次登上寨子走进文海书院，都会有新的感受。赵志强端起茶杯，心想。

忽沛东端起茶杯呷了一口，望着金黄色的茶汤说："从前咱们全村祖祖辈辈吃的都是地表水，含氟过高，人牙齿都是黄的。老年人腿弯背驼的不少，到了晚年普遍都腰疼腿疼。"赵志强说："嗯，这寨子上水沏茶味道就是不一样。上好的龙井回甘更加绵长。"忽沛太咽下嘴里的茶水说："对呀，要是能把寨子上的水引到咱村里，那该多好呀。""那水量恐怕不够。"赵志强说，"得另找水源。"齐先生说："据我考证推测，这也是当年老泰山段文海老先生选择住在寨子上面一个不为人知的理由吧。他很可能是通过品茶弄清了地表水与地下水的本质区别。沏茶对水要求很高。"赵志强听得连连点头。忽沛东说："实际上高氟水用来浇地，对农作物的品质也是有影响的。比如咱滩地产的花生，我就送去做过化验，人家结论是氟超标。后来我对浇地的水做了减氟处理，问题就解决了。"赵志强听完沉吟着点点头，随即拿起面前的一本线装本的《渔翁杂记》，发现其中夹着许多纸条，做了不少的注解和眉批。齐先生注意到了这个细节，微笑着端起小碟，要大家尝尝自己亲手做的素食点心。

齐先生说："根据院中出土的段文海老先生所著《渔翁杂记》中记载，当时'安礼镇诸村，老者多佝偻，腰腿疼痛行走困难者十之五六矣'。文中还说当年你们老祖宗忽守义就是用咱寨子上井水为患者煎汤药医治腰腿疼。"

赵志强听得皱起了眉头，感到这是在给自己出了一道跨越古今的难题。村里改水，可是个刻不容缓的大问题呀。此后，大家边品茶点边交谈。社会学家的村主任与历史文化学者的齐先生，还有农艺师忽沛东、特种兵复员的忽沛太，大家聚到一起，反倒有说不完的话。品茶之后，齐先生提议到外面散步观景。大家起身走到庙院里，围绕着寨墙慢慢走去。突然谁都不说话了，完全被眼前的景色所吸引。忽家寨子上远眺到的黄河与华山的如画风景，令人惊叹不已。

三

雾气弥漫滩涂，红日普照大地。远处那鲜红绚丽的霞光像一匹巨幅绸练飘过三河口的浩渺水波，赫然悬挂在高耸云端的华岳仙掌之上。面对眼前美景，齐清海教授感叹道："嗯，咱们同舟村，自然美景真好！"

"嗯，此景果真是难得一见。"赵志强说，"从社会学的角度看，自古以来，我们的美好乡村，一直扮演着国家主体命运的象征性社会角色。"显然，他还沉浸在自己的专业角色里。

"嗯。"齐先生微笑着点头表示同意，并以专注的目光鼓励赵志强接着这个话题讲下去。

"清末民初以降，梁漱溟、费孝通等先贤对乡村社会的反思与建设主张，其核心就是以乡村为基础或载体，来理解和完善中国社会，探索建设与兴国的根本道路。"赵志强说完极目远望，眉宇之间透着勃勃英气。

齐先生望着这位抱负远大的年轻人，欣喜地说："赵主任，你这个观点我完全赞同。假若离开乡村的兴旺，一株大树必然失去土地滋养。"几个人听得都陷入了沉思。

此刻，但见西南方向雾气笼罩处，阳光之下古老庄严的唐塔、宋庙和华邑人引为自豪的清代丰图义仓如同穿越般地次第呈现，使得眼前景象增添了梦幻般的迷人色彩……

"嗯，你们发现没有，眼前这是一个'之'字形排列的历史文化带。你只有站在咱忽家寨子上才能看得真切。"齐先生不无自豪地说，"还有那雁群，看见没？那可不是路过，而是在此落了户的。到了明年开春，滩里遍地都是大雁蛋。说明咱们这里生态环境同人文景观同样保持良好。"

"对呀，"赵志强当即附和道，"目前的问题是咱同舟这条船，如何利用这些资源禀赋，借助改革开放的动力扬帆启航。"赵志强还是三句话不离本行。

"依我看，黄河滩地开发就是一篇大文章。"忽沛东说，"关键是要解决好防洪抗涝。就拿今年来说，连阴几十天，庄稼全都淹了。根据我回来这几年观察，黄河滩三年一小水，五年一大水。小水，滩地淹到一半，大水全淹。这靠一家一户不行，必须依靠集体的力量，统一规划，抱团治理才行。"大家纷纷点头赞同。

回村路上，赵志强的袖珍收音机正在重播新闻。一条重要消息是：党的十八大在北京胜利闭幕。

同舟村口，老支书忽步康在巷道转悠。大晌午的，村巷里空无一人，老人家正在完成自己的功课，即披着那件黑呢外套，把全村四条巷齐齐走上一遍。知情的人都知道，老汉这可不是休闲散步，而是一天的一项重要工作。

无论春夏秋冬，老支书忽步康嘴里总是叼着一支点燃的香烟，双手背抄着漫步徐行。乍一看，像是悠闲无事，但是从那警觉的眼神和不停左顾右盼的形态，看得出老汉内心的弦绷得很紧。"当干部的，你就得时时发现问题，就得天天在群众中泡着，就是要有声有形嘛。"这是老汉长期当村干总结出的经验。十多年了，老汉的心里，时时都紧绷着一根弦，即领导者的形象和责任。你得转呀，你得管呀！两三千口子、五六百户，整天吃喝拉撒全都看你！你一个年近花甲的老庄户头肩膀头上担子不轻呀。这还不算，村里总有那么几个捣蛋槌槌子，动不动就要给你出个幺蛾子。老支书每天清早或晌午转巷，就像疯爷扫巷，一年四季，风雨无阻。老汉要看看村里有啥不好的动向，随时发现加以制止。经过长期观察，他掌握了一个规律，就是人越忙活，村里就越平安。地里活不紧，村里就快生趄刺刺啦！什么偷鸡摸狗啦，拨弄是非啦，男女绯闻丑事啦，邻里不和啦，还有家族矛盾啦，等等，沸沸扬扬的没完没了。真是吃饱了撑的！叫人一天都不得安生。

此日，老支书忽步康大晌午朝西出了忽家巷，回头望仍然看不见一个人影。心想这苗头不对呀！等走到村十字街口的老槐树底下，远远就见疯子仰正在段万奎的小饭馆门口低头扫地，一群半大小子跟在沟子后头叫喊戏弄……每当看到这情景，老汉心里就不是滋味。论辈分，大不了几岁的疯子仰正同他平辈，他得把人家叫哥。老支书忽步康走到疯子仰正跟前，心情复杂地说："仰正哥，你歇歇再扫嘛。"疯子头也不回地说："嘿嘿，人都懒成蛇啦！"手里还是不停地扫着。

这时候，赵能人不知从哪里蹦了出来，手里端着一老碗热腾腾的热汤羊肉，走到疯子面前，当着老支书的面说："仰正老哥，你歇会儿，吃了羊肉再扫。"老支书立刻纠正说："你得叫舅！""对，仰正舅。"赵能人立即改口道。疯子仰正一听吃羊肉，眼睛瞬间一亮。他二话没说，立刻松开手中的扫把，端过老碗呼呼地喝起热羊汤来。赵能人看着，忙从怀里摸出一个月牙烧饼，递到疯子手里。忽仰正冷冷地看他一眼，咬了一大口饼子拼命嚼着，嘴里还是嘟囔着说："嘿嘿，人都懒成蛇了。""吃你的，再甭胡说了！"赵能人说，眼睛里流露出同情的忧伤。

这疯老汉年龄越来越大了，这么饥一顿饱一顿的可怎么能行呀？支书忽步康瞅着忽仰正狼吞虎咽的吃相心里难过地想。村里每年的救济款，给疯老汉换季发一套单衣、一套棉衣，总算把穿衣问题解决了。可是吃饭呢？吃饭有救济粮，关键是没人做呀。他也知道，段万奎的女娃段淑娴心好，每天都坚持给她舅爷端吃喝，可那也不是长久之计呀。今天看到赵吉财此举，老支书倒有了个新想法，能不能实行光棍汉搭伙办灶吃饭？不过这事得和主任商量商量，看补贴问题咋解决呀。说起来对于新主任，老支书可还真不了解。说心里话，他那晚原本是想叫赵杰魁当选的。杰魁要是当选，他想这一类事情就都好办了。在谁当主任这个问题上，他已经惹得忽家人很不高兴了。本族的人都认为他应该有意培养本家的接班人，可是他却胳膊拐子朝外扭。这是犯了家族的大忌讳呀，难怪好几天族里的老人见了他都没好脸子。他也没想到呀，这能怪谁？谁料想忽家出了个忤逆子忽沛东，比我老汉还绝情。结果半路里杀出个程咬金……这究竟是好事，还是坏事呢？老汉一时还想不明白，不过县、镇领导倒似乎还满意，也不知他们是怎么想的。

老支书忽步康刚走,赵志强也恰巧来到了疯子仰正近前。疯爷水盆羊肉吃得正香,赵能人又把一张月牙烧饼塞到老汉手里。赵志强看着,心里有些感动。人之初,性本善嘛,他想。当下看这本家叔,也不再那么叫人反感了。不过这疯舅爷和村里不少老年人的吃饭问题,也得有个彻底的解决办法呀。

四

太阳照过巷道两边的柿树顶的时候,村巷里走动的人越来越多。推头老王的理发摊子尚未开张,派出所的张民警就黑着脸,照例弓腰蜷腿地骑着车子进村巡巷了。

"推头老王",本名王德忠。他正和老伴矮姑婆相互帮衬着把剃头椅子、脸盆架子和抹花花的桌凳、人坐的麦草垫子摆到门前的铁皮凉棚下面。他家屋墙根避风向阳处,那两张大芦席也铺开来。很快,席上就坐满了晒太阳吃馍喝热茶的老者。村里上了年纪的人相互看样儿,大伙儿习惯不吃早饭。一大早怀里揣个凉馍,最多再抓一把花生豆豆就出了门。不要人安排,矮姑婆即开始努力地忙活起来。她名叫忽经芳,村里大小人都叫她矮姑婆。她个子低,人却生性好强。似乎一辈子都在做一件事,就是要证明自己不比谁低。的确,别看她长得身高只有八十几厘米,但是干起家务活可真的不比谁差。她站在板凳上和面、擀面、切菜,蹲在凳子上做针线活,拉风箱,还有扫院、喂鸡、喂猪啥啥都行。所有农家屋里的活儿,她样样拿得起放得下。由于个子太低,她三十多岁还嫁不出去。那年河南发了大水闹饥荒,青黄不接时来了个熬活讨口的老王。小伙一米八的大个儿,竟然不嫌忽经芳个子低。她和推头老王结婚后肚子也争气,生得一儿一女随了人家他爸,长得都比别人家的娃个子还高。

巷里没有一丝风,秋阳懒洋洋地照着村子。上了年纪的老汉老婆们吃了凉馍喝了煎水,就开始嗑着瓜子谝闲传听戏晒太阳。推头老王的收音机里播放着河南梆子戏,他嘴里就哼哼着"谁说女子不如男"。他亲昵地给一个碎娃洗了头又开始用推子推。人们很快就被香油调苦苣和枣沫糊的甜香吸引住了。这是忽经芳专给她没出五服的本家爷忽子壬和忽子亥二老预备的特殊早餐,随后每人还有一个调了红糖的荷包鸡蛋。见其他老者的目光像碎娃一样瞅着鸡蛋碗,矮姑婆就进屋端来一盆醉枣。她转着圈给每个人手里塞三颗,嘴里还念叨着:"嗨嗨,一日吃仨枣,终生不衰老。"就像乖哄碎娃一样。

人们稀罕地发现,老支书和新主任,一老一少并肩走在巷道里了。

"咳,你没听人说'新婚的媳妇三日勤,半夜起来倒尿盆'嘛。"

好敲怪话的忽子亥咽下一口荷包鸡蛋说,惹得芦席上坐的几个老者直抿嘴却笑不出声。老汉显然是对那晚的选举结果不大满意。

路过推头老王的凉棚子,赵志强专门来向大家请安问好。忽子壬说:"好着哩。你们书记、主任可好?""好好好,大家都好。"忽步康赶忙附和。忽子亥老汉眼窝一瞪说:"刚好,你们书记主任都在,我有个事说下。""啥事嘛,子亥叔,你快说。""你那游戏室成天公开招赌,这事究竟管还是不管?"赵志强听得一愣,心想老舅爷讲的是事实呀。老支书忽步康嘿嘿一笑说:"子亥叔,我咋就没听明白。如今讲究改革开放,大伙儿农闲打个小麻将,算不算赌博,这得张民警来定,也不是你我说了就算数。""张民警我问了,人家说是有问题,说这事得村里出头先管。""村里出头管,那他为啥不管?""人家说,是你村里承包给人家的,你们拿了人家承包款,你们村上得先终止合同。""那照他说,村里有人把人杀了他也可以不管?""咳,我的大支书,你这是说话吗?""那你老汉说我这是干啥?""我看你这是抬杠!"九十岁老汉气得脖子通红。忽步康忙一挥手说:"对了,好叔哩,你们没事好好歇着。"赵志强还犹豫着,老支书已经扭身走了,他只得随后跟上。

赵志强总觉得老人家讲得有道理。"我想……"两人几乎是同时开了口。"好,你先说嘛。"老支书忽步康说。"还是支书爷您先说。"赵志强诚恳地谦让道。"还是你说吧,对村上的工作,我还等着你娃帮我拿主意哩。""百善孝为先,咱要为群众办实事,我想就先从解决老年人吃饭难入手吧。""你也想到这事咧?""对呀,大清早一个个啃冷馍咋行?""对呀,你说嘛。""比如我仰正老舅爷,你也都看见了。""对呀,接着说嘛。"老支书气完全消了。"我建议,咱村办个'老年幸福院'吧。就是专门解决老者吃饭和休闲娱乐问题。""这个建议好呀,志强,你快说说看,怎么个办法?"赵志强说:"我这些年搞农村调查,看到不少地方都在探索解决这个问题。就是找个合适的场所,统一做饭。让老年人像幼儿园碎娃一样,集体用餐。""统一做饭,集体用餐?这能行吗?人老都变得固执,能吃到一搭吗?再说,补贴费用从哪里来?不要像1958年的大锅饭,放开肚皮没吃几天就塌伙了。""从老年保健角度讲,慢慢都得吃清淡些,不能任由自己喜好。饭要做得软和,肠胃也好消化。这里面我看需要认真研究的就是个经费问题。""对呀经费问题怎么解决?没钱,想法再好也是空的呀。"老支书说着两手一摊。"经费我考虑得换个思路来解决。""换个思路?怎么换?"

两人说着话,不知不觉就来到了村部。这是一座百年老屋,最初是段万奎祖上开的油坊堆放油渣和长工住的。忽步康时常自豪地对人讲,这曾是咱地下党华邑工委办公处,也是1949年华邑起义的指挥所。青砖灰瓦的平房,由于年久失修,墙壁上有几道裂缝用报纸塞着。从外观看,屋顶明显有些下凹。脱落了黑漆皮的窗户和门墙,也多少有些变形。整个房屋就像一个年迈的老人,颤巍巍立在那里。门外挂着两块牌子,右首是红漆写着"中共同舟村支部委员会"。左侧是黑漆写着"同舟村村民委员会"。进门是三间堂屋,堂屋地上左右两边对称地摆着六条长凳和两张白木条桌。桌凳的颜色都已经变成了乌黑。堂屋显然是两委开会的地方,两侧墙上开着小门,右侧是支书办公室,左侧是主任办公室。

眼下,两人面对面坐下,喝着廉价的黑砖茶,摆开架势继续商量工作。

"志强呀,人常说'新官上任三把火',你这火打算怎么烧法?你刚才说办老年幸福院,这算一把火。全村人可都看着你的行动呢。""嘿嘿嘿,"赵志强笑着直挠头皮,说,"烧啥火哩,我心里真还没数儿。""没数儿可不行呀。赵主任,我还指望你这新鲜血液改变咱村领导班子形象哩,咱得联手干几件漂亮事情,让群众看看。"赵志强说:"这得按照党支部的方针来定。""看我的?大方针党中央早就定了,就是'两个文明一起抓',不能一手硬一手软嘛。"赵志强听得一愣,明显感觉老支书和自己不在一个频道上想问题。老支书见状急忙补充说:"当然,还得有个前提条件,那就是要以经济工作为中心,坚持一个中心、两个基本点。"赵志强听着,只有不住地点头了。

他的脑海里突然呈现出几乎每天早上都会看到的令人难过的一幕:疯爷在巷道上弯着腰扫地,一群二不愣小子,跟在身后叫喊着往老汉身上撂土疙瘩。老汉一转身,举起竹扫把追,碎娃们哇的一声,四散而逃。

"志强,你说话嘛,心里想啥呢?""我想当务之急还得要解决碎娃们的义务教育问题,娃们不能再在巷里疯了。""对呀,我也是这么想。可是干啥事都得有钱呀。不瞒你说,咱这是个空壳村,没有经济实力呀。"老支书为难地说,显出满脸的愁容。赵志强说:"我考虑,咱得打包规划一个项目,引进战略投资者。""哈哈,咱穷得叮当响,除了一点土地,能有啥项目?""比如从开发滩地入手,把幸福院、图书阅览室和村小学等投资不多却是急需要办的小事项都包括进去。""志强,你说得太离谱了。土地都在村民手里,咱村上说话不算数呀。""现在有政策,可以实行土地流转,把地从村民手中租过来,然后再整体发包出去。""这话说起来容易,村民要是不同意呢?""咱可以做工作呀!""唉,你这等于没说呀。说了半天,还是画饼充饥。""支书老舅爷,这可不是画饼充饥。人家许多地方就是这么做的。""唉,有钱谁不会办事?没钱能办事才算真有本事。"

两人你一言我一语,一直谈到大晌午。中间几次来人办事,都被老支书推了。直到他老伴儿拄着拐杖找上门来叫吃饭,这才告一段落。两人研究的结果,先由赵志强把初步设想整理出来拿到村委会上讨论,然后再上党支部会议。

第四章

一

夜晚，赵志强躺在炕上，久久不能入睡。他闭上眼睛幻想自己在直升机上俯视，清晰地看见滩里、原上、村落、园林、庄稼……俯瞰中的同舟村更像是一条船了。那拴船的缆桩，就是村外忽家寨子。各家各户开门闭门，人在进进出出。巷道上抱娃的，歇凉的，拉架子车的，扛锄下地的，牵羊娃吆头牯的，开电动三轮车的，搓麻将、打台球、抹花花的，还有婆媳娃吵架斗嘴的，两口子亲热或反目为仇的，扫地的疯爷和嬉戏捣乱的碎娃们、精心推头的老王、忙碌不止的矮姑婆和铁皮凉棚下闲谝的老者们，唱乱弹、打板的文有才、文祥师徒，段万奎父女的小饭馆，派出所的张民警，段新虎一伙大小混混们，还有时不时开着大奔驰招摇进村的赵杰魁……最终他的注意力，聚焦在赵能人的台球阵和游戏室里如痴如醉搓麻的，如同瞅着一碗捞面中的一只绿头苍蝇……赵志强想着，感觉脑子一阵烦乱。他突然坐起身，在《同舟日记》里写道："乡村社会就是这样，它不是为了证明你的某个标新立异的命题存在，而是像一块大磁石，遵循着各种各样的逻辑关系而聚散离合……这种情况下，你无法把它划分成什么这个那个类型。就像你自己无法分清自己的身份是村主任还是社会学家，一个受人尊重同时也遭另外一些人反对的所谓'乡贤'。更多的时候，你还得以一个当代普通人的眼光和视角，来看待眼前这个五光十色的世界。"他突然记起在村委会办公桌的文件堆中看到的一张手写的纸条。那是当了二十多年村主任的前辈段怀德病重时留给这个世界的遗言，在他的眼睛里，当主任就是这样一个角色：

  如今村长有多难？难到好比上青天。
  有的黑皮处处能，你不惹他也不行。
  个别村民事情多，鸡毛蒜皮啥都说。
  陈年老事新要求，说出要你公仆评。
  不论自己对与错，上访诬告为贪多。
  上级部门要回复，看你村长咋个说。
  咱出了钱下了苦，把人接回心里堵。
  费用花了一大堆，无人报销一风吹。
  跑要项目心操碎，事后花钱自己兑。
  村里办事真是难，主要就是没有钱。
  为了村上能发展，硬着头皮把事管。
  政策上下靠文件，落实到村腿跑断。
  一切事情都办完，最后欠账自己还。
  贴了工夫赔健康，病倒不治久卧床……
  呵呵，这就是我当村长的心得体会。
  虽然有点消极，但都是真实感受呀。

  在医院里，老主任段怀德写下这张纸条不久即撒手人寰。赵志强每读一遍，就忍不住流一次眼泪。

  这天上午，同舟村村委会在村部召开会议。新任主任头一次主持会议，赵志强正式进入角色。

  "赵主任，我计算过了，"会计文凯歌一进门便煞有介事地说，"原先咱的村委会，平均年龄六十八岁，比人家中央政治局委员平均年龄还大。"大伙听得都忍不住嘿嘿地笑。文会计接着又说："青年委员你们猜多大了？文燕妹子你猜。"文燕说："哥，我猜不出来。""五十五了！当脱产干部都到二线年龄了。"大伙又是一阵笑。"如今倒好，我当初四十五，他们都叫我'小文'。叫来叫去把我胡子都叫多长了！""这下班子年轻化了，你该满意了吧？"忽沛东故意问。"我满意？满意啥？转眼我成了年龄最大的啦！"文会计说完，苦着脸两手一摊。这回大伙儿可笑不起来了。心想原先那个年龄严重老化的村委会，可咋带领全村人脱贫致富呢？文燕起身给她户家哥倒了一杯开水，算是无声的安慰。文会计庄严地接过水杯喝了一口，忧心忡忡地说："不瞒你们各位，从前一说要开会，我就犯愁。那几个年近古稀的老汉先是迟迟叫不来，好容易来了也不发言。说白了，除了抽烟喝茶就是打盹跑茅房尿尿。抽的还是报纸卷的筒筒子，点着直冒黑烟。就这一根接着一根地抽，把我喉咙眼子都熏黑了。"文会计说着，手往自己脖项一指，逗得人都忍不住笑。"真是的，我自己又不抽烟。后来咳嗽得厉害，到县医院拍了片子，人家说我气管熏成黑的了，就像咱从前煨炕的烟洞。"众人听了，都皱起了眉头。"赵主任，咱以后能不能定一条规矩？"文会计郑重说。"什么规矩？"赵志强问。"开会谁都不许抽烟，行不行？""好啊，我赞同，你们几个呢？"赵志强问。大家都说赞同，文燕还带头鼓起掌来。只有段淑娴低头不语，赵志强看她一眼，说："好了，人都到齐了，咱们开会。今天的议题，主要是研究村里如何解决六十五岁以上老者吃饭难的问题，也就是讨论一下创办咱同舟村老年幸福院的有关事宜。这个议题，我前几天已经给老支书汇报过了。首先我宣布一下各位的工作分工。按照村民委员会自治组织的有关规定和咱同舟村实际情况，镇上研究批复咱们本届村委会由六人组成。主任一人，委员五人。我任主任，忽沛东任经济发展委员，文凯歌任财务委员兼任会计，段淑娴任宣传学习委员，文燕任妇女委员兼任妇女主任，忽沛太任青年委员兼任治保主任。对此分工还有什么意见没有？"大伙都点点头说没有，只有段淑娴一直低头在小本子上记着什么。赵志强提高嗓门问道："段淑娴，有没有不同意见？"段淑娴猛地抬起头，睁大一双好看的眼睛说："我，我都同意嘛。"眼神里分明充满了忧伤。大伙都很惊奇，赵志强心里不禁一怔。文燕在一旁看着，心里别提有多着急。"怎么不说话？今儿这气氛不对劲呀。"忽沛东傻乎乎地冒了一句，说完莫名其妙地望着赵志强。赵志强更是丈二和尚摸不着头脑。文燕心里为之一颤，想到了自己和沛东的感情。

　　会场意外沉默，赵志强一时还弄不清是什么原因。他朦朦胧胧地意识到，是段淑娴的情绪影响到了大家。此刻，段淑娴的心里十分忐忑不安。赵志强想得没错，那天，那个阴雨霏霏的下午，当她同文燕硬着头皮手牵手走进赵家老屋，看到赵叔仰面躺在炕上。"爸，淑娴、文燕还有沛东、沛太看你来了。"赵志强话没说完，他爸那愤怒的目光就如同一道闪电朝段淑娴射去。姑娘的心都要被穿透击碎了。当天晚上，段淑娴整夜睡不着，心里苦得就像吃了黄连根。

　　"淑娴，你在写啥嘛，那么认真？"赵志强温和地问。段淑娴突然打个寒噤，苦笑着看了看大家。时间已经过去一个月了，她还是缓不过劲来。

　　会议围绕建立村老年幸福院展开讨论。每个人都发了言，基本上排除了那天老支书所担心的，即人们通常都会想到的困难。最终决定把规划立项报告和实施方案书搞出来，提交各巷即村民小组征求意见，然后汇总一并提交村党支部研究作最后决定。会议至此，眼瞅快到吃晌午饭时间了，赵志强本想叫忽沛东说说滩地治理的设想。就在此时，外面隐约听到人声嘈杂。一阵急促的脚步声，气喘吁吁推门进来的人竟是赵能人。

　　"快，快呀，赵主任，要出人命了！要出人命了！"赵能人脸色苍白，闯进门大喊大叫。"啥事嘛，吉财叔，你慢慢说。"赵志强惊得站起身问。"忽子亥老汉……老汉在游戏室闹事哩。""忽子亥？能闹个啥事？""咳，这……老汉抡起拐棍见人就打。""那，那你为啥不阻挡？"对这事，赵志强并不感到突然。"好我的主任哩，我哪里敢挡，还没等挡，就把我腿上打了几闷棍。赶紧，再没人挡，真要出人命了！"赵志强急得一挥手，跟着赵能人就走。一同开会的几个人也都不放心，随后跟着出了门。

二

这天，窗户还黑乎乎的，赵能人就醒来了。他睡不着了，思来想去得抓紧。想着就急急忙忙穿衣起来，出门敲着对面屋的窗户把丽丽叫醒。丽丽又赶紧把身边睡得正香的新雇的外地姑娘娇娇叫醒。娇娇揉着粘了假睫毛的大眼睛说："啥子事情嘛，大半夜的？"丽丽说："起床了，该上班了。""上班？这深更半夜，上啥子班嘛？昨晚两点半才让人睡下，你们这儿，连县城洗浴中心都不如呀，这还叫人活不活了。"娇娇埋怨着，倒头呼呼又睡了。丽丽无奈，只得自己一个人拉着电灯穿衣起床。她知道，再不起来，急躁的赵老板就要发飙了。丽丽今年二十八岁，长得很显年轻。她是赵能人的远亲姑表妹子，家住邻村孙家坡，因刚刚离婚不久，又要供儿子孙文成上学，才应聘到了同舟村游戏室上班。她来半年多了，赵能人对她还算不错，吃饭有时在家做，有时在村里乡亲小饭馆记账。月月工资也能按时发，有时表哥一高兴，还给悄悄发个小红包。管吃管住每月能落五六百元，这工作在农村可是难找。令她难受的就是那个满嘴烟酒臭气的包工头赵杰魁，时常来骚扰不断。赵能人则是一眼睁一眼闭。有时赵杰魁来屋里，他故意找借口就走。这让丽丽不胜烦扰，但是自从拿了人家的好处，也没有什么办法摆脱。最近到了游戏室的业务旺季，丽丽端茶倒水打扫卫生、迎来送往，一天到晚忙得实在吃不消。她叫苦连天，赵能人就托人从县城洗浴中心雇请了娇娇。这不，娇娇才刚上了一天班，就累得爬不起来了。

"丽丽，你们起来没？赶紧走。天一亮咱就得开门营业。这可是黄金季节，不敢耽误生意。"丽丽刚穿好衣服，还没等得下炕，就听见赵老板在门外敲门催叫。"知道了，表哥。"丽丽接着又急叫娇娇快起，自己下炕赶紧开了门。论年龄，十七八岁，娇娇还是个碎娃哩。她嘴里埋怨着坐起身，露着连胸罩也没戴的雪白身子。丽丽生怕赵老板推门进来，就背靠门立着。这时就听见赵老板大声在当院里喊叫："丽丽，我先走呀，你们赶紧来，别忘了把门锁好。"

　　村巷里黑乎乎的，赵能人感觉浑身有些渗凉。他把宽大的西服外套裹紧，袖起双手，弓着腰在黑暗中走着。他习惯性地心里一直打着算盘算账。室内的二十张麻将桌和室外的十八张台球桌，光靠这点本钱发财，已经不能满足他的胃口。现在的问题是，要让真正不上桌子又想赌钱的人，把腰包里刚刚卖粮食、卖农副产品得来的钱掏出来，这是他今年的新套路。从前他的眼睛，只盯着那些好搓麻、好打台球的人。如今他发现真正的商机比这要大得多。谁赌钱，谁上桌，这是老皇历了，冰山一角。人家香港玩赛马和赛狗，咱也可以照办呀。站在一旁观看，就可以参赌。赵能人想得正美气，就听见村里一声鸡叫，他看了看表，还不到五点。抬头一看，星光下正路过桂花嫂子家门。这桂花嫂子是他的相好，如今游戏室正缺人手，与其再掏钱雇人倒不如自己人可靠。赵能人想着，左右一瞅没人，就从怀里掏出开街门的钥匙，神不知鬼不觉地溜进了孙桂花的街门。

　　丽丽领着还没完全睡醒的娇娇出了街门，快步赶到游戏室，却见铁门紧锁不见人影儿。两人感到奇怪，又没有钥匙只能干等。黑乎乎的天又冷、人更疲乏。等着等着，两人竟然靠在一起在门台上睡着了。丽丽梦见自己掉到冰窟窿里急忙爬不上来。娇娇则总觉自己是光着身子在大雨中奔跑。二人好容易挣扎醒来，太阳已经升起老高。这才远远看见赵能人急急火火地相跟个打扮精干的女人来了。

　　丽丽一见就火了，没好气地问："赵老板，你这是到哪里去了呀？大半夜把我们晾在这里，不见你个人影。"赵能人明知理屈，用牙签挑着牙缝嘿嘿一笑说："大妹子，对不起呀，甭发火嘛。你没听人常说老虎也有打盹的时候嘛。这事你就甭问了。"看得出来，这两人已经在段家小饭馆吃了水盆羊肉了。丽丽越想越气："赶紧开门呀！把人都快冻死咧！"丽丽说着狠狠瞪了那女人一眼。赵能人一边打着饱嗝开门，一边说："唉，对了，忘了给你们介绍，这是你嫂子孙桂花，从今开始也来咱游戏室帮忙，你们配合好。""各干各的，有啥配合的。"丽丽进屋嘴里嘟哝道。娇娇心里同样有气，更瞅着那老女人不顺眼，遂冲她努嘴挑衅地咬牙哼了一声。孙桂花哪受过这气，丹凤眼一翻当下开了腔："哎，我说吉财，我咋看你这老板也当得窝囊呀！雇俩烂小姐还想拿咱的事不成？"孙桂花属于袖珍型的那类小巧女人，原本伶牙俐齿不受人。丽丽可不管那一套，她一听大怒，仗着自己年轻个子高，上去一把就抓住了孙桂花的领口厉声喝问："你个烂婆娘说谁哩？你再说一遍，谁是烂小姐？"娇娇也不是省油灯，趁机上去指头点在孙桂花鼻尖儿上，满口四川腔吼叫道："哎，你该不是说老娘吧？告诉你，老娘还是黄花大闺女！你给老娘造啥子谣言哩！"说着，镶了血红假指甲的手指就在人家脸上狠狠戳了一下。孙桂花哇的一声大叫："哎呀赵吉财，赵吉财……"丽丽这才松开手。赵能人赶忙跑过来喊叫道："哎呀，好我的姑婆哩，你们这是咋哩？眼瞅打牌人就要来了，你们是想砸自己的饭碗不成？"

孙桂花受了委屈，哪里肯饶人，就势坐在地上干哭起来。赵能人上去赶紧捂住她的樱桃小嘴说："哎呀，好我的姑婆哩，叫你来帮忙，可不是叫你添乱。""谁添乱来？这你自己都看见了，她们这是奴欺主呀，你瓷尻掏钱雇了一对母夜叉！"屋里正吵着，就听门外有人说话："谁掏钱雇了一对母夜叉？叫我老汉先看看。"赵能人一听，就知道是忽子壬来了。这老汉每天起得早，有事没事都要在村里溜达一圈儿。路过村十字街口就必定要来游戏室看一眼。他也不说话，拄着拐拐在大厅里溜达，同熟人晚辈有一下没一下地拉谈两句。赵能人赶紧搬个凳子请老汉坐会儿，然后沏一杯新茶，老汉慢慢地品着。拿出他当年在兰州做生意的派头，一双眼睛狡黠地瞅瞅这，再瞅瞅那，好像啥啥都逃不过他老人家的法眼。眼下一听老汉来了，赵能人一下急了。"快，赶紧起来，忽子壬，忽子壬老汉……来咧！"赵能人趴在孙桂花耳朵上说。

孙桂花一听村里长辈来了，赶紧起来背转身子擦脸摸头地捯饬自己。丽丽和娇娇扫地的扫地，抹桌子的抹桌子，也都装作没事人一样。

长胡子老汉说话就拄着拐棍进了门。老汉平日好逗笑，论辈分多数还都是孙子、重孙子辈的，可以没大没小地开玩笑。老汉一看面前这四个人物，三女一男，再加上刚才门外拾下的一句话，眼睛一眨，啥啥都弄清了。"怎么，不演了？我还想看戏哩，咋就不演了。"好敲怪话的忽家长辈故意问。见没人说话，老汉又问："赵吉财同志，你咋也不言语了？"赵能人忙搬个凳子让老汉坐，老汉摆手说免了。这时候，段新虎领着他那一干人来了，其他本村好赌的人，比如忽顺生和他儿忽青海，也都来了。人越来越多，纸烟、雪碧、可乐、瓜子，果盘也卖得很快。这都是收入呀。更令赵能人兴奋的是，来了不少面生的外村年轻人。人家出手阔绰，还只管叫唤要喝啤酒。这显然是他的网上广告起了作用。他急忙叫丽丽开上电动三轮到安礼镇进二十箱啤酒。这才做了几天广告嘛，外村人就来了这么多。人一下子比往日增加两三倍，就像是来赶会的。人来得多，这都是钱呀，你当这是啥？赵能人心中暗暗高兴，感到自己的扩张计划，已经开始实现。

如此，赵能人就没闲工夫陪忽子壬说话，而是颠着瘸腿迎接客人。忽子壬一直站在一旁看他举着打火机点烟的样子，不由得哈哈大笑起来。赵能人听得笑声，急忙跑过来招呼老汉落座喝茶。老汉摆手说："你忙，免了。"赵能人听着老汉话茬不对，心里顿时七上八下直打鼓。更为奇怪的是，老汉并不像往日，来了绕一匝就走。今儿可是一反常态，立着不坐，敬茶不喝，却又守着不走。真是立客难待呀，赵能人心里更是忐忑不安起来。这老汉可是个灵灵蹦儿，赵能人心想，谁要叫这老汉盯上，可不是啥好事。"老舅爷，你吃了没？要不我给你端一碗水盆羊汤？"等到把众人都安顿妥帖开了牌，赵能人赶紧满脸堆笑地凑到忽子壬老汉跟前说话。忽子壬说："不用，我闲人一个，可不像你。一天忙得四蹄儿不沾地，钱都快把腰包撑破了，得是？""咳，好老舅爷，哪里的话。我这是折本买卖，纯属为村民群众服务哩。""哈哈哈……"老汉再度大笑起来，惹得屋里搓麻的人们都扭头直看这边。赵能人更觉得心里不安，浑身冒起了鸡皮疙瘩。也就在这时，听见门外有人大声喊叫："赵吉财，你给我出来！"听声音像是忽子亥老汉呀。赵能人心里顿时发了毛。这今儿是咋了，尽遇些怪事。这老汉可是从不到游戏室来呀，赵能人越想心里越紧张，赶忙迎出门去。不料老汉已经被儿媳搀扶着上了台阶。"子亥老舅爷，你老人家咋今儿也来看热闹？"赵能人急忙上前搭手扶住老汉。不料这老汉可不像忽子壬，眼睛一瞪就抡起拐棍，照着赵能人的腿上就是一家伙。"我来了，是找你这败家子算账的！"赵能人挨了闷棍，还没反应过来，就被老汉紧紧抓住了胳膊，说："你这是啥游戏室，你这分明是个赌场嘛！好人谁到你这里来？我老汉今儿个就是砸摊子来了！"老汉说着，照着近前的一张麻将桌子敲了一拐棍，把麻将牌震得蹦起老高，又纷纷落在地上。随即怒吼道："忽顺生、忽青海，你父子俩给我站起来！"忽顺生急忙跑到他大跟前，说："爹，走，咱回屋慢慢话嘛。"老汉一听急了："回去说话，回去说有用吗？"说着抡起拐棍照着儿子头上就是一家伙。忽顺生当场血流满面。老汉就像疯了，抡起棍子把周围几桌牌全都打了个稀巴烂。"赶紧走，老汉疯了！""这老汉是谁？咋这么厉害？""抗美援朝老兵，谁也不敢惹。"人们惊得四散而逃。突然之间，墙根有人拍手叫好。众人一看，竟然是忽子壬老汉。"兄弟呀，你砸得好！我就等着给你鼓掌哩。"忽子亥正在气头上，仍然用拐棍挨个砸着牌桌。赵能人心疼地拼命上前制止，又寻着挨了几棍，就再也不敢靠近。还是孙桂花点子稠，急忙对着赵能人耳语道："赶紧，叫领导呀。"赵能人这才跛着一条腿就跑。他先叫的是老支书忽步康，滑头老汉推说头疼坚持不去，随后他才找到主任赵志强。

三

"让开，都让开，咱主任来了！咱赵主任来了！"离着老远，赵能人就大声喊叫着。看热闹的和从游戏室退出来的人们迅速让开一条通道。赵志强发现人们脸上的表情复杂。有人生气，有人窃喜，也有人惊恐不安，有人愤怒，还有人冷漠旁观，有人幸灾乐祸，有人点头称快。赵能人大喊大叫，原本是故意虚张声势以示威风，不料想却无异于火上添油。忽子亥老汉闻声更来了气，干脆仰面朝天躺在游戏室门口不起来了。嘴里一个劲喊叫："老爷爷就是砸了你这摊子，看你谁能把我咋样！""老爷爷你先回嘛，我们这就关门呀。"丽丽和娇娇连哄带拽。"你们休想！只要我老汉活着，同舟村这赌场就是开不成！""开成开不成也不是你老汉说了就算！"赵能人面对众人高声辩解："赵主任，你来评评这理儿！看我赵吉财红章大印的营业执照还算事不算事？"赵能人故意把声音抬高，想博得众人同情。众人哗地围上来，人们想看看年轻的新任主任如何了断这场糊涂官司。

众目睽睽之下，赵志强一时竟弄不清自己该如何表态。他毕竟没见过这样复杂的场面。他面前站着至少也有二三百人吧，除了同舟村民，还有不少外村人哩。也说不清谁是来看热闹谁是赌钱的，谁又敢说人家忽子亥老汉砸得就不对呢？这明明就是赌场呀。光天化日之下，就真开得理直气壮了吗？赵志强也注意到了，截至目前，还没听见赵能人说过一句硬话。说心里话，对这个所谓的"游戏室"，赵志强自己早就有看法，如今可把他逼到墙角了，不表态可就过不去了呀。

"动不动就砸人摊子，这，这是土匪行为嘛。抗美援朝老兵咋啦，老兵也不能不讲理呀。""那老汉咋不讲理啦，我看老汉是村里最讲理的人。这事就得有人出头！都当缩头乌龟，那这世上还能有真理吗？""讲理也得守法呀！打、砸，你知道这是啥？这是'文革'遗风呀！""什么'文革'遗风，再不要乱扣帽子！"

"什么赌博，如今讲究开放搞活，村里摆几张麻将桌子，叫大伙儿农闲时娱乐娱乐，这能算赌博吗？""对呀，如今电影看不上，剧团也很少下乡，这村里还有个乐子没了！""听说这赵能人耍得大，有人一晚上输赢几万十几万的都有。有的刚卖了粮的钱，没几天就输光了。""哎呀，这可真成问题啦！咱是农民呀，输光了，日子可咋过呀。""所以家庭为此不和，吵嘴打架的、闹离婚的，还听说有寻死觅活的。""看来这不管还真就不行呀，现在咱农村的问题还就是没人管事！""肯定是他们村上不管，人家老汉才气毛了。""你这话，我就不爱听！你气毛了，别人就该倒霉？""听说这同舟村历来最讲规矩，可我看现如今也是强人的世事呀。""我看强人不是那老汉，强人是这赵吉财，听说投机倒把违过法，眼下又翻起来了。"

人群里嘤嘤嗡嗡，说啥话的都有。赵志强正在为难之际，却听见一个声音说："赵主任，我看你就不该来！解铃还得系铃人嘛！你既然来了，又不好说话，那我就来替你说几句。"众人看时，竟是忽家老长辈忽子壬。老汉一直拄着拐棍站在他堂弟忽子亥身边，众人都忽略了他的存在。"好，老老舅爷，那你就先讲。"赵志强说，心里头很是担忧。"依法来说，咱村里就不该开这么个违法游乐场所。"老汉说着，停了下来，抬眼望着那些刚从游戏室退出来的人，"一名抗美援朝老兵，也是为了维护自身利益，曾经多次给村上提意见，要求关闭整顿这个不法场所，结果意见总是石沉大海，我看砸得应该！不相信，咱也开个村民大会讨论一下。咱把张民警也请上，看看谁敢说这赌场开得就对！"

听老汉这么一说，那些来赌钱的人一下全都傻了眼。赵志强正不知该怎么办，就听见有人孤零零地鼓起掌来，嘴里还连声说好。原来是忽子亥，老汉听了堂哥忽子壬的话，也不要人扶了，自己从地上爬了起来。不少村民也都跟着鼓起掌来。

赵志强一下感到浑身来劲，他大声宣布道："我完全同意老老舅爷的提议，现在我郑重宣布，游戏室从今天开始关闭。文会计，你赶紧给咱写封条，别忘了盖上村委会的公章。""哎呀，好我的赵主任，门可封不得呀。你封了门，我，我得赔多少钱呀。"赵能人话音还没落，就听见段新虎拳头一举说："我坚决反对封门！"他周围那一干人跟着附和道："对呀，我们坚决反对封门！""谁说坚决反对？把理由讲出来嘛，叫大伙儿都听听。"赵志强红着脸说。"我坚决反对！"段新虎说，"这营业执照是镇上工商所审核批发的，你主任有啥权力封门？""镇上审批的是游艺娱乐场所，可也没让招赌呀！"赵志强说。"谁说人家招赌来？谁看见了？证据在哪里？证人又是谁？"混球段新虎更来了劲。"我就是证人！"忽子亥老汉说，气得脸色发白，浑身发抖。"你，你有什么证据？"段新虎问。"我屋的例子就是证据！你叫我儿媳妇说，刚卖了麦的钱，就在这游戏室输光了！这还要啥证据？要不是这，我还不管这烂烂事哩！"

　　人群里当即爆发出一阵掌声。那些来赌钱的，不知啥时候一个个灰溜溜地低下了头。段新虎往前扑着还要强词夺理，就听见有人喊叫："段新虎！"大伙一看是黑脸大个子张民警，两腿骑在车子上，不知啥时候已经闻讯赶到了现场。"我，我敢肯定。"段新虎还想嘴硬。张民警说："那好，我这里有现场监控录像资料，咱要不要当众放一放？"说着拍了拍身上的挎包。段新虎不再言声了。转眼之间，连同他那一干人都缩头不见了，还有不少来赌钱的人也都悄悄溜了。张民警当场表态，支持赵志强主任封门的决定。说游戏室等到彻底整顿好了再开业不迟。还说封条上可以加盖上他安礼镇派出所的公章。大伙又一次热烈鼓掌。张民警说："今儿个到这儿，大伙都散了。"赵志强也说："对，大伙都回去歇着。"说着让忽沛东和忽沛太赶紧送忽子壬、忽子亥二老回家。忽子亥的孙子忽青海见状，当众红着脸叫了一声爷，说："走，咱回家。"他儿忽顺生也都胡子拉碴的了，捂着受伤的头扶上他退场。忽子亥拉下脸没好气地问："那你们以后还赌钱不了？"他孙子回答说："这还用问，我大赌，我都不赌了。"他大红着脸说："你娃说你，牵扯我干啥？看你爷这阵势，我今后还能赌吗？"逗得众人哄堂大笑。忽子亥老汉瞪着眼说："你们早说不赌，还叫我丢这人干啥。"忽顺生说："爹，你这就甭说了，我们改还不行。"

　　众人都没留神，赵能人独自瘸着腿朝村部方向急急地去了。他当然不可能就此罢休，他得找老支书忽步康诉苦评理呀。

四

　　处理完游戏室风波，赵志强饿着肚子回到家里。一进街门就见父亲气呼呼堵在门口，不许他进屋。赵志强见状，心里明白了几成。他若无其事地笑着来到父亲身边，说："爸，你这又是唱的哪一出？""你管我唱的哪一出！刚看完你演的那一出，还没缓过劲来。""那好，那咱能不能先吃饭再说，我妈还等着哩。""不能吃！"老汉坚决地说，"亏你还能吃得下去，我早气饱了。""这有啥好着气的？今天咱应当庆贺呀！封了村里赌场，大快人心呀。""还庆贺哩，你是不懂还是装傻？唉，真真是书把人念糊涂了！""我只知道当村官就得为村民办实事、办好事嘛。""你认为是好事？那众人咋看，你吉财叔咋看，你没听忽子壬老汉说啥？人家说，你就不该到现场来！""我要真不去，出了人命谁负责？""还出人命哩！要真出了人命，与你有啥关系？""能没关系吗？爸，我是一村之长，人家来报案，我能不管吗？""行了，我不和你说，还是那句话，你赶紧给咱把这泔水罐村官辞了，该干啥干啥去。爸今儿求你了。"赵志强无言以对，心里火烧火燎地难过。他妈端着一大碗调好的黏面说："他爸，你让开，叫娃先吃饭嘛。""吃不成！他今儿不答应我辞职返城，就甭想吃饭。"他妈一听急了，硬挤着要进门。老汉肘子一抬竟然把碗碰落在地。"哎哟，你这老汉疯了！"他妈一下急了，照着老汉脊背就像敲鼓一样捶打。他爸胳膊一挡，把老婆儿碰倒在地。他妈哭哭啼啼，赵志强再也忍不住，把他爸拉开进了屋。没等儿子把母亲搀扶起，他爸却嗵的一声瘫卧在地，口吐白沫不省人事。赵志强急忙用电动三轮车把父亲送到安礼镇医院抢救。医生说是急火攻心引发心肌梗死，亏得送来及时。经过一番紧张抢救，好容易才脱离危险。

赵兴国老汉原本是西京大学的高才生，二十世纪五十年代末毕业后留校任教。教学之余写了几篇颇有见地的经济学论文，被学界誉为年轻有为的经济学家。可是就在他春风得意之际，遇上了反右斗争，随即被打成右派遣送回乡交群众监督改造。这一改造就是大半辈子，等到问题有了结论，他也早过了退休年龄。老汉把全部希望寄托在儿子身上。好在赵志强很争气，学习一贯优异。可万万没有想到，获得社会学博士学位的儿子，竟然自作主张选择了回乡，而且打算"长期跟踪"。"好娃哩，你这不是自毁前程嘛！"父亲醒来说，此后黑着脸再也不言传了。赵志强整夜守在父亲病床边上端水接尿伺候,父子一夜无话。

到了第二天夜里,老汉终于又开口了。他声音异常温和地说:"志强儿,你大我这身体,你也看见了,明显是不行了呀。"赵志强听得,心里一阵难过,忙说:"爸,医生说了,你身体底子好着呢,啥事都甭往心里去。"老汉顺从地点点头,说:"嗯,大听那医生的。"志强心中一阵感动,便说:"爸,您老人家还有啥话,你就说,我今后保证不再惹你和我妈生气上火了。"他大听得眼睛一亮,说:"唉,这一犯病我也想通了。这人的命运由天注定,是不可抗拒的。你大我年轻时也是一个强人,心比天高,可命比纸薄呀。看来咱赵家坟地里就没埋下士人,辈辈鸡,辈辈鸣,咱辈辈都是当农民种地的命。这就像驴在磨道里转圈圈,想挣也挣不脱呀。我当年是不回来不行,你这是不想回来也不由自家。所以,我想通了。从今往后,大不再管你的事咧。你回来搞调查也罢当村官也罢,全都由你自己做主,我再也不管了。"

赵志强听得,心里一阵感动又一阵难过。他简直不敢相信这是老人家的心里话,老人家能把这事情想通,也真是难为他了。难道这就是亲人,处处都站在你的角度上,为你担忧、替你着急、愿你幸福……志强鼻子一酸赶紧把头低下,生怕他大看见他流眼泪。可是等他再抬眼看时,老人家的眼泪却溢出了眼角。赵志强再也忍不住了,俯下身紧紧地抱住了父亲,爷俩抱头痛哭在一起。

"爸,你这说的是心里话吗?"赵志强抬起头问。赵兴国老汉说:"咋不是心里话,不过另外还有个事,你得答应我。"老汉说着,摸索着握住了儿子的手。赵志强把身体又朝父亲跟前靠近些说:"啥事嘛,大,你尽管说。我听着哩。""这事你可得听清,就是你和淑娴的事。""唉,这事不要您老人家操心。"赵志强感到脸上发热,浑身都不自在。"我知道不要我操心,可你也得给大说句放心话。你今年都快三十了,婚姻大事你到底是咋想的?可不能这么拖着,把那娃耽闪了。"赵志强一时不知道该怎么回答父亲的提问。

第三天出院,赵志强刚把父亲送回家中,就听见村里高音喇叭上有人点自己的名字。喊叫的人是文会计。赵志强感到奇怪，他赶紧把父亲安顿好，自己连口水都没喝就急匆匆赶到村部。一进门，老支书您步康拉着脸劈面就问：

"赵志强，你啥事嘛，咋到处寻不见你人？"赵志强一见老汉的态度，连开口解释的心情都没有了。"你可是真有主意呀！这一点，倒像你大。""别牵扯我大！"小伙子牛劲儿上来了，只是低头不语。"志强，你先说，这两天躲到哪里去了？"赵志强猛一抬头说："支书爷，你有事说事嘛！""好，我首先问你，你凭啥把那游戏室门封了？"赵志强又低头不说话了，他能想象得来，那赵能人添油加醋对老支书都说了些什么。"志强，我问你，你封那门凭的是啥？是国法还是村规，是哪一条、哪一款？"赵志强抬眼看看老支书，欲言又止。老汉以为小伙子理屈词穷，心中一高兴，便起身提着茶壶给赵志强倒了一杯热茶，说："不急，事情凉不了，先喝杯热茶再说。"赵志强正感觉口干舌燥，毫不客气地端起杯子，仰头一饮而尽。老汉给他添上第二杯，又被他一口气喝干了。感觉那茶水就像是浇在心头的火焰上，吱吱直响。等他喝完第三杯，老支书忍不住嘿嘿地笑了，说："小伙子，慢慢喝，甭急。看来年轻人是真渴了。你这是到哪里去了？连水都顾不上喝？"赵志强心里稍稍松动，再也憋不住了，说："唉，不瞒你支书爷，我大病了，是因为我当主任才气病的，送镇上医院住院刚回来。""哎哟，是这事？啥病吗？""心梗。""哎哟，还这么严重，那你咋不早说？"

老支书不再说话，一个人沉吟着慢慢地喝茶想心事。墙上挂的石英钟嘀嗒嘀嗒走着，这回可轮到赵志强心里发急了。他盼望老支书问他什么，可是老人家就是不再说话。老汉毕竟当了半辈子村干部，最懂得人的心思。这会儿，老汉正在反思自己，也在替面前的这位很有涵养的年轻人难过。这个赵志强，他可不是自己早先想象的那种书呆子愣头青，而是很能沉得住气的人。说心里话，这性子可不像他大赵兴国。此刻，最令老人家不安的是，那天赵能人来喊叫自己，自己知道去了没好事，就托词没去。如此躲避的结果，赵志强就被喊叫到了现场……当时他能想象得出，那场面该有多混乱，又是多么叫人为难和尴尬呀。其实想明白了，自己还应当感谢那娃哩，那娃这是替自己蹚了一池子浑水呀。再说那赵能人也太过分了，越来越明目张胆，再不管管，真就要出大事了。

"志强，"老支书口气完全变了，几乎是和蔼可亲地说，"封门的事，我事后也细想过了，那天你当众宣布封门，也不是完全没有道理。"赵志强说："当时也只能那么处理，这门迟早都是要封的。""咋还说你胖，你倒喘上了？那有营业执照，是合法经营。""合法经营？好支书爷，你没听人家派出所张民警是咋说的。""张民警咋说？""人家说那是个地道的赌场。""地道的赌场？你听他说哩，有啥证据嘛？""人家说有现场录像资料为证。""现场录像？""可不是，当众就这么讲的，连段新虎都不敢再顶嘴了。"老支书听得沉了脸不再说话。

屋里气氛重新紧张起来。老支书把话岔开问："哎对咧，志强，你吃了饭没，我看你脸色不对呀？""还没吃，刚把我大送回来，就听见广播上叫我。""走，我请你到小饭馆吃水盆羊肉，咋样？"老汉一贯爱才，他突然感到，面前这个大才子诚实又有城府，还真是自己理想的接班人，得好好爱护呀。赵志强听说请自己吃羊肉，心里顿时暖乎乎的。

这时有人敲门。进来的是段淑娴。右手端着包笼布的羊汤碗，左手提着装月牙烧饼的塑料袋子。"志强，趁热赶紧吃。"段淑娴说。赵志强脸竟呼地红了。他起身不好意思地说："淑娴，你咋知道我没吃饭？""这再甭问了，快吃。"老支书看着两个年轻人，笑眯眯地说："这娃，赶紧吃些，还等啥哩！"赵志强嘿嘿一笑，端起碗喝了一口羊汤，忍不住咧嘴又笑了。段淑娴一边给他掏烧饼，一边小声埋怨道："你也真是，赵叔病了也不给人家说。"老支书假装没听清，故意问："淑娴，你说啥？""她是说，看你那吃相，就像没吃过啥。"赵志强故意打岔说。老支书摇头哈哈大笑道："你娃还不老实！我啥都听清了！"说得两人脸呼地都红了。老支书当下站起身说："行了，今儿个就说到这里，你慢慢吃呀，出来把门拉上。"

这一晚，赵志强和段淑娴在村部谈了好久。两个青春勃发的年轻人，相互都鼓起勇气说出了自己埋在心底好长时间的秘密。爱情的种子一经相遇，就像甘露催春。他们情不自禁，第一次紧紧地拥抱了对方。

第五章

一

　　封了游戏室的门，老槐树底下打台球也停了。以往热闹异常的村十字街口，顿时冷清下来。人们突然感到好像缺了点什么。有时候，一天到晚不见一个人影儿，偶然路过者也都是匆匆一闪。原先时常在老槐树上叽喳嬉戏的那几只黑白花喜鹊也不知去向，而代之以一群叫声难听的红嘴乌鸦。那些来路不明的乌鸦，有人说是来自村外老柏树坟地里。它们迟不来早不来，只等得黄昏太阳落西趁着暮色飞来过夜。它们相貌丑陋、生性喜欢嘈嘈。先是在村子上空吱里哇啦盘旋翻飞，然后才陡然落下。几百上千只的黑乌鸦，撅着屁股拉屎排尿。于是每天早上树下就落下一大摊鸟粪。经风一吹招惹来大量苍蝇蚊虫，传得满村巷恶臭难闻。谁见了都捂着鼻子摇头紧走，就像躲避瘟疫一样。

　　疯爷见此不但不躲，反而好像喜出望外。那是从前农村拾粪老汉见到驴马猪粪才会有的表情。"嘿嘿嘿，人都懒成蛇啦！"随即就开始奋力清扫。那老汉也不嫌臭，也不嫌苍蝇埋汰、蚊虫叮咬，围着鸟屎摊子扫了又扫。硬是用秃头扫把，将那鸟粪彻底清理干净。老汉扫得浑身满脸流汗，衣衫即散发出难闻的气味。他把这气味带到了整条巷子，就更加招引苍蝇疯狂追逐。在赵志强眼里，这情形就像一颗钢钉，钉在全村人脸面上。不要说主任了，就是作为一个有良知的学者，看到这都会深深愧疚。

那天早晨，在村里十字街口老槐树下见到疯舅爷忽仰正拼命打扫鸟粪，赵志强的心灵被深深震撼了。他不由得摸摸自己的额头，仿佛那里果真有一颗可怕的钢钉。至此他才意识到，那钢钉是钉在自己心头的。他在《同舟日记》中写道："村里封一个麻将室不难，为老年人解决吃饭娱乐和日常生活所需也不复杂，但是要把人心打扫干净、振奋起来，使大伙齐心协力地让一条搁浅的老船重新扬帆起航，那可就不是一件简单的事情。"

大清早，一路听着广播新闻的赵志强转回赵家巷里，却听到不远处人声嘈杂。他循声走去，就见自家街门外围了一堆人。他急忙拨开人群一看，门口躺着个人，竟然是赵能人。赵能人面色蜡黄，身上裹着一件旧黄大衣，头朝门脚朝外，仰面躺在那里。手里还高举着一卷子麻绳，嘴里一个劲地念叨："谁封我游戏室门，就是要我命！赵志强，你侄娃子听着，你叔我要在你屋门上吊肉门帘！"

赵志强听得，一下来了气，厉声喝道："吉财叔，你这是干啥哩？你不嫌丢人我还嫌丢人哩。"众人扭头一看，都吃得一惊。赵能人闻声，惊得一下坐了起来，当下换了一副表情，说："亏你娃这才露面，还当是故意躲你叔哩。赶紧，好我侄娃子哩，这事情也都过了，我当时也把面子给你戴足了。这得赶紧给我开封呀，我可是要交承包费的，赔不起呀。""你还胡说啥哩？你没听那天人家张民警是咋说的？""我是有照经营，他还能咋说？""再甭说你有照经营啦，你照上经营范围是啥？""你说是啥？""是啥你自己还不知道？""我当然知道。""知道你还明知故问啥哩。赶紧，起来回家歇着，等候村里最后处理意见。"

赵志强说着就要开门进院，赵能人一看急了眼，上去就抱住了赵志强的腿，拉着哭声说："好我的主任哩，你不给我解封，你今儿就休想回家！"赵志强无奈，只好站住了说："赵吉财，你想耍赖吗？""我，我没有耍赖，我是求你赵主任高抬贵手，还不行吗？""你把手松开！""你高抬贵手，我就松手！"

众人听得都嘿嘿笑了。

"快松手，不然我就给派出所打电话呀！""你打嘛，我还怕谁。"赵志强掏出手机就要拨号，赵能人吓得赶紧松了手说："哎呀，好侄娃子哩，你就权当心疼你叔这老光棍一回，又把你啥短下咧。"赵志强说："好呀，你还当你是我叔的话就不要胡搅蛮缠了。赶紧，我还没吃饭哩。"赵能人一听，忙说："那要不然咱到小饭馆吃水盆去？"

众人又笑起来。这些看热闹的，多数也都是赵家远房本家。赵能人与赵志强离得近，还没出五服。看到事情似乎有了缓和，不少人识趣地悄悄散去，街门口顿时冷清下来。赵能人大眼睛一转，赶紧凑上前满脸堆笑地压低嗓门说："我说志强侄子呀，只要你娃高抬贵手，叔可亏待不了你。到时候叔手上宽裕了还能没你花的？你看你的手机，哪像是主任的水平。叔马上给你换个好的，你看行不？"赵志强一听更来了气，转身冲着巷道大声说："行了，你要赖，就接着赖，我还得到镇上开会哩。"赵能人一听，赶忙让开，说："好，我听你的，这就回屋歇着。你可得抓紧给我开封呀，你叔连续好几天都睡不着觉，看在咱老祖宗面子上，你也得照顾我呀！"赵志强没再说话，开院门进屋去了。

赵能人一转身，拖着一条跛子腿走着，自言自语埋怨道："唉，世事不对了！王八有钱出气粗，侄儿有权不叫叔！我算是把这世事看透咧！"

二

赵能人病倒了。自从那天从赵志强家门口闹事回到屋里，他就觉得浑身不美气。这是挨了闷棍呀，连向上告状的理由都没占住呀。他睡不着觉，胸闷气短，紧接着就觉得头昏、眼前发黑，说话没劲儿，见饭就想吐。他一连好几天躺在炕上不吃不喝，迷糊一阵醒来，就喊叫头疼恶心。丽丽和娇娇日夜轮流守着病人，用湿毛巾给他冰头，还动手按摩手心脚心啥的。

这天上午，好容易见他醒来，两人就说赶紧送他去医院看病。赵能人没说不去，两个人急忙做着准备。也就在此时，赵杰魁急急进了赵能人的家门。丽丽赶紧对他说："赵老板，你来得正好，赶紧用你车送我老板去医院。"

赵杰魁果断地摇头摆手说："不用，不用，多大个病嘛，赶紧叫孙桂花，叫孙桂花来呀！"赵能人昏睡中听得，竟然也附和道："对，叫孙桂花！赶紧叫孙桂花……""哪一个是孙桂花呀，孙桂花是谁嘛？"娇娇瞪眼迷糊地问。赵能人却闭眼摇头不再说话了。丽丽突然记起来了，孙桂花不就是那位盛气凌人的寡妇嫂子嘛！顿时摇头，心生厌恶。这时候，只见赵杰魁说："快去呀，叫你孙桂花嫂子来嘛。那人家是村里有名的神医，扎针灵着呢！"丽丽虽不乐意，但也顾不了许多。人病成这样，她暗暗催着自己赶紧出门去叫人呀。

当时已近晌午，可那孙桂花刚才起来梳洗打扮呢。她一见敲门进来的是丽丽，便满脸透出不高兴，显然还记着那天初次见面的不愉快。此后一听说赵能人病了，这才忘了前嫌，二话没说就穿上一件白大褂子、戴上医院医生戴的那种白圆帽子，态度严肃地催说赶紧走。看她那一身打扮，丽丽心里有些纳闷，难道说这婆娘还真是个医生不成？

孙桂花脚步自信地进到里屋，出来时竟然提了个画着红十字的大药箱子。临出门时，又煞有介事地退回到桌前，把药箱盖子打开仔细检查一番。其实有些故意炫耀的意味。丽丽偷眼看见，其中有个特别惹眼的绣花荷包。荷包里面装着大大小小十几支明晃晃的钢针。另外五六个格子里分门别类地装着大小不等的火罐、各种形状的刮痧骨板、拔罐子用的燃火棉球和药棉、消毒纱布、镊子、剪子、锥子和红汞、仁丹、清凉油、碘酒等药瓶子。丽丽眼花缭乱地看着，心里暗暗佩服起这个头光脸净的婆娘来。也就在这一刻，孙桂花和丽丽目光不期而遇，相互也都读懂了对方的那一点心思。孙桂花满足了自己在年轻人面前那种要强的心理需求，这才急匆匆出门赶到赵能人家里。见赵杰魁也在场,孙桂花脸色一变,心想这个老色鬼,应名看他堂弟,实则是借故来寻妖精丽丽嘛。她再偷看丽丽一眼,发现这妖精一见赵杰魁,脸就呼地红了。这说明这小妖精还是个嫩鸡娃子呢,难怪赵杰魁缠住死活不丢手。

见孙桂花进门,赵杰魁故意夸张地伸手摸着赵能人滚烫的额角,嘴里一个劲叫唤:"哎呀,烧得厉害!烧得厉害!"

"赵老板今天咋有闲工夫来咱乡下。"孙桂花话里有话地问。"咋,我来看我兄弟,是不能来还是不该来?"孙桂花毫不示弱,说:"该来,咋不该来。可你为啥不早来几天?""难道我来迟了?""可不是嘛,你要早来几天,你兄弟也不至于落到眼前这步田地。""弟妹,我咋听着你话里有话呀?""我话里能有啥话,我是想说,谁不知道你兄弟这回是为你竞选主任才得罪了人……结果游戏室被封了,不知是不是这么回事?"

赵杰魁听得一下来了气:"弟妹,你这话是听谁说的?""谁再瓷尻也不会把这话说到你当面不是?""说到当面?说到当面,我不敢搂他一耳刮子!""哎呀,那我就更不敢给你说这话是谁说的了。"赵杰魁苦笑着摇头,一时无言以对,心里却忐忑不安起来,再没心思盯丽丽的白脸蛋了。他下意识地伸手摸一把背头,翻眼想着眼前发生的事情。他设想着事态的发展,更加感到赵能人病得实在太是时候了。那晚主任落选,他并不死心,总觉得赵志强真要和自己斗还不是对手。他希望这未经党支部研究擅自当众宣布封门的事件,只有出了人命,才能够就像一把火,把不自量力的赵志强烧成一把灰……如此想着,赵杰魁咬牙感到异常兴奋,随即改口道:"我说桂花妹子,你就不要弹嫌你哥我了。咱们到了这难中,更要讲求抱团,可不能自相埋怨,叫人家趁机钻了咱自家人的空子。"

孙桂花不再说话,心想什么自家不自家。你个富农子弟手里有了几个糟钱一天张啥哩嘛!总有一天,你还得栽在我贫雇农手里。孙桂花自觉精明地想着,很麻利地凑到炕边,俨然一副医生巡诊的派头。她脸上表情自信而庄严,面对躺着一动不动的病人问道:"今天进食没有？"跪在炕上正给赵老板冷敷额头的娇娇没听清，傻乎乎瞪起大眼睛问："你说啥子呀？啥子金石银石，我可不懂得这个玩意儿。"

"咳，你干脆问吃了没吃多便当。"赵杰魁不无讨好地说。

孙桂花丹凤眼一瞪又问，这回带了点醋熘普通话味道："我问你，病人吃饭了没有，喝水了没有？"赵杰魁和丽丽都忍不住笑了。娇娇反倒没笑，认真回答说："吃喝啥子，我告诉你，三天没得吃没得喝也没得拉了，赶紧送医院救命！"

赵杰魁一听，赶忙瞪起眼睛说："唉，娇娇，看你这娃说的啥话，眼下有我村著名医生孙大夫在此，你还怕啥病治不好吗？医院医院，你就知道上医院。"娇娇看着这人的大老板派头和说话露出的那颗金牙，抱歉地一伸舌头，不敢再说啥了。孙桂花脸上依然毫无表情，但心中爱听此话。她伸手摸摸赵能人的头，眉心顿时结了一颗疙瘩。"没说哪里不舒服吗？是头疼身上发冷吗？"丽丽赶忙说："一直昏睡，睡醒来就说头疼恶心，浑身发烧、手脚冰凉。"

"哎呀，你们咋不早来叫我？早来叫我就好了，拔上几罐子，烧早就退了。"孙桂花嘴里埋怨着伸手掰开病人的嘴，看看赵能人的舌头，遂闭上眼睛开始正儿八经给病人号脉，甚至还解开衣扣，认真检查前心后背……如此煞有介事地折腾半晌，这才开口说出病因："唉，那天生了气又着了凉，风借火势、急火攻心，你们赵老板得的是冰火相加伤寒症，不好治呀！"眼见孙桂花面有难色，赵杰魁忙说："好弟妹，村里人谁还不知道你神针娘娘厉害！多少回都是针到病除。"孙桂花又伸手摸摸赵能人的前额，却惊讶地感到不是发烫，而是发冷！这可不是什么好兆头呀，她心想。这时候弄不好，会出人命的。

赵杰魁当然知道孙桂花的本事，却故意又戴高帽子说："好男人不怕女硬，好医生不怕病重。我兄弟这病，咱哪里都不去看，就交给你孙神医啦。"

孙桂花听得心里一阵兴奋，就像气球被打足了气。她二话没说，当下就壮着胆子亮出了自己的独门绝技。

丽丽和娇娇哪里见过这架势，早看傻了眼，站在一旁大气不敢再喘，等着看人家接下来怎么治病。赵老板只是昏睡不醒，赵杰魁的心情倒显得格外平静。

只见孙桂花揭起药箱盖子、打开钢针荷包，仔细从里面挑选出一根半拃长的钢针，在赵能人的鼻子下面比画比画，突然瞪眼一咬牙，狠狠地照着鼻根底刺了进去。当下就见病人像触电一样，"哎呀"一声喊叫从炕上佝偻着坐了起来。这举动实在来得突然，难道真个是针到病除吗？这情形就像是高秀敏演小品一样呀，丽丽和娇娇两人当下被逗得忍不住嘿嘿嘿直笑。只有赵杰魁忍着不笑，瞪眼瞅瞅孙桂花再看看他兄弟赵能人，只暗暗期盼事态朝着自己希望的方向发展。

眼下的孙桂花，就像神仙附体一般，完全变成了另一个人。她不但咬牙绷着，还从绣花荷包里取出又一根更粗更长的钢针，捏揣捏揣坐起身后正张口喘气的赵能人那跷着脚指头的脚心。她就像入戏表演，再度瞪眼一咬牙，照着赵能人脚心的涌泉穴狠狠地捻巴着扎了进去。赵能人又一次像触电一样，"哎呀"一声，身子便重新平躺在了炕上。丽丽和娇娇看着，再一次忍不住咪咪地笑。孙桂花生气地咬牙瞪了她俩一眼，随即捏住那露在脚心外面的大半截钢针，用力捻扎起来。她每捻一下，赵能人就龇牙咧嘴地嘶嘶吸几口冷气。反应如牙疼一样，更像是配合表演。等她背过身去，赵杰魁趁机挤眼做个鬼脸，丽丽和娇娇忍不住咯咯大笑。孙桂花也忍不住扑哧笑了，随即恼羞成怒地说："哎哟，你这俩小姐娃，像没见过啥，治病哩有啥好笑的嘛？得是你赵老板平时对你们太好了，我给他扎针看病，你们感到高兴？还是对你们不好，认为我这是在给你们解气？"

两个人笑得更加控制不住，赶紧跑到门外去了。赵杰魁也撵了去，手趁机在丽丽穿牛仔裤的屁股蛋子上拧了一把。丽丽红着脸低头没敢作声，娇娇却问："赵老板，你是老流氓吗？"赵杰魁手往门里一指说："她才是老流氓。"两个女娃忍不住又哈哈大笑起来。

几个人正在门外瞎嘀咕着，就听屋里一阵喊叫："哎呀，受不了啦，哎呀受不了啦！"是赵能人有气无力地呻唤。三人赶紧重新回到屋里，见那赵能人脚心里的钢针被越捻越深，越捻越深。直到针屁股都快看不见了，孙桂花这才松口气停住手。赵能人躺在炕上呻唤不止，后来声音渐小。再到后来几乎悄无声息，只有出的气而听不见进气了。

三个人面面相觑。丽丽和娇娇再也不感到好笑了。赵老板强忍住笑，心想，这回够他赵志强侄娃子喝一壶的。

三

孙桂花给赵能人扎完了针，踌躇满志地瞟了一眼赵杰魁，又看看丽丽和娇娇，想到平日他们对自己不屑一顾的态度，未免又来了气。心想牛皮不是吹的，火车不是推的！是骡子是马，拉出来遛遛看呀。就凭这救死扶伤的本事，你们对老娘是服呀还是不服？不用给你们介绍，老娘的本事多着呢。给人看病，村里人都晓得，老娘是无师自通。什么学校毕业，培训班结业，要什么行医执照？老娘啥都不要，谁都无须批准，左邻右舍、前巷后巷谁不知道老娘这神针娘娘本事。伤风感冒、头疼脑热、腰疼腿疼，各种疑难杂症，花钱不多、针到病除。比上医院便当，比求神拜佛灵验。还有家传做吃喝茶饭的手艺，更是远近闻名。擀长面、捏煮饺、漂凉皮、装碗子、调凉菜、揪片子、烙锅盔、蒸馍花、待客做席面……蒸煮烹炖、煎炸熘烤，样样拿得起放得下。你们还没领教过呢！孙桂花如此得意地想着，当下袖子一抹就开始烧火做饭。她麻利地和面揉面切面，擀了一碗细长细长的油炝葱花酸辣汤面，香喷喷地并着筷子端到赵能人面前。炫耀地挑起一撮，用嘴吹着凉气儿，送到赵能人嘴边。可是病人连眼都不睁，就啊哇啊哇地开始发呕要吐。

孙桂花丹凤眼一瞪说："行了吉财，你再不要灵灵蹦儿了，这回针劲儿上来了，你男人家咬牙挺着。赶紧给我把这一碗稀热酸汤面吃下去，被子捂上睡一觉保证病就好了。"赵能人听得，拼命睁开眼睛挣扎着吃了一口面条。却不料还没等下咽，就哇的一声连汤带水吐了出来。随后连续不断地吐着，直把肚子里绿汪汪的胆汁都吐了出来。等到呕吐完了，人的脸完全变成了黄表纸的颜色。

肚子里完全空了，赵能人感到似乎轻松了一些……眼前复又呈现出游戏室被强封那一幕……顿时打了个寒战。这是他从躺在炕皮上，就一直挥之不去的呀。想到这一幕，他真的不想活了！自己这回是彻底完了。父亲早逝母亲含辛茹苦养大的苦命孩子，从贫困的少年时代开始，他就老梦见走路摔跤拾了一沓沓钱，可是每次醒来，都还是两手空空……他做了一辈子的发财梦，眼瞅就要实现梦想了呀。那游戏室里，虽不是日进斗金，但也是大小票子日夜往腰包里飞呀。每天的收入，都足够他蘸着唾沫数上大半夜……可是如今却又成了虚无梦幻……赵吉财呀赵吉财，这一回，说什么你也得给咱顶住。他不停地提醒自己，所以他不敢把丽丽和娇娇辞了，害怕再要开张时急忙雇不下人手。可见，赵能人并没有死心。财迷心窍、执迷不悟，这正是他的病根所在。

短暂的希望之后，紧接着又跌入绝望的深渊。这无疑加重了他的心病。这岂是孙桂花扎几针能治得好的。赵能人连着半个月都不能从那个绝望的深渊中挣扎出来。他挖空心思编织的发财梦，难道说就此破灭？这，这比从前守法劳改还难呀，比干脆一下要了他的命还可怕呀。这一回，命运可是真正把他打倒了……如此恍恍惚惚地想着，他一口气没接上，眼前一黑，顿时不省人事。

"吉财，吉财？你咋啦！"孙桂花在炕上又掐又捶。

可是赵能人仍然口吐白沫直翻白眼。赵杰魁一看心里暗暗高兴。他凑到近前，只听得赵能人口中呼哧呼哧的，有出气没进气。眼瞅人就不行了。他心里对自己说。丽丽和娇娇吓得脸色都变了。

赵杰魁牛铃眼快速一转，眼前突然一亮。他意识到自己人生的机会来了。心想这个时候，无论如何先不能把人送到医院，最好是让赵志强本人到场亲自处理。解铃还得系铃人嘛。他咬牙切齿地对自己说，急忙从怀里掏出手机，拨通了村里新开的"主任热线"，果然是赵志强亲自接的电话。

"喂，请问你哪位呀？"赵志强平静地问。"赵主任吗，我是你杰魁叔呀。"

"噢,杰魁叔,你好!从县里回来了?啥事嘛?你说。""是这样,赵主任,我没啥事,我现在在你吉财叔屋里。你这会儿在哪哒忙?""我在黄河滩看地哩……我吉财叔,他,他没事吧?""他病倒了,病得厉害……人……人都快不行了!""你说啥?人快不行了?""就是呀,你吉财叔,他病得厉害,人快不行了!""啥病嘛,这么厉害?那赶紧往安礼医院送嘛!赶紧,不敢耽搁!""不行了,送得迟了。""你说啥?""真的,送得迟了……"电话那边还在说话,赵杰魁咬牙一发狠,竟然把电话压了。赵志强当下呆愣住了,一时不知该怎么处置,更无心考虑赵杰魁打这个电话的真实用意何在。他只是觉得,不行,得赶紧救人,啥都没有抢救人当紧!"谁打的电话?"忽沛东奇怪地问,"都说些啥嘛?"赵志强还是愣着,没反应过来。忽沛太又问:"啥事嘛?看把你紧张的!""赶紧,咱得马上回去,赵吉财病得厉害,说是人快不行了!"

赵志强的声音紧张得有些发颤,显然他已经把这事同游戏室封门事件和赵能人当众在自家门外闹事紧紧联系在了一起:"人命关天!"年轻的村主任开始感到事态严重。他一时还探不出面前的水有多深,但是已经感觉到了自己无法避免地要蹚这汪子浑水。沛东和沛太听得也都大吃一惊。三个人不约而同,都感到了事态严重。都仿佛看见有一条引发炸药包的导火索已经被人点着,正在哧哧地冒烟燃烧。赵志强放下电话,冷静想了想,当即果断地拨通了段淑娴的手机。告诉她叫上文燕或文会计,赶紧把赵吉财送到安礼医院抢救,说他和沛东、沛太在黄河滩里,直接赶往医院。段淑娴答应着按了电话,她焦急地看看表,没等通知文燕和文凯歌,就和父亲商量立即关了小饭馆的门。父女俩一道,开上自家的电动摩托车火速前往赵家巷去接病人。二十分钟后,他们已经赶到了安礼镇医院。

"走,沛太,安礼镇医院!"赵志强一声令下,忽沛太急忙动手发动三轮车,三个人一同火速上路。滩里的风本来就大,此刻迎风疾驰更显得猛烈异常。忽沛太钢刷般坚硬的板寸头,在风中发型都变了。

赵志强和忽沛东的长发随风狂舞，更增添了急迫的感觉。车速最快的时候，疾风吹起他们的衣襟，每个人的背上都像撑开了一把鼓鼓的伞。他们在尚未硬化过的田间地塄上飞驰，引来身后几只胆大好奇的白鹭追逐嬉闹。路边不断可见挖排水渠和深翻整地的村民，都好奇地停了手中的活儿。人们仰头惊异地探望着，还以为年轻人在发狂撒欢呢。

他们原计划要到黄河湿地考察鸟群，可是此刻只得作罢。一路上除了电动摩托车的急切吼叫喘息，谁也不再说话。赵志强脸色铁青，心急如焚。他开始想着在这个节骨眼儿上，赵杰魁为何会出现在赵能人家里，而且还亲自打电话，他为什么不赶紧把病人送到医院抢救。就以赵能人选举会那天的表现，他也应该拼命相助呀。可见这显然是故意拖延时间嘛。看来这个人是存心要看村干部的笑话，然后再轻松收获自己的某种不可告人的利益。"为富不仁呀！"赵志强开始变得冷静下来，面对复杂的局面，他心里暗暗叮嘱自己一定要冷静面对。他预感到一场激烈的暴风骤雨就要来临，想起了高尔基的《海燕》，感到自己就像大海上的一只羽毛尚未丰满的海鸟，精神上并没有准备好迎接暴风雨的到来，却已经被动陷落在疾风暴雨之中……他甚至感到有一种"风萧萧兮易水寒，壮士一去兮不复还"的悲观情绪在心底涌起。冷静，冷静，冷静，赵志强反复提醒自己。一句话，眼下别想那么多，还是赶紧救人。人命关天，人命关天呀！

安礼镇医院的急诊室医生经过认真检查，病人赵吉财的病情是严重感冒并因营养不良引起低血糖和低血压并发，导致身体严重脱水造成多脏器功能减退和心衰。说是人要再迟送来一会儿，就彻底没命了。当即打了强心针并采取一系列快捷有效的抢救措施，还吊了大剂量葡萄糖综合液补充营养。病人起初仍然昏迷不醒，随后慢慢苏醒、渐渐脱离了生命危险。事情有惊无险，也就是说，如果赵志强不采取果断措施快速把人送到医院，很可能赵杰魁所预料和希望的那种可怕结局就发生。那样的话，有人势必会利用此事大做文章。外界难免会出现种种添油加醋的传言，形成强大的舆论压力。赵志强将被推到一个十分尴尬同时又难辞其咎的困境。到那个时候，一切正确的动机和美好愿望，就都变味，其他所有的设想和打算，很可能连蓝图都形不成就已经提前泡汤。接下来的事态，将会沿着另外一条完全不同的轨迹进行。同舟村多灾多难的命运史，将被彻底改写……这个推理中的结局，赵志强心里当然是清楚的。他感觉就好像独自驾着一条独木舟，在黄河上经历了一场惊涛骇浪的考验。多亏了淑娴父女和沛东、沛太关键时候的相伴和密切配合，他心中充满了感激。

再说那天，孙桂花在赵能人病情危急之时，慌乱中竟丢下药箱子跑回家去了。她不是逃避，而是去取据说能够起死回生的一种灵妙药：安宫牛黄丸。可是等她喘着粗气返回来时，病人已经不见了，她顿时傻了眼。也难怪，她孙桂花毕竟不是医生呀。她一个胆大妄为的农村妇女，既害怕人没了承担法律责任，又愧疚是自己耽误了抢救心上人的时机。

赵杰魁当然是个冷静的旁观者，他眼瞅着段万奎父女拉上赵能人一走，当即开着他的大奔驰拉了丽丽和娇娇跟到了安礼镇医院。好奇心重的他，原本是要看个究竟的。想不到这赵能人命大，眼瞅着完了，竟然生生被救活过来。当赵杰魁看到与自己愿望截然不同的这个结局，顿时就像泄了气的皮球般耷拉下了脑袋。更加不妙的是，他发现赵能人醒过来后，那一双深陷下去的眼睛明明白白看到了自己的失望表情。一场大戏还没开台，就已经陡然谢了幕。这结果几乎又同那晚竞选主任结局一样尴尬。别人都喜出望外，甚至感动不已，赵杰魁大失所望。随后赶到医院的赵志强和忽沛东、忽沛太，那几个古灵精怪的年轻人，看着他时的奇怪眼光，更令赵杰魁心神不安。事情显然还没完了，但是至少这个回合，自己又没能占到上风。这就像搓麻，一把好牌，不知怎么搞的就又输得一塌糊涂。严重的问题是还有个致命的后遗症呀，这就是精明过人的赵能人，从此以后该怎么看待他这个关键时刻靠不住的大款堂哥？总之，赵能人的死而复生对于赵杰魁而言，无疑是一个坏消息呀。赵杰魁关键时刻的坏心思，连丽丽和娇娇都看得一清二楚。利益扭曲了一个人的灵魂，他有时会变得比野兽还凶残。

四

黄河从上游的毛乌素沙漠和黄土高原上挟带着大量的泥沙奔腾而来，在关中大平原上突然河道加宽、流速减慢而沉积下来化为了辽阔的滩地。可见这滩地，即为黄河故道摇摆过程中泥沙淤积而成。它平整肥沃，但土里含沙量大，而且还富含盐碱。这样的土地对于农作物的生长是有利有弊，但是庄稼人看待土地的态度永远都是"人勤地不懒"。人们历来都是以加倍的勤劳来弥补土地的缺陷。沿着黄河西岸数百里间的村子，土地几乎全是半原半滩。原上的土地因为有洛惠渠灌溉，可谓是旱涝保收，而这一大半的滩地中，地势相对较高、能够勉强耕种的也就三分之一不到。这就形成了大片的撂荒地和汛期水淹地。整个黄河、渭河和洛河滩里，就都由上述三种土地形成。按照农民传统的种植观念，滩地的利用价值因此大打折扣。

春天终于来了。农活开始紧张的三四月间，人们在原上麦地里抓紧施肥松土浇水，日夜加紧用锄头或小型机具耧完了刚刚返青的小麦后，就又开始在滩里忙活起来。滩里地远，距离村子最近的都在四五里路，还有些远达七八里、十来里的。人们骑车子、开上电动三轮或是步行去种地，因此下地都得带上干粮提上水壶。清早天不亮一家人出工，熬到天黑才能回来。下滩归来的人们，一个个都黑着脸嘶哑着嗓子连说话的力气也没有了。东府农民祖祖辈辈所受的苦，在滩地里最为集中地体现出来。因此当地农民，说什么也要供娃子上学。目的就是考上学校将来分配了工作，再也不要回来种地受罪了。没有条件供娃上学的，只有外出打工挣钱养家糊口。

如此每年到了春秋两季，村子里就显得格外冷清。除了外出打工的以外，留在村里的劳动力，几乎有一个多月相互很少能打照面。人们把生计的一多半希望，都寄托在滩里的收成，滩里的土地毕竟面积大呀。同舟村人对于近万亩滩地总是抱有美好的幻想。人们在地势较高的可耕种地上精耕细作。耕耘耙糖之后，点上苞谷、高粱，栽上红薯，种上糜、谷、豌豆、黄豆、小豆之类的杂粮，还有种西瓜和香瓜、胡萝卜、莲花白、花生、黄花菜等经济作物的。滩里的庄稼遇到风调雨顺，收成也很可观。这样的好年景到了深秋季节，滩地的颜色就显得格外丰富多彩。人们欢天喜地到滩里收秋，至少得忙上大半个月。这时候，各种候鸟带着幼鸟飞来凑热闹了。大雁、野鸭、白鹤、鹭鸶，还有稀缺的白天鹅、丹顶鹤等，它们在湿地里觅食，在宽阔的河面上嬉戏翻飞，把富含肥力的粪便遗落在滩地上。整个滩里一派生机勃勃。

此日天气晴朗、阳光和暖。一大早，赵志强、忽沛东和忽沛太，三位怀揣梦想的年轻人信心满怀地相约出发了。按照赵志强的设想，村上正在抓紧制定五年综合发展规划，老支书忽步康对此也很上心。这项工作，正是忽沛东这几年来梦寐以求的，提出的奋斗目标是要把滩里不宜种庄稼的盐碱地变成冬枣产业基地。

秦岭北麓华山脚下的黄河、渭河和洛河岸边，深秋的夜里无论风多大气温多低，一大早只要太阳冒红就立即回暖。黄河滩里，放眼望去，平畴旷野景色格外宜人。随着阳光的照耀，远处一抹乳白色的晨雾从宽阔的河面缓慢升腾起来，很快就被霞光浸染成一道胭脂色的氤氲气象。三个兴致勃勃的年轻人，乘坐赵志强家的农用电动三轮车，迎着霞辉向河滩深处融入进去。车后卷起的土路上的尘灰反倒成了一道奇异风景。特种兵班长忽沛太精干利索，他精通各种车辆的驾驶技术。此刻，当他驾驶着三轮摩托，想到身后坐着的两个自己佩服的哥哥，心中就格外兴奋。尚未定亲的小伙子复员回乡一年多了，起初感到浑身的力气无处施展，因此老想着像不少战友那样，进城当一名挣钱养家的门卫或保安，然后结婚生子过安稳日子。这个想法得到了父母的支持，可是几次都被堂哥忽沛东坚决阻拦住了。就在他犹豫彷徨之际，赵志强回村了。他很快感受到了理想的希望，决心跟着两位哥哥在家乡安心大干一场。

今天实地考察科目，是生态的保护和土地科学开发利用。从社会学的角度来看，其实也是一次意义深远的田园调查。进入滩涂湿地，三个人开始弃车步行。脚下坚硬板结的盐碱滩地里，不断发出咯吱咯吱的响声。这显然是令同舟村几代人头疼的一种土地。不种不行，种上也难收呀。这一类土地总共有四五千亩，常年被白花花的盐碱覆盖。老天爷像是故意与人作对。三个人正走着，一阵旋风吹来，骤然扬起在半空中的盐碱灰，打得人眼睛睁不开。他们都还记得，小时候大人们时常说这叫"鬼旋风"，说是滩里的孤魂野鬼作怪。还说遇到此风，可要远远地躲开，说弄不好会把魂魄吸到高空里去的。孩子们原本并没注意此风，经大人这么一说，反倒产生了好奇。有胆大的，比如像志强、沛太和沛东，就专门追着"鬼旋风"跑。他们满心好奇，希望能把自己吸到高空里去看个究竟。大人们见到了惊恐万状，大喊"你们不要命了"！他们遭到呵斥，这才逃之夭夭。遗憾的是，鬼旋风吸魂的事情到底没有发生。娃们既然白天没能满足好奇心，那只得夜里在梦中弥补了……这样的土地该怎么利用呢？这是如今他们想要解决的一大课题。如果这个问题解决了，全村人的收入至少可以翻两三番。几十年来，挖沟排碱呀，灌溉排碱呀，深翻压碱呀，种草除碱呀，各种各样的尝试，效果总是不够理想。后来赵志强才知，治理盐碱滩地，这对于全世界都是一道难题。面对这道世界性难题，答案究竟在哪里呢？

忽沛东胸有成竹地说："咱们可以扩大试验，大面积栽种冬枣。冬枣是喜欢碱性土壤的，且喜阴湿。"

几个人说着话，就朝忽沛东的果木试验园子走去。穿过一片只长着红柳、芦苇和连牛羊都不吃的杂草滩地，远远就见试验地里矮化的枣树修剪得十分整齐。大约三四亩地，在遭受水灾的情况下，每亩地产值还在两万元以上。而这样的土地，从前连粮食作物也不能耕种。赵志强此前也来过多次，可眼下听着忽沛东介绍，眼前顿时一亮。就像一个迷路的人在黑暗中看到了一束诱人的亮光。

忽沛东蹲下身子，从枣树根部捧起一掬泥土，送到赵志强和忽沛太面前说："你们看，这泥土是可以改良的。同样是被洪水泡后变得坚硬异常的土地，经过挖壕排水脱碱和植物根部吸收，就变成了这样。我把这样的泥土，带到县里农科所化验过了，属于弱碱性土壤，氮磷钾含量比例均衡适中，很适宜于冬枣生长。这证明了我连续四年的试验是成功的。咱们现在面临的，就是如何总结完善和大面积推广试验成果的问题。"

眼前的冬枣树的确生长很茂盛。赵志强好奇地蹲下身子，也捧起一把泥土，放在眼前仔细观察。那泥土捧在手里是松软绵细的，攥着还有一定的黏性。三个人沿着树行之间的地垄走去，发现垄沟都挖得很深。垄沟底部的泥土有些泛白板结。他们来到地头，忽沛东从小庵棚中取出一把锄头，熟练地耧着垄沟里渗出的盐碱。还说如果量大的话，这可以熬制硝盐，看来他对此果真是研究很深。

忽沛东说着话，展开了一张图。赵志强和忽沛太两人眼前又是一亮。这是忽沛东按照赵志强和村委会的要求，花了好几天时间绘制的一幅蓝图。他把那天村委会上没来得及陈述的构想，和志强及每个人的意见提炼概括，完完全全呈现在这张生动又严谨的直观效果图上。忽沛东的骨子里，也许是遗传了祖上段老爷子能书善画的基因，形象思维格外发达。当他把自己用毛笔画在宣纸上的《同舟村黄渭滩地生态保护与科学开发示意图》呈现在村主任赵志强和治保主任忽沛太面前，二人当下就被深深地吸引住了。赵志强从这张图上看出了自己梦寐以求的滩地开发的未来愿景，同时也看出了忽沛东对发展家乡农业的雄心壮志。忽沛太跪在地上欣赏这张蓝图，那种天真赤诚的神情令赵志强深受感动。一个篱笆三个桩！赵志强突然意识到，眼下这两位伙计，是他赵志强在同舟村实现理想的左膀右臂。而这张鼓舞人心的蓝图，既是致富规划，更是生态保护和美丽乡村建设的美妙构想。显然，这个设想是大量吸收了大家的不少想法和意见的，是集思广益的成果。

接下来，三个人开始按图索骥，对整个近万亩滩地开发的构想，做着深入的实地考察论证和进一步的修改完善。他们就像是在共同研究完成一篇科学论文。这篇前所未有的大文章，实际上是要书写在渭北大地上的。赵志强心想，等到这篇论文从土地上破土而出的时候，他们共同的美好梦想就实现了。

第六章

一

这天上午,赵能人康复出院。一大早来接他的人,不是好心送他入院的段万奎父女,居然是他一贯仰慕但眼下却格外厌恶的堂哥赵杰魁。真是冤家路窄!早晨看见堂哥一进病房门,他就像饭碗里吃出个绿头苍蝇,禁不住一阵犯恶心。他暗暗骂着"你个狼心狗肺的黑包工头,不知道又想出了什么鬼点子了"。赵能人在病重、生命垂危之际看到的他那心怀叵测的怪异表情,刀刻在心一样无法忘掉呀。这是他一贯拥戴追随的人呀,赵能人感觉伤心透了。与赵志强的当众封门行为相比,这关键时候的背后捅刀子令他无法原谅。经过了起死回生的遭遇,他算是把许多事情看清楚也想明白了。首先,他把"家户自家"这个概念彻底看透了。过去他总相信双手难写两个"赵"字。事实证明,什么堂兄弟,紧急了连外人都不如。

"兄弟,咱回家吧。"赵杰魁满脸堆笑地说。赵能人依旧闭眼仰面躺在病床上一动不动。"走,咱不坐他电动三轮,咱坐咱的大奔驰回村。""好哥哩,你的大奔驰,我可坐不起。""唉,看兄弟你说的,难道哥还能问你要车钱不成?""知道你不是要钱,你……你是要,要命哩。""我咋哩嘛?你说这话?""你是软刀子杀人,还当我不明白？""咳，看兄弟你说话难听的，你该不是让赵志强气疯了？""再别说人家志强，我是叫你气疯了。""行了，赶紧换衣服嘛，上车回家。医生说你病好了，我已经通知孙桂花在屋里给你擀肉臊子长面、包饺子哩。从今往后这些天，保证你娃每天有肉吃有酒喝。""嗨，我可不像你，没那天天吃肉喝酒的命。你把车开回去吧，我出院有人接。"

赵杰魁听得一愣，说："不是说了嘛，咱不坐他的电动三轮，路上太不安全啦。"赵能人说："我看人家的电动三轮才安全哩。""好我兄弟，赶紧走，出院手续我随后即办，钱你就不用管了。统统由你哥包圆了，你只管走人。东西我叫丽丽和娇娇帮你收拾。"赵杰魁说着，笑得有些尴尬。赵能人一听火了："谁叫你把她们两个带来的？我的事情咋你就全做主了？""嗨呀，这不是为了路上有人服侍你嘛。"

两人正拉长脸僵持着，只听一阵轻轻的敲门声。主治医生王大夫领着赵志强、段淑娴和她爸段万奎一行进来了。段淑娴笑眯眯地手里捧着一摞子洗得干干净净的衣服放到病床前。赵能人翻着一看，那竟是自己来医院换下的脏衣服呀！眼下洗得干干净净。他不由得心头一热，泪水就聚满了眼眶。他慌得急忙坐起身，伸出双手说："赵主任，你们来了？村里那么忙，还记得我……我这个落后分子。"

赵志强笑着握住他的手说："好我叔哩，谁也没说你是落后分子，你办游戏室方向出了偏差，我村干部也有责任呀。你时常照顾疯爷吃呀喝呀，村里人谁不知道。再说你今后可得把自己的身体当回事，村里还有好多事等着咱一同去办呢。"赵能人忙说："那是那是，我这几天都想好了。孤身一人，钱挣多少是个够呀。我这爱钱都是名字改坏了。万奎哥你知道，我大给我起名叫杰才，我偏改成了吉财。这一改，人就不知不觉成了财迷！我准备再改回去，还是叫赵杰才好。""好呀！杰才，杰才，意思就是咱同舟村杰出人才嘛！"赵志强说，"那我从今往后就叫你'杰才叔'呀！""好呀！好呀！我争取成为咱村里的杰出人才，比有多少钱都强！"众人听得都笑了，病房里的气氛变得一片祥和。

赵杰魁在一旁看着傻了眼，自觉再也没脸待下去了，趁着没人注意他，一扭身溜出了病房。主治医生王大夫说："老赵，你的病本来就问题不大，经过这几天的调养，可以说基本康复了。我给你开了些药带上，回去按时服用，好好吃饭睡觉。""对，杰才叔你都记着。"段淑娴说，"这是你的衣服，你先换。你原先的衬衣太破了，我爸给你买了件新的，你也换上。我这就去给咱办出院手续。"

赵能人听得，心头一热，眼泪再也忍不住了。

出院回村的路上，赵杰才没有坐段万奎的柴油三轮，而是坐在了赵志强的电动三轮上。他精神抖擞，仿佛换了个人。路边的行道树、庄稼地和来来往往的车辆行人，一切都感觉是那样新鲜亲切。"杰才叔，你还生我气不了？"前面骑车的赵志强问。"唉，早就不生气了。没给你说嘛，这几天住院我想通了。长期开麻将馆，那还是个营生吗？人心都沉在赌博里面，那村里还能有个好吗？不生楞刺刺才怪哩！""这就好！有个重要的事情我正式通知你，村里两委会已经研究定了，把咱原先的游戏室，恢复成村民文化阅览室兼农技培训夜校，让村里人有个读书学习接受技术培训的地方。如今就是种地，你也得有文化、掌握科技呀！然后再在紧挨的饲养院老房基上翻盖五间大房，成立村里的老年幸福院。""老年幸福院？""对，老年幸福院，就是让六十五以上的老年人有个吃饭和娱乐的地方。""那这吃饭还要钱不？""不要钱，全免费。""那这钱从哪里来呢？""采取镇上和村里给一部分，家属自愿交一部分，社会募捐一部分。"赵能人听了，心里盘算着，事情听起来倒是个好事情，但是这能行吗？"六十五岁以上，全村能有多少人？这些人吃饭不要钱，这能维持得住吗？"赵志强说："我在外地考察过，人家好些个村子，都是这么办的。幸福院办得红红火火，老年人再也不愁没处吃饭了。"赵能人说："事情倒是个好事情，就怕坚持不下去，这可得好好算算账。""对，是得好好算算账。我给你说的意思，就是想叫你牵头先做个可行性调研，然后看你愿意不愿意承包经营。"赵能人听得一愣，半响不再言声，心里是既感动又不安。两个人说着话，三轮摩托车已经进了同舟村地界。段淑娴和她爸段万奎拉着行李紧随其后。地里劳动的人都好奇地看着他们，也有人疑惑不解地议论说：

"快看，主任拉的赵能人！""主任凭啥拉他嘛？这不是怪事？""对呀，前些日子还把他游戏室门封了！""咳，这又不知是犯了啥事，让主任亲自到镇上去领人？""就是呀，反正不会是啥好事。""按照张民警那天说的意思，好像咱镇上派出所都有他犯事的录像证据哩。""这事情咱就说不清了。甭急嘛，你等着看好戏吧。"

风刮流言，赵能人听得几句，心里顿时一阵毛乱。他心想，人们还是用老眼光看人哩嘛。今后可得注意自己的形象，决不能给村上领导丢脸。

二

孙桂花那天回到家插上街门心神不安。当夜翻来覆去睡不着觉，一直等着有人上门来找她麻烦。她知道自己这回可是真正戳瞎了一盆糨子。赵吉财要真有个三长两短，自己这乱子可就捅大了。她开始后悔起来，心想根本就不该揽承给赵能人治病这事。眼瞅人都不行了，你还敢逞能？这不是自己往死里作嘛！

可是话说回来，这又是那本人自愿的呀。"叫孙桂花！赶紧叫孙桂花！"这是丽丽来叫她时学说的，在场的几个人都可以作证嘛。可是不管怎么说，你也不该揽承这事情。你是谁？你是医生吗？你有行医执照吗？她心里有一个声音逼问道。孙桂花当下就被问得退到了墙角里，无路可走无话可说了。如今人如果不在了，知情者一个个就都成了哑巴。谁又能替你说句公道话呢？她开始痛恨起赵杰魁那鬼来。你赵家巷的人，咋还不知道我有几斤几两？还家户自家，眼瞅着自家人往火坑里跳，紧急了还从背后狠推一把。还有你赵吉财本人，都到啥时候了，你还听上赵杰魁的鬼话，打发那妖精丽丽来叫人家。你让人叫我去，我能不去吗？咱俩是啥关系嘛，我能见死不救！可我这一去倒好，正中了那奸贼赵杰魁的诡计！他是存心看你的笑话，盼你病死了好讹人家赵志强主任呀。你看这窝里斗,有多厉害!真是连同宗同祖都不认,只看钱看利嘛。孙桂花烦躁得不再往下想了。

　　盘算到此,孙桂花的心里一阵紧似一阵地难过。想起平日赵能人对自己的千般好万般好来……真是后悔莫及。她想到可怕的后果,眼泪止不住地流。唉,我咋就这么命苦!刚刚遇到一个心疼自己的男人,就又出了这事。该不是真像巷里人议论的那样,自己真的是扫帚星托生的,专妨男人?想到此,她又记起了自己原先的男人。身体好好的,一年四季除了种地,农闲还到滩里积水塘捞了鱼用三轮摩托带到安礼镇上卖,天天都有现金收入,家里日子过得颤活。此后经不住外面花花世界的诱惑,就跟上他堂哥赵杰魁外出打工,咋就偏偏出了工伤事故,人说没就没了。这么多年,她凭着自己暗里给人扎针看病,一个人孤苦伶仃地过着。好容易前年才偷摸地跟户家兄弟赵能人好上了,可是没几天就又出了这档子事情。孙桂花不敢再往下想。她赶紧起身,在里屋香案上燃起一炷香,虔诚地跪在铜菩萨像的面前,默默地为男人祈祷。她苦苦地祈求菩萨保佑,佑护她的赵吉财逢凶化吉,能够平安渡过病灾这一道难关。如此一连好几天,她都不敢出门,只是烧香拜佛祈求平安。说来奇怪,这几天也没人上门。她每日提心吊胆,天明熬到天黑,天黑又熬到天明。她家的院子,距离赵能人家中间只隔着一户人,平日谁家有什么动静,都能够听得清楚。这几日她每天早晚都要站在院子里听上一阵,什么异样的声音也没有呀。如果他人真的没了,那也不可能无声无息呀。难道说人送到医院,殁在了安礼镇?那也不对呀,要是真殁在医院,也得拉回来料理后事呀。孙桂花思来想去,一直不知道赵能人究竟是死是活。好容易又熬过一夜,天快明时孙桂花才迷迷糊糊睡着。她睡梦里见赵能人跛着腿来了,人看着又黑又瘦。说是刚刚从安礼医院出来,就想她了。两人一见,当下紧紧地拥抱在一起。孙桂花高兴地流着眼泪,嘴里一个劲地喊着问"死鬼,死鬼,住院咋也不打发人说一声"。赵能人还是那么嬉皮笑脸地胡说八道:"好我亲嫂子哩,这几天不见,你可把兄弟想死了。你放心,我赵吉财心里只有两个女人,再不会有第三个了。""你胡说啥?说漏嘴了吧。贼不打，你三年自招！"孙桂花立马松开手，生气地把赵能人用力一推。赵能人双手搂得更紧，嘴里还说："真的，心里就只有两个女人。""说，那两个都是谁？老实交代！""这你知道，一个是我娘呀，人已经不在了。第二个嘛……""第二个是谁？""第二个就是你，孙桂花呀！连这都猜不出来。"孙桂花听得，忍不住扑哧笑了，赶紧又抱住赵能人说："真的，人家问你嘛，这几天究竟疯到哪里去了？""还能去哪里？那天那样子你也看着了，还能去哪里？""真的住院了？病治好了？"孙桂花上下打量着赵能人。"实话告诉你，"赵能人神秘地说，"我是到阎王爷那里报到去了，可人家看我这副模样，坚决不要。你猜阎王爷咋说？"孙桂花故意配合演戏，笑眯眯地问："阎王爷咋说来？"赵能人做个鬼脸，学着阎王爷的阴阳怪气说："你这啥人嘛，瞅你这脚心里、鼻根子下面，这黑乎乎是什么？这是美人留下的两个针眼子呀，是尘根未断的标志。尘缘未了，心不净，我这里不能收你。快，滚回尘世接着受罪去！"孙桂花听得哈哈大笑起来。她一边笑，一边还捏着拳头敲打赵能人的脊背。

"弟妹，弟妹，快开门呀！弟妹，弟妹，快开门！"孙桂花惊得醒来，睁眼看见天已大亮。再仔细听听，那叫喊声很像是赵杰魁呀。随即翻身坐起下炕开了门。果然见是赵杰魁，他急急火火进了街门，手里提着一溜子猪肉和一捆子韭菜说："弟妹，咱吉财兄弟今天出院哩！你得做顿好吃的给他接风呀。"

孙桂花先是一愣，随即兴奋得满脸通红："我就不信，你说的是真的？那病……这么快就好了？""真的呀，这事情还哄你干啥？""吉财他真的病好了，没事了？""真的呀，你给咱先做饭，我这就到镇上医院接人。"孙桂花一时激动，竟忘了面前站的是啥人。她上前就握着赵杰魁的手，连说"谢谢，谢谢"。按照东府习俗，兄弟媳妇咋能随便拉阿伯子的手呢。这一下给赵杰魁弄了个大红脸，他慌乱地把手里的猪肉往前一挡，嘴里一个劲说："行了行了，好我弟妹，你快做饭去吧，我给咱到医院接人。"

赵杰魁一走，街门还开着。孙桂花心里一时转不过弯子，站在空荡荡的院子里好一阵发愣。她还真弄不清,眼前发生的事情是梦境还是现实。她仰面望望天空,再低头瞅瞅地下,还抬腿走了两步。直到看见门外有人路过,探头探脑地朝里张望,这才相信是真的。急忙关了街门回到屋里,赶紧给菩萨磕了三个响头。看来一切都是真的,天不绝我呀!孙桂花大喜落泪。她心不在焉地简单梳洗一把,就来到灶间开始和面揉面,洗肉切肉,烧火做饭。她一边手脚机械地做着活,一边提醒自己:"孙桂花呀孙桂花,你可得想明白了!这可不是一顿简单的饭食,这是一次难得的机会。就像从前你那死鬼男人手里钓鱼的竿子和鱼线鱼钩,可得用心把那失而复得的一条大鱼牢牢地钩住,叫他再也无法离开你。"想到此,孙桂花突然一阵心慌,她还真不知道人家会不会再进她这是是非非的寡妇门。那天那两针扎得实在不是时候,的确差点没要了人家的性命。孙桂花心里一阵愧疚,感到心慌意乱。她希望刚才梦中的情形能够在现实中真正出现,又害怕这只是自己的一厢情愿。孙桂花越想心里越不平静,她甚至连炒肉的味道都闻不出来了。她估摸着人也快接回来了吧,心就跳得越发厉害。

三

赵志强一进村部门,就见老支书忽步康笑眯眯地坐在办公桌前和面前一位年轻姑娘说话。那姑娘二十五六岁,穿着打扮朴素,但却难掩面容的姣美与身材的苗条。那姑娘见了赵志强抿嘴一笑,当即很有礼貌地站起身来打招呼。老支书忽步康问:"志强,你不认识吗?"赵志强一时没反应过来。"赵主任,不记得了?我是小吴,齐清海教授的学生呀。""啊哦,你就是吴文倩同学?我们通过好几次电话吧。你研究生毕业了?不是说还得两个月嘛?""对呀,最近毕业班开始实习,我就提前来了。""好,那好。"赵志强说着,心里却一阵着急。恢复村小学的准备工作还没到位,支教老师竟然提前来了。"你上忽家寨子了没?""还没有。我打算安顿好了再去拜访导师。""那好,村里刚刚考虑恢复学校，维修房屋工程才开始。我们这里教师原先都是宿办合一，不知你习惯不习惯。"老支书说："唉，志强，咱现在有条件啦，将来吴老师的住宿和办公也可以分开嘛。"吴文倩说："老支书，这就不必了。我父母都是乡村教师，我感觉宿办合一很好。""老支书，咱今晌就在段家小饭馆吃，我请客。""不用你请，吴老师远道而来，由咱村上接待嘛。"赵志强说："老支书，就给我一次表现机会吧。"忽步康嘿嘿一笑说："那也行，赶明儿咱村上把齐先生也请上，再正式来个欢迎宴会。"

赵志强当即给段淑娴打了个电话，把晌午饭订了下来。

吴文倩这次来，不光带了铺盖卷儿，还带了两大箱子书籍和换洗的衣服，看来是有长期打算的。当下，赵志强把她的行李装上电动三轮车运往学校。路上，赵志强心里很不平静。心想那些新文盲和半文盲村民一年到头，可没少给老支书和张民警添麻烦。赵志强立志要恢复同舟小学的目的，不仅仅是要让学龄儿童就近上学，更是要通过源头治理，解决新文盲村民的扫盲识字问题。他的这个想法，在村委会上得到了大家的一致支持。消息传开，村民反应强烈。"你要把学校恢复了，我就代表全村人给你烧高香呀！"忽子壬说。"三年前，那驻村徐干部一来就张罗着要恢复学校，可如今两年过去了，事情还没个影影。"忽子亥附和道。忽子壬说："那也不能怪那徐干部，是因为县教育局已经把咱同舟小学的两名公办教师编制取消了。"针对上述情况，赵志强找康成镇长软磨硬泡，才争取了一个县里给的支教人员名额。

小学校的老木门敞开着，几个工人正在院子里清除垃圾，还有的在平房里粉刷墙壁。这是教师办公室兼宿舍，左右两侧是两排六个教室，总体形成一个半封闭的三合院建筑群。当院即是操场，正中一个水泥台子上竖立着一根钢管旗杆，旗杆端对着大门。开学的时候，每天升旗、跑操和全体师生早晚集合校长训导讲话，就都在这院子里进行。眼下，有几个工人爬上梯子在维修屋顶。那红砖红瓦的房子虽是上世纪七十年代的建筑，实际却还不胜村部的百年老屋结实。老支书忽步康心里情知，秋季连阴雨时屋顶会漏，学校这房早就被县、镇防汛办圈成了"危房"。眼下房里堆放的杂物已经清空，就是揭瓦换顶，也不解决墙体裂缝的问题呀。看来在没有经费的情况下，赵志强果然是打算自掏腰包了。老支书看着眼前这情形，有些为难地说："志强呀，你娃可真能折腾，刚刚定下的事情，你就急着让开工了？人你是雇来了，可这买材料的钱从哪里来呀？"赵志强看看吴文倩，抿嘴一笑说："老支书，这你不用犯愁。"吴文倩睁大眼睛吃惊地看看神情惊异的老支书，又看看充满自信的赵志强。没想到平原地区农村教育目前还这样困难。

放下行李后，三人即来到段家小饭馆吃饭。这是开办在赵家巷西头，段万奎自家临街三间门房中的。房也是过百年的老房，如今依旧看着结实体面。开间本来不大，进门左首隔过一间厨房，剩余两间打通。正中一张大圆桌，四角摆了四张方桌，就显得有些拥挤。餐厅墙上贴了白色带暗雪花的瓷片，地面用浅黄色仿木纹瓷板铺过，显得既朴素大方又整洁利落。赵志强一看，就知道是段淑娴的审美风格。瓷片一贴到底，这也是村里人眼下能够达到的最高装修标准。"乡亲小饭馆"五个字，是段淑娴请忽纪岱老师亲笔题写的，落款却是"仁义"二字。这"仁"和"义"，对于忽家乃至同舟全村人来讲，是神圣的道德高标。它既来自老先人忽守仁、忽守义的名字，又浓缩着段文海老祖宗开创的一世家风。红底金字的红木小匾醒目地悬挂在门楣上方，成了小饭馆令人肃然起敬的金字招牌。门两侧是一副楹联"农家饭菜超海味；乡情喜乐赛山珍"也是雕刻在红木板上面，很显大方贵气。忽纪岱的书法全省有名。颜体带魏碑的显明风格，刚劲中不失拙朴灵动。字就像人的修养和个性，刚柔兼备很是耐人寻味。小饭馆开办快满十年了，可谓伴随着好形势成长起来的。如今到了节假日，安礼镇甚至华邑城里的游客都会慕名而来，生意越来越好。小饭馆的饭菜，除了每天必备的水盆羊肉，还有酸汤臊子面、油泼辣子扯面、硬面馍、瞪眼辣子夹锅盔，罗罗瓤皮子和挠挠凉粉、浆水鱼鱼等。用的辣子是自家种的本地品种，酱是自家晒的面酱，醋也是自家酿的柿子醋。用段淑娴的话说，"全是咱农家传统绿色食品"。

段淑娴接了赵志强的电话，心里别提有多兴奋。她反复哼唱着《在希望的田野上》，早早就把饭菜准备得妥妥帖帖。"请一位远道来的客人吃饭。"她从志强打电话的口气判断，来吃饭的一定是个重要人物。父女俩认真商量后，选了最好的羊前胛瘦肉切薄煮透，月牙烧饼也是新出炉的。除了每人一小碗香气诱人的水盆羊肉，段淑娴还精心选料，特意调了四个精致小菜：一碟芥末凉拌粉丝黄瓜，一碟香油调杏仁苦苣，一碟麻油香椿炒柴鸡蛋，一碟醋熘青椒土豆丝。冷热搭配、翠绿黄白相间，看着真是吊人胃口。菜都上齐后，段淑娴总还觉得缺点啥。不料还没等她开口，她爸就说："娃呀，你不用说了，今儿咱得上个拿手的呀。"段淑娴撒娇地说："爸，这可是你说的。"段万奎嘿嘿一笑说："对，是你爸说的。咱再添个罗汉圆鱼汤。"段淑娴心里一阵高兴，但表面上还是不动声色，说："嗯，都按照爸的意思。"段万奎心里想，这一顿饭可是非同小可。老实巴交的庄稼汉想着，心里美滋滋的。

说话间老支书忽步康和赵志强、吴文倩就到了。段淑娴赶忙迎出门去。三个人在门外仰头欣赏了忽纪岱老师书写的牌匾和楹联，吴文倩不住点头夸说"真好"。

大家进屋坐定，赵志强介绍道："淑娴，这位是从京城来的支教老师吴文倩，名牌大学教育学博士，齐清海先生的得意女弟子。"段淑娴赶紧在围裙上擦擦手，两人握过了手。在这种场合下，女人特有的敏感使得彼此都感到了某种看不见却存在着的局促。赵志强接着又介绍道："吴老师，这位是段淑娴，同舟村委会学习委员，也是大伙儿公认的热心村里公益事业的慈善人物。"段淑娴脸呼地红了，说："哪里，别听志强夸张，我就是偶然为之。"吴文倩听得似乎愣了一下。

"吴老师，咱们吃饭吧。"老支书忽步康说，"水盆羊肉得趁热吃。"段淑娴把一包撕开口子的消毒纸巾递到客人手中。两个人目光对视，眼睛里都浮现出客气的笑容。段万奎不声不响，垫着笼布把自己祖传的一道菜端了上来。老支书忽步康说："这可是一道祖传的宫廷大菜。""祖传宫廷大菜？"吴文倩抬头惊奇地问。"对呀，祖传宫廷大菜。"老支书忽步康不无自豪地说，"元朝时期，咱段家曾出过一任宫廷御史，与我们祖上忽必烈大帝同桌吃过饭呢。当时据说就上了这道菜。""吴老师，你趁热尝尝这汤。"段淑娴亲手给吴文倩舀了一小碗。吴文倩赶忙起身双手接过闻闻，望着那色香味俱佳的"宫廷御菜"，一时捧着不知该如何下手。

赵志强看着段淑娴嘿嘿一笑说："吴老师，先尝尝汤。""对，吴老师先喝口罗汉圆鱼汤吧。"段万奎说。吴文倩问："为啥叫罗汉圆鱼汤？"段万奎说："这，是祖上相传的，也有说叫举钵圆鱼汤。""对，万奎，你就给咱吴老师讲讲这故典。"忽步康说。平日沉默少语的段万奎开始讲述道："据说这个菜谱，是当年皇家寺院一位云游的和尚假托罗汉所献，言说此汤喝了能清心明目，扫除贪欲和烦恼。"赵志强也是头一次听到这故事，便问："段叔，你们这菜里究竟都有些啥原料嘛，这么神奇？"段万奎看看段淑娴，面露难色地说："这本该是不对外宣示的。""你就给吴老师讲讲吧。"老支书忽步康说完，赶紧喝了一大口汤。段万奎说："淑娴，干脆你给客人讲吧。"段淑娴脸呼地红了，沉吟片刻说："据我们《家谱》记载，罗汉圆鱼汤，以我的理解就是一道精神菜肴。""精神菜肴？"赵志强不解地问，"明明是一道荤菜，咋就和精神连接起来了？""是呀，用今天的话讲，就是提醒权贵富者不要忘记民间疾苦。""等一等，我得记下。"吴文倩赶忙掏出笔记本。段淑娴说："吴老师，你不用记，我随后抄给你。这其中总共十八种野菜，有苦苣、甜苣、荠菜、灰苕、茎冈冈、蒂蒂菜、辣辣苗、马齿苋、白蒿、艾叶、菟梢儿、小蒜苗、蘀萌、苜蓿、地椒椒、鱼腥草、野韭菜、老虎菜。这些北方大地上的野菜，饥荒年间都是救过无数灾民生命的功勋植物。"段万奎说："十八种时鲜野菜洗净控干切碎拌上新磨的苞谷面做成素菜丸子，那丸子不用油炸，是先蒸再煮。汤里面讲究不放任何作料，完全是野菜本身的原汁原味。"吴文倩听得深受感动，说："嗯，这道菜太有文化创意了。"赵志强自豪地说："吴老师，你慢慢就知道了，咱们同舟村的文化底蕴可是深厚呢。"老支书很认真地附和道："对，情况的确就是这么个情况！"一句话逗得几个年轻人都忍不住笑了。

四

"啥事嘛,看把我娃惆怅的,从进门就不说一句话?"这天,志强妈把刚捞出锅的一碗黏面端到赵志强面前,关切地问。赵志强忙接过碗说:"妈,没啥事。"说完端着碗又发起呆来。赵兴国老汉在一旁瞅了儿子一眼,没好气地说:"没事你这是干啥?端起碗发呆!你照照镜子看看自己嘛。"赵志强不耐烦地说:"爸,妈,真的没事,有啥事我早就说了,你们尽管放心。"他爸说:"说老实话,我们现在不愁吃不愁喝,还就是一天到晚对你娃不放心!"

赵志强听得心里咯噔一下,顿觉一阵烦乱,食欲全无。他正打算丢下饭碗出门躲避,抬头看见母亲担忧的神情,当下改变了主意。他冷静地告诫自己,大人可是一片好心,你小子不能任性蛮横做窝里虎呀。他随即调整心情,开始认真地往面碗里倒酱油醋和香油、抠一大块儿油泼辣子,随后用筷头蘸盐开始调面。他见父亲脸色不悦,还特意端起油炒葱花,给父亲碗里拨了一些,嘿嘿一笑说:"爸,妈,你们放心,你儿赵志强长大了,不再是小时候那个好钻牛角尖的窝里横黑蛋了。我既然揽下村里这事,就不会叫村民失望,也不会给二老丢人现眼。""哼,你娃嘴甭硬,出水才见两腿泥哩。"他爸说。"有我娃这话就好。妈就是爱听你这话,我娃从小就是这硬脾气,啥啥都难不倒我娃。"老太太的心里,对于儿子选择回乡原本也是十二分的不愿意,可是她不像老头子,从来没有对谁流露出来过。她只是在夜深人静的时候,把担忧与叹息嚼碎了默默地咽到肚子里,化作流不尽的眼泪……赵志强嘿嘿一笑说:"谢谢妈的鼓励。"

他爸一边提着筷子搅面,一边心平气和地说:"志强儿,我就安顿你一句话,做事千万不要性急蛮干,揽得太宽。""行咧,面调对了,赶紧吃。"他妈温和地提醒道。当晚赵志强犹豫了大半夜,还是决定上县里找刘副县长汇报工作,争取县上支持。

第二天一大早，赵志强约了县上驻村干部徐安稳一道上路。他们没给任何人讲，就骑着自家的电动三轮出发了。三十公里油路，两人赶在机关上班之前就来到县政府见到了分管县政府常务、主管农口的副县长刘登荣。当时刘副县长夹着皮包正要出门，一见赵志强竟认出他来了：

"哎呀，稀客、稀客！快，咱进屋谈，进屋谈！怎么，社会学家，工作还能适应吧？你同舟那村子，我可是了解的。村民民主意识强，遇事好提意见的人多，加之这些年经济发展有点滞后，事情就不大好办。"

基层一路干上来的刘副县长性格开朗，从见面嘴里就一句一个"社会学家"地喊着，引得满楼道的人都看赵志强。三人进屋落座后，刘副县长叫秘书小张沏了茶水并且特意吩咐道："告诉他们，上午会议推迟开，就说我这儿临时有要紧事处理。"赵志强听得，心里大为感动。

"怎么，有什么要紧事？你讲。我知道，现在村里的工作可是不好搞呀，比起你研究学问那是两种难法。徐安稳，你说是不是？"老实本分的徐安稳，赶紧点头笑了笑。

赵志强开门见山地说："刘县长，我们今天来，是想汇报教育问题，我们想恢复同舟村小学。""同舟村还没有小学吗，这么大个村子？这我还真不知道。不过教育可不属于我分管呀。"刘副县长说着，不无责备地看了徐安稳一眼。徐安稳浑身一阵紧张，急忙低下头去。赵志强固执地说："刘县长，我们同舟村小学原先还是镇上重点呢，这些年由于经费和教师等问题，学校停办了。村里的学龄儿童原本不少，可是只得分散到外村或是安礼镇上念书，有的甚至到县里寄宿上学……丢下大多数，就在村里疯野。"

刘副县长听着，屁股开始在沙发上不停地挪动开来。他先是看了看腕上的手表，随即站起身，亲自提着暖瓶给赵志强还没喝过的茶杯里添了一点水。这意思赵志强当然明白，但是他已经暗暗提醒自己要沉得住气。

"刘县长，农民娃外出念书可不容易呀。我这段时间了解了，由于各种费用过高和种种不方便的原因,村里不少娃早早就辍学回村了,这意味着将来村里会产生不少新文盲或者叫半文盲……"

刘副县长终于按捺不住了,拿起身边的皮包站起来说:"赵主任,我看这样,关于学校这事,你干脆写个详细材料,我批给分管副县长和教育局、扶贫办,先让两家拿个意见,再看怎么解决这个问题。"赵志强听得一愣。"刘县长,那今天就这样吧。"徐安稳说着就站起身,他这话实际多半是讲给赵志强听的,催他赶紧告辞。赵志强却坐着不动说:"那太好了,谢谢领导支持。另外,我想从全县的角度,提一条建议,供县领导参考。""啥建议,你说嘛。"刘副县长并没有坐下听的意思。"就是咱县上大面积黄河滩地生态保护和开发利用的问题。这我们做了些调查……"刘副县长听得,眼睛突然一亮,问:"这也属于社会学研究范畴?"

"也可以这么讲。"赵志强不紧不慢说,"我了解了,咱县上总共有一百五十平方公里的黄河滩涂,仅我们同舟一个村就有上万亩。这是巨大的自然资源,可是这么多年了,非但没有充分开发利用滩地,反而困扰着滩区群众的生产生活,成了农民和县领导心头的一块心病。"

这时候,平时最有耐心的徐安稳却几次站起来看表。他是给赵志强暗示,要他见好就收,赶紧向刘县长告辞。刘副县长反倒不知啥时已经重新坐回沙发,听得很认真。"你是说村里有人已经搞了好几年滩地经济作物种植的试验?"刘副县长显然对此很感兴趣。"对,这方面徐干部也了解,我们村的忽沛东和文燕、段淑娴连续做了几年试验,取得了很有说服力的经验和大量数据。刘县长,我盼望您百忙中抽时间亲自去看看,指导完善和总结他们的经验,并建议能在全县推广。咱把种植业、养殖业和田园观光旅游以及民宿餐饮等项目有机结合统一打包,形成一个综合开发利用的大项目,然后引进战略投资者……"

"好呀,徐安稳,这么大的事情,怎么就没听你讲过呀?"徐安稳听得,脸呼地涨红了。刘副县长还要询问情况,手中的电话突然响了。

刘副县长赶紧接电话,赵志强心里一阵慌乱。他担心今天的汇报很可能不会有什么结果,便主动停止下来,瞪眼望着刘副县长等待指示。县官不如现管。徐安稳心里一阵紧张,感到又被领导抓到了工作中的把柄似的,心里忐忑不安。

正当赵志强担心地等待着这位百忙之中的领导明确终止自己的汇报时,不料想刘副县长接完电话并没有显出不耐烦的表情。他只是撸起袖子看了看表,随后对进门来的张秘书说:"小张,你正式通知有关单位,就说我得处理个急事,把原定上午的会议取消。啥时候召开等候通知。另外你通知环保局长王长福、水利局长唐伟、农业局长李清泉、土地局长王汶安、林业局长季怀清,还有城乡建设局长景开来和文旅局长马志远,各带一名技术人员到我这里开会。"

赵志强听得,心里一阵狂跳。他看看徐安稳,老徐正疑惑不解地挠头呢。他两人显然一时还判断不清,领导突然改变主意的原因何在。难道是真的要仔细听同舟一个村的工作汇报吗?这在他俩看来,几乎是不可能的。

秘书小张走后,刘副县长从容地由皮包中掏出笔记本和钢笔,看了看徐安稳说:"好了,社会学家,这下你放开慢慢谈吧,上午的时间统统交给你们了,谁都不许干扰咱的大事情。"

徐安稳心里一块石头才算落了地。赵志强可能是一时激动,竟然脱口而出:"我,我原本已经讲完了呀!真的,已经讲完了。那就由老徐同志补充吧。"徐安稳的脸呼地一阵发烧,忙摆手说:"我可没什么好讲的。上次刘县长去同舟,我都汇报过工作了。"刘副县长说:"赵主任,你讲完了?可我们还没听够呀!再说咱得让相关部门的领导和专家听听。我觉得你讲得很有道理,至少我是很受启发的,有点茅塞顿开的感觉。黄河滩地的生态保护和开发利用,这可是个大题目呀!一会儿大伙儿来了,你从头慢慢讲来。有时候,跨学科的思路往往比某一领域专家考虑得还具有实际价值。究竟如何保护和开发黄河滩地?这可是一篇大文章,也是一道难题呀!比如我们的资源、土地、水资源和河道管理等相关部门,光一味地强调保护和管理,而同发展经济和服务社会没有很好地结合起来考虑问题。这正是几十年都没有解决好黄河滩地保护与发展问题的症结所在。总是各拉各的套、各吹各的调，这不成曲子呀。我曾经带过剧团，一个乐队总得有个总谱嘛、讲究科学配器。有人讲，黄河滩地的保护和开发利用，是一道无解的难题。因为黄河河道不固定，水文因素太复杂……我就不同意这种说法。世间再难的事情，也总有个解决的办法呀。刚才我咋听得，你好像已经找到了问题的答案嘛。你得给我们好好介绍一下你自己的认识，从一个社会学家的角度对于这个跨世纪的世界性难题的看法。谈谈你是怎么认识黄河滩地的，还有忽沛东和文燕、段淑娴他们的具体做法。徐安稳同志，你也得准备一下，谈谈你们又是如何考虑把滩涂生态保护和咱的大农业，即种植业、养殖业和旅游观光还有民宿餐饮服务业等结合起来的思路。这可是一篇更大的文章，把生态保护和强县富民结合起来，这可是我们历届县委、县政府做梦都想着的事情呀。现在的情况是，只要你有好项目，引进投资问题不大。"

赵志强和徐安稳听得，顿时来了精神。正在此时，几位局长带着人就到了。大家坐定相互介绍认识后，在刘副县长的一再鼓动下，赵志强随即打消顾虑开始正式汇报。

第七章

一

　　一场秋雨一分寒。转眼过了白露，黄河滩里浓浓的晨雾凝结成早霜同地面渗出的盐碱搅和在一起。远远望去，白花花的盐碱与风中的红柳、芦花和水中的蒲草相互映衬，形成了一幅色彩丰富、层次分明的迷人风景画。黑色的大雁与白鹭、红嘴野鸭、彩色鸳鸯等悠然飞起落下，斑斑点点时隐时现，更加增添了黄河滩涂的神秘生动与充满诗情画意的温馨与悠远。这是画家写生的好时节，更是诗人作家采风的难得佳境。更有来自省城、京城甚至国外的穿着新潮怪异的摄影家扛着三脚架，端着装了大炮小炮筒子的昂贵专业相机，一头扎下去整日沉溺于旱滩湿地里流连忘返。

　　身材高大的赵志强，此刻昂首挺胸走在故乡的土地上：最具代表性的黄河滩地里，儿时的记忆变得越发清晰而亲切起来……

　　放了学，校门打开后，一群戴着红领巾的小学生，像在笼子里闷了一整天的一群小鸟，欢呼着飞出了笼子。

　　"哇——哇——""冲呀，冲呀！""到滩里耍走，到滩里耍走！"

　　娃们像一群南归的大雁，飞奔而来，很快就像雁阵由"人"字，排列成了一个"一"字。赵志强和忽沛东领头，那"一"字向前，不停地弯曲伸展，变换着前进的队形。大伙儿一路欢呼，跑出段家巷，绕过村里十字街口的老槐树，再拐进长长的忽家巷里。热烈的欢呼声，一路划破了午后昏昏欲睡的村庄。等到他们快要跑到推头老王的铁皮凉棚下时，大家就喘息着不由自主地放慢了脚步。队形乱了，欢呼声也顿然消失。娃们家齐刷刷地仰头望去，像是看见了一尊女神。他们那一颗颗狂野的心脏随即安静下来。每天下午就是这个时候，无论是天阴还是天晴，娃们家心中的那尊女神——"矮姑婆"，都会准时出现在铁皮凉棚底下。她脚底下照例垫着一个小板凳，总是兴冲冲地瞪大一双像娃们一样天真单纯的大眼睛，脸色因兴奋而有些泛红。她早已换上了一件颜色鲜艳的干净衣裳，手里端着那个精致的红柳小簸箕，迎接学生娃们的到来。每当这个时候，眯缝着眼睛爱慕地望着她的推头老王就会停下手中的活说："娃他妈，你看你美气的！你就是那天生的天使，所以老天爷才把你托生成永远长不大的模样。"推头老王总是改不了那一口浓浓的河南口音。矮姑婆听得一下瞪大了眼睛，认真地学着河南口音追问道："咦——我说老王，你给我说清楚些，你说这话是啥意思嘛？"说话从来都是试探性说半句留半句的推头老王嘿嘿一笑说："我们老家的天主教堂里，就有天使像，真的，画得和你一模一样哩。""王德忠，你又瞎编，和我一样是啥模样？""啥模样？也就是一个长不大的亲娃模样儿，背上还生着小翅膀呢！"推头老王说着，用手很夸张地在自己脊背两侧比画着。"咦——你又哄人，老王同志，这长翅膀的小天使，我就没听旁人说过！"

　　学生娃们的到来，才替推头老王解了围。娃们家那一双双清澈痴迷的眼睛，瞅着矮姑婆手里的红柳簸箕。她那簸箕里面，装满了娃们家喜欢的吃食。不是红枣就是炒花生豆豆，再不然就是刚刚渗出一层糖霜的自制牛心柿饼儿。"上了一天课，娃们家肚子早饿了吧？大人又都下地了，不在屋里。"矮姑婆亲热地看着娃们，嘴里自言自语地念叨着。推头老王不再言声，只是庄严地瞅着他的矮媳妇。在推头老王的心目中，这一会儿是他媳妇最幸福也最美丽的时候。在他的心目中，此刻他的好媳妇，再也不是由于某种疾病或遗传障碍生理发育不良的侏儒症患者，而是一个捧着一颗爱心自由飞翔着的精神高尚无比的美丽天使。

再说娃们家一见到矮姑婆和她簸箕里的好吃的，眼睛就直愣了。脚底下也像是被胶粘着，再也抬不起腿来。好吃的东西就像一块强大的磁铁，娃们家离着老远，小手就都被吸着伸了过去。转眼就像一群贪嘴的燕雀，张大嘴围在矮姑婆的周围。娃们家嘴里不停地喊着"爱姑婆，爱姑婆"。对，居然全都喊成了"爱姑婆"！这令矮姑婆大为感动："甭急，娃们家，按大小个儿排队，都给我排队嘛！人人有份儿，都有一份儿。"

矮姑婆高声喊叫着，像是面对一群贪嘴的小鸡小鸭。这时候的学生娃们，更像一群听话的小燕子。一双双单纯可爱的眼睛瞪圆了望着他们的"爱姑婆"，很规矩地按照大小个儿排好了长队。"高个子自动后退！"跑得快的赵志强和忽沛东就都由最前面退到了最后。忽沛太那时才上一年级，个子最低，因此同文燕和段淑娴等小女生一起排到了前面。铁皮棚下的老者，都笑嘻嘻地望着这些戴红领巾的孙娃子、重孙子。老人们一个个稀罕得嘴都合不拢，他们从隔代人身上看到了村里的希望。至此，矮姑婆开始给娃们分发吃的。每人一把红枣或一把炒花生，或者一个大牛心柿饼儿。娃们家双手接了稀罕地捧着看，并不当即开吃。矮姑婆看着，高兴得嘴也合不拢了。这时候，老者们有人开了腔。说话的是忽子壬："好娃们，你吃了可要好好念书哩，这是你姑婆一片心意。将来谁要是有了出息，可不能忘了你姑婆的好。还呆愣着干啥？赶紧谢你姑婆嘛！"

娃们赶忙鞠躬说："谢谢爱姑婆！""哎，叫爱姑婆，这就对了！"忽子亥老汉难得一笑，说："对，以后就叫'爱姑婆'。"于是，从那一刻开始，所有娃们把"矮姑婆"都改口叫成了"爱姑婆"。每次都是，等到倔老汉忽子亥踮着拐拐一开腔，娃们就像受了惊的鸟群，呼啦一下子就朝东巷口飞奔而去。一转眼，就消失在忽家大牌楼外的长坡上了。

"滩里是娃们的天堂！"眼瞅娃们下滩去了，矮姑婆异样地感叹道。她丢下手里的簸箕，从凳子上下来，开始仔细地扫着铁皮棚子下的头发楂楂瓜子皮。

对于七八岁十来岁的娃们来说，一提起滩里，无不着迷上瘾。春夏秋冬四季，风景与趣味及玩项各有不同。最美丽的要数夏秋两季。天长日子吊，放学后已经五点钟，太阳还高高地悬在平原西边的天际。滩里劳动的大人，离收工还早哩。阳光金灿灿地把娃们的影子由东到西拉扯得老长，他们就一路踩着自己的影子奔跑。高个子的赵志强和忽沛东，他们每次都会跑在最前头。娃们个个都像开足了马力的汽车，耳旁响着呼呼的风声，胸中心跳就像擂鼓。赵志强感觉自己的身体就要飘飞起来，裂开扣子的衣襟就像一双翅膀。他甚至感觉脚下早已经离开了地面，身后是玩伴儿的叫喊声和杂沓的脚步声。他希望听到段淑娴快乐的呼喊，可是从来都听不见。同样，忽沛东也希望听到文燕的叫喊声，可是从来也没有如愿。两个粗心的大男娃，并不曾想到这与她俩一个过早失去母亲、一个失去父亲有关。

娃们一口气冲下滩里，穿过庄稼地里的田埂和便道……一切都像是昨天前天刚刚发生的事情。当年的大男娃小女孩，跑着跑着就长大了……

他在时光隧道里来回穿梭，反复回味咀嚼着那人世的酸辣苦甜……

眼下，即将进入而立之年的赵志强深深体会到，这样的深秋季节，广袤寥廓的黄河滩涂，大自然是神奇无限、慷慨无比的呀。脚下的路虽然坎坷不平，眼前的景致却是色彩斑斓、妙趣横生。赵志强想着童年往事，幸福的目光在脚下寻找。他想找到儿时的脚印，他想重温当年的欢乐。时不时就会有泥滩和大大小小的水坑横亘在便道上。他知道水坑里有许多泥鳅和螃蟹、黄鳝，甚至会藏匿着一只老鳖或是刚刚咬破蛋壳的小甲鱼在颟顸地萌动出没。这对于调皮的孩子们，简直就是又一种磁铁，吸引得他们再也无法挪动脚步。于是他们脱了鞋，一个个赤脚下去，弯腰在泥水中摸索捕捉。那些似乎毫无提防的呆笨的大宝贝与小宝贝，几乎是唾手可得。等到太阳快要沉落的时候，每个人都是满载而归。他们把抓得的泥鳅、螃蟹和老鳖，巧妙地用草绳穿起提着，从水塘里涉水返回。沿途所见，更是惊讶不断。瞧那鼓凸着金色复眼的青蛙、鳞光闪烁的肥硕鲢鱼或草鱼、鲤鱼，还有游动灵巧的小鲫鱼和成群的叫不出名字的小鱼小虾……它们在碎娃们面前显得毫不惧怕、从容不迫。不时还会炫耀地突然打个挺儿跃出水面，然后闪着银光重重地跌落下去，拍打起水花溅得娃们一身一脸，引起一阵惊呼。他们好容易穿过水塘，在一处高地上穿上了鞋子。行走间，路边茂密的杂草丛中会突然蹿出一只兔子或野鸡，吓人一跳。在这样被茂密的草丛覆盖的小路上，娃们的想象力和胆头儿开始成了反比。心里总觉得会有一条长虫躲着，果然不出一会儿，就嗖的一声蹿出了一条大蛇来。它们显然喜欢在太阳落下后的暮色掩护下，出现在草丛乘凉。娃们家看到蛇，无论是有毒还是无毒的，总是头皮发紧不敢言声地慢慢朝后躲着。眼瞅那颜色艳丽或是灰不拉叽的冰冷可怕的长虫扭动身子，沿着便道朝远处迅速溜走。于是，谁也不敢再往前去，只能绕道而行。有时实在绕不过去，顽皮的忽沛太便显得出奇地英武。他小小年纪，居然敢用一根带杈的树棍领头探路。有一次竟然还活捉了一只嘴里正在吸进一只青蛙的花红大蛇，并迫使它把可怜的小青蛙乖乖吐了出来。于是，小英雄忽沛太一路用柴棍儿挑着大蛇进了村。那大蛇紧紧地缠着树棍儿，瞪眼大张着血红的嘴，鲜红的芯子就像火苗一样，不停地从嘴里蹿出来吓人。"赶紧放开，赶紧放开！"大人们惊呼不止。爱姑婆家的大黄狗更是激动不已地追着狂咬。半条巷子都紧张起来，忽沛太只得很不情愿地放了那条大蛇。眼瞅它快速穿过巷道，逃进村外灌溉水渠旁的草丛里面。

二

深秋时节，草叶已经发黄，有些开始枯落。赵志强一边走，一边情不自禁地伸手摸着身边经霜枯萎的植物。他深深地呼吸着隐约挟带着泥土和草香的空气，感觉仍然是童年的味道。眼前顿时幻化出充满诗意的景象：感到就像是大自然母亲，慈祥地微笑着在儿女们面前永无休止地忙碌。那是无法用语言表达的博大与深爱，永远是无条件地敞开胸襟，不求任何回报地无私给予和无限包容。阳光格外温暖、秋风异常清爽，湿地上的水洼清澈见底，反映着悠闲的天光云影，把时间的节奏放慢再放慢，令空间实现穿越……黄河滩涂野趣横生的自然环境，让每一个身处其间的人顷刻淡定下来，远离喧嚣，更远离人世的纷争。人与自然在这里完全消失了界限，令所有的生命相容和谐、自由自在共享时光。

"这原本应该吸引大量的游人光顾，可是由于此处还是一片未开垦的处女地，没有道路，没有安保，没有任何娱乐设施，没有最基本的生活服务条件……所以能够开车或骑着摩托车、自行车沿黄河上游或渭河堤岸探幽而来的垂钓者和观光者也就都是冒险者，仍然属凤毛麟角。"

刘副县长那天的态度大大鼓舞了赵志强和徐安稳。一连好些日子，赵志强、徐安稳和忽沛东、忽沛太，还有文燕和段淑娴，他们相约行动，就像痴情的游人一样穿行于湿地的红柳、芦苇和蒲草丛中。不时地还得挽起裤管赤脚下水，冒着被蚂蟥叮咬和陷入沼泽的危险到泥水中踏勘探险。赵志强不停地在笔记本上记着什么，他逐步感受到了田园调查的乐趣。几个当年的小伙伴如今都成了大人。他们很认真地做着这一切，时不时还停下来讨论一阵，或是用步幅丈量某一段的距离、算出面积的大小。他们的任务是在制定综合开发规划之前，彻底把资源状况摸清。按照县上刘副县长的要求，就是要真正做到心中有数。

"首先，要搞清楚咱这黄河滩里，究竟有多少土地可以利用。一是搞清楚哪些是湿地需要保护开发；二是哪些是常年积水的低洼水塘，适宜种荷花、养鱼、养虾等水产品；三是哪些是季节性的所谓'旱地'，需要筑堤围埝方可安全开发利用，比如栽树或种植高秆作物等；四是哪些是十年一遇或更长时间无涝的淤积滩地，可以种植低秆粮食作物或经济作物等等。唯其如此，才能够做出科学的、符合实际的项目规划。其次，要弄清楚，各种类型的土地资源，究竟各占到多大的比例。这其中要弄清楚以下几点：一是各种类型资源的生态效益如何；二是各种类型资源的社会效益如何；三是各种类型资源的经济效益如何。再次是产品的品质与分类。最后还要考虑到存在哪些问题和制约瓶颈，分析出个子丑寅卯来。"

擅长言辞的刘副县长，似乎并没有注意到别人对他讲话的反应。他已经养成随时随地发挥自己的即兴演说才能的习惯。无论是向上级汇报还是人多的大场面当众讲话，或者听完一个单位的汇报后作具体工作指示，他都不像许多大小同僚，他不需要事先准备讲稿，虽然那种一字不落的照本宣科，已经成了某种不成文的时尚或规矩。避免照本宣科，这已经成了刘登荣的自我要求和从政风格。尽管别人对此褒贬不一，但他坚定不移。他可以在不同场合，根据面前的不同对象把一个事先并未深入思考过的话题尽量说深说透。这种情况下，他感觉自己的头脑的确就像一台反应灵光的电脑。他充满自信的是，只要急需当即就可以调动储存或临时链接。如同调动互联网上的方方面面，搜索出一系列逻辑清晰的相关内容来。正因为如此，人们背后都称他"刘电脑"。那天，听过赵志强的一番汇报，他就黄河滩涂的保护与开发，顿时有了畅谈的灵感。就像一团乱麻，突然之间找到了一根线头儿，当即兴致勃勃地顺势拉扯起来，而且越拉越来劲。大约从十点多钟开始，刘副县长一口气讲了一个多小时。过了中饭点儿，他还收敛不住。可谓是一个不长不短的领导报告，令人耳目一新。他煞有介事、不厌其烦，讲得头头是道、有鼻子有眼儿。嘴角上不知不觉，就积了两团很不雅观的白沫儿。据说这也是他滔滔不绝演讲风格的外在标志，令听讲者不敢正视，可又不得不硬着头皮听下去。

当时，同刘副县长资历和经历相当的水利局长唐伟和农业局长李清泉早已经听得忍无可忍。杯子里的水早已经喝干，唐伟的眼睛在四处寻找着秘书小张添水。他人很瘦，平时一双小眼睛总是机警地瞪着、滴溜乱转，容貌活像一只精明老到的南山猴子。他自从进屋坐下，就一根接着一根地抽烟，一连抽了四五根红塔山。眼下他心急火燎、口干舌燥，可是刘副县长还在不住地叨叨。这位永远都是西装革履、头发梳得溜光的武大水利系毕业的桀骜不驯的高才生心想：你刘登荣懂得啥些，叨叨个没完！说来说去，你有什么专业背景？原本就是半盒子"万金油"，却硬要把自己装扮成特效药。坐在他身边的农业局长、大胖子李清泉，不停地打着哈欠。这满脸毛胡子的高胖老兄，曾经是县上黄河滩农场的场长。他在黄河滩里带领职工种了半辈子地，自认为对于滩里的情况闭上眼睛都能够说清。听了赵志强的汇报，他对于刘副县长所讲根本就不想再听。可是碍于上下级关系的面子，他还得装出认真听讲。老李平时喜欢看戏，感觉自己此刻简直就像在演戏，却从始至终没有一句台词，属于陪桩站台的冷角色。

显而易见，那天听完赵志强的汇报，刘副县长借题发挥的关于黄河滩涂的一通教科书式的高论，似乎已经征服了年轻的环保局长王长福及他带来的女环保工程师小阮和文旅专家彭刚。土地、林业和城乡建设局几位较年轻的局长，也是心悦诚服。不过他的一番高论，对于学者型的年轻村官赵志强，倒是起到了某种重要的指导和启发作用。土地局长王汶安听完副县长高论之后，当即颇有感慨地称赞道：

"刘县长，听了您的这番见解，我是胜读十年书呀！看来我们对于黄河滩地的了解还远远不够，好多地方认识得还很表面，甚至有些尚且停留在幼稚水平上。"

"是吗？"刘副县长瞪圆眼睛，挨个看看四位局长和四位专家，等着王局长继续讲下去。王汶安的话原本已经说完，但见此状况只得接着又说："看来，我们还有必要用科学的眼光重新审视和认识咱的黄河滩地，得把它的实质情况和内在规律摸清吃透才行。"

刘副县长听了，竟然独自鼓起掌来。几位年轻的局长也随之响应。李清泉和唐伟相互对视一下，也不得不跟着拍了几下手，声音似乎显得有些别扭。

这时，人前总想显出精干的环保局长王长福抬起头，把高度近视的眼镜扶了扶，郑重其事地说："哎呀，刘县长讲话太及时太重要了！我建议，把刘县长的这个讲话整理出来发个红头文件，以引导大家深入研究贯彻。""我同意赵志强刚才讲的那些思路和想法。"扎小辫的文旅局长突然说,"我建议把赵志强主任的汇报也整理出来,发个会议纪要。"刘副县长说:"小张,你听见没有?两位局长的建议,你们尽快把录音整理出来搞个送阅件,经我审阅后送书记、县长。"

赵志强发现,对于自己的汇报好像真感兴趣的也只有刘副县长和文旅局长马志远。环保局长王长福显然是在领导面前做样子,表现自己工作认真,并对领导顺从、忠诚。唐伟和李清泉听了,则没有任何反应。按说他们都是本行业科班出身,是专家型的老同志呀,可是对这个话题却似乎不感兴趣,甚或无动于衷。

眼瞅会议有些冷场。水利局长唐伟突然莫名其妙地提了另一个问题:"赵主任,你听说没有?黄河滩的部队农场最近要撤了。为什么要撤?就是恐怕种地影响黄河汛期安全。在你们同舟村地界内的兰空农场马上也要撤走。刘县长,我建议撤走以后,耕地最好是撂荒,不要再交给底下巧立名目开发利用了。"他的未曾出口的潜台词是,把那一千多亩上好的耕地留给水利局所属的当地水文站来支配,那不就又是一笔巨大的局里可支配收入吗?李清泉一直眯缝着眼睛在埋头品茶,听到这话当即表态说:"我支持唐局长这意见,你们各方面再不要在滩地上打主意了。我建议将来把部队种过的滩地,归还给农口的河道管理部门。我农业上再不主张搞广种薄收啦,咱今后可得真正实行集约经营才行。"唐伟听得低头不语,心想这李胖子,你他妈浑身都是眼眼子!

刘登荣副县长当然看出来了,这分明是在暗中争权夺利呀。没完没了的权力之争,这是县里各部门之间的常态。正是在这明争暗斗的过程中,能够看出每个人的思想水平和境界。平时印象中这个唐伟同李清泉,一个精得像猴,一个装傻充愣。二人是针尖对麦芒,一见面就扎。谁都不服谁,一直在博弈呀。怎么今天倒成了"统一战线"?对于唐伟和李清泉的如意算盘,刘副县长还没表态,文旅局长马志远坐不住了,年轻人当即旗帜鲜明地开了腔:

"唐局长、李局长,我不同意你们二位的看法。什么是'巧立名目''破坏生态',什么是'广种薄收'？帽子可是不小呀！刘县长,请领导评评这个理儿,咱总不能因噎废食嘛。我认为对于黄河滩涂这咱华邑县特殊的自然资源,着眼于生态保护是对的,但仅仅局限于某些部门一家消极有限的'保护',也是很不全面,甚至不可能达到生态保护目的。我认为没有现代科学眼光和实事求是的综合开发利用目标,没有利益相关的当地广大群众的积极主动参与,就谈不上有效的生态保护。这些年的事实已经从正反两方面反复证明了,这二者是相辅相成、相互依存的,而不是截然分开、互相对立的关系。假如把这些土地撂荒或交给某个具体单位来管理支配,必然引起混乱和真正的破坏。这终将是有百害而无一利的！到那时候,局面恐怕就很难收拾。"

两位老局长听了这位八〇后愣头青有点目中无人的发言,当下都傻了眼。一年四季总是戴着一副茶色水晶眼镜的城府极深的胖子李清泉,偷眼看看若无其事的刘副县长,心中一再提醒自己要镇定,不要理这浑小子。而性格外露、自尊心极强的唐伟脸上红一阵白一阵明显挂不住了。他起初也强忍着,可终究压不住火,干脆站起身捻灭手中的烟头厉声反驳道:

"小马同志,不是我说你,你才来几天嘛,懂得什么？我提醒你,年轻人,不要在这儿假装内行、危言耸听！你听清楚,什么'巧立名目''破坏生态'？我告诉你,你们成天异想天开搞那些'无中生有'的小题大做,在自然生态区和农民耕地上搞所谓的'旅游观光景点',就是巧立名目！其结果难免劳民伤财、损公肥私,影响和破坏生态环境！难道不是这样的吗？"

马志远气得脸色通红,毫不示弱地站起来针锋相对道:"老唐同志,我也提醒你！你不必恼羞成怒、信口开河！照你这么说,咱县委、县政府号召发展乡村旅游观光事业就等同于破坏生态环境吗？有这样的逻辑吗？啊哦,就你水利局是保护环境的,别家都是在破坏环境？什么'劳民伤财''损公肥私'？你当着领导的面把话说清楚！说不清就是乱扣帽子,血口喷人！"

"你才乱扣帽子、血口喷人！"唐伟自知说过了头,理屈。嘴里嘟囔着，却坐了下来，话也软了。"有你这样的霸道逻辑吗？想说啥就说啥？怎么劳民伤财、损公肥私啦？你一个堂堂大局长，会上说话可得负责任呀！我这雀儿头可戴不起你外王帽！"马志远还是不依不饶。"你，你，你说我是'霸道逻辑'，这可又怎么解释？""怎么解释？你举不出实事，信口开河、乱扣帽子，就是霸道逻辑嘛！叫大家听听，还要我怎么解释？""我可没有说是你文旅局……我只是大势里说话嘛。"唐伟明显是在招架，已经收敛了锋芒。眼瞅一场战斗就要结束了，刘副县长刚要开口说话，就见李清泉干咳了两声，说："刘县长，我农业上能不能说两句话？"

"能嘛，咋不能？叫你来开会就是发表意见的呀。"李清泉原本是不想说话的，可又唯恐事情闹不大。他知道，这事情刘登荣一开口说话，两边一抹擦，事情也就过去了。可是他不希望这样的结局。因此在这个节骨眼儿上，得火上加油呀。他笑嘻嘻地故意挑事说："对了，对了，讨论问题嘛，都少说两句。特别是马局长，你年轻人说话，也得看对象嘛。即便唐局长你叔说你两句，也不该如此硬顶呀。论官职好像都一样大小，可是人家年龄、资历、经验和威望在那里摆着呢。咱说话可不能不考虑这些呀。"马志远低头不语。果然，生性好强又莽撞的唐伟一下又来了劲。他原本就感到自己当众失了面子，此刻听得李清泉替自己说话，也没听明白人家的弦外之音，竟重新站起身挑衅道："小马同志，我看今天这事没完！我还真看不出，你个画画的有多大本事。你才来华邑几天，说话办事就如此狂妄硬气？你说，究竟是谁在背后给你撑腰打气？"马志远呼地站起来说："我看你是为老不尊！我才来几天怎么了？再说我也不是自己跑来的呀，我是县委、县政府公开招聘，是明媒正娶请来的。你想知道是谁给我撑腰吗？我今天还就明确告诉你，就是书记、县长给我撑腰打气！是全县广大干部群众给我撑腰打气！""全县干部群众给你撑腰打气？"唐伟站起来冷笑两声再无话可说，气得浑身发抖，脸色更蜡黄了。那气急败坏搓手跺脚的样子，平日好拿捏个架子的大局长，几乎当众失态。他无奈之下，几次扭头看刘副县长。那意思分明是说，看看这样的人，这就是你们公开招聘来的人才!

刘副县长表面平静地坐在那里,心中其实很不平静。心想要真是书记、县长召集的会,他们也不敢如此放肆!这个马志远,年轻人就像吃了枪药,一开口就像把砖头丢进一潭死水。不过也好,他希望这死水能翻卷起浪花儿来,冲一冲那腐朽之气。长期条块分割、权力至上、死气沉沉、抱残守缺的小官僚老爷们,也应该冲一冲了。各拉各的调,各吹各的号,好多工作拖拉扯皮、久议不决,根源就在这尾大不掉上。

赵志强似乎从马志远的困难处境中看到了自己的影子,心中禁不住为他喝彩助威。作为社会学家,他对各地这样的官场现象,并不陌生。马志远,这位应聘上岗的年轻文旅局长,赵志强早就看过《华邑通讯》人物栏目对他的介绍。他原本是省城一名年轻的画家,在开发自然人文景区和设计民宿旅游设施方面先行先试,很有创意。他在邻近的唐王县依托古村落和关中饮食文化开发的民宿旅游项目,已经形成大气候,游客火爆、全国闻名,他本人也随之在社会上小有名气。

马志远见唐伟气急败坏的样子,便不再言声。小伙子原本也很谦和的,今日出人意料的态度也是忍无可忍。自从他雄心勃勃来华邑县应聘这文旅局长,上任快一年了,自认为是百般努力,却一筹莫展。许多事情,想法很好,看起来也不复杂,可一到实际操作就不行了。文旅局干任何一件事情都需要相关部门的大力支持配合。会上研究的时候,当着书记、县长或分管领导的面,那些权力部门的头头脑脑都说得很好,可是一到下来抓落实,问题就出来了。这不合规,那不允许,这不符合群众眼前利益,那又不符合公有制经济为主体的原则,等等。按照县上决定,全县搞个全域农业公园的总体规划方案,文旅局费了很大力气拿出方案来,论证好几个月了,就是定不下来。马志远逐渐明白了,阻力就是唐伟和李清泉这帮阳奉阴违的老家伙!他们在县里盘根错节几十年,表面一本正经,甚至点头哈腰,实则骄横自私,而且老奸巨猾、心理阴暗。这些能屈能伸的老油条,他们干起事情来能力平平、观念陈旧,可一个个深谙官场潜规则、圆滑世故无与伦比。更要命的是，他们没有道德底线，遇事缺乏正义感和责任心。尤其对待触动自身或小圈子利益的新生事物，更是当面一套背后一套。明里暗里百般阻挠的结果，叫你一个好端端的事情，要么定不下来，要么落实起来举步维艰，最终泡汤了还说你干事不行。为此，马志远唉声叹气、深夜独自在宿舍抱头痛哭……他开始后悔自己当初的选择，甚至想一辞了之。这个文旅局长权力究竟有多大，他这才晓得了。说白了，也就是个上有人管、下有鬼绊、百事不成的尴尬角色。他这个一心想办点实事的急性汉子，面对这种局面简直快要急疯了。在这种情况下遇到同舟村主任赵志强，听他适才的一番高论，马志远感到眼前一亮，似乎看到了暗夜中的一束闪电。踽踽独行的马志远，感觉自己终于遇到了一位志同道合的逆行者。

三

周末的这个新月当空的夜晚，在同舟村段家乡亲小饭馆里，赵志强声言做东招待马志远和他的两位慕名来写生的画家朋友。马志远说是带朋友写生，实际上也是更加深入地实地考察同舟村黄河滩涂旅游开发项目。吃请，马志远坚决不依，非要自己掏腰包请客不可。两人争执一番之后，赵志强只得和他打赌说今天所吃，只要有一样不是咱同舟村当地所产，就任由马局长做东。马志远欣然答应，心想你同舟村哪会有这么丰富的自产食材。段淑娴和段万奎父女在一旁听得，又见赵志强直对他们点头挤眼，心里早就有数。他们也正想给这位难得一见的县文旅局长亮一亮同舟家乡菜的味道。

马志远没像以往那样自己开车，而是请一位朋友把他们三人送来。他穿着一身黑色休闲运动套装，脚下是油光锃亮的长筒防水马靴，头上戴着硬壳宽檐牛仔遮阳帽，外面套了一件款式新奇的斗篷式风衣。他貌似胡子拉碴的不修边幅，其实就像他的艺术风格，是在粗犷之中彰显细腻的。他唇上浓黑的胡子特意修剪过，嘴角两边微微上翘，显得优雅帅气。当他胸前挂着照相机,在赵志强他们的陪同下领着中央美院两位画家从滩里走过,惹得地里劳作的人们都投来稀奇的目光。马志远他们一大早就到了黄河滩里。也就是眼下餐桌上坐着的这几个人,大家一同踏勘了同舟村的近万亩滩地。那天在刘副县长办公室听了赵志强的汇报,当天散会之后马志远就在县城请赵志强吃了一顿大饼夹肉、炉齿面。席间二人经过一番深入交谈,深感相见恨晚。两人虽然外表、所学专业相差较远,但工作思路相近、三观相同。二人当即商定先在同舟村搞全域旅游规划和创新试点,然后以点带面,逐步扩大范围。明确把工作的步骤由"自上而下",调整为"自下而上"。马志远幽默地把它称之为"农村包围城市,最后夺取城市"。

　　白天一同下滩考察的徐安稳、忽沛太、忽沛东和吴文倩,四位应邀出席并正式作陪。大家经过一天的工作接触,相互已经比较熟悉。没想到画家马志远还是钓鱼高手。今晚的主菜是铁锅柴火炖鱼,所用的食材:三条大鲤子和七条小鲫鱼、两条黄鳝,全是人家马志远午休一小时垂钓所得。大家领略了他一边垂钓、一边从容不迫写生作画的风采,全都暗暗佩服。两位画家朋友看了他的画作,都伸出大拇指说:"哎呀,不得了!""马局长,你可是工作画画两不误、双丰收呀。"在场每个人都对这位马老师心生敬意。特别是九〇后美女吴文倩和新来的大学生村官李蓉蓉,她俩甚至对于马老师脑后扎着的小辫儿都格外看好,一再夸他发型好"酷"。眼下,脸晒得泛红的马志远满心欢喜地坐在大家面前,衣袖高高挽起准备亲自动手做鱼。吴文倩和李蓉蓉一直在端详这个有趣儿的大哥哥。心想这位大画家局长,不用说也是个身手不俗的烹饪高手吧。

　　眼下,马志远白天用彩墨在六尺宣纸上画的一幅色彩斑斓的湿地写生《大河深秋图》就靠在对面墙下。吴文倩在大学选修过美术鉴赏课,她眼下和两位画家老师一道仔细地端详着这幅散发着水墨气息的新作,嘴里禁不住赞叹。

　　"这幅画可是难得的神品呀,我看具有雅俗共赏的品质。"吴文倩忘情地说,"画家在情绪亢奋的情况之下即兴发挥,通过具有强烈现代精神与个性魅力的大胆展示，运用既概括又质朴的绘画语言，把黄河静流的悠远诗意与北方深秋滩涂湿地里生命的热烈尽显其中。"

"你讲得真好呀！"其中一位年长画家忍不住说，"你看这整个画面的黄金焦距在于两只相亲相爱的长腿白鹭。瞧它们亭亭玉立于草丛，紧紧依偎在一起，鲜红亮丽的长嘴对着鲜红亮丽的长嘴，好像在痴情亲吻，又似乎窃窃私语。那种相互爱恋的神情，谁看了都会为之感动、产生幸福的共鸣和联想。这是绘画意境的一种至高境界。"

"嗯，还真是这样，老师解读得太好了！"赵志强为美院教授的解读鼓掌喝彩。另一位年轻画家说："总之，整个画面没有丝毫人工刻意雕琢的痕迹，可谓纯天然的绿色风景，令人看着真是养眼提神，产生无限美好的想象。创作中，马老师大胆运用泼墨泼彩与大笔触挥洒勾勒，形成强烈色块相互映衬和浓淡干湿强烈对比的艺术效果，从而巧妙地把自然风光与动物、植物等不同类型生命之间和谐共融的大千世界描绘得多姿多彩、惟妙惟肖。画面上，光影气韵的流动与明暗透视效果的营造与呈现，无不体现出敏锐的审美感觉与清醒的诗境追求。"

马志远在一旁听得认真，最终不好意思地说："不敢不敢，谢谢诸位鼓励鞭策。说老实话，我画画常常是跟着感觉走的，带有很大的盲目性和不确定性。我在二位同行面前，这可是真正的班门弄斧呀。"

赵志强说："嗯，中得心源、外师造化。画面虽然并没人物出现，却把诗意盎然的人间大美抒发得淋漓尽致。连我这个外行看了都很感动。"

大伙说着话，那幅画就靠在餐厅东墙上，看着就像是在墙面开了一扇大窗，自然风光透了进来，整个餐厅就如同开在了滩涂湿地里一样别开生面。

"哎呀！文燕、黄姨妈，爸，你们快来看画。"段淑娴手里端着一碟凉菜，面对画作惊叹道。她爸段万奎赶忙走出厨房眯缝起眼睛瞅着画，老半天才说："这是照相还是画画？"应邀来帮厨的文燕她妈黄桂珍也是一脸的惊奇。文燕小声对段叔说："沛东他们亲眼看着人家马局长画的。"段万奎这才说："哎呀，我的爷呀，不敢相信！咱这小饭馆要能有这样一幅彩画那该多好呀!那就好比把餐厅开到了黄河边边上,客人吃着饭看着风景,那多美气!"段淑娴咯咯地笑着说:"爸,你再甭犯糊涂,人家这画一幅值多少钱,你知道吗?""能值多少钱?一幅画……"段淑娴眼睛一眨说:"反正把咱这小饭馆卖了,恐怕都不一定买得起马老师这幅画!"段万奎听得,不由得倒吸一口冷气说:"哎呀,还这么值钱?"大家都哈哈地笑,唯独马志远没笑。他一直摸着下巴瞅着画面出神,等到众人笑声落下,这个浓眉方脸的西府汉子咬咬牙说:"段大叔,只要喜欢,这幅画我就送给你了。"所有的人都吃了一惊。"送给我?"段万奎一愣,"那我可领受不起。""不过,也不是白送,是有条件的。""啥条件?你局长先说说看。""你得保证把这画挂在咱这餐厅里,让客人都能看着。""这没问题,咱立马就可以办到。"段万奎兴奋起来。"还有,你得保证把咱这小饭馆办得更好,给全县开展乡村旅游做个示范。""示范?""对,"马志远解释说,"就是树立个标杆嘛。""这,我们能行吗?"段万奎两手一摊问女儿,又看看赵志强。段淑娴把她爸后衣襟一拽,直向他摇头挤眼。赵志强却说:"我看能行!其实小饭馆现在已经成了咱村,甚至安礼镇这一带开展乡村旅游的榜样了。马局长你说是不是?""赵主任说得也不错,不过还得再上个层次。比如硬件设施,还有饭菜的种类和质量标准、服务的规范化和卫生条件等等,都得有一整套规范化标准。咱华邑县眼下就缺少这样各方面都达标的标杆。"马志远一席话,说得大家都不言声了。人们心想,这眼下离人家要求的标准还真差着一大截子呢。马志远见赵志强都皱起了眉头,段家父女心中也一定犯了难,便说:"其实这改进起来也不难。下一步,我局里派人来专门调研,在现有基础上,帮着制定一套标准来实行,你们看行不行?"

这回段淑娴来了劲,忙说:"爸,我看能行!""对,我淑娴说行,那就一定能行。""那好,咱们一言为定。到时候咱密切配合,打造一个乡村饭馆的样板间。这幅画,就等于我提前奖励你们的。""这,真的行吗?"段万奎涨红着脸又问。"行嘛,咋不行。""段叔,你保险能行!"大伙都高兴地鼓励他说。赵志强带头鼓起掌来,还说:"淑娴，段叔，咱赶紧谢谢人家马局长。"段淑娴忙说："谢谢马局长。"马志远说："我可不用谢，要谢就谢你们赵主任。感谢他把我引到咱黄河滩里。"

马志远也是个急性子，说话就要张罗着挂画。段万奎立马找来了钉子锤子。忽沛东和忽沛太两兄弟当即站上凳子，按照马志远指定的位置，把画作连同固定画板端端正正挂了起来。随后，马志远对两位画家朋友说：

"不知什么原因，真的，我一到同舟村这一段黄河滩里，就有一种特别的感觉，一种创作的激情在胸中涌动……画那两只紧紧偎依在一起的白鹭鸟时，我竟然感动得热泪盈眶……蔚蓝色的天空，斑斓的大地，金色的阳光和清澈的浩渺秋水，还有鎏金洒银般的芦苇、芦花和蒲草，甚至包括那些卑微的盐蒿、碱蓬，水中的莲藕荷花、青蛙和各种各样的鱼类及水生昆虫……这一切的一切，统统都成了我的挚爱对象……"

几个人都听得十分感动。赵志强说："哎呀，难怪有那么多人到咱这里写生、照相、采风，原来咱这是一块激发艺术灵感和创作艺术佳作的风水宝地呀。"

"赵主任你可说对了，我们俩就是慕名而来。"年长的画家朋友说。

"等将来咱民宿旅游开发起来，"马志远说，"我想同省美院和你们中央美院一同创办个写生创作基地。到那时候，咱的乡亲小饭馆，就不光是挂我这一幅画作了，村里可以经常举办湿地写生画展，还可以举办定制和拍卖活动。通过绘画，把咱们的民俗文化和自然风景传播出去，吸引来更多的旅游者，再通过扩大旅游，吸引更多的艺术家来同舟写生、创作。这样就形成了一个良性循环机制。"

"马局长的设想太好了。"吴文倩说，"这么说，我们得从娃娃抓起，可以先在我们同舟村小学开设一个少儿绘画班，培养咱当地小画家。"

赵志强说："这个创意好，我坚决支持。马局长你说呢？"

"少儿绘画班，好啊！教师我可以帮着请，我自己也可以兼点课程，还有你们两位希望都能参与进来。"

"这太好啦！"吴文倩带头鼓掌，大家随之也热烈鼓掌。

不一会儿，段淑娴用托盘把凉菜端上来。马志远就像是一个嘴馋的碎娃，突然站起身瞪圆眼睛说："太经典了，这四碟小菜！"等到段万奎把一盘五香牛肉和一碟吱吱作响的油炸花生米端上来，赵志强起身举起酒杯说："我提一杯酒，今天是周末，咱纯属个人聚会。这第一杯酒，我代表我个人敬仁兄马志远。今天就不叫马局长了。欢迎马老师周末和中央美院两位老师一起来到同舟，也庆贺咱们的有幸相识，即将开始共同的事业。"

干杯过后，马志远也动情地端起酒杯说："赵主任，我的好兄弟，就为了你那天的发言、今天的陪同和我们将要开启的事业，我也得真诚地回敬你一杯！"

四

大清早，人们惊异地看见滩里公路上依次开过来十几辆军用卡车。车上不是装着军需物资往滩里的部队农场去的，也不是拉着粮食和别的农产品朝火车站方向开的，而是像搬家一样，拉着捆绑结实的大包小包和箱箱柜柜，朝着省城方向扬尘而去。早就听说部队农场要撤，难道这一夜之间说撤就撤了吗？车队慢慢地上了塬坡，绕过同舟村驶入通往省城的国道。平原上公路两旁给麦地松土浇水的人，都仰头看着。人们正感到纳闷，突然一个熟悉的声音响起在人们的耳际，那是村里的高音喇叭，离着老远人们就听出来了，又是老支书忽步康，喊声显然很紧急，甚至是气急败坏：

"村民同志们，村民同志们！赶紧，都扛上镢头铁锨到坡底下集合！赶紧，都扛上家伙到忽家大牌楼底下集合！铁锨镢头粪耙子、铁叉扁担都行！今儿早上，部队农场撤了。腾下咱村的两千多亩滩地，狗日的武安村人霸道，抢占咱的地还打伤了咱的人！咱同舟人也不是软柿子，多会儿受过这窝囊气！村上正式决定，所有青壮劳力立即集合，找狗日的武安人评理去！段新虎你听着，段新虎你听着，这事你可得积极些，带上你的人，赶紧出发。村民同志们，村民同志们……"

好家伙，谁说咱同舟村干部说话没人听！这天老支书忽步康高音喇叭上这一喊叫，就像点着了炮捻子。全村立即炸了锅！同舟村人就是这样，平时看着就像一盘散沙，还总喜欢窝里斗。可是到了这种节骨眼儿上，就成了铁板一块，简直是众志成城。村民们纷纷出门奔走相告，热烈响应老书记的号令。没过半个小时，各家各户的青壮劳力都闻讯赶来。有跑步的，有骑自行车的，有开着电蹦子远路赶回来的。人们闹哄哄聚集在忽家大牌楼底下。眼瞅一场大战就要来临，好多年没弄这事啦，年轻人都感到新鲜，一个个兴奋得满脸通红。

"赶紧，狗日的武安人又欺负咱同舟人哩！"段新虎听到老支书在喇叭上公开点自己的将，心里别提有多高兴。他立即给那些二愣子挨个儿打电话通知。一时就集中起十来个小伙子。这些人手里拿的可不是农具，而是棍棒和铁链子、皮鞭之类的打人凶器。"听说忽顺生和他娃忽青海被打了，还强占了咱的地！""狗日的西瓜客，肚脐眼还嫌开肚皮了！""走，他妈的，收拾狗日的去！""也是平日让得太多了，从根就不该让他们建这武安新村！""这都怪咱老支书胡讲风格嘛。""简直是得寸进尺，恩将仇报！""仰正叔，甭扫地了！赶紧，跟上我们打仗走！"赵能人很滑稽地戴了一顶骑摩托的头盔，扛着一把铁锨跑过来，故意逗疯老汉引人注意。忽仰正先是不理睬，后认出是赵能人，就说："嘿嘿，人都懒成蛇啦！人都懒成蛇了！"随即继续扫他的地。

正说着，就见人高马大的忽经昌仰头骑着一匹毛色发亮的黑马急匆匆从街巷走过来。他穿了亮着发达胸肌和两条粗橡胳膊的摔跤服，脚蹬牛皮马靴，戴着护腕的右手握着一根丈八长的套马杆子，左手提着粗壮的长鞘子皮马鞭，一副奔赴沙场的劲头。赵能人一见，不由得大喊起来："哎呀你们快看，我经昌舅好威风呀。骑上这黑旋风，就像那三国的张翼德再世。武安人见了，保险吓破苦胆。"众人听得一阵哄笑。忽经昌却不笑,满脸严肃地瞪了赵能人一眼说:"你娃就是那一片贱嘴,这节骨眼上,咱能不能说点有用的?"

此刻,只听得远远近近各家门响,懒洋洋的村子就像打了一针鸡血,一下抖擞起精神来了。早起的文有才正在老屋院子里吊嗓子,听清老支书在高音喇叭上的喊叫,一下子慌了神。他赶紧叫徒弟文祥把自己牵出了门,逆着人群直奔推头老王的铁皮凉棚。文有才离着老远,就像唱戏亮着嗓子喊叫起来:"子壬叔——子壬叔——"忽子壬和忽子亥刚才正坐在墙根阳光下吃着晚辈爱姑婆端的早餐,听到高音喇叭上叫喊,忽子壬吃惊地问:"老三,这忽步康该不是疯了?大清早的公开煽风点火!"忽子亥说:"不过这武安人也太过火了,我看教训一下也对。"倔老汉此刻并不知晓他儿子和孙子被人打了。

墙根晒太阳的老者们,都大张着缺牙或是镶了满口假牙的嘴,一个个瞪大眼睛,瞅着巷道里扛着各种家伙的群情激愤的人们。也就在这时候,文有才喊叫着来了。一贯胆小怕事的瞎子老汉,离着老远就喊叫开了:"子壬叔——赶紧!子任叔——赶紧!"还没等忽子壬言声,忽子亥就不耐烦地把头一拧,翘着胡子小声说:"哼,这娃,拉屎努得尿动弹!"

众人不由得嘿嘿地笑。文有才一下子躁了,说:"都啥时候了,你们还有心情笑哩!"忽子壬知道文有才是来叫自己出面阻止这些疯子的,可是这时候谁又能阻拦得住呢。于是他明知故问地对气喘吁吁的文有才说:"有才,你有啥话说嘛,不用着急。""子壬叔,能不着急吗?怎听见老支书在喇叭上喊人打群架哩,这操家伙一动手,弄不好要出人命!"忽子亥说:"动手就动手,兴他武安人动手,就不许咱同舟人动手?谁定的这规矩?"文有才一愣,到嘴边的话被噎了回去。"三叔,话可不能这么说,他动手不对,咱可不能也跟上犯法呀!""犯法?退回十年,我早把粪耙子掂上下滩去了,还在这里说这厌话!"忽子亥发躁了,大声喊叫道。

老半天没人接茬。忽子亥老汉自己低下了头,大约也是感到有些不好意思。过了一会儿,忽子壬按捺不住说:"这步康侄娃子也真行,把火煽起来他人就不见了！文有才，走，我跟你们下滩里，咱不能眼睁睁瞅村里再出事呀！有理慢慢讲嘛，谁都不许动手打人。"忽子亥赶忙制止说："好我哥哩，再甭逞能咧。你今年多大岁数了？真的不要命啦！"忽子壬说："老三，你放心，我君子动嘴没事。咱就怕娃们动手惹出祸端。"爱姑婆慌忙收起饭碗，当下给推头老王使个眼色。推头老王急忙解了围裙过去把忽子壬老汉搀扶上，急匆匆往滩里走去。

这时候，赵能人从坡底下上气不接下气地跑上来，离着老远大声喊叫道："快，忽顺生和他儿忽青海被那武安人打倒了！"铁皮凉棚下听得真切，老者们的眼光齐刷刷投向忽子亥老汉。"你说啥？杰才？""我，我说啥？你老汉听不着？你儿忽顺生和你孙子忽青海被武安人打了。人都打糊涂了，说不成话了！"

这话从赵能人嘴里说出来，人们一时不知道虚实。还没等细问，那赵能人已经拧身不见了。忽子亥老汉浑身发抖，坐在芦席上胡子朝天双目紧闭就倒了下去。众人赶紧扶起喊叫，爱姑婆过来掐住老汉人中连叫"三爷！三爷！"。忽子亥终于哎的一声缓过劲来，睁开眼睛叫道："顺生，我把你个挨刀的，你大清早把我孙子领到滩里死去了？"一个老者说："三叔，快不敢胡说，赵能人乱说，你还能信？"忽子亥挣扎着就要起来往滩里去，被众人拉着胳膊劝阻着。

赵志强几乎一夜没睡，天快亮的时候才迷迷糊糊睡着。《同舟村黄河滩地综合保护与开发规划方案》初稿终于写完了。他眼下轻轻地打着鼾声，睡得格外深沉。自从先后同刘副县长和马志远局长交谈过后，他正式接受了任务，进入了角色。他是拿出撰写博士论文的劲头，来完成这个综合开发的可行性论证报告和规划方案的。黄河滩涂保护与开发利用这课题，是个跨世纪、跨学科的难题呀。

外面天大亮了。赵志强他爸和他妈照例早早地起来。一个扫院，一个在灶间生火做饭。也就在这时，村里的高音喇叭叫喊起来。

"好像是说武安村人为争滩地把咱同舟村人打了？"赵兴国惊异地看着儿子，一时竟不知该说什么好。"爸，我得到现场去……不能让他们再动手了！""志强，志强……"他爸撵出街门在身后喊叫，他权当没听见。

赵志强骑上摩托,一路加大电门向黄河滩里开去。他一边飞驰,一边慌忙给忽沛太和忽沛东打电话,才知他俩正在往现场赶呢。他随即打电话给徐安稳,请他立即向安礼镇郭振峰书记报告情况。

第八章

一

仗着人多刚刚打赢了一个回合，武安人士气正旺。眼下，被打倒的忽顺生和他儿忽青海等十多个同舟村人鼻青脸肿地躺着呻唤不止。他们的犁铧和耙、耱、套犋，统统被严重损坏，连耕牛也不知去向。

突然，远处隐约响起了潮水般的喊叫声。"冲呀，杀呀……"声音听着越来越清晰。"哎呀，坏菜了，那同舟村人来了！那同舟村人来了！"武安村人群中出现一阵骚动。"冲呀，杀呀……"

忽经昌骑着黑旋风冲在最前头，就像古代打仗的将领，一马当先，显得十分威风。他手中的套马杆子朝前伸着，手中的皮鞭不停地挥舞着，嘴里一个劲地喊叫着，很快就把奔跑的人群落在后边，独自冲到了武安人的阵前。在距离大约二三十米的地方，他勒马停了下来，瞪起一双铜铃眼望着那些胆战心惊的武安人，随即高声喊道："武安村人听着，你们赶紧散了，不要硬撑。自古打架斗殴没好事。结果不是你损，就是他伤。"

个头不高体格强壮的武永安主任说："忽经昌，你休胡诓！噢，我们散了，乖乖把地留给你们？想得美气。"

"武主任，真的，我是替大伙平安着想。打起来谁也没好。再说这地给谁,也不是咱村民说了算呀,得听那乡上、县上的。"

说话间,身后的同舟村人就像潮水般涌了过来。忽经昌连人带马被人群拥着前进。武安村人开始朝后倒退。武永安急忙一挥手,兄弟五人齐刷刷举起了棍棒喊道:"怕啥?他娘的,同舟人也不是都属老虎!"武安人暂时又稳住了阵脚,一个个却紧张得脸色发白。

忽然起了一阵大风。那同舟村人就像是御风而至,黑压压就站到了距离武安人群不到二十米的地方,相互连鼻子眼睛都看得清楚。平日连畔种地,早不见晚见的邻村熟人,这阵儿怒目而视,成了不共戴天的仇人!

同舟村为首的是人高马大的段新虎。只见他身穿一套军训迷彩服,脚蹬高勒儿皮鞋,头上戴了一顶摩托头盔,手里提着一根粗壮的垒球棒,威风八面地站在人群最前面。他的左右两边,全是一帮染了发文着身、戴着假金链子、穿了奇装异服的小兄弟。

"哎呀,疼死我啦,疼死我啦!""我的爷呀,武安人把我腿打断了呀!"有人把呻唤不止的忽顺生父子抬了上来。其他躺在地上的同舟村民都被扶着挣扎站起来。大约有三五分钟时间,双方都不说话,互相怒目而视,气氛紧张得令人喘不过气来。"武永安,你先说说,咱是单练,还是群打?"段新虎终于开口道,声音像炸雷。"咦——这位兄弟,你谁呀?叫你们忽步康支书来说话嘛!""咋,你娃还瞧不起人?老子就是代表忽支书来教训你狗日的!""就是,就是!教训狗日的!"那些小兄弟高声附和着,众人也都跟着喊叫。

"就你?你小子能代表忽支书?嘿嘿,你没尿泡尿照照自己那模样!""老子模样咋啦?"段新虎听得大怒,径直走了过去。人群紧紧跟在他的身后,逼得武安人不得不赶紧后退。"你,你们想干啥?叫你们忽支书来说话嘛。"武永安声音显得有些胆怯。"说过了,老子就代表忽支书!你有话说有屁放嘛!"段新虎吼道。同舟人齐声呼喊:"有话说,有屁放!"声音震得湿地里的一群白鹭惊飞起来,好奇地在人群上空盘旋。

好厉害呀!段新虎感觉自己就像是统领千军万马的大将军。他威风八面地把手中的垒球棒举起一挥,大声喝问道:"先说,是谁动手打了我的人?快把凶手交出来。""快,把凶手交出来!"同舟人齐声高喊。武永安被问得哑口无言。武家另外几兄弟没有一个敢上前说话的。段新虎又喝问道:"好汉做事好汉当嘛,咋成缩头乌龟了?""你,你骂谁?"武永安朝后看看,武家几兄弟这才开了腔:"说呀,谁是缩头乌龟!""你们就是缩头乌龟!"段新虎说着话把大棒在武永安眼前一挥。武永安吓得赶紧往后躲,同舟村人发出一阵怒吼:"缩头乌龟就是你武永安!""武永安是缩头乌龟!"这回武安人不受了,竟然回骂道:"段新虎,你个王八龟孙!"谁也没料到,武永安说话间竟举起手里的铁锹照着段新虎腿上横扫过来。段新虎敏捷一跳躲过,大喊一声"打!",即照着武永安的脑袋就是一棒。武永安身子一歪,棒子落在他的肩头。武永安用河南话高喊:"给我打,照腿上狠打,把腿往断里打!"段新虎见状,回头高喊道:"打,给我照头上打!往死里打!往死里打!打死我负责!"

"新虎,你要冷静。吓唬吓唬行了,可不许胡来!"忽经昌从马背上弯下腰小声说。哪知此刻的段新虎就像一尊大炮,捻子被人点着了,哪里听得进人劝。

当下,双方噼里啪啦混打起来。呐喊声、叫骂声、挨揍声、拳打脚踢呻吟声、棍棒铁器撞击声、身体倒地救命声、相互搂抱翻滚发狠声、虚张声势呻唤声、绝望中呼爹喊娘声、咬牙切齿诅咒声、碎娃哭闹声和妇女尖叫救命声搅成一团。这一边,同舟人是越打人越多,越打越凶猛。那一边,武安人渐渐招架不住,边打边退。好在忽经昌骑马夹在中间,挥动着套马杆子,左拦右挡。结果他本人和座下的黑旋风倒成了械斗双方的一个游动护卫墙。一来二去,虽说保护了不少人,本身却挨了不少的冤枉打。

"冲呀,杀呀!""夺回咱的地!夺回咱的尊严!"

同舟村人高声喊着,挥舞着手中的家伙朝武安人群里连打带冲。武安人很快乱了营。段新虎打红了眼,举棒冲上去照着武永安头上就打下去。恰巧赶来的赵志强冲上去抬胳膊一挡,棒子只在武永安肩膀头上扫了一下。"都住手！乡亲们，咱们有理讲理，谁都不许动手！"众人扭头看，是赵志强主任捂着胳膊在高喊。忽经昌也跟着主任喊话，大伙这才住了手。

　　武安村人见同舟村人歇了手，又见他们武主任在地上打滚喊叫。赵志强看他不像是假装，便问："武主任，你赶快说，哪里疼呀？"见武永安还赖着不起来，段新虎突然举起大棒嘴里骂道："我叫你给老子再装！"眼瞅大棒即朝武永安头上打来，那人就地一滚爬起来躲到了赵志强身后。

　　就在这时，一辆电动三轮车声由远而近。忽子亥老汉还没下车，就撕心裂肺地哭喊起来："顺生儿呀——顺生儿呀，你把我孙子忽青海大清早引到这滩里死呀……"老汉那声音嘶哑凄凉，任谁听了都脊背发冷。赵能人和文祥两人好容易把忽子亥扶下三轮车，可是老汉腿软得站不起来。忽沛太急忙上前把老汉背起走到人群前。躺在地上的忽顺生离着老远，就喊了一声："大——"随即放声大哭。

　　忽青海见到他爷也委屈地哭诉道："大清早，我们受老支书指派，领人来犁咱同舟村的地，武安人不讲理，动手就打人。"

　　忽子亥老汉一听，胡子气得直哆嗦。他抬头用手里的拐拐指着不远处的武安村人喝问道："这还有没有王法了？你们谁动的手？"

　　见没人说话，老汉提高嗓门又问一句："说，谁动手打我儿我孙子来？"

　　也正在此时，不远处响起了警笛声。驻村干部徐安稳到镇上报案，把安礼镇郭振峰书记和派出所张民警叫了来。武安人一见，哗地就要四散。警车还没停稳，黑脸大个子的张民警就把头从车窗里探出来大喊："都站下，谁也不许动！"要逃散的武安人迟疑着站住了，远处跑得快的又慢慢退了回来。见了郭书记和张民警，武永安竟然嗵的一声躺在地上连喊头疼，随即就双目紧闭、不省人事。段新虎上前像提死鸡一样把武永安拽了起来。张民警急忙上前，强令段新虎把人放在地上，随即伸手在他口鼻处一摸，一下慌了神："哎呀，人没气了！"郭振峰书记一听慌了，大声命令说："赶紧，送安礼医院抢救呀！"武家四兄弟没命地大声哭喊着，一同追着摩托车飞奔而去。

"人是谁打的？谁先动的手？"张民警厉声问。"是他们，武安人先动手打人。"同舟村人乱哄哄回答。"他们先来抢地……"武安人群中有人争辩道。"他们抢地，你们就动手打人？人家是犁自家的地，你们懂不懂！"张民警谴责道。武安人不再说话。张民警又问："说，那个武主任——是谁打的？""我看见了，是他打的！"一个头上受伤的武安村人指着段新虎说。"胡说，他明明是被你们自己人误伤的。"段新虎还没说话，他身边一个染着红头发的兄弟厉声反驳道。"就是他打的，我看得清清楚楚！"那个武安人又说。"你血口喷人，我就看见不是段哥打的，是你们自己人误伤的。""你胡说！""你才是枉口嚼舌！"当场双方吵作一团。

"不要乱吵，一个一个说。谁先说？"张民警拿出本子准备记录。

半晌却没人言声。眼看要出人命的事，谁都不敢轻易说话了。大家都害怕惹事，怕负法律责任。再说这武永安平日在村里也是横行霸道，这情况张民警心里当然清楚，但是他还是要问："你们说，究竟是谁动手打的武永安主任？"

段新虎突然把手中的烟头丢在地上，用脚踹灭说："郭书记、张所长，不要再为难大家了，人是我打的。""段哥，你这是咋些，都啥时候了，还往自己头上揽事？"红头发兄弟叫道，周围那些人齐声都叫"段哥"。张民警当即从裤带上解下手铐子说："那好呀，你敢做敢当，还算是一条汉子。"说着，就要往段新虎手上铐。那些小兄弟突然围上来，齐声叫着"段哥"。段新虎把双手伸进铐子里说："弟兄们，不要替我操心。咱这是正事，别说是坐牢，就是挨枪子都值！"周围人听得一愣。张民警说："对不起，好汉，你得跟我走一趟所里。"

忽子亥老汉突然挂着拐拐从人群中走出来，拉着段新虎手说："娃呀，你说得没错，是为了咱同舟村人的尊严和利益，你老舅爷求咱寨子上老泰山保佑你娃平安无事。"忽子壬老汉突然满脸是泪地颤巍巍走上前，对镇上郭书记一拱手说："你领导上能不能考虑考虑，事件还没弄清，能不能先不把人带走？"郭振峰看看张民警。张民警说："可以。

那得有个前提，就是，所有人得立刻散了。各回各家等着调查处理，谁也不要外出。"人群里有人问："那，把我打伤了咋办？"

张民警没好气地说："有伤自己看，等候最后处理。""自己看？""对，自己看。"张民警黑着脸说。"那打人的就不负责任啦？""谁说不负？打死人还得偿命呢！"张民警平日里话少，可抬起杠来谁也不是他的对手。"那这治伤谁掏钱？""当然是谁治伤谁掏钱嘛。""那可不行！"双方受伤的人都急了。"天底下哪有这种道理！"有人开始把怨气撒在张民警身上。"就是这个道理，谁叫你来打群架的，我就是这话！"张民警显得很不耐烦。"知道你是当兵出身，我们不和你说。郭书记，你领导上看这问题怎处理？"一个胳膊被打伤的武安村青年农民问。郭振峰说："我看先回家吧，不要再闹事了。事情已经够大的了！"赵志强说："对，咱同舟村人立马散了，赶紧，都散了。""对，都散了，都散了。"忽子壬老汉也说。一直没说话的徐安稳说："对，大伙儿都散了吧。"

同舟村人开始散去，可武安村人还站着不动。张民警一下来了气，高声吼道："我数一、二、三，原地站着不动的，就统统跟我到派出所走一趟！"武安村人这才慢慢散去。

二

好事不出门，瞎事行千里。华邑县同舟、武安两村人在黄河滩里为了争地发生严重群殴事件，很快传播开来惊动了全省。县上研究决定派常务副县长刘登荣牵头下来调查处理。刘副县长曾经在安礼镇担任党委书记多年，自以为处理此事问题不大。这天上午，他亲率公安局长魏子纲、农业局长李清泉、水利局长唐伟、文旅局长马志远和环保局长王长福、土地局长王汶安、林业局长季怀清、城乡建设局长景开来"八大金刚"，并责成安礼镇主要领导、镇派出所所长和同舟、武安两村支书、主任及参与斗殴的部分人员，大约三四十人参加，现场办公处理问题。

会场放在哪里呢？刘副县长别出心裁故意不放在安礼镇上，也不在双方任何一村和斗殴现场来开，而是放在黄河滩里部队农场留下的一间空仓库中举行。这废弃仓库的位置，正好是在那块部队农场空出的耕地中间。他对会场布置要求是：不贴标语、不挂会标，不设主席台、不摆座席桌签，更不作新闻报道（只作内部情况反映），甚至不预备茶水饮料。一句话，一切从简保持低调。搞得简单又简单，却显得神神秘秘。

开会这天上午，天气晴朗。村、镇大小领导和参与群殴的双方相关人员，都面朝门里站着。仓库光线昏暗，两边墙上高高的透气小方窗就像探照灯一样，几束强烈的阳光透进来，交叉笼罩着人群。人们看见，刘副县长自从进门就一直黑着脸。于是大伙儿见面，没有了惯常的寒暄，也没有熟人之间的开玩笑斗嘴，更无人敢交头接耳、高声喧哗。人群，包括郭振峰书记和派出所张民警在内，都像做了错事的碎娃。事态的严重性，从人们的表情中足以见得。

人早到齐了，刘副县长就是不说开会。他只是瞪眼扫视着面前的人群，其中除了镇上领导和支书、主任，他几乎全不认识。低下头的人们，心里都在打鼓。人们所担心的，是脚下这大片好地的命运。

"同志们，不瞒你们说，来前咱邱书记、董县长都特意叮嘱我，这回必须严惩肇事者！"刘副县长说完，眼睛从笔记本上抬起来。这回他的眼神，朝身后左右两边的几位局长看了看，意思也算是给他们传达。

按照惯例，发生了这样的事情，是必须有人来承担领导责任的。郭振峰想着，不由得看看身边的镇长康成和主管治安的副镇长王英姿。这一男一女，两人的脸色都很不好看。女副镇长王英姿更是眼圈发黑，显然昨晚又是一夜没睡着吧。这样的折磨，比繁忙棘手的工作本身还要劳神。郭振峰感到自己背上背着一盘石磨，压得有些喘不过气来。

"啊，郭振峰同志，说说你的看法嘛。"刘登荣突然神秘兮兮地说。

"我，我……我们，能，能说真话吗？"郭振峰出人意外地问道。死水般的人群，像透进一丝儿风，微微地波动起来。"当然要你讲真话。郭振峰，这一回你不要给我躲奸溜滑！说说看。""依我说，还是要体现教育为主、治病救人方针。""你这是什么意思？教育为主、治病救人？那还要不要党纪国法？""这……我看，我个人认为，教育好了，就……""教育好了，就不必再处理、审判了，对吗？""对。"郭振峰心虚地回答，头上渗出了一层汗珠儿。众人起初一愣，随即发出一阵议论。议论声越来越高，终于惊飞了房梁上歇息的几只野鸽，抖落了一片灰尘。

"对个屁！"刘登荣副县长突然变了脸，把面前的桌子用力一拍，对着老部下厉声喝道，"我实话告诉你，我今天来，是对事不对人，你们听明白了没？对事不对人！郭振峰同志，你听明白了没有？"刘副县长又恢复了先前的严肃态度，显然已经把心头的火气压了下去。

文化不高但基层经验丰富的郭振峰，自感也是一位推拿棘手问题的太极高手，可是今天却临时掉了链子。他情绪一紧张，嘴里竟然含糊其词地应付道："那是，那是。"这貌似语病式的表态，本是他的看家本事。就像一只蜥蜴，紧急了会突然断掉自己的尾巴。郭振峰毕竟也在这基层官场泡了多年，听过见过不如经过办过。许多事情对他来说并不用脑子判断，而是凭经验和感觉处置。看来刚才刘副县长所讲的"对事不对人"，说白了就是只要把部队农场留下的土地交给县上处置，聚众斗殴的人，就可以不处理了。大概就是这个意思，郭振峰心想。但这可不是村民群众所要的结果呀！他们想要的，恰恰相反。处理人不可怕，哪怕撤职查办也行，土地没了才是最要命的。这个道理刘副县长当然比谁都清楚，郭振峰当然也明白。刘副县长不过是希望借他郭振峰的口，把这层窗户纸捅破而已。可是你领导就没替下级想想，作为同群众早不见晚见的比芝麻粒还小的"乡官"，我可不能昧着良心说话呀！我如果一味讨好你上级，公然把这层窗户纸捅破，那我今后还怎么在这安礼镇混呢？可见在这危难时刻，一句含糊其词的"那是，那是"，即是他老到成熟的表现，实乃装聋作哑、以守为攻之举呀。

果然，当郭振峰的"那是，那是"一出口，众人当然没能理解，刘副县长却听明白了。他的表情严肃的脸上顿时有了奇怪的笑意。领导心想好呀，你郭振峰同我玩推拿了。不过这当众服软的态度，正好令彼此都有台阶可下。刚才生气拍过桌子之后，刘副县长并没有任由情绪失控。他心里及时提醒自己，此事犯不着发火呀，刘登荣同志。犯不着，一万个犯不着。刘副县长当即暗暗做了一次深呼吸，放缓了心跳、稳住自己情绪。他开始琢磨，如何才能启发郭振峰把"让地了事"的意思明确讲出来呢？

赵志强在人群里站着，他习惯性地以社会学的视角从头目睹这场似乎有些沉闷的"文戏"。从人物、台词、细节，到场景的选择设计，再到貌似平淡无奇，实则跌宕曲折、暗流涌动的故事情节……几乎所有的一切，都充满了耐人寻味的戏剧冲突。一个个老戏骨，表演起来更显功力。其激烈程度，丝毫不比那天村民们挥锹舞棍械斗简单呀。特别是目睹了郭振峰书记和刘登荣副县长方才那一段潇洒娴熟的"太极推拿"，他心中不得不暗暗折服。难怪人们都说，年轻人，无论是从政还是做学问，特别像自己这一类出家门进校门再入机关门的"三门人物"，更有必要补上基层"锻炼"这一课。不过，当即他又反向给自己提出一个疑惑不解的问题："方才的博弈双方，这体现的究竟是一个成熟领导者在应对复杂局面时的涵养功夫呢？还是在尖锐矛盾和棘手问题面前退缩不前、搪塞应付呢？"相比之下，他倒更喜欢农民式的简单直率和学者的单纯幼稚。如此想来，年轻人心中不禁涌起一阵无名的惆怅。扎实广博的社会学专业背景和严谨缜密的逻辑思维习惯，再加上从小在农村环境中长大的特定出身，使得赵志强较之一般村官，多了一种看问题的俯视感和正义的底线。这反倒使他更加感到痛苦。

外面天阴下来，秋风渐凉。县、镇领导方才模棱两可的态度使得人们感到了一阵莫名其妙的心寒。人们感觉背部冷风飕飕，直吹得浑身透凉。人们望着刘副县长和身旁那几位局长，感觉个个都是精明过人呀。赵志强的眼前渐渐幻化出一条陷入泥沼的古老大船，这就相当于华邑全县。显然，近乎搁浅的大船想重新起航，许多人都在奋力推拉。可是用力的方向却并不完全一致！难怪大伙儿喊着同样的口号拼命人拉肩扛，大船却只是就地摇晃打转儿。

此时此刻，有一个人在人群里显得格外兴奋。大伙儿发现原本在县城里承包洗浴中心的农民企业家赵杰魁来了。他的出现令同舟村人都很惊讶。他虽说没有参与打架，但是他操心着这块好地呀。他梦想在这风景宜人的黄河滩里，投资修一座集餐饮、歌舞娱乐和洗浴、保健按摩为一体的"大型康乐城"，当然也包括最能来钱的某种"特别服务"。他原先想当村主任，其实就是想弄这事。后来没当上主任，他就转弯抹角地同农业局长李清泉和水利局长唐伟分别拉上了关系。他们私下讲好了，如果谁能给他弄到这两千亩地，他就给谁百分之二十的干股。唐伟没说话，算是默认。李清泉听了摇头说，我可不要谁的干股。赵杰魁这次来，正是唐伟着人秘密通知他的。

三

"原来这些人聚到一起，其实并非为了处理问题，仍然是为争那两千多亩好地来的呀！"琢磨至此，赵志强突然对那"对事不对人"的说法有了自己的领悟。是的，面前这几位，包括刘副县长和几位大局长，他们都是为土地归属这件事情而来的。其中唯有文旅局长马志远和公安局长魏子纲是希望按照政策把这块土地交给农民来支配。特别是马局长，因为只有那样，他和赵志强那天谈好的综合开发滩地的宏伟设想才可能做得更大更强。文旅局长马志远如此想着，当即又看看赵志强。赵志强脸上的表情同样是疑惑不解的。恰巧此刻，刘副县长要他们几位局长表态发言。其他人还在犹豫观望时，马志远不假思索地就说："我看这没有可讨论的，也没什么争议。农民的土地，还是交给农民吧，别人就不要再掺和了。土地收归县上，如何处置？弄得不好，恐怕会成为培植腐败的温床。"

马志远话虽不多，却像是一块砖头投进了一池死水，扑通一声击打得水花四溅。人群里居然出现一阵掌声。那拍手叫好者，不仅有同舟村人，也有武安村人。马志远这话，重新点燃了庄稼人心中的希望。

刘副县长听了突然慢慢地扭回头，瞪大眼睛像看一头怪兽。他吃惊地瞅着脑后扎着小辫子的马志远，一时不知该说什么。

环保局长王长福趁机说："我，我坚决不能同意马局长的意见。谁也没规定说部队农场撤了，地就非给当地农民留下不可。我觉得这块部队农场留下的耕地可以按照军产来处置。什么叫军产，军产就是军队的财产。加之这块土地已经引起了如此严重的群体斗殴事件，那就无论如何不能再把地交给当地农民种了。交给他们，就等于助长了不法行为和歪风邪气。那今后都照着葫芦画瓢，那可咋办呢？坚决不能再给农民了。我拥护县上领导决策，就是这个意见。"王长福越说越激动。马志远听了不由得撑他说："王局长，道理可不是这么个道理。问题归问题，土地的归属，那是另外的事。咱可不能感情用事呀，要依法依规判定土地归属权。"王长福扭头瞪他一眼，不再说话。"水利、农业，你们两家的意见？""我想问马志远一个问题。"农业局长李清泉脸涨得通红，当即理直气壮地开口道，"马志远同志，你给咱先说说，这块地是该给同舟村，还是该给武安村？""我说这不存在争议，就该给那同舟村嘛，这还用问？"马志远毫不含糊地说。"讲得好！"人群里发出一阵掌声。鼓掌者不用问，当然都是同舟村人。"好个屁！"武安村有人愤怒地小声骂道。水利局长唐伟沙哑着嗓子故意挑事地问："马局长，耕地给了同舟村，那你没问那武安村人答应不答应？"

他话音刚落，就听见武安村人齐声喊道："坚决不答应！""对，我坚决不答应！"

同舟村人急了，有人厉声质问道："不答应？你凭啥不答应？""对，你凭啥不答应？""就凭我们也是农民！""咋，手心手背都是肉！""我们就不信县上领导会偏三向四！""我就不信县上领导会支持无理取闹！"

双方争吵起来，会场一片混乱。刘副县长当下气红了脸，忍无可忍地把桌子拍得啪啪响。吵声这才渐渐落了下来，但农民个个情绪都很激动。

"你们吵什么吵！啊？"刘副县长这回可是动了真气，"我老实告诉你们，这地，不可能再给你们！你们就是打出人命，打破了天，也不行。我现在命令你们，谁也别再争了！我在这里正式宣布，部队农场撤后，留下的土地属于军产，统统收归县上。土地原本就属于国有，由县上支配！这事就这么定了。"

赵志强听得，心里突然感到一阵绝望。事情到了这一步，他才恍然醒悟，上面经常讲的所谓的"血肉关系"，听起来不错，可是实际上很难做到。经历过几十年的蜕变，官与民之间，开始出现一条看不见的利益鸿沟。

"赵主任，咱们年轻的社会学家，你在想啥呢，眉头上结个大疙瘩？听说你在这次事件中表现不错，千钧一发之际及时赶到、奋不顾身地予以制止。结果自己还受了伤，是这样的吗？"赵志强一时不知该如何回答。他此刻满脑子都是那些受了伤的可怜的村民。他不仅上门看了同舟村的伤员，还和忽沛东、忽沛太一同登门看望了武安村受伤的群众。有的伤得不轻，那境况实在可怜。还有的生活困难，非但无钱疗伤，连生活都成了问题。眼下听到刘副县长表扬自己，他突然感到脸上发烧浑身难受。出于良知的驱使，他情不自禁地说：

"刘县长，我，我那天并非及时赶到，而是迟了一步，结果致使双方动了手。我自己阻拦中挨了一棒子倒不要紧，可那些受伤的群众，疗伤的费用还没处报呢。说老实话，我们两个村子都不富裕呀！村集体几乎都无收入，实在解决不了这个困难。村民人均年现金收入都才两三千元，全家的总收入还不够医药费用……"

"赵主任，你讲的也许是实情，可你在这里说这，意思是什么？"直性子的县公安局长魏子纲干脆打断赵志强的话问。"我，我只是把问题摆出来，叫领导上知道有这情况。"魏局长同赵志强是头次见面，这个当兵出身的红脸汉子又补充道："难道说他们相互打伤了，还要国家给他们掏钱疗伤不成？是这个意思吗？"赵志强一时无言以对，心里却感到很不服气，觉得他是曲解了自己的意思。不过早就听说这位魏局长是老山前线下来的侦察营长，一等功臣，右小腿被地雷炸掉了安着假肢。他人很正派、性情刚烈，连县上领导见他都客客气气。魏局长说完，看了大伙儿一眼。那目光冷峻，像面对敌人一样凶狠。显然，他对赵志强并无成见，方才的难听话也只是讲给大伙儿听的。

赵志强听得心中突然来气。他的牛劲上来了，刚要同魏局长理论，就听刘副县长态度温和地说："志强主任，据了解你回来当主任这段时间，工作积极肯干，成绩很突出呀。不过你也看到了，这社会现实就是如此，问题方方面面的，要多复杂有多复杂。是是非非真的不像你读的那些书本本上讲得那么分明呀。不过，我相信你了解了这些也有好处，会成为一个理论联系实际的真正懂得社情民意、接了地气的社会学家。"

全场人们都听得一愣。大伙心里都琢磨着，领导上这是表扬还是批评人呢？刘登荣至此赶紧把话岔开说："忽支书？听说你在高音喇叭上亲自动员村民带上家伙上阵夺地，有这事吗？"忽步康低了头半晌不说话。

"还有武安村支书鲁太平、主任武永安，你们这一对儿搭档，支书、主任，平时听说还不大对劲，可这回配合得不赖呀。同舟村的段新虎……""到！"终于听到县长点自己的名字啦，段新虎急忙一个立正敬礼。他的滑稽之举，逗得众人哧哧地笑。他头上居然也包着绷带，像是从战场上下来的英雄。"怎么，你也光荣负伤了？"刘副县长不无嘲讽地问。"报告县长，叫那武安人用铁锨打开一道血口子，不厉害。"众人听得又是一阵哄笑。段新虎自己却一本正经地绷着不笑。"段新虎！"近旁的张民警狠狠瞪他一眼，小声警告道，"你可甭嚣张，做下啥赢人事啦？丢人不知深浅。""不厉害？怎么，你还嫌没出人命？"公安局长魏子纲厉声喝问，"听说你还叫大伙'朝头上打，往死里打'！有这话没？"段新虎说："那都是气话，我把这话收回，算我没说行不？""算你没说？能收回来吗？如今伤了那么多人，谁给疗伤呀？你能掏这钱吗？如今戳下这一盆糨子，看你谁还有话说？"刘副县长厉声质问。

谁也没注意到，门口不知何时悄然出现一位神秘人物，手中一直攥着一杆微型录音笔。会场上每个人讲过的每一句话，都被记录在案。此人名叫郑义，省报"法治在线"专版"啄木鸟"栏目首席记者。他是接到内部消息，闻讯赶来的。其实在此之前，他已经在两个村微服采访了好几天。他一边现场调查，一边琢磨着报道的侧重点和主题。他主要想挖掘违法械斗背后的新闻故事。老百姓为啥打群架？难道是吃饱了撑的吗？当然不是。那又是为什么呢？为了争地？造成争地的原因又是什么？村干部是啥态度，镇上有没有责任？县上的责任又是什么？如何依法处理这个违法事件？那这地，将来到底该归谁所有？他戴着遮阳帽的大脑袋里，此刻聚满了问题。这一连串的问题，都需要在采访调查中——找到答案。可是眼下却找不到一个明确答案。他感到脑子里是一团乱麻，急忙中理不出头绪。

就在这时，破了玻璃的窗户洞嗡嗡地飞进一只大苍蝇。那不识趣的绿头苍蝇在人们头顶上飞着叫着，一时吵得人心烦乱。人们挥手驱赶，那苍蝇并不逃离。众人的目光，不由得随着那大胆苍蝇在空中移动。那苍蝇也许是飞累了，竟然不偏不倚地落在刘副县长的鼻尖儿上。好家伙，敢在领导脸上胡骚情！刘副县长不慌不忙，抬手优雅地一扇，那苍蝇飞起又落在他眼前的笔记本上。刘副县长抬眼看看大伙儿，见人们也都看他，心里顿时一股无名火起。他举起右手，小心翼翼地啪嗒下去。苍蝇迅即逃之夭夭，废弃仓库里一时又安静下来。

四

整整一个上午，忽步康站在感觉有些阴森的废弃仓库，就如同立在审判席上一样难受。看来这回村支书是当不成了，弄得不好党籍保不住还要承担法律责任。咱不是舍不得这官呀，而是丢不起这人！忽步康呀忽步康，你咋就聪明一世糊涂一时呀。他一直想不明白，那天一早给自己打电话通消息的,为啥会是赵杰魁?可怜你一贯小心谨慎,只耍了这一回大胆,竟然被人当枪使了……

年近古稀的忽步康想着,突然感觉一阵头晕,随即天旋地转、呼吸困难、胳膊腿麻木发软、浑身直冒虚汗……这种场合,你可得挺着呀,老汉咬牙对自己说。他原本以为,这次派人占地,是自己在村里提高威信的机会,是自己当支书敢于担当、勇于负责的体现。因此,他连同主任赵志强商量的余地都没留下……现在倒好,落了个擅自指挥。罪过自己一个人扛着,人家娃反倒成了制止群殴的英雄……忽步康脑子一片空白。

绿头苍蝇终于飞走了。安礼镇党委书记郭振峰抬头看了一眼刘副县长和诸位站得有些疲劳的局长。他心里暗暗说:"各位领导,凭良心说,这事责任可不全在我安礼镇呀。县上领导和相关部门就没有责任吗?自从得到部队农场要撤的消息,我安礼镇就给县政府正式打报告申请土地处置权,可总是石沉大海。"但是经验告诉他,此时此刻,这话可万万不能从自己嘴里讲出来呀。无论如何,发生群体斗殴事件影响到全县的稳定和社会形象啦。对此,你安礼镇党委、政府就是跳到黄河里也洗不净呀!你就自认倒霉吧,有理说不清,只能挨个肚子疼。

"忽步康、鲁太平,你们两个当支书的听着,出了这档子事,你们这领头羊,恐怕对全县人民得有个交代吧。你们两个是没有亲自上阵,可是俗话说,'不怨杀人的,但怨递刀的',我看你们就是递刀子的人。事到如今,你们不能不说话呀。"

刘副县长点名要求两个村的支书发言。可是事到如今,除了深刻反省,争取宽大处理,还能说什么呢?这是常人的思维。常有理的忽步康和柿子虽软核却硬的鲁太平可不这么认为。

忽步康平日说话啰唆,喜欢长篇大论,今天却完全出人意料。他说得极为简单,但却不失同舟村忽家巷人的悍性:"这地,刘县长,大家伙都知道,原本就是我同舟村的耕地。二十世纪七十年代初,无偿划拨给了部队农场。如今部队农场撤了,就应当物归原主嘛。这是天经地义的。"

"对呀，是咱老祖宗给咱同舟人留下来的！"同舟人附和着。

武安村支书鲁太平开口满嘴河南话："要俺说，理可不是这个理儿。你说的那时候，还没有俺武安村呢。现如今既然有了俺武安村，这地又紧挨着俺的地界，俺村耕地本来就少，人均还不到二亩，全村年年吃救济。俺看由俺村来种这地，不用再向国家伸手，也是合情合理呀。"

武安村人听了，竟然热烈地鼓起掌来。掌声落下，刘副县长气得脸色发白。老大人坐在那里，伸手指指同舟人又指指武安人，半晌闪不上话来。

"好啊，看来你们还都有道理啦。一个'天经地义'，一个'合情合理'。这么说还是争不分明？那就再动武好了！看来你们打群架还真有道理了！郭振峰同志，你听清了没有？我的大书记，这时候你得说句硬棒话呀！"

郭振峰心里倒是有话，可说不出来呀。依他看，最好是把这地一划两半，分给两个村来种，问题肯定就解决了。然而，县上领导可不是这么想的呀。于是他又拿出了自己的看家本领："那是，那是，我是得说句硬话。""又是'那是，那是'！那是什么呀？你倒是讲明白呀！"刘副县长声色俱厉地说，郭振峰干脆低头不语。刘副县长接着又点名叫安礼镇派出所张所长说话。张民警黑着脸只说了一句话："我建议，依法处理所有肇事者，绝不能姑息迁就。"刘登荣听得一愣，嘴里不由自主地说："说得简单。那大家说呢？"直性子的魏子纲说："讨论啥呢，谁拉下谁打折！"刘副县长只得直截了当地问："那，留下的这滩地怎么处理？"李清泉和唐伟一胖一瘦二人就像说相声："同意刘县长的意见，土地收归县上处置。"公安局长魏子纲表示反对。环保局长王长福右手习惯性地把眼镜一扶低头不语。村民和村干都不说话，会场开始有些冷清。刘副县长突然问道："看大伙儿还有没有不同意见？"仍然没人说话。刘副县长最后说："那好，土地收归县上处置，就这么定下来吧。散会！"

刘副县长话音刚落，就见一个身穿蒙古袍的壮汉嘴里喊着"且慢，且慢"地快步向前，扑通一声就跪在了刘登荣面前，说："请县长大人收回成命，请县长大人收回成命！草民有话要说，土地可是咱农民的命根子呀。"

"忽经昌，你不想活了？"动作敏捷的张民警大声呵斥着把他拽起来，二话没说就拖出了会场。

人群先是一愣，随即发出一片唏嘘。

"怎么还不叫人说话了！他可是制止械斗的功臣！"赵志强愤然不平地说。

马志远急了，大声道："刘县长，我提个建议行不行？""你说嘛。""我认为，土地还是留给村里好。这有利于咱将来统一开发利用。"马志远说着，看了看对面的赵志强和两村的村民。刘登荣生气地说："土地留给村里，你还怎么统一开发？"赵志强脖子伸了伸，刚要开口说话，觉得身后有人扯自己衣角。他扭头一看，竟然是镇上郭书记，便把嘴里的话咽了回去。

马志远眼睛突然发了直，他注视着对面的人群，显然被什么意外动向吸引住了。原来，他发现了手中拿着录音笔的郑义。这令他大吃一惊。郑义也看见了马志远，两人同时呆愣在那里。两年前一次画展上，郑义曾经深度报道过马志远。两人在这样的场合不期而遇，目光交流之后，随即心照不宣。

谁也没有想到，这场群殴事件会是这样的结局。刘副县长真是高抬贵手，同时又是糊涂官断糊涂案呀！人是一个都不处理，耕地却一分不留。忽步康心里念叨，突然感到一阵天旋地转，眼前一黑就什么也不知道了。

等他再睁开眼睛已经是两天以后，发现自己躺在安礼镇医院住院部的病床上。身边老伴陪着，说赵能人领着孙桂花看他刚走。忽沛东与忽沛太，两个户家孙子一个捧着鲜花、一个提着一篮子水果也在。后头主任赵志强提着一个保温壶，一进门就高兴地挥了挥手中报纸说："舅爷老支书，快看好消息！"忽步康一怔："这会儿能有啥好消息?""真的好消息呀,支书爷!"忽沛太说。"对,那省报法治在线'啄木鸟'栏目替咱农民打抱不平呢!"赵志强指着报上一篇文章说。"替咱农民打抱不平?真的吗?"赵志强赶紧把手里的报纸递到老支书面前,指着用红笔画出的标题说:"你老人家看嘛,这是记者郑义现场暗访文章,标题是《鹬蚌相争渔翁得利:华邑县黄河滩农民争地纠纷处理结果竟然是这样》。"

忽步康一听,急忙坐起身,接过报纸一口气看完全文,随即感动得泪流满面。

忽沛太把手机递到老支书面前说:"支书爷,你看,这文章已经被好几家网站转发。许多网友都跟帖评论呢,社会舆论几乎是一边倒。说是咱农民为争土地群殴是不对,但是借故就把村民集体所有的耕地收归某个利益集团,这绝不允许!"忽步康怀疑地说:"这,网民说话,能给咱解决问题吗?"赵志强说:"这叫社会舆论监督,如今领导还就怕这网络上的批评。""那,刘县长,人家当众宣布,县上又发了正式会议纪要,这能翻得过来吗?""我看能行,因为这条负面新闻是针对咱华邑县的,最坐不住的人还不是刘副县长,而是邱书记和董县长。"

忽步康不再发问,心想那赵志强讲得有道理呀。经过这场风波,老汉心里对这个年轻人更是高看一眼。他心里琢磨着,是该把肩头的担子交给年轻人的时候了。忽步康正想着,赵志强打开保温壶,从里面端出一盘热气腾腾的水饺,递到老支书面前说:"老舅爷,我爸听说你犯了病,专门叫我妈包了芹菜饺子,你老人家趁热快吃。"老支书感动地说:"替我谢谢你爸你妈。就说我没事,叫他们放心。"

第九章

一

温泉水很热，泡了好一阵还感觉身子发凉。唉，人在倒霉的时候，身体也会反常呀。刘登荣懊丧地在心里对自己说。想起那个贼记者郑义，他就恨得咬牙。说是舆论监督，其实说白了就是变相要钱嘛。来了就四处找麻烦，一个县的工作，哪能没有点子麻烦？如果不想叫见报或播出也好，只要肯拿钱就行。稳定高于一切嘛，掏钱买稳定的事情，书记、县长认为花多少都值。可是这个郑义，狗日的偷偷摸摸就把稿子登出来……你这是把老子放在火炉上烤嘛！

刘登荣想着长叹一声，懒洋洋闭上了眼睛。"鹬蚌相争渔翁得利"，"这是无视中央八项规定顶风作案"，"把土地归还给农民"……耳边不断传来网民的尖刻议论。刘登荣感到自己就像热锅上一只晕头转向的蚂蚁。白天常委会上令他脸红心慌的尴尬情形历历在目。列席会议的县委各部门领导和一些局长，瞧那一个个小人嘴脸，真是世态炎凉、人心难测呀！邱书记、董县长的表现，更是令人心寒……县长董得理简直就是一根油锅里泡久了的老油条，咬不烂、扯不断呀。平日走路四平八稳，油瓶倒了也不犯急。都说是当县长的天生能花钱、爱揽权，可人家董县长恰恰不是。他竟然见钱就躲、见权就让，原本就不打算干事嘛。一个当县长的，面对问题总是哼哼唧唧，从来不明确表态。这究竟是不理朝政还是"城府颇深"呢？政府工作千头万绪，人家却主张"该办的事情不一定就非得办，不该办的事不一定就不能办"。这是什么话！瞧大家依次表态发言之后，人家董县长的表演，那才叫经典呢："事情已经出了，谁也不长前后眼嘛。无论如何，咱还是那句老话，谁的娃哭了谁哄，谁拉下的谁打折。这谁都知道，咱县政府不是无限责任公司，采取的是分工负责制呀。"

你听听，县长一退六二五，这是人话吗？主持会议的县委书记邱銎话说得更是令人难堪。那态度与口气，就像是教训儿子，就像是你事先根本没向他做过汇报请示一样。"你政府那边出了这档子事，我万万没有想到。"一开口，就把自己撇得利利洒洒。好像政府与县委无关，责任推得一干二净。这种情况下，作为当事人的刘副县长，只能把黄连嚼碎往自己肚子里咽呀。人家是从省委机关放下来培养锻炼的，本身就高人一等嘛。起草讲话的高手，如今就像编剧改做演员啦。现场即兴发挥，侃侃而谈是人家的长项。你听那口气："同志们呀，咱一天到晚喊叫稳定，稳定，一切为了稳定，一切服从稳定。空话谁都会说，结果怎么样？一点实实在在的举措都没有嘛。就拿安礼镇这回捅的这娄子来讲。"邱銎讲到这里，显然有些按捺不住自己的得意忘形。在座所有人中年纪最轻、官位最高的他，踌躇满志地停下来举目四顾，心想官场是名利场，更是竞技场呀。你关键时候没有两把刷子，那可真是不行呀。于是邱銎又说："俗话说得好，是骡子是马，拉出来遛遛就知道了。"这话一出口，会场所有的人都紧张起来。邱銎又说："不过，话是这么说，其实并非那么简单。就拿县委书记这个角色来讲，全县所有人的目光都聚焦在你一个人身上，弄好了，你是闪亮登场，弄得不好，你就是当众献丑。也就是说，你得拿出点真本事嘛。"

董得理越听越坐不住。心想，所有的灯光都照着你，你就是一头蠢驴，也会显得威风八面。

邱銎显然从县长的眼神中读出了对自己的不满。他把目光投向年纪比自己整大一轮的刘登荣身上。他发现这位平时见了自己虽是点头哈腰却难掩骨子里傲气的刘副县长，终于低下了有些谢顶的头。这是邱壑希望看到的情形。但有些人虽说低了头，也不一定就是对你心悦诚服，他又想。邱壑下来这两年多时间，深深地体会到基层工作的复杂和世态人心的难料。说老实话，他早就对县政府这两位自命不凡的家伙心怀不满，感觉严厉教训他们的机会终于来了。

"同志们，我就怎么也想不明白，"邱壑态度异常严肃地接着讲道，"一个堂堂的县人民政府，为人民处理那么一件小事情，竟然会酿成如此轰动的新闻事件！董县长，不知你们意识到没有？反正我是感到无脸见人。这回到市上开会，市委书记和市长当众叫我说明情况，我真是抬不起头呀！这么一点具体事情都办不好，还成天喊叫要发展经济、振兴华邑！实在太丢人啦！农民群殴事件虽说严重，但是还没有录像、录音呀！这倒好，处理问题的过程竟然现场直播，直接冲上'热搜'、占领'头条'。还说什么'上千人有组织、有领导地动员上阵，手里提着家伙打得头破血流，说这除了"文革"中武斗期间没出现过'！谁会相信这是你董县长的原话。"

董得理忍无可忍，突然站起来怒气冲冲地说："谁说的？纯属造谣！再说你大书记如今说这话，有啥意思？"

邱壑听得一愣，脸色大变、拍案而起："哎，董县长，你怎么这么说话？倒是我邱壑造你谣？告诉你董得理，人家有录音为证，网上可以查嘛！"

董得理低头不再说话。邱壑仍然抓住不放："董得理同志，我问你，你说这话究竟是什么意思？是火上浇油，还是幸灾乐祸？好像发生的一切都与你无关。肇事者是他刘副县长，丢脸的是我邱壑，是不是？政府一分钱没掏就上了省报头版。"

会场一片寂静。书记讲话，县长当面顶撞，书记当众训斥县长，这在县委常委会上还从来没有见过。这意味着书记县长之间矛盾公开化了。这今后还怎么继续在一起工作呀？场面十分尴尬，人们拭目以待。

"平时趾高气扬，目中无人，好像自己啥都能行，实际是纸老虎呀！"

刘登荣听得，浑身的血一下子全都涌上头顶。

董得理不服，再次红着脸说："对呀，我县政府就是没水平，但是再怎么也是在县委领导下开展工作呀。'把土地收回县上支配'，这也是征求过你书记意见的呀，怎么责任就全落到县政府头上了？"

邱壑万万没想到董得理并不给他这个台阶下。他原本是想借机敲打敲打，不料想这个温水锅里的青蛙竟然当众跳了起来。

董得理这么一闹，像是被当众打脸的刘登荣心里反倒好受一些。

"现在还不是追究责任的问题。"邱壑的语气明显缓和下来，"接下来如何对待媒体事件？刘登荣同志，我的意思你听明白了没有？我看这件事情上，咱们就不要再护短遮丑啦。咱们有错误，就坚决改正错误嘛。"

刘登荣回想着，顿时浑身发冷，牙齿上下打战。耳边还是邱壑的声音：

"面对网络挑战，躲躲闪闪的鸵鸟政策不行呀，同志们！应当尽快以政府办名义发个纠正错误处理意见的决定。客观说明情况、检讨自己的失误，从根本上加以纠正。同时要尽快派人同省报法治在线'啄木鸟'栏目记者郑义同志主动联系，请他再来我县采写一篇相关的正面报道尽快见报，以平息负面舆论所造成的外界不良影响。按照今天大多数同志的意见，我看新的处理决定中务必要明确两条，一是发生群殴事件的两个村都得有领导者接受处分、承担纪律和法律责任。二是部队农场留下的耕地，一分为二，划拨给同舟和武安两个村的农民群众耕种。"

邱壑的常委会总结性讲话，赢来一阵掌声。

哼，邱壑，邱壑，你那两片子嘴也他妈太能煽了！现如今还是谁官大，谁就有理！

二

刘登荣像一只斗败了的公鸡，遍体鳞伤，躲到无人处舔舐伤口。此刻，独自静静地躺在念奴娇温泉洗浴中心的豪华单间，懊悔着那天的疏忽大意，埋怨魏子纲和负责安全保卫的安礼镇那个黑脸大个子笨蛋，简直是瞎子聋子呀。你就是拉来一条愚蠢警犬，也不至于这样麻痹大意。还老公安呢，羞先人哩，县里养着你们这些没用的东西干啥？"……收回原先的决定，土地分给农民"，说得简单！这样的结局，让我们如何给那忙前忙后的企业家赵杰魁交代呀。

刘副县长正想得心烦意乱，就听见有人敲门。他以为是服务生送茶点水果的，却不料端着盘子进来的竟然是满脸堆笑的赵杰魁。赵老板也刚刚泡完温泉澡，大背头梳得溜光、老脸红扑扑的穿着花睡衣，身后竟然跟着个描眉画眼袒胸露背的红唇小姐。

赵杰魁进门就把姑娘让到前面说："刘老板，你来咋连个招呼都不打。让娇娇姑娘给你做个全套泰式按摩。娃手法好，顾客给娃起了个雅号叫'云中仙'。""云中仙？怎么叫云中仙？啊姑娘？"刘登荣一下来了情绪，怪笑着问娇娇。"人家也不知道，大概是夸我按摩手法好嘛，能让客人飘飘欲仙吧。"娇娇用四川话说着，开口酸酸儿一笑，露出一排雪白整齐的小玉牙。刘登荣看在眼里，馋在心头，不胜痒痒难耐。赵杰魁在一旁瞅着，像在观察自己养的一只馋猫艳羡一条鲜鱼儿。瞧这老馋猫口水都快流出来了！他心想，你这堂堂副县长也太不值钱了，一个碎小姐就把你迷成这尿样。

人性中贪欲的弱点，此刻完全控制了这个纯粹生理意义上的男人。刘登荣一见娇娇，眼神顿时发了直。他几乎完全忘了白天的烦恼，忘记了自己的社会角色，也忘了赵老板人家还在当面。耐不住心头痒痒，竟然一伸手，就把娇娇姑娘往自己怀里揽，嘴里还放肆地说："那就劳烦娇娇小伲娃了，让我今晚也体验一回'云中仙'的味道。"娇娇这边则是乖乖地紧咬红唇点点头："好嘞，只要大叔你不嫌弃我，小侄娃一定让大叔舒舒服服哟。"说完竟然调皮地伸手捏捏刘登荣的大耳朵，径自咯咯地笑了起来。

这位相貌平平的化名娇娇的小姐，自从离开被查封的同舟村麻将馆，离开赵能人赵老板，即跟了大款赵杰魁重返县城念奴娇温泉洗浴中心。如今，她名片上的身份是赵总的特别助理。在纷繁芜杂的现实生活这个大舞台上，为了生计，无论多么难堪难演的角色，娇娇姑娘都能演得包你满意。她不像化名丽丽的那位姐姐，死心眼儿犯轴。只要有吃有穿有钱赚，每月能够给老家苦熬着的父母和念书的弟弟妹妹把钱寄回去，她就认为自己生活得超有意义。这就是娇娇姑娘的人生观。谁说金钱是万恶之源？在穷人娃娃眼里，金钱太可爱了。有了钱就有了一切，包括人格尊严，道理就这么简单。在她这个从小饿着肚子、穿着破衣烂衫长大的巴山深处的农家小幺妹眼里，千方百计获取金钱就是她人生的全部价值。此刻在娇娇姑娘看来，像刘老板这样有权有势的人物，能把自己搂在怀里如此地温存亲热，这才是时尚标配。而这全都是金钱的魅力所致。什么女人的贞操、传统伦理道德，全都是有钱人冠冕堂皇的遮羞布、骗人的鬼话。除了那些不愁吃不愁穿的富二代、官二代，瞧那进进出出、来来往往的芸芸众生，普通人家的男男女女、老老少少，人前背后、流血流汗，都不知吃过多少苦头、忍受过多少委屈。女儿其实很孝顺，只要能让父母肩头的担子轻松一些，让弟弟妹妹能够继续念书……女儿在这里再苦再累也值。

此刻的刘登荣哪里能想到这些，他完全被兽性控制了灵魂。在小姑娘的眼里，他就是一头黑暗中瞪着一双绿眼睛的色狼。一个尽情的拥抱之后，娇娇开始动手为这位特殊客人服务。机灵聪明的小姑娘，从赵老板的眼神中读出了不同寻常的意思。于是善解人意的小姑娘使出浑身解数，要让这位神秘的客人感觉舒服满意，从而成为自己这云中仙的回头客。

异性按摩，就像是酒过三巡，或是喝了一碗迷魂汤一样舒坦。刘登荣完全被娇娇娴熟多变的按摩技法和身体姿态征服了。他一时受活无比，飘飘欲仙，进而欲火中烧，手足酥麻不能自已。于是，他再度抱住了姑娘瓷实而又绵软的身子……这是一旁站着的赵杰魁想要亲眼看到的一幕。他看着，眼睛不由自主地朝着墙角的一盆君子兰瞄了一眼。刘登荣万万没有想到，那花盆的背后，装有一枚微型摄像头。也就是说，从他进来的那一刻起，所有的言语和行为举止全都被录了下来。眼下，小娇娇云中仙正在卖力地操作。赵大老板亲自在一旁眼馋地瞅着，一时竟忘了回避，反倒触景生情陷入沉思。什么领导、人物，谁也别装，衣服脱了，都他妈也就是个活生生的人。他想着嘿嘿一笑，就要侧身推门出去，却不料刘登荣声音有些发干地说："赵老板，你且留步，我有话说。"

赵杰魁看看娇娇，那姑娘已经被折腾得满头大汗。刘登荣感到一切的焦虑和烦恼统统烟消云散。他突然感到，人生苦短，一切都是过眼烟云，唯有及时行乐才是正道。娇娇读懂了赵老板眼神的意思，乖巧地退了出去，临出门还奶声奶气地说："我去准备爽身油和泡脚的药汤。"刘登荣眼见娇娇去了，便坐起身点燃一支香烟，态度严肃地对赵杰魁说："赵总，有件事我得提早告知你呀。"赵杰魁听得一愣，眼睛紧着在刘登荣脸上搜寻，心想肯定不是好事。刘登荣狠狠吸一口烟说："这不能瞒你，咱说好的土地那事有变。""怎么变？会不会又要涨价？还是要挂牌出售？""要是那样就好了，现在看来部队农场那地不行了。省报记者郑义那篇报道你也知道，狗日的把咱事搅黄了。""怎么，搅黄了？！"赵杰魁声音变了，"刘县长，这可不行呀，我和人家把开发合同都签了，一旦违约那损失可就大了。""有多大损失？""多大损失？直接损失至少得好几百万。刘县长，这你也知道，再加上前期的各种明里暗里的投入，少说也四五百万啦。这我可挨不起呀！好我的刘县长哩。""嗯，这我知道……那，事到如今可怎么办呢？""咱得想办法挡呀，万万不可黄了呀！这关键时候，你老大人可要为我做主呀！咱千方百计得想办法，无论如何都得让承诺兑现嘛！""可这难呀。大书记今天在常委会上已经明确发了话，叫把两千亩地分给同舟、武安两个村。这可是金钉钉下的，谁也改不了啦。"

赵杰魁一听当场愣在那里，脸色蜡黄。看来自己的如意算盘又要落空了。他的脑海里出现了曾经令他兴奋不已的一幕：那天晚上，即刚刚从安礼镇滩里处理完群殴事件回到县城，他赵老板有幸为各位领导接风……之后也是在这间豪华套房里，当他提着一提包现金进来，酒喝得满脸通红的刘登荣眼睛突然发亮。他故意避开赵杰魁手里的大提包，说："赵老板，怎么样，你今天也在现场都看见了吧。多少人都盯着这块肥肉哩，把这地弄到手可是不容易呀。你没看那一个个像饿狼。真是狼多肉少！能从狼群里把肉夺出来给你，就算你老赵福大命大。"可如今不光是空喜欢一场，还得赔上几百万呀！赵杰魁想着，顿时乱了方寸。

三

屋里并不闷热，可赵杰魁额头的汗却流淌不止。眼下看着刘登荣，再也没刚才那么亲热啦，而是幻化成了一只老奸巨猾的狼……他心想，眼下自己倒是面临着如何把肉从这狼嘴里掏出来的问题。为了得到那块滩地，他是上下左右全方位、多层次地打点呀！好容易才把所有的关节统统打通……可如今叫那贼记者一篇狗屁文章就搅黄了。他感到自己是想哭都哭不出眼泪。

恰在此时有人轻轻敲门，娇娇和丽丽一同进来。赵杰魁立即变了脸，声音冷冷地说："你们先出去，我和刘老板还有事说。"刘登荣听得一愣，没再说啥。他知道此刻这只狐狸，该到了露出真面目的时候了。心想这些暴发户，平时见了你点头哈腰，恨不得就地跪下舔脚。可是一旦感觉你没用时，即会翻脸不认人。这就是资本的嘴脸，人人都知道这道理，但就是很难划清界限。都说这金钱是万恶之源，可是人人都削尖脑袋撅着屁股往钱眼儿里钻呀，谁也挡不住……

"刘县长，难道说咱就真没一点办法了？我这前期投入都是银行贷款呀！地要是真没了，我就得跳黄河！"刘登荣听得一愣，忙说："那可万万不能。""不能？那你老大人给我指一条活路吧。"赵杰魁的声音带着哭腔。"活路？活路倒是真有一条。"刘登荣说着起身把嘴贴在赵杰魁耳朵上嘟囔半响。一边说，一边还像哄娃一样，一只手在他肥滚滚的脊背上拍拍打打。

刘登荣不愧是哄人的高手，赵杰魁哪里是他的对手。二人如此这般，异常亲热地大约经过十来分钟的窃窃私语，就见那赵杰魁的脸色渐渐由白变红，嘴角上居然开始浮现出一丝笑意。这神奇的变化，无论谁见了都不敢相信。等到刘登荣把话说完，赵杰魁突然激动地仰天大笑起来，还疯狂地抱住刘登荣的肩膀说："好啊，刘县长，这个主意太好了，咱将计就计、换汤不换药，一切按照你领导说的办。"随即照着门外拍拍手，喊道："丽丽，你们进来嘛。"

房门开处，丽丽走进来大眼睛瞅着二人。刘登荣眼前一亮。他一眼就看见少妇丽丽穿着一件粉红色的大开衩紧身旗袍，高高凸起的胸前绣着两朵大红牡丹花。这是赵杰魁上省城专意请人为丽丽量体设计的豪华款古典美人工作装，号称贵妃服。整个念奴娇温泉洗浴中心仅此一套。这套精致的服装，穿在身材高挑雪白丰满的丽丽身上，前凸后翘，性感十足。加之充分暴露了圆润修长的胳膊和雪白迷人的大腿，穿起来往贵客面前一站，简直光彩照人。仅此一人一款，出现在各种高端媒体及广告牌上，丽丽一时名声大振，致使她的松骨按摩出场费，一个钟竟高达千元。就这还得事前预约，不然休想一睹芳容。

刘登荣虽然并没喝酒，但是见了这位说不清哪里吸引人的妖而不艳的女人，他当下就陶醉了。"丽丽姑娘，听口音你像是咱华邑本地人？你真名叫啥？""嗯，我是安礼镇人。就叫丽丽嘛。""安礼哪个村？""孙家坡，紧挨同舟村。""哦，你村里可是全都姓孙呀！"丽丽一下红了脸，说："听我赵老板说，刘县长以前是咱安礼镇上书记。""咳，那都是老早的事。那时候，你还小。""嗯，我正上小学。"

丽丽和刘副县长说着话，心情放松下来。她麻利地脱鞋上了床，准备为客人按摩："刘老板，你趴下，我给你踩背。""踩背有啥好处？"刘登荣心不在焉地问，目不转睛地瞅着丽丽的脚。

丽丽没穿袜子。那脚不大，却是圆润光洁的，像她整个人一样，透出说不出缘由的异性魔力。刘登荣失态地瞅着，像是欣赏罕见的工艺品。那脚长得格外精巧，像外国油画上的美女赤脚。见过不少的女人，他还从未这样入迷地注意人家的脚。而这脚，给面前这个女人可是增色不少。一双天足，生得好也保护得好。指甲修剪得齐整且还染着诱人的玫瑰色。脚弓微微弯曲，脚背上竟然看不见暴起的筋脉，同面部皮肤的颜色一样红润。当丽丽发现这位客人如此大胆地注视自己的双脚，心里头不由得一阵紧张，随即赶紧把脚收缩回来。

"大美人，你脚长得真好看。"刘登荣大着胆子说，"用这脚给我们这些臭男人踩背，真委屈你了。"丽丽声音紧张得有些颤抖，说："中医上讲，踩背可以放松背部肌肉和筋络，把淤堵的血脉疏通，让人全身松弛，精神也就放松了。""啊哦，那么厉害？先不急，大美人，你也躺会儿，让脚歇一歇再踩行不行？"丽丽红着脸不再说话，显然是默许了。她一双大眼睛再也不敢与客人对视，而是下意识地看了看腕上的手表，很不自在地坐在了床边。刘登荣把身子往丽丽近前凑凑，即伸手在她后腰上轻轻抚摸着。丽丽的身子不由得朝远处挪挪，脸呼地红了。

屋里墙上的石英钟在嘀嗒跳走，时间过得很快。刘登荣不知啥时候，竟忍不住握住了丽丽的一只手。可惜那手可不像脚那样细腻光滑，由于劳作而显得粗糙。他的另一只手，仍然紧紧搂着人家性感十足的腰，并且还轻轻地滑动在腰与臀部的凹槽之间。这时候的刘登荣，想入非非地失去了理智。

"大美人，我想死你了！"刘登荣嘴里竟然嘟囔出这么一句，当即不无粗野地把嘴凑近丽丽的红唇……丽丽不再言声，一双漂亮的大眼睛骨碌骨碌望着天花板上的吊灯。慌乱中，她感觉有一只男人的大手伸过来，贪婪地摸着自己。从双脚到小腿……于是她浑身都感到像蛇在爬，冷飕飕起了一身鸡皮疙瘩。

摸到最后，刘登荣终于兽性发作。"我想死你了！丽丽……"随即张开手臂，疯狂得就像一只好久没进食的饿狼……丽丽心惊肉跳，她想大喊却又不敢。突然，一股令她呼吸困难的浓烈呛人的烟草与口臭混合气味袭来，使得她终于失去了最后一点忍耐力。丽丽努力地想要把身子由那疯狂拥抱中挣脱，对方却搂得更紧。丽丽猛然看见赵杰魁站在自己面前……随即尖叫一声。刘登荣一愣，就像是机器人断了电，双手机械地护在脸上。

"丽丽，对不起，实在对不起你。刚才是我失态……"他声音沙哑、细小如丝。丽丽脸色苍白地捂着被撕破了的旗袍衣领，躲在墙角里瞪眼发呆。眼前除了刘登荣，并没有别人在场。可怜的女人，她这才意识到关键时刻看见赵杰魁的出现……那只是自己一时神志恍惚产生的幻觉。

四

省内外媒体热议似乎已经平息。正当人们的生活开始转入平静，突然又发生了一件全县瞩目的大事。华邑县召开人大常委会全体会议，免去董得理县长职务，同时任命常青峰为县政府副县长、代县长。董县长为何突然被免职？取代他的常青峰又是何许人也？华邑县到底是怎么啦，不到政府换届就非要调换县长不可？坊间传说有多种版本，但传播最广的还是说将相不和，董得理遭了邱壑的暗算，云云。真是一波未平，一波又起。

"动不动就调换县长，这可不是啥好兆头呀！""对呀，董县长这人说话办事还算是稳当，又是咱本县人，为啥说换就换？""咳，换来换去，我看也是袍子倒小袄。""新来的县长听说其貌不扬，谢顶头、眯眯眼。看着无精打采，能担起这副重担子吗？""咱华邑这几年发展速度慢，我看不是天灾而是人祸呀。归根结底还是领头人不行。""对呀，来的走的都是飞鸽牌，镀金的能不想标新立异吗？""老领导，哎呀，你看得太准了。""可不是，你没看如今到处都在搞政绩工程。这一点我看咱华邑还落后了呢。""不落后能行吗？'吃饭财政'穷得叮当响，没钱咋搞？""我看这次人事突变，根子还在那上面派来的'眼镜书记'身上。弄事不行，整事能行。"

餐厅里、茶楼上，菜市场和早点铺子、炉齿面馆、水盆羊肉店里，晨练的十字路口广场、县体育场，人们交头接耳、窃窃私语，甚至大声议论。这些从前县里的"政治精英"，眼下虽然退休了，但一个个脑子灵光，议论起政事来一副料事如神的架势。

阳光明媚的操场上，几个人围着一位银发雪髯的长者说话。人们并没有注意到，这几天附近多了个不起眼的陌生人。他身穿过于宽松的蓝色运动服，伸胳膊蹬腿有些滑稽地也在晨练。不过，他那低头眯眼的神情，一直在侧耳留心周围人们说话。他这里走走，那里站站，转动脖子活动颈椎，抬头挺胸舒展腰椎，其实是在观察周围环境。他还不时地从这个人圈圈走到那个人圈圈。这人表面上似乎对人们的议论并不很感兴趣，其实他一直在侧耳倾听。没有人知道这个陌生的晨练者，就是新来的县长常青峰。街谈巷议，说啥的都有。常青峰喜欢接触群众，让自己吹吹凉风、放进些阳光。

年轻的县委书记邱銎有一种习惯，就是每晚坚持上网一小时。人大会后，董得理歇菜，新县长常青峰正式上任。他想看看网民对此的反应。"网民们可不像你手下的党政干部，网民没有养成恭维和表扬领导的习惯。"看到难堪的评论和令人心跳脸红的跟帖，他就皱起眉头对自己说。"据说咱的眼镜邱书记喜好'一言堂'，年轻轻的还有些主观武断的家长作风……"邱銎最害怕看到这一类的评论。有人反映，董得理在背后就是这么说的呀。还说他是来华邑镀金的，说调走就调走。难怪不少部门领导见他老远就躲着走。他发现有个自称"百事通"的网民针对董得理下台评论说，"面对流言蜚语，邱銎书记实在忍无可忍，这才借机清除异己……"云云。听起来还真是煞有介事，他感到耳朵有些发烫，但是又不好回应。

不过这次人大会议，对邱銎而言也是一次涵养和城府的考验。近期种种不同寻常的表现，的确也给某些网上谣传提供了口实。县人大常委会是法定例会，通常每两月召开一次。以往都是驻会的人大副主任主持按期召开。因故提前或是推迟，都要提早在电视上公示安民。可是这一次时间太紧，老百姓，特别是那些退下来的老同志，都感到有些反常。

"各位常委，根据市委组织部提议，拟免去董得理同志华邑县人民政府县长职务，任命常青峰同志华邑县人民政府副县长、代县长。现将议题提交县人大常委会审议通过。"人大开会最讲究程序，兼任人大常委会主任的邱壑亲自主持会议，一字不漏地照本宣科。

董得理本人听到这个议题，当场脸色大变。尽管市委组织部事先来人已经正式找他谈过话，但他当时就傻了眼，表示坚决不能接受。尽管人家反复强调，这是组织决定，要无条件服从，但他还是耿耿于怀。固执己见的董得理执意认为，要是自己担任县长有什么别的不称职问题被免职，他没有意见。但如果说免职的原因仅仅是对同舟、武安群体斗殴事件和土地纠纷处理不当，以致引发大规模媒体事件，那坚决不能接受。

"为什么不叫直接责任人承担责任，而要拿旁人开刀？"邱壑对他当众提出的这个问题没有回答，也没有解释。

"为什么承担责任的就必须是我董得理？"董得理声音颤抖着又问道。会场鸦雀无声，没有人回答他的问题。"哎，邱壑同志，这究竟是怎么回事？你能不能给我一个光明磊落的解释？"董得理当众呐喊起来，情绪明显有些失控。

"我们接着开会。"邱壑却显得异常冷静，"各位常委，根据上级组织部门提议，拟免去董得理同志华邑县人民政府县长职务，任命常青峰同志华邑县人民政府副县长、代县长。现将议题提交县人大常委会全体常委审议通过。"他又重复一遍，随后开始介绍常青峰的简历。会议甚至没有分组讨论和酝酿候选人，大会现场征求意见，直接投票通过。

"什么追究领导责任，分明就是你邱壑借机会排除异己嘛！"董得理给自己的免职公开投了反对票。以往从没认真正视过这位空降书记的董得理，这才意识到这位姓邱的厉害。他仰头仔细打量起台上坐着的这个戴近视眼镜、留偏分头的年轻人。这位早先怎么看也不像个县委书记的人，突然变得不但像，而且在自己面前还显得格外成熟老练起来。怎么会是这样呢？为啥早前就没这种感觉？眼下感觉到了，可是已经迟了。一贯表面谦恭内心自负的董得理，隐约意识到自己犯了一个常识性的严重错误，即高估了自己而同时低估了对手。在他的认知里，县委书记和县长，并不是领导和被领导的关系，而是平起平坐的两个一把手。就像一条船上的船长和水手长，表面上船长官大，实际上谁也管不了谁的。二者理论上是相辅相成，其实是一对无法调和的博弈者，是客观存在的矛盾体。如果硬要在二者之间强调和谐，那就是冠冕堂皇的骗人鬼话。眼下的问题是，华邑这条大船上，无端遭受灭顶之灾的竟是他董得理。

令董得理百思不解的是，这个突如其来的议题，转眼之间毫无悬念地通过了。如此蹊跷的事情，审议中竟没有一个人提出异议。

"高票通过。"当天，投票结果一经宣布，邱銎即带头鼓掌，还说是热烈欢送董得理同志卸任离席。不料想董得理站起身没走几步，即两腿一软瘫倒在地。他被人用担架抬着离开会场，乘坐120直奔县人民医院急诊室抢救。一切都像是在演戏，每一个人都进入了角色。

第十章

一

深秋时节，黄河滩的空气格外清新。人走在其间，如同步入一个天然画廊。河流、湿地、苇塘、莲池和一望无际的高粱、苞谷，天空中飞翔的白鹭和大雁，水塘中的野鸭、鸳鸯鸟。水天一色、情景交融，令人流连忘返、物我两忘。

"嗯，你们这里真是太迷人了。假若你是一位艺术家，思绪会像一匹脱缰的野马一样自由驰骋，瞬间陷入诗意的陶醉。"马志远面对眼前景色大发感慨。说完，看看赵志强，又看看忽沛东、忽沛太、吴文情和文燕、段淑娴、李蓉蓉及身边的几位助手。他的眼神得到了热烈的响应。

"马局长三句话不离本行呀。"赵志强连连点头。他细细琢磨着马志远的话，不知为啥，耳边突然萦绕着乱弹爷文有才的老同州梆子。在他印象中，滩里的确是一片欢乐的热土。难怪人们在此劳作，时常会引吭高歌，甚至踏歌而舞。赵志强记得自己那性格原本忧郁的父亲在滩里劳动休歇时，也总喜欢哼哼几句梆子戏。他妈在一旁听得嘿嘿直乐。他和姐姐也被逗得笑个不停。就连县剧团下乡演出，也乐于在滩里搭野台子。滩里唱戏，只要开台锣鼓一响，周围各村人都会闻讯赶来。

"真的，我可不是随便说。"见赵志强和大伙沉默不语，马志远又说，"记得那还是上中央美院的时候，我一个人沿着黄河一直上溯到青海通天河流域。这次费时一年多的徒步考察和采风写生，成就了我的黄河流域多民族历史文化与生态写生画展。相比之下，咱同舟村乃至安礼镇和华邑县这一段更是人间仙境。你们看，在巍峨秦岭与逶迤中条山之间，这一带的黄河，如素装的天女飘然若仙。西岸高耸的土崖与古寨、肥沃平坦的百万亩平畴、生物多样性的生态湿地、碧波荡漾的浩渺湖泊与季节性呈现的淤积沙洲。所有的一切，处处都在增添着吸引游人陶醉的无穷魅力。"马志远说着停下来，痴痴地望着远处的黄河。

赵志强说："讲得太好了，马局长。"大伙儿也都等他继续讲下去。

马志远目光里透着遐想，接着说："咱华邑毗邻的同源县紧靠华山，我们在那里开发旅游的文化定位是'淩岳'。那么华邑这一段，咱们就以'览水'为主题吧。'览水'，可以在陆地上观澜，亦可以在渡船上看浪。可以遥望水天一色之大河壮美，亦可近品风吹涟漪与榭台夜月之幽妙诗境。"马志远说着，展开随身带来的一张设计草图，招呼大伙儿聚拢来看。这是那天他同赵志强彻夜畅谈的产物。两人都发现，彼此在许多方面不谋而合。

"作为一个画家，他有自己对自然风光独特的欣赏角度和艺术化的理解。那种敏感性与超常的想象力，是常人难以企及的。"这是赵志强在《同舟日记》里对马志远的描述。

"到了一个景点，你让游人看什么，这是十分重要的，这也是要通过你的想象力和创造思维，通过独一无二的规划设计来回答的课题。"马志远很专业地对身边的助手们，同时也是对赵志强他们几位说。"当然，你想叫人家看的东西，也不一定是绝无仅有的，但至少在某个方面是别处类似的景象所无法比拟的。换句话说，必须是人有我优。如何才能达到这样的效果？这正是我们在规划设计中所要寻找的亮点，即看点。"

这一刻，段淑娴和文燕亲热地手牵着手。她们目光甜蜜地交流过后，视线不约而同地透过面前的这片冬枣试验林，投向不远处的湿地湖泊上空。赵志强开始讲述她们和两只大鸟的动人故事。

"你们看，路路与丝丝。路路黑冠黑尾，落地行走挺拔矫健，是一只敢于搏击风雨的勇敢的雄鸟。丝丝生着一双美丽深情的圆眼睛，浑身羽毛雪白洁净，体格娇媚步态优雅，是只温柔的雌鸟。几年前，淑娴和文燕发现了它们的踪迹，便专门买了一架立式望远镜，安放在枣树林中的小木屋里悉心观察着它们的生活起居。同时也小心翼翼地暗中呵护着这一家老小平静的生活。在暴风雨来临的日子和青黄不接的春季，特别是严冬寒风呼啸的落雪日子，她们就会在水面放出投放食物的小筏子，帮助它们熬过灾难、战胜饥寒。久而久之，两只聪慧灵秀的鹭鸶也发现了她们的秘密，知道在那不远处的枣树林中有两位天使在友好地注视、守护着自己一家。于是每到繁衍的季节，它们领着雏鸟练习飞翔，都会特意绕到枣林的上空，欢乐地鸣叫以致谢意。这一对鹭鸶也由原先的候鸟，变成了扎根落户的常驻居民。有一年冬季特别冷，湿地和湖面全都结了冰。路路和丝丝领着五只雏鸟照例留在滩里过冬。文燕和段淑娴冒着大雪为它们投放食物，大鸟热情地叫着迎上来、依偎在她俩的怀中……"

马志远听着这个动人的"童话故事"，说："真的太感人了！可以根据这个真实的故事，创作一幕实景舞台剧，诗意地诠释人与自然和谐相处的动人故事……每天定时给游人演出。"

"这个创意太好了。"赵志强接过话题说，"剧中的人物，其实可以更多，实际情况也是这样。渐渐地，文燕与段淑娴爱鸟护鸟的故事，先是通过人们口口相传，此后又有新闻记者采访撰文在媒体上广为流传。两个人成了远近闻名的爱鸟人士。忽沛东和忽沛太还有同舟全村人逐渐也都参加到爱鸟、护鸟的行动中。乡亲小饭馆附设了爱鸟图书角，淑娴还在互联网上办起了同舟爱鸟网页。"

吴文倩听了大为感动，说："今后我也加入你们的队伍，我要把你们护鸟爱鸟的事迹写成童话故事，编进乡土教材。让孩子们从小就能够接受良好的生态文明教育，也加入到护鸟爱鸟的队伍中来，走进舞台剧中。"

马志远听得，顺着吴文倩的话题补充道："这里面有一个问题，就是要有感人的细节。"文燕说："有，比如路路，它对待爱情最是忠贞哩。"忽沛东听得脸呼地红了。文燕接着说："有一天，路路叼着一条扭动着身子的泥鳅，可那长长的腿脚还死死踩在水中。它平日一抓到鱼虾，就会飞奔回窝去喂小鸟的。可是这回没有。""这是什么意思？"吴文倩好奇地问。"人家那是在召唤分享哩。"段淑娴打趣地说。"召唤分享？"吴文倩更加好奇。"嗯，是召唤分享。"文燕说，"只见丝丝从远处飞奔而来，会意地向路路的脚下伸进嘴去，当即就叼出一只肥胖的鲫鱼。"几个人都听得拍手大笑起来。因为鹭鸶抓到一条鲫鱼其实很不容易。它们常常站在水中，一动不动等上老半天，才可能等到一条粗心大意的小鱼儿。

"啊哦，太有趣了。"吴文倩忘情地赞叹道，"原来那是路路在示意丝丝快来分享劳动成果。嗯，有意思。"吴文倩像在表演话剧："我们还可以再夸张浪漫一些，干脆让两只鹭鸶嘴里噙着食物相拥而舞蹈……""嗯，类似这样的情形，几乎每天都可以看到。"文燕说，"每次都令我们深受感动。"段淑娴说："我们已经细心地观察好几年，被它们的爱情故事深深地打动。"她的这句话，听起来平平淡淡，却犹如画龙点睛，引发每个人都陷入了沉思。

一只鹰在高空悠然盘旋。那群大家熟悉的鹭鸶，在沼泽与湖泊间低空飞翔。默默无语中，每个人都奇妙地感觉自己也化作一只大鸟，融入了眼前的景色之中，成为美丽和谐的一部分。

二

早晨，金色的太阳由黄河以东的水面悄然升腾起来。那极目所见的乳白泛着金红的层层雾气如同翻滚的浪潮，正从静静的河面上漫溢过来。不远处的草地上，几匹成年的马散漫地带着小马驹在悠闲地低头啃着牧草。这是一片不久前刚刚收割过苜蓿的辽阔滩地。经过一场透雨，新草整齐的叶片透着鹅黄色的鲜活生机萌发出来。浓密的草芽，在马儿硕大的口中被咀嚼着，化为浓浓的汁液。快乐惬意的马儿不停地上下或左右甩动着粗壮低垂的尾巴，偶尔还打个响鼻儿。听着马匹安详地啃食青草的声音，牧马人忽经昌心里舒坦多了。瞧，更加喜人的是，刚刚出生不久的三匹小马驹，个个活泼可爱。它们好奇地丢开母马的乳头，也学着妈妈啃吃嫩草。嫩苜蓿的丰富营养，将会填补马奶子的不足。这样会使得小马驹长得更快，发育得更加结实。忽经昌惬意地想，不由得睁开眼睛，瞭了一眼远处寻着挖野菜的儿子忽晓刚。另一件令他欣慰的事情是，辍学的晓刚已经复学。这事他感谢新任主任赵志强，但是村里对他这困难重重的养马专业户，却还没有实质性的帮助。如今又添了三张嘴，唉，这今后的日子该怎么过呢？

　　一匹生着白脑心儿的淘气马驹吃着草，慢慢走到了放马人身边。傻乎乎的小家伙竟舔着主人的扁平鼻子，显然是当成了母马的奶头儿。仰面平躺在草地上看书的忽经昌强忍着鼻头的痒痒："啊哦，不敢咬嘛，我的小祖宗！"他嘴里唠叨着，仍然一动不动。显然是他的身上，带着母马的气息。不远处传来母马的轻声召唤，白脑心儿把头一摆，扫兴地撒个欢儿跑开了。

　　身材高大结实的忽经昌，仰面躺在有些返潮的草地上，嘴里慢慢地嚼着苦中透甜的苜蓿芽。"都快十月了，天气还这么暖和，滩里的草地仍是绿的。"他盘算着冬天的来临和下雪之后，牲口越冬的饲草问题。

　　忽经昌五十出头了，穿着几天前才被老伴强行扒下浆洗过的紫色蒙古袍。袍子的袖口和肩头补着几块显眼的补丁。那顶棕色旧毡帽，眼下盖着他的上半个脸。一只牛虻飞来，在他头上嘤嗡着。忽经昌厌恶地抬手狠狠拍了下去，赶走了牛虻。一阵凉风吹来，他干脆拿开帽子，亮出细眯的大眼睛和两道浓黑的眉毛。当他皱眉或咧嘴嬉笑时，儿时的那股顽皮影子顿时呈现出来。

忽经昌的老爷忽子辰，据说长得同他很像。每年春季，老爷子都要穿上蒙古袍出发，把漠北老家的小马驹买了在当地草场上放养大。秋天雨季来临前再赶回华邑，把马卖给拴轿车和套马车的富裕人家。上世纪三四十年代，东府这一带农村，马车还是主要运输工具。以后解放了，牲口入社合槽，全村人都盯着他家的马群。他老爷很不情愿地牵着马匹入了社，从此就给生产队喂牲口养马。马是集体的主要财产和生产工具，喂养得好不好那可是大事。同舟村忽家巷的父子饲养员，很快成了全县有名的模范人物。县委书记、县长下乡，都要绕道来看望模范饲养员忽子辰父子。可是到了忽经昌他爸手里，村里有了拖拉机，就把大车卖了，马就失业了。马难养、胃口又大，干农活还不得手。渐渐地，一匹马换一头牛或两头驴都没人要。于是村里的八匹马，就只好低价处理给了马夫忽家。那时忽经昌还是个碎娃，早晚背着书包在同舟村小学念书。他每天放学回到家，都看见父亲垂头丧气地蹴在砖台上抽烟。那年父亲病重，临终给他留下的一句话总在耳旁响起："儿呀，不管多难怅，你都得把马喂好。养马守业，就算是守住了咱蒙古族人的族根。"

"这养马守业可不是一句话的事情！"忽经昌一怔……他发现有人说着话正朝着这边走来。几个人走着，草茬在脚下发出有节奏的声响。

马志远一看到草地上吃草的马匹，眼睛就骤然发亮。那马见了生人，并没有多大的反应，只是仰头警惕地抖动抖动耳朵和颈项上的鬃毛，随即低头继续咀嚼草芽。三匹可爱的小马驹，警觉地撒蹄儿跑开了。随后站在不远处，好奇地望着这边。忽经昌一动不动地躺着。阳光投过来客的影子，他好奇地眯缝起眼睛打量着这四男四女。

"经昌叔，放马哩？"忽经昌听出是户家侄子忽沛东。娃走到他叔近前，怯怯地问道。忽经昌假装没有听见，他是村里有名的耿直人。赵志强走过去蹲下身子说："经昌舅，你快醒醒，咱县上文旅局马局长看你来了。"忽经昌还是一动没动，自从那天在会场上他被张民警强行带离，他就再也没有心思开口说话了。他对大大小小的官员感到绝望，感觉同他们说话就像对牛弹琴。

"唉，忽经昌同志，你的故事我都听赵主任介绍啦，知道你是同舟正能量的代表，你养马的技术了不得，目前就是经费有些困难。"马志远蹲下身子诚恳地说。"能彻底解决我的经费困难问题吗？"忽经昌憋不住了，突然坐起身来直接问。赵志强认真地说："经昌舅，马局长的确能给咱解决问题。将来咱村综合旅游开发搞起来，你这些马就都成了宝贝，兴许还不够用呢。""人家旅游和我养马，这，有关系吗？"忽经昌怀疑地看着马局长问，伸手抹了抹嘴角的青草汁液。"有关系，关系太密切了！"马志远一下来了劲儿，"我刚才一眼就看出来了，你这几匹马可是非同寻常。这样的马，如今别说咱华邑县，就是在东府各县，甚至全省都是难得一见的。"忽经昌听得，原本眯缝的眼睛开始瞪圆了。

"经昌舅，还有一点，也是更重要的，"赵志强说，"咱们同舟还是个民族村。到时候全国各地、全世界的游客，谁不愿意在这中国内地的黄河之滨、华山脚下亲身体验体验咱蒙古族人的生活习俗？""对呀！"马志远兴奋地一拍大腿说，"我咋就没想到这一层？""对呀，马局长，我咋也没想到呢？"忽经昌兴奋地站起身说，伸手直挠头皮，说，"哎呀，我的老天爷，大清早的果真遇到贵人了！"

忽经昌惊异地眨巴着大眼睛，看看赵志强和马志远，又怀疑地瞅瞅面前的各位："你该不是真拿你叔逗乐子吧？"忽沛东一脸认真地说："经昌叔，你放心，开发乡村旅游，这是大势所趋。""就是的，经昌叔，再说赵志强当了主任，咱的好日子不会太远啦。"忽沛太也附和道。忽经昌点头说："啊哦，要真是这样，那就太好了！我当初为你这乡贤回乡牵马坠镫也没白忙活。"赵志强嘿嘿一笑，认真地说："嗯，我记着经昌舅这话。到时候，咱村就成立个养马协会，经昌舅把会长当上。咱祖传的养马业不但要继承还要发展，还得成为全村经济的一根台柱子呢。""台柱子？有这么当紧？"忽经昌明显兴奋起来。"哈哈哈，就这么当紧。"马志远说着，走到那匹皮毛如同黑缎子的公马近前。"哎呀，领导小心……"忽经昌急忙上前提醒，"当心，快躲开。这黑旋风脾气大着呢！马它欺生。"众人听得，都忍不住哧哧直笑。几位女生不禁红着脸低下了头。马志远凑上前去以行家的口气唠叨道："你说它叫啥，'黑旋风'？就是你骑着制止械斗的那匹马？"忽经昌自豪地点点头。"哎呀，你瞧这腰多长、腿多壮。"马志远语气温和地说着伸手捋捋公马浓黑的鬃毛，又用手指轻轻挠挠马脖子。那马先是惊异，随即乖乖仰起头，深水潭一样的眼睛瞪大了瞅着马志远。忽经昌惊奇地问："哎呀马局长，这马认识你呀。"马志远半开玩笑地说："嗯，上辈子应该是一家子。我这不也姓马嘛。"众人嘿嘿地笑。"马局长，你讲的是真的吗？"吴文倩认真地问。众人又都笑了。李蓉蓉对吴文倩小声说："人家逗你玩呢。""好感都是相对的嘛，人与人和人与马一样。你瞧这马的眼神，就像一潭净水，比我们人的眼睛干净得多。更像是一面镜子，最能分辨出善恶美丑。""马局长，你讲得没错。这些马，之所以不愿意离开我经昌叔，就是看出了他是个好人。"忽沛东说。赵志强问："经昌舅，你能不能给咱马局长和吴老师他们表演一下忽家祖传的骑马术？""对呀，我们好些年都没看到你表演了。"忽沛太和忽沛东也附和道。忽经昌看看马志远为难地一笑说："唉，废了，骑术早就废了。我也是多时不骑，腰腿不得劲了。"马志远忙说："这样吧，忽经昌同志，我陪你骑一程咋样？""好啊！"众人都拍手赞同。

忽经昌为难地看了看远处的黄河，又瞅瞅两匹公马，一时面有难色。赵志强说："经昌舅，你看这儿到黄河边有多远？""我看来回也就十来里路吧，就怕常不跑路的饱食子马受不了。"马志远肯定地说："正因为常不跑路的马才要路长些。开始慢跑逐渐放开来。"他说着从衣兜里掏出钱夹子，取出五百元人民币说："赵主任，这钱你先拿着。我要是输了，钱就奖给你。不然，就算我资助大伙儿的午餐。"忽经昌听得脸一红，急忙摆手说："哎，那可不行。你要掏钱，我就真不骑了。"马志远听得一愣。赵志强忙圆场说："经昌舅，这可不是钱的事，马局长这是在给咱立新规矩哩。"

说话间，马志远已经麻利地翻身跃上黑旋风的背上。忽经昌不敢迟疑，当即也翻身骑上那匹驮着赵志强回村的名叫火焰驹的红马。那马当下也来了精神。"好啊——"随着赵志强啪啪一拍手,如同发令的枪响,两个骑手一同挥臂催马跑出去。转眼之间就像两团难分难解的烟与火,迎着晨风朝远方奔腾而去。

三

耳旁风声呼呼,如同马蹄在擂鼓。眼前银光闪烁,好似远方在召唤。当马志远骑着黑旋风朝着黄河岸边飞驰的那一刻,他就像是一下子冲开了牢牢束缚着自己的无形羁绊。策马飞奔中,他发现忽经昌始终把火焰驹控制在黑旋风的侧后。马志远痛快淋漓地做着深呼吸,感觉自己一下子由那令人厌恶的"官牢"气息中解脱了。对他而言,除了写生作画,人生难得有这样的陶醉时刻。骑马飞奔,点燃了忽经昌压抑了许久的蒙古族人血统的豪放激情。他突然想起了自己的老爷、爷爷和父亲,想到曲折漫长却值得荣耀的牧马家族史。想到最后,马夫突然感到心中一阵酸楚,急忙伏下身子,让左边和右边的脸,交替紧贴在火焰驹柔软的红鬃毛上。马蹄飞奔如同旋转的撞针,在大地巨大的唱片上纵情跳跃。微风、流云、时空与情绪在飞驰跳跃中撞击出动人的音符,与骑手心跳敲击出的节拍交相呼应,融合出长调与马头琴的独特悠扬的旋律……马志远在马背上陶醉,他瞬间感受到了那久违的艺术家自由生活的旋律。忽经昌很快忘记了自己的现实处境,而融入盼望已久的骑行梦境……二人策马返回的途中,忽经昌兴奋地唱起了久违的蒙古长调,一首回肠荡气的古老的牧歌,马志远听得如醉如痴。直到返回到起跑点,他仍然心潮起伏、陶醉不已。他深深感到只有骑在马背上,才能体会到那长调的悠扬与牧歌的美妙:

马儿呀奔驰在蓝天下,
我的心飞向那漠北远方。
毡房里有个爱笑的姑娘,

我在那篝火旁为你歌唱。
哎哟哎哟长生天在上,
羊羔羔肉呀好嫩好嫩,
奶茶熟米呀好甜好香……

当他们翻身下马的那一刻,忽经昌和马志远,就已经成了忘年的好兄弟。要分别了,两人紧握着对方的手,目光凝重地相望,久久不愿松开。

突然又传来一阵歌声,是由西北方向的忽家寨子上传来的。

马志远精神为之一振,他痴迷地把双手张在耳轮上仔细倾听。

"马局长,听出什么门道了没?"文燕大胆地问,看看赵志强。

"对呀,听出啥门道啦?"忽沛东和忽沛太也忍不住笑着问。

马志远这才回过神来,看看大伙儿兴奋地说:"我敢说刚才听到的咱这歌声,是地球人都会伸大拇指的。"

"歌声?哈哈哈,这是一位盲人老汉,我乱弹叔和他徒弟在吊嗓子哩。"忽沛太漫不经心地说。马志远一听急了:"'盲人老汉'?我告诉你,这是咱华邑县乃至东府地区的帕瓦罗蒂!我得赶紧会会这位高人。"

太阳冒花时,一群人兴致勃勃登上了忽家寨子。

"大家喝茶、尝尝点心,边吃边谈。"一下子来了这么多客人,齐先生喜出望外。这时门外传来朗然的说话声:"齐先生,我这就下山了。"说话的人正是文有才老汉。人们的目光全都聚焦在乱弹爷的脸上。

"文先生,能不能唱一段原汁原味的华邑老腔,我们可是慕名而来呀。"马志远恳切地请求道。"好啊,想听老腔?"老人家欣喜地仰起头,毫不推辞地亮开嗓门吼了几句。那豪放的气势,就像黄河壶口瀑布一般翻江倒海。转瞬之间,歌声又变得低沉婉约,如泣如诉。一阵欢呼与掌声过后,书屋的气氛更加活跃起来。"好,够味,真够味!这华邑老腔,真是名不虚传。唱的人不少,但是效果可不一样。名家一开口,就是不一样。"马志远不由自主地感慨道,"哎,赵主任,咱们下一步如何配合旅游包装、推广文老先生独树一帜的华邑老腔？""马局长这个问题提得好。不过，这得征求文老先生意见，看我表叔下一步有啥打算。他老人家本来就是老腔非遗传承人嘛。"文有才说："下一步嘛，我想办一座戏校，培养接班人。""对，我师父说得对，我们就想办一所戏校。"徒弟文祥态度坚决地附和道。人们眼前豁然发亮，原来他们的想法已经酝酿多时，可谓成竹在胸了。

"办戏校好呀！这是功德无量之举。"马志远说。大家热烈鼓掌。赵志强看看马志远局长，说："嗯，这个想法很实际呀，就是开办资金恐怕还得靠引进。"马志远想了想，一拍大腿说："赵主任，资金我们局里来想办法，村里负责给咱组织实施。"赵志强说："地址就放在咱同舟村，如何？"马志远说："这是必需的。"赵志强说："那就一言为定，首任戏校校长非我有才表叔莫属。""好呀！"齐先生带头鼓掌，激动地说，"到时候，咱们文海书院向戏校的师生长期免费开放。"大伙又是一阵热烈鼓起掌来。

随即，齐清海先生郑重邀请马局长一行参观文海书院。寨子上原有的老屋和后来新盖的八间宽大敞亮的书库，全都顶天立地矗立着一排排装满各类书籍的书架。人走在其间，如同在书山间跋涉，在书海中徜徉。

"'文海书院'，这个名称颇有内涵。"赵志强如数家珍地介绍道，"'文海'，显然是借用我同舟村先人老泰山段文海的名字，是六百年前同舟村起根发苗、忽氏家风家训开宗奠基的不朽人物。当今我国著名历史地理学家齐清海教授安家古寨，创办书院起名'文海'，表明对古人的敬重之意。我的理解，除此之外还有一层意思，即'文化振兴'与'清海捐书'。书院白手起家，困难重重。桃李满天下的齐先生，五度春秋，四处化缘，不辞辛劳、废寝忘食，可真正是无怨无悔、无私奉献。他老人家把自己一生阅读遴选并精心珍藏的一万余册图书全部捐献给了足以辐射滋养周围数十座村镇，乃至全县的文海书院，堪称万众敬仰、功德无量。此举不仅点燃激活了我们同舟村的文化根脉，更为乡村文化复兴打造了一个充满活力的样板间呀。"

赵志强说完，众人禁不住又是一阵热烈掌声。马志远望着书架上大量成套、成系列的品相极佳的善本和古今中外名著，惊叹不已地说："哎呀，意外收获，意外收获！今天真是大开眼界呀。哎，我说赵主任，你们同舟村，可真是一方风水宝地，处处都藏龙卧虎呀。没想到这古寨顶端，还有如此罕见的一座知识的宝库呀。说起来，齐教授您更是一位奇妙之人，了不起的乡贤大儒呀。听志强说您老人家也是本省人氏。眼下选择来到华邑，也就是回到了自己故乡。""那是，那是。"齐先生连连点头说，"好呀，我这个书院院长也同赵志强博士一样，属于乡贤回乡。不过我得在这里补充几句，不瞒大伙说，我自从认识赵志强近两年以来，我们早前默默无闻的文海书院，就像生出了兴旺发达的翅膀，一下子就声名远播了。你们恐怕也都知道，赵博士的影响力和社会人脉，就成了文海书院的有力援手。我时常讲，赵志强博士可是我们实际上的执行院长。今天我正式宣布，在赵主任的召唤下，我们文海书院的藏书，已经突破了两万册。"

赵志强说："我只是借花献佛、移花接木而已。书院发展的内在动力，还与齐先生的高尚人格和在学术界的巨大影响力密不可分。"

四

"世间有些事情道理本是明显的，却又无法用语言表达。因此人们就说：只能意会，不可言传。"刘登荣苦笑着自己对自己说。

此刻，他呆坐在办公桌前，脑子里还想着这几天接连发生的事情。就像回味一场又一场表面看并不惨烈的博弈。如此想来，他突然发现自己是一叶扁舟，漂泊在发了大水的黄河风浪之中……下一步的命运很难说得清。浑浊的河水日夜奔腾，汹涌的浪涛永不停息。沉没或重新浮起，谁也抗不过天意。董得理沉没了，竟然当众昏倒……那日，刘登荣感觉躺在担架上的人幸亏不是自己。他近来总是一个人坐着发呆，满脑子胡思乱想。县长换了人，可是没有叫他这常务副县长上位，这说明什么呢？他起初心里大为失落，也憋闷得难受。接下来一连好几天，他都希望心中能透进一缕阳光，驱散厚重的阴霾。官场上当副县长的，谁不梦想当县长？可是一辈子能有机会当到副县长的，又有多少人呢？发生了那么大的事故，你你这个常务副县长还能够保得住位子已经是万幸了。刘登荣千方百计地安慰着自己，这也是他的一项本事。就是能够出来进去地想问题，衡量人生的得与失。

大清早，政府机关已经上班。刘登荣赶紧用凉水拍拍眼窝，以防因缺觉而造成的眼泡浮肿、眼圈发黑。他仔细地拍打完眼睛，又刮了胡子，然后开始仔细梳理头发。这是每天早晨的重要功课。近来睡眠严重不足，头发掉得厉害，"落英缤纷"，眼瞅头顶上的脑皮就露出来了。他先是用牛角梳子干梳，然后蘸着啫喱水湿梳，最后再喷上发乳固定发型。做着这些程序性琐事，他一直都在照镜子。瞅着里面那张明显憔悴的脸，连连叹气不止。那眼角嘴边刀刻般的皱纹和明显加大的眼袋，令他感到沮丧。岁月无情呀！留下的印记胜似刀刻。好在经他使劲一拍，眼泡不显得肿了，眼白上的红血丝儿，也已基本消失。这是蘸着冷水拍打眼球的奇效，是他摸索出的一条保健小窍门。医生说要当心视网膜震掉，他却一直坚持不懈。要是不坚持拍打，那大眼袋还不知有多严重哩。他坚信循序渐进的力量，这是他的人生哲学。在日常生活中照顾好自己，他是个有心之人。一路走来，他总结和吸收了不少类似的生活小窍门，可是却没有积累下解决人生大难题的大智慧。他随之一阵悲伤，感到自己是个失败者。小窍门与大智慧，这毕竟是有区别的呀。唉，无论是大小事情，道理往往简单，实行却很困难。有些想明白的事情，要做到却难如登天。更有些事情，理论上清醒，实际还是糊涂的。他深深地叹口气，使劲拍了拍有些发昏的脑门子，希望头脑能清醒起来。几乎整夜没有睡着，张口就是一连串的哈欠。刘登荣赶紧动手沏一杯浓茶，慢慢地靠在沙发上喝着。都九点多钟了，还没人敲门。看来这一个上午，又是门可罗雀了。他真服了，周围这些政治嗅觉比猫还灵的大小政客。

外面楼道里脚步杂沓，人来人往照常十分热闹。刘登荣却感觉自己的处境就如同这办公室内的气氛,冷冷清清不胜凄凉。这是他从前最害怕看到的,可是此刻倒觉难得清净。门庭冷落怎么了？冷落正好安静下来想点事情。可是想什么呢？他感觉脑子里一团糟,就像一间折了梁柱的屋子,再也挺不起脊梁了。他呆坐无语,不光打不起精神,也找不到任何感兴趣的事由。人生的乐趣就像一群势利又胆小的麻雀,一把米可以吸引来一群,一串鞭炮燃放即刻统统消失。什么黄河滩打猎？温泉泡澡？异性按摩？通宵达旦搓麻、打牌扎金花？畅饮美酒？同过命的亲信密谋策划点利己不损人或是损人但利己的事情？甚至公款出国游玩……这些早先一想起就心动的美事儿,眼下连想都不愿意想了。他无意间伸手摸摸自己脸颊,右侧的脸颊还有些滑腻腻的不适。随即苦笑着摇头,记起了那晚糊里糊涂被美人丽丽慌乱中扇一巴掌的情形。嘿嘿,那女人真有意思。也许她打了人自己还不知晓呢。"我干什么了？老板,我,没把你怎么样吧？"想到丽丽,他这才仿佛找到了一点感觉,一种生存欲望的冲动。对呀,该想想今后的路,究竟该怎么走。而今董得理出局了,常青峰来了,也没什么呀。华邑这盘棋,还得继续往下走呀。残局摆在面前,楚河汉界,不分胜负。眼下人家已经走过,轮到你走了。动哪一颗子儿呢？安放到哪里合适？他一时举棋不定。对呀,动哪一颗棋子合适呢？安放在哪里恰当？他突然想到,可不可动动闲子？"闲子"这两个字,下象棋的术语。如今本是当官,怎么就想到它呢？刘登荣警觉地追问自己,不由得打个寒噤。他年轻时特别痴迷下棋,走到哪里挎包里都背一副象棋。夜里睡在被窝,手还在肚皮上划拉,嘴里嘟囔着棋谱,自己和自己下盲棋。有时还会吵架,一个人同时扮演楚汉两边。两位棋手在他脑子里吵得不可开交。这同当官的明争暗斗有啥区别！好啊,举棋不定是不是？可以动一颗闲子。哪颗是闲子呢？就是无关紧要的那颗呀。不走也行,走一下无关大局的那颗就是,最好是个无名小卒子。于是,刘登荣想到了同舟村主任赵志强,对你刘登荣来讲,这小子不就是一颗无关紧要的闲子吗？这娃人品不错,目前所处位置影响也不小。此刻可以让他出现一下,也正好试试邱壑、常青峰他们的心思和意图。

于是，刘登荣拿起手机，拨通了赵志强的电话。约他尽快到县上来一趟，一同见下新来的县长常青峰，汇报同舟村的工作。打完了电话，刘登荣心里掂量着，此举可谓是一举多得呀。赵志强当然乐意，他常青峰也不会不高兴吧。让县长一上任，就明显感到自己这个常务是在向他积极靠拢。顺手把解决不了的困难推出去，同时把新县长引入矛盾的旋涡之中。叫他初来乍到，就得面临基层没完没了的实际困难和问题困扰。对呀，你以为一个吃饭财政县的县长就那么好当？哈哈哈，让赵志强头一次同他见面就伸手在鸡屁股底下掏蛋……如此想着，刘副县长心中竟然得意起来。瞬间转移视线解脱烦恼，这是他刘登荣的一贯长项。眼下此举，给他带来了很难出现的好心情。

接到刘副县长这个电话，赵志强感到有些意外。他并没有想到自己只是作为一颗"闲子"被人走一步"闲棋"。他一心想着村里急需办理的那几件事实在是需要县长支持。创办老年幸福院、村民图书阅览室，特别是恢复同舟村小学，这是他夜里做梦都想着的"三板斧"。机会既然找上门来了，那就不能轻易放过。于是赵志强怀着感激之情只身骑上电动三轮摩托快速赶往县城。

赵志强早就听说，这次县上人事变动后，刘登荣心里很不好受。县长下台，多年的常务副县长没能接替。这么安排，刘登荣脸上挂不住呀。眼下他莫名其妙约自己去见新县长，意图究竟何在？难道果真是出于对同舟村工作的关心和对年轻干部的支持吗？赵志强对此表示怀疑。从他老大人处理滩里群殴事件的态度，就已经看出了这位刘副县长可不那么简单。赵志强不愿意再往下想了，他不忍心把一个上级领导想得太那个，更不想介入县上领导之间难免存在的某些矛盾争端。"注意，一定要同现实拉开一定距离。"他暗暗提醒自己，"千万别忘了自己的学者身份。"可是另一个声音却说："说得轻巧，要是真拉开距离，那还能干事情吗？再说学者也不该是不食人间烟火的神仙呀。"可见在这个问题上，他的内心十分矛盾。

"赵志强同学，你下去可要注意，'不识庐山真面目，只缘身在此山中'呀。你到了基层可得始终牢记，得和自己的研究对象保持一定的距离才行。如果靠得太近了，就什么也看不清了，容易感情用事，甚至成为某种歪风邪气的俘虏。"这是临行时导师的谆谆教导。

可这保持"距离"，究竟应该是多远呢？他开始怀疑起导师的话来。心想这理论到了实际中，就好像小时候过年试新鞋，不是紧得扣不上，就是松得不沾脚。鞋不可脚往往是绝对的，因为碎娃的脚天天都在长。母亲此后有了经验，故意做得大，穿上慢慢就合适了。赵志强想到此，提醒自己要有耐心。努力一边摸索，一边总结经验。导师眼里一贯的好学生这"叛逆思维"，也许正是他回乡深入实际的第一个思想收获吧。"成长是需要付出代价的。"他深深感到自己以往掌握的书本知识，正在经受着实践的严苛检验。就目前来讲，摆在面前的当务之急，还不是如何摆布这"主任"与"学者"二者的关系，而是要考虑，这社会上普遍存在的所谓歪风邪气，哪些得坚决抵制，哪些尚可以适当妥协利用。难就难在把握分寸上。生活中的原则，可不像书本里讲得那样黑白分明呀。好人与坏人，包括"两面人"也往往不像影视剧中那样截然有别、一目了然。再说了，村里的不少事情等着办呢。说老实话，他眼下之所以急着进城，就是想尽快见到新来的常县长。他听马志远说常县长人很不错，说他这一来，华邑县发展大有希望了。但愿如此，他希望新县长给华邑政坛带来新气象。

第十一章

一

"喂,全村党员注意了,全村党员注意了,安礼镇党委要求明天晚上,召开咱同舟全体党员大会……"

赵志强刚刚听到文凯歌在高音喇叭上叫喊,当即就接到镇党委办马文书亲自打来的电话,叮嘱他务必参加明晚的会议。赵志强当然已经知道是啥事,但他心里还是泛起一阵涟漪。放下电话当即同吴文倩、李蓉蓉、段淑娴、文燕和沛东、沛太他们几位商量,把中秋节上忽家寨子同齐清海教授一道赏月叙谈的美好计划改为农历八月十六晚上。这也是文海书院一年一度的金秋图书汇活动,看来只能推迟进行了。也行,十五的月亮十六圆嘛。他提醒吴文倩和李蓉蓉,务必给县上的马志远局长和县图书馆馆长、文化馆馆长和文联主席等几位特邀客人解释清楚,表示歉意。

全村党员大会,照例在两委会议室召开。第二天,赵志强刚进门,就见老支书忽步康和镇上郭书记已经等在那里。老汉低着头狠劲地吸烟,脸色明显不大好看。一见面,镇上郭振峰书记就说:"志强来了,我们就开门见山说啦。"老支书忽步康在一旁连连点头说:"好,好。郭书记,你说。""赵志强同志,前几天我已经征求过你的意见。你听仔细了。今天我这是代表咱安礼镇党委给你正式通知。鉴于同舟村党支部书记忽步康同志年龄已超,当然别的话咱就不说了……"

"唉,就是。的确,就是年龄超了,也该给年轻人让位了。"忽步康急忙插话,明显是在努力地掩饰什么,也是在积极配合郭书记,但却难掩心中的不快。

"那天,征求过你的意见,镇党委最后研究决定,还是由你赵志强同志接替忽步康同志,担任咱同舟村党支部书记兼村委会主任。看你还有什么别的意见?"

赵志强听得,心里感到一阵不安。屋里静得令人心急。

"郭书记,我还是那个意见,先一心一意继续当村主任吧……许多事情,我们还离不开老支书的带领。""哎呀志强,你就不要再说这话啦。"忽步康拍拍他肩膀说。郭振峰也说:"对,赵志强,不要再推辞了,年轻人要勇挑重担嘛。再说有你的老支书与全村党员和群众撑腰,你还怕啥。"郭振峰说着看了看手表。

"这……怎么说呢?郭书记,太快了,太突然了,我还是感到心里没底。"赵志强说的是心里话。一副千斤重担摆在面前,他有些望而却步。

"咋,这会儿还风平浪静,你就晕开船了。不应该呀!"

赵志强听得一怔,心想老支书该不是有特异功能,看得穿人心?郭振峰书记听得笑道:"哈哈哈,这正是给你经风见雨的机会呀,锻炼一时就习惯了。我也就是在你这个年龄,就扛起了重担子。忽步康同志,你说是不是?""可不就是,记得郭书记刚担任咱安礼镇书记,也不过三十出头。我担任村支书的时候,也还不到三十岁。志强你文化比我高、见识比我广,加之镇上和县里领导都很支持,你还怕啥?"

话说得没错呀,事实也就是这样。赵志强觉得自己不好再说什么,可是心里还是不能接受这个现实。同舟村书记兼主任,谈何容易!赵志强暗暗提醒自己,感觉头有些发昏,面对一个旋转着的万花筒……现实矛盾纷繁芜杂,一时难以理出头绪。"哎呀郭书记,能不能请我们老书记再担任一段时间支书,好好地带带我,让我也有个思想准备嘛。"

"赵志强同志,我这是通知你,可不是征求你意见。"郭书记提高嗓门,认真地说。"说心里话,郭书记,"赵志强赶忙说,"我,我还是希望组织上选个村里辈分高的人,好给咱掌舵。""咳,不要再说了!这是镇党委集体研究决定的,我咋能擅自改变?再说事先也征求了你老支书和支委们的意见。怎么样?开会选举之前,你得明确表个态嘛。"

"对,驾上这辕上坡,咱无论如何不能往后退,咱得往前攻呀!谁叫你是同舟村人,是咱忽家的亲外甥!"忽步康这阵儿明显缓过劲来了,老汉风趣地说。赵志强听得心里一热,正不知如何是好,就见镇上马文书推门进来说:"郭书记,开会时间到了。"郭振峰站起身说:"那好,就这么定了。忽步康同志,还是你给咱主持会,站好最后一班岗嘛。"

党内选举毫无悬念。全村五十三名党员到会五十三人,连忽子壬和忽子亥二老都被家人陪着来了。赵志强接替忽步康担任同舟村党支部书记,全体一致举手通过。当热烈的掌声响起的时候,上了岁数的人们这才突然意识到光阴似箭、岁月不饶人呀。人们记忆犹新,当年忽步康上台的时候差不多就是这个年龄。英俊潇洒、血气方刚的一个小伙子,如今皱纹满脸、腰也弯腿也圈了。

接下来是镇上郭书记讲话,重点是充分肯定忽步康多年来的工作。随后是忽步康发表卸任演说。精明的乡村农民政治家、老汉一改平日的长篇大论,三言两语,却说得大伙儿鼻子直发酸。最后轮到赵志强表态发言,此前他一直都沉默无语。当大伙儿鼓完掌,全场静下来时,赵志强竟不知道自己该说什么。年轻人的确精神准备不足呀,脑子里只剩下老支书忽步康那几句暖心激励的话。他回味着,几乎是自言自语地大声对自己说:

"对,赵志强同志,全票通过。大伙儿的心思也就是这话!你驾上这辕上坡,咱无论如何不能往后退,咱得往前攻呀。谁叫你是咱同舟村人,是咱忽家的亲外甥?"

"说得好!""就是这话嘛。"

"我看这娃能行!"

众人说着掌声雷动。赵志强的心中突然升腾起一股热流,很快暖遍全身。他抬眼看看眼前那一张张熟悉而热情的面孔,突然间感到自己是和许多正直善良的人手挽着手站在一起的,当下再也不感觉孤单了。

二

黎明时分,疯爷忽仰正头上戴顶草帽、背上披着麻袋片儿埋头扫地。不久前捡来的小黄狗妞妞照例紧跟身后,一同迎着太阳将要升起的方向。天还黑乎乎的,头顶闪烁着几颗稀疏的星辰。寒风沿着黄河古道从漠北草原和黄土高原一路吹来,借着开阔的渭北原野涌上岸边,驱散了浓浓的夜雾。整个同舟村,显然还在沉睡,村民们都还沉浸在香甜的梦中。

突然之间,不远处传来一声昂奋的鸡叫。随即远处近处的村子里,同样昂奋的鸡叫声如同竞赛,此起彼伏。自此,村巷里开始有了动静。悄然变化中的村子早早地醒来了,新的一天就这样悄然降临。

"嘿嘿嘿,人都懒成蛇了!"疯爷忽仰正突然住了声,甚至停了手中的扫把。原来他是意外听到一种奇怪的声音:不远处有人哗哗扫地的声音。疯爷惊异地抹下草帽,抬头仔细朝西头张望。他发现十字街口老槐树底下有一群黑影子在晃动。哗哗扫地的声音,正是从那里传来。疯爷照旧机械地扫着地,心中可再也平静不下来。不大工夫,天已大亮。东方天际透出殷红的云霞,就像一幅水彩图画一样迷人。小狗妞妞显然对光和色彩十分敏感,它像碎娃一样用后爪站立起来,欣喜地晃动着一双前爪儿。"汪汪汪⋯⋯"它朝着那绚丽的朝霞兴奋地叫着,又转身朝疯爷和远处老槐树底下的人群叫着。这举止吸引了疯爷的注意,老汉再次直起腰来,望着那太阳将要升起的地方和老槐树下清晰可辨的打扫卫生的人群，嘴里兴奋地嘟囔着："嘿嘿嘿，太阳从西边出来了……"

"疯子舅？太阳明明在东边，你咋硬说从西边出来了？"赵能人扛着扫把从一群人中走出来，故意当众逗弄疯子老汉。老汉继续嘟囔，周围的人都跟着赵能人嘻嘻地笑，唯独赵志强眉头紧皱没有笑。今天逢五，是村里定的大扫除的日子。"每月逢五逢十大扫除"，这写进了新修订的村规民约。全村人都要出动扫街巷，成了制度。对呀，人可不能懒得像蛇呀。同舟村的变化，是从身边的小事情悄然开始的。人们眼中冥顽不灵的疯子，却敏感地留心到了这种变化。

太阳出来了，云霞瞬间散去。疯爷抬头看一眼光芒四射的太阳，嘴里还是那话："嘿嘿嘿，太阳从西边出来了……"赵能人越加轻薄。他冲动地看一眼自己身边穿着整洁、收拾得头光脸净的孙桂花，更加夸张地问道："疯子舅，你看这是谁嘛？"老汉抬头看一眼孙桂花，嘿嘿一笑说："你媳妇嘛！"一句话，逗得众人哈哈大笑。孙桂花脸上发热，一时尴尬地低头不知该说什么。赵能人欲盖弥彰地问："疯子舅，谁都知道你外甥我还打着光棍哩，你咋说这话。"疯爷说："嘿嘿嘿，你天不亮老从那人家街门出来嘛。"疯爷说毕，众人竟然都不笑了。孙桂花脸上挂不住，照着赵能人背上狠狠拍一巴掌，说："没事再甭瞎逗，这疯老汉满嘴胡说哩嘛。"赵能人马上附和道："对呀，疯子舅满嘴胡说哩，满嘴胡说哩！""是满嘴胡说吗？"人群里有人喊道，原来是光棍汉赵四。一句话像是点燃了一串鞭炮。孙桂花举起扫把追着小光棍就打，那边一个劲举手求饶。等到孙桂花住了手，赵四又浪气十足地唱道："哎呀咱俩的情，咱俩的爱，在纤绳上荡悠悠！"众人又被逗笑了，疯爷竟然也跟着嘿嘿地笑，从未见过的开心样子。赵能人和孙桂花先是一愣，随后也抿嘴笑起来。他俩的笑声表面有些尴尬，心里头却比蜜糖还甜。

人们都在笑，疯爷也在笑，笑的意思却是不尽相同。其中的意思，有人明白，有人糊涂。笑过之后，疯爷忽仰正瞪着一双固执的眼睛，言语恳切地说："哎呀，太阳从西边出来了。"可惜他说的话，常人听不懂，也不仔细听呀。

疯子同常人之间隔着一堵看不见的高墙。赵志强想，越过这堵无形的墙，疯子和常人就都一样了。可是这墙很难翻越呀，于是在疯子老汉的眼里，满大街的人都是疯子，而只有他自己是正常的。难怪他总是反复用一句话，评说着众人。这是他的悲哀所在，也或许正是幸运所在。许多时候，疯子是最聪明的人。他们立于天地之间，却排除了万事万物的干扰，唯以自我意识决定着喜忧哀乐。

"嘿嘿嘿，太阳从西边出来了！"老汉又开始扫地。疯老汉在专心扫地的时候，嘴里从来是嘟囔不停的。在常人眼里，这正是疯劲儿的体现。岂不知，他是一个逆行者，是在提醒人们安危所在、祸福所系。

渐渐地，疯爷感觉出身后有点动静。他警觉地停住手猛地扭头一看，发现又是那些碎娃。

"好呀，捣蛋鬼，你们又来了！"疯子老汉心里想着正要发作，却发现领头的是户家孙娃子忽晓刚。疯爷眨巴眨巴眼睛，才看清这一个个咋都变了模样。手脸洗得干净，鼻孔下吊着的鼻涕也不见了。衣服穿得也都整洁，没有一个像从前那样光脚的，有的脖项竟然戴了红领巾……我这该不是在做梦吧？疯爷疑惑地在心里问自己。

娃们见仰正爷呆愣着，个个吓得朝后退。忽晓刚不害怕："老舅爷，我们是来帮你扫巷的。"

疯爷心里纳闷，就瞅见有个女老师从娃们背后闪出来说："同学们，我们今天正式开始上劳动课，内容就是帮助老爷爷扫街道。"话音刚落，一个戴红领巾的乖女娃就把手里一束金黄色的万寿菊双手捧着献到疯爷面前。疯爷哪有过这待遇，一时激动，嘴里不由得嘟哝道："嘿嘿嘿，太阳从西边出来了……"

李蓉蓉说："老爷爷你好，我是大学生村官。这些年你老人家扫巷辛苦了。从今往后，咱同舟村小学恢复了，还开设了劳动课。村支书赵志强要求我们带着学生娃来帮你老人家扫地。"李蓉蓉说着就招呼学生娃围过来。疯爷手里捧着万寿菊，眼瞅着那一张张可爱的小脸儿，咧着嘴嘿嘿一笑问："你们以后不再捣乱了？""老爷爷，我们保证听话。"一个调皮小子说。"那好呀。"忽晓刚突然举起拳头带头喊道："劳动光荣，懒惰可耻！"娃们齐声附和。疯爷听着笑得直流口水，眼睛也模糊了。

忽晓刚赶忙上前，用湿纸巾给老舅爷擦脸，自己却哭了。他想起了父亲常说的话："老舅爷心里是一坨冰呀，几十年都融化不了的冰疙瘩。"

"仰正爷，你快吃饭。"段淑娴照例端来了热羊汤和月牙烧饼。疯爷鼓劲挤挤眼，不知不觉两滴浑浊的眼泪竟然就涌出眼眶，很快消失在眼角的皱纹里。就像几滴雨水，转眼就消失在干渴的沙地上。

吃完饭，疯爷又开始低头扫地。"哎呀，太阳从西边出来了！"他嘴里嘟囔着，地比平时扫得还干净。

吴文倩看看李蓉蓉，两人会心地笑了。大学生村官李蓉蓉分工联系村上小学校工作，很自然地成了吴文倩的助手。两人每日废寝忘食地一起努力，李蓉蓉感觉自己就像攻读研究生。乡村这个大课堂，内容实在太丰富了。

三

"村民同志们，村民同志们，农闲时候到了，农闲时候到了，咱同舟村新修订的村规民约讲得清楚：咱不打麻将、不抹花花牌赌钱、不胡说闲谝、不偷鸡摸狗、不无事生非、不搞封建迷信活动、不造谣传谣、不酗酒闹事、不打骂妇女儿童、不外出惹是生非。总之一句话，不违法乱纪，不辱没祖宗、丢人现眼，不给咱同舟村抹黑、光给咱同舟人增光添彩……"

高音喇叭上，文凯歌的嗓音越喊叫越激昂。赵志强一觉醒来，睁眼看着窗户透了亮儿。他听完一遍文凯歌不无发挥的宣传动员，禁不住抿嘴笑了。

"村民同志们，经咱党支部、村委会研究决定，从今天开始，全村开展为期十五天的整顿村容村貌突击活动。除了集中组织清除村外坡底下的陈年老垃圾山和污水沟之外，重点是各家各户负责清理自家门前的柴草垛、垃圾堆和老粪坑、老土堆，还有所有不该堆放在街门外的一切肮脏杂物。"这回是村委会宣传委员段淑娴的声音，听起来，就像唱歌一样新鲜、悦耳动人。

赵兴国对儿子意外地又兼任村支书，原本又是一万个不乐意。老汉嘴上不满意，但心里已经不生气了。他发现儿子的牛脾气和自己像极了，且表面平和内心刚强。慢慢地，老汉的心里在操心牵挂的同时，又多了几分欣慰和自豪。他甚至暗暗对天祈祷护佑，心里默默支持着儿子的工作。不用人催，他家的柴草垛已经挪回到院子的柴草房里，街门外遮掩垃圾粪便的黄土堆正好填满那污水粪坑。就是老婆子喂的那几只鸡，也得尽快处理呀。老汉一边听着广播，心里如此盘算。

"爸，你咋不多睡会儿，起这早做啥？""咳，不起不行呀！你没听你那大喇叭上只管喊叫哩。"赵志强嘿嘿一笑，一时感动得不知该说什么。他爸说："志强呀，我听着他的这话，倒像是你平时讲的呀。"他爸说这话，赵志强心里爱听。他妈隔窗搭了声："行咧，掌柜的，你少说两句，娃还忙着哩。"赵志强说："妈，我爸人家说得对。"他妈隔着窗户又说："行咧，少发几句牢骚，娃还忙着哩。""你看你看，我这咋可是发牢骚？"赵兴国说着，继续低头扫院。

赵志强穿衣起来，急忙出了街门。副支书文凯歌和忽沛东、忽沛太还有文燕、段淑娴几个都在门外等着他哩。今天是突击清理垃圾活动头一天，村上两委成员都得到现场督促检查、参加劳动。主要是帮助劳力不足的户，动手清除打扫。"怎么样？看来已经动起来了。"赵志强问。文凯歌兴奋地说："动静可不小。全村，四条巷全都动起来了。也有个别人在观望，我看也用不了多久，就得卷进来。""淑娴，我万奎叔态度如何？思想通了没有。"段淑娴迟疑着说："昨晚散会一到家，我就传达了村上的决定。""万奎叔咋说？"段淑娴低头不语。赵志强就知道问题还平摆着。这可咋办呀？大伙儿心里都犯了难。突然迎面哼哼唧唧跑来一些猪和羊。"这哪来的猪羊？"赵志强急忙问。文凯歌看看段淑娴，走到赵志强近前小声说："我看都是万奎叔家的呀。"赵志强一怔，拔腿就跑。

一行人气喘吁吁地跑到老槐树下，就见那里乱糟糟围了一大堆人。一看这场面，赵志强心里直发毛。文凯歌冲到前面说："什么情况，这里是什么情况。"人们回过头来，看到了赵志强。人群里有人说："赶紧，村干部来了！"也有人小声议论："谁来也没用。"

人群裂开一条缝隙。赵志强侧身穿过人墙，一眼看见地上躺着个人，另一个弯腰跪在那人身上，显然是在打架呀。"果然，又是段新虎！"赵志强的心一下提到了嗓子眼儿上。跪在上面的是段新虎，而躺在底下的人，竟然是万奎叔。他浑身是土，满脸是血！赵志强脑子轰的一下膨胀了。"段新虎，你，你咋还敢动手打人？"赵志强厉声喝道。"好，赵主任来了，这大家都看到了，我可没有打那谁。""你没打，这是干啥？起来，赶紧起来。"赵志强伸手去拽段新虎，可是怎么也拽不动。段淑娴像疯了一样冲上前："爸呀！你，你这是咋咧，咋满脸的血……"她疯了一样地喊着，拼命揪扯着段新虎后衣领子往下拽。

"哎呀，哎呀……"段新虎仰起头急忙摆手说，"好我妹子哩，你甭误会，不是我打人，是我叔扯着我领口不放呀。"

赵志强弯腰仔细一看，发现的确是段万奎拼命抓着段新虎的领口不松手。

"万奎叔，你先把手松开。"赵志强说。段万奎不言声，还是双手死死地揪扯着段新虎的领口子。"万奎叔，咱听志强书记的，你松手。"文凯歌上前劝道。"我松手？我的猪和羊谁赔呀？"

"这究竟怎么回事？当众斗殴，成何体统！"大家回头看，竟然是张民警。段新虎一下慌了神，忙说："赵支书、张民警，这回可不是我动的手，是我万奎叔他动手打我。我们执行村里决定，坚决治理脏乱差臭嘛。""放屁！你不言声就翻墙进门，把我的猪羊全都放跑了。"赵志强这才听明白了。"擅自放走了人家的猪羊，真的有这等事吗？"张民警厉声问，声音威严得就像打闷雷，听得人心里胆寒。段新虎自知理屈，低头不语。众人看见先前那个骑猪的红头发从人群站出来说：

"有这事,民警叔,是我翻的墙,我开的门。""嘿,马槽上咋还伸出个驴嘴来?"张民警斜眼瞅着这个双臂文着两条蛇的怪物,"接着说呀,是谁指使你这么干的?""没,没人指使。""谁说没人指使?"段新虎说,"是村里高音大喇叭上动员的。""胡说八道!"文凯歌急了!"我们通知叫你打扫自家门前卫生,谁叫你跑到人家门前当土匪来?""哎,文副支书,你说谁是土匪?""我说你们这么干,就是土匪。""你如果这么说话,那我还不承认了。要定罪吗?要定罪,你把证据拿出来。""有证据,我,我这里有录像。"段万奎说着松开了手,起身从怀里掏出手机递到张民警手中。

段新虎一愣,忙说:"叔,今儿这事你看……""我没有你这号侄子。""有没有也不是谁说了算,你叫咱赵支书评评这个理嘛。"张民警回头问红毛:"你承认翻墙进院放人家猪羊来?"红毛犹豫着说:"嗯,我……我……""你叫啥名字?哪个村的?咋到人家同舟村来闹事?""我,我姓孙,叫孙猴子……"众人一阵哄笑。"好一个孙猴子,你咋不叫孙悟空哩!哪个村的?""孙家坡人。""那来这同舟村干啥?""看朋友来。""谁是你朋友?是段新虎吧?""嗯。"

张民警说话间已经从后腰上掏出铐子,上去就把孙猴子铐了起来。段新虎正要上前阻拦,赵志强大声喝令:"段新虎,你还不赶紧带人去给你叔把猪、羊撵回来!""对呀,赶紧,咱把我叔的猪、羊寻回来。"张民警不解地问:"赵支书,你这意思是?""我是说,同舟村的人嘛,由我村上来调查处理。张所长你看如何?"张民警想了想说:"嗯,我看也行。"

四

推头老王门前,每天上午老者们一聚齐,爱姑婆就把热茶和梨枣瓜子核桃端上来。"说说吧,瓜侄儿。电视里头,你给叔都看出些啥故典?"忽子壬老汉惬意地呷一口热茶,眯眼以长辈口气问。倔老汉忽子亥却见不得亲侄儿当众胡吹冒摺，现场立刻擦出了火药味儿。

"嘿嘿，那常县长给你侄儿托梦来，梦里头亲口跟咱说来。""都说啥嘛？""说咱是人民勤务员，坐不惯办公室官椅，喜欢在底下基层跑嘛。"大谝忽聚民煞有介事地编派道。说话间还抬起青筋暴突的大手，把脏头巾抹下来擦着额角鼻头的汗珠。忽子壬听得笑呵呵地高声道："聚民，你说这，还不如给咱干捣两句同州梆子。""对，来两句，来两句嘛。"众人鼓动道，大谝一下来了精神。

大谝爱唱两句是事实，还是旦角嗓子哩。早年在县剧团拉过几天胡琴，由于骚情人家女演员，被开除回来了。难怪他偶然夹起嗓子来两句青衣清唱，还真是像模像样儿。他叔忽子亥见不得他那门缝里夹狗娃般的娘娘腔，但又怕他人面子上胡说惹祸，还是唱两句保险。

"说老实话，他哪像个县长！这人走路腰猫着，看模样儿还没咱村赵杰魁派头大。""行了，你个乌鸦嘴！留点口德吧。"忽子亥涨红着脸厉声制止侄子。忽子壬却说："听说人家这朴素外表，同源县人可是稀罕哩。""二哥你说啥？"忽子亥瞪眼问，"同源人稀罕那这常县长？""就是，那这人可不简单呀，听说从乡镇一路干上来的，不讲空话，光办实事哩。"推头老王从旁插了一句。"如今还能有这号干部吗？"忽子亥固执地摇头。"啊哦，是真的吗？如今还能有这好的干部？"大伙都想知道详情。"德忠，你给咱说说这常县长嘛。"有人鼓动道。"对呀，德忠你平日爱看报还会上网，知道的新闻多。"

推头老王嘿嘿一笑，低头看看他婆娘爱姑婆，表情有些为难。

爱姑婆双手吃力地提着烧水铁壶正给大茶壶里添水。见大伙儿都看自己，她即仰头没好气地说："王德忠同志，你说话看我做啥，我又没把你嘴缝上。你想说啥说啥嘛。"推头老王嘿嘿一笑说："各位老者长辈，这事我可说不清。不过网上说法不少。多数议论说上级安排那常青峰到咱华邑县来当县长，是因为能力强，工作作风扎实。""啥？那咱原先县长就不强、不扎实？这又不能拿尺子量呀！"忽子亥说话还是老爱抬杠，一句话撑得王德忠不知该说什么了，只好低头继续给人推头。

性情温和的忽子壬见状，赶忙问："对呀，这人看着倒是性情随和，态度平易近人。""子壬叔看得对，"推头老王趁机又说，"新县长的简历，我在互联网上百度过。"

大伙儿都停了吃喝，抬头用心听着，议论新来的县领导。这是文化不高、消息闭塞的老者们能踮脚探头关心的最高层次的"国家大事"。

"那网上说，常青峰同志当年从农林科技大学一毕业，就分配到同源县港口镇工作。两年后担任了副镇长。随后二十年，又先后当了镇长、书记、副县长、常务副县长。那一路走过来，能干实事，作风扎实。据说每次民意测验，他都得票最多。"王德忠把网上信息变成了大伙能听懂的口语。"行了，行了！"爱姑婆正在给老者们添茶水，瞪了丈夫一眼说，"赶紧推你的头，你咋还从开政咧，议论起那县长来还一折一折的。"推头老王一怔，忙冲大伙伸舌头挤挤眼不再言声了。"嗯，"忽子亥沉吟着，脸色由阴放晴，接过话茬说，"照德忠你说的，那这可是好官？""可不是嘛，你没听人说现如今讲空话的领导到处有，干实事的干部打上灯笼难寻嘛。"忽子壬欣喜地说，手里的拐拐在地上敲打出欢快的节拍。这老弟兄俩只要说到一块的事情，大家就都乐了。"看来这回那上头给咱华邑降福了？"忽子壬说。"谁说不是来。"倔脾气的忽子亥难得咧嘴一笑。众人一阵欣喜，连爱姑婆都抿嘴偷偷地乐了。

推头老王禁不住操着河南口音又说："那报纸上还说，人家原先在同源担任常务副县长时，谋一事，成一事。"说着胆怯地看看他婆娘。"你快说嘛，群众说啥来？"爱姑婆是个急性子。"那同源群众都说，那常县长是咱谋事的神仙。""哎，还真有意思。"忽子亥笑了，伸手摸着下巴上灰白山羊胡子说，"真是金杯银杯，不如老百姓的口碑呀。"忽子壬说："那如今到咱华邑当县长，由小县提拔到大县，这说明是重用呀。""也有人说这不合常理，容易影响班子团结。"推头老王试探着说。"你听谁说的这话？"忽子亥瞪眼问。"赵杰魁说的，他还说本该轮刘登荣上的。说刘副县长能力强，资格也老。"

大伙正说话，远远就见一辆黑乎乎的小卧车慢慢驶进巷口。"这不是赵杰魁的大奔驰嘛？"忽子壬压低嗓门警告道，"你们甭说了，咱这地方邪行，说啥就来啥。"卧车开到近前停下来。先是一个穿着黑色西服的年轻女人满身香气地从车前门下来。有人一眼就认出，那不就是从前游戏室赵能人雇的女招待丽丽嘛。只见丽丽麻利地打开后车门子，一只手往门上一伸，穿着同样服装的娇娇即搀扶着一个老态龙钟的老汉下了车。众人再看，赵杰魁大背头梳得溜光紧随其后。他脚刚一落地，便亮开嗓门宣布道："台湾大老板蒋北里先生到了，大家赶紧欢迎。"

凉棚下的人们惊讶地看着赵杰魁，就像瞅着一个怪物表演。见大伙态度冷淡，赵杰魁赶忙又改口说："各位老者、各位长辈，请允许我郑重介绍一下。这位是台湾来的亚健康调理康复有限责任公司总裁蒋北里先生。"忽子亥斜眼瞅瞅那"台湾大老板"，故意问："姓蒋？那该不是蒋委员长的后人吧？"赵杰魁听得一愣，为难地看着蒋老板。那位谢了顶的蒋老板倒是落落大方。他弯腰朝大伙深鞠一躬道："这位老伯真是眼力不凡，正是，正是。北里不才，也勉强算是蒋门后裔，祖籍也是浙江奉化。"

赵杰魁赶忙打圆场说："啊哦，离得远了，远了。"忽子壬说："唉，远近都是那蒋家自家人嘛。不知道蒋老先生这次到我同舟村来，有何贵干？"

蒋老板急忙从皮包里掏出一条香烟说："也没啥打算，主要是看看大伙，看看大家。抽烟，抽烟……"说着拆开拿出几盒烟放在大伙围坐的圆茶桌上。

"'日月潭'？"大谝忽聚民眼前一亮拿起一盒念道，当下来了精神。他点着烟狠狠吸了一口，又拿起茶桌上的烟盒说："哎，你这台湾烟咋抽上松不塌塌，没劲呀？"忽子亥干咳一声，厉声批评道："瓜侄儿，你得是没抽过烟，谁给你都抽？"

此刻，赵杰魁说着也帮着散烟，同时给丽丽使个眼色。那丽丽即领着娇娇打开奔驰车后备厢，取出个大提包。打开来一看，全是帽子和两头箍了铜箍的红木拐杖。

赵杰魁滑稽地拿起一顶帽子戴在自己头上，手里拄着拐杖说："帽子健脑，拐杖助行。蒋大老板给大伙儿每人赠送这两样见面礼，主要是祝福大家健康长寿。"不知为啥，那土黄帽子戴在赵杰魁头上，看着怪怪的。忽子亥不由得说："这帽子怪怪的，看着咋有点像电影上日本鬼子戴的？"忽子壬再看看赵杰魁，这时他正把一顶帽子戴在大谝忽聚民头上。忽子亥又问："赵杰魁，这帽子究竟是啥意思？"赵杰魁有些尴尬，说："这可是县上领导的意思，欢迎台湾客商到咱华邑投资办厂。"忽子壬见状，不客气地说："杰魁呀，你娃这话说得，我咋听着比县长口气还硬呀。"赵杰魁和蒋老板顿时涨红了脸，半天说不上话来。"咳，咱一个农民，哪里来那么多穷讲究！"赵杰魁嘴里嘟哝着。"农民咋啦，你难道不是农民娃？"忽子亥厉声质问道，他对于眼前这个暴发了的富农后人一直就没好感。在老汉眼里，一个本分农民咋就发了那么大的财，还坐着那么好的汽车张扬。

凉棚下的气氛僵持住了。忽大谝一看他叔脸阴了，赶紧把人家帽子抹下来，掐灭了手里的烟。老一辈农民不懂得多少大道理，他们凭着老理儿衡量事物，心里总有一杆良心秤。

五

大清早，吉普车出了华邑县城。沿同渭公路一直奔南行驶，很快朝东一拐就驶上了渭河大堤。"这样的景色很适宜外来游客观光的心理要求吧，你说是不是？"常青峰回头问后排坐着的马志远。马志远正在看手机，嘴里赶忙"就是就是"地答应着。司机小张有意把车速放慢，再放慢。

太阳升起有电线杆子高了。热烈的阳光从遥远的地平线上尽情泼洒过来，那白色刺眼的光芒在堤岸、庄稼地、沼泽与草丛和水面间渲染出笔直宽阔的金色通道，一直伸向远方的天际。河水欣然流淌，闪烁粼粼波光，像一条性情温顺的巨蟒匆匆奔向东边的黄河。农学院作物栽培专业毕业的常青峰，面对河岸上一望无际的庄稼地，当即陷入浪漫而辽阔的想象与思考中。

"志远，你看那华山东峰倒影在渭河里，多像是一尊雕像呀！""真是的！我父亲也是个画家，可惜一辈子没有搞过个人画展、也没卖过一张画。他曾创作过一幅版画叫《山岳》，就是以秦岭为载体象征，塑造了淳朴憨厚的关中老农民形象。"

"嗨，你一说我记起来了！"常青峰兴奋地说，"十多年前是见到过这么一幅版画《山岳》，令我肃然起敬、震撼不已。"

马志远听得很受感动。常青峰又说："小张，前面停一下车。"

车子拐上桥头路边，司机小张把车停下来。常青峰和马志远下车漫步到桥中间，沿石阶下到河滩水边。水流清清，常青峰蹲下身子捧起一掬仔细看看，鼻子凑近了闻闻，肯定地说："现在应该达到二级水质了吧，可以养鱼灌溉，稍加处理就可以达到人畜饮用标准。"马志远点头表示同意，随即面对流水陷入沉思。

渭河流淌在东西走向的秦岭之北。这汇集百流的一条大河，孕育了美丽富庶的八百里秦川和影响深远的农耕文明。面对这条古老的河流，常青峰脑海里闪现一个奇怪的问题：父亲那一辈人和自己这一代的区别究竟在哪里？河岸上发现的距今六千年的半坡先民遗址，可谓是中华农耕文明的曙光所在。聪明的半坡先民，应该就是我们秦人的祖先吧。遗址出土的骨针、纺锤和精致的绳纹陶器证明，他们绝非是披着树叶裹着树皮，而是可以纺线织布制作衣服的人们。这应该就是最早的东府农民吧。自己的父辈，堪称是这古老农耕文明的最后一块活化石了。作为典型的传统农民，父亲也有自己的梦，但他的梦想只是祈求风调雨顺、人畜无灾无病兴旺，坚信土地上的劳作必定会有回报。坚信每一滴汗水，都会滋养甜蜜和幸福。这是一个不识字的传统农民用一生的努力，要达到和暗示给后人的生存之道。但是在常青峰看来，仅仅懂得这个道理还是远远不够呀，还得有更高更远的目标和追求。从小在父亲肩膀上长大的儿子，读了书，还看到了更大的外部世界、树立了更远的人生目标。父亲发现儿子的心思野了，便数落他是一只不安分的猴子。在渭河流域的庄稼院，从来都是崇尚勤劳本分的。一个碎娃要想成为一只不守规矩的成精的猴子，没有人能够待见和理解他的。所幸的是这埋藏心底的梦想并没有随着年龄增长而变得模糊。几十年生活溪流的淘洗，并没有把常青峰打磨成渭河滩一块失去棱角的河卵石。他就像《西游记》里的孙悟空，还是一块棱角分明的山里的石头，一只表面温顺实则很不安分的梦想成精的猴子。在别人眼里，他也许谦和甚至柔顺，许多地方表现出与世无争。其实内心桀骜不驯，有时甚至会刮起疯狂的风暴。工作中他以弱胜强，周围有人读不懂，可同源的老百姓慢慢地读懂了他。

马志远猜不到常县长在想什么。他的艺术家的浪漫甚至是直露的思维，往往跟不上基层政治家的思想活跃和深邃。

不知不觉间，河水渐渐变得有些浑浊，就像上游突然下了大雨。这引起了常青峰的警觉。他站起身朝上游眺望，隐约听到远处传来机器轰鸣声。他正感到奇怪，就看到两条船漂浮在河面上。那船原本在上游，眼下迅速地冲到对面河湾，就开始抛锚作业。机器声音更大，河水渐渐变得更加浑浊起来。"这是干什么的？"常青峰奇怪地问。马志远说："是挖沙船，在河道里挖沙子呢。""这允许吗？对水质影响这么大，又破坏河道。"马志远苦笑着摇头说："唉，没办法呀，据说都是上面有人说了话。"常青峰一听急了："上面？上面什么人？"

常青峰坐在吉普车与司机并排的前座上，生气地琢磨着如何制止这任意在河道采沙的违法行为，渐渐地，心情又恢复了平静。他抬头朝南望去，华岳莲花峰的轮廓在阳光下显得格外清晰。东边是黄、渭、洛三河交汇处，水面异常宽阔。再远处就是他工作了二十多年的同源县。那里的山水和原野，他闭上眼睛都能想得清楚。县城外那条把全县分割成两半的禁沟，沟西耸立着十二连城烽火台，那是古代驰名的军事要塞。沿着禁沟从秦岭峪道中流淌出的同河，北岸据说就是闯王李自成当年大战官兵的南塬，如今叫牛头塬。

吉普车沿着河堤朝东行驶。车速不快也不慢。先是渭河，随后一拐，就上了黄河堤坝。公路很宽，平坦的四车道，车却很少。整齐的行道树，迅速地向后倒退。远处碧绿的麦地旷野，清晰的远山近水，村落和四周的老树新苗……一切都是那样熟悉，又是那么新鲜。人的角色不同，看风景的心情也不一样。眼下常青峰县长新官上任，他心情是轻松愉快的，同时也隐约感到某种不安。感到就像是当年农学院刚刚毕业扛着铺盖卷儿到同源县委组织部报到后被分配到港口镇一样激动又不无惆怅。那时他仅仅是个普通的选干生，所不同的还有那次是乘坐三轮一路下坡，这次他感到自己更像是负重上坡。像农民驮着或扛着一捆子庄稼，背上和肩头有一种无形的压力和责任束缚。这使得他不得不弯下腰，吃力地迈动脚步，负重前行。这也许是人到中年的一种特殊感觉吧，何况他目前已经是一县之长，七八十万人的吃喝拉撒、生老病死、生产生活都得靠他，再加之来自外部的各种干扰和预想不到的挑战……肩头的担子的确不轻呀。

第十二章

一

"拐到前面村子里看看吧,咱不能老是走马看花,得看看老百姓的光景。"常青峰说着,扭头看了看身后的马志远。一同下乡的文旅局长正在呆望着窗外,两个放牛娃赶着牛群过道。

司机小张把车停在一个村子外面,石碑上刻着"隋裔村"三个字。巷口道路被一大堆陈年垃圾拥堵着,车子无法通行,只得停下来。

小张刚把车门打开,就有难闻的气味扑鼻而来。马志远捂着口鼻说:"常县长,这个村卫生太差,咱就不进去了。""哎,卫生差更要进去看,好促使他们尽快整改嘛。""唉,常县长,老实说吧,这全县各村程度不同基本上都是这种状况。我敢说华邑农村的脏乱差比城镇还要严重。基本上都是'柴草垛子堵门,粪坑迎客人,塑料袋子乱飞,垃圾围了村'。"马志远实话实说了。

常青峰听得皱起眉头:"怎么会是这样?从前不是都说东府各县数那华邑人最讲究环境卫生嘛。"

两人说着话,沿了村巷走进去。一路坑洼不平、垃圾粪便当道。踮着脚尖没走多远,人就浑身冒汗。越往里走,常青峰的眉头疙瘩拧得越紧。

"咳，周围青山绿水，这么好的风景让这些垃圾粪便毁了。怎么不见人呢？"常青峰皱着眉头问。马志远抬手看看表说："唉，人这会儿都还睡着吧。如今那农村人也是夜里打麻将吃喝谝闲传日瞎事，农忙了才能紧张几天。"正说着，就见一个老汉弯腰背着一捆子青草走来。常青峰赶忙上前打招呼："老人家，让我替你背一程吧。"老汉疑惑不解地问："同志，你们……从哪里来，啥事吗？""我们从县里来，没事，随便转转看看。"常青峰回答道，随即不由分说硬是把草捆子挪到自己肩上。马志远一见急了，可无论他怎么拽也抢不到手。

"老人家，请问你贵姓？"常青峰问。"免贵姓杨，我们全村都姓杨。""哦，果然是姓杨。""请问来客，你咋晓得我姓杨？""你这不是'隋裔村'嘛，隋朝的后人，按说就应该姓杨。""对呀，从家谱上说，我们是隋文帝杨坚的后人。"老人眯起眼睛狡黠地笑着说，随即又认真起来，"据说县志、史书上都有明文记录哩。""啊哦，这可是不简单呀。"马志远瞅着脚下的牲口粪便打趣儿道。老人嘿嘿一笑脸涨得通红，说："陈年老事啦，现而今再甭提了。""隋文帝可是咱华邑人的骄傲呀，"常青峰抬起头认真地说，"不光是统一国家的开国皇帝，还是一代明君。""唉，不瞒你说，自从出了个隋炀帝杨广，口碑就不行了。"

"哎，骂名那也不全是。历史上的事其实很复杂，往往有多面性。"常青峰认真说，"依我看，作为一个皇帝，你的老先人至少还干过几件好事。""啊哦？"杨老汉瞪起眼听。常青峰说："一是修京杭大运河。秦始皇手上都没敢想，你的老先人手上完成了。""人称是'黄金水道'。"马志远附和道。"嘿，说起来还真神！"老汉点头称是。常青峰接着又说："下来这事更神。皇上是领导官员的人。你的老先人上来就动手改革完善官制，改州为郡，因事设官，还完善了影响久远的科举考试制度。"

马志远听得，竟伸手鼓起掌来。那杨老汉笑着露出满嘴的假牙说："哎呀，这位同志，你可是给我上了一课呀。从前人问哪个村，我只说'裔村'。怕丢人嘛。""对呀，"常青峰说，"这'隋裔'二字，可不是谁想要就能给谁的。"马志远忍不住问："那我想问，你这么高的门风，到了咱这一辈咋就不懂得讲文明讲卫生？"杨老汉听得脸呼地红到了脖根底，不好意思地说："哎呀，说来惭愧，惭愧。""村干部都干啥哩？"常青峰问。"都到外面给自家弄钱哩嘛。"杨老汉说。"那镇上书记、镇长忙啥？"常青峰又问。"镇上干部家都在县上，刁空就往回跑。听说新来个镇长，快一年了，也不知是光脸还是麻子。"

杨老汉无儿无女，前年冬天老伴也去世了，眼下就他一个人过活。他喂了一头奶牛，靠卖牛犊和给村里碎娃老人供牛奶过日子。进了他门，整个院子满地是牛粪、草渣子。一群衣衫埋汰的碎娃，正猴子一样爬在他家老枣树上偷摘枣子吃哩。"狗日的捣蛋货，成天地侵害！"老汉举起扫把吓唬道。"这还没到假期，娃们咋就不上学？"常青峰问。"没处上呀，唉，村里小学都撤了。快进屋吧。"

屋门虚掩着，里头竟然还挂着冬天的夹板棉门帘。大白天，屋里很黑。人刚进门啥都看不清，只听嗡的一声，一大群苍蝇惊飞起来。马志远赶紧转身一拦，想把常县长挡在门外。不料县长已经跟进来了。杨老汉赶紧把电灯拉着，就见炕围墙上用糨子粘着一溜子穿三点式泳装的挂历画。每张画上的美女身上，挨个都被烟头烧烂个窟窿。

马志远看着扑哧笑出了声，杨老汉呼地红了脸。常青峰问："老人家吃得咋样？"说着走进灶间，揭开黑乎乎的锅盖。老汉嘿嘿一笑说："日子不赖，顿顿有酒有肉，还有油泼辣子锅盔馍、干捞面啥的。""肉都吃啥肉？"常青峰又问。

杨老汉自豪地一指墙根的大瓮说："腌肉嘛，好吃。"常青峰揭开瓮盖，一股难闻的怪味扑鼻而来。他定睛看，就见里面是大半瓮切成片子煮熟的肥猪肉。杨老汉慷慨地指着一个塑料桶说："酒是散酒，红薯酿的'十里香'。"

马志远听得嘿嘿直笑。常青峰皱眉说："你老人家得续个弦呀。"老汉红着脸说："唉，没人来嘛。"马志远说："只要你把卫生打扫干净，我看一定有人来。"杨老汉涨红着脸，嘿嘿地笑着说："打扫卫生？那不难！"

重新上路后，常青峰把车窗玻璃摇下来，仰头让风吹着脸。中午饭时到了，按计划本该赶到安礼镇政府吃。马志远说已经给镇上打过招呼，常青峰说临时告知取消。车子停在路边一棵老核桃树下，常青峰拿出自带的辣味方便面，三个人一壶开水，蹴在树影阴凉处，就着榨菜十分钟就解决了肚子问题。随后又继续一个村挨着一个村地看。整整一下午，又看了两个乡镇的十多个村子。常青峰一路没说几句话。进村前不打招呼，也不要人引路。等到太阳沉落到一半，马志远才鼓起勇气道："常县长，咱们收工吧。"常青峰没有回答。两人回到车上，司机小张问："回县城吗？"小伙子一天没说话，嗓子有些发哑。"对，回城里吧。"马志远抢先说。常青峰说："不回城了，我想上同舟村看看。晚上就住安礼镇吧。"他被晚霞照着的脸上，明显透出掩饰不住的忧虑。

二

吉普车在夜幕中缓慢穿行，迎面看不到一辆汽车，也不见行人。远处近处的村子灯火明灭，想必村民们都在吃晚饭吧。马志远有些头晕，开始感到肚子咕咕叫个不停。他寻思是血糖低了。时间过了七点，平时这阵早已吃了晚饭，或是在饭桌上接待客人哩。"志远，你考虑咱们晚饭在哪儿吃？"常青峰问。马志远听得心里一阵兴奋，忙说："晚饭？要么咱到了同舟村吃吧。村里有个'乡亲小饭馆'，那羊肉臊子面做得真香。""我看今天就不必了，咱还是自行解决吧。"常青峰说着从旅行包的大饭盒里掏出几个冷馒头，里面夹着同源咸菜。"吃吧，尝尝这个。"他递给马志远一个，又递给司机小张一个。自己也取出一个，就着开水慢慢嚼了起来。

"说说吧，华邑怎么样？"常青峰问。"常县长，你是指哪一方面？""说说，哪方面都行。""从自然条件看，我感到华邑发展潜力是远远超过同源的。但问题是……"马志远说着停下来，显得有些为难。"但是什么？说话嘛，不要有任何顾虑。""我看眼下的华邑就像一个人陷在泥坑里，那人还不停地挣扎着，但一时还不知道怎样摆脱困境。""怎么会是这样呢？""因为他还不明白脱离危机的阻力何在。"常青峰回头嘿嘿一笑说："哎呀，眼看就有灭顶之灾！问题有这么严重吗？""依我看，问题就这么严重。"

常青峰一时无语，马志远也不再说话。沉默中，两个人的心情就像汽车发动机的轰鸣，显得很沉重。不明白阻力何在……常青峰心里一直在琢磨着马志远刚才话里的意思。阻力其实明摆着，怎么能说不知道阻力何在？常青峰冷静下来以商讨的口吻问道："志远，你想想，我们能不能换个角度来考虑问题？""换个角度？""对呀，我们能不能首先不看阻力，而寻找动力？""寻找动力？""对呀，就好比你说的那个陷进泥坑的人，他身上最大的动力是什么？"马志远听得很认真。"他身上最大的动力就是争取活下去的愿望呀。其实面对许多困难，我们最需要的就是一种克服困难的勇气。动力正是潜在于这勇气之中。因此我们遇到困难最重要的还不是发现阻力，而是要千方百计寻找动力。因为阻力即使找到了也未必就能克服得了，而有了足够的勇气，那就掌握了主动，任何阻力自然都得服软。这是我在同源工作中的一点体会，或许到了华邑也能用得上。"

常青峰说着，起身回头从车座椅之间的空隙侧身想要移到后座。司机小张见状刚说要停车，县长笑着摆手制止说不用停。马志远赶忙挪动身子，把右侧的座位让出来。常县长出人预料的举动，一下子使得车里的气氛活跃起来。

"志远，我今天在村子里看着就想，这些表面好像既懒散又自私的农民，可他们并不是自甘堕落呀。"马志远听得，不住地点头。

"一个村，不，也可以说全县所有的农村，"常青峰说，"整体就像一个庞大的乐团。农民每个人都是各具其长的独立演奏家。他们如果没有协调一致的统一指挥，就只能各自杂乱独奏而很难合奏，更不可能形成声势浩大的交响曲效果。"

"哎，常县长，你这个比喻倒是对我有启发。"

"对呀，辩证法教给我们许多解决问题的秘诀。换个角度看问题，消极因素就有可能转化为积极因素。"

"这么说，还真是这样。我看华邑县发展最大的潜在动力就在于基层群众渴望摆脱贫困与落后的强烈愿望。可是这种愿望却被某些干部的自私与麻木掩盖了。我在县里最头疼的就是参加中层干部研究问题的会议。"

"是不是斗心眼厉害？"常青峰苦笑着问。"岂止是斗心眼，"马志远有些激动地说，"那简直就是在踩钢丝、比技巧，至于个人的目的何在，就很难说清了。"

常青峰认真听马志远讲完，沉吟着不再说话。他脑海里浮现出那天刘登荣领着赵志强来见自己的情形。此刻回想起来，他开始在赵志强的身上看到了一种潜在的动力。老实讲，当时赵志强并没有给县长留下太深的印象。一直都是刘副县长在说话，赵志强只是坐着听。感觉那个沉稳本分但是眉宇之间透出一股英气的精干的年轻人，有点像自己当年刚到基层工作时的状态。显然是想干事，但又自觉尚未真正进入角色，心里未免有些着急。不过从嘴角透出的坚毅来看，小伙子对自己还是充满了信心，所以很能沉得住气……这些只是见过一面，凭感觉留下的初步印象。常青峰并不认为这一定准确，但是凭借经验他感觉赵志强无疑是个优秀青年。想到此，常青峰阴沉的脸上浮现出了笑容。他还清楚地记得，当时赵志强讲的那几件事情。经过这一天的进村入户调研，眼下回想起来，他才意识到了那些村子里亟待办理的事情的重要性。创办老年幸福院，不是正好能够解决像隋裔村杨老汉那样的孤独老人吃饭和养老问题吗？开办乡村图书阅览室和恢复村级小学，着眼于对村民的人文关怀与文化科技素质的陶冶和提升，更是刻不容缓的大事情。这些都是增加发展动力的要举高招呀，又是一般人很难意识到的。可是担任村干不久的赵志强想到了，而且迫不及待地要着手解决。还有以冬枣为支柱、生态旅游为龙头的黄河滩涂盐碱地的治理和综合开发利用的设想，就更是一篇内涵丰富的大文章，完全超出了一个村的致富构想，而进入了全县发展的战略层面……

三

月亮升起来了，田野变得格外宁静。车子绕过忽家寨子沿着长坡上行，即将进同舟村了。马志远看看表，时间已经快八点钟。他急忙给赵志强发了一条短信，远远就见忽家大牌楼悄然耸立在月光下，显得格外高大雄伟。他心想那威武不屈的姿态，就像同舟村人的生性一样孤傲正直。

村路在上坡，吉普车努力地缓缓而行。按照常县长的要求，车子在村口忽家大牌楼前停下来。重新坐回前座的常青峰看着窗外整洁的街巷，心情突然变得轻松愉快起来。两人下了车，马志远指着牌楼两侧的一副长联说："常县长，忽家大牌楼这对子可不简单。据说还是同舟全村人的老祖宗段文海亲自撰联、亲笔书写的呢。"

常青峰上前仰望，慢慢地诵读道："义气忠君德被子孙福寿康乐静夜不惧上苍问罪；仁和守孝泽荫后世平安富贵宁日岂容先祖蒙尘。"他念完感慨地点头说："联好字也棒。这是从因果报应出发，提倡'忠孝节义'的。想不到明代建筑，竟然保护得这么完好。""嗯，村里的老年人时常讲，'文革'中，省城和外地的造反派串联到咱这一带'煽风点火'，扬言要'破四旧'、砸牌楼。村里造反派头头赵能人拖着瘸腿立马回村报信。忽家巷和同舟全村人闻讯，连夜聚集商议对策，决定誓死保卫大牌楼。经过一场惊心动魄的僵持较量，没伤一人就保住了牌楼。"马志远把故事讲完，常青峰听得有些惊讶，不由得又问："没伤一个人就保住了牌楼？那，后来呢？造反派再没来找麻烦？""这，我就说不清了。反正这大牌楼至今完好无损。"

常青峰好奇地围着大牌楼看了又看，面对那穿越数百年、见证了这座古老村庄历史变迁的精美古建，一时感慨系之，不禁就联想到了整个华邑县的历史和现状。月光下，常青峰伸手抚摸着那高大结实的石雕方柱，说："不知有没有人研究考证过，我想这忽家大牌楼，一定还有不少有趣的故事呢。它就是一部内容丰富而厚重的历史典籍。"马志远摇头说："这就说不清了。"

"听说后来还有过几次类似'文革'时期的危机，"一个声音接过话茬说，原来是匆匆赶来的郭振峰书记，"都是凭借村里人心齐，才有惊无险。"

常青峰一回头，高兴地说："嗯，郭书记、赵支书你们来了？"郭振峰干脆自我批评道："我们工作没做好，问题可是不少呀……"常青峰宽容地说："我知道，乡村脏乱差这也是咱全县多年的顽症。赵支书，你上次讲的村里近期想干的那几件事太重要了，咱回头得好好合计合计。"郭振峰一愣，感到了一种无形的压力，他急忙还琢磨不清，新上任的县长这次下来的目的何在，为啥给镇上打过招呼吃饭又临时取消，好像还认识赵志强？这究竟是怎么回事？

"走，到村里看看。"常青峰说，大伙一同踏着月色朝村里走去。

暗蓝色的夜空深邃如海，明媚月光为褐色透紫的秦岭镶上了耀眼银边。远望就像一幅巨大的套色木刻屏风画，耸立在三河交汇的东府大平原南端。

"这可真是一块景色迷人的风水宝地呀！"常青峰暗暗佩服起当初选定这块土地作为村址的人来。"常县长是学土壤栽培的？"赵志强问。常青峰说："是呀，我发现咱们这一带的农业生产条件真好。""就是呀，咱这里塬上土质好。都是最好的黄绵土，适宜各种农作物生长。"

"对呀，"常青峰说着弯腰从路边的花坛捧起一掬泥土，那举止就像一个地道的农民。一路看过去，整个村子，就像是一个刚刚洗过澡理过发的庄稼汉，面貌清清爽爽，仿佛年轻了许多。

前面路边站着几个人，赵志强介绍道："常县长，这几位都是我们村两委班子成员。"赵志强说着把文凯歌、忽沛东、忽沛太、文燕、段淑娴和吴文倩、李蓉蓉挨个儿作了介绍。

常青峰同大伙一一握手，不料想爱姑婆和推头老王也闻讯赶来了。两口子兴奋地也同县长握了手。爱姑婆还说："常县长，我在电视上都看到你了。都说你没官架子、平易近人。""是吗？"常青峰风趣地问，

"你们是不是看我不像个当县官的？"众人听得都忍不住笑了。不料爱姑婆却说："当官不像官，这才是咱老百姓想要的官嘛。"大伙听得都一愣，常青峰自己却笑着说："这才是我愿意听的话。"说着自己也笑了，大伙也都开怀笑起来。

此刻，一行人来到一座百年老屋前。门边竖立的木牌用红油漆书写着："中共华同工委暨华邑暴动指挥部旧址"。屋门锁着，常青峰借着月光仔细读完了说明文字，又围着老屋转了一圈说："这可是宝贝呀。没想到咱村还有这么重要的红色资源。""这也是我安礼镇的一大优势。"郭振峰说，"全镇有七处革命遗址，按照县文物局要求，已经全部挂牌保护。有些正在争取资金，有计划地维修。"赵志强说："按照上级有关精神，我们打算把工委旧址维修后，搞成'红色村史馆'，作为党员和青少年爱国主义教育基地对外开放。""这个想法好，"常青峰说，"你们注意到没，前辈们当年闹革命是'农村包围城市'。我看咱华邑今天发展经济社会文化事业，包括加强各项社会管理，比如说改善环境卫生，也应该借鉴闹红的经验，来个以乡村带动城镇。"文凯歌听得来了劲，说："领导你放心，我不敢夸海口，只要我们心齐，各项工作保险力争走在全县前头。""咳，究竟是'保险'，还是'力争'？这大话，咱可不敢讲呀。"赵志强红着脸说，自己也忍不住笑了。"好啊！万事开头难。依我看，你们村工作局面已经打开了。"赵志强脸一热，眉头皱紧了，他感到肩头一下增加了无形的压力。"哎，赵支书，你们的日常保洁问题，是怎么解决的？"常县长问。"我们像分配土地一样，按每户的劳力多少实行承包责任制。还组建了专业保洁队伍，常年清扫、监督检查考核。"

恰巧看到疯爷还在扫地，常青峰上前问："老人家，这晚了你怎么还扫地？""嘿嘿嘿，太阳从西边出来了！"郭振峰急忙附在县长耳朵上说："老汉精神有点问题。"

十字街口老槐树下的广场上，突然响起了锣鼓声。赵能人早就指挥等候在那里的村里中老年扭起了大秧歌。常青峰正惊讶，段新虎就带着几个穿着运动服的小兄弟上场了。八个人列阵打起了当地早已经失传的威风锣鼓。常青峰一愣，看看马志远，又看看郭振峰和赵志强，显然有些不高兴。赵志强刚要解释，就听文凯歌说："常县长，您听我汇报。我村这老年秧歌队和青年锣鼓队，也是赵支书上来抓的一件大事，每天晚饭后活动一小时，那这叫'雷打不动'。"赵志强忙摆手说："唉，咱今儿不说这事。""嗨，文会计说得没错，这可不是小事。"常县长表扬道，还问马志远，"志远，你看呢？""我看这项工作抓得好！不仅仅是占领阵地，将来也是开展乡村文化旅游的一大亮点。"郭振峰忙插话说："马局长说得对，我看可以搞个固定演出场地，让游客买票来看，增加旅游收入，也丰富了游客生活。"赵志强却说："这项工作，具体都是由我的老支书在抓。"

听到锣鼓响，村里男女老少纷纷朝村十字街口涌来。加入扭秧歌的人越来越多。常青峰也情不自禁应邀加入其中，徐安稳和郭振峰、赵志强和村干们也加入进去。扭完秧歌，常青峰关切地问："村里人眼下都吃些啥，扭起秧歌这么有劲？"文凯歌说："哎，现在吃得都好。多数一日两餐不是锅盔馍糊，就是蒸馍黏面，桌上也有了清炒时鲜蔬菜，碗里有豆腐粉条，也有鱼和肉了。"赵志强补充说："鱼和肉，基本靠专业户供应。粮食、水果和蔬菜都是村民家家户户自产的。"常青峰听得，满意地点了点头。

"但是常县长，话又说回来，"赵志强说，"可也不是全村人人都笑逐颜开。主要问题是精神文化生活贫乏，老年人普遍缺少娱乐，年轻人内心比较空虚。另外，咱的乡村社会管理不能说全面松懈，但也是漏洞不少。我看农民精神上要想脱贫，那要比摆脱物质贫困更难，但这也是当务之急呀。"文凯歌听得一愣，心想以往人家见了领导总是拼命自夸，你咋还自己揭上短了。路过小学校和村部院子，赵志强又有针对性地谈了一些基层民生和政权建设问题和疑虑。常青峰借着月光，都认真仔细地记在了小本子上。郭振峰在赵志强的身后悄悄提醒说："行了，时间不早了，你就少说两句。"

突然，迎面开来一辆小汽车。车灯就像两盏探照灯，亮得刺人眼。车子在人前不远处停了下来。刘登荣副县长出人意料地从车上下来，也没给任何人打招呼,就急匆匆径直走到常县长面前。两人移步路旁说了几句话,随即,常青峰转身对大伙儿说:"对不起了,县里临时有个急事,我得赶紧回去。"

赵志强和大伙都看清了,那是赵杰魁的奔驰车。常县长咋糊里糊涂就上了那辆车呢?大家都很纳闷。赵志强心里也感到一阵莫名其妙的疑惑。

第十三章

一

"常县长,这是咱县著名民营企业家赵杰魁同志,也是工商纳税大户。每年对县里财政贡献不小。"车子开动了,刘登荣隆重介绍道。"哎呀,好我的刘县长,我贡献还很不够。"赵杰魁故作谦虚道,露出了嘴里的金牙。常青峰心中一怔,突然意识到了什么,赶忙问:"哎,这是谁的车?"刘登荣抢先说:"常县长,你是问咱坐这车?""对呀,这么高级?""这是那赵总自己的车。"还没等刘登荣说完,常青峰就说:"哎呀,停停停,我把水杯子丢在后面车上了。"

说话间车子停下来,常青峰迅速下了车。赵杰魁的脸一下红了。刘登荣一时也不知所措。

眼看常县长上了后面自己的吉普车,刘登荣也赶紧下车上了县长的车。车子重新开动,大奔驰一直跟在后面。常县长脸色严肃,显然有些生气。牛背上遛大的农民娃,常青峰从来都是把人往好里想。其实他的心中,瞎事好事分得清着呢。他总觉得,人与人之间,气场合与不合,往往是一种感觉。反之,不着调的话说得越多,反而会使彼此心离得更远。时间就像突然凝固了,常青峰瞪圆双眼瞅着窗外月光下空旷的田野,尽量克制自己的情绪。刚才刘登荣明显是有意把自己当众哄到赵杰魁的豪华轿车上的,对此他几乎就要忍不住冒火了。眼下回到自己的吉普车上,他慢慢平静下来。常青峰再一次做着深呼吸,尽量想着轻松愉快的事。月光透过车窗,照在他的脸上,就像照着一尊凝重的雕像。侧后方坐着的刘登荣眼睛一直盯着县长那令他一时还琢磨不透的面部表情。

"你说台湾来个蒋老板被打住院了?"常青峰终于开口说话了。

"啊哦,住在咱县医院。是赵杰魁把人送进去的,我还没见上。"刘登荣显得很兴奋地说。

"他自己私下接待嘛,这会儿咋又要向县政府汇报?"

"唉,这不是出事了嘛……"刘登荣解释道,自己也感到理屈。

常青峰不再说话。车里的气氛重新沉闷起来。

吉普车进城,开到了十字路口。司机小张放慢车速犹豫着问:"常县长,去县政府还是回招待所?"常青峰说:"上县医院。哎,马志远,你要不要先回你局里去?"还没等马志远回答,刘登荣说:"好,顺道把马局长放下。"马志远说:"那好,我回局里。"常青峰说:"要不你就跟我们去趟县医院吧,万一有啥情况也好帮着照应。"

方才有个微妙的细节,被常青峰留意到了。刘登荣显然不想让马志远知道更多。"常县长,说老实话,我就佩服你这样的人。换个人我还真有些不服气呢。"常青峰的耳边又响起了这句莫名其妙的话。他一直想不明白,刘登荣为啥给自己说出这样露骨而显得没水平的话来?他说这话的目的究竟何在?

那是当选县长第二天,常县长办公室聚满了人。看得出来,这些人一个个胡子都认真刮过,统统穿着藏蓝或深灰的西服、系着领带。常青峰起初站在门口,就像接待来宾一样,在政府办主任刘世贵陪同下同各位一一握手。刘登荣坐在沙发上,笑嘻嘻抽着烟、不停地喝茶。

第二天早上,常青峰在房门下的缝隙里看到一封信。他好奇地拆开来,却见里面一张白纸上只写着一行字:"黄河滩地水深,万不可插手!"落款却比信的内容还长:"一位真心支持你来华邑任职的自家人。"

如今回想起来，常青峰更加感到蹊跷。他甚至想，这个条子会不会同身后这个人有关系？这个写条子的人究竟是谁、出于什么动机？为什么不把情况写清楚，如此神神秘秘，究竟想干什么？是真的出于好意，还是另有企图？直到吉普车开进县医院在门诊部门口停下来，常青峰才回过神来。

车门开了。开门的是身材高大、穿着警服的公安局长魏子纲。常青峰感到有些奇怪，但很快就觉得这顺理成章。魏子纲表情严肃地指着身边一位高挑身材穿白大褂的漂亮女人说："常县长，这位是咱县医院徐春嫚院长。"刘登荣立刻郑重补充道："全省劳模，著名妇科专家。"政府办主任刘世贵疾步上前推开病房门。赵杰魁紧走几步赶到前面喊道："蒋董事长，你快醒醒，我们县政府常县长看你来了。""本县常县长，看我来了？""对，是专程从同舟村赶过来的。"刘登荣说，显然他们早前已经见过面。

"你们谁说说情况。"常青峰冷静地说。"常县长，这位是负责给蒋先生疗伤的主治大夫王蓉。"徐春嫚院长指着一位大眼睛的年轻女大夫介绍道。

王蓉像背病历一样说："患者男，现年七十三岁，三小时前被送来我院急诊室。目前病人神志清醒、伤情稳定，但是还得住院静卧观察，并进行伤处消炎和心理疏导治疗。"

"据说蒋先生是在安礼镇武安村考察投资项目出的状况？公安局当时有没有人在现场？"常青峰问毕，扭头看了一眼公安局长魏子纲。

"常县长，是这么个情况。蒋老先生这次来，一开始并不是咱们县上出面接待，直到今天晚间案发，我们接到报案这才急忙赶到现场的。"

常青峰回头看看刘登荣一时不知该说什么。老实讲，在同源县二十多年，他还从来没遇到过这样蹊跷的事情。如此重要的一位客人，到县里来已经活动了好几天，书记县长居然一无所知。想到此，常青峰提醒自己，事情既然已经发生了，一定要沉着冷静。于是他问魏子纲："你们出现场了没？凶手在哪里？"

"报告常县长，我接到刘副县长亲自打的电话，就立即命令安礼镇派出所张所长亲自带人到现场处置。据说当时人很多，场面很混乱。蒋老先生头破了倒在地上……有人暗中揭发是村主任武永安先动的手，我们就把他带到派出所录了口供。现在人还留置在安礼镇派出所。""岂有此理！"刘登荣愤然道，脸色气得苍白。常青峰说："刘世贵同志，你负责总协调。医院先抓紧疗伤，等蒋老先生伤好出院，公安局会同政府办一道研究依法依规拿出处理意见。"常青峰说着，俯下身子，握着蒋老先生的双手说："蒋先生，实在对不起，我在这里代表县委、县政府向您老人家道歉，并希望您安心养伤，争取早日康复。"

蒋老先生感动地咬着嘴唇连连点头。刘登荣副县长看看大伙说："好，那就按照常县长的意见办。下来大家分头开展工作。世贵，一定要搞好协调。"

二

返回机关的路上，常青峰一语不发。车到县政府院子，他下车后，刘登荣紧走几步赶上来。两人在月光清冷的院子里走着，先是一阵沉默无语。

"常县长，情况是这样的，"过了好一阵，刘登荣说，"我正在下面搞调研，接到了公安局长魏子纲的电话，不是我给他打的电话……"这话常青峰听着心里有些反感。"刘县长，过程咱就不用再说了，耐心等待调查结果吧。"常青峰冷冷地说，几乎头都没抬。刘登荣一愣，只得把话咽了回去。

随后又是好一阵沉默，只听见踢踏沉重的脚步声。常青峰也许是意识到自己态度过于冷漠，便主动问道："这位蒋老先生到咱华邑，究竟打算投资什么项目？"刘登荣忙说："他想配合咱旅游开发，搞水上娱乐和温泉洗浴、餐饮、娱乐一条龙服务。""这事情，咱应该第一时间就给邱銮书记汇报呀，现在连我都被动了。"刘登荣岔开话题说："据说蒋老先生看中的那块地，是在武安村地界内。他们就直接到武安村考察。结果多数承包户主很愿意转让土地，甚至愿意签土地流转合同，可是村干部不同意，于是就发生了冲突。""这么说他们看中的那块地，是在黄河滩里吗？""对，是在黄河滩里，部队农场留下土地的一部分。"听到"黄河滩里"几个字，常青峰又记起了那张内容怪异的字条。看来写条子的人是与滩地有关了。显然，写条子的人低估了他这位新县长的判断力，或者的确是出于某种好心。

也许是看出常青峰思想不集中，刘登荣识趣地说："常县长，时间不早了，都累了一整天，要么咱先休息吧？""好，你先回去，我还得到办公室处理点事。"

刘登荣告辞后，常青峰独自回到办公室。他随手闭了房门、放下公文包，呆愣着想了想就立刻拨通了马志远的电话。

"喳，志远吗？你休息了没？没休息？那好，你辛苦马上到我办公室来一趟。咱把有关的情况捋一捋。"

马志远一进门，常县长正在埋头吃泡面。"来了？好，这一碗是你的。""嗯，一分钟完事。"马志远说话间咧开大嘴，几口就把一碗泡面刨进了肚子。"你慢点，急啥？"常青峰说着倒一杯开水，递到马志远手里。"情况我了解了。"马志远喝一口水用手一抹嘴说，"那天这个蒋老爷子被赵杰魁领着，先是到了同舟村后才到武安的。在同舟村遇到忽子壬和忽子亥这些老者，据说碰了一鼻子灰。""啊哦，还有这事？"常青峰听得兴奋起来。"对，我听同舟人说的。随后到了武安，也不找村干部，直接在巷里地里转悠。见到门底下晒太阳的老汉和地里做活的村民，就搭讪认'乡党'。"马志远说得咳嗽起来，常青峰忙说："赶紧喝水，喝水。"马志远清清嗓子说："后来就开始签合约嘛。蒋老先生指着随行的一个美女说，'这是我的法律顾问'。那美女更会说话，抿嘴一笑说，'愿意为您服务'。农民一听，心里就更加信任。双方顺利签字画押。围观的人家纷纷效仿。没用多大工夫，就把那块地所有的农户，都变成了自愿的土地出让者。为了表示诚意，蒋老先生还承诺给每家每户一万元定金。""啊哦，他这是想把生米做成熟饭嘛?""对呀,难怪武主任一看那一沓子土地出让合同,就急红了眼。有群众暗中给我反映说,是那同舟村镶金牙的赵老板站在蒋老先生背后撑腰打气。说是武永安原本就脾气暴躁,被赵杰魁用话一激就炸了。"

这时候,外面有人敲门。刘世贵主任笑眯眯推门进来双手送上一份文件,《关于武安村主任武永安殴打台商蒋北里先生的处理意见》。"好,先放下,我随后仔细看看。"刘世贵点头去了,常青峰失神地搓着手在地上转圈圈。"常县长,我想不明白,这个蒋老先生究竟是什么人?台商到县里来,咋不给县上打招呼?"对呀,志远这个问题提得好。常青峰想,是谁最先讲的这人是省上大领导请来的客人?大领导的秘书为什么不给县上主要领导打个电话?

"常县长,你还记得那年同源县项目招标吗?那个贿赂评委的人,就是赵杰魁呀!这人可不是什么规矩商人。"常青峰听了,没有言声。他当然记得此人,满身的铜臭味烧成灰也能认出来。刘登荣戳下一盆糨子,常青峰正琢磨着如何给那邱銮书记汇报此事。

三

第二天一大早,刚上班电话铃就响了,常青峰拿起电话,恰巧是县委书记邱銮打来的。说是常务副县长刘登荣刚刚给他汇报过台商蒋老先生被打事件,也看到了政府办同公安局联合草拟的处理方案。听口气,邱銮并没有兴师问罪的意思。常青峰问:"那书记的意见呢?""我吗?我原则上同意你们的处理意见。在严惩打人者的同时,做好广大村民的思想教育工作。不过此事关系重大,我还是强调各级在处理此类问题时要注意讲政治,不能简单地就事论事。"常青峰听着,嘴里"就是就是"地答应着。但是他的内心,一直还捉摸不定县委书记的真实立场和态度。他还是隐隐约约感到,邱銮是在打官腔,甚至还有些言不由衷。但是他很快提醒自己,一起搭班子,可不能毫无根据地互相猜忌。

"常县长,你刚上任不久,就遇到了如此棘手的问题。不过话又说回来,我完全相信你的政治经验和政治智慧,一定会用心处理好这件事情,谨防事态扩大,造成不良影响。"邱墅所言,常青峰听得不禁一愣,心想问题有那么严重吗?但是他没有开言,只是谦虚地洗耳恭听。邱墅又说:"常县长,事情很复杂呀。想必你也感觉到了。不瞒你老兄说,省上大领导秘书昨晚亲自给我打了电话,看来此事一定要高度重视,万万不可掉以轻心。"常青峰听得两眼大瞪,一时竟不知道如何表态。他只是觉得邱书记这么一插手,事情就更加云里雾里、扑朔迷离起来。他甚至感到自己也正不知不觉地陷进一个不大不小的泥沼,双腿沉甸甸,不能自拔。他心里懊丧地对自己说:久在河边站,谁能不湿鞋?当下就又想起那张门缝塞进来的令他疑惑不解的匿名字条。看来这黄河滩里,水还真是不浅呀。常青峰苦笑着摇摇头,心里对自己说:还是那句老话,兵来将挡,水来土掩,没有什么了不起的。

"喱,老赵吗?你在县城吗?那好,一会儿咱见下。对,就现在,我有急事说。"放下电话,刘登荣慢慢地步行到大门外,看见赵杰魁已经亲自开车在不远处路边等候着。转眼之间,到了念奴娇洗浴中心餐厅内部大包间。赵杰魁引导,刘登荣进门,一眼就见董得理没精打采地坐在那里。董得理看见刘登荣,急忙站起来让座。刘登荣心里感到了胜利者的优越,同时也替自己的未来担忧。"刘县长,你坐这儿吧。""唉,那可不行,你老兄永远都是我的领导,吃饭永远都得坐主位。"

"唉,我可是没想到市上会派人,本来换届我下来你顺顺一接……""董老兄,咱今天吃饭,不提这事。"刘登荣说着看了一眼赵杰魁,心中一阵无名火起。

饭桌上再无旁人。赵杰魁红光满面,嘴里那颗大金牙始终露在外面,显得格外刺眼。此刻在他眼里,面前这两位再也不是什么领导。眼下说白了,也都是他高薪雇来的打工仔罢了。

"二位,今天没有外人,都是自家兄弟吃饭。"赵老板不无得意地说。下台县长董得理早已经不在乎这些礼数。刘登荣听得，暗中却咬牙切齿地对自己说："咳，凤凰落架不如鸡，王八有钱出气粗嘛，一点不假。""董哥，请接受我们的聘书。"赵杰魁说话间从皮包里掏出个大红本子，只见那董得理竟然赶忙站起身，满脸堆笑地接住。刘登荣看看董得理，又看看赵杰魁，没有再说什么。

四冷四热，各种烹调讲究的菜肴接二连三地端上来。身材高挑的漂亮女服务员带着一股子诱人的香气，刘登荣瞅着，心情一下子好起来。赵杰魁干咳两声端起酒杯说："董哥、刘哥，今天的确无外人。菜都上齐了。你们谁讲两句吧，咱好开吃。"

"刘县长，你说。"

"董老兄，你说吧。"

"刘县长，还是你说。"

刘登荣当即说："我就不说了，那咱还是听赵老板讲几句？"

"那也好。听赵老板说。"

赵杰魁不再推辞，站起身说："那好，我听二位吩咐。今天也没外人。咱不说绕弯子话。往大里说，是那改革开放政策好。往小里说，就是黄河滩土地开发这个大项目，把咱们绑在一起了……"

赵杰魁正讲得得意，刘登荣仰头一笑说："哈哈哈，我说赵老板，才几天不见你可是长本事了。这啥时候还成了大演说家了，讲起来一套一套的。咱开吃吧，边吃边说，如何？"说着，自己先举起酒杯同董得理一碰，仰头就喝了下去，又径自操起筷子夹了一大片子五香牛肉，大嚼起来。

"好好好，吃吃吃。"赵杰魁脸呼地红到了脖根子。董得理假装什么也没听明白，端起酒杯一饮而尽。心想只要有好酒喝，啥啥都不是事。他近来别的本事全废，可这酒量见长。刘登荣心里憋屈，赵杰魁忐忑不安。三人喝着闷酒，一不留神，董得理已经喝光了两壶。只见他原本苍白的脸变得通红，暗淡的眼睛发出了火辣辣的亮光。他自己动手，给自己又倒一壶，直接端起酒壶说："来，董顾问敬二位一壶，来，你们随意，我干了。"刘登荣勉强端起酒杯抿一口又放下了。董得理一仰头喝光了一大壶。他动作夸张地放下酒壶,眼睛布满血丝,嘴里含混不清地嘟囔道:"人家选举新县长,连这你都不知道,还一天到晚想当县长!"刘登荣看他喝多了,也没在意这话。董得理又说:"常……青峰,同源那么碎个县的烂烂常务,凭什么你就……""你甭管人家同源县多小,辈分是一样的呀!"刘登荣故意刺激他说,眼睛还扫了赵杰魁一眼。赵杰魁看了看身边站着的服务小姐,故意大声说:"人家常县长可是一步一个脚印走过来的。"不料刘登荣听得,把酒壶用力一甩,起身扬长而去。赵杰魁先是一愣,随后喊着追出门去。

四

夜深了还睡不着觉,刘登荣自己给自己发了一通牢骚。随即又禁不住仔细回味起白天发生的一切。从接到赵杰魁的电话,到急急火火一同赶到同舟村给县长汇报。一路上,他都在闹心挠头。心想这种原本就遮遮掩掩的事情,怎么给人家县长开口呢?他开始回想着常青峰听了汇报的最初表情和情绪变化,虽说没有暴跳如雷,可那脸子实在是不好看呀。真是官大一级压死人。难怪人人都削尖脑袋往上爬。可不是就得紧着往上爬呀,这庸俗的社会,不就同一棵大树一样,一群猴子整天在树上折腾,个个都争先恐后地向上爬。这究竟是为什么呢?上了树,你就明白了:从下朝上看,全都是难看的猴屁股呀。从上往下看,总是一片灿烂笑脸。刘登荣自觉想得跑了题,不由得又苦笑摇头。

俗话说"叫狗不咬,咬狗不叫"。刘登荣那日离开常青峰,心中骂骂咧咧地提醒自己说。当晚带着满肚子的忧虑和惆怅回到家,已经过了十二点。夫人和儿子早就睡着了,他赶忙简单擦洗后躺下来却久久不能入睡。他的眼前,总是呈现出新的这位县长常青峰那张好像永远睡不醒的脸和那老眯缝着叫人看不清、更琢磨不透的小眼睛。"唉,一天真他妈窝囊。简直就是温水煮蛤蟆呀,叫你一时半会儿死不了也活不舒服。"他盘算着，懊恼地咬牙翻了个身，交替着攥了攥双拳，活动活动压麻了的手臂。"嘿嘿，'常务副县长'！听起来还蛮风光哩，其实是草包一个呀。表面上来势凶猛，一人之下几十万人之上，其实也就是个可怜的傀儡。就像皮影戏里的人物，时时刻刻都得被人操纵着。人们不知道都还羡慕这'常务'，可是只要你当上了，你就知道难怅了。整天忙得孙子似的，可是往往出力不讨好呀。表面看红红火火，好像管事不少。其实也就是个跑腿办事的大干事，没有一点实权。严格来说，屁大个事都要给那县长请示汇报。有时候甚至连分管一方面工作的副县长都不如。但凡涉及别人分管的工作，就得同人家沟通商量。如此就像被用鞭子抽打着的可怜毛猴儿，分分秒秒都得不由自主地团团转。年年月月、一年到头，赔着笑脸向这个报告请示，同那个协商沟通。更像个熬活的小伙计，从早到晚都得看那县长脸色。什么烂职务，真他妈过得窝囊。"

每逢失眠的时候，或是遇到不愉快的事情，刘登荣都习惯躺下同自己说话。这渐渐成了他解除烦恼的办法。"咳，刘登荣同志，你听着。眼下人家既然已经当了县长，你就得老实就范。至少在表面上，应当是服服帖帖当好助手。说老实话，从前一起担任常务，你瞧不起人家也就罢了。可是现在你不得不仔细揣摩研究这个人了。有的人，干事不一定行，可斗起心眼儿来你未必是人家的对手。"如此想着，心里平顺多了。于是天将亮时，他才迷迷糊糊睡着。倒霉的是刚刚睡着不大一会儿，电话铃就响了。这回打电话的不是机关值班室，而是一个他此刻最不愿意提到的人。"喂，喂，刘县长吗？"电话那边的赵杰魁显然很着急。他扯着烟酒嗓子喊道："赶紧，好我的刘县长，不得了，要出大事啦！"刘登荣一怔，心里一下子慌了。"刘县长，听见没，请领导赶紧给公安局魏子纲局长打电话呀，叫他赶紧带人到县医院来。武安村来了二三百人，把那县医院大门堵了，正在砸门，还喊叫要砸我车。""为什么，为什么要堵县医院的门，还要砸你车？""有人煽动呀，说是蒋老先生是个骗子，说是我赵杰魁设的圈套要他武安人朝里钻。还说这背后有县里大人物指使、撑腰……"刘登荣一听脑子里轰的一声，紧张得眼前一阵发黑。他努力让自己平静下来，说："哎呀，杰魁呀，可不敢再出事了！"说着话竟像触电一样坐起身发呆。"喱，刘县长，刘县长……"电话那边还在拼命喊叫，他却什么也听不清了。刘登荣再次疲惫地躺在床上，脑子里一片空白。昨晚几乎是一夜没睡，他感到自己实在是太累了。可是耳旁另一个声音却说："刘登荣呀刘登荣，你看清了，那这可不是武安村人聚众闹事，而是一根点着的导火索呀。弄得不好，可是要出人命的，要掉乌纱帽的。"如此想着，他再也躺不住了，一下翻身坐起来，当即拨通了公安局长魏子纲的电话。

等到魏子纲风风火火带人赶到县医院大门外时，天色已经大亮。魏大个子远远就看见县医院大门外黑压压地聚了一大群人，心情一下子紧张起来。

"开门，开门！咣咣咣……赵杰魁，你徒孙有胆量出来！赵杰魁，你徒孙有胆量出来！"有人大声喊叫着用砖头砸门，铁门发出刺耳的声响，半条街都能听得见。人群里竟然还有不少的妇女和儿童，干脆裹着被单和褥子，躺在当路上。显然是有人精心策划组织的行动。

朦胧的晨光中，人们看见黑脸大个子的县公安局长带人来了。人群突然之间就安静下来，好像有什么更加可怕的事情即将发生。

"你们这是干什么？"魏子纲突然厉声喝问。"我们要见赵杰魁和蒋老先生。""你们见赵杰魁和蒋老先生是什么意思？""我们想问赵杰魁和蒋老先生，那签过的合同还准事不准事？答应预支的一万块钱还给不给了？""这不用问赵杰魁和蒋老先生，我现在就能回答你们。合同上村里没签字，不准事！"

一句话，就像是擦着一根火柴，哗的一声，一堆干柴迅速燃烧起来。魏子纲局长这是引火烧身呀，当下就成了焦点人物。"谁说不准事，谁敢说不准事？""这地是我永安人用命换回来的！你一个公安局长说不准事，就不准事了？""你以为你是县长？"魏子纲脾气倔，听到逆耳的话顿时犯了牛脾气。他宁折不弯的劲头上来了，一时脸红脖子粗地高喊道："就是我说的！还是那句话，村主任没签字，村上没盖章子，不准事就是不准事！"他这一喊叫，气恼的人群就像潮水般朝他涌过来。魏子纲被更紧地围困在人群中间，想动也动弹不得。人们挥舞着手臂和拳头喊叫着。

"来人，来人呀！我看谁敢放肆！"魏子纲有些紧张地连声喊道。不料他带来的几个人，早不知道被人群挤到哪里去了。公安局长一时孤立无援，平时的威严也不知跑到哪里去了。"打狗日的，当官的统统不是好东西！"有人躲在人群里煽动，有人开始朝他身上扔东西。魏子纲的警察帽子被人从身后掀翻了，黑脸上也被扔了一把瓜子皮。堂堂魏局长哪里遭过这样的侮辱，他慌乱地掏出手帕擦着脸，壮起胆子说："听着，无论你们此刻做出什么无理的举动，作为公安局长我还是要慎重告知大家，义高于利，法不容情。凡是违法行为，都是要付出沉重代价的。"人群里一个老汉站起来问："好俺的局长哩，俺是穷怕了呀，但有三分奈何，谁还愿意违法乱纪？""老叔，咱就是再穷也不能目无法纪，更不能以身试法呀。"

就在这时候，警车响了。警车后面一辆卡车拉来一队全副武装的特警。特警们如临大敌，下车迅速把人群包围起来。闹事的人顿时傻了眼，一个个都下意识地蹲在地上缩起身子。

"报告魏局长，特警队奉命前来报到，请局长指示。"魏子纲当即一愣，随即生气地质问道："哎呀，这是谁叫你们来凑热闹的？难道还嫌事情不大？你们睁开眼睛看清楚，这里是医院，不是黑社会作案现场。"特警队长一愣，听出魏局长话里有话。人群里顿时发出一阵议论和嘿嘿的怪笑。"怎么，你还愣着干啥？赶紧撤人呀。"魏子纲话音刚落，那满头大汗的特警队长就立马集合队伍离开了现场。随着卡车远去，堵门的人群里有人鼓起掌来。门内突然响起了一阵救护车鸣笛声，大铁门随即开启，却没有一个人敢往门里拥挤了。几个民警朝着人群喊道："赶紧散开，给那救护车把路让开。"众人开始悄然散去，县医院大门外很快恢复了平静。前后用了不到半个小时，一场村民进城闹事风波就此平息了。在返回局里的路上，魏子纲表情严肃地拿起手机拨通了安礼镇党委书记郭振峰的电话。他简要告诉他武安村村民闹事的情况，建议镇上抓紧时间做好村民的思想工作，防止事态扩大，坚决杜绝影响稳定的事件发生。郭振峰连声答应着，心里却一时不知如何是好。他放下电话，心慌意乱地搓着双手满地打转转。"咳，把他的，这该怎么办呢？真他妈是按住葫芦漂起瓢呀！"他心里一阵毛乱，肚子突然就又胀鼓鼓地疼了起来。

第十四章

一

初冬的渭北高原,早晚气温骤然变得很低。沿黄河滩崖边的村里人,最先感受到寒风凛冽的味道。村民们习惯上立冬以后就得增添毛衣毛裤棉坎肩等厚实的御寒衣服。有的老年人干脆一步到位,早早就穿上三面新的棉裤棉袄,腰里还系上宽布腰带、脚腕上扎了腿带儿,一副越冬的打扮,成了村里一景。

"子亥兄弟,你看现在这光景,哎呀呀……"忽子壬坐在推头老王的铁皮棚子里,笑着问呆坐不语的堂弟。"唉,你这不是没话找话哩!从前是瓜菜半年粮还连偷带抢的,现在是啥?"忽子亥说。老者们听了纷纷点头称是。人们不再说话,一个个都低头回忆艰难困苦的日子。种庄稼的人呢,大半年没有粮食吃。人们饿急了,就在大集体的地里"偷"。苞谷还没完全成熟,一片子地里,苞谷棒子就所剩无几了。麦子和瓜菜也是在劫难逃。大家人人一样,连生产队长也不例外。白天在生产队劳动,夜里就在地里争先恐后地"偷"。有时碰了面,相互就假装没看见。彼此赶紧远远地躲开,继续着"偷"。自家在门背后偷着吃自家馍,当然也没人"报案"。大伙儿就这样悄然自救、心照不宣。"偷"的结果,必然造成粮食大减产。到头来,损失的还是农民自己。

那些饥饿屈辱的日子,真是不堪回首啊。

太阳开始升起来了,气温霎时也升高不少。很快,四条巷传来的开门声、说话声和许多人一同扫地声,使得整个村子沸腾起来了。十字街口老槐树底下,疯爷穿着那身耀眼的橘红色工装在扫地,一晃一晃的身影,再加上身后那些跟着他扫地的学生娃,像一片盛开的向阳花在街巷里绽放。那耀动的光焰、祥和的气氛,如同一股暖风在老者们心头抚慰。

"你们看,咱仰正扫地不再是孤零零一个人啦,除了跟着一群戴红领巾的碎娃,四条巷全动起来啦。"忽子壬感叹道。"小娃勤,爱死人嘛,"老者们看在眼里,喜在心头,"瞧眼下,娃们正一字排开,仔细模仿他疯爷的动作,扫地也带上徒弟了?""可不是,瞧咱仰正,甩开膀子,更是带劲。"

"嘿嘿,太阳从西边出来了……"娃们听见老爷爷欢快地唠叨着。

老爷爷扭头看一眼身后,沧桑多皱的脸上,洋溢着罕见的笑容。

这时候,就像音乐伴奏一样,巷东头忽家大牌楼下照例传来了乱弹爷和徒弟文祥早起吊嗓子的歌声。不过他们不再是师徒俩了,而是带着五六个新招的徒弟。戏校暂时就办在老汉屋里。吊嗓子的调门时高时低,扯拉得老长老长。一阵儿浑厚深沉,一阵儿高亢悠扬。

远远地,十字街口老槐树底下锣鼓一敲响,排练大秧歌的人们也开始兴奋地列队出现在村巷里。原先死气沉沉的古老村庄,如今变得年轻而生机勃勃。

赵志强和忽沛东,两个身材高大英武的年轻人,扛着扫把、铁锨从村里走过。村子里一下就显得温暖起来。在人们的心目中,他们已经成了村子的形象代言人。看见他们出现,人们心里就踏实。今天又是大扫除的日子,一项新的制度要长期坚持下来,逐渐变成人们的自觉行动该是多么不易呀。他们是参加劳动,也是例行检查村巷环境卫生的,顺便再看看五保户屋里是不是生了火,柴米油盐够不够过冬。这些事情,从前都是本人无奈找上门来的,支书和主任只要坐在村部围着火炉喝茶谝闲就成。有事的时候,群众能寻得见村干也就不错了。

赵志强要求必须改变这种官僚作风。还说要学外地经验,"变人家寻你,为你寻人家"。忽沛太到镇上开护林防火会去了。文燕和段淑娴到县里参加网络销售培训班培训。吴文倩和李蓉蓉除了忙学校的工作,还业余带着学生帮赵能人和孙桂花在图书阅览室忙活着。文海书院赠送的新一批农业科技图书需要分类登记上架,村里新购置的音响和传播设备需要安装调试。冬季村民科技文化夜校就要正式开课,好多事情都得抓紧准备。一切都在按部就班地推进中,当然困难总是难免。在赵志强看来,整个村子就像是一架巨大的钢琴,而弹钢琴的人就是党支部和村委会的全班人马。

不时地,就有人同他们亲热地打招呼、相互问候着。不时地,他们就停下来同人们愉快地说着话。两个立志在故乡干一番事业的知识青年,此刻的心情,由他们脸上挂着的朝霞般的笑容就可以看得出来。那极富感染力的发自心灵深处的笑容,就像太阳的光辉一样,温暖也鼓舞着全村人的心。

村子里,老老少少的欢乐与勤恳,就像朝霞里的一支快乐的交响晨曲。整个村子都被激活了、暖热了。老者们满意地远远望过去,村巷整洁干净。那各巷组建和自发形成的义务保洁队伍,成了一道预想不到的美好风景。欣喜之下,老者们开始议论起村里正在筹建的老年幸福院这事。

"你们没听咱志强书记说,等咱村里办起了幸福院,不光是咱这些老婆老汉吃饭问题解决了,青壮劳力也就得到解放了。"这回是爱姑婆插话说,大伙都有些没想到。她从来都是笑眯眯地为大伙儿做事,很少参与说笑。

"这话可一点不错呀!那这年轻支书替咱想事情,可就是周全。"忽子壬说。"谁说不是呢。"忽子亥说话瞪大眼睛,看了一眼坐着发呆的侄儿忽大谝。他希望聚民这时候也说句凑劲话。可是他失望了。那没出息的老侄儿,正痴呆地瞅着街巷里。一个女人担着一担水正从巷里走过来,原来是寡妇苏庆芳。

"聚民,你发啥呆哩!"忽子亥不满地问。忽大谝这才回过神来说:"没有啊!"众人的目光都瞅着他,他呼地涨红了脸。他叔忽子亥又问:"没有你紧张啥哩,该不是清早起来又灌了猫尿(酒)?"

　　赵志强担任支书后,村上两委在办实事的同时,决定把好人爱姑婆夫妇树立为村里"爱心标兵",还大张旗鼓披红戴花做了表彰。冬季来临时,人们惊异地发现推头老王家门前,凉棚四周就用厚厚的透明塑料布包裹起来。夏天的"凉棚"瞬间就变成了冬天的"暖房",赵志强为之起名为"爱心驿站"。经过县电视台一报道,这爱心驿站就有了名声。城里人都很新奇,纷纷慕名来参观拍照体验。人们到了同舟村,吃过段家乡亲小饭馆的水盆羊肉之后,就要来参观忽家巷的"爱心驿站"。老年秧歌队和社火班子也随之火了,同州梆子戏校的学员一下子翻了两番。爱姑婆和推头老王夫妇,他们的助人为乐和无私奉献事迹,很快成了人们关注的焦点。这一高一矮的两个原本属于弱势群体的好心人,很快竟成了网红人物。

二

　　这天夜里,赵志强主持两委开会议事。散会后已经是十点多钟。夜静了,月光清冷清冷的。热闹了一整天的同舟村,一片沉睡的宁静。借着明媚的月光,赵志强发现段淑娴一脸的凝重,但显得更加美丽迷人。此时此刻,他真恨不得把亲爱的段淑娴紧紧搂在自己怀里。从小在父亲肩头长大的段淑娴性格中既有姑娘娃的细腻与缠绵,又有男子汉的刚强。在赵志强印象中,淑娴从小到大,无论出现在任何场合,她都像一个懂事的小大人。赵志强很喜欢她这种不动声色却耐人寻味的性格。在许多情况下,当他同她目光相遇,不用开口就已经明白了那微笑或凝重表情的含义。自从那天在村部他们头一次拥抱接吻,爱情的窗户纸终于被捅破。段淑娴已经完全把自己那颗姑娘的心交给了这个高大英俊的男子汉。不知为啥,第二天再见到赵志强,她离着老远,就开始心慌意乱。好容易等到两人单独在一起的时候,却又会紧张得不知所措。就像眼下这样，害羞的姑娘遭受着爱情的煎熬。这种心情，自从吴文倩来了之后似乎更加严重了。

"淑娴，等到咱生态畜舍建成，咱全村就不要再为烧火发愁了。你小饭馆也可以大大降低燃料成本。沼气满足供应，沼渣、沼液可以取代化肥和农药，咱的有机种植也有了着落。到那时，咱们就有条件大量生产绿色无公害农产品啦。"

段淑娴听得，慢慢地仰起头，圆圆的眼睛瞪着赵志强。猛然间，她终于鼓起勇气不由分说地靠在了他那结实的胸前。赵志强把她紧紧地抱在怀里，就像那天在村部一样。他吃惊地感到淑娴在自己的怀里竟然啜泣起来，赵志强有些莫名其妙。周围一片寂静，两人不知不觉地移步老槐树下相拥而立。"淑娴，你、你就是我心中的女神呀！"说出这句教科书式的时髦情话，赵志强突然感到自己脸颊发热，心中更加深切地体会到段淑娴的可爱迷人。但同时却又隐约地感到，淑娴心里像是还有什么顾虑。他正琢磨着，就听见段淑娴严肃地说："赵志强，你可要想好。我是土农民……我看那吴文倩，她和你更般配……"赵志强听得大吃一惊，赶忙问："什么，你、你怎么能说出这话来？"段淑娴说："真的，我发现她看你的眼神，就像两团燃烧的火苗……我看着真的有些受不了。"说完竟然再次啜泣不止。

赵志强听得一愣，一时不知道该说什么。他情急之下，想要鼓起勇气说："淑娴，不要胡思乱想行不行？我，赵志强，只爱你段淑娴，永远都不变心……"可是努力了好一阵，涌到嘴边的话又被他自己强咽回去了。他突然意识到，人家淑娴会不会另有想法？他只是情不自禁地伸手抚摸，甚或笨拙地揉搓着她那健康又丰满的曲线明显的脊背和腰肢。这是无声的语言，他想得到对方的明确回应。

段淑娴起初一动不动，后又像是在躲避犹豫。随后静止不动了，像是在努力接受神圣的求爱仪式。那种半推半就的感觉，产生的效果是令她自己更加忐忑不安。此刻的赵志强，像是小心翼翼地接近着一只胆怯却美丽迷人的小鹿。他的触摸的手，犹豫着慢慢转移到她那柔软的颈项和脸颊。段淑娴突然浑身战栗，瞬间想把他的手推开，却又突然紧紧地握住不放了。这令赵志强增加了无穷的信心和勇气。顷刻之间，一场情感的风暴就此轰然掀起……

眼看月儿偏西，他们这才依依不舍地离开老槐树。赵志强看看表，已经过了午夜。"淑娴，我送你回去吧。""不，我要和你在一起。"赵志强一听急了，忙说："这怎么能行呢。""谁叫你刚才那样？""哎呀，你说话呀！刚才咋哩？""你说刚才咋哩？我可没冤枉你吧。"赵志强急得直搓手，在地上打转。段淑娴被逗乐了，说："看把你紧张得，傻样儿。"老实的赵志强这才嘿嘿一乐，伸手更加大胆地又把段淑娴抱紧了说："这回你就是想松手，也不行！"两个人像孩子一样天真地笑了，心里都感受到了纯洁爱情的甜蜜。赵志强趁机说："今后再不许你随意乱猜了。""嗯，"段淑娴答应着，把志强的双手紧紧地握住，像是捧着一只小鸟，生怕它飞走一样。

突然，街巷传来隐约的脚步声。段淑娴伸出一个手指，对嘴嘘了一声说："当心，小声。"那脚步声停了下来，周围又恢复了平静。

赵志强还在抒情："淑娴，等到春天来临的时候，咱们的村子，就是一片鲜花的世界。到那时候，人们走进咱同舟村该是一种什么样的感觉？""你说呢？"段淑娴仰头望着赵志强在月光下显得更加英俊的脸庞。"叫我说？进了咱同舟村，就像是进了一座大花园。""嗯，马局长也是这么说的。连这花圃的设计和施工，都离不开马志远局长手把手的指导。"段淑娴说。"对呀，村民们一开始自发行动，搞得五花八门，闹出不少笑话。"

一说到工作，赵志强完全忘了儿女情长。"嗯，秋天的景象会更美。想象得出，游人从村里走过，树上的柿子、山楂和海棠果火红，树下是五颜六色盛开的鲜花朵朵……"赵志强说着，眼睛里充满了遐想。"那种清香、新奇、鲜活与幽静，是喧闹快节奏下的城里人掏多少钱也无法买到的慢生活呀。"段淑娴学着赵志强的口气说，赵志强竟然没有听出淑娴是在逗他："对呀，让人们把生活的脚步放缓，尽量放缓。甚至暂时地停顿下来，回头望望来路，看看周围的风景。""放松疲惫的身心，定当明白许多道理，陶醉于一种全新的充满诗情画意的人生境界中，流连忘返……"段淑娴像演戏一样，继续学着赵志强的口气。

"嘘——"这回是赵志强伸出食指，轻轻吹了一声，提醒淑娴说话小声点儿。两人悄然躲在树荫里，就见忽沛东和文燕手拉着手迎面走过来。显然是沛东送文燕回家。两个人悄悄地走着。到了文燕家门口，两个人好一阵不愿意松手。最后干脆拥抱在一起。

赵志强和段淑娴看着，也不由得拥抱在一起。闻着淑娴身上散发出的迷人气息，赵志强情不自禁地再度陷入了美好的想象。他甚至想到了结婚……那种热恋中的男女通过身体的暗示传达的痴情，令段淑娴再度陶醉。此刻在段淑娴眼里，他哪里像是一个村支书，简直就是一个充满幻想的浪漫诗人。不过志强的诗是写在大地上的，写在人们心里的呀。段淑娴想着，心中再次升腾起一股幸福自豪的暖流。

三

回到家里，段淑娴兴奋得久久难以入睡。她的脑子里呈现出的，都是赵志强的高大身影和他那严肃认真的面容。村里那桩桩件件的新鲜事情，也不断地在她脑海里呈现。时间不早了，她想尽快入睡，可是不想这些都不行呀。她索性在日记中记住这难忘的夜晚。她又开始想到了网上销售的事。她信心满满地对自己说："网上销售要是真正搞起来，村里农副产品就不愁卖了。"她淑娴想在工作中，给志强更多的帮助，她开始替他着想更多了。

村巷里，红焦砖铺过的路面显得坚实平整。这是赵志强当了村支书，第一次主持召开党员大会，讨论如何发挥党支部战斗堡垒作用和党员模范带头作用时定的。那次会议的情形历历在目……同舟村新时期党建的历史也就从那天夜里开始，翻开了新的一页。想到此，段淑娴感到无比自豪。

党员好久没有开会了。起初大伙儿你看看我我看看你，就是没人发言。墙上的石英钟一刻不停地发出跳动的声响。这声音伴随着劣质烟草在烟锅或报纸卷的烟卷中燃烧出刺耳的吱吱声，也流露出人们内心的焦虑不安。"说话呀，各位长辈，咱得支持年轻支书工作呀。"说话的是副支书文凯歌。老支书在一旁盯了他一眼，随即闭上了眼睛。"对，咱得支持赵支书工作。""就是嘛，咱得支持呀。"支委忽沛太和忽沛东也先后附和道。只有文燕和段淑娴两位女支委低头不语，可是段淑娴心里着急呀。村里面要办的事情实在是太多了，哪一件是最急需要办的呢？会场气氛显得更加沉闷。"咱们作为党员，大伙儿想想，村里有什么事情能让全村人都得到好处？""全村人都有好处？"忽子壬反问一声，看看身边的堂弟忽子亥。"修路呀，对，街巷这烂烂路。"忽子亥老汉拉长着脸秃噜出一句，"要叫全村人都高兴，除非你把巷里这泥土路统统硬化成砖铺道。"

段淑娴当然知道，村里党员开会，很少来这么多人。可是人虽到齐了，会场却是冷的。大多数人都低头吸烟，也有个别人仰头看着新任支书赵志强。赵志强面对这样的情形，开始感到有些不知所措。他一个一个看着这些满脸沧桑的庄稼汉。论辈分，他们差不多都是自己的长辈，他们每个人入党之前都努力表现过，也虔诚地面对党旗庄严宣过誓……目前重要的是，得让大家重新记起这些遥远的往事。一个和平时期的农民，要成为名副其实的共产党员，谈何容易。"开会旮旯坐，少提意见多通过……"赵志强无奈之下想起了儿时唱过的童谣。

最终，大伙的视线都集中到了忽子壬和忽子亥两位老者身上。他们此刻看着赵志强的目光就像看见一颗星星。二老的脸上透出令人振奋的欣喜和兴奋，一下子吸引了人们的目光。他们都是上世纪五十年代初的老党员了，党龄比在座的好些人年龄还长。沉默之中，忽子壬用手推了推堂弟忽子亥。只见倔老汉把烟锅从嘴里拿下来，清一清嗓子说："我还是刚才的话，有本事咱把巷里的烂烂路硬化下。"忽子壬听得，带头鼓起掌来。大伙儿就都跟着鼓掌。掌声落下，忽子亥又说："不过修路嘛，也不是嘴吹气球，得有硬头之物呀。还是那句老话，村看村户看户，村民看的是党支部。"这回人们的眼光全都集中到了赵志强身上。"对呀，硬化路面，得有钱呀，可是这钱从哪里来？"赵志强心里一时犯了难。正在这时，老支书忽步康开口说话了："这我都算过了，如果用红焦砖铺路面的话，也用不了多少钱。咱能不能集资来修？""集资？让村里人掏腰包？这可不是好办法呀。"文凯歌说。"这你就太不了解大伙了，只要是党支部真心办正事，我保险村里人愿意。"忽子壬说。"劳力也可以党员义务劳动为主。"忽沛太和忽沛东几乎是同时说。赵志强听得，激动地一拍桌子站起来说："能行，就这么办，咱党员带头！集资，也可以向社会招标，路修好了，投资者可在旅游收入中分成。"大伙一致拍手通过。"具体措施由村委会开会制定。"赵志强又说。

人心齐，泰山移。党员干部一带头，村民们思想高度一致、积极响应。资金如期到位，工程很快开工。许多年了，党支部和党员们再度感受到了群众对自己的信任和尊重。人们再度感受到了村集体的力量和干部群众一同劳动的快乐。硬化路面，这对于整洁卫生的村巷，等于锦上添花呀。疯爷扫地的时候，再也看不到尘土飞扬了。疯子老汉和红领巾们的脸上，都浮现着天真烂漫的笑容。

段淑娴想着，不知啥时候就睡着了。睡着不大工夫，就梦见村里的高音喇叭响了："村民同志们，村民同志们，按照村里制度，又是每周一次检查卫生的日子。请大伙把院里院外打扫干净……"等她睁开眼睛，才知道这不是梦。

天刚蒙蒙亮，高音喇叭上就传出了文凯歌洪亮的叫喊声。随后就是各家各户的开门声和洒水、清扫院子发出的嘈杂声。整个村子，就像一个瘫痪在床多年的病人，突然之间苏醒过来，兴奋的笑容挂在人们的脸上。

大清早，冬日的阳光格外明媚。赵志强领着两委的委员和各村民小组的组长，每人手里都拿着笤帚、扫把或铁锨，在村十字街口集中后出发，一条巷一条巷地仔细检查。发现哪里有卫生死角，就要当即指出、立即动手清除干净。

原先的村巷，晴天是"洋灰道"，雨天是"水泥路"，只能打赤脚或是穿塑料防雨鞋。如今这可好啦，谁都可以穿着新鞋走出家门了。

村里的年轻媳妇和女娃子看样学样,很快都给自己买了高跟鞋。一时间,女人穿高跟鞋竟然成了同舟村的新时尚。恋人之间送礼,也有不少就是送一双时兴的高跟鞋。

四

这天,老者们照例聚在温暖棚子里喝茶聊天。不同的是,人们的目光渐渐全都集中在爱姑婆忽经芳的脚底下。人们惊异地发现,这个身高不及一米的人,个子突然之间咋就长高了呢?"哎,爱娃呀,你这是……"忽子壬老汉端着茶杯,稀罕地问堂孙女儿。

"啊哦,好我的爷哩,你是想问我咋就长高了吗?是呀,现如今咱这光景好过了,我睡了一夜就长高了一截子嘛。"忽经芳红着脸打趣儿道。她说着话,还不由得低头看了看自己藏在长裤管里的双脚。老者们都注意到了,唯有忽子亥没看明白。倔老汉严肃认真地说:"嗯,就是高了,高了足足半拃哩。"忽大谝脸喝得通红,咧开大嘴指着爱姑婆脚下说:"哎呀,我的好侄娃,你、你当猛子走过来,那、那可是大美人呀!"爱姑婆红了脸说:"大谝叔,我美不美,不是你当叔的夸的呀。""对呀,你是娃他叔,不要说话没正形。"他叔忽子亥瞪眼道。忽大谝觉得面子挂不住,赶紧把脸一捂说:"你这是啥鞋吗,穿上真好看。谁给你买的?""你说谁买的!"忽子亥板着脸厉声反问道。忽大谝不敢再说话了。

忽经芳一转身,红着脸瞪了她大谝叔一眼,又看看众人问:"大谝叔,你说我穿的啥鞋?你当叔的管得还真宽!""你娃……穿啥鞋?"忽大谝有些醉意,抬起头眼睛望着天上说,"这我可不敢乱管。""闭嘴!又灌猫尿啦?"他叔忽子亥瞪起眼大声制止道。"对咧,就像猫走路,两条前腿交着走。"

暖棚里的空气顿时紧张起来。老者们一个个都瞪大了眼睛。忽经芳冷冷地说:"各位老者,我是各位眼瞅着长大的娃。我从来都是胆小怕事，树叶落下来都害怕砸了头。可这回在我屋德忠鼓动下的确是离经叛道耍了一回大胆！"忽子壬忙挥手说："唉，女娃们穿个新鞋，咋能是离经叛道？"忽经芳说着鼻子一酸，眼泪就模糊了眼睛。"唉，你就全当是你叔我放了个臭屁！"忽大谝忙给自己找台阶下。忽经芳突然破涕为笑，说："大谝叔，你可不要再骂自己啦。你说的话也没错，我就是学猫走路，逗你们高兴嘛。只要你长辈高兴，小侄女儿、小外孙女我哪怕学猫叫唤都行。"

爱姑婆说罢，故意学着猫态大大方方走了几步，连忽子亥老汉都被逗得嘿嘿直笑。忽大谝厚着脸皮说："经芳呀，只要你不承恼，我、我干脆听你劝，以后把这猫尿戒了！""大谝叔，你真能把酗酒这毛病改了？""嗯，能改。"忽子亥抢先说，"你能把酒戒了，那我就把饭戒了！"忽大谝哈哈一笑说："那我还是继续喝呀，不然再就见不上我叔了。"众人当即一阵欢笑，每个人的脸，都像是一朵经霜开圆的老菊花。忽子亥笑毕，当即板起脸埋怨侄子说："唉，聚民，你一时儿不说话，谁还把你当哑巴。"忽大谝清早起来空心喝了二两酒，经刚才这么一惊吓，酒早醒了。他端起茶碗喝了一口热茶，感觉心里烧躁得轻了好多。

想不到老实本分的爱姑婆竟然也穿出了一双棕红色的高跟鞋。全村四条巷里爱打扮和好嚼舌头的女人，纷纷找借口来看稀罕。一连好几天，推头老王的门前就像过事、赶会。害得爱姑婆多烧了好几锅开水。满地的葵花子皮和核桃皮、枣核子不知清扫了多少遍。实心眼儿好客的爱姑婆，她起初还乐呵呵的。谁不晓得她忽经芳爱人、好热闹嘛。

令忽经芳没想到的是，这天连大忙人文燕她妈也来闲坐说话。这位前妇女主任，可是她心里头格外尊敬又佩服的人物。可是人家来了，眼睛也是直往她脚上瞅。爱姑婆这才意识到，自己穿的这双高跟鞋，在同舟村人看来有多稀罕。更加令她不安的是，不久赵志强支书还亲自来看过一回。他带领村干部检查村巷卫生路过，就叫大伙儿进暖棚来坐了一会儿。爱姑婆为村干部们倒了茶，又递烟送核桃红枣瓜子。

可人家一个个的目光，全都盯着她的脚。哎呀妈呀，吓得她一双脚直往裤管子里躲哩。"爱姑婆，晚辈说句老实话，你穿上这高跟鞋可真好看。""不光是好看，还让我端茶倒水方便了许多。"爱姑婆毫不掩饰地说。"'各美其美，美美与共'，这是我的导师一贯提倡的。我看咱村就应该提倡人人爱美、人人献美。""有这么大的意义？"爱姑婆不好意思地笑着说，"我还真没想那么多。""你看咱能不能叫县上电视台给你做个专访节目？"赵志强认真地说完，副支书文凯歌忙附和："对呀，要是拍个专题片一播放，到时候姑婆和咱同舟村那可就全县闻名啦。"

县上电视台节目一播，没过几天，省上拍电视片的人也扛着机器来了。大小摄像机一架、导演和助理手中的小喇叭一叫喊，村里一下轰动起来。看拍电视的人，比当初看爱姑婆穿高跟鞋的人多得多。忽大谝隔着人群瞪圆眼大声说："嘿嘿，我侄女，我侄女看着真带劲！要是全村的女人都穿上这扫地袍子沿着巷道走两圈儿，那疯爷和娃们就不用再辛苦扫地啦。"

这话逗得大伙儿哄堂大笑。忽大谝越发得意。他左顾右盼，末尾还重复一句说："嘿嘿，肯定比咱忽仰正同志扫得还要干净。"

那天，从太阳冒花开始一直折腾到天黑严。如此这般，村里村外，塬上滩里，甚至还上了一趟忽家寨子。这么一连紧张拍摄了整整三天。搞得忽经芳夫妇精疲力竭，摄制组也累得够呛。看热闹的人倒是越来越多。到最后，连外村人也闻讯赶来。段家小饭馆一时人满，生意红火空前。

"爱姑婆穿上了高跟鞋，同舟村从此幸福来！"

"同舟村，爱姑婆，高跟鞋"，一时间成为网上和人们口头出现频次最高的关键词。同舟村很快成了新闻明星网红打卡地。

随后吸引来大量游客看稀罕，各类农副产品销售价格上涨、销量大增。赵志强趁机同研究所联系，要来几台退役处理的电脑。段淑娴和文燕当即把村里网上销售业务开展起来。文祥还提议师父在戏校率先开展了"非遗传承人直播带货业务"。各家各户种的红枣、花生、西瓜、香瓜、红薯、黄花菜、胡萝卜、小杂粮等小宗的农副产品很快打开了销路。村里的经济活动空前活跃，忽经昌的蒙古走马也派上了大用场。收货送货、接人送人，空前地忙活起来。每天哼着蒙古长调，牵引着马队，驮着游客进村下滩上寨子看风景，成了家常便饭。马匹收入可观，牧马人风光空前。忽经昌和妻子成天乐呵呵的，见谁都是笑逐颜开。预想不到的是忽经昌和他的黑旋风、火焰驹，竟然成了同舟村的形象大使。段家乡亲小饭馆生意持续火爆，连忽家寨子文海书院和文海大讲堂也随之火了起来。

村里的各项工作几乎都是县乡样板。乱弹叔文有才逢人就说："赵志强上来就像看病扎针，一连好几针都扎在当紧穴位上啦！"众人说："风浪中行船，全看那艄公的本领嘛！"忽子亥说："这话还要你们说吗！"众人都听得一愣，没人敢和老汉抬杠。

第十五章

一

日子过得飞快，转眼又到了立春。上级决定，邱鏊同志不再担任华邑县委书记，调回省上另有任用。县长常青峰接任华邑县委书记，常务副县长刘登荣提拔为县长。

消息一公布，全县大大小小的官方和民间"政治家""业余组织部长"们叽叽喳喳，紧着又忙活议论了好一阵子。"嗯，那上头这回给咱这一、二把手配得颤活，你没看这两人的属相，我算过了，从生辰八字看，属于大合之相。"晨练场上，一个笑呵呵双手揉着鼓凸肚子的光头胖子说。此人是县上老财政局长，生得方脸大耳活像一尊弥勒佛。"都啥属相吗，叫我先听听？你老汉吹得这么神！"一个酒糟鼻子的瘦老头跷着自信满满的碎步走过来，不无挑战地问。这位原先是县委组织部长，人们见了他，都把头低下装作没看见。"啥属相？一个属小龙，一个属瑞兔，蛇盘兔，你说是不是大合之相？"

消息公布之后，全县上下街谈巷议鹊起。作为县委书记，常青峰很希望自己能保持以往的状态，随时随地听到老百姓的呼声。可是眼下来看，真要想叫人家对你当面讲几句心里话，哪有那么容易呀。真是没办法，这领导干部容易脱离群众，也是客观事实。夜里睡不着觉，常青峰深感孤独地想。他突然记起了同舟村，想到了赵志强和村里近年来的工作成绩和新鲜事物。想到同舟村的工作，他就像打了一针兴奋剂，顿时昂奋得在床上躺不住了。于是他穿衣起来，拿出了下乡调查的工作日记本。每次下去，他都会记录不少东西。常青峰开了台灯，坐在桌前慢慢地翻阅。眼前呈现出的是到各乡镇调研的所见所闻和所思所想。感觉每次到同舟村心情就不一样，笔记也记得多，字也写得龙飞凤舞充满了激情。因为每次都能看到令他既高兴又深受启发的事情。就拿全县已经推广一年多的同舟村净化、美化村巷环境的经验来说，目前全县此项工作已经初见成效。想到此，常青峰的心里感到了宽慰。他开始在地上来回踱步，脑子高度集中地思考着全县目前面临的矛盾和问题。感觉自己像是一只被人上足了发条的闹钟，浑身上下的大小齿轮都开始咬得很紧、转得飞快。

"青峰呀，你可要牢牢记住了。"独处时，他心中有时会出现幻觉，就像做梦一样，梦见父亲面对自己，威严而语重心长地说。可是所讲的内容，又完全不像是做梦："青峰呀，你听我说。你如今担任一个农业大县的县委书记，这可是一副重担子呀！一个人升了官，是好事还是坏事？你可得好好掂量掂量。升了官如果当不好，还不如不升。你听清了，这是你大我的看法。"听到这熟悉而又亲切的声音，他的眼睛突然模糊起来，心里却变得亮堂些了。

"是呀，你得仔细掂量掂量，看看自己的本事究竟有多大，能不能承担得起这副担子。你不能像有些人，从来不考虑自己本事大小，只嫌组织给的官小。人生这个舞台，每个人都是演员。县委书记这个角色，不好演呀！如何才能扮演得好，你也得思量思量。别忘了父亲那句话：当官就要为民做主。不然你就干脆回来跟老子种地！你爹虽说是个不识字的农民，可是见过不少当官的。早前有个高书记，陕北人，人家一年四季坐个破吉普车在下面跑。每次到咱村里来，都住在我饲养室里，半夜半夜地和咱说话，满脑子装的都是老百姓操心的事。你能不能当成高书记那样的官，能不能总是和咱庄稼人想到一搭哩？让家家户户都有饭吃、人人看病都有钱，让娃们都有书念……"

整整一个晚上，常青峰同自己说着话，突然想到了刘登荣。对于这个同志，经过这两年多的共事，他已经有所了解。说心里话，如果组织事前征求自己意见，他是绝不会答应这位老兄留在华邑当县长的。可是事先组织部门并没有征求意见呀，这就是现实状况。墙上的石英钟在紧张地跳走，提醒着时间在流失、生命在流逝呀。对，是生命在流逝。如此想着，常青峰的心中一阵紧张，突然涌起一股烦乱的情绪。一个眼瞅着就要跨进五十岁门槛的人，在别人眼里，也许还是个各方面都不成熟的年轻人，可自己感觉已经不年轻了……想到那些多数比自己年龄还大的中层干部，那些"从政经验"比"干事能力"普遍要强的部局委办的头头脑脑，他不由得摇头叹气……想到此，常青峰心中一阵焦虑，感到了从未有过的孤独。对了，为了担起这副重担，得首先有一支精神状态好、愿意干事又能干事的干部队伍。他脑子里迅速闪过马志远、赵志强等一张张年轻人的面孔……对了，今后就得在这些年轻人中发现人才、大胆使用和培养干部呀。对，看来今后如何发现和识别干部，如何在实际岗位上培养和锻炼干部，这可是刻不容缓的当务之急呀。

二

　　凌晨五点多钟，机关院子里停车场上传来清晰的脚步声，有人开始发动汽车。随后听到清洁工也开始打扫院子。竹扫把有节奏地划在水泥地面上，那唰唰声有些像大雨落地。常青峰躺在床上，几乎一夜没睡，感到头发昏，胸口有些闷。新的一天就这样来临了，老天爷才不管你准备好了还是没准备好。常青峰一咬牙，命令自己："起身晨练吧。"他下了楼，走进扫过的院子里，眼前空无一人。他深深地吸一口气，一连做了几次扩胸运动。他照例开始踮着脚尖跑步，双手摆动得格外有力。以往这个时候，也是他跑步晨练的时间。只不过此前，他一直住在华邑宾馆的客房。自从宣布新职务后，他连着下了七八天乡，回来又每天晚上同大家一同加班整理调查材料，就索性住在办公室了。

晨曦中的奔跑，使得新任县委书记感到自己浑身有了力量，感觉自己已经步入了新的开端。数不清的挑战和机会，就像无穷的浪潮，正在迎面而来。他暗暗问自己："常青峰，你准备好了没有？"

半小时后，常青峰大汗淋漓地回到办公室。楼道里传来了杂沓的脚步声和水房、卫生间的哗哗流水声。这时候他需要安静、独处，嘈杂声使得他感到心中一阵烦乱，于是提醒自己要尽快搬到宿舍去住。据说邱壑同志已经把公寓房腾出来了，县委办正在为他简单地粉刷哩。这次工作调整后，一切正在按部就班地迅速归位。就像参加竞赛在起跑线上，常青峰心里还是有些莫名其妙地紧张犯急。县政府的工作刚才理出点儿头绪，他渴望自己能尽快地熟悉县委这边的情况、适应新的岗位。

清晨来临，声浪渐涨。整个华邑县城，十多万人生活的密集社区里，市井喧哗的声浪正在日益增强。城市这个庞然大物，可不像农村。它不光会集合劳力拓展创造，同时会消耗资源、污染环境，带来各种各样的麻烦和问题。整个华邑县的工作，更是一个硕大无比的庞然大物……或者就像一头老牛。它卧地久了，想要挣扎着站立起来，可是需要找到新的动力。这头生了病的，或者是过分劳累的老牛，它的确已经精疲力竭。就像父亲喂的那头想要站起来的老病牛……他小时候亲眼看见，父亲不动声色亲切地摸摸牛头，再拍拍牛背，把一根缰绳拴到牛鼻子上，只轻轻一拉，牛就努力地站了起来……

"华邑的牛鼻子又在哪里呢？"常青峰擦洗完毕，脑子里像是过电影，眉头紧皱地在办公室走来走去。他想着县委当前急需开展的几项工作，以及同政府工作如何衔接，如何协调配合、联动。这也许就是才当过县长紧接着又当县委书记的好处。一架大钢琴，要弹出优美乐曲，十个指头如何配合协调？他脑子高度紧张地转动着，本身又像一台结构严密的机器。要知朝中事，且问乡里人。他突然迫不及待地想到同舟村去和赵志强他们好好聊聊，同村民们见面深入地交谈，从中寻找工作的灵感和冲动……如此想着，常青峰抬头一看表，已经快七点钟了。他急忙拿起电话,叫来县委办副主任、刚刚从同舟驻村结束回到机关的徐安稳。

"常书记,你还没吃早饭哩,县委小灶已经准备好了早餐。"穿着利落的精干公务员徐安稳把文件夹放在桌上,稍稍有些拘谨地说。"好,我马上就去吃饭。随后给我找一张全县行政区划图和产业分布图挂起来。"徐安稳答应着,赶忙记在手里的小本子上。就听常青峰又说:"徐主任,你安排一下车,早饭后跟我到安礼镇同舟村调研。另外,你能不能给他们说一下,我还是用邱銎书记原先用的老桌椅,这新的坐上实在不舒服。"徐主任听得一愣,说:"好的。我们立刻叫把旧的换回来。"常青峰听了不无抱歉地说:"这就好,这就好。"徐安稳走了还不到十分钟,常青峰站在桌前翻阅着当日的文件,正要动身去食堂吃饭,又听见有人敲门。

"请进。"进来的还是徐安稳。他身后气喘吁吁,跟着几个工人把旧桌椅抬进来。几个人在徐安稳的指挥下,把桌上的文件和书籍刚清理完,就听外面楼道有人高声说话。来者是县长刘登荣,他看到了门外的旧桌椅,一进门就像是表功似的说:"对呀,这套旧桌椅早就该更换了。得给咱大老板好好买一套新式老板专用桌椅,咱华邑县再穷,也不能穷到县委书记头上呀!"梳着大背头的刘县长说着话,满面春风地进了门。他见徐安稳正汇报什么,眼睛一瞪说:"唉,你们咋这么没眼色,难道还不叫领导吃早饭了?走,我陪书记吃早餐。"常青峰听得,脸色平静地说:"刘县长,你先去,我给徐主任安顿个事情马上就到。""哎呀,安顿啥哩,一会儿糖油糕都凉了!走走走。"刘登荣说话间竟然推着常青峰出门,嘴里一个劲说,"再忙也得吃饭嘛。"常青峰无奈,就像是被人绑架着一样穿过楼道下了楼梯。走着走着,常青峰猛然停下脚步,对刘登荣说:"啊哦,有个事咱得统一下认识,我好叫县委办拿方案上会。""啥事情嘛,你大书记指到那里,我就打到哪里,还商量啥哩。""唉,话可不能这么讲,大家商量着办。如今看来,咱们推动乡村治理脏乱差和美化环境这工作,还不能仅仅满足于解决具体问题的层面,而要看作是一次对全县农民群众提高文明素质的动员和培训。"刘登荣说:"好好好,大书记,咱两个这是头一天在小灶亮相,你能不能脚下紧一紧。"常青峰听得一愣,又说:"老刘,我考虑过了,咱们一定要把乡村净化美化工作,作为全县整体工作的牛鼻子,抓住不放。""当然,当然。"刘登荣就像个捧哏的相声演员在应付演出,这令常青峰心里很不愉快。

二人一路说着话,走进县委机关小灶餐厅。常青峰刚刚坐定,刘登荣一挥手,里屋悄然走出一群人。常青峰背靠大伙儿没看见,拿起筷子刚要开吃,刘登荣忙拦住说:"哎,大书记,你得剪个彩呀。"话音刚落,就听见身后一阵热烈掌声。常青峰这才发现餐厅还有这么多人。"来来来,大伙儿都入座儿,时候不早,赶紧动手吃饭呀。"大伙儿相互看看,却没人入座。常青峰见状,脸呼地红了。这时候,刘登荣从桌子底下拿出一瓶茅台酒说:"无酒不成宴,我自己收藏的,三十年老茅台。"常青峰一见急了,突然站起来想要发火,却又改口说:"同志们,周一工作日的早晨,既然大伙儿有意聚到了一起,我就说几句工作上的事情吧。实话说,自从我到县委报到后,这几天一直在下面跑。我看到村里不少的老年人没人做饭,吃饭有困难。这是个普遍问题,就连儿女双全的老人也存在这个问题。我就想到了推广同舟村创办老年幸福院的做法。他们的着眼点恰巧是解决老年人吃饭难的问题,实际上还解决了一系列的养老存在的问题。"

什么老年幸福不幸福,这明明是在针锋相对作秀嘛。刘登荣再也听不进去了。他感到心中不胜烦乱,感到自己有意无意地已经陷入了一场并不占优势的太极博弈之中。面前这个貌似不堪一击的对手,人家很明显是以弱胜强。今天早晨精心设计的这场交锋,就像是在太极推拿。对手表面上不动声色,实则来者不善呀。刘登荣从常青峰的话语之中,似乎看出了一种没有流露的强烈的不满情绪。

三

由于出发迟了，经过半个多小时的堵塞和纠缠困扰，县委书记常青峰终于驱车行进在前往安礼镇同舟村的乡间道路上了。他长长地叹了口气说："怎么县城也学会堵车了？"马志远听得，忍不住嘿嘿地笑了说："是呀，学得还很到位哩。"

不寻常的早饭耽搁了宝贵的时间，等到车子悄然出城时正是上班堵车高峰。

好容易等到绿灯开启，吉普车刚刚开了十多米，却被举着小旗儿的协警强行拦下来。司机小韩终于压不住火，把玻璃摇下来探出头去，右手不停地按着喇叭。那身材高胖的协警扭头狠狠瞪他一阵，一边站着的交警脸色也阴沉下来。这时候，只见一辆崭新的奥迪车快速驶来，司机看到面前的红灯也没有减速就过去了。马志远惊异地问："哎徐主任，刚才那辆新奥迪怎么敢当着交警面闯红灯？"徐安稳看看他，没有说话。司机小韩忍不住说："那是政府刘县长的专车嘛。"

县委书记坐的旧吉普车两次被拦停，司机小韩脸色铁青。关于新书记的用车，按照刘登荣县长的私下安排，县财政拨专款买一辆新奥迪。结果是，新车同时买了两辆。牌照依次上的是1号车和2号车。书记、县长每人乘坐一辆，这似乎是天经地义。可是常青峰说什么也不肯坐1号奥迪车。他明确指出这是一辆"超标车"，仍然坚持坐县委办的旧吉普。这其实是办公室的工作用车，所以警察不知道车号。"常书记呀，你听我说，这辆车实在是太旧了呀！已经跑了十多万公里，行车安全很难保证呀。"常青峰看看口气肯定的县长说："我建议你最好也不要坐奥迪车，上面对我们这级干部的工作用车有明确规定。"刘登荣听得，很茫然地点了点头。

那次不愉快的谈话，刘登荣心里老是感到堵得慌。但是有一条他是坚定不移的，即自己处心积虑买的奥迪车还是非坐不可。他心想，你没看那各县头头，谁不是坐的奥迪车？话不投机，只得各行其是了。不料想，他遇到的是一个尊崇诚实的人，最不能接受的是说假话。徐安稳在两边大院工作了二十多年，见多了各种各样性格的领导，也经历过各种各样难办的事情，但是眼下这事，他还是头一次遇到。总之，在实际工作中，许多事情是非界限并非泾渭分明。任何时候任何情况下，坚持守规矩、守纪律，这当然是本分是底线呀。不过实际上能不能行得通，还有待于实践检验。坚持按规定标准坐车，班子内对此实际上并未形成共识。分管此事的徐安稳为此陷入烦恼，他最为担心的是两个领导为此闹开矛盾，将来县委和县政府两边的工作协调就成问题。一到了乡下，常青峰的情绪渐渐变得昂奋起来。一路经过的村庄，他都让司机小韩停下来，徒步走进去看看。渐渐地，县委书记的脸上有了笑容。就像是一条干渴的鱼，游回到了活水之中。那种无法掩饰的欢快和喜悦，是自然而然溢于言表的。

同舟村自从建立了老年幸福院，推头老王和爱姑婆夫妇就把过去的"爱心业务"统统转移到了幸福院里。他们立志以院为家，把爱心奉献到底。村里正式任命忽经芳为幸福院院长。王德忠除了继续为村民推头，理所当然地成了爱妻的助手。在爱姑婆的要求下，村里派热情开朗的村支副书记文凯歌兼任幸福院的主管和会计，经管财务账目。

这天一大早，大伙儿吃了饭喝着茶，还有围着牌桌打牌、看热闹的。阳光暖融融地照进游艺室，窗明几净的屋子里充满祥和。"过往在家吃饭，辣子就是一道菜呀。"一位白头发老婆婆说，笑得露出满嘴的假牙。"谁说不是，除了油泼辣子，就是盐、醋、葱花。"身边一位老姐妹抖动着富态的双下巴说。她旁边坐的光头老汉插言道："咱幸福院这饭菜，真的好咧。"忽子壬打趣儿说："赶明儿，叫院长给咱把这吃的啥喝的啥都拿笔写下来，回去念给娃们听。""对，让咱们也在娃们面前显摆一番。"一个老汉附和道。忽大谝在一旁正用指头抠牙缝，抬杠说："嗨，再不要闹笑话了，那人家公家人早就吃上这些好东西了。""唉，忽家巷能有几个你忽聚民嘛，你吃过公饭、脑子好使，当然能记得住饭菜名字。"正收拾碗筷的女服务员，快人快语的银盘大脸的苏庆芳说。忽大谝被撑得一时脸红，竟然无语。

这苏庆芳，本是大谝忽聚民户家嫂子。人长得高大白净，年轻时是村里一枝花哩。她十多年前不幸丈夫病死了，就一个人拉扯着三个娃艰难过活。老光棍忽大谝心里对寡妇嫂子有了想法，人也变得勤快起来。农忙下地做活，农闲担水拉柴火磨面修房拉土垫粪坑，见人家有啥活就抢着做啥活。村里好逗笑的人见他大谝挑着一担水大步流星走过来，就故意问他乏不乏。他明知牲口做活累了才叫"乏"，竟高声回答说："嘿嘿，不乏，一点都不乏！"逗得一旁的苏庆芳捂着嘴笑。苏庆芳从小在黄河滩山东移民村长大，她虽然识字不多，但是从小受奶奶言传身教熏陶，形成了勤勉乐观的性格。她年轻时不光针线活做得又细又快，做饭也是一把好手。擀面、蒸馍、烙锅盔、蒸瓢皮子、摊煎饼、戳凉粉、拌各种凉菜，来了当紧客人炒几个荤素家常菜啥的，样样都还像模像样。她做事情心眼儿实诚，事主尽可以放心。

幸福院的老者真是幸福。就拿吃饭来说，同过去简单的早饭相比，如今这可真正称得上是富含营养。有鲜牛奶、油花卷和煮鸡蛋，还有蒸洋芋、蒸南瓜、蒸山药、蒸红枣，外加香油调青菜、小葱拌豆腐和冷切五香牛肉或自制香肠切片。这是赵志强和段淑娴请教了安礼镇医院营养大夫，又根据老者们的体检报告定的早餐保健食谱。此后还别出心裁创出了"八珍养生拼盘"。有醋泡花生米、煮黑豆、炒黑芝麻、烘大杏仁、烤核桃仁和晾晒的葡萄干、杏干、山楂干等。只不过各样都是同舟村人自产的，转眼竟成了上乘药膳。难怪吃了不到一年，老者一个个面色红润，走路腰腿欢实多了。

"青线线那个蓝线线，兰格英英的天，生下了一个兰花花呀，实实就爱死个人……"连性情忧郁的老婆婆们也变得活泼可爱起来。她们手里闲不住，做着针线活，嘴里还唱着年轻时唱过的老歌谣。老汉汉们一旁听着，都感到亲切顺耳。歌声落下，笑声又起来了。这真是幸福院里的幸福之声。

爱姑婆挨个儿给每人上了一杯热茶，人们都认真地品着茶香。阳光从窗户上照进来，老者们个个脸上都红扑扑地泛光。

"早应该这么走了。"忽子亥和堂哥忽子壬下棋,硬是冒险进了一步红车。结果碰到了忽子壬的马蹄子上。忽子壬急忙把红车拿在手里说,不许悔棋。忽子亥红了脸急忙求饶说没看清,结果他还是赖着悔了一步棋。"承认没看清就行。"忽子壬高兴地照例把黑马朝前跨了一步,话里有话地说,"这回县里上的这俩主要领导,听说都是能干实活的主,可我看也不一定。就像我这马和你那车,只要有一个耍赖,事情就不好办了。"忽子亥自知理屈,没敢接话茬,只是抬头把他堂哥瞅了一眼。

"你这是一步白棋呀,哈哈兄弟。你哥我是从来不走白棋的。"忽子壬故意刺激堂弟说。"你不走白棋,那你跑啥哩?嘿嘿,甭跑你老兄试试。""哎,我可为啥不跑呢?不跑这车能叫你白吃了不成!"

聪明的堂哥忽子壬故意引开注意力说:"刘登荣这回登了县政府正位,你咋看这事?"眼瞅这盘又要输了,忽子亥懊丧地说:"依我看甭急着下结论嘛,出水才看两脚泥。"一旁看棋的忽大谝不由得插嘴道:"你们不信等着看,他刘登荣当了县长,咱黄河滩里那地可就又要遭殃啦。"他说话声很高,满屋人都能听着。

"唉,大谝舅,你这话是听谁说的?"门外有人问。

大伙儿听得一愣,都稀罕地抬头看。只见村支书赵志强满头大汗地进来了。他和忽沛东抬着一大篮子冷储的保鲜冬枣和火晶柿子。两人把篮子放下,上手捧起冬枣往各位老者手里分发。

"这是沛东他们果木试验园里的保鲜产品,各位长辈尝尝新鲜。"赵志强愉快地说。忽沛东冲大家点头笑笑,老者们都说好好好。

坐在窗前光线明亮处戴老花镜看报的忽步康抬起头说:"你最好多关心下咱村发展问题,不要光顾着议论那上头的事。"说着又看了一眼大谝忽聚民。老支书的口气,还像在任时一样透着几分村干部的威严。在赵志强的恳切邀请下,他眼下担任村民议事会主任。大主任忽步康见了赵志强,两个人总有说不完的话。赵志强他们,由此就增加了一条联系群众的通道。

大家吃着脆甜的冬枣,牙口不好的就吃甜软的火晶柿子。游艺室暂时没有人说话。人们沉浸在甜蜜的体验中。

"村里的年轻人为啥现在都喜欢上网，喜欢读书看报的也越来越多？为啥赵能人的文化阅览室人越来越多？屋里坐不下，如今又在外面老槐树底下搭了个帆布大棚？"下完一盘棋，忽子壬端起面前的柿子碟抬起头没话找话地问。不用说，这盘棋忽子亥老汉又输了。他堂哥这是在转移视线哩，怕他堂弟心里不痛快嘛。

忽子亥生气地瞪他堂哥一眼，没有言声。

"就是因为有用呀。"赵志强搭话说，"网上和报纸上有政策宣传和市场信息。还有咱文燕、段淑娴她们开的网上销售店，更是吸引人的一大亮点。"

"对呀，"忽步康说，"咱如今每年种的冬枣和黄花菜、落花生、胡萝卜和小杂粮都得卖出去呀，不了解市场行情咋行。"

赵志强又说："就拿忽顺生我舅和忽青海来说，如今成了远近闻名的科技种粮大户。人家承包了数千亩撂荒地，成天在网上寻找农机和农资的相关信息哩。"

"这回娃们可给我子亥兄弟脸上添光了。"忽子壬讨好地说。忽子亥终于忍不住咧嘴笑了，刚才连连输棋的不愉快顿时烟消云散。

"今天各位长辈可不能白吃白喝呀，"赵志强风趣地说，"我和沛东今天还是来征求诸位老者意见的，希望大家为咱村今后发展出谋划策哩。"忽沛东也说："对，就是想听听各位长辈的意见和建议。"看着两个态度诚恳的年轻人，老支书忽步康信服地点点头，眼睛里充满了对他们的佩服和爱意。赵志强看出来了，忙说："哎，对了，老支书那天您老提的希望我们新班子加强集体读书学习问题，对我很有启发，我们正在安排改进。"

屋里正说得热闹，就见徐安稳推门进来。县委书记常青峰和文旅局长马志远随后也进了院子。赵志强喜出望外地赶忙迎了上去，心里别提有多高兴。

第十六章

一

漆黑一片的黄河滩里，大堤上火光明灭。那一排溜儿五十米间隔的固定的篝火堆，与密集流动的马灯、人们帽子上的小照明灯和手中的手电筒、火把，不停地闪烁晃动。宽阔河面上隐隐约约反射着波涛的光亮，由远及近聚合形成了一条鳞光闪耀且游动不息的黑色巨蟒，可怕地涌动在人们眼前。

黄河春季防凌防汛，事关重大。县委书记常青峰发现今年春水涨势迅猛，当即决定亲自带人在大堤上安营扎寨。于是主管农业的副县长肖子俊和兼任县防汛办主任的水利局长唐伟及公安局长魏子纲、土地局长王汶安、农业局长李清泉、林业局长季怀清、城建局长景开来、县委办主持工作的副主任徐安稳和政府办主任刘世贵等，还有沿黄各乡镇主要领导也都日夜守护在百里长堤上。县委书记亲自指挥防汛，县长分工主持日常工作，看起来也是一个不错的安排。政府还得忙着准备一个月后省城召开的西部商贸洽谈会上的招标项目。

又一轮洪峰来袭，波涛席卷着大块冰凌，若万马奔腾。那低沉而巨大的轰鸣声，从水流深处爆发出来，更加令人望而生畏。大地在隆隆共振，河堤在隐约颤抖。人们脚步放轻，个个提心吊胆。河面浓雾沉沉，大堤上人声嘈杂。这是五十年一遇的早春流凌加洪峰，脚下的大堤，水位达到了安全极限。要命的是，天空突然又下起雨来。人站在大堤上面，感到脚下的泥土正被洪水冰凌冲击得颤巍巍发抖。情况十分危急，所有的人心都提到嗓子眼儿上。常青峰发现同舟村的抢险队情绪格外高涨。赵志强给大伙提出两句口号："最危险的地方，党员上！最艰苦的任务，党员扛！"很快就传遍了百里长堤。

县防汛指挥部设在大堤上，架起通信天线，用对讲机同各乡镇各抢险队保持密切联系。如此紧张的情况下，常青峰一连好几天守护在护堤现场。几位指挥部的成员，全部上堤轮流昼夜值班。平日好发牢骚的水利局长唐伟这回一马当先。他身体原本就瘦弱不堪，没折腾过三天就呻吟着病倒了，只得由年轻的副局长、也是专家型的张拓代替。林业局长季怀清从小得过佝偻病，但是他说什么也不答应离开大堤。精神固然令人感动，但毕竟力不从心。还多亏复转军人、身材高大的黑脸公安局长魏子纲和皮实的大胖子农业局长李清泉，他们一直坚持在岗位上。关键时刻能顶得上的领导助手还是县委办副主任徐安稳。县委办眼下尚无正主任，主持工作的徐安稳希望自己这次经受住考验，能够被提拔接任主任。不料想政府办主任刘世贵也一直盯着这个有可能上副县级的位子。两人不知不觉地就暗中较起劲儿来。此日凌晨，常青峰脸色苍白，裹着黄棉大衣在帐篷里的麦草地铺上昏睡不醒。副县长肖子俊见状，当即吩咐打120电话。县医院院长徐春嫚闻讯，亲自带着救护车快速赶来。昏睡的常青峰被叫醒后，说什么也不离开抢险现场。徐春嫚为他听了心脏量了血压。说心脏跳动每分钟九十多，血压则是低压一百、高压一百六。这一组指标，叫人听了害怕。可是大堤危在旦夕，情况实在不允许他离开现场呀。这时候的常青峰，在人们的心目之中，就像是一头不知疲倦的牛。黎明时分，是一天中最黑暗最寒冷的时刻。县委书记常青峰在昏睡之中，嘴里竟然还喊着同舟村的那两句口号："最危险的地方，党员上！最艰苦的任务，党员扛！"

"常书记，常书记！"人们开始惊呼。

这是他第二次累昏过去。徐春嫚从他胸前拿下听诊器说："情况十分危急，心脏跳动突然由九十多次降到了四十几次，这是很危险的迹象，说明书记过度疲劳的心脏已经开始消极怠工。如果不赶紧保护，很可能休克……必须立即采取抢救措施！"

二

长时期分管过县里黄河防凌防汛的刘登荣，凭着多年的老经验并没去黄河大堤上了解情况。他很放心，因为在他的印象中春季防凌总是没事，秋季防汛才是重点。在他看来所谓的春季黄河流凌，往往是雷声大雨点小。上面，特别是那些黄河河道和水文管理部门各级书生领导，总是喜欢危言耸听吓唬人。那样三令五申、大喊大叫，好像狼真的来了！总是夸大其词地把事情说得厉害加怕怕，唯恐引不起沿河各县地方官员们的足够重视。如此年年都抽调大量人员、准备大量物资，兴师动众如临大敌，搅得人困马乏、鸡犬不宁。结果往往是有惊无险、虚惊一场。渐渐地，他这个主管领导同沿河部分干部群众一样，思想上就产生了侥幸心理和麻痹松懈思想。加之如今他当了一县之长，每天要考虑的大事实在太多，绝不能被一项具体的工作缠住身子。"既然你刘登荣不再分管黄河防汛，那就是说天塌下来，也有分管领导顶着嘛。"如此想着，刘县长的心弦松弛下来。因此，当他听说县委书记常青峰亲自带人在大堤上安营扎寨日夜守候，就忍不住笑了。心想这不明摆着小题大做、政治作秀嘛。"姓常的，既然想表演你就表演吧，我老刘可不想跟着受罪。"

说这话的时候，刘登荣酒足饭饱泡过温泉已经到了后半夜。在念奴娇洗浴中心，消停喝了两大杯生普，酒也醒了大半。他双手摸着肚子，身穿一套金黄色的特制浴服走进豪华单间躺下来。周围一片寂静，仿佛连老天爷都睡着了。这时候，他听见外面有人轻轻地敲门。没等他说话，门就吱地开了，进来的是个姑娘。上身袒胸露背、下身穿着红色的超短裙如同一把火。他定睛一看，来人竟然是娇娇。坦白讲，自从那回挨过丽丽一巴掌，他就基本打消了占有那个母夜叉的打算。"女人嘛，无论外表咋样，内里都是一样。"这是赵杰魁的一句猥亵的口头禅。刘登荣似乎接受了这个理论，他竭力克服自己好挑剔外表的毛病，努力培养对娇小伶俐的娇娇姑娘的兴趣。

刘登荣原本就喝得半醉，此刻看见娇娇顿时心猿意马起来。"老板儿，你好吆。"听到这带着西南口音的亲热问候，他一下就来了劲，胆子也大了。说着话，就伸手在那娃胸前里摸揣起来。

那娇娇并不躲避，嘴里"哎呀哎呀"地小声喊叫，竟然像一只温顺的小猫往他怀里直钻。刘登荣更加大胆，手顺着姑娘娃的细腰来到了超短裙下面。娇娇配合自如，最终乖乖赖在他怀里说："哎呀，好我的老哥哥，别这样，乖乖的嘛。"

刘登荣突然眼睛一瞪，用秦腔认真地说："哎呀，可不敢叫哥哥，无论如何咱班辈可不能乱呀！你得叫我叔。"温顺的小猫立即改了口，把身体完全依偎在老叔怀中说："嗯，老叔，那你得对我好。"

翻江倒海一阵宣泄过后，刘登荣懒洋洋地躺在厚厚的席梦思床垫上，很快就鼾声大作。

三

更大的洪峰即将来临！更大的考验还在后边！

黄昏时分，沿黄六个乡镇的抢险骨干们，一色的青壮年中共党员、预备役人员、共青团员，迅速聚集在黄河大堤上。人并不多，满打满算，也不到五百人。但是，这可是此次抗洪抢险的中坚骨干力量。瞧那一个个铁青着脸，胸前挽着一条醒目的红布带子，头上戴着清一色会反光的黄色安全塑盔，就像电视剧里的冲锋敢死队。人们的眼睛不停地朝河面上张望，滚滚浪涛的声威，一阵高过一阵。

"大家安静，安——静。下面请咱县委常青峰书记动员讲话。"也不知是因为冷还是害怕，副县长肖子俊声音明显在发抖。

"同志们，从现在开始，各自务必守住阵地，发现险情随时排除并向指挥部报告……"整个动员讲话，不到五分钟。常书记话音刚落，徐安稳和刘世贵就带人抱着大酒坛子、捧着几摞子黑瓷碗来到队前。

"来来来，大家每人一碗红苕酒，"刘世贵高声喊叫道，"这是常书记，专门叫我给大家预备的。"徐安稳听得，脸沉了下来。"同志们，夜里风大，对，喝了这碗酒，咱就不冷了。"常青峰说，还特意补充一句，"哎对了，这还应该感谢咱徐安稳主任，是他刚才从老丈人家弄来的好酒。"副县长肖子俊端起酒碗说："来，我先带头喝一碗。"

激动人心的气氛里，常青峰也端起酒碗仰头一口气喝干了。众人都纷纷端起酒碗，一饮而尽。

同舟村忽家巷东头，此刻安静极了。老支书忽步康焦急地站在人群里望着远处的黄河发呆。黑暗中许多人都留心他的表情，就像是看着一张灵验的晴雨表。

"村口上风大，你们咋也来了。"忽步康一转身，发现了身后的两位长辈。忽子壬和忽子亥手里拄着拐杖，正眼巴巴地瞅着侄儿忽步康。乱弹爷文有才手里拄着棍也被徒弟文祥和几个戏校学生扶着站在人群前面。他正举起右手，放在耳朵边上倾听着。

"哎，我说乱弹爷，你都能听见啥？"好凑热闹的忽大谝，他到底耐不住寂寞。乱弹爷没好气地说："唉大谝哥，你甭打扰嘛。"众人也都说："对呀，甭打搅嘛。"

人们的眼睛都盯着瞎子老汉看。"哎呀，事情不妙！""什么事情呀，不妙不妙的？"忽大谝忍不住高声追问。忽步康在一旁听得急了眼，拨开人群走过来问："有才，你听见啥了慢慢说，究竟什么情况嘛？"瞎子老汉这才回过神来，忙说："哎呀，咱的赵支书，赵支书好像有啥事？""好我的神仙哩，你甭急，赶紧再给咱仔细听听。"忽步康说。大伙儿正焦急等候，就听见人群里突然爆发的哭叫声。大伙扭头看，是赵志强他妈。赵兴国老汉正压低嗓子埋怨她道："这老婆子，你疯了。啥啥还都没弄清，你瞎叫唤啥哩。"正在这时，一阵电动摩托车响。骑摩托的是赵能人。他拉了一车热包子急急忙忙下滩往大堤上送呀。孙桂花把脸包得严严实实穿件黄大衣坐在车厢一角。忽步康忙说:"杰才,是这,你把舅捎上。""哎呀,老掌柜,再不要添乱了。你看你穿的衣裳!今年那大堤上事紧得很哩。"赵能人说着就起步要走。忽步康老汉眼疾手快硬是抓住车帮子爬了上去,众人想拦都没拦住。情急之下,推头老王把自己身上穿的黄棉大衣,一把脱下来扔给了忽步康。爱姑婆在一旁喊叫道:"支书叔,河堤上风大,你把大衣穿好。"

安礼镇党委书记郭振峰和新任乡长不久的康成按照事先分工,各带领一班人马,二十四小时不间断地值班护堤。康成人年轻身体又是超常结实,连续几天几夜不合眼,仍然像一棵不知道疲惫的护堤白杨,傲然挺立在抢险的最前沿。眼下,他正在情况最为紧急的同舟村河段巡查,走在他身边的是脸色苍白的赵志强。两个年轻人一见如故,一连几天奋战在一起,很快就成了挚友。

黑暗中,赵志强一直低头瞅着脚下的堤坝。却听见有人在远处呐喊说:"赶紧叫救护车,赶紧……"

康成问:"什么情况,叫救护车?"不远处有人回答说:"郭书记老胃病又犯了,疼得满地打滚哩!"

康成说:"志强,郭书记病了,我得赶紧过去看看。"赵志强说:"你去,放心吧,这里有我盯着!"

四

平时人前总是昂首挺胸的郭振峰,此刻弓着腰双手捂着肚子。昏暗的灯光下,他面色蜡黄,趴在铺了麦草的地铺上呻唤不止。他情知,自己这是由于过度疲劳和饮食不当,老胃病犯了。突然,电话铃响了。"什么情况,你说慢点。""情况紧急,同舟村河段,大堤出现特大管涌!支书赵志强和一名村民……""赵志强和村民,怎么了?""他们下水堵塞,被冲进了管涌……"

郭振峰脑子里轰的一声，丢下电话，二话没说就冲出帐篷。刚才还肚子疼得满地打滚，这下好像一下子竟不疼了。

　　"张民警，张民警，快拦住郭书记呀。"有人在身后喊叫。张民警一愣，扭头就见郭振峰已经快跑到了自己近前。"什么情况，郭书记？""快，赶紧，同舟段出现，特大，管涌，赵志强……要出人命了……"张民警听得，二话没说就喊道："快，郭书记，上车子！"郭振峰像个年轻人，一抬腿竟然麻利地跳上了车后座。

　　耳边风声呼呼，迎面寒风刺骨。张民警两条长腿越蹬越快。"赶紧，闪开，闪开！"张民警像疯了一样大声喊叫着，从黑乎乎的大堤上骑车猛冲过来。

　　再说赵志强带领忽沛东、忽沛太和村里一帮年轻人组成青年抢险突击队，日夜守护黄河大堤上已经五天五夜了。大伙儿吃住都在帐篷里，丝毫也不敢怠慢。突击队里，铁匠赵二偏年龄最大。他年轻时曾经跟随父亲赵生财长年累月巡堤护坡，对此事很有经验，因此被赵志强聘为抢险突击队跟班顾问。赵二偏生性倔强，三十八九岁了至今未娶，性情就变得更加孤僻。他说话总是一吹胡子二瞪眼，连老支书忽步康见了他都皱眉头。可是眼下人们看见，黑铁塔一样的赵二偏，就像他侄儿赵志强的影子。两个人日夜形影不离、配合默契地守护在黄河大堤上。

　　此日后半夜起了一阵风。洪水如疯狂的猛兽，张牙舞爪，袭咬着堤身浸泡的坡体。"快起来吧，二偏叔，外面下大雨啦！"

　　"大堤过水啦？"刚刚躺在地铺上眯一会儿的赵二偏一跃坐起来喊叫道，显然还在梦中未醒呢。赵志强忍不住嘿嘿笑了。

　　二人急忙起身穿着雨衣走上大堤。狂风大雨中，他堂叔赵二偏手里的马灯，很快就被雨水浇灭了。赵志强咬牙眯起眼睛，手里举着防雨手电筒低头弯腰四处扫描查看。"哎呀，志强，要出大事！"伏在大堤内坡上的赵二偏突然喊叫道。"什么情况？"赵志强赶忙也趴下去查看。

　　"有大管涌，对，是大管涌！在大堤内侧水面以下，正在哗哗进

249

水……"赵二倔喊道,"快,得赶紧下水堵塞!"

他话音没落,竟然身子一跃就飞奔而去。还没等赵志强反应过来,赵二倔已经纵身一跳,潜入了汹涌的黄河洪水中。

"二倔叔,二倔叔!"

赵志强紧追其后想要拽住他堂叔,可是已经迟了。他便毫不犹豫地纵身一跃跟着跳了下去……这一幕,河堤上的人们看得真真切切。忽沛东赶紧给镇指挥所打了报警电话。就在他打电话的工夫,闻讯赶来的忽沛太竟然也纵身跳了下去。

等到郭振峰抱病赶到现场,管涌迅速扩大,管口上沿已经露出水面。"赶紧,二倔叔、赵志强,还有忽沛太……"忽沛东指着脚下的河水说,急得语无伦次。郭振峰就要组织人下水打捞。气喘吁吁赶来的忽步康忙说:"郭书记且慢,人不能下水,赶紧先下渔网!"一句话提醒了大家。当下把他带来的渔网撒下水中。巨大的渔网沉入河底,搜索的范围扩大了许多。终于在距离落水点下游三十多米处,把低温缺氧下已经昏迷不醒的赵志强和忽沛太救了上来。"赶紧,送镇上医院抢救!"郭振峰脸色铁青地拼命喊道。救护车拉响长笛,消失在暗夜之中。

黎明时分,雨停了,洪水开始缓慢回落。华邑县黄河段平坦低洼的百里大堤总算是保住了,人们为之欢呼雀跃。等到太阳冒花的时候,终于在下游两公里处凭借大船和渔网打捞到了赵二倔的尸体。只见他像一条黑色的大鱼,蜷缩在渔网一角。他的衣服完全被无情的冰碴和洪涛恶浪扒光,浑身上下乌黑发紫,几乎没有一点完好皮肤。他双目紧闭,牙齿紧咬。人们拉他上岸后,却无论如何无法把他的身体扳直。那低头弓腰、双手抱膝的姿势,就像是一袋抗洪的泥沙蹲在那里。看到这情形,人们全都惊呆了。好容易为他穿上衣服,四个小伙抬着盖着一面红旗的赵二倔,从大堤上慢慢走过。所到之处,人们纷纷跪地,默哀悼念者越来越多。等到了同舟河段,突然之间哭声大作。

天空突然传来响雷般的嗡嗡声,原来是空军出动了飞机,在下游投弹破凌。至此,彻底解除了黄河大堤的危情。

第十七章

一

　　春季雨后的田野，脚下泥土在阳光里隐约冒着乳白的雾气。忽青海俯身捧起一掬松软的泥土仔细瞅着说："老爸，刚刚下的这场透雨，你快看，连地里的蚯蚓都爬出来透气哩。等到惊蛰一过，咱就发动机子开犁翻地呀！"忽顺生脸上的笑容消失了，说："再甭提你的机子啦，我看还不够油钱。""嗨，老爸，我还是那话，让事实说话嘛。"儿子忽青海走路右腿明显有些不得劲，是滩里那场可怕的械斗留下的后患。看着儿子单薄的身体，父亲很是替他的未来担忧。不久前他咬牙拿出家里全部积蓄的五十万元，作为支持儿子进城做生意的本钱。可是谁会料到，这小子胆大包天，进城没几天啥事都没干却意外开回来一台小型拖拉机和一整套耕耘耙耱、收割脱粒的小型农机具。这令忽顺生大为恼火。他气得躺在炕上不吃不喝，坚决要求儿子把这些劳什子退了。儿子坚决不答应，还埋怨说父亲是他事业的绊脚石。忽顺生无奈，只得好言相劝。儿子却趁机给父亲做思想工作。说他听赵支书讲了，未来乡村振兴的希望就在于机械化。忽顺生一听更来了气，什么"机械化"，什么"现代化""智能化""数字化"，听着云里雾里。"这化那化，我看统统都是梦话，同咱农民有啥关系！"种了大半辈子庄稼的忽顺生，他只一门心思，就是叫儿子进城做生意。就像人家赵杰魁，成为村里人羡慕的大财东。

"嘿嘿，还闻呢，你都闻见啥味道了？"

"香得怕怕。"儿子夸张地说。

"这泥土你爸我闻了几十年，早就闻够了！"

"哎，你没听我爷常说'七十二行，做庄稼为王'嘛。"

"住口！你小子总是有理！"

"老爸，人家都说我买这农机具可是正经事呀。"

"狗屁正经事！"

"人家赵支书还说，有些人祖祖辈辈是农民，骨子里实际还瞧不起农民。"

"唉，行了，行了，我给你说了多少遍，咱那一点地，你买那机子驴年马月才能把本钱收回来？"

忽青海说："我也说了多遍，保证三年内收回投资。"

忽顺生一撇嘴说："嗨嗨，到那时候，我怕你娃干哭都没眼泪呢。"

父子二人话不投机，引得地里耧麦整修水渠的人们都吃惊地朝他们瞅。

几天后在地里，儿子忽青海开着机子试验操作，引来村里人好奇围观。前面一头小型铁牛牵引，后面连着的是犁铧，又是耙耱和播种、碾压等灵巧的小型机具，还有旋转碎土和刨根粉碎机、中耕除草松土、收割脱粒、粉碎禾秆的机子等等。"只要拥有这一套机器，数千亩土地基本全都不再需要人畜……"忽青海正得意地给众人炫耀着，就听他爸厉声呵斥道："青海，你这是卖啥狗皮膏药！拿几十万元买这一堆破铜烂铁还卖派啥哩？"忽青海一听急了，说："这咋能是破铜烂铁，咱赵书记都说了，我走的这是乡村振兴的金光大道。""金光大道？金光大道那他村上咋不投资弄这事？"忽顺生说着把那铁牛轮胎狠狠踢了一脚。

"大，你疯了？"忽青海急了眼，上去伸开双臂护着机子，却被他爸拉着胳膊继续数落道："你要不赶紧把这烂烂货退了，我就不是你爸，你也不是我儿。"

谁都知道,忽顺生是村里数一数二的庄稼把式,他儿忽青海则是县农校农机专业的毕业生。当他们父子俩一旦下决心携起手务农种庄稼,那就会如虎添翼。偏偏又遇上人们纷纷进城打工、大片土地撂荒之际,忽顺生父子就把周围十多户的土地都承包了。就在老子做着一家人不愁吃喝的小康梦时,儿子却在赵志强的启发下,想在村里成立个农机协会,在发展机械化的同时扶植更多种粮大户,形成一个种植联盟承包更多的撂荒地,带动全体村民共同致富。

"顺生叔,咱能不能再多承包些土地?"这天一大早,支书赵志强就来到了忽顺生屋里。"好赵支书哩,我也想多承包,可是种不过来呀。眼下已经种了快两千亩,近门四邻丢下的地都叫我们种了。""咱能不能发展机械化,用现代科技来取代传统的耕作方法?"忽顺生听赵志强这话心里一怔,看来这赵支书今日亲自上门,是来者不善呀。在里屋看书的忽青海兴奋地迎出来说:"哎呀,赵支书,你这个主意太好了!眼下,你看人家国外发达国家还有南方发达地区,早就实行了农业耕作的机械化和田间管理现代化。咱们现在有了这么多的撂荒地,正好整合土地,引进先进农机具、现代化栽培技术和智能化田间管理技术,好把咱的粮食产业化带动起来。"赵志强听得心里暗暗高兴,即指着忽青海手里的书问:"青海哥,你看的啥书嘛,让你这么开窍?""《农业现代化的理念与实践》,这本书不是你赵支书亲自买来推荐给我看的吗?"忽青海故意把书合上,亮出蓝色封面在父亲眼前晃了晃,"这本书写得真好,一下子就打开了我的眼界和思路。真的,我们再也不能停留在传统落后农业的老路上了,而要真正叫农业腾飞起来,必须用现代观念和科技武装头脑。我希望我爸也能读一下这本书。"

他爸忽顺生脸呼地红到了耳根子。赵志强忙说:"甭急嘛,我相信顺生舅会支持你的。"

"唉,支持不支持,你亲自问问我爸,看他支持不支持。"

忽顺生脸上一阵红一阵白地苦笑着解释道:"好娃哩,你爸我也知道机械化好，可是买农机要花钱呀，钱从哪里来呢？咱可不能用全家人的生计冒险呀。""对呀，这倒也的确是个问题。"赵志强心里也承认。忽青海抬头望着赵志强，希望赵支书明确表态支持自己。赵志强却说："'创新、协调、绿色、开放、共享'，我看这新发展理念，就是咱们解决问题的法宝……"

一听赵支书又像从前的老支书那样讲开了上面文件里的大道理，忽顺生明显有些不耐烦。

就在此时，忽子亥老汉在里屋搭了声："赵支书来了？""嗯，舅爷，我来了。"老汉说话拄着拐杖走了出来说："坐嘛，你咋叫咱支书站着说话？"

赵志强没有立即坐下，而是面对中堂那幅《风雨夜渡图》发呆。古画右上方题诗曰："黄河秋风推骇浪，天降神舟救贤良。霹雳一声蛇盘兔，耕田积福沐紫光。"赵志强把茶杯放到桌上问："老舅爷，这幅古画，好像和咱忽家寨子老书房墙上挂的那幅一样呀。""嗯，猛一看是一模一样。"忽子亥端起面前的茶杯，呷一口茶水慢慢地说，"但是，你再仔细看，那还是不一样。"

赵志强好奇地再次站起来，仔细端详那画。心里就把两张画仔细作着对比。"哎，老舅爷，从前咋就没注意到你屋有这画呀？""对呀，这里原先挂的是《松鹤延年图》。""那为啥今天就换了这画？"

"唉，这也是万不得已呀。"忽青海在一旁说，"我爷这是替他孙子解围助阵哩嘛。"赵志强伸手挠挠头皮说："是呀，咱老祖宗当时是怎么想的呢？""那你读过《渔翁杂记》没？'七十二行，做庄稼为王'，还有'耕田积福'，子孙万代不可不记呀。"忽子亥说罢，严肃地看着儿子和孙子。忽顺生当即就像泄了气的皮球，塌在一旁的凳子上。赵志强打圆场说："顺生叔，我舅爷说得对呀。咱的家务事嘛，有啥慢慢坐下来商量。"忽顺生低头不语。忽子亥说："顺生，你抬起头，给我好好瞅瞅这幅画。这是老祖宗留下来的宝贝，是老祖宗的心愿与训诫。"赵志强还从没见过老人家说话这么有耐心："顺生儿，你也讲究是读过《渔翁杂记》的人，那书里面是咋说的？我就不信你忘了。"忽顺生听得，慢慢地抬起头来，望着墙上的中堂古画竟然泪流满面。

从此，忽顺生、忽青海再也没有了二心。父子俩在赵志强和忽沛东的大力支持下，发挥各自的专长，成为村里第一个全面实现机械化耕作的特大种粮专业户。

广阔的田野上，绿色在悄然延伸。初夏来临的时候，一望无际、碧绿如海的庄稼地变得更加诱人……文燕和段淑娴领着文祥正在现场跟踪拍摄大面积机械化的田间管理。忽顺生望着圆形大田和操作着机械中耕除草喷灌的儿子的背影，心里愉快地扭头对赵志强说："如今咱们做庄稼的，不再是东山日头背到西山啦。"赵志强在一旁听见说："不知不觉之间，机械手和高智能再加上数字化，代替着繁重的人畜劳作。"他身后的忽沛东无比激动地说："可不是，令人惊讶的现代'智慧农业'，正在悄然地改变着几千年亘古不变的传统农业模式。"

从春到秋，文燕和段淑娴通过互联网，把田野自然风光和无公害庄稼长势，还有机械和人工智能取代传统农耕技能的情形，及时地展现在世人面前。那种潜移默化的广告效应，简直无可估量。眼瞅着，同舟村的粮食生产又是一个丰年。网上的订货单子猛烈增加，粮食的价格也稳定在一个防止"谷贱伤农"的合理区间。

二

冬去春来。仿佛是一夜之间，桃杏花就又开了，杨柳枝儿也活了。各村各巷点缀在村子周围和道路两旁的高大挺拔的泡桐树，茂密巨大的树冠上结满了一嘟噜一嘟噜的紫色花蕾。成群的蜜蜂，围绕着树冠嘤嗡地嗅着芬芳且把尖锐的嘴针伸进裂开的花瓣间贪婪地吸吮着，腿部的绒毛上很快就沾满了紫色的花粉。不知不觉间，枯黄干燥的黄土地的颜色点缀了青翠。农民们麦粒色的脸上，每一条深深的皱纹都开始活泛起来，从内心透出兴奋的光泽。他们对春天的到来十分敏感，仿佛早就听到了春姑娘的脚步和心跳。寒冷的冬季终于远去！大地睡醒了、万物开始蠕动着复苏。无数新的生命，都在春风春雨中悄然孕育。北方大地，由单调呆板，渐渐变得丰富而多姿多彩。春潮荡漾、春梦莹莹，欢庆的锣鼓唢呐声在人们心中敲打着响了起来……人们在庄稼院里，再也猫不住了。

这样的日子里，赵能人承包的村图书阅览室即农民技术夜校，就显得格外红火起来。几乎每天晚上都有一到两场农技知识讲座或是冬枣栽培技术辅导课。阅览室旁边的这间村里新盖的三百多平方米的高大教室里，总是挤满了渴望新知的年轻村民。手机上，学员们也建立了一个大群，群主赵能人成了人们注目的焦点人物。他时常在微信群里发出讲课信息和预告通知，人们总是按时到来。他原先还害怕人少课堂冷清，讲座办不下去。不料想闻讯来听讲的人竟然越来越多，村里图书室和夜校的名声也越来越大。很快，连邻近的孙家坡和步靴、东营里和上鲁坡的年轻人也骑着电蹦子来凑热闹。承包合同规定，听讲本身是免费的，但是租赁教室和水电、茶点可以有收入。这样每天下来，大致可以持平。承包没钱可赚，还忙烦了孙桂花，这可愁坏了赵能人。孙桂花如今已经成了赵能人明媒正娶的合法妻子。她堂堂正正地掌管着图书阅览室的后勤服务工作。赵能人为经费去找赵志强要求增加补贴。赵志强当即就给了他满意的回答，说："村委会恰巧研究过了，每场讲座给你增加补贴五十元。"

赵能人高兴得一跳一颠地跑回家给孙桂花报喜，两个人激动得竟然紧紧地抱在了一起。他们感到自己的日子越过越有奔头了，再忙再累心里也是甜滋滋的。

这天夜里，忽沛东讲课，爱凑热闹的忽大谝也来听课。全村冬枣又是大丰收，这老汉看得眼热，打算把滩里五亩承包地全部由种苞谷改成务冬枣。这可是一件新鲜事，很快成了全村的新闻。

忽大谝一进门就大喊大叫道："我报到，我报到！杰才外甥在哪里？今天我正式报名听讲课呀。"赵能人赶忙迎上前说："哎呀，聚民舅来了！你这可真是太阳从西边出来了。桂花呀，赶紧给咱舅上杯热茶。""哎呀，我外甥这事可干大了，鸟枪换炮，都用上彩色大屏幕了。""就是嘛，这都是咱赵支书领导给力，也是托聚民舅你的福嘛。""哈哈哈，你娃说这话我爱听！"忽大谝说着，咧开大嘴哈哈笑了起来，露出满嘴的黄牙。

　　课堂人到齐了。忽沛东仰头挺胸大步走进来。他穿着一身洗净熨平的西装，径直走到讲桌前，向大伙深鞠了一躬："今天咱们介绍冬枣的枣树育苗和栽种方法……"人们听得都很认真，偶尔也会发出笑声，忽沛东也会跟着人们嘿嘿地笑。当他讲课的时候，亲爱的文燕，总是默默地坐在课堂的后面，双手托着腮瞪大眼睛聚精会神地听。她的身边，是闺蜜段淑娴和好友吴文倩、李蓉蓉。段淑娴在忙着录像，开着网上直播。打算将来也搞直播带货，为冬枣开辟一条销路。这四位美女，虽然衣着朴素，可是坐在那里就成了一道风景。忽沛东讲着课，时不时地会朝文燕那边深情地望过去，两人目光相遇的瞬间，他就获得了更大的自信。恋人之间，最高境界的交流方式，就是这种公众场合的无言而透过人群会心的对视。

　　讲座结束后，大多数人还不走，还在等待下一堂课。人们有的喝茶吃着花生瓜子和红枣，有的翻阅书籍、看杂志、看报纸，有的交流种植冬枣的实际经验，也有的围着忽沛东提问题。

　　忽沛东兴致勃勃地解答各种各样的技术问题和操作要领。这时候，驻村农机技术员小侯进来了，他是下一堂课的主讲。侯技术员转眼就又成了人们围着不放手的热饽饽。

　　第二天，枣树采种、育苗和芽接、移栽、剪枝、疏果、环剥和培土、施肥、浇水等一系列科学的冬枣田间管理的技术培训课，就干脆转移到了忽沛东和文燕、段淑娴他们苦心经营的冬枣试验园里进行。赵志强也以学员的身份全程听讲学习。他立志要成为一名合格的枣农。他们四个人甚至发誓，同舟村冬枣产业不做大做强，他们就不结婚。赵志强已经和父亲商量好了，要把自家承包的十五亩滩地，统统栽上冬枣。段淑娴家的十亩承包地当然也不例外。为实现村里计划开发的万亩冬枣产业园的宏伟目标，作为村干部，他们都要下决心带头作出自己的贡献。

种了大半辈子麦子和苞谷、高粱、豆子的农民，突然之间要改务冬枣啦，人们感到十分新鲜又有些兴奋，还有人心中感到陌生的紧张和担忧。说是就像新媳妇上轿，这可是平生头一回呀。

"这能行吗？树能栽活吗？种那么多枣子能卖得了吗？"忽沛东和文燕、段淑娴，三个接受并努力掌握着科学新知的土生土长的乡村青年，用实际行动和朴素的语言，在人们面前打开了一扇大门。人们兴致勃勃地走进了一个新的天地，那里充满了阳光，也充满了未知与好奇。人们心里怀着一个强烈的愿望，即摆脱贫困、走向富裕。人们仿佛看见前面有一把燃起的火炬在引领。那是希望之光、富裕之光，尽管前去的路上仍然是雾气腾腾，充满了荆棘与坎坷。

黎明时分，赵志强醒来就再也睡不着了。年轻的村支部书记眼前就像过电影，全是村里工作中那些人和事、矛盾和困难、问题。经过连续四年的艰苦努力，同舟村万亩冬枣产业园终于建成挂果、形成了规模优势。四年之中，赵志强和忽培东曾经三次带着骨干枣农到山西、河北和陕北等地的红枣产地考察学习，最终在同舟本地原有的土品种"梨枣"基础上，定位了"冬枣"这个新品种。冬枣的特点是上市早、产量高、口感好、价格贵。一亩园子一般产量都在三千斤以上，甚至有些达到四五千斤。冬枣树身矮小，是由酸枣棵子嫁接而成的。母本种子取自当地黄河畔土崖上的老酸枣树。深秋季节，赵志强和忽沛东叫忽沛太他们几个身强力壮的小伙子把自己用绳索拴着从黄土崖上放下去，采摘大个儿的成熟了的酸枣。然后把枣核收集起来，保存到春季，再用水浸泡一个月，直到结实的枣核裂口后再下到温床上生芽扎根。等到可爱的小枣树苗儿长出有一拃来高，时间也就到了四五月间。这才把新育出的枣苗移栽到园子里去。

这些日子，赵志强老是皱着眉头。他开始操心冬枣的销售问题。产品生产出来，一旦卖不了就成了大问题。他每天都在各家各户的园子里转，看到枝头上密密麻麻挂满了即将成熟的枣子和枣农们看自己的那种依赖和信任的眼神，他就感到了压力。说实在话，村里主导产业真正发展起来后，他就更加感到这个支书、主任不好当呀。好在如今把主任这副担子交给了忽沛东，刚刚感觉轻松了一点。可是冬枣的销售，又像是一块磨盘，实实在在压在了他的背上。前两年在生产规模的扩大和管理技术培训上下了功夫，硬是手把手将几百名连地也不想再种的庄稼汉培养成了务枣能手。万亩冬枣园子，几百户人家的辛勤劳动成果，这是全村人的命根子呀。近来赵志强不断地梦见，这些枣子堆积如山卖不出去。真要出现那种情况，那可怎么办呢？枣子集中采摘下来，三五天之内就得脱手运送到全国各地零售市场上。如果一礼拜还卖不出去，就可能出现烂枣问题。一旦出现这种情况，那就是一场灾难。一开始种植面积还小，市场需求量却大，总疙瘩算账，枣农们不要操心。如今情况变了，枣贩子是不见冬枣不论价，时不时地还要蓄意压价。买方市场逐渐变成了卖方市场，枣农们面临着新的挑战。支书赵志强也面临着新课题。"面对一个个的外地客商和二道贩子，一家一户各自为政、单打独斗的销售方式，的确误事不小，必须像对待冬枣栽培管理的技术辅导一样，把销售抓在我们自己手上。"两委会上，赵志强语重心长地说。他这话是对村干部们说的，更是对自己讲的。基于这样的考虑，村里积极筹资规划建设了冬枣展销中心。赵志强觉得，这应当是本届两委为群众办的又一件实事，是被问题倒逼出来的有效措施。开始没有资金，他为此打报告，找领导批示，光县上就跑了十多趟。终于争取下国家扶贫贷款，加上枣农集资建起了这个具有现代设施的冬枣销售中心。地址在村里十字街口早年拆除了的忽家老祠堂的地基上。高大的钢架遮阳棚，里面像街市一样，一家挨一家地布满了冬枣摊位。全村五百多户枣农，都在其中有了自己固定摊位。里面还安装了空调机，调节温度和湿度，其中还设有专门的法律公证处。大棚的进口和出口安装了监控摄像头，镇上派出所派有常驻公安员协助村上维护治安。展销中心的电视大屏幕上，每日定时公布着各地冬枣的批发和零售价格，供枣农和客商议价时参考。同时也无偿地播放着各家各户图文并茂地介绍产品质量和营养成分化验数据的商品广告。这些重要的服务功能完全通过宽带网络，由计算机采集数据在云上完成。有了这些数字化智能化的服务，就完全避免了从前信息不对称所造成的种种问题和不必要的纠纷……但是，即就是如此，村民的思想教育还得跟进，不然的话，还会有新的问题出现……赵志强心里盘算着，就听见了几声高亢的公鸡叫鸣。他睁开眼睛一看，窗户透明，天就要亮了。

三

院子里，母亲喂的那只大红公鸡在窝里喔喔喔地叫着。四只母鸡也都跟着咕咕地叫唤，就像是领唱和伴唱一样。老太太表面上随和温顺，其实固执起来比性格倔强的老头子还要难对付。赵志强听着鸡叫，不由得皱起了眉头。

"别叫了，知道你们又要起来转悠呀。你们听见了没？都到小菜园里送屎送尿去。不然的话人家就把你们统统送到村里集体养鸡场去，我想挡也挡不住呀。"

母亲小声唠叨着，把鸡窝的石板掀开了。公鸡和母鸡欢快地钻出窝口扑腾着翅膀跑到了院子里。村里已有明文规定不允许私自散养家畜家禽，可是母亲就是不听。赵志强为此还请段淑娴到屋里劝说过几回，母亲碍于面子答应把鸡送到集体饲养场代养，可就是一天拖一天地这么拖着。也难怪，老人家养了一辈子鸡，每年全家吃的鸡蛋和零用钱都靠这些鸡。眼下一说不让她养鸡，眼泪就扑扑地直往下掉。每逢这时，赵志强就怀疑，自己提出这样的要求，是不是脱离了农村实际？可是你要发展乡村旅游，就得保证环境清洁卫生呀。

赵志强正呆愣着，就听见对过屋里传来一阵咳嗽声。他知道是父亲起来坐着吸烟……他目前还有一项任务，就是劝说父亲戒烟。他感到自己在家里说话都没有威信，那还怎么领导一个村呢？每每想到这里，他就感到懊恼。自从自己护堤落水，父亲就又开始劝说他离开农村回城里研究所上班。母亲则一见面，就劝他赶紧完婚，说眼瞅着都三十出头了，你还准备叫人家淑娴等到猴年马月？这工作之外的烦恼，他又去对谁说呢，只能闷在肚子里呀。

想到今天上午县上常书记和刘县长要来亲自为冬枣展销中心剪彩，他就禁不住皱起了眉头。他一骨碌从炕皮上爬起来，迅速地穿衣下炕。他最担心的还是村里的交通和安全秩序。张民警一再说治安问题他很难保障，要村里自己负责。还一再建议一定要把人员控制在二百人以内。可赵志强怎么算也得在四五百人。张民警板起脸推说上了五百人就得报县上审批才行。赵志强问，报县上哪个部门？张民警含糊地说这他就说不好了，应该是县委、县政府吧。赵志强只得登门请示镇上郭振峰书记。郭书记说从来还没有遇到过这样复杂的事情，那就向上请示吧。于是赵志强提前一星期给县委、县政府打了正式报告（还特意上镇里盖了公章），这才亲自送到徐安稳主任手中。刚刚被提拔为县委办主任的徐安稳看后又查阅了相关文件精神说，这事属于正常的生产经营活动，不需要到县上报批，镇上自己就可以敲定。说如果要报，也只需报县公安局备案。赵志强便上门给县公安局长魏子纲当面汇报。魏局长见他累得满头大汗、嘴唇也干裂着，就关心地给他倒一杯热茶说这事不要再跑了，说这属于基层正常的生产经营活动，应该是属地管理即可。赵志强哪有心思喝茶，当下又骑着电动三轮返回镇上。他好说歹说，终于感动了黑脸菩萨开恩。张民警答应届时派五名民警现场执勤，并要求村里治保委员忽沛太选择二十名青年农民配合民警维持秩序。如此整整跑了三四天，这才算是把这件事情安顿妥帖。不料想他打报告的意外收获是县上两位主要领导已经明确表态参加同舟村冬枣展销中心的开业仪式，另外还有十多位相关部门的领导也陪同参加。这消息令赵志强心中喜忧参半。等到一切都准备就绪，赵志强嘴角两边早已经熬出了火泡。段淑娴给他送来一包网上买的冰糖、菊花茶，叫他每天沏水喝。可是这样的安慰与巨大的工作压力相较，还是无济于事。他也才发现，世上最累人最难怅的事情，还不是大堤抢险，不是带领大家抓冬枣的生产，而是在上下左右的领导机构和官员们之间奔走与周旋。

谢天谢地，这天上午的活动终于圆满结束。县上常青峰书记和刘登荣县长都很满意。县上各部门领导每人提着一袋子新鲜冬枣笑眯眯地离去，也都没有不同看法。

"大家走好，大家走好。"镇上郭振峰书记、康成镇长脸上都有光彩。赵志强和忽沛东陪着镇上领导把大伙儿一直送上汽车，这才握手告别，两人都累得够呛。由于常青峰书记谢绝晌午在同舟村吃饭，大伙儿也就只得纷纷作罢。乡亲小饭馆准备的几桌丰盛宴席，只得叫各地的客商和相关人员享用了。

第十八章

一

"金蛋蛋,银蛋蛋,比不上咱同舟村的枣蛋蛋……"文有才老汉把同舟冬枣编进了戏文,几乎唱遍全县。开始有人听了都不相信,更多的人从几十里路上跑到黄河滩枣园子里参观。看了的人,一时都惊得无话可说。千年的黄河滩盐碱地上出现了奇迹。有人连声说这是"梦想成真",省城和外地慕名而来的游客,更是觉得惊异。人们好奇地端着照相机、录像机,举着手机钻进冬枣林子里拍照录像,然后就把照片和视频配上文字和声音发到网络上显摆。原本名不见经传的华邑县安礼镇同舟村黄河滩,很快就成了网红打卡地。人们点评里称之为农业"产业化样板"、全国"冬枣之乡"。同舟村人听得,心里美滋滋的。支书赵志强心里却说:"其实还名不副实呢。"要说论起经济收入,还是不够平衡,贫富差距反倒拉大了。主要是枣农和非枣农收入差距太大。枣农的收入,的确令人羡慕。一户村民种二三十亩冬枣,一年松松宽宽收入三四十万元,多则五六十万。而种庄稼的收入,除了机械化程度高的种粮大户忽顺生、忽青海父子,其他小规模种植的人家收入还是有限。富起来的人家如何消费,也成了问题。很快,社会上就有了说法。说同舟村人走路的姿势也变了。说过去见人都是猫着腰,头低着，现在是挺着胸脯，眼睛朝上。这也不算夸张，村里不少人从巷里和安礼镇街上走过，如果年收入下了十万元，就低着头感到自己没颜面。从前赵杰魁的小卧车一进村，满村巷都是羡慕或是嫉妒的目光。如今互相攀比之下，村里一下子增加了好几十辆小车，再也没人稀罕了。就连他那颗刺眼的大金牙也没人再关注。村里不光是镶金牙银牙的人多了，安烤瓷牙和种义齿的人也越来越普遍。有的租房或买房，高价把娃子送到城里小学去念书。有少数人开始不劳动了，专门雇人干活，自己在园子里指手画脚、大呼小叫地当起了甩手掌柜。根据暴露出的这些思想苗头和铺张浪费现象，赵志强开始考虑着下一步农民的思想教育问题。他心想枣农不光是要掌握务枣技术，更要提高思想文化素质。培养高素质的新型农民，要成为今后党支部、村委会的重要目标。

村里来的人多，停车成了问题。赵能人和孙桂花夜里睡在被窝里一嘀咕，遂向队里申请，干脆用水泥把老槐树周围的焦砖地面一浇筑，再用红绳绳把周边一圈，转眼就弄成了一个收费停车场。"每小时收费一元。"光这停车费一项，赵能人夫妇每月收入都在三四千元。二蛋段新虎看着眼热，就跑来找赵志强说自己想竞争承包停车场。赵志强说："也行，你得先把人家前期投入的水泥钱和工钱掏了再说。"赵新虎问多少钱，赵志强说大约五万元。"哎呀我的爷呀"，段新虎一缩脖子不再说话了。后来两委会正式研究，决定把这停车场干脆纳入了文化阅览室项目一并承包，也就再没人眼红心动了。

县委书记常青峰在县党代会报告中说："同志们，咱们东府人，世世代代靠种庄稼过活。祖祖辈辈，都把脚下的土地称作'刮金板'。可是咱们光靠种苞谷、种麦、种杂粮，种了几百年上千年反倒越种越穷了。后来又说是'无工不富'，不少地方盲目办工业，结果办的不少厂子都垮了。不光劳民伤财、浪费了土地，还带来了空气、水源和土壤的污染。我们农业大县的出路究竟在哪里呢？说来说去，还是在脚下的土地上。安礼镇同舟村冬枣产业成功的例子，有力地回答了这个多年没有找到正确答案的问题……"

这是县上领导对同舟村万亩冬枣产业发展经验的官方评价。赵志强、忽沛东和全村人都感到了欣喜和自豪。

这年入夏，枣子快成熟了。南方的客商早早来到了地头，指园论价。由于市场需求量大，价格一下子被哄抬上去了。每斤优质冬枣的价格竟然上了四五十元，还有个别的过了百元。涨价高兴降价难受，赵志强感觉这也不是啥好事，就一再提醒客商和枣农，价格可不能太高。可是市场的杠杆不由人为操纵呀，人家有自身的规律遵循。价格的高低，是由产品的质量、数量和市场需求量决定的呀。赵志强同忽沛东以及村里枣农商量，尽量控制价格，以防止出现暴涨暴跌现象。南方客商中有一位姓杨的，人称浙江老杨，在当地贩冬枣好几年了。此人身材瘦小，头脑特别精明，两只小眼睛滴溜转，对市场变化格外敏感。晴朗的日子，浙江老杨骑着电动摩托车几乎看遍了同舟村所有的冬枣园。最后他站在东头忽家巷口眯起一双小眼睛发起了呆。其实眼下他什么也没有看到，却捕捉到了重要的市场动向。浙江老杨听说河东山西那边这两年也正在效仿河西，大量种植冬枣。这可是个重要的市场信息呀。物以稀为贵，产出多了有了竞争，价格自然就会降低。想到自己在同舟村与枣农们论价，嗓子都喊哑了，可是价格还是压不下来。价格压不下来，利润空间就小，这生意可怎么做？于是浙江老杨小眼珠子一转，当即决定把自己的收购市场转移到黄河东岸去。果然东岸的枣子看着比同舟的还大还红，价格却足足低了两三成。浙江老杨喜出望外，一个人包圆了整整一个县的枣子。结果不知为何，打着"华邑冬枣"旗号的东岸枣子在浙江市场上一露面，却遭到了强烈抵制。

"唉，这可不是那华邑冬枣。你这枣子是哪里进的？"老杨红着脸强辩道："我这可是地地道道的华邑同舟村冬枣呀！"买枣子的人摇头说："你拉倒吧，你自己尝尝这枣子味道！"人家说着从挎包里掏出一颗冬枣，要老杨尝。老杨硬着头皮接过咬了一口，自己心里就咯噔一声，当下便蔫巴了。他二话没说，赶紧转移阵地，厚着脸皮又回到了华邑同舟村。

新落成的同舟村冬枣展销中心，市场上那些种枣技术高的户主，摊位边就围了很多客商。他们讲起价格,声音洪亮,底气十足。技术差的枣子质量自然也差些。比如像忽聚民老汉,由于货不赢人,说话声音也高不起来。更叫老汉来气的是,隔壁这家技术尖子,刚好又是他堂兄弟忽聚刚。他兄弟媳妇董桂琴,性格外向,一天更能咋呼,真气人。

"这枣还有啥麻烦!你不信亲口尝尝嘛,不敢说入口就化,也是满口的脆甜香醇。"董桂琴说完,一双大眼睛大胆地瞅着那些客商。一个谢了顶、西装革履的广东客商说:"哎呀大姐,这个枣,怎么这么小呢?人家的又大又红……"他咬舌说着竟然拿起一颗径直丢进大嘴里嚼起来。那董桂琴忙问:"哎,这位先生,枣子味道怎样?顶不顶人家又大又红的?"谢顶客商并不回答,又把一颗枣子送进嘴里嚼着,笑着点头伸出了大拇指。

"哎呀,老杨,这一年多不见,你跑哪里发财去了?""咳,赔大了!血本无归呀!""听说你嫌我的枣价高,你咋又回来了?"大谝老汉见了浙江老杨总要开几句玩笑。"大谝老哥,今年枣子普遍好,你该又要发财了吧。""唉,好啥哩!都说你鼻子比老鼠还尖,我就不信这冬枣价格真的要回落?"浙江老王听得一愣,小眼睛直往枣子堆里瞅。看清全是些混装货。他刚要站起来离开,当即又被大谝老汉伸手按住了。"喝茶,喝茶。"大谝老汉说话间把茶杯往他嘴边一送。浙江老杨被动地喝了一口温乎茶。"这么吧。今年你也知道,枣子价格暴涨。我老汉不涨,去年每斤卖了二十五六,今年我还是这个价。"浙江老杨听得一愣,感觉自己脊背上鸡皮疙瘩都起来了。浙江老杨站起来,却又被大谝老汉按了回去,他只得无奈地问:"老哥,你有多少货?""不多,也就一两万斤。""好,就这个价,我包圆了。"大谝老汉听得一激动,上去就把瘦小的浙江老杨抱了起来。

浙江老杨说话算数,他谁的摊位也不去,抓起忽大谝面前的样品枣子细心端详。"兄弟,你尝尝,尝尝口味。"忽大谝站在一旁,一再提醒浙江老杨。但浙江老杨还是没有尝。其实枣瞎枣好,对于内行客商而言,是不需要张口尝的。只要搭眼一看就能看出个八九不离十。作为最早的一批南方客商,浙江老杨也深知枣农们的难处。

二

　　大清早的，老者们都在幸福院里吃早饭。以往吃饭，忽大谝总是兴奋地坐在桌子前不停地高谈阔论，大嘴里的唾沫星子带着酒气喷得满桌都是。人们知道他这毛病，吃饭就都有意躲着他。可是今天他却坐在那里皱起眉头发呆。

　　"咋哩，哪里不舒服嘛？"苏庆芳到跟前小声问。"腰上、腿上嘛。""叫你不要务冬枣了，你就是不听。""我是给咱娃攒学费哩嘛。"苏庆芳听得，脸呼地红了，急忙低下头去。整个幸福院里，也就这大谝老汉一个人还整天下地务冬枣。种冬枣收入高的诱惑力实在是太大了，村干部们劝都劝不住他。老汉这会儿说腰疼腿疼可一点不假，所有作务冬枣的人，无论年龄大小，从地里出来，走路都弓着腰、拉着僵硬的双腿。上了年纪的人务上几年冬枣，人就全然不像从前那样了。忽大谝老汉的腰腿疼，直接影响到了他的情绪，他的酗酒和坏脾气越来越难以控制。不光是幸福院的老人们见他都躲，就连村里冬枣展销中心的客商，也都不愿意到他摊位上来论价。老汉有时候一整天都坐在摊位前打瞌睡，一条大黄狗就卧在他脚跟前。

　　"赶紧，你吃呀不。这段万奎烙的月牙烧饼可是越来越香啦。还有这羊肉，汤比肉还香！"大谝的堂弟媳妇董桂琴大声喊叫着。她昨儿个因为扫地扬土，刚跟大谝老汉吵过嘴。她大学念书的儿子忽沛胜正好放暑假在家，也到销售中心来帮忙卖枣。娃嫌他妈说话声高，即小声制止道："妈呀，你小声点儿，这是公众场所，声音那么高就不怕旁人听着讨厌。"董桂琴高声训斥儿子说："忽沛胜，你给我闭嘴！不要以为你念个大学就有资格批评老娘。你娃给我听清，你爸还没死，还轮不上你娃管教老娘。"忽聚刚在一旁正在吃饭，实在听不下去便说："桂琴呀，沛胜娃说你没错。众人都歇着哩，你能不能声低些喊叫？""我就不能！我喊叫咋啦？这中心又不是谁家掏钱买下了。"董桂琴说着，头还故意往大谝老汉这边一拧。她看见老汉靠在椅子上打瞌睡，就又挖苦道："再说呢，人家大老爷早就睡死了，谁还有闲工夫听臭脚婆娘说啥。"

董桂琴一家三口的对话，大谝老汉听得一清二楚。这所谓的"臭脚婆娘"分明是他老汉昨儿个骂人家的原话。人家心里记仇，显然是故意用话激他老汉哩，但是他老汉只能装作没听见呀。不然的话，这又得是一顿激烈大吵。老汉心想，自己实在是丢不起这人呀。论辈分，她是堂兄弟媳妇。按礼俗，兄弟媳妇和阿伯子之间既不能开玩笑也不能吵嘴斗气呀。昨天他老汉没忍得住吵了几句，惹得半个销售中心的人都围着看笑话。老汉气得喝了半天闷酒，后悔得一夜都睡不着。唉，人不和狗斗，男不和女斗！眼下这女人却还不停地挑衅，老汉心里真是烦透了。谁能想到连这从前穷得叮当响的家户自家人，如今卖冬枣有了几个糟钱，就烧得凉不下来了。"唉行了，让人一步自己宽。"大谝老汉闭起眼睛，刚刚把自己的心情劝说平顺，可就像突然听见一声炮响，心中的火药捻子又被点着了。他感觉哧哧哧哧直冒火，老汉顿时坐不住了。

"滚，你个不识相的老狗！把你个老不死的，成天赖在人面前，也不知丢人现眼！"老汉猛一睁眼，发现那女人正在骂他养的老黄狗。原来是狗闻见肉香就凑到女人跟前，董桂琴凶狠地举起扫把追打着狗。那饿急了的老黄狗嘴里噙着一块羊骨头，急忙躲到大谝老汉身后。董桂琴并不止步，撵到老汉面前还继续叫喊着打狗。那狗急了眼，汪汪汪地冲着女人叫唤。女人抡起扫把照那黄狗头上猛打，黄狗疼得汪汪直叫。"停手！"大谝老汉终于忍不住起身喊了一声。"你老汉急啥？我打狗又没招惹你。这是谁家的狗，咋也混进展销中心来了？"董桂琴明知故问，冲着众人喊叫道。看热闹的人群发出一阵哄笑。

"你、你娃说清楚，谁是老狗？"

"谁是老狗？你还不知道？"

忽大谝老汉气得浑身发抖，忍无可忍地举起了拳头。

"咋哩，你老汉还想动手打人？给打，你打，你要不打，你就不是男人！"

大谝老汉脑子嗡的一声。他知道自己血压猛然高了，就赶紧闭上眼睛，一个劲在心里提醒自己，"不要动气，不要动气……"这时候，堂弟忽聚刚急忙拨开人群喊叫道："董桂琴，你这是弄啥哩！跟条狗还过不去！"众人听得，都忍不住嘿嘿地笑。忽沛胜赶忙放下饭碗过来劝说母亲不要同狗较劲。大谝老汉越听越生气，心想这一家子都不是人呀，这不是明摆着借狗骂人哩嘛。

"忽聚刚，你妈的！"大谝老汉终于炸了！喊叫着就要上去动手打他堂弟。忽沛胜眼疾手快，上前一步堵在他爸前头抬起胳膊只这么一挡，胳膊肘子不巧就碰在了大谝老汉的左眼角上。老汉当时感到眼前一黑。随即嘴里"哎呀"一声，就跌倒在地爬不起来了。那忽沛胜赶忙上去把他伯扶起来，嘴里一个劲地喊着："聚民伯，聚民伯……"大谝老汉醒过来说："我知道你早就串通好了。"董桂琴还在嚷嚷。"妈，你还说啥哩，"忽沛胜大声喊道，"赶紧把人送医院。"

到了医院，医生仔细检查后摇摇头说："问题不大，是受了刺激临时休克，已经缓过劲了。"父子俩这才松了口气。可问题是大谝老汉的左眼却肿得睁不开了。经过眼科医生拍片子检查，说是严重挫伤，需要住院治疗。

不料想大谝老汉在医院里住了整整十五天，眼睛这才慢慢消了肿散了黑青，可是视力还是不见恢复。而且由于左眼的问题，还影响到了右眼，引起右眼发炎、整体视力急剧下降。老汉在安礼镇医院里躺着，每天的住院费和医疗费、看护费再加上吃喝拉撒，加起来至少一千元。这还不算老汉口口声声索要的误工费、冬枣销售损失费和精神损失费等等。"唉，我只说借着骂狗，把老汉捎上两句出出气，谁知道就戳下这么一盆黏糯子！"董桂琴说着就忍不住流泪。大谝老汉住院期间，他侄子忽沛胜一直陪着老汉，给他端茶倒水、送屎送尿。中途他堂弟忽聚刚也提着水果赔着笑脸来看望他好多回。大谝老汉就是赖着不出院。事情弄到这个地步，谁劝说也不行。大谝他叔忽子亥生气地说："看来这大谝侄儿是王八吃秤砣，铁了心要打官司呀。"

状子递到县里法院民庭，办案人员下来做了初步调查，发现案情同起诉书陈述实有出入。有多位现场目击者都能证明,被告人忽沛胜的确不是故意动手打伤受害人,而是劝架时肘臂不慎碰撞误伤。因此,建议庭前民事调解,以经济赔偿化解矛盾为宜。大谝老汉听了,气得吹胡子瞪眼坚决不同意。经过赵志强和忽沛太以及他叔父忽子亥多次劝说,堂弟忽聚刚也当面承诺以赔偿经济损失为惩罚,老汉这才勉强松了口。这样又过了七八天,眼瞅着忽沛胜就得开学返校,忽聚刚和董桂琴急得就像热锅上的蚂蚁。夫妻俩无奈,只好成天追着赵志强帮着催促法院抓紧办理。赵志强懂法,他建议法庭把这事委托当地人民陪审员具体经办。忽步康作为同舟村人民陪审员,在村里德高望重能息事宁人。果然,他老人家这一出面,事情立即就变得简单起来。忽步康把双方当事人都叫到村部说事。问题的焦点很快就集中到了赔偿金额上。这时候主动权完全掌握到了忽聚民老汉一面。大谝老汉开口就要五十万元。说是务工损失和身体损失、精神损失费等等。董桂琴一听,当场就昏倒被送到安礼镇医院住了院。忽聚刚一看,这事不敢再拖,当即满口答应。上午说定,下午签字画押后当场就把五十万元的银行卡交到了大谝老汉手中。第二天,忽沛胜才返回省城继续完成学业。一场因邻里不和发生的民事官司,就此算是了结。忽聚刚一家损失可不止五十万元,上坡日子过成了下坡日子。大谝老汉因为受伤住院,十多亩冬枣没卖上好价格,损失多少很难估计。严重的问题是他视力急剧下降,加之双腿行动不便,从此成了医院的常客。老汉哑巴吃黄连还在众人眼中落了个"讹自家人"的瞎瞎名声。幸福院里从此少了一份说笑声,银盘大脸苏庆芳见了大谝老汉总是吊个脸远远避开,好像躲避瘟疫。

三

下雨对于干旱的北方,原本是一件好事呀。从前人们盼着下雨,可是眼下咋就变成了灾难!又是一次多年不遇的连阴雨,给同舟村降下了灾难。赵志强和忽沛东想找到那些在雨中依然保持果实完好的个别冬枣单株,再培育出抗阴雨的优良品种。然而事实很快就证明,这只是他们一厢情愿。从早到晚,在淅淅沥沥的雨中,他们走过一片枣林,又一片枣林。看到不少的枣农跪在地边呼喊:

"老天开眼呀,赶紧放晴。再这么下,就是要人命啦。"

"老天爷,你这不是下雨呀,你这是下锥子、下刀子哩!"

听到这些痛苦绝望的呐喊,赵志强感到自己的双腿像是有万千虫子在里面啃咬。他那疲劳的双腿顿时就疼得立不住了,身体不由自主摇晃起来。

忽沛东知道赵志强这是又犯了病,急忙上来扶住他。赵志强感到那可怕的"虫子"游走到了握着伞把的手臂。湿淋淋的雨伞当即不知不觉就从他手中跌落到地上。忽沛东知道这是那年大堤上落水留下的后遗症:游走性神经痛。好在这时文燕和段淑娴赶到了。经过又掐又揉一阵折腾,人才苏醒过来。四个人都不再说话,感觉这是老天爷在故意捉弄众生,让刚刚看到一线希望的一件大好事情,突然又落入了无望的低谷。他们每个人的心情,就像这天空颜色一样是铅灰色的。

"志强,走,先回屋去。你们已经在这转悠了一整天。"淑娴心疼说。"对呀,你们转来转去,又有什么用呢?"文燕也说。两个男人相互看看,都没有说话。第二天他们四个人一起又找了一整天。第三天,他们终于在试验地那棵巨大的梧桐树下,看到几株自生的小树上,枣子居然完好无损。"这是为什么呢?"赵志强惊喜地捧着枣子问。"因为有茂密的树冠遮住了雨水。"忽沛东说。"那太好啦!"文燕听得一激动,竟然把沛东紧紧抱住了。段淑娴也兴奋地搂住了赵志强。

这一刻,必定是终生难忘的。正是在忽沛东家的承包地里,他们终于找到了拯救万亩冬枣的新希望。

没有人在高音喇叭上通知,也没有谁召集。对于同舟村人而言,这里就像是他们心中的一片圣地。黑夜里,赵志强看见,人们举着火把,一张张被火光映红的脸上带着信任的微笑。"乡亲们,"面对充满期盼与信任的人群,赵志强忍不住高声讲道,"大伙儿不用着急,也不要有任何担心。老天爷这是在考验咱们的信心和决心哩。咱们首先要回答一个问题,是前进还是后退!""前进,前进,前进!""决不后退!决不后退!""对呀,只要咱们坚持不后退,就一定有办法克服一切困难!"新任命的"驻村第一书记"李蓉蓉附和着,就和支教教师、已经正式调来华邑并担任同舟小学校长的吴文倩手牵着手走出人群,走到赵志强他们面前。

雨停了。人们仰望天空。那月亮好大好圆呀!乌云散去,那天空水洗过一般地干净。洁白的圆月,湛蓝的天空,一群心心相印的人们注目仰天。月光之下,广袤的大地,不远处的黄河默默地涌流着,就像一条淡黄色的飘带,飘向远处巍峨的华山脚下……组合成一幅无与伦比的美好画面。

这些祖祖辈辈面朝黄土背朝天的肤色黧黑的庄稼人,第一次在雨后的秋夜,集体注意到了自己世代生活的家园,竟是如此美丽!

经过一番深入调查和冬季外出观摩,来年春季,忽沛东根据两委会的决议,当即落实推广在大棚里栽种冬枣的技术。后来人们才知,这是一次具有颠覆意义的"革命"。这一回,几乎不用召集培训,人们自觉响应。当第一座竹竿绑结的冬枣大棚出现在田野上时,农民们纷纷效仿。很快,村里几乎所有的冬枣园子,都被圈进了塑料大棚。到了雨季,再也不害怕风吹雨淋了。万亩冬枣基地雪白一片,更加显得气势恢宏。逐渐地还在此基础上,衍生出沉入地下一米多的坑棚和顶上覆盖棉被的钢架保温棚。这样一来,就把冬枣成熟的季节,由秋季,上下延伸到了夏季和冬季。温度与湿度可控的结果,冬枣品质大大提升。真正的"反季节"鲜果悄然面世。价格也由二三十元,猛增到一二百元,而且很好销售。这又创造了新的奇迹。人们真正体会到了雨淋烂枣事件,果真像是老天爷对同舟人的又一次考验和眷顾。与此同时,银色万亩冬枣园,成了同舟村和安礼镇的赫然一景。城里的游客纷纷前来观赏。有些枣农就别出心裁地增加了园中采摘品尝和观赏照相留影的旅游项目。赵志强和忽沛东看在眼里,就又产生了新的更加大胆的想法。

四

　　清明节一过，到了旅游旺季。为方便前来旅游观光的中外游客，村里趁机决定在万亩冬枣园子中间集资搭建一座高标准的观光瞭望平台。上面有遮阳伞、配有望远镜，还有茶座和咖啡厅、酒吧、书吧。天气晴朗的日子，坐在高达十多米的平台上俯瞰广阔的冬枣园，仰观近处的唐塔、宋庙、明代的屯营堡寨箭楼和清朝的丰图义仓，眺望远处的黄河，华山和黄、洛、渭三河交汇处的日出日落等壮观奇伟景象。总之，无论拍照留影，还是读书看报、吟诗作画甚或感受田园风景，都是再好不过的去处了。

　　观光台刚刚搭建不久，文旅局长马志远就带着南方某发达省的省市旅游局长考察团来了。大伙儿一上瞭望台，就被眼前的景色震惊了。人们纷纷伸出大拇指向马局长点赞祝贺："哎呀，马局长大手笔，大手笔呀！""是呀，人家这可真正是大手笔！没有美术专业背景，谋划不出这样的大景观啰。""嗯，这个一定是你马局长别出心裁的设计。"马志远听了急忙摇头说："错错错，我可没有这样独特的眼光。"说着指着身边的赵志强，高声介绍道："各位局长听着，眼前这个杰作，就出自这位年轻同志之手。他叫赵志强，是同舟村的现任党支部书记，一位著名的社会学家，我最好最好的朋友。"人们顿时围了过来，好奇地向赵志强提着各种各样的问题。

　　等到客人下了瞭望台进冬枣园子参观后，马志远兴奋地捣了赵志强一拳头，板着脸问："老伙计呀，你弄这么大动静咋连个招呼都不给我打？"赵志强一愣，忙赔着笑脸说："哎呀，失误、失误，对不起。那天恰巧镇上郭书记陪着县委常青峰书记来检查工作，我们就讲了搭建观景台的想法，常书记当场表示赞同，并且要求说建得越快越好……"马志远听得，忍不住笑出了声，说："我不是嫌你，而是夸你这张牌打得精彩呀。资金如有缺口，我们下属公司可以投入。"赵志强好奇地问:"马局长,怎么个精彩法?你是内行,点评一下嘛。""你没听见人家外省旅游局长们是咋夸的?说你们这可是一举数得。"马志远高兴地说,"同舟村万亩冬枣大棚基地,已经成了全省乡村旅游热点啦。你不信到网上看看,游客们是怎么评价的。"旁边李蓉蓉立刻把手机网页打开,递到赵志强面前说:"快看看吧,赵支书,网上都快刷屏了,全是一片赞扬声。""那,有没有批评的声音?""有呀!"李蓉蓉瞪起一双单纯的大眼睛说,"你看看这个,问题提得还很尖锐。"

赵志强急切地拿过手机一看,一个叫"颠倒看世事"的网民质问道:"这么多滩里好地都栽了冬枣,那粮食安全怎么保证呢?"紧跟着还有几位附和的。其中"一根酸枣刺"说:"是呀,全县、全省乃至全国要都像你同舟村,那我们的饭碗咋办?农民光有了钱花,我们市民没有粮食吃,这日子能过得去吗?"

赵志强想了想,严肃认真地说:"李蓉蓉同志,你替我告诉'颠倒看世事'和'一根酸枣刺'先生,就说我赵志强诚心欢迎他们到咱同舟村来看看。请他们看看我们是怎样用冬枣产业收入反哺农业和粮食生产的。看看我们的忽顺生、忽青海父子是怎样以大手笔开发引进目前世界上最先进的科技和机械设备,在塬上五分之二的耕地里实行现代化的集约经营和粮食产量每年翻番的。我们以现代农业技术种植优质小麦、玉米和大豆等粮食作物,完全实现了旱涝保收。每年全村粮食总产,是原先一家一户种植的四到五倍。不光解决了同舟村三千多口人的口粮问题,而且还超额卖给国家大量优质余粮,实现了几代人'丰衣足食'的梦想。"李蓉蓉以最快的速度记录下来,"邀请函"很快就跟帖发到了网上,顿时引起了轰动效应。几天之后,一伙年轻热情的"驴友"就应邀结伴来到同舟村专看现代农业和粮食生产。结果大开眼界,"颠倒看世事"的网民随即改名为"同舟共济哥",而"一根酸枣刺"则更名为"春色满园关不住"。

全村冬枣园都搭起了大棚,唯独段新虎家没搭。就像一块破补丁,显得格外刺眼。眼下,他在自家枣园子里迈着八字步转悠。一冬天窝在屋里炕上,对着白发老娘抽烟发呆。老娘八十六了,手里还总是拿着针线活儿。老人家给儿子纳着鞋垫,但是针脚再也不像从前那么细密整齐了。

"你是谁?你不是我儿吧?"

近来,每次回家进了门,母亲瞅着他都是这么问。老娘这话,比刀子扎心还叫儿子难过。"妈呀,就是你儿虎娃回来了。看我给你带回来啥好吃的啦?"

"啥好吃的嘛?该不是泡儿油糕?"

"对呀,油糕还热着,小饭馆刚刚出锅的。"

正在这时,就听街门外有人敲门。段新虎一下慌了神。

"段新虎在家吗?"

"段新虎,快开门。"是治保主任忽沛太。段新虎心中顿时凉了。老娘嘿嘿一笑说:"你娃该不是又捅下啥乱子啦?怕成这样?"段新虎说:"妈猜对了,又是来要赌账的。这钱你藏好。"说着,从怀里掏出一捆子钱。老娘一见那些钱,当时吓得倒吸一口冷气,说:"你娃这是赃款,我不沾手。"段新虎听得一愣,说:"妈,这不是赃款,是你儿下苦挣下的。"

"新虎,我,赵志强来看你妈。"敲门声又响了起来。

这回段新虎听得真切,是赵志强的声音。他出去开了门。"哎,你那一帮子兄弟都上哪儿了?也不帮着他大哥收拾收拾环境卫生?"忽沛太瞅着埋汰的脚下问。

"唉,甭提了,自从村里封了游戏室,我妈也慢慢做不了饭了。红毛那一帮子结拜弟兄,也就逐渐不再上门了。人家都有了新草场,吃自家的去了。"忽沛太赶忙岔开话题问:"新虎哥,你妈可好吧?咱志强支书看老人家来了。"

段新虎心里一块石头这才落了地。

第十九章

一

张民警正在值班室眯眼抽烟发呆，就听见电话铃响了。他赶忙接起，是门房老王打来的。说是老李回去吃饭了，他自己刚才回家吃过饭给所长端来一碗黏面，还有他老伴亲手烙的无糖月饼。都知道张民警是老糖尿病，不能吃甜的。张民警听得一愣，半晌才回过神来说："这是好消息呀！"张民警家是外乡镇人，老婆常年有病靠儿子媳妇伺候。他一个人天天守在所里不回家。听了老王的电话，他心里很感动，心想这老王同志可真是个好心肠。从前两人在工作中还闹过别扭呢，如今人家退休了，居然还这么重情。张民警嘴里咽着唾沫放下电话，赶紧到收发室去吃黏面。

张民警当着老王的面，就着大蒜一口气把一大碗油泼辣子黏面吃光。他放下碗筷长长松一口气，还沉浸在辣子、清油和醋蒜、面香之中。老王见他放了碗，笑眯眯地两个指头夹起一块月饼递到他面前说："张所长，这东西你也得尝尝，没放糖，芝麻核桃花生馅的，香着呢。"张民警接过月饼翻来覆去看看，随后咬了一小口，果然不甜。他一边嚼着月饼，一边就眯着面前的老王。老王原本也是高原兵，和自己一样从部队转业回来当了半辈子民警，可是连个副所长都没混上。

原因就是面冷、脾气暴,时常和领导顶牛。"这黑煞神啥时候变得会笑了?早要是这样眯眯眼,这所长怎么说也轮不上我老张当呀。"吃完了月饼,张民警拍拍手从烟盒里抽出两根烟,递给老王一根。老王急忙摆手说:"唉,行了,你知道我没那瞎瞎毛病。"张民警嘿嘿一笑,端起架子说:"如今情况可就不一样了。"老王莫名其妙地问:"啥情况不一样了?""治安形势呀,还有啥。""对,十八大以后,全国反腐倡廉,安定团结,形势一片大好。"老王急忙说。"嗯,不过说老实话这还得感谢那同舟村哩。哎你别说,赵志强这娃还真有两下子。自从有了冬枣产业,村里农闲变农忙。乡村发案率大大降低,咱安礼派出所一跃上了全县前三名先进行列。""嗨,这也是因为你张所长领导有方嘛。""哎,我说老王,你啥时也学会拍马屁咧?""唉,这咋是拍马屁,我这是觉悟提高了。过去因为忙,很少有时间读书看报。这不是返聘到咱门房以后,整天没事,就看报纸读书,思想就进步了嘛。""你拉倒吧,转着圈表扬自己不是?谁还不晓得你老王,斗大字不识一石,还读书看报哩。"老王听得脸一下涨红了,猛地拉开抽屉,指着一个红皮本子说:"所长你别不信,我这还有笔记本子做证呢!"张民警赶忙掐了烟,好奇地戴上老花镜拿出那笔记本子翻看。果然看见老王每天学习的笔记写得整整齐齐,心想这人真是奇怪,原先在岗做不到也不情愿做的事情,咋退下来后反而做到了。"这下你相信了吧,老伙计?"老王得意地问。"嗯,有点意思。这方面,我得好好向你学习。还有,所里来的那些个年轻人,你没看一个个都慌得坐不住,也得好好向你这老民警看齐。"老王嘿嘿一笑说:"张所长,你该不是开我玩笑吧?"

两人正说着话,老李回家吃饭也来了。他带来了瓜桃梨枣和一壶泡好的西湖龙井茶。三个老伙计坐下慢慢地吃着喝着,面对窗外等着月亮出来观赏。"你俩还记得咱们刚来派出所报到那天的情形吗?"张民警没话找话地问。"记得嘛,咋不记得。"快人快语的老李说,"那是一九八三年,也正好是中秋节这天。咱们五个人刚换上警服,就遇上同舟村一个妇女提着血衫子哭哭啼啼来报案,说是她男人叫人拿刀子捅了。"

"对呀，"老王说，"当时所里人都外出执行任务了，老所长就带着咱们五个到同舟村去出警。""你两个记性真好。"张民警说，"我记得咱们到了现场，见受害人躺在炕上大声呻唤，伤口还没处理。刀子是穿透左胳膊扎进肋条的，只差一点点就把命要了。凶手跑了，说是个年轻人，才二十来岁，平时在村里给人杀羊。那小子同这当电工的本家叔为个棉花袄子发生口角。那电工人高马大，指着鼻子骂小伙子是婊子养的，结果小伙急了眼，上去就给了一刀。"老王说："哎呀，那时候，农村治安真是乱呀。凶手杀了人，只要撒腿一跑，多半就逮不住了。"老李说："当时咱在同舟村一了解，多数人竟然对小伙子还表示同情呢。"老王说："可不是嘛，说那电工仗着自己手里的权和一身蛮力，平时在村里欺男霸女。小伙子的姐姐，就是被那狗日的糟蹋后跳涝池自尽的。"

好一阵，屋里沉默着了。过了一会儿，张民警问："你们知道，那杀人的小伙子是谁？"老李反问："你说是谁？当时人跑了，案子始终没听说破呀。"老王说："我只记得说那小子姓段，叫段啥啥？唉记不清了。""我后来弄清了，那逃犯叫段万山，就是段新虎他大，前些年已经去世了。"张民警说。"难怪哩，同舟村段新虎那烈性子，瞅着就同常人不同。"老王说："唉，当时咱一同报到的五个人，老冯和老秦走了……前几年坟堆都被平了。"

眼瞅天黑了，圆月亮金黄金黄地升起来。老王出去索性把大铁门关上，只留着小门供人进出。张民警从门房出来，绕着院墙转了几圈，月亮就从东边升到头顶上了。周围真安静呀，他独自一个人在院子石凳上坐着看了一会儿月亮，心里还想着出警不幸牺牲的老冯和老秦……见一时也平安无事，他想孙娃子了，就拨通了儿子的手机。果然，接电话的并不是儿子，而是三岁半的孙子亮亮。

"爷爷，你过节咋都不回来看我们？"孙娃子一开口就言辞尖锐地质问爷爷，口吻还有些气呼呼的。"哈哈，爷爷工作繁忙嘛，等过了这节，爷爷就回去看你小子。""爷爷，你吃月饼了没？我奶给你烙了无糖月饼，不让我吃……"张民警嘿嘿地笑着，鼻子有些发酸。张民警同孙子说了一会儿话，就挂了电话。快十二点了，他干脆叫老王和老李回家同家人团圆去，自己把小铁门从里面插上了，就放心地仰在值班室床上安心看电视。央视正播《中秋文艺晚会》。张民警看着竟迷迷糊糊睡着了。睡到大约后半夜，他被一阵急促的敲门声惊醒。张民警急忙披上大衣起身来到院子里。天上月光正明，敲门声很急。张民警判断十有八九是有人来报案，就问："谁，啥事嘛，这么急？""张所长，快开门呀！"张民警听着声音有些耳熟，好像是做饭的老曹。"张所长，快开门呀！"这回他听清了，果然就是老曹。"我说老曹，你咋回来了？屋里出啥事了？""哎呀，说不成，你领导赶紧开门。"张民警开了门，见老曹浑身是土地站在月亮地里，样子十分狼狈。他推辆自行车，车前轮子扭歪骑不成了，是一路扛着回来的。"你这是咋了？屋里发生啥事了？""唉，冬、冬枣叫贼偷了。我、我摸黑骑车子来、来报案，跌、跌沟里了……"老曹结巴得话都说不全。"不急，你慢慢说嘛。走，咱到值班室坐下说。"

进了值班室，张民警给老曹倒了一杯茶水，说："你慢慢说。我保险叫那贼娃子跑不了。""真、真的跑不了？""真的，这还能假？你说说案情，我记录下。"老曹端起水杯一仰头喝光了，说："我全家忙了好几天，刚装满一车冬枣，放在门口里。可是一转眼，就叫贼连车开跑了，跑得连个影影都没了。""多大个车呀？"张民警忙追问。"唉，电、电动三轮车呀，上千斤冬枣呢！能、听说能卖四五万元哩！"张民警想着就来气。"你不怕。我保险把冬枣一颗不少地给你送回来。"老曹被逗乐了，嘿嘿苦笑说："真的假的？"张民警说了这话，立刻就有些后悔。你老张又吹牛了，心想破案哪有这么容易。

二

录完报案记录，好容易送走了老曹，天也就大亮了。张民警却还像一只被鞭子狠狠抽打过的陀螺,径自在地上哗哗转个不停。他脑子里满满当当,假设着各种犯罪经过。一般来讲外地客商人家是不会弄这事的。于是,他在脑子里开始排查内部。全镇各村的不法人员,他在脑子里齐齐排列一遍,不知不觉抽光了一盒公主烟。他渐渐感觉口干舌燥、头昏眼花,肚子也饿得咕咕乱叫。这才记起自己还没吃早饭呢,可是时间已经过了中午十二点。张民警于是烧了一壶开水,照例泡了一包方便面,开始坐下来慢慢地吃,脑子里还一个劲想着案子。节日期间,值班岗位离不开人,他只好打电话四处询问。绕了一大圈子,最后想到了同舟村。"喂,是赵支书吗?我张民警呀,有个事情通报一下。"电话那边,赵志强认真地听着。案情很快就说明白了,不料赵志强打断他的话肯定地说:"张所长,这个案子,我敢肯定与我同舟村无关,更同段新虎无关。""你怎么知道无关?""我、我凭自己的直观感觉。""哎呀,赵支书,这种话你可不敢说。""张所长,那你敢肯定这事就同我们有关吗?""这话我也不敢说。""那,张所长,你说的意思是?""请村上先摸下底,看看段新虎有没有作案时间。""那……这事,最好还是你所里直接调查为好。我村上还是那意见,段新虎不大可能弄这事。"张民警听了,不再说话。这明明就是拒绝配合调查嘛。张民警心里很是恼火,但是又不好发作。要是别的村支书,他早就炸了,可是对同舟的赵志强,他还是不能随便发火。

　　电话两边出现了暂时的沉默,显然彼此都感觉话说得有些不美气。沉默了大约半分钟,赵志强却说:"那好吧,张所长,我们先摸摸底看。""谢谢赵支书,太好了。"两个人都哈哈大笑起来。说老实话,赵志强接到这个电话,并没把这事往心上搁。他还是相信这个案子不会与段新虎有关。"不要说一电动三轮车冬枣,就是一大卡车,同舟村人也未必看得到眼里。"这是他对村民的基本了解和判断。想是这么想,但是赵志强毕竟还是个责任心很强的人。于是他当即叫上治保主任忽沛太,就到段新虎家里来了,顺便看望他的老母亲、自己的远亲姑妈。

　　赵志强他们这里一进院,却发现段新虎神色有些紧张。等他进了屋门,就更加感觉气氛不对。段新虎的老母亲呆坐在炕上,像一尊慈眉善眼的观音佛。"姑妈。"赵志强叫了一声就凑到炕塄前。"唉——你是谁呀？""姑妈，我是赵家巷的强娃呀，看姑妈来了。""哎呀，这不是我虎娃回来了嘛！虎娃呀，这长时间没见，你都上哪里浪去来，丢下你妈不管？"老人家紧紧抓住赵志强的手，流着眼泪说。赵志强和忽沛太听得都一愣，扭头直看段新虎。段新虎难过地说："唉，我妈这会儿认不清人啦。"赵志强赶忙上前握住老人家的手说："姑妈，我是你外甥强娃呀，你老人家忘了，咱是老亲呀，每年正月待客，我们都来给你磕头领压岁钱哩。""记得呀咋不记得，你大把我叫姐哩，你妈把我叫嫂子哩，咱是亲戚套亲戚。"段新虎一听，也帮着说："赵家巷的强娃看他姑妈来了，提的是你爱吃的冰糖青红丝甜点心。"老人家听得嘿嘿一笑，说："强娃？强娃不是考上大学了嘛。""对，是考上大学了，那如今大学早毕业了，回来当了咱村支书。""当了咱村的支书？咱村支书不是忽步康你舅爷吗？"赵志强高兴地说："谁说我姑妈脑子不清，啥啥都记得清着呢。""对呀，我都记得清着呢，就是不见我虎娃回来看我。"几个人听得又都一愣。赵志强赶忙拿出一块点心，递到老人家手里，说："姑妈，咱吃点心。"却意外地看见老人家怀里揣着一沓子钱，赵志强心里不禁一怔。只听段新虎怯怯地说："你们坐，我到灶间烧水去。"赵志强赶紧给忽沛太使个眼色，忽沛太说："不用了，我们刚喝了。"段新虎还是执意要去烧水，忽沛太就跟了出去。

这边赵志强就趁机向姑妈套话："姑妈，我新虎哥如今也务正了，种冬枣发财了吧。""嗯，发了大财了。那给我捎回来钱了。"老人家说着，把怀里的兜兜拍了拍。赵志强说："姑妈，钱可得装好了，小心遗了。"姑妈说："遗不了，在哩。"说着就掏出来看了一眼。赵志强看清了，是整整两万元。心里咯噔一下，就像是被人拦腰打了一闷棍。游走性神经疼的毛病当下又犯了。双腿先是疼得打战，他咬牙支撑着，不叫自己倒下。

段新虎在灶间拉着风箱烧火，忽沛太站在一旁死死地盯着他。段新虎心里有事，锅里的水冒花了他都没有听到。段新虎看着忽沛太，心里却想着如何制服心中那祸害自己的"恶人"。这恶人看着长得人高马大，除了能吃能喝能打架惹事，终将一事无成！段新虎总算是看明白了，恶人说到底，也就是个废物。两个人正僵持着，赵志强来了。他一进门，就直截了当地问："段新虎，你妈你还是管呀不管？"段新虎惊讶地仰起头说："管呀，咋能不管。""既然还想管，那就收拾收拾跟我们走。""走，上哪里去呀？""你还不知道上哪里去呀？""你是说上安礼派出所？""既然知道，还明知故问啥？""好，我跟你们走。""这么说，派出所厨师老曹家那一车冬枣是你偷的？"忽沛太问。"嗯，是我偷的。""枣弄到哪里了？"赵志强问。"连夜就卖给冬枣贩子了。""钱呢？"忽沛太问。"钱花了些，这，其余的两万全在我妈身上。""一共多少？"赵志强问。"冬枣连旧三轮车子，一共卖了三万元。""你一下子就挥霍了一万元？"赵志强生气地问。"没有，是给那段家小饭馆还了吃喝欠账了。"赵志强在一边想了想，当下到院子里给段淑娴打了电话，同时又给小学校长吴文倩打了电话。

如此没过多久，段淑娴就带着一万元现金来了。赵志强把钱交给段新虎叫他点清，带上全部赃款。忽沛太就开着赵志强的电动摩托车，拉上赵志强和段新虎急匆匆朝镇上赶去。他一路开得飞快，就像同谁赛跑。结果平时半小时的路，只用了不到二十五分钟，就进了安礼镇派出所大门。"快，同舟村段新虎来投案自首。"赵志强高声对值班民警说。那年轻的值班民警还在犹豫，忽沛太就说："快呀，你还等啥呢？"年轻民警说："你们路上没碰见张所长？"赵志强说："没有呀。""怎么，你们张所长去我同舟村了？"忽沛太问。"嗯，刚刚出的大门，是去同舟村了。""同志，你贵姓？抓紧办理吧。"赵志强心里全都听明白了，有些焦急地说。"我姓焦。那，要不要我先给张所长打个电话，请示一下？"忽沛太果断地说："小焦同志，我看没那个必要。""对呀，小焦同志，"赵志强说，"你应该知道呀，投案自首是有时效性的，耽误了时间，对当事人和你本人都没有什么好处。再说咱们可谁也负不起这个法律责任呀。""请问，你、你是哪位，同志？"

"这是我们同舟村的支部书记赵志强。"忽沛太介绍道。那年轻民警听了惊异地问："啊哦，您就是赵志强支书？"

办理完段新虎的投案自首手续，民警小焦特意看了看手表，说："说老实话，你再迟来一会儿，这事恐怕就不好办了。"段新虎听得，头上眼瞅着就冒出了一层冷汗。赵志强心里也暗暗庆幸："多亏忽沛太路上开得快，不然那就麻烦了。张民警这人执法如山谁都知道。"

赵志强感觉自己这件事情，还算是处理得干脆。他想着，眉头不由得又皱了起来。凡事总要多问几个为什么，这是赵志强新近养成的习惯。

三

证据确凿，岂能抵赖！张民警当机立断领着伏坡村治保主任曹军平，每人骑着一辆自行车风风火火赶到同舟村，不料却扑了个空。人已经不在屋里了。

"人呢？段新虎人呢？"张民警失望地大声问道。领着学生娃给段家打扫卫生的吴文倩说："听说是上安礼镇派出所投案自首去了。"考虑到有些情况自己不明，吴文倩故意没说出是同赵志强和忽沛太一同去的。张民警听了，感觉很不可信。"段新虎能主动投案自首？"张民警自言自语地问。心想这小子向来都是背上牛头不认赃的主。"段新虎能投案自首？"张民警心想打死我也不会相信。他重新上前打量着文质彬彬的吴文倩，心想这支教女老师该不会给犯罪嫌疑人打马虎眼儿吧。

吴文倩被张民警看得有些心慌，便很不自然地笑笑说："张所长，要不你进屋再仔细看看，和老太太说说话，或许还会有什么证据收获。"张民警狐疑地领着曹军平进屋查看。一推门，就听见老太太在炕上说："谁呀？该不是我虎娃回来了？这长时间也不知道回来看你妈。"张民警走上前说："老人家，我不是你儿，我是咱镇上派出所张民警，你不认识我了？""哎呀，你是张民警？认识嘛，咋不认识。你那些年可没少上我家的门。""就是嘛，最近段新虎回来没？""没回来，虎娃倒是托人给我捎钱来了。""托谁捎钱来了?""晓得,脸上有刀疤个人,还冒充是我虎娃哩。"老婆儿说着哑然失笑。张民警心想,老婆儿说的这人应该就是段新虎呀,便又问:"那捎钱人没说他到哪里去呀?""那说他偷了人,到派出所投案自首呀。也不知是真是假。"张民警开始有些怀疑,心想这老婆儿是在假装糊涂吧,便问:"那他给你捎回来的钱呢?""在这搭哩。"老婆儿说着就伸手在怀里摸索,又突然大喊说钱不见了。张民警更加怀疑老婆儿是在故意演戏,便失望地由门里退了出来,听见屋里老婆儿还一再喊叫钱不见了。

吴文倩见张民警失望地走出来,便笑着说:"张所长,你找到什么新线索没有?"张民警有些生气,说:"那老婆儿说话真真假假,能找到什么线索?"吴文倩说:"我不懂得公安破案,可我学过逻辑学,老婆儿喊叫捎回来的钱不见了,这可就是个重要线索呀。""说钱不见了,就是重要线索?""对呀,你不是不信段新虎能去投案自首吗?可他把给他妈的钱又拿走了,这说明什么?""能说明什么?""说明他有可能是真的带上赃款自首去了。"张民警听了吴文倩的话,还是固执地直摇头,说:"那也可能是把钱揣上畏罪逃跑了呢?"吴文倩欲言又止,觉得自己不好再说什么了。

对于段新虎这人,张民警自认为还是了解的。他一定是做贼心虚,闻讯揣上钱逃了。不应该呀,这世上还真的就没有不透风的墙了!张民警心里狠狠骂着自己,一时羞愧难言。他记得很清,上午给同舟村赵志强打完电话,就接到另外一个电话。这电话就是伏坡村治保主任曹军平打来的。说是厨师老曹家丢失冬枣案发后,他们按照所长指示连夜调取了全村各个路口的监控录像,结果发现了盗窃嫌疑人的影像。张民警一听忙问:"认出嫌疑人是谁了没?"曹军平说:"由于是天黑,人脸看不大清呀。但是从身材和衣着看,有人说好像是同舟村的段新虎。这人从前领人到伏坡打过架,有村民认得说好像就是他。"

张民警一听,心里一块石头总算落了地,忙说:"那好,军平,你赶紧亲自把录像资料送到派出所来。"曹军平也是特种兵出身,和忽沛太是要好的战友。

再说办过了自首手续，赵志强他们返回村里，已经是下午四点多钟，刚好同张民警又是错开没有照面。几人重新来到段新虎家，只见街门开着，吴文倩还领着十多名学生娃清除院子里的杂草、打扫屋里屋外的卫生。细心的学生娃还帮着老奶奶洗脸、洗脚、梳头、剪指甲、换衣服呢。老人家高兴得手舞足蹈。外面阳光明亮，屋里门窗洞开，窗户也刚刚重新糊过。新鲜空气进来了，肮脏垃圾都清理了，家里的气味再也不难闻了。

段新虎回到屋里，心里还是忐忑不安。他手里拿着那张投案自首的证明文书，跪在老娘面前说："妈，你看，这就是你虎娃重新做人的证明。当着志强书记和沛太主任还有吴老师和这些学生娃的面，我向您老人家保证，等到事情处理完，我哪里都不去了。我一心一意给咱务冬枣呀，就像这文书上讲的，'好好劳动改造，做一个遵纪守法好公民'。"

学生娃们都听得呆愣了。临分手，段新虎对赵志强说："赵支书你们放心，从今往后，我要是再干一件违法乱纪的事，我就不是我妈的儿。"

第二天，张民警接到厨师老曹的电话。说是曹军平捎给他的三万元钱收到了。老曹在电话里一再感谢张民警为他这案子费心劳神。另外还说他们全家商量好了，这三万元现金决定捐给村里作为新办幸福院老人的伙食补贴。

张民警听了心里十分感动，就在电话里说："老曹呀，我理解你的心情。不过，这事既然已经进入了法律程序，就得严格按照法律规定往下处理。当事人恐怕还必须接受一定刑事处罚。"老曹说："具体的法律规定我也不懂，但是我总觉得人在有些时候受到某种动机的驱使做了错事，由于及时纠正，并没有造成对方太大损失情况下，也应该允许人家改邪归正呀。"张民警说："这就像是下棋，正式比赛是不带悔棋的呀。"老曹说："张所长，我不懂法，可我觉得，这和下棋还是有区别的。"张民警听得一愣，心想，这老曹讲得有道理呀。

第二天上午，张民警专程骑着自行车同民警小焦一道再次来到同舟村段新虎家中，在场的还有支书赵志强、村治保主任忽沛太和人民陪审员忽步康。

几个人进了段家小院儿，见段新虎正挽着袖子整修院墙和破损的砖台。他见来了这么些人，且个个板着面孔，开始有些心慌。张民警放松地笑着说："哎呀，我说段新虎呀，这还没咋哩，就先主动劳动改造开了。"

一句话把大伙儿全逗乐了。段新虎没看到张民警手里拿铐子便鼓起勇气说："张所长，各位领导、长辈，请各位进屋里坐呀。"张民警说："我看咱就在院里说吧。院里光线好，空气也畅通。"

见众人都已坐定，张民警看看忽步康和赵志强说："赵支书，要不你先说？"

赵志强说："哎，这事还是张所长你先说。"张民警清清嗓子说："那好，我给咱先说。这事，说起来也不复杂。就是段新虎盗窃伏坡老曹家冬枣一案，由于同舟村思想工作到位，动员本人及时到派出所投案自首，就使得案子的性质发生了变化。现在，咱们研究一下最终的处理意见吧。大家事先也都把案卷看了，我看还是赵志强支书你先说吧。治安属地管理嘛。""我说也行，最终还是以法为准。首先我认为这是一件坏事，是不应该发生的。特别是发生在咱同舟村的人头上，就更令人脸上挂不住了。"赵志强说着停下来抱歉地看看每个人，最后把目光停留在了段新虎的脸上。段新虎羞愧地赶忙低下头去，眼睛盯着自己的脚面。赵志强又说："谁都知道咱同舟村是镇上树立、县上表彰的正面典型呀。同舟村出了这事，别的村咋看咱？再说，段新虎，你家的日子本来就过得焦煎，老娘上了年纪需要人照顾，你自己一根独苗儿至今还打着光棍。如果你要一出事，被法院判个三年五载的，老娘可怎么办呢？"看到段新虎唉声叹气地双手直拍自己脑袋，赵志强就停了下来。

张民警说："老支书，你说几句吧，今天本该是你唱主角，你是咱县法院公开聘请的人民陪审员，庭审见过大世面，你老人家说说这事咋办。"

忽步康老汉阴沉着脸长叹一声说:"唉,丢人呀,实在无颜开口。论起来,段新虎你是我外孙。因此,我今天坐在这里脸上无光呀。昨儿个张所长打电话通知我参加今儿个这会,我起初说是要回避的。张所长说,这不是正式庭审,属于调解处理问题,说是就不必回避了。赵支书说得对,我也没想到咱同舟村人会干出这黏脑事,更没想到咱段家巷会有你段新虎这号下家子。说句不该说的话,你大当年杀人放火,村里人都能理解。可你偏偏就干出了这偷鸡摸狗的勾当!这是天理不容、祖宗不容、世人不齿呀!"老汉越说越来气,至此竟然气得浑身发颤,开始有些张口结舌了。赵志强端起他面前的茶杯,说:"老支书,你喝口水,慢慢说。"忽步康接过茶杯,狠狠喝了一口,又把茶杯放回桌面说:"按我说,你本该任由法条惩治,该咋就咋,丝毫不得姑息迁就。不过应该感谢刑法相关规定,给了你娃扪心反省、主动投案自首的机会。"忽步康说到此,抬头看看张民警,不再往下说了。张民警问忽沛太:"忽主任说说吧。"忽沛太红了脸,说:"我就不说了,总之一句话,希望段新虎能够深刻汲取教训,走好今后的人生路,就是这话。"张民警说:"那好,段新虎,你说说看。"段新虎把手从头上拿开,眼睛一直不敢看人:"张所长,赵支书,步康姥爷,沛太主任,各位领导和长辈,我的确是个忤逆子,我连累了全村,我给咱同舟村丢了大人。我、我没脸再活在这世上了……"段新虎说着,居然泪流满面。张民警说:"唉,也不要光是骂你自己嘛,你得说说今后该咋办呀?"段新虎伸手抹了一把眼泪,说:"今后我决心痛改前非,重新做人。同那恶人彻底决裂!""恶人、什么恶人?"张民警敏感地追问道。"恶人,就是从前那个好吃懒做、光捅娄子的段新虎呀!""啊哦,恶人?你这倒叫得好,"张民警说,"还有呢?""还有,就是要好好务冬枣挣钱养活、孝敬我老妈,让她老人家安度晚年。""还有呢?"张民警就像挤牙膏一样继续追问。"再、再就没了。""那媳妇还娶不娶了,打算打一辈子光棍?""对呀,"赵志强忙说,"你可是对我说过,要尽快完婚呀。""可我如今这尿相,那谁愿意来呢?""嗨,这你就不要愁了。"忽步康以长辈的口气说,"就你娃这长相,只要你今后行端走正,把头上黄毛不要再染了，老老实实当个遵纪守法的好公民，还愁没有媳妇？"大伙听得都笑了。张民警笑着说："你小子，从前迟早见你都是游手好闲，这回倒干上家务活了。看来还真是下决心重新做人呀。"段新虎不好意思地嘿嘿一笑说："嗯，重新做人，我一定痛改前非、重新做人。"

四

这年过春节，初一、初二、初三……好容易挨到正月十五，忽聚刚和董桂琴夫妇就在屋里待不住了。每日睡不安也坐不稳，吃饭喝茶不觉得香啦，抹花花看电视不觉得有趣儿啦。走到村巷里感觉浑身僵硬不适，回屋歇着，双手竟痒痒得难熬。元宵节的秧歌社火看着总是走神，安礼镇街上走亲戚看热闹听梆子戏，听着听着也会发呆。夫妇俩见面不用说啥，都知道这是怎么回事。怎么回事？就是想自家的冬枣园子哩嘛，想那些正在梦幻中聚集能量的可爱的冬枣树哩。夫妻俩一门心思想着开年作务冬枣那档子事，想得神魂颠倒就像是入了迷、中了邪。人老几辈子，庄稼人做事情能达到如此痴迷的程度，那可是闻所未闻。这已经不是发家致富的事了，而是一种职业理想。就像武士要上战场博弈，念书人要进城赶考，两人都感到兴致勃勃、想得浑身痒痒。无论白天夜晚，只要一闭上眼睛，眼前晃动着的，就是精雕细刻的冬枣树。一棵树的成长，就像抚养一个娃子呀。从栽树到成活，从开花到坐果，从修剪到环剥，从浇水施肥到辛苦采摘，整个一个过程，就都化作了一幅幅的画面，过电影一样在脑海里反复呈现。忽聚刚性格原本内向，如此白日总是坐着抽烟发呆、一副闷闷不乐的样子。董桂琴平日高喉咙大嗓门爱说爱笑，可眼下也沉默不语斯文了许多。以往总是热热闹闹的一个家，过年反倒显得冷冷清清。屋里吃的喝的，啥啥都有。可是夫妻俩过年人却瘦了，精神头欠佳。回家陪着爸妈过年的忽沛胜感觉不对，就问究竟是怎么回事。爸妈却异口同声说没事，没事。弄得娃子心里也不痛快,便早早地收拾行囊先回省城学校去了。忽聚刚夜里睡不着觉,黑影子一闭上眼睛,面前竟然像珍珠玛瑙闪着亮光。再定睛一看,全是一树一树的冬枣呀。树上枣子结得真稠,黑地里闪烁着珠光宝气。董桂琴一进入梦乡,就梦见自己是一只花喜鹊,叽叽喳喳在全村的冬枣林子里飞。飞到东家,飞到西家,看着谁家的枣子也没有自家的长得喜人。自家园子里,那一棵棵修剪整齐、亭亭玉立的冬枣苗子,就像他们没断奶的碎娃,白天抱在怀里还嫌不够亲热,天黑丢在大棚里过夜很是不放心。冬枣园子就像他们的福地,圆圆的枣儿是他们劳动的结晶、爱的结果。于是再也按捺不住,两人不由得就要往滩里冬枣棚子里钻。他们倍感自豪的是,夫妻双双都是支书赵志强经常表扬、忽沛东手把手带出的第一批务枣骨干,是全村有名的技术能手,也是村里正式颁发过证书的"乡土专家"。他们带头建起全村第一座钢架大棚,也创造了每亩产量上五千斤的最高纪录。他们不光是把自己的冬枣园子作务得井井有条,还带动起左邻右舍实行标准化管理。为此,忽聚刚在技术夜校给大伙上过课哩,更时常在大棚里给乡亲们手把手指导操作。渐渐地,学习钻研冬枣栽培技术对他们而言,由需要变成了热爱和着迷。结满枣子的冬枣园成了他们的梦想乐园。他们就像诗人,每日把美妙诗歌写在冬枣大棚里。他们就像画家,可那奇特画作上精心描绘的则是有生命的每一株枝繁叶茂的冬枣树。他们与冬枣结缘,已经难分难解。正如他们的婚姻爱情,因冬枣而更加深厚牢靠。白天他们一起在枣园子里劳作,夜里睡在一个被窝里,两口子还在讲枣树长枣树短呢。他们并没有意识到,科学技术在自己心中已经扎下了根,而且正在一天天孕育着一个崭新的内心世界。突然有一天,村里通知说县委常书记要来他家枣园子里参加劳动,这令他们夫妇喜出望外。他们当时并没有意识到,自己的人生从此又将会翻开新的一页,会让他们更加着迷。

用酸枣苗嫁接培育的冬枣树,树形很矮。除了枝叶树冠,树的主干部分只有七八十厘米。眼下,县委书记常青峰弯腰跪在一棵树下,用环形刻刀在努力把树冠与主干之间的树皮刻出两毫米宽的环状隔断。

他头顶上的树枝枣刺仿佛有意捣乱,随着身体的用力晃动,不时地就刺着头上或划在脸上。

"这一棵冬枣苗子育大真是不易呀,"常青峰心里嘀咕,"由苗圃移栽到园子里,精心抚育一两年之后,才能开花结果。这以后年年都得掐芽、疏果、环剥、施肥、喷药、浇水、培土……等到枣子达到八成熟,再一颗一颗仔细摘下来,精拣、分级、装箱,一车一车运到外地市场……"他想着,同情又敬重地看了看身边的这对枣农夫妇。他们透着风霜的脸上,正洋溢着欢乐幸福的笑容。常青峰从那笑容之中,读出了宝贵的信赖和期望。他突然欣喜地意识到,这老百姓面对你的微笑,也许是对一个公务员至高无上的奖赏。

周围没有电视台的记者摆开架势摄像,也没有宣传部门的通讯干事挎着照相机拿出采访本现场采集新闻。只有县委办主任徐安稳、农业局长李清泉和安礼镇党委书记郭振峰。他们几位手里也都握着环剥刀,蹲在一旁仔细观摩,准备动手操作。"常书记,'环剥'是我们实践中摸索出的冬枣修剪管理新技术。"忽沛东在一旁介绍说,"其目的是让根部的营养更多地供养到果实上面,以大大提高冬枣的产量和品质。""俗话讲'人活脸树活皮'呀,好好的枣树皮,硬要用刀子割断一截,这不会把树弄死吗?"常青峰担心地问。忽沛东肯定地说:"一般讲不会,除非严重损伤了木质树干。""那这又是何苦呢?看来也是一把双刃剑呀。"常青峰有些疑惑。赵志强补充说:"常书记,我原先也是不大理解,后来才弄明白,这是因为枣树的根部营养通过主干流上树冠,促使枝叶生长进行光合作用,然后再通过树皮把更加丰富的营养返回到根部,形成一个完整的生长环流。如果把局部树皮割剥阻断,也就等于把更多的营养截留给了结枣的树冠,就可以更加集中有效地供养果实。"常青峰点点头,突然又记起盲艺人文有才老汉编的一段在枣农中流传的顺口溜,心里竟一时难过起来:

要想枣树多挂枣,环剥树皮不可少。

跪下趴地围树转,刀口不深也甭浅。

树干主枝割几圈,腰腿疼得直呻唤。
呻唤也得接着干,年复一年腰腿完。
进到医院一查看,医生要把膝盖换。
一个假膝二十万,务枣三年算白干。
换了膝盖还得干,不干光景咋得前?

可见枣农之苦,务枣之难。不过苦中有甜蜜,难中有成功呀。无论如何,华邑冬枣产业,在同舟村带动之下已经同西瓜和花生一道,成了农村重要支柱产业,全县计划大面积发展。"华邑冬枣",也已经成了闻名全国的名优品牌。可问题是一上大棚,种植成本就提高了一倍。向产量要效益,成了保持效益稳定的关键。看来用机械化解决枣农劳动强度太大的问题,刻不容缓。常青峰此次调研目的,就是为了解决这个令人头疼的问题,他特意找来了农机技术员小侯,要他在一同调研中,共同考虑运用人工智能和高科技进行技术发明创新。

第二十章

一

春天的黎明，村民们在老屋土炕上再也猫不住了。勤劳的人每天早早醒来，眼巴巴望着屋顶，就开始谋划一年的打算、一季的任务和一天的工作。

赵兴国老汉惦记着自家平原上的五亩麦子。去年秋底麦子出苗不错，冬季经历了两场大雪，就像为麦子捂了一床厚厚的棉被。麦苗不干不冷，病害与虫害倒被捂死了大半。地暖土松，麦根扎得深，春季分蘖就格外显旺。什么产业不产业的，不要说别的，老汉还是只信那句老话，"民以食为天"。尽管这些年了，说是通货膨胀，市面上啥啥都涨了价，就是粮食不大涨呀。从前一个烧饼卖一块钱，眼下还是一块钱嘛。老百姓端着一碗调了油泼辣子柿子醋的黏面，就着生葱生蒜，香喷喷地嚼着心里就美气、就踏实。

窗户上开始发白，赵兴国老汉心里琢磨着，就开始穿衣起来，照例扫完院就扛上铁锨出了街门。太阳水红水红的，正从东边黄河滩里悄然升起来。隐隐约约地，看得见北边塬根的汉屯、泥井那一带村子。那里他很熟，小时候年年跟着大人推着架子车去换苞谷。北面塬边全是旱地，人们习惯种苞谷可又爱吃麦子。一斤麦子换二斤苞谷，成了相互之间的默契。人们慢慢地就都知道了,东面黄河崖边同舟村的赵老六父子,一斤麦子只要一斤半苞谷。北边塬边随处可见的火晶柿子和牛心柿子,是赵兴国最爱吃的山货。柿子摘下来还是硬的,回家用温水泡一夜,就可以吃了。温过的柿子红得透亮,咬一口甜软醉人。有一年天大旱,汉屯有一户姓冯的人家几乎断了口粮。赵兴国的父亲就把两口袋麦子慷慨留给了冯家。结果临走时,冯家大人执意要把长得最水灵的二姑娘许配给赵家做儿媳妇。这冯家二姑娘,就是赵志强他妈。赵兴国老汉,当他陷入沉思的时候,他惊讶地发现自己并不像父亲那么刚强硬气。他想到了自己的儿子,嘴角才显出一丝笑意。眼下,赵兴国老汉的目光循着缓坡而上,一直爬到北边的塬根。那里就是有名的洛惠渠的渠首。老汉一直有个愿望,想到渠首去看看,据说有一条穿过土塬的长洞,叫平子洞。北洛河的春水,穿过那条七里长的深洞,就到了东府平原。那是比香油还要金贵的救命水呀!每年春季,村里上了年纪的人都喜欢早早地起来,扛着一把铁锨,沿着东干渠朝着上游漫无目的地行走。有时甚至走出二三十里去,成了名副其实的义务巡渠员。赵兴国喜欢看那一渠平静的流水,喜欢看着水面上老柿树的影子和自己的身影。

"兄弟,看渠哩?"赵兴国主动问。"嗯,你也看渠哩?"嘴里还抽着烟的忽纪岱回答,随后二人擦肩而过。都走过去了,忽纪岱扭回头问:"你的滩里的地,全栽上冬枣了?""对呀。"赵兴国转过身回答道,"听说你又栽了二十亩?""可不是嘛。我想种几亩花生和西瓜都说不行。"

这是村里两位老知识分子,即支书和主任父亲的对话。赵兴国看到忽纪岱的眼神中明明流露出些许不满。心想打造万亩冬枣产业园,这可是那年咱志强娃当支书的就职演说中提出来的呀。忽纪岱这眼神令赵兴国为儿子的事业有些担忧。忽纪岱老汉则想着,儿子忽沛东为了要打造这万亩冬枣园,不光把自家和文燕家、淑娴家的拢共近五十亩滩地全都栽上了冬枣,还嫌不够,还要把周围各家各户人家的撂荒地都承包到自己名下栽上冬枣……娃们就像押宝一样,那么市场一旦波动，后果将不可收拾……固执倔强的忽纪岱长叹一声又扭头看了赵兴国的背影一眼，好像风险就在那老汉身上。村小学前校长想着，不由得加快了步子，就像故意要躲避什么灾祸。

忽纪岱老汉走下渠畔的田野，还几次侧目看着那渐渐远去的支书他大。他发现赵兴国也下到了地里，不时地蹲下身去抓一把泥土查看墒情哩。他摇头苦笑，心想这曾经的大学教师，如今也完全变成了一个地道的农民老汉了。

二

不知不觉地，同舟村的乡村旅游火了。这给村子带来了新的希望和预想不到的压力。游客们拍了照，就要发微信。朋友圈就有人问："这么好的地方，在哪里呀？""华邑县同舟村嘛。""属于哪个乡镇嘛？""著名古镇安礼呀。"这边就发个位置过去。那边一看离省城西京不远呀。第二天，那一家人或一群驴友就驱车来游。如此一传十、十传百，来同舟村看冬枣园风景、吃段家乡亲小饭馆水盆羊肉和农家饭菜的人越来越多。眼瞅着游人不断增加，段家小饭馆接待不过来。赵志强就和村委们商量，决定在老年幸福院里腾出一间屋子单摆了几桌对外营业。同时还选择几户住房宽绰的农户试着开办"农家乐"，解决游客吃饭问题。可是奇怪，开了好几天了，就是不见游客进门。段家乡亲小饭馆门外的队却越排越长，排队的游客甚至出现了争吵现象。

得知这个消息，赵能人前去仔细查看，很快就发现了问题。即卖饭农户衣着不整、卫生条件不行呀。游人一看，就没有了食欲。于是他自告奋勇，同孙桂花干脆把两家的院子打扫干净，变成了连锁的"赵记民宿饭馆"，很快招兵买马。雇员全都是紧门四邻和亲戚六人，统统都穿上了洁白的工装戴上白帽帽。开张当天，就引来了不少游客。奇怪的是游客头次上门，光看却没人点菜。赵能人一看急了，干脆当众宣布："今天，吃饭者不用掏钱。"这一招还真灵，很快就来了几位年轻人点菜。结果一吃一喝客人满意，却硬要付钱不可。赵能人坚决不收，人家却非给不可。两厢正争执不下，就又吸引来不少看热闹的游客。如此，无须你做广告，饭菜摆上来，客人手机一照，微信一发，没过一个礼拜，"赵记民宿饭馆"营业就走上正轨，形成了和段家乡亲小饭馆南北竞争之势。

到了饭口，段家乡亲小饭馆门前排队的人明显少了。段万奎起初还松了口气。此后一打听，才知道有了赵家巷的"赵记民宿饭馆"。这么一竞争，乡亲小饭馆反倒有了进步，生意更加平稳红火。赵能人见状，脑筋一转，点子又来了。他为了吸引更多客人，门外挂出一块木牌写上："赵记饭馆吃饭捎带免费照相。照片快照快印，还装小影集奉送。"游客闻讯无不欣喜。段万奎也不示弱，干脆新定规矩，吃水盆羊肉免费送凉调风味野菜。如此两家生意齐头并进，就好像从前正月里耍社火一样，随即展开竞赛。新开的农家乐也纷纷效仿，生意也逐步热起来。赵志强和忽沛东带领村干部每日忙着检查指导，还实行了分工包干负责制。同时按照马志远局长的要求，同舟乡村旅游，逐步建立起一套规范化的标准和制度，慢慢走向了正规。

旅游旺季，就这样在忙碌中一天天度过。同舟村成了全县人人皆知的旅游网红打卡地，也成了马志远打造乡村旅游样板的得意之作。游客一多，需求也多样化，购买力就增强了。原先不值一钱的东西，如今都成了香饽饽。比如路边树上的海棠果和六月杏、晚熟的老毛桃和火晶柿子，从前只是供人们看的。果子熟透了掉在地上都没人捡。如今老太太们摘了盛在针线笸箩里，一天就可以卖上几十、上百元。最不济的懒老汉，也在门前摆出个茶水摊子。桌上摆出几本忽家寨子文海书院齐清海教授新注出版的《渔翁笔记》和刚编著的《同舟村志》，还有赵志强、吴文倩合作的通俗小册子《忽段赵文传奇故事录》等，说是看书喝茶不要钱，只是为游客服务。游客坐着喝茶看书说话，书看得放不下，一高兴临走带一本随便放下几元钱表示谢意，也成了寻常事。

牧马人忽经昌更是神气起来。他身穿蓝色蒙古长袍，头戴棕红蒙古族毡帽，牵着串在一起的八匹毛色光亮的骏马从街巷走过。马上来回都骑着神情快乐的游客，马脖子上的铜铃叮当作响，离着老远就听见马队浩浩荡荡过来了。

"应当承认，人家马局长是咱村旅游的总策划，是咱乡村旅游的总设计师呀。"赵志强时常在各种场合对人们介绍。他是打心眼儿里感谢这位文旅局长的。省、市党政领导，凡到华邑来视察必到同舟村。全省文化旅游系统，也多次组织各级文旅局长来同舟村考察学习。同舟村的接待任务空前加大，游客的吸引力也大大增强。外地有重要客人来，马志远时常陪同介绍，逐渐形成一条线路和一套解说汇报词。不过但凡上级主要党政领导来了，就轮不上马志远出面介绍了。说来也怪，每逢有这种机会，县委书记常青峰也不知道是有意回避还是恰巧有事没在，几乎都是县长刘登荣亲自全程陪同。介绍经验谈成绩，这是刘县长的长项："对于乡村文化旅游，我们自认为华邑县这几年还算是大手笔吧。"刘县长说着意味深长地看一眼那几位时常随他下来的政府部门局长们。见大家听得认真，县长又说："同舟村只是我们整体工作的一个小小的缩影，是一个点。面上的情况，我们也是比较乐观的。这可以问一问我们的几位局长。"马志远看看身边的赵志强，摇头苦笑了。"对，看看我们的生态是如何同旅游有机结合的。我们践行了'绿水青山就是金山银山'理念。"环保局长王长福自豪而夸张地说，随后赶紧补充了一句，"当然这一切成绩的取得，主要都是政府刘县长领导有方。""哎，话可不能这么说，是县委、县政府集体领导有方。"刘登荣急忙纠正。王长福脸呼地红了，赶忙附和道："那是，那是，集体领导。""我们近期还将有个大动作，在黄河滩旅游观光上做一篇更大的文章。"刘登荣说完，马志远不禁一愣。

"赵志强、马志远，这回你们可得积极配合呀。按照上级精神，咱也得来个腾笼换鸟、提档升级，让枣农从水深火热的艰苦劳作中解脱出来。""这太好了！刘县长所说的，这可是我们农口的新机遇和新挑战呀。"大胖子李清泉附和道。随行的省报漂亮女记者急了，当场瞪起一双粘了假睫毛的大眼睛问："刘县长，请问，您所讲的'腾笼换鸟'和'提档升级'，具体指的是什么？县政府这个项目经过可行性论证没有？是不是已经征得了基层干部和农民群众的同意？"随着她的提问，人群中发出一阵嗡嗡的议论声。

"当然，我们经过长时间的调查论证，包装了一个数亿元投资的大项目。这个项目乍一听大家可能会被吓一跳，但是作为一县之长，我在这里可以负责任地告诉大家，落实这个项目本身，并不是一件太难的事情。只要大家齐心协力去推进，事情就好办了。现在的问题在于要坚决克服来自各方面的保守思想阻力。我认为主要的阻力还是来自我们班子内部，来自某些决策者的思想认识。"大家听得先是一愣，随即一片哗然。人们都猜不透这位大县长当着这么多客人和新闻记者的面究竟要讲什么，是要爆冷料呢，还是故意卖关子呢？

先前提问的那位漂亮女记者听得又着急了："请问刘县长，您所讲的那个神秘的大项目，能不能给我们透露一下？""当然可以。刚才我已经讲过了呀，就是对传统的种植业和养殖业，甚至小打小闹的旅游业实行'腾笼换鸟''提档升级'嘛。"那女记者有些发蒙，瞪大眼睛一时不知该说什么了。

"腔子痒痒挠脊背，膝盖骨疼揉胯骨。"马志远苦笑着想，"什么真话假话，只要是需要就大说特说。有的人，说假话永远都不会脸红。"他实在忍无可忍，对着赵志强耳朵说。赵志强听得皱起了眉头，心想上头这些人又想着要整出点什么事情？如此想着，他禁不住打了个寒战。

当天晚上，马志远失眠了。白天在同舟村，刘登荣县长是在故意放风、制造舆论。那个所谓的神秘大项目，会不会与同舟村、武安村有争议滩地有关？一场暴风雨就要来临，马志远仿佛听到了不远处传来的隆隆雷声。

三

晌午时分，太阳懒洋洋地当空照着。赵志强失神地攥着那封可恶的匿名信，独自走在村巷里。乱发经风一吹，他连连打了好几个喷嚏。

他昨晚几乎是通宵未眠，原本午饭后打算躺一会儿，可是躺下还是睡不着。满脑子都是问题和矛盾，还有那信里的恶言秽语、是是非非。"事情没干成几件，女朋友倒交了不少。"这谣言，简直叫他感觉跳到黄河里也洗不干净呀！空旷的街巷里，疯爷仍在扫地。他老人家身边没有音乐也没有那些活泼可爱的学生娃们。远远望去，就像一棵孤独地遗落在树枝顶端的老柿子。那脏兮兮的橘红色工服，此刻显得格外刺眼。他此刻才突然意识到，疯爷为啥要不停地扫地了。这个绝望无助的人，他哪里是在扫地？老汉是梦想要把这世上的肮脏统统打扫干净哩。就像堂吉诃德不自量力，拼命要同大风车搏斗一样。想到此，情绪低落的赵志强悲哀地考问自己：你同疯爷的命运，本质区别又在哪里呢？

各家各户的小花圃经霜过后，花谢叶落也没有了繁荣生机。游客空前减少，学校也已经放假，吴文倩回老家探亲去了，各家门前的小摊位也都已收起。家家户户街门紧闭，整个村子就显得空空荡荡，感觉死气沉沉的。

"舅爷呀，这冷的天，你咋还不回屋歇着？"赵志强心疼地问。疯爷像是根本没有听着，也不抬头，继续低头扫地。"仰正舅爷，仰正舅爷。"赵志强轻轻地叫着，眼里涌出了泪水。此刻，赵志强的确从老人的身上看到了自己的影子。他像一尊被人们事先设定了程序的机器人，在任何时候、任何情况下都是无法自动停下来呀。时代和岁月，造就了这台特定型号的"机器人"，他就只能按照事先设定的程序，一刻不停地运转呀。赵志强难过地想着，不知不觉就走到疯爷身边。他心疼老人家，就像心疼自己一样。这情绪此刻突然变得十分强烈。他心里突然一阵激动，几乎是下意识地就把自己围的枣红色羊毛围巾取下来，硬是围在老人家脖子上。老汉停下来，惊讶地看看他，嘴里含糊地嘿嘿一笑说着他听不大清的话。像是道谢，又像是说"太阳从西边出来了"。

街巷里空无一人。爱姑婆家的老黄狗蜷缩着身子在门口打盹，就像是冻僵了一样。时令进入三九天，没有暖气的老年幸福院，老者们不好再来了。加之今年气温特别低，黄河滩里温室中忽沛东他们育的冬枣苗子，晚上只得给苗圃加盖一层棉被。忽家寨子上，前不久的一场大雪封了山路，齐先生和助理小陶好几天都没吃上蔬菜了吧。听说大谝舅病得不轻，主要还是膝关节疼得不能下炕，安排他住院，老汉坚决不去。段新虎今年冬枣收入不少，可他妈因病住院把钱都花光了。听说赵能人见阅览室人少了，就偷摸在里屋摆了象棋桌。有人就利用摆残局赌钱。更要命的是，那些外地有钱客商，把村里大姑娘小媳妇一连拐跑好几个。看来这人的思想教育就像是推着石碾子上山……唉，就在你精疲力竭之际，镇上却又转来这封令他万万没想到的匿名诬告信！赵志强想着，突然感到头疼难忍。自己这是重感冒呀，腿里那些小虫子又开始作怪。才喝了两包感冒冲剂，按照母亲的要求，他本应喝一碗热姜汤躺在屋里热炕上被子蒙头好好睡一觉。可是他躺下，怎么也睡不着呀。从来遇事不慌的赵志强，这回竟然就乱了方寸？

"爸，给我一支烟。"父亲赵兴国心里一怔，明白是怎么回事。赵志强接过烟点着了狠吸。吸完一支烟，咳嗽了一阵，还是觉得心里憋闷得难受。他糊里糊涂就信步出了门，走上街巷。一阵冷风吹来，直往他脖子里钻。他这才记起自己没了毛围巾。无情的寒风从忽家大牌楼那边刮过来，直接抽打在他的脸上。他双腿钻心疼痛，突然一阵天旋地转就不省人事。等他苏醒过来，已经是第二天早晨。在安礼镇医院住院部，病房里暖气烧得很热，窗户上阳光灿烂。

"志强，你、你可醒来了！"段淑娴声音嘶哑地说，眼睛里聚满了泪水。赵志强再一看，文燕、李蓉蓉、忽沛东和忽沛太，也守在自己床前。几个人显然都是一夜没睡，脸上挂着焦虑的倦意。

"我怎么啦，怎么会在这里？"赵志强惊讶地问。"你昨儿个下午在忽家巷口昏过去了，多亏乱弹爷和文祥碰着。"忽沛东说着，紧紧握住好朋友的手不放。"不过医生说了，主要是心理压力过大。我就不明白，你平时那么坚强、心胸那么开阔，为啥事就突然郁闷了？"忽沛太焦急地问。赵志强笑而不语。心想对呀，他自己也正想问自己呢。人呀人，有时候就是这样地矛盾，又是意想不到的脆弱。段淑娴看着赵志强恢复了往日沉稳自信的表情，心里就不由得替他委屈，泪水再度模糊了双眼。

这时候，只听见楼道里一阵杂沓的脚步响。随即赵能人和段万奎推门进来，身后挤满了人。连忽子壬和忽子亥二老也都拄拐拐来了。人们手里都提着各类水果和煮鸡蛋，还有的提着保温杯，里面是热乎乎的小米粥或煮了红枣的苞谷糊汤、荷包鸡蛋。孙桂花拨开人群进来高声说："你们都让开，今天说什么也得叫赵支书尝尝他婶婶做的这碗酸汤炉齿面。"赵能人听得，赶忙附和说："就是的，志强贤侄，我们早就想请你到赵记民宿饭馆吃一顿，你就是不答应。""哎，你这广告咋都做到医院病房里来了。"段万奎故意不满地说，大伙儿一阵哄笑。孙桂花一挤眼说："段表哥，甭眼红嘛。""哎，哎，请各位让一下。"推头老王德忠手里牵着爱姑婆进门来了。大伙赶紧让开来。爱姑婆眼里噙着眼泪说："赵支书，你可得好好的呀，咱同舟村好容易有了你这么个好领头的……"她说着竟然呜呜地哭了起来。推头老王忙说："唉，你做啥来了，咋还哭上了。"爱姑婆抬袖子一擦眼睛说："对了，听说，你最爱吃咱这豆腐粉条韭菜指卷儿。"推头老王说："天不明就起来和面、调馅子来。"赵志强听得大为感动，心想这世上谁还能有这么高的待遇？

"哎哎，谁叫你们一起涌进病房的？太不像话了！我医院这制度还要不要了？"医院门卫气急败坏地在门口喊叫道。值班副院长黑着脸，站在他的身后。"小段，谁叫你把这么多人放进来的？"值班院长厉声问。门卫说："唉，不是我放进来的呀，是我一个兄弟把我抱住把人放进来的。""谁有这大胆，咋还成你兄弟了？""是呀，我一个巷的本家子。""他叫啥嘛？""叫段新虎。""这人呢？""唉，人早跑了。还说叫我把这煮鸡蛋送到病房来。"众人听得，都哈哈笑着退出了门。

闭上门，赵志强抱歉地对值班院长说："对不起，王院长，乡亲们违反医院规定了，都是为了看我……"王院长见没人了，亲热地小声说："你一个村支书住院，这么多乡亲能来看你，这就对了。"赵志强听得心里美滋滋的，浑身一阵轻松，感觉自己什么病也没了。

四

　　一年一度的省城西洽会上，华邑县"全域旅游综合开发"项目备受青睐。现代农业科技展览、民俗民宿加生态观赏的黄河、华山观光旅游和农林特色无公害产品的采摘和深度系列加工，传统文化遗存与现代文明生活融合体验，特别是融餐饮、洗浴、康养、娱乐与情侣浪漫度假为一体的"黄渭洛温泉度假村"等，占地面积，号称两千亩。听起来就像神话传说。模拟效果图挂在彩板上，绘制得五光十色、精彩迷人。整个项目布局，形象生动地勾勒出一个"同国际接轨"的梦幻般的现代新型休闲娱乐一条龙服务体系。计划总投资二十亿，力争当年开工当年建成，当年收益。对这个高大上的项目，有几家大公司客商跃跃欲试，准备合伙投资。人家奇怪的是，出面介绍情况的却不是文旅局长，而是农业局、环保局、水利局、土地局、林业局和城建局等诸位局长。他们一个个都穿了一身特制的银灰色西服，脚蹬棕色三接头皮鞋，颈上扎着一色的猩红领带。大伙儿自我调侃说，就像是"装新女婿"。大胖子李清泉外号"老农头"，眼下显得格外神气。一米八几的高个，体重二百多斤。他挺着肚子在人前走来走去，看着还真像香港或台湾来的大老板呢。参加今年的西洽会，这也是他事前没想到的。从前都是那工业和商贸部门的事，今年不知怎么让农口登台，太阳终于从西边出来了不是。说来也是，县官不如现管。消息灵通的李清泉听说，今年这个项目地址虽说在华邑，可是那省上大领导亲定的，县上只能乖乖办手续，而无权插手过问。因此大家心中都有些纳闷。刘县长态度格外积极，可常青峰书记一直没有露面，这就越发显得有些奇怪。

　　几位大局长参会，其实也没有多少具体任务。他们各自心里自然都明白。李清泉认识得更加到位："自己只是那棋盘上的一颗棋子，刘县长想把你摆在哪里，你就在哪里努着。"李清泉心里正这么独自瞎琢磨，就见前面走来一帮子人。熙熙攘攘全都穿着一样的银灰色西服，胸前佩戴着醒目的嘉宾胸花。为首的是县长刘登荣和台湾客商蒋老先生。走近了才看清，蒋老先生和刘县长胸前戴的是有"贵宾"字样的胸花。其余还有主管农业的副县长肖子俊和政府办主任刘世贵及外事办、接待办、外协办、发改办、金融办和经协办、大项目办等等，大小单位的主任、副主任、主办干事，阵容相当庞大。李清泉想在人群里找到常青峰书记，可是连个新提常委不久的县委办主任徐安稳都没有看到。不过西洽会主要是政府的一项工作，县委书记因故不来也是常事。所有人都围绕着蒋老先生转，连刘县长都好像在看那老汉的眼色行事。很快，刘登荣和蒋老先生成了所有镜头和人们目光关注的焦点。

"人都到齐了吗？"刘登荣站起身问。"都到齐了，刘县长。只是市委书记、市长，临时有事，说叫咱先开始。""好，那就开始吧。"刘登荣迟疑着对身边的肖副县长说。肖子俊站起身走到麦克风前，习惯性地伸指头砰砰弹了几下高声宣布道："华邑县黄河滩综合旅游开发大项目签约仪式现在开始。"他话音刚落，就听见人群后面一个声音喊道："哎，且慢，且慢，我们还有几句话要说呢。"大伙回头一看，却见一群衣衫不整的人急匆匆拥向前来。为首的怎么会是咱县委书记常青峰呢？县长刘登荣脑子嗡的一声就蒙了。他身边的蒋老先生见状，嘴里惊恐地问："刘县长，这是怎么一回事？"老汉竟然说了一句地道的东府话。

赵杰魁也坐不住了，急忙起身来到刘登荣面前小声说："刘县长，你看咋办？这，这该不是来搅局的吧？""搅局？谁敢搅局？"刘登荣一下被叫醒来了，忙问，"真要有人搅局那该怎么办？"赵杰魁提醒道："赶紧喊叫公安局魏局长呀。"刘登荣气恼地说："唉，魏局长当初根本就没叫人家来呀。再说……"

还没等人们完全反应过来，县委常委、办公室主任徐安稳和文旅局长马志远，安礼镇党委书记郭振峰和镇长康成，还有同舟村支书赵志强即领着二十多个村民代表大步走上台前，常青峰本人也从容地走在人群里。徐安稳径直走到麦克风前，开门见山地说："先生们、女士们，大家上午好。我是华邑县委常委、县委办公室主任徐安稳，这位是我县县委书记常青峰，还有安礼镇、同舟村、武安村的领导和村民代表。下面有请华邑县委书记常青峰同志代表华邑县给大家讲话。"

常青峰从容地整了整衣服，大大方方走上台子中央，给大家深深地鞠了一躬讲道："女士们、先生们，我今天来，是给大家郑重其事道歉的。"说着，又给大伙儿深深鞠了一躬。人群一片哗然，不少人都看着县长刘登荣，一时不知道发生了什么事情。开台锣鼓已经敲响，可是谁也说不清接下来这场戏该怎么演下去。更说不清这个疯传一时的二十亿元大项目背后，究竟隐藏着多少冷料和不为人知的秘密。

第二十一章

一

暮色苍茫，路边模糊的景色迅速朝后退去。赵志强驾驶着电动摩托车，飞奔在通往县城的公路上。他此刻的心情，就像是一头发怒的雄狮。眼下如果前面有任何的障碍，他都会毫不犹豫地冲上去。人心难测，他还没有预料到会发生这样的事情。他甚至怀疑自己的观察力和是非判断力出了问题，怀疑这个世界还有没有感恩之心和正义力量的存在。

"志强，你开慢点。"身边坐着的忽沛东一再提醒他。"对，开慢点，要不然停下让我开吧。"后面车斗子里坐着的忽沛太也反复说。赵志强好像什么也没有听见，依然故我地让车子飞速奔驰。沛东和沛太完全理解赵志强此刻的心情。作为一个村民利益的真心维护者，他的心里此刻是在流血呀。

"那些村民为什么会这么糊涂呢？"赵志强高声问道。忽沛东拍拍他的脊背说："唉，这还不明白，都是钱在作怪，有钱能叫鬼推磨嘛。""这哪里是鬼推磨，这是鬼迷心窍！"赵志强说。

无情的风，当即把他的声音吹得变了形。"还能有二十六户人没签合同，那就太不简单了。"忽沛东附在赵志强耳边喊道。"那大多数人呢？他们怎么一点良心也不讲？"赵志强并没意识到自己钻了牛角尖。忽沛东听得嘿嘿一笑，说："哥呀，你怎么突然变得这么天真固执？这村里所有人要是都按照咱的思维逻辑行事，那还要咱这些村干部做啥？""可是，农民不懂法，那县上某些领导怎么也是法盲？""这叫利令智昏。"忽沛东说。"不过，值得警惕的是我听说这个项目打着省上'大领导'的挡箭牌，绕过县委常委会已经被刘县长亲自带到了西洽会上，还说明天上午就要正式签约。"赵志强奇怪地问："马志远局长事先咋一点都不知道？照你说，连常青峰书记也被蒙在鼓里？"他的问题，把两位年轻的伙伴都问住了。

此刻，常青峰和马志远、县公安局长魏子纲，还有安礼镇书记郭振峰和镇长康成、派出所张民警等都已经在常书记办公室等候多时。

"你们可来了。"常青峰紧紧握住赵志强的手说，"现在已经查明，针对你的那封可恶的匿名诬告信，也是和这个秘密项目一起策划出笼的。他们同时也给我和马局长写了诬告信，到处邮寄，甚至还上了互联网。"赵志强听得一愣。他万万没想到事情会是这样，更没料到常书记和马局长也被卷进来了。看来事情的复杂性，远超自己的想象。常青峰无奈地一笑说："这样的事情谁又会想到呢？开始不光你们蒙在鼓里，连我这个当班长的也被蒙在鼓里。今天急着召集大家来，就为了制止这场危害极大的非法招商活动。关于这个'省上大领导亲自提出'的所谓的特大项目，县长刘登荣曾经在一次会后对我口头说了说。我问这么大个项目，要占数千亩耕地，这能行吗？地从哪里来呢？用地指标在哪里呢？所谓温泉度假村如果在同舟村建，那就是说要毁村里一部分冬枣园子，那村民会答应吗？针对我提出的一连串问题，刘县长只是说，这些问题到时候都会妥善解决的。还说正好来个'腾笼换鸟'，云云。我说这可不是什么腾笼换鸟，他就一再强调，这是省上某某大领导亲自提出的，说项目方案开发商曾经亲自给大领导汇报过，已经得到了充分肯定。我说不论谁认可，咱也得按照程序，必须上县委常委会研究决定。当天晚上，我就接到省上大领导秘书的电话，说让我不要阻拦。这是半个月以前的事。我还正拖着不上会研究，没想到，竟然被浑水摸鱼拿上了西洽会！这不是公开挑战县委常委会的权威，拿全县群众的利益当儿戏吗？所以县委常委会今天上午已经召开了紧急会议，决定立即制止这次签约活动。会议精神已经电话告知县长刘登荣本人，可是他仍然置之不理，说恐怕无法向省里大领导交代。另外刚刚得到你们举报，说那个神秘人物蒋老先生是假冒的，他和赵杰魁串通一气非法交易土地的证据已经掌握？这就更坚定了县委制止这场非法交易土地和开发项目的决心。"

赵志强说："证据确凿，一共三百五十七份村上没盖章的合同，全部都带来了。""听说还有二十六户村民拒绝签订合同？"常青峰又问。"对，拒绝签合同的户主名单也带来了。"赵志强说。徐安稳听得，赶忙把合同和名单递到常青峰面前。突然，桌上的座机电话铃响了。常青峰抬头看看大伙儿，似乎犹豫了一下，还是把电话接了起来。"喂，请问是哪位？""常书记吗，我是咱省上大领导秘书。"常青峰当即按了"免提"键，满屋子人都能听得清楚。"请问，您尊姓大名？""嘿嘿，这常书记你就不要打听了，等事成之后咱们见了面，你自然就知道了。""那，您有什么事，请讲？""还是那个黄河滩大项目的事。""黄河滩大项目？""对呀，听说你个人有不同意见？""不是我个人，是县委常委会集体一致都不同意搞这个项目。""为什么？""因为这其中牵扯到违规、违法、违背自然规律和侵害群众利益等一系列的问题。""那刘登荣县长的意见呢？""他只能代表少数个人……""常青峰同志，你能不能听我讲几句？""好吧，你讲。""这么说吧，也许你讲的那些所谓的问题，站在局部立场上似乎都存在，但是咱能不能换个角度思考问题？比如问一问同舟村和武安村的大多数村民？"常青峰听得脸色苍白，半响无语。"常书记，你听明白了没有？""没听明白。""那要不要我再说一遍？""我看不必了，县委常委会集体已经做出了最后决定。""你、你这是什么意思？"对方声音有些控制不住地严厉。"我的意思很明确，中共华邑县委常委会的决定，我个人无权在这里更改！"对方还要说话，常青峰干脆把电话压了。谁也未曾料想到会是这样，在场的人个个目瞪口呆。

二

省城，西洽会华邑项目签约现场。关键时刻，县委书记常青峰突然不请自到，这令县长刘登荣大惊失色。一贯处事老到的他，一时竟不知该如何应对。他下意识地搓着汗津津的双手，却无法掩饰自己的心慌意乱。身边坐着的蒋老先生看在眼里，更是慌得六神无主。几位农口局长，个个也都目瞪口呆。这样的尴尬局面，是谁也未曾预料到的。

"哎呀常书记，咱不能自己拆台呀。"刘登荣再也坐不住了，他惊慌失措地疾步走到常青峰身后小声说。常青峰扭头看了他一眼，转回头接着讲道："对了，作为华邑县委书记，我今天的确是来拆台的。因为这个台子如果不及时拆掉，它将贻害无穷。"下面一片哗然。常青峰又说："大家也许还不明真相吧，华邑县政府个别同志今天推介的这个所谓大项目，县委常委会没有研究，申报审批没有到位，更没有向社会公示征求意见。因此不具有法律效力，不具备群众基础，不符合相关政策规定。一句话，是不可能落地实施的。"常青峰讲得有些激动，各大媒体的记者，就都把镜头和话筒对准了他。刘登荣急了，赶紧上前伸手遮拦说："哎呀，这段不许报道，属于内部讲话，媒体谁家也不许报道。"那举止显得狼狈又滑稽，一点也不像个县长。记者们哪管这个，心想你以为你是谁，到了省城还想一手遮天？

不知从哪一刻开始，各类新闻媒体记者都迅速集中到了常青峰的面前。摄像的、录音的、文字记录的，还有等待着进行深度专访的。这正是常青峰所希望的场面，他现在是唯恐世人不知此事真相。他就是要搞一个免费的记者招待会或新闻发布会，把这个打着领导旗号、来路不明的怪胎项目揭露个底儿朝天。

农业局长李清泉，坐在下面看得完全惊呆了。凭着多年从政经验，瞅着眼前这一场短兵相接，他暗暗提醒自己："这会子可得把嘴闭紧，可不敢声张。谁往里搅和，就等于自投罗网。"他的大脑瓜子飞快地转动着，两只狡黠的眼睛一直盯着常青峰书记。他开始对这个其貌不扬的小个子有了一种全新的认识，感到在他貌似木讷的眼神中，隐含着一道凌厉的寒光。

"今天这个仪式，肯定是无法举行了。那就请大家回去吧，不要耽搁时间。"常青峰正说着话，就感觉身后有人来了。他回头一看，竟然是几位局长随着刘登荣站在了自己身后。他们一个个表情严肃，仿佛要来讲理。常青峰嘿嘿一笑说："各位局长，你们为了县里的工作破费不小呀？这身毛料西服可值不少钱吧？"一句话，说得各位脸都呼地红了。"常书记，咱们能不能有话回去慢慢说？"唐伟憋得满脸通红，说。"唐伟同志，你说这话是什么意思？"常青峰严厉地问。"我是说，有些话咱回县上关住门说也不迟呀。""啊哦，你是说等你们签完了合同回去，我再说话也不迟？""可无论如何，咱也不能闹到这种地步，影响团结稳定呀。""哦，这么说是我在破坏团结和稳定？"常青峰步步紧逼，唐伟开始有些张口结舌。城乡建设局长景开来见状，忙解围说："常书记，既然政府把生米已经煮成了熟饭，书记就不用再操心了。无论怎么讲，刘县长这也是为了全县的经济发展嘛。"常青峰红着脸反问："背着县委常委会，生米做成熟饭行吗？"看到其余几位局长在刘县长的暗示下似乎也要说话，徐安稳急忙上前挡在了中间说："唐局长、景局长，请你们安静，不要影响领导工作。"唐伟一下火了，说："徐主任，不是我们影响领导工作，而是你们影响我们呀。""对，是影响到了项目招商签约。"环保局长小声附和道。"你们这该不是公开同县委唱反调吧？"徐安稳气得嘴唇发抖。刘登荣这才上前一步说："对呀，怎么能说领导影响咱们。这完全是一场误会，误会。责任全都在我一个人身上。"

"对，责任是全在你刘县长身上，我们就是来找你说话的。"突然之间，一群人不知从哪里冒了出来，乱哄哄围了上来。"哎，你们是干什么的？"刘登荣惊讶地问，一眼看见同舟村的支书赵志强也在其中。"我们是来讨公道的。"赵能人理直气壮地说。人群里，枣农忽聚刚高声问道："请问刘县长，听说你要毁了我们冬枣园子建什么戏楼、盖澡堂子，有这事吗？"土地局长王汶安急忙伸手一挡说："戏楼、盖澡堂子？咋会有这种事情？谣言你们也信？""这是谣言吗？"众人反问。"对呀，这是谣言吗？""刘县长，你说句实话呀，究竟是不是谣言？""我们就想当面听县长一句实话。""难道那几百份按了手印的卖地合同，也是谣言？"村民们七嘴八舌地质问。刘登荣感觉就像当众被迫参加批斗会，汗流满面、哑口无言。

赵志强一直没有说话，感觉火候到了就说："村民同志们，大家先不要激动，也不要着急。大家放心，我相信咱们的政府，相信咱刘县长肯定不会说叫人把咱辛辛苦苦栽植的冬枣园子毁了。""你没听那刘县长说嘛，"另一个村民故意敲怪话，"那叫'腾笼换鸟'。"

"哎呀救命，救命！赶紧呀，我心口疼，疼得厉害！"人们扭头一看，竟然是农业局长李清泉倒在地上喊叫。很快，大胖子就口吐白沫，翻开了白眼儿。刘登荣一见慌了神："常书记，要不然咱撤了吧。"常青峰高声说："好啊，你县长宣布呀。""那就散了吧，快叫救护车，快……"

救护车很快鸣笛到了。车一停，穿白大褂的医生护士就动手抬人。李清泉突然睁开眼睛惊讶地问："哎呀，你们要把我往哪里送呀，我这不是好好的嘛！"众人一愣，就有人忍不住哈哈大笑……

临走，常青峰郑重其事问："刘县长，通知下午两点的县委常委扩大会，你能不能参加？"刘登荣急忙说："能参加，常书记，我一定参加。"

下午两点，开会的人到得很齐。县委常委之外，参会人员扩大到四套班子全体县级领导列席，连外地出差和市委党校学习的都请假赶回来了。参加西洽会的几位农口的局长，还有安礼镇和同舟村、武安村的主要干部也破例列席。常青峰亲自主持，说会议只有一个议题，就是讨论刘登荣同志未经县委常委会研究同意，擅自带个"二十亿元大项目"上西洽会招商的问题。会上，刘登荣避重就轻作了陈述和自我检讨。这样的检讨，令人哭笑不得。在常青峰的引导下，会议开得很节制。没有要大家展开讨论，也没有无限上纲上线。扩大会明显开得有些虎头蛇尾，大家都感到失望，仿佛也只能如此。岂不知这正是常青峰所要拿捏的分寸、想要达到的目的。他就是要让大伙感到，对于县长的错误，书记并不揪住不放。"好吧，现在散会。"常青峰最后宣布。水利局长唐伟突然站起来说："常书记，我说两句话，占大家一分钟时间。"常青峰微微一愣，说："好吧，你说。"唐伟说："我向县委和常书记郑重检讨道歉。今天上午在签约现场，我和一些同志表态不对，言辞欠妥，对常青峰书记尊重不够，值得深刻检讨和反省。另外还有一件事情，我得在这里代表几位局长坦白交代，就是我们违反县上有关规定，在公务活动中收受了企业家赵杰魁提供的西服和皮鞋、领带。在此声明，要物归原主。以后保证不再违犯，希望领导和同志们监督。"

常青峰带头鼓掌，全场一齐鼓掌，显然是表示原谅了。接下来，环保局长王长福、土地局长王汶安、林业局长季怀清和城乡建设局长景开来也都不约而同站起来，一齐向常书记鞠躬表示道歉。

常青峰说："话又说回来，当时我也有些着急，在此也向大家道歉了。关于收受衣物一事，请县纪委调查后酌情做出处理。好，现在散会。"大伙儿还没起身，又见农业局长李清泉站起身一本正经地说："常书记、刘县长，各位常委、领导和同志们，要说道歉，我头一个先得道歉。今天上午那么严肃场合，我身体不争气，突然就犯了病，真是不应该呀。下次一定注意按时吃药，防止再犯病。"大伙儿听得他这幽默大师的弦外之音，就都止不住哈哈大笑起来。常青峰和刘登荣也随之笑了，会议在一片笑声中结束。真是出人意料，难怪人们的心情并不轻松。虎头蛇尾？毕竟是龙虎相斗呀，这头一个回合，好像并没有见出分晓。既然如此，好戏一定还在后头。

三

县委常委扩大会散会以后，刘登荣懊丧地一个人在办公室孤坐呆愣，直到天黑。天黑以后，他换了一身平时很少穿的休闲服装、戴上棒球帽和墨镜,就出了机关大门。他起初沿着人行道走了一里多路,然后一招手,挡住一辆出租车,即直奔文化路而去。文化路念奴娇洗浴中心,刘登荣自从担任县长后,就很少再来。眼下,刘县长只身夜闯本县老百姓眼里的"红灯区",这可是冒了不小风险呀。他乘坐出租车到了洗浴中心附近的一家麻将咖啡馆门口,车子停下来,他赶紧付费下车,始终没敢说话,生怕那司机认出自己。他刚一走进洗浴中心大门,就见大厅站着一个人,打扮得花枝招展。他一眼就认出是丽丽,心想又是赵老板故意安排好的吧。他心里正琢磨,却见丽丽伸手大大方方走过来握住了他的手。这时候,才见赵杰魁笑眯眯地露面说:"好了,咱们明天见,有啥就让丽丽帮你。"这一晚,刘登荣没有离开洗浴中心。丽丽对他的态度明显变了。直到第二天上午,赵杰魁才满脸堆笑地迟迟露面。

"怎么样,放松一下,还是不一样吧。"刘登荣点点头,揣摩着这个赵老板究竟想说什么。赵杰魁没再说话,打开手里的皮包拿出一份文件《华邑县同舟湖景区综合开发项目书》说:"刘县长,这是原先的河心岛,咱们开发出来的白菜心心。""你是说,要建小洋楼?""只搞两栋。多一栋都不建。""这么说赵老板将来要回家乡养老了。""不是我,而是咱们。"刘登荣会意地咧嘴笑了。赵杰魁忧虑地说:"不过,就是不知道常青峰书记能不能认可?"刘登荣想了想,说:"你只管考虑投资,别的事情由我来给咱协调搞定。"

这天下午,刘登荣一进常青峰办公室门,二话没说就把一整套的项目论证文件和施工设计蓝图摊开在书记面前。常青峰翻看着,心想这不会又是画好了圈套要自己往里头钻吧。他不动声色,慢慢地看完了所有的文件和图纸,抬起头来,异样地瞅着刘登荣。刘登荣忍不住问:"常书记,你看这个项目咋样?""你说呢?""我,我听从书记的意见。""哈哈哈,那我就直说了。"刘登荣听得,心里咯噔一声。常青峰问:"这个项目是谁提出来的,咋这么快就拿出设计施工图了?"刘登荣正犹豫,却听常青峰又说:"不过这看起来倒的确是个不错的项目,不占一亩耕地,也无须拆迁,甚至还能造出一大片土地,增加一个核心文化娱乐景区。"刘登荣听得，心里头一块石头顿时落了地，赶忙说："是呀，我看的确是这样。土地局和水利局当初联合提出这个项目时，我就看出不错。""问题是防汛办和环保局两家的联合评估意见不可少呀。"

这件事情，常青峰平心静气地沟通，令刘登荣喜出望外。常青峰虽然看出了其中有建两栋别墅的猫腻，但是并没有一下子说破。"刘县长，随便问一句，上次大项目那事，省上大领导那里你该怎么交代？"刘登荣挠头说："唉，这黑锅就叫我一个人来背吧。"常青峰说："刘县长，那咱就有话直说了。那天我也是出于无奈，希望你能够理解我的难处。"刘登荣说："好，我全都听书记的。就是台湾客商蒋老先生的事。项目考察大半年，人家花费了不少的心血和财力。如果眼下这个项目能落实，那就由他们参与承建。""行呀，只要招投标程序合法，这也是人之常情。不过你也可以问问，他能不能在全县扩展冬枣项目上做点文章。如果老人家愿意在这方面投资，那也是功德无量同时效益也稳定可观。"刘登荣说："老人家认为咱县上目前最大的问题是缺水。他是属龙的，就想在县城外古河道上打造一个碧波荡漾的'同舟湖'，同时在湖畔打造一座名冠东府的温泉水城。"常青峰说："这不就是刚才那个项目吗？不过这一类项目，县文旅局也得参与进来论证。"刘登荣看了看常青峰，竟然没有明确表态。

两人正说着话，就听见有人敲门，进来的恰是文旅局长马志远。常青峰一见马志远，亲热地说："哎呀，怪了，刚说曹操，曹操就到。"马志远不好意思地说："刘县长在，那我先回避一下吧。"说着就要转身离开，刘登荣表情有些不大自然地说："不用，我们已经说完了。"说着站起来就要告辞。常青峰说："你们谁也别走，马局长来得正好，咱们刚好把这项目再说说。"两个人相互看看，就又都坐了下来。

马志远莫名其妙地问："什么项目？"常青峰指着桌上的文件和图纸说："就是关于同舟湖景区建设项目，刘县长刚才拿来的方案，是土地局和农业局牵头搞的，你拿去先看看，咱随后再细说。"刘登荣忙说："要不然，我回去先召集相关的几家开个会，然后再分别论证？"

常青峰说："那也好，这事你就暂时牵头吧。"刘登荣说完，赶忙把那一套文件和图纸收起来带走了。

刘登荣走后，马志远问："常书记，'同舟湖景区建设'？这又是个什么神秘项目，好像还不想让我知道？"常青峰说："也不是。我看这事还有问题。主要是在防汛泄洪区内，得由省上最后审批。""嗯，我知道了。是说的同舟村外那块盐碱滩地吧。过去也有人出过类似的主意，说是先建座人工湖，然后搞房地产开发。顺带搞成一个水上旅游景点。可论证结果就是怕影响北洛河的泄洪，说弄得不好，很可能淹没周围几个村子，甚至影响到下游县城的防汛安全，所以这事就没再往下谈。如今在温泉城项目刚被否定之后，就有人提出这个项目，看来这其中有些人同前面的项目还是有联系的。该不会是'一计不行，又使一计'吧？"常青峰听得嘿嘿一笑，说："不管他有联系还是没联系，只要那省上防汛部门能批准，咱就不要再阻拦了。"马志远听得一愣，心想常书记怎么会对这事持这种态度呢？便说："常书记，我总感觉这个蒋老先生有些奇怪。至于他的来头和真实身份，我也不好说，但总觉得他好像从一开始就和赵杰魁是搅和在一起的。好多情况下，他倒像是赵杰魁的一个影子。"常青峰听得嘿嘿一笑，说："照你这么说，他该不是国民党特务？"马志远说："我是怀疑他根本就不是什么台湾人，充其量也就是个和赵杰魁联手的项目合伙人。"

常青峰听得，当下陷入沉思。马志远接着又说："常书记，还记得两年前那个不眠之夜吗？我们一直谈到天亮。经过全县上下联动和精心培育，文旅融合、城乡互动的旅游项目模式基本成熟，并且形成相当大的规模。仅仅一个同舟村，每年吸引游客上百万，形成了'吃住行游购娱'一条完整产业链条。全村旅游年人均收入已经达到了一万元。今年'五一'黄金周，我们文旅局打算和安礼镇及同舟村联合搞个项目推介。再烧一把火，把项目拓展到全县的一百个村、四十万亩冬枣园中。"

"好啊，马志远，你先等等，我叫徐主任他们也来听听，好整理简报。通报四套班子征求意见。"常青峰当即打电话叫徐安稳和综合组长小张来听汇报，又亲自给马志远沏了一杯上好的西湖龙井茶。马志远接过茶杯，说："啊哦对了，我还带来了赵志强、忽沛东他们和西农教授共同研制的冬枣芽保健茶，咱得尝尝这个味道。听说其中含茶叶中很少有的一种氨基酸，是理想的老年保健饮品。"马志远说着，打开背包取出一个印有翠绿枣芽的铁桶。常青峰接过高兴地看着说："那好啊，以后咱们就喝自己的冬枣芽茶了。"

四

"五一"节这天，人们看见忽家牌楼和修缮一新的老祠堂、大戏楼上全都张灯结彩，连同十字街口的老槐树上都吊了一圈彩带穗子火红灯笼。省、市电视台的记者正在忙着确定拍摄机位，准备全程拍摄直播报道。文化室门前，立了一排五颜六色的铝合金易拉宝广告牌，上面用文字和彩色照片分别介绍同舟村乡村旅游的三大特色系列产品。

天还没大亮，十字街口远远传来了响亮的哨子声。吹哨的人是盲艺人文有才老汉。老黄忠雪染鬓发披挂上阵，他是赵志强亲自登门请出的新近才纳入戏校的村里业余社火表演队的总导演兼总教练。他徒弟文祥和小学校长吴文倩是他的左膀右臂、得力助手。老汉这天身穿一套新量身缝制的枣红暗花的唐装，戴着一顶印有"同舟"二字的红色文化帽。眼下他昂首挺胸坐在队前的一把椅子上，如同三军统帅，神情显得格外兴奋。他徒弟文祥戴着同样的帽子、身穿一套合体的深蓝运动服站在师父身边，随时听命。吴文倩也戴着同样的帽子，穿了一身红色白条的运动服，腰间扎着红绸带子，显得既精干又英武。

教练和指挥社火秧歌队，这是文有才老汉的长项。他年轻时曾经是远近闻名的同舟社火头领，人称艺压群雄、所向无敌的获奖专业户。东府社火秧歌，那可是当地民间包罗万象的综合艺术。其中秧歌舞、戏法杂耍、戏曲小品、民间小唱和信子造型人物，都是老百姓喜闻乐见的。从前同舟村的社火秧歌，全都由文有才编导指挥。他虽然眼睛看不清，但是听力和组织能力超群。无论人再多，场面多大，一切都得他一人构思设计规划完成。新成立的社火秧歌表演队，尽量保持原汁原味，又努力突出一个"新"字。队伍集合，高跷和信子装扮起来，那是最好看、也是最惊险和玄妙的。"现在开始彩排，也是正式演出前的最后一次彩排。"队伍一站定，文有才果断发出了彩排的指令。社火队最后一次彩排有条不紊地进行。等到太阳升起，排练的锣鼓戛然一停，队伍立即解散。大家抓紧回家吃饭，准备上午的正式演出。

　　大清早，街巷里少不了疯爷的身影。他也按照要求换上了橘红色新工服，一大早就领着小学生们扫开了街巷。红砖硬化过的街面本来就很干净，但是也得再清扫一遍呀。村里人吃惊地发现，一大早，许多姑娘娃和年轻媳妇都变了。她们好像化装起来要上舞台，一个个羞羞答答地穿上了村里事先统一定制的、颜色鲜艳的蒙古长袍或绣花旗袍。这艳丽新颖的服饰，一下子给村子增加了一道亮丽风景。

　　各乡镇前来参会的人陆续到了。赵志强、忽沛东站在村口，同镇上郭振峰书记和康成镇长一同等待常书记、刘县长和各有关部门领导的到来。马志远为了筹备这次活动，住在村里已经好几天了，熬得眼睛发红、脸色苍白憔悴，嗓子也有些嘶哑。大约九点半钟，两辆面包车远远开来。常青峰书记亲自陪同专家学者来了，同车还走下来县长刘登荣。听说他坐的奥迪车也停了，成了接待办的接待用车。县长乘坐面包车下乡，这是过去从没有过的。徐安稳、肖子俊和其他部门领导、工作人员，共同乘坐另一辆中型面包车。这活动要放从前，光小汽车就得几十辆。看来县里全面整顿干部作风，也落到了实际行动上。

　　上午十点整，带有现场观摩性质的华邑县乡村文旅推介大会和产业融合暨文旅融合发展论坛开始。一时间锣鼓喧天、鞭炮齐鸣。忽家祠堂布置得十分得体。完全是个大型论坛的架势。县长刘登荣主持会议，先是介绍来宾，随后是县委书记致辞。全国和本省著名大学和部委来的专家教授发言，赵志强做了主旨演讲……有理论高度也有实践深度，赢得了阵阵掌声。产业融合与文旅融合是两大主旨，也是两个焦点。整个乡村旅游这篇大文章，就是围绕这两大主旨展开的。但是实践证明，围绕吃住行游购娱，又有许多分支话题，是必不可少也是大家颇感兴趣的。按照马志远的设计，专门请村民来回答这个问题，收到了很好的效果。会上忽沛太讲了提高农民科技文化素质和冬枣栽培技术培训，赵能人和段万奎讲了乡村饭馆的管理和经营之道，忽经昌讲了养马和马匹如何更好为游客服务的话题，忽青海则介绍了粮食生产的集约经营和机械化、智能化实践与未来的现代观赏农业，文有才老汉连说带唱地展示了同州梆子戏在文化旅游中的宣传和推动作用。会议开得别开生面，会场上高潮迭起，掌声不断。大家听了发言，加之实地参观体验，来宾大开眼界，同舟村人也增长了见识。

第二十二章

一

　　黄河悄然远去，三河亲切并流之后，留下了一望无际的广袤滩涂畴野。东岸古老原始的黄土崖畔、镌刻着岁月沧桑的老窑院前后，杂草丛生中随处可见自生的野酸枣林子。一丛一片，棘刺纵横。大人们避而远之，牛羊都悚然绕行。不料想这却成为碎娃们留恋陶醉的乐园。小时候，赵志强、忽沛东、文燕、段淑娴还有忽沛太，这一帮要好的小伙伴就像一窝可爱的精灵，假期从早到晚就喜欢在酸枣丛中出没。诱惑他们的是春天的花香、夏日的葱茏阴凉和秋季的果实甜蜜。冬天，落光了叶子的老酸枣树梢上，还会诱人地悬挂一些红艳艳的大颗粒的酸枣。那干枝稀果衬着湛蓝的天幕，就像珍珠玛瑙一样令人垂涎。赵志强喜欢带领大伙冒险采摘酸枣，枣刺常常把他的手和脸划破。他最感英武的，是摘到高枝头上最大最红的那颗酸枣，急忙把它放到段淑娴的手心里。他喜欢看淑娴捧着酸枣的那一刻，大眼睛里透露出的幸福与满足之情。

　　在碎娃们的感觉中，时光的脚步实在走得太慢啦。北风凛冽、严寒袭裹的日子里，他们就又躲在遮风向阳的酸枣树下，拔野草，寻蜘蛛、蚂蚱。眼巴巴地盼望着春天的到来。几场大雪、几场寒风过后，又经过了几场无声无息的蒙蒙细雨，温暖的春天终于来了。这天，一群活泼可爱的小麻雀，不知从哪里急匆匆飞来。它们惊慌失措地尖叫着落在酸枣树密集的枝杈上，几只可怜的小野兔也慌张地栖身树下。同天空中盘旋的黑色老鹰相比，浑身斑点的小麻雀和苍黄的野兔显得多么弱小可怜呀。几只鸡鸭也发现了敌情，慌乱中匆匆跑来凑热闹。此时，平时并不合群的可怜的小动物们一起瞪大眼睛，惊恐地望着酸枣树下依偎着的这些碎娃。饥饿的鹰显然发现了捕食目标，久久在低空盘旋不已。那凶狠的样子，像是随时会俯冲下来似的。碎娃们屏住呼吸，丝毫不敢惊扰头顶脚边的小动物，这些可爱的新伙伴儿们。在他们眼里，麻雀、野兔和小鸡、小鸭，此刻与自己命运休戚相关。满身尖刺的老酸枣树呀，成了大家共同的保护神。饿鹰飞得更低，足以穿透一切的利爪和锥眼近在咫尺。大伙儿毛骨悚然，彼此靠得更紧。野兔和鸡鸭几乎拥挤到了碎娃们怀里。文燕和段淑娴吓得要哭，赵志强勇敢地指挥三个男子汉伸出手臂，搭成又一层血肉的保护伞。危难之际，抱团抵御共同的敌人，即来袭的饿鹰，这令大伙团结起来。经历过这样惊心动魄又神奇无比的一幕，几位发小从此更加亲密无间。

许多年之后，当赵志强和忽沛东都长成了身材高大的男子汉，那棵扮演过保护神的老枣树，仍然根深叶茂地耸立着。

"沛东，谢谢你如此善待咱们的老朋友。"赵志强伸手抚摸着粗壮的树干，又说，"我感觉回到家乡的自己，也应该是一棵生了根的酸枣树。"忽沛东听了十分感动："嗯，几十年，几百年，这些老窑院的酸枣树就那么顽强生长着，不断把绿色和甜蜜献给人们。还为我们的冬枣，提供了宝贵的种子。"

赵志强听后接过话题说："庆幸有一天，一位有心人出现了。他学成归来决心奉献故乡。从老酸枣树上采摘下一颗颗成熟的果子，经过精心筛选培育，获得了新品种。"

赵志强话音刚落，就听见身后有人使劲鼓掌。两人一回头，竟然是段淑娴和文燕。快嘴文燕说："志强，你还记得不，当年你曾经把一颗最大最红的酸枣送给了谁？"段淑娴在一旁脸呼地红了。文燕又说：

"人家一直珍藏着那宝贝哩。你知道吗?"段淑娴眼圈红了,伸手直拽文燕的衣角。赵志强看着心里一怔。段淑娴看一眼赵志强,急忙低下头去。赵志强想说句什么打破突然降临的僵局,可是却卡了壳。这时候性情开朗的文燕牵住淑娴的手,模仿男声扯开嗓门深情地唱起一首黄河两岸久唱不衰的乡村爱情之歌:

耶儿驾——
这山山望见那山山高,
那山上的酸枣长得好。
叫一声妹妹快些走,
提上你那篮篮咱就打酸枣。
红红的酸枣山坡坡上长,
我和我那妹妹去打酸枣。
哥哥我有情妹有意。
人里头挑人就数妹妹你。
翻过一道圪梁梁弯过一道沟,
妹妹你不要犯心焦,
你赶紧拉住哥哥我的手,
咱们二人呀打酸枣……

文燕模仿着深情的男声,唱着动听的《打酸枣》,唱得格外投入。两个男生吃惊地发现,果真就像自己在敞开心扉,在向深爱着的她表露难以启齿的心迹。文燕一段唱完,段淑娴已经满脸是泪。文燕突然还原成了柔美的女声,更加动情地唱道:

叫一声哥哥你快些吆走,
提上你的那篮篮咱们打酸枣走。
哥哥打得快来,
妹妹我捡得欢,

今生今世咱们一搭里粘,

哎呀今生今世咱们一搭里粘。

此刻,金灿灿的夕阳,照射在那棵苍老却依然生机盎然的老酸枣树上。老树枝头,正结满了红棱棱的酸枣枣。

文燕唱到最后两句,四个人都涨红了脸,也都感觉自己心跳加剧。四个人情不自禁地重复着又合唱了几遍。他们都像是回到了两小无猜的童年,忘情地紧紧牵着手,一遍又一遍,含泪而歌。赵志强一时心里激动,很想立即拥抱亲爱的段淑娴。文燕的歌声就像一把火,使他心中爱的烈焰熊熊燃烧起来。淑娴动情的热泪,使得赵志强听到了爱人的心声。恋人相互吐露真情的动人歌声,拨动了彼此爱的琴弦。直到夜幕降临,圆月升起来了,他们还久久不愿意离去。

山河壮美,月色明媚,此情此景,更加增加了彼此爱慕的氛围。"哥哥我有情妹有意,人里头挑人就数妹妹你。"赵志强一时无法平静,他借助这一句歌词,在段淑娴的耳畔尽情表达着自己的深爱之情。多么精确的一句表白呀,其实他心中,的确就是这么想的啊。可是以往却难以启齿,未能准确表达。为此,他的心中没有一天平静,也一直惦念着,渴望那浓缩在一棵酸枣树里的童年爱的种子,像家乡的冬枣,在青春勃发的季节里萌动,开花结果。

歌声落下,文燕和段淑娴从手中的篮子里捧出一掬绿翡翠、红玛瑙般的枣子。"这是刚刚采摘的酸枣种子。"赵志强和忽沛东拿起一颗,放进嘴里慢慢地品尝,感觉满满的都是记忆中童年的味道。

"这是什么枣子?这么好吃?"文燕学着南方客商的口音问,随即又学着忽沛东的声音回答:"我们这叫'冬枣',是自己培育出来的全新优良品种。"

随后,四个人一同开怀大笑。欢乐的笑声惊起了不远处椿树上的一窝花喜鹊。

二

每年六七月间，就进入冬枣采摘和销售的黄金季节。这时候，全村几乎所有的人都同干一个工种，那就是采摘冬枣。用农民自嘲的话说："人忙得四脚不沾地，黑天白日都分不清了。"老天爷也像是故意添乱，天气突然就热得要命。冬枣棚里，开始变成了大蒸笼。人捂在里面，很快就汗流浃背了。年轻人不断喊叫"热死人了"，老年人却咬牙一声不吭。最能忍耐的，要数中老年妇女。中午男人和娃们回家吃饭歇着了，她们忙完了屋里的活儿，又开始在冬枣棚子里拼命。心里想着的，是多摘枣子多卖钱，好早早地把自家的新房盖起来给娃娶媳妇，或是计划着用手里这一颗颗"珍珠"，给儿子和儿媳在城里换一套房，好让宝贝孙子到县城里上学……想着这些，当奶奶的就不觉得热和累了。她们有时会用跑调的歌声，来缓解疲劳和闷热。"我们的家乡，在希望的田野上，炊烟在新建的住房上飘荡，小河在美丽的村庄旁流淌，一片冬麦，那个一片高粱，十里哟荷塘十里果香……"唱着唱着，就忘了词，于是只得反复哼哼，想着自己的家乡正在一天天朝着歌中的理想努力迈进，心中就增加了无穷的力量。

每每见到这种情形，赵志强心中就十分感动。这歌声不断地提醒他：老百姓歌声里充满希望的田野，那就是我们的奋斗目标。

八月间，全国、全省各地的客商和冬枣贩子就像被磁石吸引着，纷纷来到安礼镇同舟村。他们无孔不入，无处不见。总之，到处都在采摘，到处都在商谈，到处都在包装过秤，到处都在紧张地忙活。人多车多，来来往往，交通堵塞了。加之天热，日头暴晒。冬枣捂在保鲜箱里，分分秒秒都像钢针扎肉呀。人心一急，肝火就旺。于是咒骂声、吵架声、噼里啪啦动手打架的随处可见。枣农心急上火，客商更沉不住气了。有人报了警。终于盼来了交警，张民警也带人跟在后面。可是看来看去，也是只能摇头，没有一点办法。关键问题就是车太多了、路又太窄。从前的这一段生产道路，如今成了名副其实的肠梗阻。

"哎，开电动三轮的，往后倒下，让我们先过。"一个穿大花半截袖衫子的从卡车驾驶室探出烫发头大声嚷嚷。有人认得，他是有名的四川客商武松。骑在电动三轮上的是段新虎。他正被堵得心慌，听到武松喊叫，把烟头从嘴里往地上一吐，瞪起眼睛回敬道："哎，你是干啥吃的，口气这么大？""干啥吃的？我是你财神爷呀，没看出来？这一大车冬枣，连拖挂整整十吨，急等着上火车呢。"

"我往后倒，让你过去？"段新虎没好气地问，"你为啥不能倒？""那你说，我这重车还带着拖挂，该个怎么倒呀？""你怎么倒我可管不着。""哎呀你这华邑人，果真不讲理呀？""我华邑人咋就不讲理了？""就是你嘛，不讲理呀。""我怎么不讲理了！"段新虎一个箭步冲上前去，拉开了车门子。"啊哦，你、你想干啥子呀？""你再说一句，我怎么不讲理了？"段新虎一把抓住了武松的领口。"哎，你怎么还动手呀？"武松还在挣扎，就被段新虎用力一扯，哎哟一声蹲在了车踏板上。"走，上派出所，找张民警评理去！"武松威胁道。"去你妈的！"段新虎骂道，使劲一扯，那武松嘴里还说着话，就被重重地摔在了地上。

周围看热闹的人越来越多。"哎，这不是四川舅子武松吗？""你说他叫啥？"一个低个子老汉高声问。"他就叫武松，少脑子货，化成灰灰我都能认得。""哎呀，你就是那个缺德客商武松？哎呀，我把你个狗日的……"低个子老汉说着抓住武松的领口，叫喊起来，"你狗日的害得我家破人散呀！"段新虎认得这是邻村的孙老汉，便上前问道："老孙叔，你说的是啥事？""哎呀，丢人呀，这货去年把我儿媳妇拐跑了！"大伙一听就炸了锅。站在一旁的人们大喊："打，狗日的四川舅子太坏！""对，狗日的脸皮厚，照脸上打。"那武松急了，拔腿就要逃跑，却被段新虎伸腿绊倒在地，又弯腰骑在背上就是一阵重拳，直打得武松嗷嗷求饶。人群里一个调皮小子打趣儿说："哎，这不成了'虎打武松'嘛。"小伙儿一边用手机拍视频一边配音说："大家快来看，华邑县奇观'虎打武松'啦！这是咱安礼镇同舟村的段新虎，教训拐跑人家儿媳妇的不法客商武松,大伙说该打不该打?"众人在一旁齐声喊叫:"该打,当然该打!"

"哈哈社会变了,老虎比坏人还好!"

"打狗日的,打狗日的!"周围人群炸了锅。类似的瞎瞎事,安礼镇各村近来都有发生。终于抓住一个拐骗妇女的色狼,众人打得解恨。这时就听有人说:"段新虎,赶紧,张民警来了。"段新虎却说:"来了正好,省得老子再去镇上报案。"

那武松一听,挣扎着跳起来要溜,却被段新虎蹴下身子,猛地一个扫堂腿再次撂倒。这时候,张民警果然来了。他问孙老汉有啥证据,老汉从怀里掏出一张照片,正是那武松挽着他儿媳妇的手臂逛大街呢,被人偷拍了放在了网上。铁证如山,罪责难逃。张民警二话没说,就从腰里拿出手铐子,只听咔嚓一声,就给那浑身发抖的爆炸头武松戴上了。临走,张民警对受害人孙老汉说:"走,你跟我到所里做个报案笔录。"段新虎惊异地问:"哎,张所长,那,我咋办呢?"张民警嘿嘿一笑说:"你没事了。回头我叫村里治保主任给你记功。你这嘛——基本上属于见义勇为吧。到时候我派人把奖金和奖状送到你屋里。你等着。"大伙儿一阵哈哈大笑,段新虎蒙了,摸着脑门子半晌无话,直到听见大家热烈的鼓掌他才回过神来,嘿嘿地傻笑起来。等到笑声落下,段新虎不好意思地眨眨眼说:"乡亲们,你们都听见了,人家说我这叫'虎打武松',基本能算是见义勇为。"众人听得,哈哈大笑着一哄而散。

三

安礼镇,郭振峰书记办公室。镇长康成同赵志强和李蓉蓉一道进了门。康镇长手里拿着一份材料,是同舟村申请修路的报告。郭振峰看完报告,抬起头说:"嗯,看来这条路是非修不可了。""对呀,不然误事太大。"赵志强说。郭书记面有难色,说:"现在的问题是这属于一段田间生产道路,除了国家投资,得要群众集资一部分,看这有没有困难?"赵志强看看李蓉蓉说:"郭书记,这个问题倒是不很大。我们已经在村民大会上讨论过几回,大家对修路积极性很高。""那还有什么问题?"李蓉蓉说:"问题是那路要经过六十四户人家的冬枣园子。每户大约要占两三分冬枣地,就是说这些人家要把大棚从中间截断。"赵志强补充说:"就是的,对这,大家意见不统一。"郭振峰皱起眉头说:"这就是矛盾的焦点,还得一户一户做工作呀,这可得你们村上自行解决。"

当天晚上,同舟村召开了全体村民大会,传达镇党委书记郭振峰的指示精神,结果要被占地的村民还是坚决反对修路。听说眼下多数都是妇女拿事,李蓉蓉自告奋勇,承担起做妇女思想工作的任务。在冬枣专业户忽聚刚家,李蓉蓉问:"桂琴婶子,你看这事咋办?""这事你都说八遍了,不同意嘛还能咋办。""婶子,你算过账没?路要修了,你家一年就可以多收入几万元。""你就没算我那损失的三四分冬枣,就说这钢架棚,你知道一米多少钱,还不算重新封墙、补棚顶。再说了,新修这条路又不是光拉冬枣。"李蓉说:"损失也有补贴嘛。咱得讲风格,讲贡献呀。谁叫咱是村里先富起来的呢?""好我的驻村第一书记哩,知道你嘴能说,我可不同你说。"这话就像是一瓢冷水当头浇下,李蓉蓉被呛得倒吸冷气。从董桂琴家出来,李蓉蓉看着就像霜打了的茄子。她茫然无助地走在村巷里,感觉两条腿死沉死沉,都快拉不动了。心想如今的农民,怎就变得这么难说话了?就拿董桂琴来讲,性格也开朗,为人也正直,还正说要培养人家担任村妇女主任呢……回到宿舍,李蓉蓉伏在被子上越想越难过,忍不住就哭了。她正哭得伤心,听见有人敲门。她爬起来问是谁,门外回答:"我,赵志强。"李蓉蓉赶紧把门打开,首先进来的却是段淑娴,手里端着一碗热气腾腾的羊汤,还用笼布包了两个刚出炉的月牙烧饼。她平时在段家乡亲小饭馆搭伙,过了饭时还不见人,细心的段淑娴就会提着饭菜送来。见李蓉蓉低头不说话,赵志强说:"咱搞农村工作就这样,有时的确是叫人很难受。但是你想过没有,如果啥事都跟你我想象的那么容易,那还要咱这些党员干部做啥?"李蓉蓉听得一怔,抬头看了赵志强一眼,不好意思地笑了。段淑娴说:"唉,先不说工作,叫蓉蓉妹子赶紧吃饭。"赵志强抱歉说:"对,你看我,光记着谈工作。"李蓉蓉嘿嘿一笑说:"赵支书说得对。你要是不说那话,我还难过得没食欲呢。"李蓉蓉说着接过饭碗,喝了一大口热羊汤。

村官李蓉蓉担任驻村第一书记,不仅使赵志强多了一个得力搭档,段淑娴也多了一个能说知心话的好妹子。李蓉蓉吃着饭,慢慢又皱起了眉头,说:"不行,今晚上无论如何我也得把董桂琴婶子思想工作做通。"赵志强嘿嘿一笑说:"用不着那么急呀,到时候就是做不通,修路也会按期开工的。""那可不行,必须把每一家人的思想工作都做通,签了合同才算数。"

李蓉蓉一口气跑到董桂琴家,开门见山地说:"桂琴婶子,修路这事,那上头已经定了,咱能不能给村里起个模范带头作用?"董桂琴一阵开朗的笑,说:"只要你端碗吃饭,我就同意!"李蓉蓉紧紧抱住董桂琴说:"好,我吃,婶子。"

当下签了合同。晚上,李蓉蓉开夜车写了一篇表扬稿。经赵志强同意,第二天副支书文凯歌就在高音喇叭上播出了。表扬董桂琴带头签了修路合同,引起村里不小的轰动。妇女们纷纷来到村部探虚实,李蓉蓉趁机拿出一摞子合同要大家签名。妇女们拿了合同,一出村部门就去找董桂琴了。董桂琴正在院子里晾晒残次冬枣,见姐妹们手里都拿着合同,就说:"赶紧签呀,你们还等啥哩?"当下六十四份合同,签了六十三份。只剩下单身汉忽聚民没签。李蓉蓉就和段淑娴一道上门动员。忽聚民老汉仰面躺在炕上,苏庆芳婶子正在为他煎药。老汉睁开眼睛问:"谁呀,啥事?""老叔,是我。"李蓉蓉说。"舅爷,咱驻村第一书记李蓉蓉看你来了。"段淑娴手里提着保温壶,里面是热羊汤。另外还用笼布包了两张刚出炉的月牙烧饼。"舅爷,我爸说,这是你最爱吃的。"李蓉蓉上前,伸手摸摸老汉的前额问:"啥病嘛叔,发烧不?"苏庆芳说:"不发烧,腰腿疼老病犯了。"段淑娴揭开保温壶倒了一碗羊汤,又把饼子泡上说:"赶紧,舅爷,咱趁热吃呀。"李蓉蓉说："哎，对了，老叔，经赵志强支书提议，村里开会已经定了，您老人家那五亩冬枣，今后就由村里代务。你这连续三年平均每年收入多少钱？"老汉想了想说："每年撑死也就十来万元。""赵支书说了，村里每年能给你十万元。"老汉听得一下蒙了，问："你说这是真的？"苏庆芳说："驻村第一书记讲的这还能假，你就放心温热吃饭。"

忽聚民老汉嘴里嚼着饼子，眼圈却红了。老汉显然是饿了，一老碗羊汤、两个月牙烧饼转眼就吃完了。老汉吃完饭，腿也像是不疼了。等到他重新躺下来，李蓉蓉才想起了正事，忙说："哎，对了老叔，有个事还得和你商量。"说着拿出了修路合同书。老汉欣喜地看完合同，连说："好，好，好，那就签字吧。"走出忽聚民家大门，李蓉蓉情不自禁地蹦蹦跳跳，嘴里竟然唱起了新近流行的一首歌："你是我的小呀小苹果……"

四

开工仪式没有敲锣打鼓，也没有邀请任何领导嘉宾参加。工人们把推土机和挖掘机往工地上一开，鞭炮一放，哨子一吹，就算开工了。

郭振峰书记当天碰巧上县里开会了，赵志强和李蓉蓉陪同康成镇长算是现场参加了开工仪式。同舟村不少村民都来到工地看热闹。当鞭炮声噼里啪啦一响，工地指挥康成镇长就把哨子一吹，推土机和挖掘机当即发出隆隆的轰鸣。镇里郭书记给这条路起名为"幸福路"。看着一切都很正常，康成镇长正准备离开，突然之间不知从哪里冒出一群人，就堵在了推土机前面。

赵志强一看，就来了气。他走到人群边上，面问为首的忽聚刚："三舅，我桂琴妗子早签过合同了，你咋还跟上起哄。"老实巴交的忽聚刚红了脸，半晌说不上话来。人群里就有人替他喊道："女人签的合同不算数！""对呀，臭脚婆娘当不了咱男人的家。""谁说臭脚婆娘当不了男人的家？是好汉你站出来说！"赵志强喝问道。"女人不能管家事？这是谁规定的？"康成镇长也厉声质问道。人们看看康镇长，又看看赵支书，都把头低下了。李蓉蓉趁机说："村民同志们，咱们是法治社会，签了合同就得算数呀。"她声音纤细柔弱，人群发出一阵笑声。赵志强说："谁在笑？有胆的站出来笑嘛。现在我再说一遍，你要承认自己是同舟村村民，就要维护咱村的形象，不然就没有资格耕种村里的土地。"他这句话说得斩钉截铁，完全出乎人们的意料。赵支书还从来没发过这么大的火，人群里开始有人胆怯地往后退。转眼工夫，推土机前就只剩下赵志强的堂弟赵四一个人了。这货是个二流子，一看人都散了，他拍拍屁股也赶紧走人。李蓉蓉看见赵四坐过的地方掉下一张黄纸，便捡起来看，发现是一张传单。"赵支书，你快看这是啥。"赵志强背转身仔细一看，当下气红了眼！原来正是这张黄表纸在作怪。只见那上面画着地图似的图案：一面是弯曲的黄河，形状就像是一把弯弓。一面是一条大路，样子就像是弓弦。弦子正中朝西有一片冬枣大棚，虚线隐约从中画出一条道路，就像是搭着一支利箭，正对着忽家寨子上的泰山庙。虚拟的箭头射中了一条白蛇和一只苍兔。接下来是一行文字：修路败家破风水！

　　赵志强看了那黄表纸传单，沉吟片刻，便折起放进了衣兜。康成镇长一看多数人都散了，就命令重新开机。推土机再次发动，工人也都开始抓紧干活。思想混乱，这也许是当下农村中比贫穷还要难以医治的顽症。赵志强心里琢磨着，感觉自己衣兜里那张可恶的传单，就像有一群小鬼儿，躲在阴暗处煽风点火、兴风作浪。如何才能把那幕后的厉鬼捉住？赵志强提议当晚召集六十四户枣农开会。李蓉蓉主持会议，赵志强先讲了几句。接下来要大家揭露矛盾、表态发言。枣农们你看我我看你，谁也不说话。到了最后，干脆全都低头不语。会场上一片沉寂、一片烟雾。赵志强伸手摸摸那张小小的传单，心想还是这鬼东西在作怪哩。

　　"董桂琴同志，要么你先给咱说几句。"李蓉蓉严肃地说。董桂琴在众目睽睽下站起来，还没说话竟然呜呜地哭了起来。她这一哭不当紧，在场所有的妇女就好像商量过一样，陆续全都呜呜地哭起来。这么多女人一齐哭泣,这在同舟村还是头一次。李蓉蓉哪里见过这阵势,当下鼻子一酸,也糊里糊涂跟着流起泪来。妇女们的哭声和眼泪意味着什么?其实每个人的原因既相同又不完全一样。董桂琴哭的是忽聚刚头一次违抗她的意愿。自从她嫁到忽家巷,屋里从来都是她说了算。可那都是些蝇头小事呀,唯独这一次签的合同是个大事,她男人竟然相信谣言不相信自己的婆娘。赵志强见状,把桌子一拍说:"各位男同志,你们都看看,这就是你们的另一半对你们的态度。"赵志强说着从衣兜里掏出那张黄表纸举起来问:"这东西,大家想必都看到了吧?"没有人接话茬。赵志强看谁,谁就赶紧把头低下。赵志强说:"这显然是有人故意装神弄鬼,造谣生事嘛。兵来将挡,水来土掩,鬼来了,就得请大先生捉鬼呀!"赵志强说着,朝李蓉蓉一示意。不一会儿,驻村第一书记就引着忽沛东和忽沛太陪着齐清海教授进了门。一时间好多人,包括赵四在内都自觉掐灭了烟头。满头白发的齐先生坐定,抬眼望着大家。会场顿时鸦雀无声,只听齐先生说:"树欲静而风不止,人盼安则鬼不闲。世间本无鬼,因为有人捣鬼,这才产生了鬼。那么鬼是什么呢?鬼就是那些别有用心的见不得人的人。就是大家都有好处的事,他认为自己没得好处,因此就想法子搞破坏的人。对于这些人,你们大家说该怎么办?""干脆法办!"妇女中有人说,声音格外尖厉。"对,对于造谣生事的人,必须绳之以法。要想依法治村,必先依法捉鬼。"齐先生说完,站起身就要告辞。赵志强连连道谢,并对忽沛东和忽沛太说:"天黑,一定要把齐先生小心送回寨子上歇息。"

齐清海教授一走,会场上突然就像喜鹊窝里捅了一竹竿。"娃他爸,你先说说,这签了名的修路合同难道还顶不住一道鬼符?合同到底还准事不准事?"董桂琴大声问道。忽聚刚急忙站起身对着董桂琴深深鞠了一躬,说:"准事嘛,娃他妈,咋不准事。"一句话逗得大伙儿哈哈大笑。董桂琴牛脾气上来了,瞪大眼睛还是不依不饶问道:"那你刚才还说不准事来,咋刚又变了?"忽聚刚急了,扭头向赵志强求救:"赵支书你听,这还不叫人改正错误了。"遂又对大伙说:"我们错咧,都当众认个错。难道还不行吗?"董桂琴忍不住扑哧笑出了声说:

"不行，只有你代表所有上当受骗的男人们认个错，那才行。""对！"妇女们异口同声说，"只有你代表所有上当受骗的男人向我们妇女全体认错，那才行。"李蓉蓉兴奋地跳上凳子说："大家干干脆脆表个态吧，行还是不行？"男人们趁机都说："行，忽聚刚就代表大伙认错嘛。"赵志强当众把那张造谣的传单交到忽聚刚手中，要他处理。忽聚刚毫不犹豫地举起双手，当众撕了那传播谣言的祸根子。赵志强带头鼓掌，全场的掌声惊散了所有的误会、疑虑和不愉快。

郭振峰从县里开会回来，传达了一个好消息：党的十九大即将在北京召开。县里要求各乡镇都得拿出实际行动迎接盛会。安礼镇党委决定要以"幸福路"的圆满通车，作为"献礼"。第二天，郭振峰书记亲自到修路现场视察。不料，工地因下雨一连停工三天。这是第四天，云开日出，刚说要开工时推土机却坏了。事故原因很快查明，链轨上的几根钢销子被人拔了。郭振峰大为恼火，当即打电话把张民警喊来，要求尽快破案。张民警亲自钻到泥泞的链轨机子下面细细侦查，又在案发现场方圆一里路之内细细搜索一遍，弄得满身的泥水竟然没有发现任何蛛丝马迹。为了赶工期，这边工人连夜买来配件加班安装开了机。第二天，钢销子竟然又不翼而飞。张民警得知大怒，再次带人前来摸底侦查。根据种种迹象，他断定前后作案都是一伙人所为。他表态不破此案，绝不收兵。当即要求工人再次换上配件开机，自己则带人假装撤离了现场。当天晚上他即带人悄悄在推土机周围埋伏守候。不料一连蹲了三天三夜，都没有任何情况。大家都有些麻痹大意，其实也真累得够呛。张民警预感犯罪嫌疑人又要出现了，就要求大家咬牙坚持。果然，这天午夜，当夜班工人停机吃饭时，一辆摩托车后面带着个人快速从黄河岸边方向驶来。摩托车一停，那家伙就把大铁锤包上棉纱开始作案。只听咣当咣当低沉的几下敲打，就卸下来一根钢销。张民警咬牙把手一挥，几个人一齐冲了上去，犯罪分子当场束手就擒。张民警上前用手电筒一照，哈哈，主犯竟然是混混红毛。张民警一下就想到了段新虎，问是不是段新虎指使干的，红毛头一甩说："咱好汉做事好汉当，这事与我段哥无关。"

回到派出所，连夜审问。结果审到天明，还无结果。张民警就向赵志强求援。赵志强动员段新虎出面做红毛的工作。红毛耐不住段新虎好言相劝，就竹筒倒豆子全招了。原来幕后掏钱操纵者是披着民营企业家外衣的不法商人赵杰魁。

第二十三章

一

黄河滩里,太阳跃出地平线时,文有才老汉和徒弟文祥指挥的社火演出队就锣鼓喧天地出动了。吴文倩身穿一套红色运动装,双手挥舞着小红旗,在队伍前面引领。她时而大步朝前挥手开道,时而回头面对演员引导。红旗挥舞,哨子声声。到了新路竣工的会场上,只见吴文倩双手朝下一按,锣鼓唢呐即戛然而止。伞头儿文凯歌举着红绸伞走到队伍中间,清一清嗓子即唱道:

家乡的云呀,龙腾虎跃。
幸福的路呀,越走越妙。
最亲的人呀,你说是谁?

众人随之唱道:

最亲的人呀,你说是谁?

女伞头文燕接着唱道:

西岳东峰呀，比天还高。
如今政策呀，越来越好。
最亲的人呀，是党派来的你。
南来的雁呀，全凭头雁开道。

众人唱道：

南来的雁呀，全凭头雁开道。

"今天是个好日子……"高音喇叭，乐曲反复播放。大约十点钟，县委书记常青峰和县长刘登荣来了。各级领导一到，社火表演即进入了高潮。男女高跷手一齐上场，锣鼓唢呐的节奏也突然之间加快。高跷腿子一米的年轻选手开始表演。短衣短裤的四人，先是麻溜飞奔，巧转八阵图，人们喝彩不断。后是单个表演双手托地翻筋斗。人们屏住呼吸，心里感觉紧张。然后是轮流连续前后腾空翻，惊得观众一口口倒吸冷气。表演突然结束，会场安静下来。庆祝党的十九大胜利召开暨"幸福路"竣工仪式开始。红绸带子一拉，书记、县长动剪子一剪。一名交警吹着哨子，指挥几十辆装满农产品的卡车，缓缓通过新道路。车辆通过之后，又是鼓乐齐鸣。一挂长鞭炮响过，人们的心情和田野里的氛围顿时变得肃穆起来。接下来是第二项议程，领导讲话。康镇长主持，常青峰讲话，接下来是同舟村支书发言。赵志强发完言之后，徐安稳忽然走上台从康镇长手里接过话筒说："赵志强留步，请忽沛东和文燕、段淑娴也上前来。"随即又说："常书记临时给了我一个任务，就是主持你们四位的婚礼。"大伙儿听得起先都一愣，常书记带头鼓掌。在掌声中，刘县长走上前。赵能人趁机领着四个从社火表演队挑来的穿演出服的年轻女娃，把事先准备好的大红花戴在了赵志强、段淑娴和忽沛东、文燕胸前。

人们没有想到，一场别开生面的新奇婚礼就这样开始了。此时，证婚人刘登荣喜滋滋地开腔道："村民同志们，感谢咱县委常青峰书记对我的重托。我今天有幸能够见证同舟村这四位青年才俊喜结良缘，本人深感荣幸。今天的日子，当然是大好日子。党的十九大胜利召开了，咱们的幸福路圆满通车，再加上你们村里的两位好领班和两位巾帼英才，据说还是青梅竹马，在此喜结良缘，真是可喜可贺。这对于咱同舟村，不，应该说是对全镇、全县，都是一件值得庆贺的大好事呀。两位知识分子同咱乡村女青年结婚，此风值得提倡，值得祝贺！这说明什么？说明咱农村发展了，农民的社会地位提高了。本来可以离开农村的人愿意回来了，大伙说，是不是这么个意思？我理解，这也就是今天县委常青峰书记特别重视你们婚事的意义所在，你们为全县农村和农民带了个好头。"

"刘县长讲得对，我就是这个意思。"常青峰说，"我希望这个好消息报道出去，让全县所有的城镇姑娘小伙们都看一看，让农村目前还没成家的小伙子和女娃不要有自卑感，要撸起袖子加油干，敢于把进了城的男娃女娃都吸引回来。就像赵志强、段淑娴、忽沛东和文燕这样，在共同建设美好家乡的事业中相知相爱。不光是为家乡贡献智慧和力量，同时也要创造自己美好生活和令世人羡慕的幸福人生。"常青峰很动情地讲完，自己带头鼓掌恭贺新婚之喜。

"好！"郭振峰激动地随之鼓掌。众人也热烈鼓掌。掌声落下，人群里突然有人高声问："哎，志强哥，你这支书、主任眼睁睁把全村的人梢子拔了，你们自己颤活了，你兄弟我咋办嘛？"

说话的人是赵四，赵志强脸呼地涨红了。人群里有人嘿嘿地笑，也有人小声制止，还有的谴责这货脸皮太厚。刘登荣县长开始表情也有些尴尬，很快就笑着说："好呀，还有人向支书主任要媳妇哩。这说明什么？说明大伙儿对支书主任信任嘛。自古只听说儿子向他大要婆娘，还没听说谁向村干部要媳妇。这就是咱新时代一个新特点，说明咱党支部、村委会有能耐，村民信任嘛。"

大伙听得一阵哈哈大笑。不料想赵四蹬鼻子上脸说："哎呀刘县长，你领导说这话我爱听，讲到咱贫下中农心里头了。咱村党支部、村委会就是有能耐，村民想要啥，他们就能给啥。"

"行了！赵四，这可是严肃场合，不要乱开玩笑！"赵能人以户家长辈的口气当众制止侄娃子。

"好我叔哩，你是饱汉不知饿汉肚子饥。我可没心思开啥玩笑。你没听那刘县长是咋说的，我说的可是心里话呀。我赵四可不能像大漏爷，打一辈子光棍汉呀。"

众人又是一阵哄笑。

笑声还没落下，就听有人喊道："行了吧，淡话还没完了！"一个大汉站起来说："我说赵四，咱赶紧给你志强哥、沛东哥他们祝贺吧。今后只要咱好好务冬枣，你腿不瘸眼不瞎，还害怕娶不下媳妇？到时候，沟子后头撵一群，由你娃挑哩。"

赵四一见是段新虎，那就像老鼠见了猫，当场就蔫巴了。从前由于赌博欠账，他曾经挨过段新虎的硬拳头。

二

文燕出嫁了，母亲黄桂珍感到心里空落落的。自从文燕她爸去世，母女俩就成了彼此离不开的伴儿。她们白天一起上地劳动，夜里一同躺在被窝里说话解闷。时间长了就像是一对名副其实的闺蜜，简直无话不说。如今天气凉了，突然又把一件贴身小棉袄脱了，黄桂珍感到浑身哇凉，想着就不由得伤心落泪。这才伸手抹着眼泪，她就又暗暗劝导自己说："唉，女娃已经大了，还能陪你一辈子吗？以后你就自己用心把你自己照顾好吧，没事了自己跟自己说说话。对了，一定要学会自己和自己说话。你听见了没？老婆儿，你乖乖的。"她自己乖哄自己说："眼下不是又多了这么个人人羡慕的好女婿嘛，你就知足吧。"

夜里一个人在屋里炕上躺着，黄桂珍瞅着身边空荡荡的被窝，心里对自己说着话，摇头苦笑了。她是个争气好强的女人，也是明白人，时常开导自己，什么时候都要想得开，什么事情都要拿得起放得下。

她干活麻利，说话干脆，穿衣整洁，走路风快。在村民眼睛里，她这位原妇女主任任何时候说话办事都不会拖泥带水。眼下伤心了半天，黄桂珍当即就解脱出来了。特别是想到身材挺脱得就像一棵大树的女婿忽沛东，丈母娘的心里猛然间舒坦了许多。这娃，可真是从小看着长大的呀。亲家公忽纪岱，那老先生有文化、屋里门风高呀。亲家母人也贤惠仁义，从来不和人高言红脸。那一家子都是善良本分的正经人嘛，这就不用再说了。到沛东娃这一辈儿，更是守正务实。如今那娃不光是当着村主任，更是远近闻名的冬枣技术权威哩。你没看那常书记、刘县长见了，都高看一眼哩。黄桂珍又想到了那天的特别婚礼，不由得咯咯地笑出了声。全村，不对，电视一播，是全县的人都看着了，那才叫风光哩。人老几辈子，谁家娃结婚惊动过那县委书记、县长？这简直就像是在做梦嘛。也不奇怪，那娃和志强搭班子，创下了这么大的业绩。眼下同舟村哪个人见了不佩服不感激……这娃真是知根知底呀，把女子托付给这人，她妈心里能不放心！黄桂珍一想到女婿忽沛东，心里头欣喜万分。说真的，比想起孝顺儿子文祥还要高兴呢。自己是不是有些偏心眼儿了？她赶紧提醒自己。老婆儿心里得意，又开始佩服自己女儿的眼力了。这么个百里挑一的人梢子，咋就叫你娃一下子给拔到手了呢？想到此，她又止不住抿着嘴笑了，心里就像吃了蜜汁轱辘。

　　如今文燕已经出嫁，文祥也眼瞅要娶亲了。你自己到底是怎想的？黄桂珍心里开始问自己，但是连她也说不清。她真的说不清呀，自己这心里究竟是怎想的。她只隐约地感觉到自己近来看着段万奎的时候，心里有些异样的慌乱。感觉两人的眼光有些像烙铁头儿，相互一碰就烫得厉害。不过也有些奇怪，每次相互碰过，浑身就暖烘烘地舒坦。早晨出门和晚上到家的时候，她就总是喜欢照镜子、看仪表了。想看看自己的脸黑不黑，其实是想看看自己还年轻不年轻。当她发现自己两鬓有些花白、额头、眼角添了细细的皱纹，背也开始有些弯了，心里就感到了悲伤，感到光阴似箭的紧迫。不知不觉，她开始染头发了，也用上了女儿给她买的抗皱霜。她晚上躺在炕上，眼前闪现出电视里面的老年模特儿队穿着旗袍表演的场面……"这印证了人家说的，穿高跟鞋能防止老年人弯腰的毛病是有道理的。"她对自己说。特别是看见爱姑婆穿上高跟鞋走路说话那自信满满的样子，她心中就产生了一个念想，即自己要是能穿双高跟鞋走几步，就不枉活一回了。难道这种种的迹象，都证明自己心还年轻？还在想着不该想的事情？还在做着那令自己心慌意乱的梦吗？黄桂珍心里问自己，突然感到脸上一热，心跳加快了。她就赶紧坐起身，再也不敢往下胡想了。不过想穿高跟鞋那念头，倒是越发强烈起来。

这天，女儿回家来，母亲照例做一碗香喷喷的旗花面，深情地看着女儿吃饭，有一搭没一搭就问："文燕，妈问你，你们穿上这高跟鞋，是啥感觉嘛？踩高跷一样走过来，看着都有些眼晕。""嘿嘿，妈也想穿上试一试？""我才不想穿呢。这一把年纪了……""我听出来了，妈的话外之音，就是想穿高跟鞋。""这可是你说的，妈可没说。"文燕狡黠地笑着说："啊哦，是你女儿说的，妈啥话都没说。"

话说过没几天，黄桂珍竟然意外地收到一双尺码合适的高跟鞋。这是干女儿段淑娴给她送到家的，说是她爸说了，叫黄姨今后穿着这鞋到小饭馆来上班。说是让客人们都看看，咱同舟村的女人个个都扬眉吐气长精神了。黄桂珍听了脸一热，心里高兴，笑得腰都直不起来。从此她每天早晨梳洗打扮过后，就高高兴兴穿着高跟鞋出门。她大大方方从村巷里走过，感到自己年轻了许多。太阳把她的身影拉得老长，她自己扭头看着自己腰是腰腿是腿的，整个人都好像长高了。她还发现村里人瞅自己的眼光也变了，连幸福院的老者们都好像为她高兴羡慕哩。

黄桂珍的穿戴变化，令女儿文燕和段淑娴既惊异又高兴。她们仿佛看到一棵枯萎的老树开始在春风里发出了翠绿的新芽叶。两个好朋友心里都希望她打扮得越年轻越时尚越好。原妇女主任的大胆之举，给村里中老年妇女带了个好头。一时间上了岁数甚至当了奶奶的人都纷纷效仿。半老婆儿们穿高跟鞋和花衣裳成了同舟村的一股时尚之风。细心的村支书赵志强当然注意到了这种变化。他在《同舟日记》里写道:"表面看,这仿佛是硬化一条路或是人们手头有了余钱,给人们的生活带来的变化。其实往深一层看,这是人们的精神世界在时代潮流的冲击下,开始向往并努力迈向现代化的标志。现今中国农村,没有人的生活方式和精神面貌的现代化,就谈不上振兴。"

段淑娴欣喜地发现,每天早晨,当黄姨穿着那双擦得油光锃亮的棕色高跟鞋,身姿挺拔地出现在自家小饭馆门口时,她爸段万奎就惊异地抱拳立在门里心神不安起来。他眼巴巴地望着当年的中学同桌,就差上前把人家手拉着迎进门了。爱情的火花,在两个上了年纪人的眼神里闪耀着。一旁看着的女儿心里咋能平静?有些话,女儿实在无法对父亲讲呀。那可怎么办呢?这天早晨,段淑娴再也忍不住了,她勇敢上前,抱住黄桂珍的胳膊轻轻地喊了一声"妈呀",眼泪就禁不住聚满了眼眶。孝顺的女娃啊,她多么希望这两个有情的亲人终成眷属呀,就像自己和赵志强一样幸福。那一声亲亲的"妈呀",叫红了黄桂珍的脸庞,也唤醒了她的心。那一层窗户纸终于被段淑娴捅破了,黄姨心中最后的那一点顾虑也就完全消除了。几天以后,段万奎与黄桂珍两人去镇上登记后,就在乡亲小饭馆举行了简单朴素又热闹的婚礼。两家的儿女、村里的长辈和几位村干部见证了他们的幸福时刻。除了隆重的结婚照,现场请赵能人拍了一张集体合影。赵志强、段淑娴,忽沛东、文燕,两对孝顺儿女,还有文祥兄弟,紧紧偎依在父母的身旁。大家近乎相同的发自内心的笑脸,表达出共同的心声:心中只要有了爱,那就有了一切。

两个孤独的人有了令人羡慕的情感归宿。赵志强和忽沛东都觉得这是刚完成的一件大事,可是村里却又出了另外一件大事。

三

这天,赵志强和李蓉蓉正在镇上开会,忽沛东突然打来电话,说苏庆芳报告五保户忽聚民老叔病得厉害,得马上送医院救治。

"看来我舅爷这病可不能再拖了。"赵志强认真地对李蓉蓉说。李蓉蓉问:"那该咋办呢? 要不我请假回去安排到镇上住院?"赵志强说:"他那病镇上医院没设备,治不了,得上县医院治。"赵志强说着立即给县医院徐春嫚院长打了电话,请求安排老汉立即到县上住院。打完电话,他想了想,就又拨通了段淑娴的手机。段淑娴接完志强的电话,立即赶到忽聚民老汉家中。不一会儿,一辆小汽车就停在了老汉门前。开车的竟是忽聚刚,他家才买了小汽车不久,他刚刚考下驾驶证就赶上了这事。忽聚刚没敢给董桂琴打招呼,就擅自把车开来了。

"唉,好娃们,我、我就不治了。治也治不好,白花钱。"老汉一听要他上县医院住院,躺在炕上苦着脸直摆手。段淑娴帮着苏庆芳正在给老汉收拾东西,就说:"舅爷,你这就甭说了。赵志强说了,叫我和苏庆芳老妗子陪着你去住院。你还怕啥? 现在那的医疗技术可先进呢,保证叫你能站起来走路。"

忽聚民老汉听得嘿嘿一笑说:"那、那这钱谁掏哩,我可没钱。"苏庆芳生气地小声说:"给你看病,还想叫谁掏钱? 你那一张卡,藏着喂狗呀?"老汉一听要他掏钱,干脆往炕里头一滚,急忙摆手说:"你们赶紧走,我不去,我坚决不去。"段淑娴说:"哎呀,不要你掏钱,现在都有大病医保,大头国家给你报销,剩下的村里给你垫上。""天下哪有这等好事,你这该不是诓我老汉吧?"忽聚民说着扭头看了苏庆芳一眼,又说,"实话给你们说,我那点钱,可是留着买棺木的。"一旁等着的忽沛太说:"老叔,相信淑娴说的没错。咱赶紧上车呀。赵支书说了,您老这病不敢再耽搁了。"

治保主任的军人风格又体现出来了,只见他立马跪到炕上用力把老人家扶了起来,转身跳下炕就麻利地背起他送上了车。

小车一路稳稳当当开进了县医院。一切住院手续都安排就绪,徐春嫚院长又是亲自在门口迎接。站在她身边的不是女大夫王蓉,而是一个身穿白大褂戴着口罩的高个子男大夫。车子一停稳,那大夫首先上前打开了车门迎接病人。

忽聚民老汉一路打瞌睡还迷糊着,就听见一个熟悉的声音叫道:

"伯伯,欢迎你到咱县医院看病。"

老汉听得心里咯噔一下,赶紧睁开眼睛看:"哎呀,我这不是在做梦吧?你、你不是咱忽沛胜吗?"

"对,伯呀,我就是沛胜,这已经正式毕业应聘回来了。"

徐春嫚院长说:"忽大夫,你们认识吗?忽沛胜如今是咱医院最好的骨科医生,也是您老人家的主治大夫。"

周围的人这才弄清了,都感到高兴。忽聚刚瞅着儿子穿上白大褂的神气,突然觉得自己在人前腰都挺直了。

"好吧,接病人进病房吧。"忽沛胜说。立即就有几位护士把运送病人的手推车推过来要扶老汉上车。

忽聚民老汉突然瞪起眼摆手说:"唉,不行不行。我不看了,不看了!不掏钱也不看了。"徐院长莫名其妙,一时不知发生了什么事情。

段淑娴忙说:"老舅爷,你就放心,沛胜是咱自家人,他给您老看病,我都很放心。""你放心,我可不放心。刚从学校出来个碎娃,他能看啥病?"老汉嘴里嘟哝着,手死活抓住车门子不松,还连声喊叫,"我要见赵志强,我要见李蓉蓉……"

大家一时为难,不知该怎么办。这时却听一个声音说:"谁要见我们嘛?"大家回头一看,正是赵志强和李蓉蓉。镇上刚开完会,他们就急着打的赶来了。忽聚民老汉一见他俩,当下哭了起来。老汉像个碎娃一样,喊叫着拉住两人的手不松,嘴里一个劲说:"我这病治还是不治,我就听你们的。"

"治嘛,咋不治。赶紧,舅爷,一切都听那医院安排。"赵志强说着就把老汉扶了起来。几个人搭手,转眼之间老汉就服服帖帖躺在了医院病床上。

半个月后这天,经过手术成功置换了人工膝盖的忽聚民已经能够丢开拐杖在地上行走了。他刚刚吃完了段淑娴送来的一老碗水盆羊肉,心里畅快情不自禁唱起了同州梆子老戏《辕门斩子》:"八千岁一旁把功表,来到宛州我无功劳。我杨家做官不要人保……"老汉一边唱,手还一边比画,完全入了戏。

339

段淑娴和苏庆芳瞅着老汉的背影偷着乐。两人出去到水房洗碗这会儿，主治大夫忽沛胜进来了。忽聚民忙问："唉，侄娃子，你伯我多会儿才能出院呀？"

"我来就是报告好消息的，三伯明天就可以出院了。"忽沛胜说着把手里的X光片举起来说，"三伯，你看，伤口完全愈合了，走路没有任何问题。你自己感觉咋样？""哎呀，我觉着好着哩。你看，走路就像年轻那会儿一样有劲。"老汉说着就在地上迈开大步走了一来回。

"嘿嘿嘿，三伯，你真行呀！"忽沛胜看着自己的病人康复这么快，高兴得嘴都合不拢。转眼间，只见忽聚民一脸严肃地说："沛胜娃，你坐下。临出院了，伯有两句话给你说。"忽沛胜坐在他伯面前凳子上，他感到三伯的眼神今天有些异样。直觉告诉他，接下来要有什么意外的事情发生。

只见忽聚民老汉手在怀里仔细摸索着掏出一个小红布包，递到侄儿忽沛胜手中说："娃呀，这回治病，多亏你了。我想来想去，得把这东西交到你手里。"

"啥东西？"忽沛胜有些紧张地冲着小红包问。

"唉，你这再甭问了，赶紧装上。"

忽沛胜双手背后，认真地说："三伯，我们医院有规定，不能收受病人赠送的任何礼品。如果是红包，就更不能收了。"

忽聚民一听急了："我不管你医院规定不规定，反正侄娃子接受他伯的心意总没错吧。"说着硬把红布包塞到忽沛胜手里。

"那也不行。"忽沛胜说着，就要把小红布包交回给他伯。

忽聚民坚决不要，忽沛胜硬是丢下正要起身离开。房门开了，段淑娴和苏庆芳走了进来。两人刚才的对话，她们站在门外全听到了。

忽聚民一见急了，说："好，你们来得正好，给我评一评这理儿吧。"

"啥事嘛，看把你急得？"苏庆芳故作好奇地问，其实她心里已经猜出了大半。

忽聚民犹豫片刻，最终还是说："这你知道，就是那张银行卡嘛。我、我想把它还给人家。"

"哪张银行卡？"段淑娴问。

"就是那张卡呀，里面有五十万。"

段淑娴听得一怔，苏庆芳却抿着嘴唇笑了。

忽沛胜说："三伯，那是我爸妈给你养老的钱，你得收好。"

忽聚民说："我养老有国家和村里，用不着你们这钱。再说，我拿你这钱扎手呀，黑了也睡不安稳。"

忽沛胜听得一愣，一边出门一边回头笑着说："放心吧，三伯，从前睡不着是因为腿疼，以后就保险能睡着了。"

"沛胜，唉，这娃。"忽沛胜关门一走，大谝老汉一时呆愣住了。

段淑娴故意问："舅爷，钱你不是说要留着买啥来？"

忽聚民老汉说："唉，用不着了。我这腿都好了，也不想死了。"

苏庆芳说："啥死呀活呀的，以后不要再胡思乱想了。这钱你实在想退，我支持你。咱也不要为难沛胜娃，等回去了你直接交给他爸他妈吧。"

忽聚民想了想，挠挠头说："嗯，我看这主意行。"

苏庆芳认真地看看段淑娴，有些犹豫地说："他叔，有句话今天当着淑娴娃的面，我想挑明了。"

忽聚民听得一愣，忙说："你说嘛，我听着，淑娴娃也不是外人。"

"我是说，只要你大谝老汉今后堂堂正正做人，后半辈子，你就不要再愁没人伺候你了。我苏庆芳就靠着你，也陪着你，听你一天唠唠叨叨拌干嘴呀。"

"嘿嘿嘿，庆芳，你说的，这是心里话？"

苏庆芳说："这种事情，谁还跟你老汉开玩笑？"

段淑娴听得，当下就鼓起掌来。三个人哈哈地笑着，一起鼓起掌来。

忽沛胜闻声进来问："你这是什么情况？"忽聚民老汉说："这还用问，赶紧，沛胜，快叫你伯母。"苏庆芳红着脸说："沛胜，你别听你伯胡说，这还八字没一撇呢……"段淑娴逗趣说："应该说，八字刚合适。一个属蛇，一个属兔，刚好蛇盘兔嘛。"大谝老汉一拍巴掌说："哎呀，这娃，你咋知道我属蛇，你老妗子属兔？"段淑娴和忽沛胜异口同声说："暂时保密。"几个人一同都笑起来。

病房一时热闹得都快变洞房了，招来了值班护士前来制止。老汉心想自己这回住院可是赚大了，不光治好了病腿，还得了个老伴、医好了心病。

忽聚民出院这天，赵志强和李蓉蓉没能来接老人家。有两件更重要的事情缠着他们。一是赶在上冻之前，必须把老年幸福院的地暖铺好。这可是件大事情呀，不然冬天又得停伙。另外还有一件好事，就是响应县党代会先富帮后富的号召，今天同舟村要和武安村签订互助发展协议书。具体讲，今后同舟村冬枣普遍改造钢架大棚，保证先用武安村的劳力，并且逐渐把两个村的农业旅游观光和民宿接待连成一片。这不光能给武安人增加收入，也解决了同舟村客人多和接待能力有限的矛盾。

依然是忽聚刚来接他堂哥。车门子打开，首先下车的却是董桂琴。老汉一见弟媳妇，先是一愣，就听见董桂琴叫了一声"三哥"，随即笑嘻嘻地上来搀扶老汉。大谝老汉一时感动得不知该说什么，下意识就伸手从怀里掏出那张让他睡不好觉的银行卡，啥话没说就塞到弟媳妇手中。董桂琴一见，先是脸一红，随后止不住就热泪盈眶了。她嘴张了几张，就是说不出话来。周围人看得都很感动。儿子忽沛胜见状，赶紧上前扶住他妈说："妈，啥话都甭说了，先上车。这钱，你就先替我伯保管着，到我伯用钱的时候，咱再拿出来。"

苏庆芳笑着说："你三哥有这心，你就收下吧。不然他可要睡不着觉了。"

段淑娴也说："对，先收下，等以后再说。"

几个人说着上了车，直到车子开动，董桂琴还在默默地流泪。

忽聚刚开着车说："哎，咋还哭上了，三哥腿治好了，咱应该笑呀。"

董桂琴说："讨厌，这儿没你说话的份儿！"然后扑哧一声，破涕为笑了。

四

常青峰奉命上中央党校参加县委书记班封闭培训，为期半年。市委决定由县委副书记、县长刘登荣全面主持华邑县工作。

常青峰刚走第二天，刘登荣就召集县委常委扩大会。会议议题只有一个，研究审批"关于同舟湖旅游景区建设项目"。通知开会之前，他对徐安稳主任专门强调说："除了县委常委之外，县上五套班子领导全参加。另外，政府农口相关各局局长，也都列席。你列个名单，送我再看看。"为啥要这么多人参加呢？徐安稳当然明白，刘登荣是想尽量扩大自己的影响力。还有一层重要的含义徐安稳当时还不清楚，那就是会议要定的，是一项不寻常的重大工程项目。这个由他刘县长一手策划的项目，不光是规模巨大、投资巨大，而且将会在全县经济社会发展，乃至全市和全省产生巨大影响。这功劳记在谁的头上，利益揣进谁的腰包，是刘县长当下考虑的重点问题。

会议还没开始，刘登荣就叫政府办主任刘世贵带人，把事先准备好的工程效果总图和建筑单体图的彩色展板，醒目地立在楼道两侧。凡来参会的人员，没进会议室就得先把那效果图都仔细浏览一遍。大伙儿看着都感到新奇，也有些疑惑不解。怎么常青峰书记刚一走，就开会研究这么重大的工程建设项目？这不符合常理呀！但是人们只是这么想想，没有谁把这当回事。再说这也不牵扯谁的自身利益，更不影响自己头上的乌纱帽。这是刘登荣对问题的基本判断。他深知在基层工作，能熬到科级、县级干部，那可真不容易呀。眼前这些人，别看那一个个外表发呆，那脑瓜子可都是灵灵蹦儿。不敢说是千里挑一，也是百里挑一呀。往往都是红萝卜调辣子，吃出看不出呀。从全县范围来讲，必定是属于人精中的人精。刘登荣当然知道，这些人对于自己的招数，当然都能看出，只是看破不说破罢了。

土地局长王汶安一听说列席县委常委会，连夜理了个发，还穿了一身崭新的西装，扎了一条金黄色的领带。他早早地来到县委办公室，像个新女婿一样笔直地站在展板边上，随时准备回答县委常委领导和各位列席人员的提问。可是奇怪，凡是看过展板的人，没有一个人提任何问题，只是朝他瞅一眼，微微地点一下头，就算是打了招呼。更年轻的城乡建设局长景开来，略显拘谨地站在王汶安的身边。他皮鞋擦得锃亮，同王局长的头发形成了某种呼应。仿佛在有意暗示这个工程的风格与档次，完全是和时代潮流合拍的全新的建设项目。他俩感到奇怪的是，老半天不见李清泉和唐伟露面。这个项目的立项负责单位，也包括农业局和水利局呀。

"这俩老家伙，怎还不见亮相？"王汶安不满地说，他显然已经隐约感觉到了，人们对这个项目的态度有些冷淡。

景开来说："哼，要是一块肥肉，你看那俩老家伙，比谁跑得都欢实。"

"我听说唐局长感冒，请假了。"王汶安鄙夷地说。"那李胖子又是演的哪一出呢？"二人正说着，农业局长李清泉气喘吁吁地上了楼。他一到楼梯口，就碰见徐安稳主任站着迎接领导们，他便抱歉地说："哎呀，对不起，徐常委，一出门就遇上个麻眼，堵车。""人都到得差不多了，就等你呢。"徐安稳故意开玩笑说。"哈哈哈，徐主任又拿我开涮了。"徐安稳看看身边的政府办主任刘世贵，跟着也笑了起来。这时就见刘登荣县长上来了。

"怎么样，效果图大伙儿都看了吧。""都看了。"王汶安上前一步说。"嗯，全都看了。"景开来也说，紧张得好像手都没处搁。"看了就好，"刘登荣停下脚步问，"大家没提出啥意见吧？"王汶安说："没有听到有啥意见。"景开来赶紧说："没听到。""好，没有意见就好。"刘登荣心中揣摩着他们的回答。

两位资历较浅的局长，在领导面前说话就像崖娃娃。刘登荣心里有些好笑。其实他最能理解这种情形，也喜欢下级在自己面前表现出这样的拘谨与紧张。他自己欣赏着这些令人耳目一新的效果图，故意在门外拖延一阵，好让会场上的人们多等一会儿。如此，更能体现出他的威严。权威权威,有权还得会抖威呀。不会抖威风,就是给你再大权,你也会变得无权。别说干事了,连说话都可能没人听。这里头的学问可大了,道行深得怕怕哩。刘登荣如此琢磨着,这才拿捏着慢慢地走进了会议室。他一坐下,表情友好地冲着大家看了一圈儿,几乎把到会的每个人都照顾到了,然后才说:"现在开会。"他发现人们反应不够热烈,有人表情异样,有人甚至流露出某种忧虑。他知道每个人的心里都在想啥,因此上来就对症下药说:

"同志们,原本这个会,早就应该开的,也应该由常书记亲自主持来开。可是等待上面的批文一直等不下来,就拖到了今天。关于同舟湖旅游景区建设这个项目,大家刚才在楼道里都看了工程设计效果图。一会儿等肖县长汇报完,希望大家畅所欲言。按照常书记的定位,这属于我县全域农业公园的骨干项目,因此农口相关部门参与了工程的前期论证和申报过程以及设计规划把关等。下面由咱主管副县长肖子俊同志具体汇报。"

"这个项目,"肖子俊干咳了一声,明显有些紧张地说,"说白了,就是在水上做文章。针对我县总体缺水的实际困难……"他嗓子有点嘶哑,显然是饮酒过度、昨晚打牌,又没休息好。

肖子俊结结巴巴地汇报着,总叫人感觉是言不由衷。显然他对这个项目并没有上心,或是不感兴趣。大伙儿起初都听得很认真,逐渐就有些注意力分散起来。到了后来,多数人都埋头看材料,才发现肖副县长只是照本宣科,所念的全在材料上写着呢。汇报材料很长,光项目意义就讲了三大张。肖子俊大约用了四十分钟才汇报完,听众中有几位年龄大的开始瞌睡打盹。肖子俊汇报完,刘登荣大声清清嗓子说:"肖副县长汇报了,看农口几位局长谁还有什么补充?"见半晌没人言传,刘登荣就点了名:"农业局李局长?你说说。""没有,咱肖县长讲得很全面了。"李清泉赶紧站起来说。"唐伟同志,你呢?既然是围绕缺水做文章,水利上说两句吧。"半晌没反应。坐在最后边的刘世贵说:"唐局长感冒请假了。""王汶安、景开来,土地、城建,你们说说吧。"两个人急忙站起来相互看看,都说没补充的了。刘登荣明显有些失望,只好说:"那好,下来大家讨论。来开会,每个人都得发言表态。不然还开的什么劲!"

"没人说,我说两句吧。"人们都抬起头,惊讶地看着县政协主席董得理。

这个董主席,在人们的印象中已经好久没有在这样的场合开口说话了。自从三年前突然之间被免去县长职务,他已经沉默了好久。沉默的结果,就是换届时被重新起用,担任了县政协主席。可是谁能够体会到,一个有话憋在肚子里的人,硬是忍着不讲出来,那该是多么痛苦的一件事情呀。可是董得理做到了,无论什么场合,他就是一言不发。包括他在政协主持开会,最多也就三两句话。仅此一点,就可见他不是一个简单的人。今天,太阳突然从西边出来了,政协主席董得理要带头开口说话了。大家一下振作起来,沉闷的会场气氛顿时活跃起来。

此时,刘登荣的表情却显得有些异样。就像一个大人,担心顽皮不听话的碎娃在公开场合会说出令人尴尬的憨话一样,情势霎时变得令人担忧。

"首先声明一点,我的话不值钱。对与不对,仅供大家参考而已。"董得理说着,端起面前的茶杯,呷了一口茶水。之后,他看看左右两边才说:"恕我直言,这个工程,过去不是没有人提过,但是都没能通过。"他的这句话一出,就像是有人在一潭死水中扔进一块砖头,顿时溅起一圈水花,掀起一阵涟漪。"为什么呢?因为这里是个古河道。上游连着渭河与洛河,下游通着黄河。假若谁要在这块地上搞什么人工湖、温泉度假村和大型游乐设施,那就等于想在河滩沙地上盖楼房。要叫我表态?我就是这个态度,我不看好这个工程,弄不好很可能劳民伤财,或是竹篮子打水一场空。"

刘登荣听得,一时脸上挂不住。这董得理又是哪根神经抽着了,竟然说出这样一段话。他真后悔这个项目当初对这家伙保了密,要是事前叫赵杰魁给他打个预防针就不至于会是这样吧。他这也许是针对常青峰,在背后发泄不满情绪哩。县长心里正难过,好在没有人注意他的表情。人们都像是低头认真看着项目论证书。会场气氛十分尴尬，但是他毕竟是刘登荣，关键时候还是能够沉得住气。听完了自己的老班长也是老对手毫不留情的反对性发言，刘登荣仍然是面带微笑，从容淡定地说："好，下来谁再讲。"

大家注意到了，刘县长对于董主席的意见没做任何表态。其实他不做表态，就是一种明确的表态。对此，大家心里自然明白。

接下来又是一阵沉默。其实这种沉默，也是大伙的一种明确表态，那就是大家都觉得董得理讲得是有道理的。董得理似乎感觉到了众人的心情，他安心地坐在那里喝着茶，心里爽快得就像刚刚唾出了一口顽痰。

又等了大约两三分钟，仍然没人发言。会场的气氛开始变得有些异常。要换个人早就坐不住了，可是刘登荣表面上还是显得镇定自若。这种情况下，人们就在衡量一个人的道行有多深。他想，这时候，你就是装，也得咬牙装着。刘登荣暗暗提醒自己。他原本希望人大常委会主任严广秀能够讲两句话为自己解围，可是终于失望了。这个乡镇书记出身的皮肤白净富态的乖巧女人，从前在乡镇工作总是装作傻乎乎的，好像是没心没肺。她那时见了刘登荣副县长，那可就像见了长辈亲人，简直有些热情过度。嘴上"领导领导"叫个不停，连走路几乎都双手搀着他。吃饭自己不吃，一个劲地给领导夹菜。喝酒却很猛，三杯下肚，脸就红得像只下蛋的母鸡，开始语无伦次。不过无论喝了多少，她晚上一直坚持要把领导送到宾馆。送到房间就应该赶紧走呀，可是还磨磨蹭蹭不愿意离开。眼瞅很晚了，还在絮絮叨叨单独给领导汇报工作……简直热情得令人生厌。可是眼下，当刘登荣看她一眼，她竟然假装没有看见。后来索性低着头，假装认真看材料了，再也不抬起头来。这一招还真厉害，迫使刘登荣完全打消了指望她发言的念头。他头一次意识到了，一个人不说话的分量有多重，真是此时无声胜有声呀。谁会想到，这个女人的态度影响了几乎所有的人。这无声的氛围，就像冬天的严寒，令刘登荣浑身发冷，却又不能喊叫冷，只能咬牙硬撑着。

显然，希望严广秀发言，这是最后一根稻草。看来这根稻草没戏，指望不上了。刘县长干脆就死了心。说什么呢，谁叫你不是县委一把手呢？名不正则言不顺嘛。周围这么多的人，他却感到了身处荒漠般的孤单。县委常委们原本就没准备依靠，几位副县长关键时候居然也不言语。刘登荣抬头看谁，谁就会把头低下。他娘的，就好像老子的眼光有毒一样。他心中开始感到了愤慨和痛苦。他万万没有想到，自己在华邑苦心经营了几十年，竟然落下如此的局面。而那个其貌不扬、整天埋头下乡的常青峰，居然在短短两三年的时间里，如此彻底地收买了人心。人家这是怎么做到的呢？这简直他娘的难以置信！不过这种情形，反倒更加坚定了刘登荣执意要搞这个项目的信心。他暗暗下决心，不光要用事实证明自己拥有的实力和水平，还要用坚韧不拔的定力，证明自己驾驭复杂局面的能力。好，看来这些家伙，想用沉默来抵制这个大项目的推进和实施。那好，我就叫你们一同哑巴吃黄连吧。你们不是不说话吗？那好，我就不叫你们说了。你们不是集体耍滑头吗？那好，我就来个难得糊涂，认为你们不表态就是同意实施这个项目。

刘登荣可不是吃素的角色，他终于拿出了自己的撒手锏。

"好，我再问最后一句，关于这个项目大家还有没有不同意见？"刘登荣情绪突然变得高涨起来，就像是刚刚听到了在场每个人的拥护表态。结果在预料之中，仍然没人吭声。

刘登荣昂奋地站起来说："那好，我总结一下。同志们，对于这个项目，除了董主席，各位的意见是高度一致的。看来大家的意见同省上有关部门的意见也是高度一致的。"刘登荣说着，打开皮包，从里面拿出一个复印文件，说："当然董主席个人的担忧也不是多余的。不过我这里有一份省水利部门和防汛部门的批复函。我正式传达一下，作为对董主席质疑的回答。函件说，'渭源市人民政府：你市报来华邑县政府关于规划建设同舟湖旅游景区项目，经我们认真查阅历史资料，发现百年以来，没有发生洪水淹没这一地带的现象。因此同意你们在此地规划建设该项目。特此批复'。"

刘登荣念完，还故意把文件举起来让大家看了看。文件用的纸张上面印有"省防汛指挥部办公室"字样，清晰地盖有圆形公章。

大伙听了批复文件传达，就都松了一口气，会场上的气氛立即缓和下来。最有意思的是人大常委会主任严广秀，她立刻抬起头来说："那好，刘县长，我表个态吧。根据我个人的看法，我看这个项目很好。建议县委常委会应该尽快批准实施这个全域农业旅游公园的龙头项目，以便推动落实县党代会报告提出的建设全域农业旅游公园的宏伟目标。在实施过程中，需要我人大如何配合，我们一定尽全力配合。"

严广秀讲完，刘登荣情不自禁地连声叫好，引起全场一阵掌声。董得理的脸色，当下就变得像粉墙一样难看。接下来大家都挨个表了态，这个项目就这样确定下来。细心的刘县长在"县委常委扩大会纪要"中特别加上一句话："与会全体常委和五套班子的领导，一致同意规划建设同舟湖旅游度假项目。"

第二天早晨八点整，推土机就开到现场，大项目动土开工。五套班子领导都应邀来到现场祝贺见证。一时间，锣鼓喧天、鞭炮齐鸣。刘登荣当众对工程负责人赵杰魁提出要求：半年之内，项目必须高质量完工。说是要让县委常书记回来，直接参加开业剪彩仪式。他话音没落，现场激起一阵热烈掌声和欢呼声。在人们的印象中，刘登荣主持华邑县工作，一时呈现出政通人和、令人振奋的局面。

第二十四章

一

　　人逢喜事精神爽，船到桥头自然直。担惊受怕、郁闷不爽的日子终于要熬出头了。赵杰魁日夜盼望的同舟湖旅游景区开发工程终于批下来了。真是万事俱备只欠东风呀。想到可以敞开大赚一把，他浑身的肌肉筋骨都觉得痒痒起来。怪不得去年重金请的那南山大师看相，只说了八个字："贵人相助，逢凶化吉。"这可真是太灵验了。此时，他心里头最感激的贵人就是县长刘登荣呀。要不是那刘县长出面，不要说搞什么工程，就连暗中阻拦同舟村修路的厌事就够他喝一壶了。他破坏人家修路的目的，完全是出于嫉恨，给赵志强制造麻烦。你不是想干什么就能干成什么吗？老叔偏偏就叫你这条路修不成。你不是在村里威信高吗？老叔偏偏就叫你看看枣农们是怎样同你离心离德的。等你碰了大钉子心灰意冷，完全丧失信心时，你就会吃回头草了。你回你的大城市，吃你的官饭去，同舟村这一片草场、一个烂摊子就留给你叔我来收拾……可他万万没想到遇上红毛这么个混球，把事情搞砸了。想到此，赵杰魁习惯性地伸手摸了摸梳得油光锃亮的大背头，咬牙说："哼，我叫你红毛乱咬！"赵杰魁想到得意之时，浑身的荷尔蒙就骚动不安。他像个患有多动症的碎娃，扭头看看打扮得光鲜靓丽的丽丽。对外讲，那"蒋老先生"回了台湾。他就以法人代表身份全权负责这个总投资五六亿元的大工程了。当赵杰魁这么想着的时候，他正站在念奴娇洗浴中心门厅里，穿着一身黑色西装。丽丽亦穿着同样颜色的套裙，手里抱着一束鲜花站在他的身边。丽丽的身后，是出脱得越发成熟的娇娇。她如今的身份是丽丽的助理兼新员工培训中心主任。赵杰魁深感欣慰的是，这两个女娃，他终于培养出来了，成了他事业上须臾离不开的左膀右臂。神秘的客人终于来了。不用说，来的人就是刘登荣。这回刘县长可不是像往常那样偷偷摸摸只身一人进门，而是大大方方地带着政府办主任刘世贵来的。他一进门，就声言是来检查工作和体验服务业质量的。因为他事先知道，这里已经净场，说白了，就是为他县长一人开的专场，因此不用操心会遇到任何不想见到的闲杂人员。

　　见到刘县长，丽丽表情明显有些不自然。赵杰魁在她后腰上拧了一把，又对手里捧着水果、茶点和热毛巾以及笔墨纸砚的礼仪小姐们使个眼色，说："念奴娇洗浴城，热烈欢迎我们敬爱的刘登荣县长光临检查指导工作。"娇娇赶忙说："大家热烈欢迎。"众小姐高呼欢迎。丽丽趁机上前把那一束散发着缕缕香气的郁金香递到刘登荣手中。刘登荣左手接过鲜花，右手趁机就紧紧地握住了丽丽的手，好一阵不曾松开。这细节赵杰魁看见了，只是装作没有看见，心里头倒也难免酸不溜溜的不是滋味。

　　"哎呀，咱们的丽丽同志，可是越来越漂亮了，简直风度翩翩，我看聘请到咱县接待办当个副主任，也很合适嘛。"丽丽涨红了脸，淡淡一笑说："刘县长逗笑了，我农民娃一个，咋能和你那国家干部比呢。"刘登荣看看刘世贵说："真的，丽丽同志，我可不是在开玩笑。只要你愿意，这件事我还是说了能算数的。如今改革开放，讲究不拘一格选拔人才嘛。"刘世贵忙说："就是的，咱刘县长一言九鼎，这点事还不是易如反掌。"丽丽正不知如何应对，赵杰魁赶忙把话岔开说："刘县长今天百忙中视察我们工作，我还有个请求呢。""什么事，赵总你尽管说嘛。"

丽丽趁机把手从刘县长的紧握之中抽了出来。赵杰魁指着已经摆好的笔墨纸砚说："想请刘县长为咱的传世大项目题一块牌匾。""行呀，写什么内容呢？你说。""内容我们都想好了，也是刘县长亲自创意的，就题'同舟湖'三个大字。不光制匾，我将来还要找一块上好的大青石，请好石匠刻在上面，好叫世世代代的人们都知道，这个利国利民的大项目，是咱华邑县当年一位文武双全的县长亲笔题写并牵头建设的。"

刘登荣一听大喜，简直笑得嘴都合不拢，但却说："哎呀，我可不敢贪天之功，说这项目是你赵杰魁的杰作还差不多呢。丽丽、娇娇你们说是不是？"

丽丽抿嘴笑而不语，娇娇却冲着赵老板拍手道："县长的大功劳当然是哪个也比不上啰。县长说的话，那可也是千真万确呀，千真万确！"

娇娇两面讨好。说话之间，刘登荣就开始提笔酝酿情绪，准备题字。"同舟湖"，他心里反复琢磨着这三个字，怎么就觉得有些别扭。不像是匾文呀，不对，既然是匾，那就得是四个字才好。他从二十出头在安礼镇工作时，晚上没事，除了吃喝串门子，就喜欢舞笔弄墨。有时酒喝多了兴致上来，他能把一刀宣纸一口气划拉个精光，弄得桌上、地下、床上、被褥顶端一层又一层堆的全是所谓墨迹。他醉卧在散发着墨香的宣纸堆里，第二天酒醒才发现，那即兴涂鸦纯粹是在浪费纸张。废纸被丢进垃圾坑，也有下级或同事不识货偷偷拿了竟去装裱的。装裱师傅皱着眉头说："唉，这'登荣'是谁？这字谁写的？这烂字还值得裱吗？"一时传为笑柄。如今说老实话，"登荣"其人官当大了，字也跟着进步不小。有人说进步了有一百倍，他竟然听不出那是在嘲讽自己。说老实话，他也在"高人"指点下练过几年颜体，后又改为魏碑体。"高人"是个留着大胡子的丑书大家，江湖上人称魏六，据说临写过六种魏碑字帖。魏六的特点是喜欢也善于结交官员。彼此熟悉了，魏六对刘登荣说"刘县长"，那时他刚当副县长不久，"根据我的观察，你的性情、容貌和已有的文化积淀，宽博深厚，颜体和魏碑最适合你"。于是刘登荣咬紧牙关，强忍着寂寞下苦练了几年，字就有了样子。如今走到哪里，人家再叫签名或是题字，他就不怯场了。往往这种时候，倒成了他展示才华和增加人气的机会。

眼下刘登荣提笔琢磨着，就感到对面正有一双漂亮的大眼睛含情脉脉地瞅着自己。那不用说，就是他追了好久都没有如愿以偿的高颜值女人丽丽。他很羡慕赵杰魁的艳福，也很欣赏丽丽的红颜骨气。刘登荣显然不是一个真正的艺术家，他心中杂念太多，因此很难把字写得令人满意。但是每次当众题词，却总是得到满堂喝彩，这令他十分惬意。他享受这种喝彩的氛围，但是并没有细想过这同自己的身份职务有什么微妙关系。

就在他心中胡思乱想时，办公室主任刘世贵已经替他把宣纸折叠好了格子。

"四尺整张，刘县长。"刘世贵以内行口气说，"'同舟湖'三个字，各占一格。后边这个格可以署名落款。""好吧。"刘登荣答应着抬眼看了看面前的丽丽、娇娇和几位漂亮礼仪小姐，即开始下笔书写。他蘸墨饱满，落笔果断，运笔急徐自如、敛放有度，收笔小心谨慎、如履薄冰。那架势，那气质，一看就是个书法大家的样子。这一套做派，完全是从善于表演的魏六那里照搬过来的，很能在大庭广众吓唬人。几个喜欢书法的浓妆女娃嘴里不由得啧啧称赞，甚至惊叹私语。只可惜仅有小学文化程度、丝毫不懂书法的丽丽和娇娇，面对刘县长的精彩书写表演，却是呆瞪着无动于衷。好在刘登荣并没有注意到她二人的反应差劲，仍然自我陶醉在书写的佳境之中。

写完了"同舟湖"三个字，刘登荣还是感到这笔势落不下来。他一边慢慢地捺笔，一边沉吟思索。突然脑子里灵机一动，即在第四格中迅速写了一个"光"字。匾额当下就变成了"同舟湖光"四字。赵杰魁看得先是一愣，转眼竟高兴地鼓起掌来，嘴里还连连夸赞道："哎呀，太好了！'同舟湖光'，一字相加，满纸生辉呀。"

刘世贵也跟着使劲鼓掌夸耀道："对呀，真是一'光'落纸，满纸皆活。一下子就把一个地名变成了即景抒情、诗意盎然的双关语啦。"

刘登荣心中不胜得意，但嘴里却说："不敢不敢，只是随兴凑了一个字而已。"赵杰魁说："哎呀，看来，领导还就不是一般人，简直是点石成金、神来之笔呀！"刘世贵立马附和："点石成金，神来之笔！真正是神来之笔！"落完款后，刘登荣站在那里，提笔在手，久久地自我欣赏。嘴里还说，可惜没带印章。刘世贵正着急无奈，就听赵杰魁拍拍手说："赶紧呀，丽丽。"话音刚落，就见丽丽双手托着一个精致的生漆盘子，上面用红绸盖着一个物件。娇娇帮着揭开红绸，一对红布包儿呈现出来。赵杰魁面部表情严肃地接过漆盘，亲自献到刘县长面前。刘登荣惊奇地问："这又是什么宝贝？"赵杰魁故意卖关子说："请您县长亲自猜猜嘛，当然是您大领导此刻最想要的稀罕物品了。"刘登荣想了想，摇头笑着说："嗯，金条？我可是猜不出来。""比金条金贵，"赵杰魁说，"那就请您领导亲自揭开谜底吧。"刘登荣伸手小心翼翼地拿起其中一个，众人的眼光都聚焦在他的手上。小红包打开，原来是一枚上好的鸡血石印章。赵杰魁见刘登荣愣着，立即凑上前小声说："'刘登荣玺'，人家说了，古代皇上才用这个'玺'字，今日也只能是像领导您这样的一把手贵人才可借用。"刘登荣喜出望外地说："就是这个'玺'字，恐怕用得大了。"刘世贵在一旁说："这是不成文的新规矩，人家篆刻家懂得。"再看另一枚，则是闲章"同舟湖光"。刘登荣惊奇地说："怎么，也是同舟湖光？"

大伙都惊得无语，真是妙了！"哎呀，神了，我更喜欢这枚，不但颇有诗情画意，而且与我所见吻合！真是天意，好兆头呀！"

"是天意呀，好兆头！是好兆头！"赵杰魁连声附和，喜得合不拢嘴。刘世贵也跟着击掌起哄。女娃们更是瞪眼咂舌，艳羡不已。

两枚印章，一阴一阳，行家一看，就知道那可是价值不菲的稀世珍品。刘登荣当然喜出望外。他手捧印章冲着大伙儿嘿嘿一笑，问："这又是出自哪位方家之手？""嗨，领导不问我还不好自夸呢！这可是出自省城当今号称'头一刀'的已故篆刻大师傅嘉海入室大弟子海成方之手。"刘登荣听得不停地点头，心想一定又是重金所求，那就不必再说。刘县长又仔细观赏一番属于自己的宝物，一知半解地点头道：

"嗯，别说是篆刻艺术了，就是光这两块石头，手摸着就叫人心情舒坦。"见刘登荣把那一对印章捧在手里，反复看来看去，却再也说不出个所以然来，早年学过一阵篆刻的刘世贵感觉自己露一手的机会来了，就说："刘县长，您讲得太对了。从这鲜红如霞染一般的石料，到拙朴细腻巧夺天工的龙头印纽雕刻，再从古雅严谨、通体透出汉唐气韵的铭文设计来看，还有这古拙儒雅又随性发挥的潇洒刻工和边款，活脱脱真是两件难得的稀世珍品。令人百看不厌呀，收藏价值很难估计。"

刘登荣听得，抬眼惊讶地看了一眼自己的办公室主任，连连点头。心想，这小子还真有两下子呢。还有这个赵杰魁，真可谓是领导肚子里的一条蛔虫，简直把我刘某人的喜好摸得一清二楚。这样的两位大才整天围绕在身边，我领导怎能够不成事呢？刘登荣喜不自禁地看着赵杰魁，又说："哎呀，老赵呀，我看你干脆辞职吧，跟着我们当官算了。"

几个女娃听得，都忍不住哧哧地笑。赵杰魁装作没听明白，故意问："县长此话怎讲？""我看你原本就是块当官的料嘛。你这一旦当了官，肯定是个干家子。""唉，我可没有当官的命。这你县长知道，那年连个同舟村官都没选上，还想干啥哩。"刘登荣说："那是遇上了特殊情况，现在回过头看，幸亏那次落选。要是真选上了，还就没今天这番大事业了。你说是不是？"赵杰魁看一眼刘世贵，赶忙摆手说："官我可是不想当了，我就是个农民企业家，老老实实干点实事，替你们搞个像样的形象工程也就知足了。"

说话间，刘世贵已经打开了印泥盒子，刘登荣开始用印。先盖迎首章"同舟湖光"，再盖名章"刘登荣玺"。书法一经用印，那就像画龙点睛，立马就显出精神来。一幅有故事的书法作品就这样问世了。刘登荣又一次切身体会到，舞文弄墨还真是一件有趣儿的事情。他盖完了印章，禁不住抬头看着那些艳羡自己的女娃，不无卖弄地感叹道："你们想想看，在这世上要是没有书法和美女这两样宝贝，那人们的生活该是多么枯燥乏味呀。"

女娃们听得，全都笑着羞红了脸。这些女娃，个个都是赵杰魁亲自在招收现场挑选来的。一共八位，月薪起步三千，预备将来同舟湖景区豪华宾馆雇佣。她们人人都是大学本科毕业，身高皆在一米七左右。身材苗条，乌发靓颜，看着叫人很难不心旌摇动。眼下看见刘县长已经动心，赵杰魁当即附和道："那是，那是。要是没有这些文化软实力的吸引，没有人情世故的滋润，就光吃饱穿暖有钱花，那这日子还有啥意思。"刘登荣说："哎，赵老板，我可得好好地看看你了。真是士别三日当刮目相看。这才几天没见，你咋提高这么快呢，变得我都快不认识了呀。"赵杰魁得意地说："在刘县长亲自领导下搞这么大个文化旅游工程，我也得有一定的文化素质呀。"说着不由得看了一眼丽丽和娇娇，还有那八个漂亮女娃。机灵的娇娇赶紧带头鼓掌，女娃们就都跟着鼓掌。

"好啊，有你赵总这话，我就更放心了。"大家当即又欣赏了一回刘县长的书法，这才意犹未尽地收拾了摊子。眼看时间不早，所谓"检查体验工作"这才进入了下一个议程：试泡温泉。在温泉池子里，光着身子的赵杰魁这才从容不迫地开始详细汇报工程难度和需要县长解决的几个棘手问题。老赵把这幽默地称之为"工作泡"，就像"工作餐"一样。不过这是单间，刘世贵主任被安排到了另一个房间。眼下这个豪华间里，除了刘县长和赵老板，再就只有娇娇穿着三点式泳衣在一旁伺候。泡了一气温泉，刘登荣感到有些口渴，两人就都出了池子，仰在躺椅上慢慢地喝茶说话。

"老赵，有个事我今天特别给你提醒一句，"刘登荣扭头看了一眼正在用力地给自己按摩大腿的娇娇说，"咱这工程的防汛问题，你我心里都清楚是怎么回事。所以一定要注意，尽量提高建筑防汛标准。我认为所有的工程基础，都应该提高两米。特别是那两栋别墅……"

赵杰奎说："这刘县长你就放心，我要求统统都提高两米五。独栋别墅的基础，要求高出现在地面三米。"刘登荣听了放心地点了点头。手在娇娇的脸上戏谑地摸揣着，受活地闭上了眼睛。

二

立冬这天，大清早刮开了西北风。黎明时分，风从黄河边悄然爬上岸。那凌厉中飘着微尘的夜风，带着北方草原、沙漠和黄土高原上的刺骨寒气而来。眼下又摇曳着滩涂湿地上干枯的芦苇和蒲草，像看不见的水流，漫溢到了整个关中东府的三河口辽阔地带。最终受到了秦岭的迎头阻止，转身即朝着靠近崖边的古老村庄猛然袭来。人们感觉气温突降，天气顿时变得异常寒冷。严酷的冬季终于又来了，这是每年老者们最敏感也是最警惕的季节，弄得不好就可能伤风感冒。

"得赶紧加衣服呀，"爱姑婆提醒说，"毛背心、毛线裤都该套上。出门千万不敢忘了围上毛围脖、戴上棉帽子。还有我这毛袜子，可得记得穿上呀。这老年人的双脚，可是最害怕受凉呀。"

爱姑婆和推头老王，照例不厌其烦地挨门挨户督催叮嘱老者们和家人添衣防寒。总是一脸善笑的推头老王，手里提着一个老大的蛇皮袋子，里面装的是爱姑婆亲手捻毛线打的"爱心羊毛袜子"。那袜子千针万线织得好密呀，拿在手里沉甸甸的。那是人家爱姑婆的一片爱心，真正是雪里送炭呀！谁拿到这双羊毛袜子，心里都是暖融融的感动。同样是乐善好施的推头老王，眼下跟在自己的媳妇身后，看到和听到人们感激的眼神和话语，心里别提有多幸福。他想着，人这一辈子，在乡里乡亲中有这等威信就该知足了，不然你还要咋些。每年夏天按照爱姑婆的意思，他都要在网上购买几十斤好羊毛。爱姑婆没事就把这些羊毛亲手捻成结实的毛线，再根据老者每个人的脚大脚小，织成一双双羊毛袜子。立冬这天，就是他们夫妇给大家送羊毛袜子的日子。年年如此，雷打不动。通过这种方式，他们把推头所得，又回报给村民一部分。村里人都说，那可不是一双普通的羊毛袜子，那是爱心和善心的体现。爱姑婆夫妇的善举，使得村民感受到了人间的温暖。

今天，他们从一大早开始，走遍了村里所有的老者屋里。记者在报纸上表扬他们这是"坚持年年献爱心",用爱姑婆的话说,也就是送一双毛袜子,顺带提醒大家冬天来了,省得感冒生病。

爱姑婆和推头老王刚才从忽子壬家出来。老汉儿子和儿媳妇、孙子和孙子媳妇对老人都很孝顺。连同上小学的重孙子,对老人都很关心。他们不要人提醒,冬至这天一大早,就给老人家换上了越冬的衣服。眼下要去的,是忽子亥家了。他们堂兄弟住的是斜对门。忽子壬拄着拐拐,把他们一直送到堂弟家大门里,竟被侄儿忽顺生和侄孙忽青海硬让到了堂屋坐下喝茶吃刚出锅的柿面饦饦。老汉爱吃甜食,据说这也是他性情温和的原因。眼瞅忽子亥也都穿上了越冬的棉袄棉裤,脚上穿了棉窝窝,爱姑婆也就放心了。老汉说正要出门去幸福院开会哩。

"可别忘了,出门还得套上厚厚的呢子外套,戴上你那老式的火车头帽子。"

爱姑婆说着,就赶忙跪下身子亲手把新羊毛袜子给忽子亥穿在了脚上。全家人看着都很感动。倔脾气老汉看着爱姑婆,口大张着却说不出话来。忽青海的母亲贤惠,赶紧从灶火间给爱姑婆夫妇端来一碟热乎的柿面饦饦,说什么也要她和德忠尝尝鲜。

忽子亥的那顶棉帽子,还是抗美援朝时戴过的。赵志强动员他把这帽子捐给红色村史馆陈列,老汉还舍不得。土黄色的帽子,已经发白。帽檐儿也烂得不行了,只得剪掉当作无檐帽子戴着。

外面气温很低,同舟村老年幸福院游艺室里,却是温暖如春。这是谁也不曾想到的。老者们谁会相信,看不见一星明火的地暖,会有这么高的温度,让冬天变得像初夏一样温暖?原来老者们听说开会,就都穿上了过冬的衣服,生怕来了伤风感冒。新安的地暖真是厉害,老者们很快就热得穿不住外套了。人们脱了外衣,只穿着一件毛衣,还觉得暖和。忽大谝不断地夸说这地暖就是好。他叔忽子亥突然态度温和地问:"你说这地暖这么好,那咱从前为啥不装?""好我亲叔哩,安这东西那得要钱呀。赵志强近几年发展了集体经济,村里有了钱,才有力量给咱办这大好事嘛。"忽子亥信服地点了点头。从前老汉可是从来不会这样同大谝侄儿说话。忽聚民见状更来了劲,说:"从前咱的老支书就是想安,可哪里来钱。"忽子亥郑重说:"我听说你把五十万元捐献给了村里,才安装了咱这地暖。真有这事吗?""唉,话传走样了。不是我捐献给了村里,而是我把钱归还给那忽聚刚两口子,是人家捐献给了村里。不过这钱究竟用来干啥,我就说不清了。反正就是没那笔钱,人家志强和沛东也会把咱这地暖安装起来。"

倔脾气老汉听得点了点头。不知为啥,他近来看着这个大谝侄儿,处处都觉得顺眼起来了。人说"一白遮百丑",人对人的看法真就是这样。看着人顺眼了说话也都在理。忽家人最大的优点,也有人说是缺点,就是太争气、太爱面子。为争一口气,卖了二亩地。宁要一声求,不要一头牛。在倔脾气老汉看来,这大谝侄儿到底也没给咱忽家丢脸呀。五十万元一张卡到了手,又利利索索还给人家。前前后后折腾了一圈儿,到底为的是啥呀?还不就是为了争一口气嘛。

人都到齐了。大伙儿正相互问候、说着闲话,赵志强和忽沛东来了。老者们都高兴,就是长辈见到有出息的晚辈那样的心情。

"今天是冬至,是个大节气,也算是个节日吧。我和沛东在这里给各位长辈请安问好了。"支书赵志强说完就拉着忽沛东深深鞠了一躬。老者们的心里,都感到舒坦。赵志强又说:"现在开会。其实就是请各位老者来,体验一下咱的地暖。看一看这环境大家适应不适应,顺便征求一下意见,看今年冬天咱老年幸福院要不要继续开伙。"大伙都说:"得开,得开。""对呀,"忽子壬老汉说,"如今有了这么好的地暖,还能叫院子空着?我和子亥商量过了,我们共同提议,大家在此感谢党支部、村委会,感谢志强和沛东这俩娃对咱老者的关心爱护。叫我们老也老了,还享受到了村集体的优越性。"忽子壬话音刚落,忽子亥和大伙儿就由衷地鼓起掌来。

赵志强说:"为村民服务,这是党支部、村委会的宗旨,也是我们的本分。只要各位长辈晚年幸福,我们的工作才算没有失职。"老者们又是一阵热烈掌声。

赵志强说:"另外这事咱还得感谢驻村第一书记李蓉蓉,她为这事可没少操劳。还有一件事情，就是欢迎一位年龄较大的老者入院。"

"谁入院？"忽大谝忍不住问。说话间门开了，就见段淑娴和文燕搀扶着段新虎他妈进了门。段新虎紧随身后，双手护着老母，好像生怕老人家跌倒。这老婆儿大伙儿当然都很熟悉。可是几年不见，咋头发全白、眼神看人也不像从前那么活泛了。

爱姑婆和苏庆芳赶紧过去亲热地拉住老婆儿的手，把她让到近前的椅子上坐下。一时间众人看她，她瞅众人。随后就出现了令人啼笑皆非的戏剧性的一幕："你们过年好呀！瞅着咱就像是从前在哪里见过嘛？面熟！"

众人原本想笑，但是却没有一个人笑得出来。多么聪明厚道的一个人呀，咋就变成这样了？真是命运作怪，岁月不饶人呀。大伙儿正沉默着心里难受，却又听见老婆儿哈哈笑了起来。那笑声怪滋辣味，就像是钢针扎在人们身上。段新虎急忙跪在他妈膝前说："妈呀，这都是咱村里家户自家、亲戚六人呀。你咋就不认识了？"众人听得鼻子都有些发酸。

老婆儿突然止住笑，惊异地指着段新虎的脑门子说："你是谁？"段新虎说："妈呀，我是你儿，虎娃呀！""嘿嘿，再甭诓我，你不是我虎娃。我虎娃脸上没有你那一道疤。"段新虎听得，眼睛里顿时聚满了泪水。

赵志强说："大家都看见了，情况就是这么个情况。新虎一个人要务冬枣，我姑妈就没人招呼。老人家以后就得在咱幸福院搭伙吃饭了，还得仔细管着不敢叫出门跑丢了。"爱姑婆说："这你们就放心，每天一大早我到新虎家去接人。黑了再负责送她回去，保险没麻烦。"段新虎听得，上去就跪在了爱姑婆的面前，嘴里一个劲说："姑婆，新虎这里给你磕头拜谢了。"推头老王上前，赶紧把段新虎扶了起来，说："哎呀，这有啥谢的，咱幸福院就是为老者服务的嘛。"

就在此时，院子里有人喊叫赵支书。进来的是赵能人，他一进门先不说话，拉上赵志强就出了门，小声说："赶紧，赵四出事了。""啥事嘛，叔，你慢慢说。"

"电，工地高压电，把武安村人打死了。""啥？高压电把人打死了？人在哪儿？""在安礼医院。"赵志强对紧跟在身后的主任忽沛东说："走，咱先上医院看看。"赵能人犹豫着对赵志强说："这个时候，你出面合适吗？要不然，我和主任先出面，那边还有忽沛太，不行了再说？那武安人和死者家属正在气头上。"赵志强急了，说："哎呀，赶紧走，都啥时候了还讲这个。"

三

赵志强和忽沛东赶到医院，死人已经送进了太平间。他们在太平间的门口，见到忽沛太和武安村支书鲁太平、主任武永安。死者叫鲁水生，是鲁太平的堂侄子。几个人当即来到楼下院子小花园的凉亭说话。

"我了解了，完全是意外事故。"忽沛太说着看了一眼武永安和鲁太平，又说，"咱村赵四改建钢架大棚，根据咱两个村前不久签订的互助发展协议，武安村选派五位村民干活。其中鲁水生年龄只有十八岁。他在大棚顶上，负责接下面递上来的角铁，不慎角铁一头碰在了高压线上触电倒地，急送医院抢救无效身亡。"

武永安生气地质问："赵四怎么到现在还不见露面？""对呀，出了人命，事主却溜了。你说这，这究竟是怎么回事？"鲁太平手背拍着手心说，一脸的痛苦焦虑。"哎呀，这可不像你同舟村人的做事风格呀。我记得你们向来好汉做事好汉当，这回咋就成了……唉，话不好再说了。"武永安瞪大眼睛，话里有话地说。忽沛太说："听说赵四进城买材料了，可能还不知道工地发生的事故。""嗨，这、这可能吗？赵支书，你说这可能吗？那好，你们现在就打电话把人叫回来。"赵志强看看忽沛太，忽沛太拨通了赵四的手机，听到的却是："对不起，您拨打的电话已关机。"

赵志强说："出了这样大的事故，我们应该首先向死者家属和武安

361

村全体村民道歉。"赵志强心情沉重地说着，站起来向邻村两位村干部深鞠了一躬。鲁太平当下就流出了眼泪。武永安有些不耐烦地说："现在说别的都没用，得尽快把事主叫回来，研究经济赔偿问题，好平息事态呀。你们来时没看见亲属围在医院大门口吗？那可是一堆干柴，见个火星子就能烧起来。"赵志强说："事故已经发生了，我提议咱们分头来做工作。我们负责把赵四叫回来同死者家属见面，咱们一同坐下来商量善后。你们负责把村里人先领回去。既然咱们已经签订了互助协议，就要互相信任，把事情处理妥当。我相信我们能够处理妥当。"

鲁太平为难地看了看武永安。武永安说："分头解决那是肯定的，就是这死者家属的情绪，一时半会儿还平静不下来，得安抚呀。""怎么安抚？"忽沛太不耐烦地问，"武主任你把话说明白呀。"武永安摇头说："唉，这还要我咋说嘛。"

"唉，啥也别说了，"忽沛东说着从裤兜里掏出皮夹，从中抽出一张银行卡，说，"鲁支书，这里面有两万元，你就替我们转给死者的母亲和亲人，请他们先回去，等候随后协商处理。"大伙儿听得都一愣，谁也不再说啥。赵志强说："那就先这样吧。"

"首先，我作为党支部书记，在这里向大家检讨了。"两委会上赵志强诚恳地说，"这次事故，看起来是个意外，其实完全可以避免。应该说，是我们工作粗心大意造成的。记得关于这高压线太低、影响生产和人畜安全的问题，主任忽沛东在会上可没少讲，但是问题一直没有得到彻底解决。去年我们专程到镇上和县电管局汇报过这个问题，但是只催促移了部分线路，隐患没有彻底排除就撂下了。所以，我说这是我们工作上的问题。应该在此做深刻检查，并且向大家表态，要亡羊补牢，尽快督催有关方面，彻底解决问题。"

赵志强讲完，忽沛东接着说："这项工作，责任主要在我。我是抓而不紧，等于没抓。现在出了大乱子，给村里和个人都造成了无法挽回的损失。我个人更要深刻汲取教训，抓紧整改。"

"沛东、凯歌，接下来，我看咱专题研究下冬枣大棚改造中的安全隐患问题吧。"赵志强说，"大家都知道，自从有了那笔修路的赔偿款，那六十多户被拆了竹竿棚的人家几乎都在考虑改建钢架大棚，这也是件好事。现在的问题是，改建中存在的安全隐患值得高度警惕。比如用电安全，还有切割和焊接工具的使用安全，材料运输的装卸和交通安全，建筑设计标准和施工质量安全，等等。这些都要有相应科学的规程和标准，要有专人监督检查、验收把关。现在我提出两句话，'安全无小事，安全大于发展'。没有达到安全生产这个前提条件，宁可先不要开工改建。"

会后，赵志强亲自给上级写了事故过程和处理情况的专题报告。

不料想，材料逐级报到县里，立刻引起了强烈的连锁反应。先是镇上郭振峰书记亲自打电话询问情况。赵志强刚刚放下电话，县上主管农业的肖子俊副县长电话又来了。肖副县长电话刚刚接完，政府办主任刘世贵的电话就又来了。刘主任话还说得很不好听：

"喂，赵志强吗？你们什么情况？人都摆到太平间了，县政府咋还不知道？为什么不第一时间向上报告？你们眼睛里还有没有县政府？我告诉你，刘县长说了，对此很不满意！我提醒一句，你们可别忘了，你们同舟村，如今可是全省有名、全市全县的先进典型！这可是常书记亲自抓的典型呀。"刘主任在电话上足足数落了半个小时，没让赵志强说一句话。

赵志强其实也无话可说，还说什么呢。咱如今可是沟子上吊扫把，一丑遮百好，把成绩全扫光了！各种各样的帽子，都给你扣上了。他隐约地感觉到，这件事还远远没完，也没有那么简单。很可能又会酿成网络新闻热门话题，被某些人炒作、媒体吸热爆料。

果然，当天晚上，县电视台就作了重点批评报道。以往类似的事件，县里都是严禁媒体炒作的，可是这次县上却显得格外大度。不但作了消息报道，还制作了深度新闻调查访谈节目，并且配发了很长的专题评论。第二天，县上安全事故调查组就带着省市主流媒体的记者浩浩荡荡来了。媒体来势凶猛，而且全是现场直播。村里村外的大环境，哪怕发现一团废弃物、一小堆生活垃圾也不放过。出事现场采访目击者群众多人，死者家属的哭诉，包括他们对事主和同舟村人新仇旧恨咬牙切齿的不满和不当言论甚至谩骂的发泄，还有武安村干部，包括鲁支书和武主任，竟然也上镜说了话。采访中，出镜记者有意无意地把话题引到早些天正面报道过的两个村签订互助发展协议的话题。在特殊情况下，对方竟然流露出对"利用土地优势暴富"的同舟村"沽名钓誉"，进而"想在邻近的贫困村武安捞取某种政治资本"的强烈不满。媒体评论中，甚至提出在扶贫攻坚和振兴乡村的战役中，要防止"人为制造盆景"和"精心打造花瓶"的现象。事件迅速冲上热搜。紧接着就是各个部门和相关单位的专项安全检查。一时间，同舟村成了事故旋涡。人们所有的眼光都聚焦在这里，所有的矛头都集中到了华邑县安礼镇同舟村。几乎所有的检查组都不约而同地来了。不光是安全生产的，还有食品卫生安全、饮用水质量安全、医疗方面药品和器械安全、村民居住安全、有毒农药和杀虫剂的存放和使用安全、家用电器的使用操作安全、农用交通工具的性能和使用安全、民俗旅游的环境和品质安全、学校教学设施安全、老年人养老居住安全等等。不同单位、不同行业、不同专业和角度的安全检查组，送走一批，又来了一批。凡来的，都点名要支书、主任出面汇报陪同检查，并指出各种问题，要求限期整改。最多的一天，他们接待了三批检查组。更要命的，还得来个回头望，又名"杀回马枪"。完全把个同舟村当成了一个安全问题的眼中钉、肉中刺。赵志强和忽沛东整天忙得焦头烂额，从早到晚疲于应付，连吃饭睡觉都顾不上了，哪里还有时间开展工作，甚至连处理事故的时间都没有。赵四闻讯，更是消失得无影无踪。武安村人整天上门催促，一再威胁说要把棺材抬到同舟村静坐示威。

更要命的是县安全生产监督管理局，不问青红皂白一声令下，所有改造大棚的工程统统停下来，叫作"停业整顿"。说是根据有关规定，任何人不得例外。老百姓无奈，只得乖乖停下来。可是谁替农民算算账？这停一天工，群众会损失多少钱呢？村民无法，只得找村干部。村干部解决不了，就上镇里上访。镇上也管不了安监局呀。村民无奈，就只好结伴上县里上访。县信访局倒是认真接待了，可是不解决问题呀。告状信转到主管县长那里，主管县长大笔一挥："请转安监局阅处。"安监局认为自己已经在处理中，就是停业整顿呀，得一步一步来才行。于是发文责成同舟村要认真做好群众思想解释工作，云云。如此转了一大圈儿，皮球又踢回到了村里。村里能说什么呢？枣农忙活了半天，又没事了。谁说安监局不作为？安监局也很委屈。咱管的是全县的安全生产呀。事情那么多，大小事故几乎天天都在发生。真的就像救火队一样，压住葫芦漂起瓢。全局就那么十来个人，整天忙得鬼吹灯，谁还能为一个村的事情耗费过多的精力和时间。

四

这天晚上，好容易送走武安村来闹事的一帮人，忽沛东长叹一口气苦笑着挠头说："好我的志强书记呀，我看咱就是一根苦藤上结的两颗苦瓜蛋蛋，可是苦到蒂根根上了。这啥时候才能熬出头呢？"

赵志强摇头说："你说那不对，啥叫'熬'出头。你能感觉到苦，这才算锻炼呢。清代有位官员画家叫郑板桥，他有一首题画诗我很喜欢，有时候觉得简直就像是为我们这些人树立了一个标杆。"见忽沛东听得认真，赵志强即起身背诵起来："咬定青山不放松，立根原在破岩中。千磨万击还坚劲，任尔东西南北风。"试想这诗站立在巍峨的华山之下，用浑厚刚毅的秦腔朗诵出来，就有了一种特别能感染人的力道。忽沛东的眼光里顿时充满了自信的力量。

赵志强又说："我看咱俩就像那华山东峰石缝中的两棵小松树，只有经历过风霜雨雪才能长高长壮，才能迎来迷人的阳光彩虹。"那神情，完全像个痴情的诗人。显然是在困难之中，有意在给沛东也是给自己打气壮胆。

忽沛东说："嗯，你还真能唱高调。但是我还是担忧，这人埋不了，咱这年可咋过呀。"赵志强说："这不用你发愁，我认为埋人与过年无关。咱还是那句老话，上什么山上唱什么歌，到什么时候说什么话。"

当着沛东的面，赵志强嘴里是这么说，可是当他一个人独处的时候，心里也是很不踏实。总像是有一块石头压在背上，时刻叫他感到有一种沉重的压力。

眼瞅着春节临近。赵志强老早就想着自己回村五年，全村上下经过五年的努力，村里已经有了支柱产业，村民普遍富了，许多人家都盖起了新房，村子面貌也变了。特别是党的十九大召开，报告提出的一系列目标，很符合同舟村的发展现状和方向。忽沛东和文凯歌也都建议这个春节好好地热闹热闹，庆贺一下。可是眼下偏偏发生了这个事故。唉，还是低调为好，赵志强打消了庆贺的念头。但是过年也不能太冷清呀，他就想到了"感恩"这个词语。

夜里，赵志强仰在屋里炕上睡不着。脑子里翻江倒海。他情不自禁地把五年内发生的大事情齐齐过了一遍，顺便也拟出了一个人员名单。

第二天支部开会，研究汇总完近期各方来检查提出问题的总体一揽子整改方案，赵志强说："那天主任问我今年过年怎么过，我夜里想了，咱今年情况特殊，就不搞什么庆祝活动了，改为请客吃饭，大伙看行不行？"

一贯喜欢热闹的文凯歌好奇地问："怎么个请法，在哪里请，都请谁？那现在上头可有八项规定，不允许公款吃喝。"忽沛太说："哎呀，你先甭性急，听那支书说嘛。"赵志强说："我想除夕和大年初一，都在自己家过年，咱初三下午请客。由我个人掏钱，以村里名义在乡亲小饭馆摆几桌酒菜请客吃饭。"忽沛东说："不能你一个人掏钱，我这个当主任的也得掏。"李蓉蓉说："就是，我也得掏。"文凯歌说："对，掏钱不能叫支书一个人掏，我提议全体支部委员实行 AA 制。"

忽沛太说："我同意。"文燕和段淑娴都说："我也同意。关键看请谁。"

赵志强说："掏钱的事，你们不要和我争。咱就以两委班子全体成员的名义，请村里这些年对咱经济社会和文化科技发展作出贡献的代表性人物来吃个饭，也算是表达一下咱村干部对全村人的心意。我初步考虑请这些人，大家看合适不合适。"赵志强说着，打开笔记本，开始念自己事先草拟的名单："首先是老者长辈代表忽子壬、忽子亥，还有艺人文有才、老支书忽步康、文海书院院长齐先生这几位。另外各方面对咱村发展有特殊贡献的，比如县上文旅局长马志远、发明环剥机的农机专家侯文静、种田能手父子忽顺生和忽青海、务冬枣的技术权威忽聚刚和董桂琴、村里爱心形象大使爱姑婆和姑父王德忠、五保户代表忽聚民、热心公益事业人士赵杰才、养马能手忽经昌、坚持扎根执教的吴文倩老师和全村公认的劳模疯爷忽仰正，另外还有见义勇为获得表彰奖励的段新虎等，一起团聚过年。大家看如何，有没有该请没请的？"

大伙听了都感觉好，但一时还说不出请得全面不全面。文凯歌想了想说："其他我看都很合适，就看这段新虎……"忽沛太说："支书叫请段新虎我倒是能理解，他在配合公安抓捕不法客商武松时有立功表现，再者在破获破坏修路案子上也有一定贡献。"

大伙说着话，文燕和段淑娴一阵窃窃私语。忽沛太打趣说："哎，两位嫂子，可不许开小会，有意见摆到桌面上呀。""哎，兄弟，你甭说，我还真有个意见。"

"说说看。"赵志强笑着说。"请了这么些人，我们都同意，就是有两个人该请没请。""谁呀，你们快说呀。"忽沛东催她。"我们不好说。"段淑娴抿嘴一笑，"这得叫你们大家猜。""这两个人，该是谁呢？"文凯歌急得直挠头。

赵志强一下子就猜到了，但是他故意不说，只是看看忽沛东。忽沛东狡黠地一笑，显然也猜到了，也觉得不好说。"哎，对了，"忽沛太也猜不出来，就指着两位嫂子说，"你们不说，那就这么定了。"说着就站了起来，做出要走的样子。

文燕性子急，赶忙脱口而出："哎，甭急嘛，人家说还不行。"

"那就赶紧说。"忽沛太又重新坐下来，笑着看了一眼吴文倩。

文燕看看段淑娴说："就是我俩的公爹嘛，你们说不该请吗？"

忽沛太说："嗯，大过年的，是得请，是得请。"

"对呀！"文凯歌也说，"不光论贡献，我看无论从哪个角度讲，我兴国姑父和纪岱叔都当请。"

赵志强笑眯眯地仍不表态，忽沛东也不言语。李蓉蓉一时不知该怎么表态。

文燕耐不住说："忽沛东同志，这事情你能不能干干脆脆表个态？"

忽沛东嘿嘿一笑说："这事得看赵支书的态度。"

赵志强把桌子一拍说："这事我同意，就这么定了。凡请的人，都可以带一位亲人。接下来大家按照分工分头准备吧。凯歌哥，你还是总负责。有啥困难找我和沛东。"

"对，有你们支持，我来当这总管，没麻烦。"

大家笑了。哎，说来也怪，经这么一说一闹，大家心中的郁闷与浑身的疲劳倒是减轻了大半。

第二十五章

一

大年初三是个大晴天。辽阔的东府平原，天高云淡。村子里阳光充足，又没有一丝儿风，气温并不显低。街巷中，大人、碎娃都穿上了过年的新装。成年人在街门外闲适地晒着太阳，碎娃们在巷里疯跑，等不到天黑就点燃一串爆竹，发出一阵悦耳的脆响。然后他们欢呼雀跃，继续着年节的热烈气氛。

"啊哦，这年说过就过了，转眼又长了一岁……"大人感慨道。碎娃们叫着闹着，牵着各种各样拖彩带的风筝，或遥控操纵着令小伙伴们艳羡的自动玩具，动物或汽车和坦克车的仿真模型，从村巷里快速跑过，留下一串欢声、一路笑语。老者们看着，都忍不住咧开嘴笑，有意无意地露出满嘴新配的雪白牙齿。这结实的烤瓷义牙，也是同舟村的新近一景。就像家家户户门外停的小汽车一样，是从前做梦都没有想过的迈进富裕门槛的"标配"。从前吃的是地表水，含氟量大，人的牙齿都是黄的，到了晚年个个腰弯腿疼牙掉豁豁。如今改了水，老人也配上了新牙。从前过年，到了年三十，人还在不停地忙活。那就像小脚老婆婆手里提着的捻线坨坨，急忙停不下来呀。俗话说："一年忙到头，肚里还缺油。"如今早早地就歇下来了，所以练习扭秧歌闹社火和跳健身操、集体舞的人多了，站在街门外头晒太阳拉家常的也多了。年前女人们不用再赶着做家务、做针线活了。磨面、碾米、推豆腐、拉风箱烧火蒸馍、擀面包饺子，拆洗被褥、扫房铺床、清理垃圾、刷洗墙壁、整修屋顶……过年就像是过关一样，得赶在除夕夜之前，就像了结旧账一样把这些统统干完。对于讲究规矩的人家，这些都是民俗化的规定动作，更是对人们体力和技能、财力的全面考验。全巷道的人都相互瞅着，心中用戥秤衡量着你勤还是懒、富裕还是贫穷、能行还是不行。好面子的人家是不会丝毫示弱的，更有咬牙硬撑持的。如今这些几乎都是现成的了，不是家电代劳，就是网络服务。想要什么，只要发个短信，或是网上订购，人家就快递来了。卖水果、卖豆腐蔬菜的还不停吆喝着在巷里转悠。全家人的衣服和鞋袜，都是现买的，也不要熬夜赶做了。男人们也不愁墙倒屋漏无粮食没柴炭烧没柴火没酒没肉了。一袋子白面一百来块钱，三两斤冬枣就可以换一袋子雪白的精粉，不出村就都办了。谁会想到呢。只几年工夫，连灶火烧的都是天然气或自产的沼气。地下矿泉水，自来管道一直通到了锅台边上，再也不用到井上担水了。家家户户的住房都翻修一新或干脆盖了新房。墙上和地下都贴了瓷片儿，家具也全是新式的。过去有句口头禅，叫"秋风凉，光棍着了忙"，如今的同舟村光棍汉几乎看不见了。周围各村年轻的女娃，谁不愿意嫁到同舟村来？不少家庭，在十月一日国庆节那天参加村里举行的集体婚礼，都热热闹闹地娶回了漂亮可心的新媳妇。眼下的年轻婆婆也有了得力帮手，婆媳之间再也不会因为穷而闹别扭或因物资匮乏发生冲突。过年之前，彼此都进城给对方买了心仪的新年礼物。从月尽到初一、初二，小两口、老两口和和美美地在通上地暖的屋里看着电视剪窗花、捏面花，或是在灶间哼着欢乐的歌儿炸着麻花、油糕、柿面饦儿、麻叶子。人们边做边吃，其乐融融。如今做着这些，带来的不再是疲劳和烦躁，倒成了一种享受年味儿的仪式。关中东府农家如今过年的气氛，不知不觉就从里到外地散发出来了。人们悉心地感悟着，享受这分分秒秒的慢节奏的祥和。年味儿其实变得更加浓烈了，虽说少了许多艰难与愁苦。没有人会担心，世事演变造成年味儿的消失。村里人觉得，每一年都有每一年不尽相同的新年的味道嘛，年味儿也在变迁之中。

　　下午三四点钟，也就是午休过后，拿着请帖子的人就陆续来了。赵志强和忽沛东同村干部们早早地穿戴起来站在段家乡亲小饭馆门外迎接客人。总管文凯歌特意穿了一套西服，里里外外地忙个不停。为了显得喜庆，段万奎执意在门外铺了一溜鲜红的化纤地毯。来得最早的人是忽纪岱老师和满脸祥和微笑着的师娘。二老发现面前站着迎接他们的，全都是老师的学生。

　　"忽老师过年好！"

　　"师娘过年好！"

　　师生此刻见面，显得格外亲热。忽纪岱手里拿着一副对联，当下要来糨糊让忽沛东、赵志强帮他贴在了大门上。对联刚贴好，大家正在欣赏，五保户代表忽聚民老汉就来了。他身后还跟着银盘大脸的苏庆芳婶子。老汉喜好热闹风光，一进门看见忽纪岱，就赶紧鞠躬喊叫道："哎呀，门口这一副对子谁人所为？写得真好呀。"段万奎和黄桂珍听了都忍不住哈哈地笑了起来。忽纪岱抿嘴只笑不说话，意思是想看这大谝兄弟如何往下表演。只见忽聚民反身出门，拉开架势高声念道："'乡味乡菜都无假；亲民亲人皆是真。'嗯，'都无假''皆是真'，对得好呀！横批更妙，画龙点睛之笔嘛，'乡亲一家'。这可是大作呀，可谓通顺不拗，雅俗共赏。其中一个'无假'一个'是真'，不光把咱'乡亲小饭馆'的特点写绝了，连整个同舟村的社会环境都暗含了进来。妙，妙，这才叫妙对。现在的社会上，问题就是假东西多，真实难得呀。比如说这村里干部，能不能真心为村民服务，那可不是嘴上说了算。老百姓心里有杆秤呀，自己的良心就是那定盘星嘛。说到这儿，咱可得夸咱的赵支书和忽主任两句……"大谝老汉说这话时，正看见支书他爸和他妈赵兴国老两口迎面走来了。

　　忽纪岱在屋里听见大谝评对联，不由得起身出门拱手道："哎呀谢谢了，兄弟，谢谢你这位知音。我聚民兄弟可真是世事练达，读懂了哥这副对联。我这其中就是要褒扬一个'真'字，针砭一个'假'字。

在我看来,这真与假相搏,正是当今社会矛盾的焦点之一。许多方面不少领域,都是真和假在博弈呀。包括你我每个人的头脑之中也不例外。其中无时无刻不是真假相搏,是一个统一着的矛盾体呀。""对呀,事物也总是在矛盾运动中前进。"赵志强忍不住插了一句。

几人正说着话,就又来了几位。段新虎搀扶着他妈进门,老婆儿竟然一下就认出了忽子壬和忽子亥。作为论起辈分不算远的外甥媳妇,她赶紧跪下就给二老磕头拜年。"哎呀,哎呀,赶紧起来。"闹得二老措手不及。忽顺生、忽青海父子转身赶紧掏了二百元,包成两个红包递到她的手里。老婆儿也不客气,碎娃一样欣喜地收着赶忙塞到怀里。这时爱姑婆和董桂琴相跟着,伴随王德忠和忽聚刚二人抬着一篓子家酿的烧酒进了门。好多年了,都看不到这样的祖传佳酿,大伙儿都感到稀罕。围着那存放多年的用红油漆写着一个"酒"字的竹篓子看了又看。

看了半天,忽大谝咽口唾沫说:"哎呀,喝过这酒都快五十年了。忽子申我叔,就是开这酒坊的。这黏糜子清酒,是咱忽家正宗祖传佳酿。据说秘方还是从北边草地上带来的。如今村里早已经失传多年,不料想你们这里竟然还存了一篓子!"说着就蹲下身子,伸手反复抚摸,说:"这酒篓子也非同寻常,外面是竹条子编的,里头是生牛皮内胎,用猪血泥密封着罐口儿。放在阴凉的地窖子里,据说百年不变味,日久弥香呢。"

客人零零散散地走进来。马倌忽经昌带着他的大个子婆娘,穿了崭新的枣红蒙古袍,腰里系着金黄的袍带,上来就给二老深鞠躬献上金色哈达。连疯爷也刮了胡子洗了澡,换了一身干净的黑色棉衣棉裤,被吴文倩和李蓉蓉搀扶着进了门。

"哎呀,这是谁呀?"大谝忽聚民故意问,稀罕地上前把疯老汉铁硬的双手拉住。疯老汉嘿嘿一笑说:"我是你三伯呀,你不认识了?"

众人听得都很惊讶。老汉说得一点没错,论辈分,排行老三的疯爷还真是大谝忽聚民他伯。

忽沛太负责到忽家寨子上接齐清海教授。齐先生年近古稀,可脚步轻盈，走路竟像年轻人一样风快。老人家平日闭门读书作文，很少下寨子。方才一路好奇地欣赏着各家各户新盖的房屋和门前的变化，还有门上新贴的春联，感受着村子的新貌和浓浓的过年气氛。

"这些春联，内容好、字也好。我总感觉字里行间透着一股子忽家老泰山的笔意神韵。这是出自何人之手呀？"忽沛太说："这些春联都是我忽纪岱老师撰书的。"齐先生突然眼睛一亮说："忽先生可是我文海书院的常客。我们早就成了好朋友。可还不知道他还写得一手好字。果然是真人不露相呀。"

到了乡亲小饭馆的门外，赵志强和忽沛东急忙上前迎接齐先生。相互施礼问候过后，齐先生立在门外，仔细端详那副新贴的春联。他频频点头，忽纪岱急忙迎出来问候。"嗯，字好，联更好。"齐先生转身对忽纪岱说。欣赏了好一阵子，老先生才慢慢进屋。大伙儿赶紧起立，请稀客坐在二位年长老者之间，以示格外尊贵。忽纪岱和马志远坐在齐先生的对面，相互说话也方便。

齐先生坐定，又仔细端详着那朴素又别致的请帖。帖子是忽纪岱和马志远精心书画，又经文燕和段淑娴亲手制作的。精致的大红宣纸帖子上，马志远用彩墨画了一只可爱的小狗。那狗的外形是根据疯爷的宠物妞妞画的。拟人化的妞妞憨态可掬地蹲在地上给大家拱爪拜年，真是可爱极了。左右两旁由忽纪岱用魏碑体端庄地书写了一副春联："才闻鸡鸣辞旧岁，已见犬欢知新春"。书法、春联与绘画，亦庄亦谐，相映成趣。看着那有趣儿的请帖，齐先生笑眯眯地说："忽纪岱先生，我这一路走来，欣赏到不少你的书法作品呀，真是大开眼界。你是字好联妙，珠联璧合，无愧于泰山老祖的后人。"

齐先生慧眼不凡，大伙都听得鼓起掌来。掌声落下，忽纪岱不好意思地说："谢谢齐先生和大伙鼓励了。村里小辈无人再愿意提笔嘛，年年也只好由我老朽献丑。"马志远说："忽老师的书法和楹联，那可是人书俱老、文采飞扬，也是全省挂上号的呀。"齐先生点头称是。

吴文倩说："报告导师，咱忽老师已经在我小学校开了书法课，培养小书法家哩。咱忽家巷以后写对子，就不愁后继无人了。"大伙都说好。

赵志强看看表,起身手里捧着一份请帖说:"各位长辈,我看人都到齐了,那咱同舟村春节晚宴就开始吧。在此,请允许我借忽老师的对联作为开场锣鼓。'才闻鸡鸣辞旧岁,已见犬欢知新春。'明年是狗年,大年初三,请各位长辈老者和良师亲友在此相聚,共度新春佳节。看来看去,应该说今天请的人里还是少了一位。那就是咱们的包村领导、县委书记常青峰。常书记在北京学习,我建议开席之前,先同常书记通个电话拜年如何?"大家都说应该。赵志强随即拨通了常青峰的电话:"喂,常书记吗,我是赵志强。请允许我代表同舟村全体父老乡亲给您拜年了。什么?您已经回来了?现在在哪里?我猜,我猜不出来呀。什么,已经到了同舟村口?还有郭书记、康镇长,那太好了。欢迎,欢迎。对,就直接到乡亲小饭馆。对,直接来,我们迎候。"

赵志强放下电话高兴地说:"大伙都听到了吧,常书记到咱村口了,说是专程从北京赶回来给大家拜年哩。"

常青峰被让到主桌齐清海教授身边坐定。文凯歌一招手,凉菜转眼上齐,推头老王就把忽家祖传那一篓子老酒抱了上来。赵志强随即宣布开席,并首先代表村干部分别给领导、长辈、先进劳模和家属们一连敬了三杯。

三杯过后,赵志强说请常书记即席讲话。常青峰站起来向大家深鞠一躬说:"不讲话了,我敬酒吧。本来我带了北京二锅头,今晚有忽家祖传老酒,咱就什么酒也不动了。我首先给两位老者和齐教授恭敬一杯,你们随意,我干了。"一饮而尽后说:"我敬重忽家二老的人品和齐先生的学识境界。三老伴随着我们的国家和家乡一路努力从风雨泥泞中走来。如今仍然身心健康,这是全村全镇之福、全县之福呀!"众人纷纷举杯,大家一饮而尽。"这第二杯酒,我敬赵兴国、忽纪岱二位老先生,你们为全县人民培养了好儿子,为乡村振兴作出了不可替代的特殊贡献。乡村振兴,人才是第一位的,文化的复兴更是不可或缺。总之,你们用默默的奉献,为年轻人树立了人生的高标杆。"常青峰说着又是一饮而尽。两位为之感动,一并干杯。"这第三杯酒,我敬老支书忽步康，敬赵志强、忽沛东和同舟村全体干部……"常青峰兴致很高，连敬三杯。酒是的确不错，大伙儿心情更好。几杯老酒下肚，席间顿时活跃起来。赵志强领着村干部们给领导、老者和长辈敬完，就挨桌开敬。酒过三巡，热菜上来，宴席渐入佳境。人们相互对敬，相互祝福，渐渐地就全然忘记了年龄和身份。

二

马志远喝得来了劲，站起来提议道："我说赵志强，今天得有点文化气氛呀，工作方面，各位刚才都说了不少，下来不能光喝酒吃菜嘛，还得显示一下咱同舟古村的文化软实力。"

"那局长你说怎么办？"赵志强红着脸兴致勃勃地问。

"我发现忽纪岱老师还给咱留了个悬念哩。"

"啊哦，什么悬念？"大谝忽聚民当下来了劲。

"写春联呀。你们看，咱村里各家各户都贴上了新春联，可是村集体单位的大门都还空着，比如文化阅览室、村小学、老年幸福院、红色村史馆、村部等等，这该怎么办呢？"马志远掐着手指头说。对呀，连常青峰书记都点头称是。

"写呀。"赵能人红着脸说，"比如我文化阅览室，也得来一副嘛。"

一直沉默不语的赵兴国喝了酒也高兴，说："我提条建议，谁的娃谁抱。各家的对子各家当场来编。编好了请忽老师现场挥笔书写，如何？"老支书忽步康一拍桌子说："对呀，咱把这年夜饭变成一场文士雅集。"忽子壬老汉一拍手说："兴国、步康这建议好。咱就来个文士雅集，谁的娃谁抱。"

"对，这才像是咱同舟村的迎春晚宴嘛。"常青峰说。

"好，写不出来，得罚一杯酒。"镇上郭振峰书记带头说，他已经喝得脸红了。

这里说着话，那边段万奎和段淑娴早就摆好桌椅备好文房四宝。

忽纪岱笑眯眯地坐在桌前提笔在手，准备书写哩。赵志强说："杰才叔，那好，就从你这文化阅览室开始吧。"一句话，把个赵能人说得直挠头。

平日孙桂花总嫌他文化低，赵能人正想借着酒劲儿当众露一手呢。所有的目光都集中到了赵能人的脸上。只见他挠挠头、抠抠鼻孔、摸摸耳朵，瞪眼瞅着孙桂花，脑子里急切搜寻着词语。众人都屏住呼吸，餐厅顿时安静下来。孙桂花见丈夫那傻样儿，忍不住扑哧笑了。赵能人眼睛使劲一挤，喊道："有了，各位领导、长辈听着，这个——'搓麻打牌者赶紧闪远；读书看报人紧赶快来。横批是'文化富人'。""这、这大白话能行吗？"孙桂花失望地问。"行嘛咋不行，老百姓的话，更易懂、更有趣儿。"马志远带头鼓掌笑着说，"看来你这文化阅览室主任还真有两下子。"赵志强说："那当然，下面轮到咱学校了，吴文倩老师上场吧。"

吴文倩大大方方站起身深鞠一躬说："我想请我尊敬的导师齐教授和我一起完成。先生请出上联，我对下联。"齐先生笑着点头，想了想说："这小学校的对联那就得体现学校教育宗旨。因此，我出的上联是："五常不失仁义信。"大伙的眼睛一下子全集中到了吴文倩身上，感觉这可真是一道难题。吴文倩自信地咬着嘴唇低头想想，当即从容对曰："三观得有德美劳。"

"好啊！"大家一阵掌声。赵志强说："上联精，下联妙。横批呢？"吴文倩说："'知行合一'，如何？"大伙又都拍手说好呀。

"老年幸福院，看你们的了。"赵志强对院长爱姑婆说。推头老王一眼瞅着自己的媳妇，生怕她关键时候卡了壳。可这也帮不上忙呀。爱姑婆向来不怯场，干脆站在凳子上说："我早想好了，上联是'幸福开花在脸上'，下联是'深情感恩留心头'；'横批，'老有所乐'。"

"好呀！"不料想，段新虎的母亲竟然拍手连连叫好。原来她整天由爱姑婆接送、关照无微不至，因此一听见院长说话，她就习惯性地拍手叫好。

大家又是一阵掌声。忽子壬、忽子亥二老连声说经芳院长说出了大伙的心里话。

赵志强说:"沛东,村史馆的对联你来作吧。"忽沛东看看他爸,涨红着脸说:"这你知道,我可不行。我自罚一杯酒,你还是另寻高人吧。"

文凯歌说:"我提议请文有才我叔来给红色村史馆作联。"大家都说好。文有才老汉说:"你们这可是突然袭击呀,我只好仓促上阵了。"赵志强说:"文叔你文化底子厚,出口便能来词。"

果然,就见有才老人眼睛朝上望,琢磨着慢慢站起来,清清嗓子吟诵道:"以史为鉴心怀百代事;继往开今肇启千秋业。横批是'存史育人'。"老人家话音刚落,已经是掌声四起。常青峰说:"这副联更好。古雅大气、有思想内涵,很是耐人寻味。下来轮到赵志强了,你该给村部好好作副春联吧。"赵志强说:"好,我作,是得我来作。"赵志强笑眯眯地看着大伙儿,人们更是欣喜地望着他。唯有赵兴国老汉低下头,紧张地替儿子操心哩。段万奎和段淑娴的心里也有些紧张不安。赵志强想了两三分钟,还不见吭声。大伙开始替他着急,生怕他关键时刻卡壳。这时只听他说:"有了,大伙儿看行也不行。既然今天是春节晚宴,咱就从这迎字开头吧。上联是'迎来新风聚浩气',下联是'养得正道酬民心'。横批是'全心全意'。"

常青峰、忽纪岱和齐清海先生同声喝彩,众人掌声热烈。齐先生说:"好呀,新风、浩气、正道、民心,单就这八个字,分量已经够了!其中一个'聚'字和一个'养'字,用得更妙。堪称是今晚的最佳楹联。"经由齐先生这一解读评说,赵志强的对联就更显出精彩来了。大伙又是一阵喝彩。

赵志强说:"依我看,有才叔的对联,无论是内涵还是气势,都在我的之上。最佳对联应该是红色村使馆那副。"

常青峰说:"那就投票通过吧。"结果赵志强联票多当选。

这时,一直忙于书写的忽纪岱老师开言道:"我提议,咱们共同举杯,庆贺今晚最佳楹联的诞生。"

大伙举杯,一饮而尽。唯有赵兴国坐着没动,他心里高兴,但是尽量掩饰着喜悦心情。赵志强的母亲却喜得嘴都合不拢,端着酒杯,满桌子同人碰杯。赵志强当即提议："下面有请常书记作春联。"常青峰笑而不语。众人这才发现县委办主任徐安稳早把一张"华邑县全域农业公园规划示意图"挂在了对面墙上。图纸两边恰有一副对联曰："一山为良友观水识锦绣；三河作伴娘渎岳绘沧桑"。大家正看得出神，徐安稳主任就说："这副对联和这张图，就是咱常书记的佳作。最近，国家有关部门组织专家在北京专题论证并通过了我们的整体规划。大家看到的，这就是常书记在京学习期间亲自绘制、我县将要分步实施的总体规划蓝图。"

常青峰说："首先说明一点，这个方案是县委集体智慧的结晶，也是马志远局长提供的基本思路。是我们一同按照十八大以来的新发展理念，在总结同舟村试点创新经验基础上从全县实际出发，集中各行业、各部门意见形成的一个总体发展规划。"赵志强一听来了劲，马上提议举杯致谢。郭振峰书记和康成镇长也表达了谢意。眼瞅着时间不早，怕老者们太疲劳，初三欢聚当即结束。

大年初七，人七日，送火神。此日讲究不宜远行，村民都在屋里团聚，看电视，吃饺子、喝酒闲谝。也有一家人坐下抹花花、打麻将的。加之天冷，街巷里显得格外安静。连疯爷这天都没出门扫街，他和吴文倩被邀请到爱姑婆家坐在炕上吃长面哩。

赵志强和忽沛东、忽沛太早早地来到村部。他们面对贴在门上的新春联，又认真地欣赏一番。热心肠的文凯歌照例为节日值班的预备了不少炒花生、炒葵花子和炒南瓜子。他们坐下来吃着零食，喝茶说话。本来高高兴兴的，不知谁却说到武安村死人的事，大家心情一下子就都沉重起来。

治保主任忽沛太说："年根前，武安村的治保主任武强给我打过一个电话，说话口气很硬，甚至带着某种威胁。"另外两个人都瞪眼听着，心情顿时沉重起来。

"还说啥来？"忽沛东问。"要求咱们必须在年前把事情处理到位，不然一切后果自负。我当时见你们正忙，就没提说这事。"赵志强和忽沛东听了，觉得事情有些蹊跷。

三

　　大年初八天还没亮，村里熙熙攘攘起了一阵骚乱。赵志强突然被惊醒了，躺在炕上感觉心慌、浑身不适。他发觉自己的右眼皮在嘣嘣狂跳，从小大人就说这是不祥之兆。闹哄哄里，朦朦胧胧听着有个声音，像是疯爷在嘶声喊叫。"狗日的欺人太甚，狗日的欺人太甚……"
　　那声音很狂躁，带着完全失控的愤怒情绪。从来都没见过疯爷发这大火呀。赵志强怀疑这是自己产生了幻觉。他急忙侧身起来，把手搭在耳边倾听。这才觉得并非幻觉，但声音离得太远，似乎是从十字街口那边传过来的。"大正月的，发生了什么事情？会不会与武安村有关？"赵志强的神经一下子紧张起来，背上一阵发冷，头上居然冒出了虚汗。他再也躺不住了，得赶紧起来去看看呀。等他穿衣起来出了门，那乱哄哄的声音更清晰了。似乎有许多人围着疯爷在喊叫。疯爷显然已经疯了，开始举着竹扫把打人。许多人喊叫着：
　　"哎呀，疯子打人了！""他娘的，疯老汉打人了！""哎呀，还他娘咬人哩！""哎呀，我的娘呀！哎呀……""快，赶紧，把老家伙强行控制起来！""狗日的欺人太甚！狗日……"
　　疯爷显然还在拼命挣扎。赵志强开了街门，一边给忽沛太打电话，一边放开脚步飞奔而去。
　　这时天已大亮。赵志强还没跑到十字街口，就看见老槐树底下黑压压聚集了许多的人。可怜的疯爷穿着橘红色工作服，被几个气势汹汹的壮汉按在地上。"狗日的……狗日的……"老汉嘴里还在骂，可是声音已经没劲了。
　　赵志强眼看着这一幕，就像疯了一样地冲了上去。"哎呀，你们这是干啥，快放手！把人放开！"赵志强惊恐的喊声，就像刀尖划破早晨的宁静。那几个鲁莽的壮汉当场吓呆了。赵志强也不知哪来的那么大力气，喊着就上去把那些人推开。疯爷躺在地上，闭目瘫痪着一动

379

不动。"舅爷,仰正舅爷,你快醒醒呀,你快醒醒呀!"赵志强抱起疯爷,拼命喊叫着,老人却毫无反应。赵志强当下急红了眼,发现周围全是些陌生的面孔。"你们是哪里来的,为啥到我同舟村动手打人?赶紧救人呀!把人送医院抢救!"赵志强随后把疯爷放平,开始进行胸部按压、做人工呼吸。老汉好容易才缓过气来,嘴里哇的一声,吐出一口黄水,嘟哝着又骂起人来,随后便又昏睡过去。小狗妞妞围着主人汪汪直叫。

那几个壮汉慌了神,个个就朝后溜。整个人群也开始往后退缩。赵志强这才发现满地白花花的竟是纸钱……文化阅览室门外醒目地停着一口棺材。周围披麻戴孝跪着十几个人。他一下子明白是怎么回事了。脑子里轰的一声,他当下提醒自己:"赵志强,你一定要镇定,不能慌,绝对不能慌,要稳住阵脚!"

"什么情况,你们这是……"这时候,忽沛太和忽沛东来了。两人一看那阵势也就全明白了。"快,把仰正爷送医院抢救!"赵志强镇定地说。忽沛东当即打电话叫来忽聚刚的车,几个人赶忙把人抬进车,立即朝安礼镇医院开去。

没用任何人通知,村干部和全村男人都闻讯赶来了。可怕的是人人手里都提着明晃晃的家伙,不是铁锨就是铁叉、粪耙。人们气呼呼地围上来,个个怒目而视。大约百十个武安人被团团围在中间。赵志强和忽沛东、忽沛太站在众人面前。就像面对着烈火围绕着的一堆干柴,一场流血事件眼看就要发生。

"赵支书、忽主任,这里没你的事。"是忽经昌的声音,听着就像炸雷轰顶。论起来,他是疯爷最亲近的侄子。赵志强举起双手说:"经昌舅,你可要冷静。大家都往后退,谁也不许乱来。"

人们纹丝不动,就像没有听到。凛冽的寒风刀一样在人们的脸上划过。械斗一触即发,人们明显听得见自己的心在狂跳。此刻地上落下一根针,都能听见巨响。空气紧张到像是拉满弓的弦,再一加力就要绷断了。

"狗日的欺人太甚!"疯爷撕心裂肺的喊叫声,仿佛还在人们耳旁萦绕。狗日的武安人太嚣张了！狗日的武安人太过分了！撵到门上欺负人来了！谁都深切感受到了切肤之痛，你武安人大年初八，抬着棺材给同舟村人带来的是什么？奇耻大辱，奇耻大辱呀！此时无声，胜过惊雷爆裂。谁都知道谁在想啥。

"打狗日的呀！""不打咋办？""逼得人下不了台了嘛！""这武力是逼出来的呀，不动手不行了。""棺材都抬进村里来了，就像是有人骑在你头上屙屎尿尿，你还等啥哩。""你武安人听着，我同舟人啥时候受过这份窝囊气。"

这些无声的愤怒，不是从人们嘴里喊出来的。就像烈火一样在胸中熊熊燃烧，是从人们尖利的目光中传达出来的。

腰里全都系着一条白布的武安村人就像一堆石头，个个脸色铁青，始终无人说一句话。这一热一冷，冰火两重天的遭遇，真不知道会产生什么结果。

双方还在僵持，时间就像被冻结了。人们的呼吸也仿佛窒息下来。刀尖对着石头，硬对硬的相持分秒都是熬煎。

就在这时，武安村人像是接到了某种指令，突然齐刷刷都跪在了地上。一个个高仰着头，瞪大冰冷的眼睛瞅着面前的赵志强。显然是有人在暗中指挥，不远处棺材周围的人，哇啦一声就大哭起来。哭调拉得老长，声震村巷。瞬间竟招来了漫天的乌鸦和更多人围观。

"都朝后退，谁也不许胡来！"赵志强再次喊道。他喉咙发干，声音严重嘶哑。人群开始有些松动，但是没有人退后。就像是一潭流水，很快就又冻结下来了。忽沛太说："咱赵支书的话，大伙儿听见了没有？往后退嘛，赶紧往后退。"

人群开始缓慢地后退。退退停停，像遇到阻力的泥石流，但是毕竟还是在向后移动。跪在地上的武安村人，被孤零零地凸现出来了。

情绪完全镇定下来的赵志强高声质问："请问武安村人，咱乡里乡亲的，你们大过年把那棺材抬来，啥意思嘛？"没人言声。他的话就像一瓢水泼在青石板上，很快就冻结了。"问你们哩，大过年的把棺材抬到我村里是要咋嘛？"赵志强又问一句。人群里突然有人瓮声瓮气说:"要你偿命哩。""偿命,怎么偿?就像我仰正爷刚才那样,死在你的手里?"又是一阵沉默。"是这样的吗?难道说要我赵志强也死在你的手里?"还是无人接茬。

"那好,刚才打人的人呢?你们有胆站出来呀!"赵志强正气凛然、声震周遭,老槐树的枝梢都被震得颤抖。

人堆里终于有人头也不抬地说话了:"谁说要命,俺们是来要钱的。""要钱?要多少?"赵志强问。"要五十万。""你是死者什么人?""我是娃他舅。"

"你们要赔偿没错,可是地方不对呀。""怎么不对?""你们得上法庭去要呀。走法律程序,用法律手段维护公民权。""你是说叫我们上法院去告状?""对呀,事情弄到这一步,私下里无法调解,也不能违法乱纪,就只能走法律程序呀。"

"那,我们要是不走法律程序呢?"一个声音很蛮横地说。忽沛太实在忍不住了,说:"那就不要怪我同舟村人不客气了!"

接下来又是一片死寂。双方再度僵持,赵志强当即给张民警发了报案短信。没过多久,张民警就骑着自行车独自来了。当着张民警的面,赵志强又拨打鲁太平和武永安的电话,才发现统统都关机了。看来一切都是事先密谋好了的,赵志强想。他心里更加感到了愤怒和失望。

赵志强拨电话的时候,张民警一直看着他。"你所拨打的电话已关机。""你所拨打的电话已关机。"一连两声同样的回答,令张民警大为恼火。他突然厉声对跪在地上的人说:"武安村人,你们都听着,赶紧起来回去过年!还趴在冷地上等死哩!天寒地冻的都不要命了?"张民警一声大喊,那些武安人全都仰起头来。棺材边的哭声也停了。"你们都听着,我也不管谁个在背后操纵,就眼下,你们把那棺材赶紧抬上回去,这事就算过去了,如果过了这会儿还赖下不走的,就不要怪我老张翻脸不认人!"张民警说着话,还把手里的铐子抖了抖,发出一阵咔啦咔啦的声响。跪着的人群出现一阵骚动。有人起身站了起来,开始悄然移动。"好,总还有明白人。不要上当受骗,执迷不悟。"张民警说。更多的人起身想要退出。

这时候，跪着的人群里突然站起来一个人，气势汹汹大喊："停下，我看谁敢走！"大家看时，却是主任武永安。所有的人都吃了一惊。随即，武安村支书鲁太平也在他的身边站了起来。

武永安抬头挺胸走到张民警和赵志强面前，冷冷一笑说："张所长，咱明人不做暗事，今天这事就是我武永安带的头。不过这也是被有些人逼出来的呀，没办法的办法。"张民警红着脸说："哎，武永安，看来你还有理了？你说说，是谁逼你这么干的？""这问题，你应当问咱们赵支书、忽主任嘛。"

赵志强说："别的不说了，你就说，你今天来是要咋，目的是啥？"武永安说："很简单，要么拿钱，要么把人交出来。""人，你要什么人？"张民警问。

"雇主赵四呀。工伤死了人，他拍屁股蹽了，这世上哪有这种事情？"不料他话音刚落，就听见人群里有人喊道："谁说蹽了，我赵四在这里！"

此人说话间竟走了过来。张民警一看，当下不由分说就把铐子戴在赵四手腕上。人群顿时出现一阵混乱。消失了一个多月的赵四，头发没理、胡子没刮，满脸黑乎乎的，就是站在当面也认不出来呀。棺材周围的人听说赵四回来了，就一下子围了上来。有人挥舞手臂，恨得咬牙切齿。

"把龟孙手撕了。""打狗日的，害得人年都没过成！"

同舟村人无语，开始朝前移动。手里的家伙在地上蹾得砰砰直响。眼瞅烈火干柴又要相遇了。张民警厉声喝道："都住手，我看谁敢动手，没王法了！"

武安村人这才安静下来。同舟村人也停止示威前移。张民警说："现在，我宣布，所有人员，立即离开这里。回去接着过年，一概不追究责任。另外，同舟、武安两村支书和主任，还有工伤事故双方当事人，跟我到派出所进行民事调解。"

张民警话音刚落，武永安说："既然赵四已经归案，咱就达到目的了。大伙都回村吧，等候最后处理。"赵志强说："咱同舟村人听张所长的。"

人们才开始要散,就听见不远处一声尖锐的哨子响,顿时锣鼓开敲、唢呐齐奏。同舟村人一下子振奋起来。当时就地扭开了大秧歌、表演起了社火。武安村人哪见过这阵势,当下就看傻了眼,早忘了自己是来干啥的。表演的队伍步步逼近,他们只好倒着走,边退边看。聪明智慧的文有才老汉,一直指挥着队伍把武安村闹事的人连同那口空棺材送出村外二里多。"不要歇手,咱这是正月初八送火神哩!"文有才老汉高声喊道。又指挥大家就地闹腾了半天,这才欢乐收场。锣鼓唢呐一停,大家都哈哈大笑。虽说没有化装,但都感到表演得痛快。像是演出了一场活报剧,武安村人扮演的角色实在太滑稽。经过这么一闹腾,感觉武安村人带来的晦气,一下子全都冲散消失了。人们说说笑笑,回家接着过年。

一场预想不到的奇异风波,就这样平息了。赵志强始终如一的沉稳镇定,给大家留下了深刻印象。其实他的心里,也经历了一次特殊考验。他事后在《同舟日记》里写道:"人的经历,就是他成长的财富。正是许多意想不到的高压和磨难,使得一个普通甚至有些懦弱的人变得坚强起来。面对意想不到的变故,假若你没有足够的定力保持镇定,那就会惊恐不安,甚至精神崩溃。连眼皮跳动这样的正常生理现象,都会以为是某种不祥之兆。由此可见高尔基笔下的海燕,真是太伟大了。作为一名村支书,你必须有'让暴风雨来得更猛烈'这样的斗志和勇气。如此才能适应村支书这个特殊岗位,成为生活中的真正强者。"

四

疯爷忽仰正在安礼镇医院病床上昏睡了三天三夜。爱姑婆和段淑娴、文燕、李蓉蓉、吴文倩轮流在医院照料。到了第四天,恰好是爱姑婆和段淑娴值夜班。早晨老汉终于醒了,睁开眼睛头脑清醒地问:

"这是哪里？我咋在这做啥？"

爱姑婆说："好我爷哩，你昏过去了，睡了三天三夜，刚才醒过来嘛。这是咱安礼镇医院。"疯爷奇怪地说："我病了？我没觉得有病呀！我这不是好好的嘛。"老汉说着攥紧双拳在空里有力地晃了晃。段淑娴说："舅爷，只要你觉得没病就好。"

爱姑婆看着疯爷的脸，有些惊异。心想，仰正爷看着咋同以往不一样了？

是有些不一样，段淑娴也看出来了。特别是那眼神，看人专注活泛了，还闪着亮光，不像从前那样恍惚呆滞。

爱姑婆好奇地问："仰正爷，从前的事情你还记得不？""从前的啥事嘛？你说说我听。""从前？那，你说，认得我不？""你，哎，你不就是我子申伯家的重孙女忽经芳嘛，我咋能认不得？"

爱姑婆听得眼泪唰地流了下来。仰正叔的病真好了，能认得人了！她忙又指着段淑娴问："三爷，你看这是谁嘛？"疯爷看了半天，不好意思地摇摇头说："不认得。那这年轻人变化大。"段淑娴激动地说："我是段家巷段万奎他女，叫段淑娴。""哎呀，你就是淑娴，都长这么高了？""可不是嘛，从小就给你端羊汤送饼子，你忘了。"爱姑婆说。"嗯，恩情，我不能忘，我不敢忘，我咋能忘嘛。"

善良的老者，说着眼睛里聚满了泪水。随后一扭头，眼泪就顺着脸颊不停地流了下来。段淑娴赶紧拿来纸巾给老人擦泪。可是不知为啥，那眼泪居然越擦越多。转眼之间，就把一包纸巾全都沾湿了。那昏花的眼泪，却还在流淌着。好像几十年的痛苦折磨，满肚子的苦水，都化作眼泪流出来了。段淑娴心想，可怜的老人家，那心中淤积的坚冰块垒，总算是化开了。人间的春风春雨，终于浸入了那封闭的心扉。无法言说的痛苦与委屈，全都化作了眼泪，一股脑儿地排遣了出来。老人家在流泪，爱姑婆和段淑娴在一旁跟着流泪。等到文燕和吴文情、李蓉蓉来换班，见到老人家醒来正流眼泪，也是喜出望外、泪流满面。医院护士和主治医生闻讯赶来，也都连说是喜。老人家却不以为意，显得十分平静，好像世间什么事情也没发生一样。主治医生要走，爱姑婆和段淑娴搀到病房外问医生："为啥会是这样？"主治医生说："这在医学上叫'自限'现象。意为某些疾病，在各方面调理适当情况下，也会自行康复。比如像忽仰正老人这样的精神疾病患者，因为某种偶然的刺激而意外康复。不过这在精神病类中更属罕见，大约只有万分之一的概率吧。"

"疯爷病好了！疯爷病好了！"消息像是一只美丽的花喜鹊，飞遍了同舟村四条巷的各个角落。大家都觉得像是自己的亲人病好了一样，全村人都感到意外，更无比高兴。疯爷出院那天，忽沛东刚买了新车。赵志强和忽沛东亲自开车上医院去接老者。一大早人们就都聚在村口迎候。马倌忽经昌专门备了那匹披红戴花的枣红马，坚持要请康复了的叔父骑马回家。忽仰正胸前戴着大花子，骑马从村巷里走过，就像一位凯旋的老将军。文有才老汉亲自指挥着一班子吹手，呜里哇啦在前面开道。吹奏的竟是那首大家都喜欢唱的《大中国》："我们都有一个家，名字叫中国，兄弟姐妹都很多，景色也不错，家里盘着两条龙是长江与黄河呀，还有珠穆朗玛峰儿，是最高山坡……"曲调节奏明快，欢乐庄重，年轻人和上年纪的人都会哼哼。吴文倩领着一队活泼可爱的小学生，也就是那些跟着老人家一块扫地的碎娃。他们在街巷两旁就像护卫仪仗队，尽情跳着生动活泼的红绸舞助兴。

听说疯爷病好了，全村人都出来看稀罕庆贺。这是一个人的大事，也是全村人的大事。一个时代远去了，它留下的影子也终于散去了。一个人的命运，跨越了两个时期，终于挣扎着活出了新的风采。眼下，完全变了一个人的忽仰正骑在马上，咧开缺牙的嘴笑着。他笑得那么开心，谁看了都感到舒心又禁不住难过。赵志强看到那老人家的神情，心里别提有多激动，但是又五味杂陈。他想着的是，如何才能让老人家今后日子过得舒心。当即想得赶紧给老舅配一口烤瓷好牙，不然卷辣子的锅盔馍老汉就咬不下了。

仿佛一下子开了天眼的忽仰正，感到自己突然年轻了许多。他觉得坎坷的日子已经融化，自己又回到了青春年少。他新奇地看看这里，又瞅瞅那里，感觉既陌生又熟悉。傻乎乎的侄儿忽经昌显然比他还要兴奋，不光是替叔父牵着走马，还替他不停地向沿途的人鞠躬打招呼。忽仰正惊异地从人群里认出了忽子壬和忽子亥二老，认出了忽纪岱和赵兴国，还有几位小时候一同玩耍的玩伴。他想翻身下马，却被侄儿拦住了。大伙儿一路护卫着他，一直走进忽家巷，走到他家那拆了大半边的老宅门前。想不到老门脸已经整修一新，看着都快不认识了。忽经昌这才扶叔父下马，叔侄一同向长辈、村干、学生娃和众人鞠躬致谢。尽管都在挥手，可人们仍然没有散去的意思。那种情感实在是有些复杂，一时间谁也说不清道不明。那种情意绵绵、依依不舍，仿佛不是迎接一个人回家，而是道着一次遥遥无期远行的离别。赵志强和忽沛东走出人群，走到忽仰正老人面前，一同搀扶着老人家开门进院。人们这才议论着慢慢地散去。

　　院子里、屋里，全都清扫得干干净净，全然不像一个老光棍汉的家。忽仰正像走进了一个完全陌生的环境。他惊异地抬头看看这里，又伸手摸摸那里，发现屋里很暖和。老人家奇怪地问："这没见生火烧炕，屋里咋还暖烘烘的？"赵志强说："你住院这些日子，村里给你安装了地暖。""地暖？啥叫地暖？"忽沛东说："就是把利用地热的暖气管道埋在地下了。"

　　老人家眼睛里又开始闪烁出泪光。这难道就是我的家吗？这大门，这院子，这厦房，这地砖和方桌，还有这地暖……这一切的一切，老人家眼中的泪水，终于又一次夺眶而出。

　　赵志强和忽沛东把老人家安顿坐下，就见文燕和段淑娴、李蓉蓉提着送饭的暖壶来了。她们带来的不光是乡亲小饭馆仰正爷最爱吃的水盆羊肉，还有各家各户派代表送的年茶饭。有荤有素也有各种主食，放在冰箱里，足够老人家吃十天半个月。几个人眼看着老人家吃完饭，又陪着在院子晚霞中散了步。直到眼瞅着圆圆的月亮升起来，安顿老人家睡下了才各自回家。

　　赵志强和段淑娴走在静静的街巷里，好一阵都不说话。好像是面对一汪净水，谁也不忍心把平静惊扰。虽然没有言声，可是似乎谁也知道彼此在想什么。自从结婚以后，他们好久没有时间一起散步了，也没有仔细感受乡村的美妙。此刻感到，乡村夜晚竟是这样静谧，两个人的心中都是热乎乎的。难得有这样清闲而明媚的夜晚。月光下的爱人，在彼此的眼里越发显得可爱。

此刻，他们正从十字街口老槐树下走过。村里人都睡下了，连树上的喜鹊也都进入了梦乡。周围静悄悄的，脚下的地面干净又平整。年轻人轻盈而节奏明快的脚步声，就像他们此刻的心情一样从容而淡定。两个人正走着，就见迎面走过来一男一女，竟然还手牵着手。走近了才发现是段新虎和一个高个子女娃。

段淑娴问："新虎哥，你黑了这是上哪里呀？"段新虎大大方方说："我送对象回家嘛。"随即又对那女娃说："马玉翠，这是咱赵支书和他媳妇我淑娴妹子。"赵志强说："兄弟，几时办事呀，别忘了请我们喝喜酒。"段新虎看看马玉翠说："打算过了年再说。"段淑娴说："酒席就在咱乡亲小饭馆吧，包你满意。"段新虎说："哈哈，那是肯定的。"

赵志强和段淑娴望着段新虎和他对象的背影，心中感慨万千。迷人的月光把一对恋人的身体紧紧地融合在一起，远远望去，就像一个人的身影。这时候，段淑娴的身子不由得打个寒噤，赵志强赶紧把一只手护在她的腰间。段淑娴不由自主地就往他怀里靠得更紧，赵志强的另一只手护在了她的胸前。两个人几乎是拥抱着行进。静夜、月光、古老又年轻的村子，两个紧紧拥抱着前行的新婚伉俪……这样的镜头如果在电影中出现，那该是多么动人而浪漫呀。刚才同康复了的仰正爷分手，感到村里的空气是那样健康清新。他们彼此相依，感觉到了对方给予的温暖，那是爱意的传递。他们双手紧握，感到对方的手是热的，心跳也和自己一样快于平常。这是心灵感应，更是生理的感觉。相亲相爱中的男女，神经系统是格外敏感的。敏感到彼此一个眼神飞来，就像触电般闪烁。一次轻轻的触碰，都像擦着了一根火柴，使爱情之火顷刻燃烧起来，从而怦然心动、心潮起伏……街巷里没有一个人影儿，他俩脚步轻轻，生怕惊扰了这难得的宁静。两人就这样默默地走着，那种亲近温暖的感觉，正是两个不善用言辞表达情感的人梦寐以求的境界。

第二十六章

一

疯爷病好了，的确是好了。究竟是什么原因，传闻有各种版本。老人家没有放下手中的扫把，他仍然在街巷里扫地，风雨无阻。有一天，也是冬季一个寒冷的日子。村里人尊重的仰正爷正在前面扫地，身后来了一个乞丐。准确讲，是一个蓬头垢面的疯子。

"哈哈哈，我发大财了！哈哈哈，我发大财了！"那疯子嘴里不停地喊叫着，不停地把几张脏兮兮的亿元冥票抛向空中，又追逐着接到手中。有时冥票落在地上，他就不顾一切地跑过去，把鞋脱了趴在地上疯狂地用鞋扣"钱"。一天到晚，他就像个懵懂顽童，不厌其烦地重复着同样的游戏。无论天多冷，他都赤脚在地上飞奔。村里人见了，无不唉声叹气、远远地躲开。偶有不懂事的碎娃感到稀罕，上前嬉笑着同他抢那冥币，却被他按在地上，几乎活活掐死。要不是大人及时赶来把疯子拉开，早就出人命了。看来那冥币可是疯子的命根子，谁也不敢动的。加之他浑身气味难闻，人们远远地躲着疯子。村里人看见，软心肠的赵能人，时常端着热汤热饭让那疯子充饥。可怜那疯子连赵能人是谁都不认得，见面不是叫侄孙，就是叫叔，弄得赵能人又好气又好笑，一点办法也没有。赵志强刚说要把他送到疯人院，那疯子一听，转眼就躲得无影无踪了。

"哈哈哈，我发大财了！哈哈哈，我发大财了！"

大清早，正在埋头扫地的忽仰正猛然闻见一股子恶臭味。他扭回头看看，竟是疯子又来了。这人似乎有些面熟，但是仔细看，又不认识。他便停止了扫地，关切地问道："请问这人，你是谁？哪个村的人嘛？"那疯子瞪起眼反问道："请问这人，你是谁？哪个村的人嘛？"

忽仰正老汉发现，那疯子的穿戴可是非同一般。一身可体的西装虽说脏兮兮的，脖项却还挽着一条大红领带呢。脚上穿着的三接头的鳄鱼皮鞋上满是泥巴，但却是电视上成天做广告的国际名牌。那人一咧嘴说话，竟然还露出一颗黄金牙。这令忽仰正老汉瞅着大为震惊。

"哈哈哈，我发大财了！哈哈哈，我发大财了！"那疯子拿到了冥币，又开始重复他的游戏。随后就又脱了鞋，趴在了地上。他成天守着同舟村，哪里都不去。忽仰正老汉看着他，摇头苦笑着又开始扫自己的地。心想这人身上肯定有故事，十有八九和钱有关系。唉，说到底，还是钱把人害了。

很快，村里传开一条消息说："赵杰魁疯了！""胡说，我就不信。那人精得像猴，咋还能疯？"

老年幸福院里，老者们吃过营养早餐，悠闲地坐在温暖如春的游艺室里说话。话题很快就说到了巷里要饭的疯子。"对呀，好好个人，咋说疯就疯了？"忽子壬老汉同情地问。大谝忽聚民说："可不是，听说做一笔黑生意破了产，银行贷款不能给人家按时还上。此后法院来了传票，房产、汽车和名下公司全都没收了。结果众叛亲离，连小婆娘都把钱揣上跟人跑了。赵老板干哭没眼泪，一口气憋住上不来这就急疯了。""唉，俗话说人为财死，鸟为食亡，说起来真是可怜。"忽子壬说。"不过也可恨！这人呀，可不敢忘记本分。不该为富不仁，野心膨胀。"倔强的忽子亥说。"还是那句老话，善有善报，恶有恶报。""可不是嘛。人到任何时候，都要守得住本分。""你没听人常说，外财不扶人，得了害死人嘛。""当年的赵杰魁，你们还记得不？"忽大谝一下来了劲，说，"那可是咱华邑县人物呀。谁人不知，谁人不晓。那大背头一梳,墨眼镜一撑,大金镏子一戴,进口奔驰车一坐,胳膊上挎着俩小姐,回来见了咱支书、主任,头仰得多高。对咱这些人那就更不屑一顾了。谁能想到这才几天工夫,就落了个鸡飞蛋打。""那可是一点不错。真的是老天爷报应呀!""嗨,这与那老天爷一毛钱关系没有!全是他自己造的孽。""咱农民娃就是农民娃,再不敢想着成龙变蛇。""听说如今村里掏钱把那货送到县上疯人院了。""有这事吗?也对,老放在村里也是个害呀。""哎,我听说是送到西京医院治病去了。""唉,不管咋说,这人一辈子算是毁了。"

大伙儿正说着,就见门开了。爱姑婆先进来,身后跟着赵志强和忽沛东。赵志强进门朝身后招招手说:"杰魁叔,你进来呀。"

突然就见门里进来一个人,果然是赵杰魁。大家一看,天哪,完全变了样子。人瘦了许多,脸上松皮拉胯满是褶子。头也剃光了,西服也不穿了,换成了一身老农民穿的棉裤棉袄。那眼睛直直地呆愣着,见了人也不言传。

大家伙儿都吃了一惊,半响没人搭理他。爱姑婆见状,上去拉着赵杰魁的手,就像牵着个呆头呆脑的傻子娃。她回头为难地对大家说:"各位长辈、老者,这人你们不认识了?"还是没人言传。"这是咱赵家巷赵杰魁呀,农民企业家,你们不认得了?""认得,咋不认得?"忽聚民说,"不是说……咋可回来了?""认得就好。"忽沛东说,"我杰魁表叔病了,一个人回到村里,得有人照顾呀。现在吃着药,病情已经稳定。医生说了,只要按时坚持吃药,慢慢病就好了。希望咱幸福院能接纳他。"大伙儿还是没人言传。那赵杰魁的脸上表情有些尴尬。爱姑婆说:"既然村上都定了,大家欢迎吧。"说着带头鼓起掌来,众人却不鼓掌。赵杰魁的脸色更加难看起来。

这时候,忽子亥老者努力地从椅子上站起身,拄着拐棍慢慢走到赵杰魁面前,伸手拉住他的一只手说:"娃呀,回来就好。生意没了,咱家还在。车、房没了,咱人还在。回来就好,回来就好。"

赵杰魁毫无表情的脸上,突然扭曲着咧开嘴。人们才发现那颗金牙也不知去向了。他当即哇地哭出声来,泪流满面地跪在老者们面前,连磕三个响头。随后像个碎娃一样啜泣着。老者们心软了。忽大谝赶紧上前劝说着把赵杰魁扶了起来。赵志强看得十分感动，他扶着赵杰魁说："感谢各位长辈、老者，接受了我杰魁叔。都说人这一辈子不容易，这大起大落的人，更是难呀。能够在逆境中顽强站立起来，那就值得尊敬。我仰正爷就是最好的例子，希望杰魁叔你也珍重，坚强面对这人生的波折。"

老者们一致说好。此刻却见忽仰正带着一身寒气从外面进来了。老汉一进门，端详着赵杰魁，嘿嘿一笑说："这，咋是你呀？你也是咱村的人？叫啥来？我咋不认识你？""是咱村的。我认识你，仰正舅。"赵杰魁上前握着忽仰正的手说，"你不就是扫地的仰正舅嘛，我是赵家巷的赵杰魁。"一句话把大家逗笑了。看来这吃药还真有效，赵杰魁的疯病被控制住了。一转眼，同舟村老年幸福院里当下恢复了欢声笑语。

二

当天晚上，赵志强在《同舟日记》中写道："一个人，由发疯恢复正常很难，可是由正常变疯，那可能就是瞬间的事情。就像生命本身一样，成天都叫喊'养生'，'养生'谈何容易，可是损害健康却是瞬间的事情。不过细细考量，这瞬间也绝非偶然出现，而是日积月累的结果。发疯与正常，反映的是人与社会的关系变化。一个人，当你积极融入社会的时候，你往往是正常的；当你违背客观运行规则，社会开始排斥你的时候，弄不好你就疯了。问题是疯与不疯，并不简单地说明对与错，而是社会制度与大众思维惯性和大多数人的认知在某个个体身上的集中反映。同样的社会处境之下，为什么有的人疯了，而有的人没疯，还有人由发疯突然变得正常了呢？这些貌似偶然的特殊社会现象值得深入研究。"

这一晚，赵志强彻底失眠了。他在思考赵杰魁发疯的原因。"表面来看，是一些具体事件造成了他的悲剧。实质上又是什么呢？他个人究竟应当承担多大的责任？社会的责任又是什么呢？研究社会问题，往往要从大量个体构成的社会现象入手。"他又在《同舟日记》中写道。

那是在八月份，北方雨季来临。当天，东府地区和华邑当地天气晴朗并没下雨。可是黄河、洛河和渭河的上游，几乎是同时下了暴雨。降雨量之大，据说是百年不遇。这时候，赵杰魁的浩大工程已经接近尾声。那时候赵杰魁的心情异常兴奋，同时又充满了某种担忧。他就像一个冒险的登山者，经历了漫长的千辛万苦，终于将要到达顶峰。可是离成功越近，他的心中就越发不安。他担心最多的就是这从一开始就有争议且的确有猫腻的工程项目，一直都有人写信向上反映。信中明确说是项目审批手续不全，县上有人涉嫌弄虚作假。他更担心的是那两栋豪华独栋别墅，一旦有人嫉妒盯上且告发，那就必死无疑。因为那的确是没有任何手续的违章建筑，随时都可能被人叫停甚至拆除。这些想起来就令人头疼的担忧，致使赵老板白天吃不下饭、晚上睡不好觉，在短短的一两个月内，头发竟然花白，人瘦了整整一圈儿。越到临近完工阶段，他的焦虑不安就越发严重。不过令他感到最大安慰的，还是这个工程本身。主要项目已经基本完成，那就像黎明前的曙光，太阳正在他的心头缓缓地升起来。当他每天晚上睡在那栋完全属于自己的刚刚装修完成的豪华别墅里面，他就感觉有了几分安全感。他开始眯上眼睛，做着自己亿万富翁荣华富贵的美梦。再想到那座规模巨大的温泉娱乐城、那内外装修考究的豪华配套宾馆和造价惊人的仿古商业一条街，还有规模庞大的人工湖及其周围一流的绿化、美化、亮化工程等等，一切都是高标准、现代化的。尽管他已经是血本耗尽、负债累累，但是整个工程眼看就要全面竣工了。无论如何，梦想终于成真。眼下，为了满足刘县长高大上的宣传要求，迎接即将举行的隆重的竣工仪式，数千亩水面的人工湖里早早地蓄满了清水，还定制了两艘大型豪华游艇和几十条时髦游船放入湖中，装点门面。目前已经进入了试营业阶段，船只每天都在湖面上载人试运行。人们在湖边散步，望着那碧水蓝天和绿树鲜花，就像在仙境里徜徉。人们纷纷伸出大拇指夸赞不已。一位省报记者甚至撰文点赞说："这个渭北高原从天而降的人工湖，不仅改变了华邑县城的面貌和气候，还像磁石一样，提高和扩大了市民和游客的幸福指数与吸引力，甚至提高了全县的外在颜值和文化品位。"

可令他万万没有想到的是，灭顶的天灾即将来临。就在他为担心人祸而倍感痛苦难熬的日子里，一场致命天灾正悄然逼近。

为了保证工程进度和质量，赵杰魁干脆带着丽丽和娇娇，吃住都在新落成的独栋别墅里。他几乎泡在工地，不停地现场督促检查，每日工作十七八个小时。真是在拼命呀，赵老板辛苦的程度旁人无法想象。

突然有一天下午，县长刘登荣急约赵杰魁见面。这是很少有的呀，赵杰魁心中忐忑不安。会面的方式，就像是从前反特电影中的特务接头。地点定在同舟湖边一个偏僻角落。赵杰魁走近时，远远看见一个人穿着蓝色运动服站在一座亭子里。赵杰魁走进亭子，叫了一声刘县长。那人猛地回过头来，却是县政府办主任刘世贵。刘主任二话没说，就离开亭子径自朝前走。赵杰魁紧随其后，走了大约半里路，转过几道弯，才见前面不远处林子里停着一辆奥迪车。刘世贵拉开车门，招呼赵杰魁上车。赵杰魁把头伸进车里，就见刘登荣一个人坐在驾驶座上，显然是自己开车来的。

"赶紧进来吧。"刘登荣面容憔悴，说话声音嘶哑、有气无力，"我感冒了，怕见风，就在车里说话吧。"

赵杰魁惊讶地说："刘县长，有什么事你尽管说嘛。只要是我赵杰魁能办得到，就是赴汤蹈火我也在所不辞。"

刘登荣听得，当下就紧紧抓住赵杰魁的手说："赵老板，你说，我平时对你怎样？"

"这还用说？那当然是好得不能再好。我常想，咱虽然没有磕头拜把子，但胜过拜把子兄弟。咱们是过命的生死弟兄，一荣俱荣，一辱俱辱呀。"

"那好，你既然承认这关系，那咱就好说了，事情也还有救。"

"什么事情，有这么严重？"

"既然是过命的兄弟,那我也就不瞒你了。现在有人告我黑状,省、市纪委正在查我的问题。"

"告黑状?是哪个缺德鬼干的?我马上派人找他算账。"

"哎呀,现在谁告都不重要了,主要是牵扯到咱的工程项目了,我怕影响到项目进展。你要明白,一旦这个项目和我沾上边,就可能要被叫停。那咱们就前功尽弃,人财两空,一切就全完了。"

赵杰魁听得一下子紧张起来,急切地问:"那该怎么办呢?刘县长,你说话呀。"

"办法倒是有个好办法,就是,就是……"

"就是什么?刘县长你尽管说。只要我能做到。"

"那好,就是你,最好能躲藏一段时间。等到风头过了你再露面。"

"我走了,你能没事吗?"

"能,至少事情能小些。"

"那我该去哪里呢?现在到处都是摄像头,所有人都在那公安人员的监控之下,再说工程这时候也实在离不开我呀。"

"哎呀,都到啥时候了,还说什么工程!我实话给你说,弄不好就要停工了,人也得抓起来。"

"有这么严重吗?公安局能不听你刘县长说话?"

"哎呀,杰魁,你咋就听不明白,我这棵大树快撑不住了。只要你不露面,我就死咬住不承认,事情就还有救。我想来想去,咱就剩下这一步棋了。"

"那好,刘县长,你、你说,我能躲到哪里去?"

"最好是到国外。出国去,美国、加拿大,或者澳大利亚。总之,躲得越远越好。"

赵杰魁听了,心里咯噔一声。他明显很为难。他甚至隐约地感到,这个平时看着亲如兄弟的刘登荣,眼下最希望的就是要自己人间消失。想到这里,他禁不住打了个寒战。

见赵杰魁沉默不语,刘登荣说:"还有一种办法,就是你……"

"我怎么?你尽管说,刘县长,只要我能做到,能保住工程。"

"你还想着两全其美？"刘登荣一下火了。

"不是，不……我就是想，最好尽量能各方面都照顾到嘛。"

"可是你想明白了没有？"县长的声音明显带着压不住的火气，"我刘登荣一旦出事，你那工程也就全完蛋了。赵老板，你信也不信？"

刘登荣说了这句话，赵杰魁突然觉得刘县长的眼神中露出一道寒光，令他浑身发冷。他这才意识到问题的严重性，心想这真是过命的兄弟呀，他现在是一心想要我赵杰魁的命哩嘛。赵杰魁牢牢地记住了这个日子：八月十六日。

就在八月十六日的那天晚上，赵杰魁从睡梦中被呼喊声惊醒，他急忙光着身子到院子里一看，顿时傻了眼。这该不是在做梦吧？眼前怎么是汪洋一片，那些楼房建筑和大艇小船都跑到哪里去了？眼前黑乎乎的，只听见波涛声。这该不是在做梦吧。他几次想要冲到水里去，都被身边两个保安拦住了。洪水还在上涨，身后的两栋别墅也危在旦夕。

"哎呀，我的工程，我的项目，我的工程项目！"赵杰魁大声喊叫着。他想哭，可是哭不出来呀。他只能重复地喊叫着。

身边除了丽丽和娇娇，就是那两个一直拦着他的保安。

"哎呀，我的项目，我的工程，我的工程项目！"

赵杰魁反反复复地喊叫着这两句话。他想要放声大哭，可是哭不出来呀。那从一开始就埋下了巨大隐患的非法项目，如今打了水漂！可这不是工程呀，早已经成了他赵杰魁的命根子。他朝思暮想，几乎把什么都想到了，可就是没想到眼下这百年不遇的洪水。灾难竟然真的从天而降，他不能接受，也不敢接受呀！将近八个亿的投资呀，八个亿，就这样付诸东流啦？这真是拿钱打水漂呀！他就像一个玩红了眼的疯狂的赌徒，把几十年积攒的血本和虚名骗来的银行贷款，全都撂进去了。这中间他受的熬煎和磨难，谁能够想象得出？原先计划一年半载完成的工程，拖了整整三年呀。其间经历了新冠肺炎疫情暴发、多次交通封闭、工厂一再停工和原材料不断涨价……继而工资飞涨、工人流失、工期一拖再拖。巨大的工程变得像个庞然怪物，每天张开血盆大口贪婪地吞噬大量金钱，仿佛成了无法填满的无底深坑。致使几次资金链断裂，工程眼看要停，又凭借刘县长的权力救活过来。多亏了人家刘县长呀，对，得赶紧找刘县长呀。他急忙拨通了刘登荣的电话。

"喂，刘县长吗？哎呀，赶紧救命，救命……"赵杰魁在电话里大哭起来。电话那边半天无语。

赵杰魁哭喊了一气，才发现那边已经挂了电话。他就又固执地第二次拨通了刘县长的电话。

"赵杰魁，你有话说嘛！他妈的，哭什么哭？"刘登荣骂道。

赵杰魁说："好我的刘县长哩，咱的工程项目完了，全完了。"

电话那边又没有声音了。

"刘县长，你看这，这事该咋办呀！这工程可是刘县长你亲自定下来的呀，你可得负责到底呀！"

"我负责！我定下来的，是我定下来的。可是，我问你，你按我的要求办了没有？"

"刘县长，你的啥要求我没办？你那座大别墅……"

"你行了，再不要提这事咧！我是说要你把基础抬高两米以上，你当面对我说提高两米五，结果呢？你照办了没有？"

赵杰魁被问得哑口无言。

"为了减少投资，你他妈是就地起楼呀！你个混账东西，我给你说话连放屁都不顶！这时候水淹了记起找我负责了？我问你，如果真提高两米五，就和现在的别墅一样高，水能淹到吗？"

刘登荣一顿臭骂。赵杰魁自知理亏，无言以对。就在这时，却听电话那边有人厉声喝道："你是刘登荣同志吗？我们是省、市纪委专案组的，请你配合接受关于你问题的调查。你这是在同什么人通电话？哎，电话先不要挂……"

赵杰魁赶忙把电话压了。这一压就像是关闭了脑电，赵杰魁原本自以为灵光无比的大脑从此一片空白。感谢老天爷在自杀与发疯之间，替他赵老板选择了发疯。

"哈哈哈，我发大财了，哈哈哈，我发大财了！"他从此手捧冥币，四处喊叫着，像个碎娃一样快乐无忧。

三

两个月后这天上午，华邑县在县委礼堂召开全体干部大会。由渭源市委组织部部长王琦同志宣布干部任免决定。近千人参会，却没有任何人像平常那样交头接耳，会场上气氛明显很紧张。县委书记常青峰主持会议，神情格外沉重。王部长态度严肃地说："同志们，经市委常委会研究决定，免去刘登荣、肖子俊党内外一切职务。县委书记常青峰同志兼任华邑县人民政府副县长、代县长，继续主持县委全面工作。县委常委徐安稳同志兼任县政府常务副县长，协助常青峰同志主持县政府日常工作。任命马志远同志为华邑县人民政府副县长。"

宣布完毕，那庄严的声音，还在人们耳旁回荡。好像那声音传出去很远以后，又返回来了，可见其影响有多深远。

会上，全县大小干部，听着详细的案情通报，内心都情不自禁做着自我反思和检讨。手中掌握权力的党员领导干部，当然也包括党外干部，犯错误只是一念之间的事情。所有县级领导和县委、县政府各委办局领导概莫能外。特别是那几位坐在观众席前排的政府农口同刘登荣关系密切的局长，听得一个个都涨红了脸、低下了头。他们其中有人感到惭愧，觉得自己在关键时候没有坚持原则、站稳立场，客观上起到了助纣为虐的作用。这今后在众人和下级面前还怎么说话，如何工作呢？更有人感到心里紧张恐惧，为当初自己跟刘登荣干过的那些见不得人的勾当而胆战心惊。这些埋汰事情，虽然专案组已经找他们谈过，他们也都做了交代和揭发，但是眼下听着，背上、头上仍然直冒冷汗。众人的眼睛是雪亮的，他们感觉许多双眼睛，都像麦芒一样扎着自己。会场里，也有人暗暗庆幸自己在关键的时候，还算是没有突破人格底线，把握住了原则立场。总之，每个人的心里都检点掂量着自己。大多数人，暗暗对常青峰书记的一贯所作所为深感佩服。觉得上级英明，为华邑县除了刘登荣这一害、扶持了正气。想着今后在常青峰书记的带领下，华邑县的干部作风一定会出现风清气正的局面，人们的脸上呈现出欣慰笑容。也有人心中仍有担忧，觉得问题并不那么简单。认为如今的反腐败，本质上还属于割韭菜，梢子断了，根子还在。如果不从制度上铲除产生腐败的土壤和条件，那么在合适情况下，就很可能产生新的腐败。

当天下午，县委常委会召开民主生活会，围绕刘登荣等人的问题，进行讨论和自我检讨。常青峰在会上首先发言，作自我剖析和自我批评。讲到最后，常青峰痛心地说：

"同志们，刘登荣走到今天，当然主观的原因还是他平时放松了学习和个人修养，放松了思想改造，没有按照党的纪律和有关规定严格要求自己。一句话，是他自己的三观出了问题。但是从客观来讲，与我这个班长没有尽职尽心带好队伍也有一定的关系。今天坦白讲，我认识刘登荣也好多年了，对于他的个人品行和工作作风问题也早有所知。特别是从我们两人一开始搭班子，我就发现了他思想和工作作风，包括思想方法、个人品质等方面存在问题。但是我没有及时同他挑明，没有展开思想交锋，更没有如实地向上级组织反映。这些严格说，都是我作为班长的失职。我当时的顾虑是怕他本人接受不了，反而会影响团结。另外觉得彼此在一起搭班子，不要动不动就言人所短，或向上反映别人的缺点，如此就放下了批评这个武器；更没有做到'知无不言、言无不尽'。现在来看，我这样做，不但没有起到帮助同志、及时治病救人的目的，反而害了同志。我这样做，反映出自己党性原则不强，归根结底还是个人主义在作怪。自己在发现他的一些苗头性问题时，特别是涉及违纪违法方面的问题，只是考虑怕影响团结而采取了一眼睁一眼闭的消极态度。比如关于建设同舟湖景区这个严重违章违规工程项目，一开始自己就感觉不对，但是考虑到刚刚制止了温泉城项目，所以就不好意思再出面阻拦。说是害怕影响相互间的工作关系，实则还是私心作祟。害怕两人一旦闹翻，传出去别人会认为自己没本事统班子，说你县委书记连个县长都管不住，等等，总之一句话，还是私心在作怪。结果就只强调了要向上报批，寄希望于上级水利和防汛部门来把关阻拦。加之又遇上去中央党校封闭学习，心想把事情拖下来。不料却让他钻了空子……为什么会出现这种现象？即一遇到个人利益和坚持党性原则发生冲突的时候，我们往往自觉不自觉地就要过多考虑个人得失。表面看，这是私心作怪，实际暴露的是入党动机不纯……"

常青峰的诚恳检讨，得到了市纪委和组织部门来参加会议同志的肯定，对接下来大家的自我剖析和自我批评，起到了带头作用。

会后，常青峰私下问徐安稳："你说咱们这次民主生活会，严格按照上面要求究竟能打多少分？"

徐安稳想一想说："同过去比较，那可是进步多了。但用上面要求衡量，我看能打六十五到七十分。"常青峰一愣，随后点点头说："看来，火烧得还不够。"

"不过常书记，我看也不能太急。因为我们的干部喜好恭维而忌讳批评太久了，现在要重新拿起批评和自我批评这个武器，大多数人都还很不习惯呢。"

常青峰点点头说："嗯，有这个问题。现在一听批评意见，就像吃药过敏，浑身不舒服。这个问题，在我们这些当正职的人身上表现得尤为突出。因此，注重给一把手提意见，和要求一把手养成虚心接受批评意见的习惯，应该成为我们今后特别注意突破的方面。一把手如果老是自我感觉良好，老虎屁股摸不得，那就很难从根本上改变这种表面一团和气、其实一盘散沙的涣散局面。姑息迁就的结果，往往酿成大祸。"

开完民主生活会，每个人都像是精神上跑了一趟马拉松。先是心跳脸红，此后就感到神清气爽、浑身通透了。

四

　　第二天是双休日，常青峰一觉睡到大天亮。好久没有这样的情况了，他睁开眼睛感觉浑身轻松。他正躺在床上望着屋顶发呆，就听见手机响了，是马志远打来的。

　　"新官上任三把火呀？马县长有什么大事，你说吧。"

　　"哈哈，书记面前不敢当。政府办接到通知，说农业部和文旅部专家联合验收组预告，半个月后要来验收咱的全域农业旅游公园项目。"

　　"哎呀，这还真是大事呀。"常青峰兴奋地一下坐起身说，"马副县长，你立刻报告徐安稳，赶紧到我办公室开会。对，把两部委的文件也带上。行，通知你们文旅局和农业局也来人。"

　　接完电话，常青峰脑子里迅速地考虑着目前面临的形势和任务。他知道这农业部和文旅部的专家可是水平很高，当然也很挑剔，一定要认真做好迎接验收的准备。时间实在太紧，咱可不能坐而论道了。干脆，几个人骑上自行车，沿着全县刚刚落成的自行车赛道跑一圈。借机把所有检查组必经必看的重点和亮点工程，都齐齐检查一遍。随时发现问题，就地安排整改。想到此，常青峰又拿起电话，把这个想法同暂时还兼着县委办主任的徐安稳讲了。要他马上通知马志远和体育局长吴扬做好骑车检查工作的准备。

　　两小时以后，他们一行五人，常青峰、徐安稳、马志远、吴扬和刚刚被任命为文旅局副局长的李蓉蓉，身着运动服、头戴安全帽，已经骑车上路了。后面跟着一辆面包车，拉着大家的衣服和后勤所需。

　　十月的华邑乡间，正是景色迷人的季节。一眼望去，到处是现代化的设施农业的英姿。有各类蔬菜大棚，有各种果树大棚和集中连片的大面积高标准粮食作物种植示范区，还有万头现代化养牛场和粪便经过无害化制沼处理的大型现代化养猪场。新近完成的乡间道路绿化带，用马志远的话讲，更是"体现出全域农业公园、花园式建设的整体性和区别于普通乡村的美学效果"。他们出了县城,一路朝东,右侧是近在咫尺的巍峨秦岭的峻峭奇峰华山,前头是悄然交汇的黄、洛、渭三河平原。华邑县的平畴旷野,即由古老的三河拥抱孕育而成。可谓父亲是秦岭,母亲是黄河,兄妹是北洛河与渭河。自然条件得天独厚。眼下不光景色迷人,而且生态优化,气候格外温润清新……常青峰心里琢磨着,脚下更来了劲。不知不觉就加快了骑行的速度。他就像一只领头的大雁,迎风飞去。后面几位,紧追不舍。那就像表演一样,引起田野中劳作人们的欣然观望。

骑行经过的村子,看到最大的变化就是巷道整齐、卫生整洁。整体看,就像一颗颗大大小小的五彩珍珠串在一根红线上。村中农家门前,少了从前胡乱堆放的杂物和粪坑,而像同舟村一样,家家户户多了一个精致的小花圃。金黄紫红和洁白的秋菊,正在阳光下开放得艳丽动人。农家设计新颖、盖造整齐的新房点缀在其间,简直就是神仙福地呀。

"'谁说农村建设得再好也没人愿意回来?请到咱华邑乡间看看吧。'这就是一句现成的广告词呀。"常青峰心里美滋滋地对自己说。

看到数年的努力,全县干部群众的付出终于得到了较为理想的回报,常青峰情不自禁地回头高声问:"骑行在这样的道路上,你们有什么感受?"

马志远不假思索地说:"天堂,天堂呀,简直就是人间天堂嘛。"

几个人都开心地笑了。李蓉蓉笑着说:"哎呀,我都羡慕人家农民啦,整天生活和劳作在充满诗情画意的大花园里,真是神仙福地呀。"

常青峰严肃地说:"下一步的问题,就是如何管理和巩固治理成果。安稳、志远,这件事是咱们赶紧要认真解决的。必须创新一整套的制度,组建一支专兼结合的过硬队伍来管理。"

到了隋裔村口,常青峰停下来,说是到村子里看看。村民们都在地里忙哩,村里老人不认识他们。以为是骑车旅游者,就都稀罕地围上来看热闹。常青峰一眼就认出了老杨头,两人亲热地见过面,他就问大家:"各位老者,你们对现在这村里工作满意不满意?"老者们异口同声说:"满意嘛,咋不满意。""乡上和村上干部作风如何?"老杨说:"作风好着哩。"另一个光头老汉却说:"好是好,就是农民富了村集体还穷得叮当响呀。人穷志短,村干部说话就不大灵光。""哎呀,你快闭嘴,甭给自己惹事了。"老汉身边一个白发老婆儿扯着他的袖子制止道,看样子像是一家人。常青峰问:"那你们说农户富、村里穷这事该咋办?""咋办?我看那就叫难办。"另一个戴眼镜的干瘦老汉抖着山羊胡子说。老杨头说:"叫我说村里还得有地,在地上想办法。听说安礼镇同舟村就是在村里的地上建了钢架大棚种冬枣,还把无劳户的地集中起来流转代耕经营,一年松松宽宽收入上百万元哩。"光头老汉说:"你跟那同舟村比,那人家有博士支书、专家主任,你咋不说呢。"常青峰又问:"你们吃饭在自己家里还是大家一块吃?"光头老汉说:"唉,这事再甭提了。前时说是学那同舟村,也办了个老年幸福院,可是才吃了不到半年就散伙了。""为啥散伙呢?"马志远问。"唉,没钱嘛。不散伙能行?"戴眼镜的瘦老汉说。大伙都听得皱起了眉头,先前那股子高兴劲儿断然消失了。

　　临分手,老杨头握住常青峰的手,久久不愿意松开。老汉好像是有许多话要说,可是扭头看看大伙儿,到底也没说出口。

　　从隋裔村出来,常青峰的眉头一直紧皱。他心想,对于目前农村的形势可不敢盲目乐观。振兴乡村这才刚刚起步,今后的路途还长得很呢。看来这县委常委民主生活会,还得联系工作实际,迈开脚步到基层来开,重点是听听群众的呼声……

　　默默地骑行好一阵,看到大家的心情都很沉重。常青峰还是乐观地说:"哎,大家可不必悲观。咱们工作成绩还是主要的嘛。眼下骑车行进在广袤田野里,就像是在一张我们正努力实现着的蓝图上观摩。这种感觉还真是赏心悦目、令人振奋。特别是新落成不久的这条红色自行车越野赛道,这对我们一个县,可是开天辟地的事情呀。这更像是一个暗示和象征,我们将由此起步谱写出新的历史篇章。你们看,这骑道一直沿着公路在五彩缤纷的田野上穿过,就是一条流线型的红色飘带在凉爽的秋风里随意飘动。这是腾飞的象征,多么富有诗意的浪漫呀。"

"对呀，"马志远接过说，"远远望去，咱们就像几只欢快的大雁，在低空自由飞翔，给人的感觉是多么轻盈又飘逸潇洒呀。"

"感谢县上领导的有力支持和穿针引线。"吴扬兴奋地骑在常书记身边介绍道，"咱们这条跑道，可是具有国际水准的，可以接待任何的国际专业赛事，也可以作为国家和省里自行车运动队的训练基地。"

"你们推算过没，我们每年光靠这条赛道，可以带来多大的经济效益？"马志远问。吴扬说："是这样的，接待一场国际赛事，不光是租赁跑道收入，而且可以大大增加人气，带动大量农副产品销售和增加旅游综合收入。"徐安稳说："还可以拓展民众的视野，提升人们的文明素质。"常青峰听得来了劲，说："能不能把黄河湿地湖泊也利用一下，变成水上运动场所，也可以用来接待各类赛事。这样一个自行车，一个水上运动，构成一条新的产业链，就叫作体育产业吧。"吴扬说："那太好了。这个产业很容易和文化旅游融合起来。目前国家正在选择建设这一类基地，我们就申请把这两项放在华邑县。只要立了项，建设经费就不成问题了。"

几个人一路骑行，穿过粮食生产为主的四十万亩核心高产示范区，经过黄河湿地里十万亩风景荷塘，又来到安礼镇十万亩滩涂冬枣观光园里，看过沙湾地区植物集中展示区，最后来到了风景如画的天然湿地公园。途经同舟村时，大伙绕行进村看了村容和红色村史馆和戏校，又应赵志强邀请在段家乡亲小饭馆吃了野菜炉齿面。常青峰感到这次来到同舟村，又有了不同的感受和启发。他细心回味着同舟村的经验，回顾他们精神和物质两手一齐抓，一步步取得的成效……随即问赵志强："你感觉同舟村的经验，实质是什么？"

赵志强说："我们也许有经验，但更多是教训和启发。我认为实质就是一句话，村干部要和村民心连心。"说完，他和忽沛东一起也加入了骑行的行列。

尾　声

秋阳温暖。同舟村村民永远记得这个平凡的日子。

清晨，人们聚在村口。秧歌、社火、健身操队统统都化装出动了。忽经昌牵着他那匹轻易舍不得役使的蒙古大白马，配上祖传的红木雕花马鞍，等候在人群的最前面。人们翘首以待，迎接大家心中的亲人，赴京接受表彰的全国优秀党支部书记、党的二十大代表赵志强。"妈妈，爸爸怎么还不见回来呢？"两个碎娃一再问他妈。段淑娴嘴里一直说快了快了，可是心里却比谁都要着急。二十多天没有见面了，心里别说有多思念。远处，一辆红色小轿车终于出现了。小车稳稳地停在众人面前，车门打开，赵志强容光焕发地下了车。身后还跟着一位高大英俊的青年学生娃，竟然是忽晓刚。

"欢迎咱的代表！欢迎咱的代表！"人群里爆发出热烈的欢呼声和掌声。赵志强看到大伙儿这么热情，心里十分感动。他快步上前首先给忽子壬、忽子亥每人深鞠一躬，又给齐清海教授、忽纪岱老师、老支书和表情严肃的父亲、母亲深鞠一躬。齐先生问："志强，听说你的新著已经出版了，我是来迎接你，更是索要《同舟日记》的。想看你这本书，我已经盼望多时了。"

赵志强赶忙扭回头，向身后站着的忽沛东一示意。忽沛东就说："各位先生、长辈、父老乡亲，下面举行个赠书仪式。"

一摞子绿色封面的厚重新书被忽晓刚抱了过来。赵志强把事先已经签过名字的书分送给面前的几位老者。又把用红绸条挽着的几捆子书，交到村文化阅览室主任赵能人和小学校长吴文倩手中。随后他动情地举起一本书对众人说："敬爱的父老乡亲们，我在这里给大家汇报。这是我这十年来工作之余观察体验和思考咱同舟村生活和创业过程的真实记录。其中所有的人物和故事，都是咱同舟村自己的。可以说是一本写真绘本，一本留给后人的村落志。我没有丑化，也没有刻意美化，更没有编造。一个古老的村子，生活着几千口子人，其中每个人的喜怒哀乐、每一户人的悲欢离合，都是真实概括呈现。书中所反映的同舟村，就是一个六百年不衰的活脱脱的中国北方农村社会的活标本。是一个新时代大背景下的，充满了友爱亲情与矛盾纠葛的既不无希望又不尽如人意且不断遇到新挑战的新时代的一个缩影。十年间，我以一个当代社会学学者、一个没经验的村主任，和碰了许多钉子、好容易才进入角色的村支书的眼光，更是以一个普通当代农民的眼光，长时间、零距离观察，深入体验思考，并且现场直播一样，点点滴滴地把自己的思想和感受记录了下来。这与其说是我个人的学术研究成果，倒不如说是全村人劳动与生活实践的结晶。在我看来，这本书的全部价值，就在于它的毋庸置疑的真实性和来自生活洪流中的鲜活与现场感。真人真事，真话与真情，构成了它的基本要素。就像忽沛东研究培育出的冬枣、侯技术员研究发明出的冬枣作务智能机械，我希望自己的这本小书，也能够成为振兴咱们古老乡村真正有益的精神文化成果。说实话，我喜爱这本书，就像喜爱全村每个人、每项事业一样，就像我喜爱咱同舟村的一草一木，喜爱我的父母妻儿亲戚六人一样。这本书浸润了我的灵感与心血，同我的生命早已经无法分割。回顾回乡这十年，全村人对我的信任与重托、宽容与支持和无微不至的关怀，使我像一棵稚嫩的小树，在风霜雨雪中成长。在百忙中，我没有中断学术研究。坦白讲，我也像对待村里的各项工作那样，是全身心地投入这本书的写作。可见它是我青春燃烧的见证，是我响应时代召唤，投身乡村建设的十年心得。希望各位长辈、老师和乡亲们能够像稀罕《渔翁杂记》一样，也稀罕这本同样是土生土长的《同舟日记》。"

赵志强动情地说完这段掏心窝子话，眼睛湿润了。忽沛东说："这书在北京召开的专题研讨会上，受到专家学者的一致好评，还获得了'田园调查学术奖'呢。"随着人们热烈的掌声，就见赵志强的两个娃像小鸟般飞到爸爸怀中，赵志强就势蹲下身子把他俩抱了起来。

"爸，我放假回来了。"忽经昌赶忙牵马迎上前，欣喜地点头看了一眼支书身边的儿子忽晓刚，心想这娃又长高了。他郑重地把一条金色的哈达双手戴在赵志强脖颈上，扯开嗓门喊道："请咱赵支书上马进村呀。"

赵志强看看面前的父老乡亲，赶忙又鞠一躬说："不用了吧，我就和大伙儿一同走着回村。"赵能人急忙赶过来说："哎，那可不行。你不是常说，群众叫咱咋个咱就咋个嘛。这赶紧上马，甭耽搁时间了。"

段淑娴上前把两个娃子揽到自己怀里，趁机小声对赵志强说："哎呀！叫你骑马你就赶紧骑嘛。"

村民盛情难却，赵志强上马之前，朝身边高大英俊的忽晓刚一招手说："晓刚，你过来。"然后对众人介绍道："咱忽晓刚，中央民族学院高才生，他已经下决心毕业后也要回咱村接他爸养马的班呀。"说完，在众人热烈鼓掌中，赵志强执意邀请忽晓刚一同骑上了马背。在那一刻，他欣慰地意识到，同舟村今后的事业后继有人了。

当天晚上，忽沛东以老同学名义在乡亲小饭馆请大家吃饭，为赵志强接风。来的人除了文燕、段淑娴，还有吴文倩和忽沛太，并且特邀了年轻的大学生忽晓刚参加。段万奎亲自掌勺，上的统统是家乡特色饭菜。在开席之前，赵志强郑重为每人签名赠送一本《同舟日记》。当他把书递到忽沛太手中的时候，忽沛太一看，红着脸说："这是吴老师的。"赵志强说："我知道是吴老师的，你帮我转给她呀。""吴老师，给，我……是你的。"吴文倩一听，脸呼地红了，赶紧去接，却被忽沛东伸手拦住说："哎，沛太，'我是你的'啥意思呀，我咋没听明白些。"文燕说："对呀，你高声再说一遍嘛。""对，再说一遍听听。"段淑娴也跟着起哄。忽沛太赶紧改口说:"我是想说,这是我志强哥的新书嘛,给你。"吴文倩抿嘴笑着把书按在胸口上说:"傻样,人家早听清了!"大伙就都拍手笑了。赵志强抬头看看忽沛太又看看吴文倩说:"你们说啥哩嘛,我咋越听越糊涂了。"段淑娴说:"亏你还是社会学家呢,连一点社会经验都没有!"赵志强问:"什么经验?"文燕抢先说:"这还用问,男大当婚,女大当嫁嘛。我来当这月夜牵线的老红娘。"吴文倩一听,起身就追着文燕算账。文燕围着餐桌逃跑,被吴文倩一转身抱在怀里胳肢。文燕忍不住咯咯地笑,混乱中,赵志强小声问忽沛太:"怎么样,兄弟,吴老师可是千里挑一呀,你要不主动,人家就飞走了。"忽沛东也小声说:"看你那没出息样儿,冲呀,赶紧往上冲呀!拿出特种兵攻打碉堡的勇气!"忽沛太涨红了脸无言以对,却听吴文倩问:"哎,你们偷偷摸摸说啥呢,能不能高声些?"段淑娴说:"好像是说攻打碉堡啥的。"吴文倩低头无语,忽晓刚一直傻乎乎地笑着,心里当然知道是咋回事。餐厅气氛似乎有些尴尬。忽沛东忙说:"菜都上齐了,现在开席吧。"文燕却说:"今天是新老同学聚会,支书、主任暂时靠边,由我主持。"忽沛东忙说:"好好好,你主持,文燕同学主持。"

文燕端起酒杯说:"今天晚上,我心情和大家一样也是格外高兴,却又很不平静。"她一句话,把气氛搞得顿时严肃起来。"我不知道,你们还记得不,十年前那个阴雨绵绵的秋日,我兴国叔生气病倒了……"

赵志强听着,心中不由得浮想联翩。他暗暗问自己,接下来的十年,你该怎么办呢?

"时间过得真快呀。"文燕感慨道,"现在咱同舟由穷变富了,由脏乱差变得整洁美丽了,人的精神面貌也变化不小。可我们也都不再那么年轻啦。老人们渐渐老去。"

"这上有老下有小,我们还能干些什么呢?"段淑娴像是在考问她自己。

吴文倩说:"我很想听听赵支书的想法。"

赵志强抬起头说："今天咱们首先应该高兴。我提议，咱把文燕提的这一杯开席酒先喝了。"一句话又把大家逗乐了。文燕自己笑得更厉害，心想咋说着说着，把喝酒这事都忘了。

赵志强放下空酒杯说："我想咱还是从眼前的实际出发，深入总结回顾我们的经验和教训，讨论研究确定今后五到十年的发展目标和规划蓝图。"

"好呀！"忽沛东说，"有你这话，我心里就踏实了。我提这第二杯酒，为咱同舟村又一个十年发展序幕的即将拉开而干杯。"

大家一饮而尽。赵志强看了看亲爱的段淑娴，又看看兴致勃勃的忽晓刚，感到自己的确任重道远。就像许多的社会现象一样，一切好像才刚刚开始，一切又都是有始无终。正因为有始无终，人类社会才会百折不挠地发展演进。赵志强想着，陷入了沉思。

2019年1月至2022年11月完稿于故乡大荔
2023年7月至11月修改于北京义耕堂
2023年12月至2024年1月再改于北京家中

后　记

《同舟》是游子献给故乡的一个敬礼。

每次离开家乡以后我都会想，那里是我的曾祖、祖父和父亲的生身之地，是我的根脉所在、情感所系。我就像一只飞翔中的风筝，总感觉有一根看不见的结实的红线，一直牢牢地牵扯着我的心，使我时刻不能忘记家乡的存在，那也是我的童年梦境。

我的家乡陕西大荔县地处关中东府平原与渭北高原过渡地带。这里是黄洛渭三条河交汇处，视野异常开阔。天气晴明的日子，站在我家老宅后院可以清晰地望见南面的华山与东边的黄河，堪称山河壮美、人杰地灵。大荔县古称"同州"，是渭南市面积最大、人口较多的一个县级行政区。我们那一带原本属于老朝邑所辖，是有名的丰图义仓、汉唐沙苑皇家养马场和黄河古渡所在地。我小时候随母亲在老家安仁镇下鲁坡村忽家巷生活过几年。儿时记忆中的村巷老屋、村中的百年老槐树、门前果实累累的柿树和后院花香四溢的老枣树，至今历历在目。幽默风趣的爷爷、慈祥可爱的奶奶，还有嘴长好事的七姑八姨们，整天疯跑嬉闹在一起的有趣儿的小伙伴，古老村巷里的左邻右舍、鸡鸣狗吠、牛羊哞咩等等，那种祥和温暖的氛围、那些乡音质朴又亲切的人和事成了我生命的"底色"，伴随着我的一生。印象最深刻的是排队吃集体食堂的大锅饭的场景，同大人一起忍饥挨饿，到黄河滩里拾麦穗、捉泥鳅、挖野菜充饥，等等。天灾人祸所逼，我随后离开家乡跟随父亲忽聚田来到陕北延安，见证了一位勤恳的水利工程师为陕北农村水利事业作出的扎实贡献。那儿时的家乡往事，渐渐就化作一个永不消逝的童年时代美好的梦境。

在父母的言谈之中，家乡永远是土地肥沃、物产丰富、人文积淀深厚的富裕之地。可是等我二十世纪七十年代初返回老家，看到的却是满目破败与农民生活的极度贫穷。穷困的直接表现，还是吃不饱饭。一年四季辛辛苦苦拼命种地的农民，到头来却喂不饱自己的肚子。这是什么情况？人们长期看不到集体经济的"优越性"，这问题就严重了。那是1971年的夏天，我离开多年重返家乡。当时由于天气炎热，人们穿得很少。看到瘦骨嶙峋的祖父、外祖父和盛年早衰的叔父与舅父，看到面有饥色的邻里乡亲，一个十五六岁的脆弱少年——我，难过地流了泪。以后在延安工作，每年到省上开会后都要顺路回趟老家。农村实行"联产承包"以后，家乡的最大变化就是能吃饱饭了，人们的脸上有了笑容和红润。可是村落依然破旧，不少人家仍然没钱盖新房娶媳妇。农民光靠种庄稼，富不起来呀。到了改革开放二十年时，人们饭碗里有了肉，可腰包还是瘪的。"无工不富，无商不活"，这口号在家乡一带喊得响亮，可是一个农业大县陆续办起的工厂和流通领域的企业在市场经济大潮中并没能风生水起。事实证明，农民在承包的土地上各自为政、小打小闹，仅靠小农经济在商海中盲目扑腾，很难富裕起来。于是乎青壮年劳力纷纷外出打工，土地撂荒现象日趋严重。乡村的空壳化和衰落现象令人担忧。就我家乡一带而言，这种状况一直延续到十多年前。

今天，家乡人民经过更新观念、调整发展思路，重新组织起来艰苦努力，终于富裕起来也文明起来了。这就像一根火柴，点燃了我创作的热情。其实早就想写一本献给家乡的书，但我不想只是写苦难、忧愁和无奈。眼下终于完成了，可谓故事曲折、波澜起伏，是我家乡人民真实的奋斗变迁史。我记得很清楚，2022年11月26日早晨，在大荔县城"智能饭店"那间狭小客房里，写完了本书初稿。当我在键盘上敲下最后的句号，禁不住长叹一声，眼睛顿时聚满了泪水。我激动地抬起头，窗外是又一个新的黎明。寂静中一抹微弱的曙光如期而至。一只早起的小鸟发出悦耳的歌唱，仿佛是送给我的一首赞歌。我为我自己的顽强坚持，更为那么多关心支持我的乡党感激动容。那是抗击疫情最纠结难熬的阶段，我悄然潜回家乡补充采风、继续写作，不巧遇到了县上数度"封城"。我前后被封闭两个多月，转移了三家旅店，最困难时连吃饭喝水都成了问题。但我咬牙坚持了下来。

游子归来，感谢家乡的厚爱，感谢乡党们的接纳与呵护。当时《同舟》开笔整整三年了。默默回到家乡的我，欣然利用"隔离"之机，完成了创作的最后冲刺。预想不到的困难检验了我的意志，也令我特别深刻地感受到了浓浓的乡情。这期间，亲朋好友甚至素不相识的人们都以各种方式向我伸出了援助之手。人们千方百计给我送水送干粮送各种抗疫和生活必需品。我体会到不同寻常的温暖，同时感受到了一个作家书写家乡的快慰与优势。亲切的方言土语，熟悉的自然人文环境，包括家常便饭的味道和各种诱人的风味小吃，这一切对于一个写作者情感的调动、灵感的激发和诗意心境的营造，无疑都有着巨大的影响。总之，在家乡独特的文化氛围中，书写当地的人物和故事，感觉结果会更加纯粹而生动。初稿完成，我趁热打铁对作品进行了通篇修改润色，力求更加凸显地域文化特色。

算上有目的的实地考察和搜集资料，《同舟》进入创作前经历了大约十年的准备。这期间我每年都要回到家乡，跟踪了解书中典型环境和众多人物的生活原型及其现实处境。当我远离都市的烦恼、冷漠与情感隔阂，意识清醒地投身到祖祖辈辈繁衍生息的古老村庄与农村基层社区，就像投身于汹涌澎湃的大海，扑面而来的强烈气息，包括每一层波涛、每一朵浪花，都令人惊奇万分。我情不自禁揽之入怀，浸润于骨髓之中。这是刻骨铭心的切身经历，更是无与伦比的强烈召唤。我曾不止一次地想到，眼前这些名不见经传的真实的生活者，他们的处境折射着普通人的命运。他们的生存现状像磁石，吸引了我的喜怒哀乐，使得我灵魂震颤、产生诗意的冲动和哲学思考。这些有笑声也有眼泪的人，是我熟悉的亲戚邻里或户族本家，更是黄土地的儿女。他们每个人的背后都站着一大群人，甚至一个完整的家族。我总能顺藤摸瓜，牵扯出一连串的新鲜动人故事。这令我的写作变得有了现实的血脉根基，连通了有生命的源头活水。这样我不知不觉即处在当今时代的洪流之中，忘情地领略着形形色色、个性鲜明的人物和典型范例。经过各种各样的反复尝试，我发现"抱团取暖"还是眼下农民阶层最有效的御寒方式。一个村落就是一条航船，村民唯有同舟共济，才能找到平坦的阳关大道。激越的生活洪流，大大丰富和凸显了我笔下的人物群雕。作家深入生活，同时有责任推动生活前进。努力种好文学创作与社会工作这"两块地"，是我人生的终极目标。陈忠实先生鼓励我这是"大智慧者的人生选择"。我深感自己摸索到了一条前辈作家们早已经成功践行了的，"从生活到艺术"的沧桑正道。我在这条道路上艰难行进，常常感觉苦中有乐、悲中存喜。

普遍的乡村蜕变，是当今农村的一大特征。这种复杂原因造成的"脱胎换骨"，是我们面临的机遇和挑战。新的历史拐点上，乡间落后习俗与各种陈腐残余正被淘汰逐渐消失，而新的、充满活力的观念和思想也在同一"胎盘"上孕育并滋生希望。问题是生长中的萌芽往往被过于现实的人们忽略或误解。这导致和加剧了人们对于乡村现状与发展趋势的认知危机。好在党的十八大以来的新发展理念，冲击和启迪了人们的头脑。我在家乡欣喜地发现大量生长着的新生活的萌芽。当我看到乡村基层党政组织和广大党员的精神风貌发生的变化，及其不断吸引来学有专长的适用人才投身乡村建设，心中顿时云开雾散。新型知识青年，无疑是未来乡村建设的生力军和创业英雄。这一切，无疑为小说《同舟》创作提供了充分的生活依据。

在《同舟》即将付梓出版之际，衷心感谢中国作协把该书确定为"新时代山乡巨变创作计划"重点推进作品，并按照相关规定及时召开了专家改稿会。感谢作家出版社张亚丽总编辑、胡军副总编辑的严格把关和我的助理李娜女士的辛勤劳动。感谢评论家何向阳、包明德、贺绍俊、张莉等老师百忙中认真把脉阅读，并提出中肯而重要的修改意见。我吸收消化这些意见、对书稿认真修改的过程，就像家乡的妇女揉面一样，感觉每修改一遍，都增加了一分思辨的深度与艺术的光彩。总之，小说《同舟》是从家乡的土壤中成长起来的一棵树，创作中我遇到了不少困难，难免感到力不从心、留下缺憾。恳请广大读者批评指正。

作者　忽培元

2024 年 4 月 2 日于海南三亚湾

图书在版编目（CIP）数据

同舟 / 忽培元著. —北京：作家出版社，2024.5
（新时代山乡巨变创作计划）
ISBN 978-7-5212-2895-3

Ⅰ.①同… Ⅱ.①忽… Ⅲ.①长篇小说—中国—当代 Ⅳ.① I247.5

中国国家版本馆 CIP 数据核字（2024）第 099078 号

同舟

作　　者：忽培元
责任编辑：张　平
装帧设计：王汉军
出版发行：作家出版社有限公司
社　　址：北京农展馆南里 10 号　　邮　编：100125
电话传真：86-10-65067186（发行中心及邮购部）
　　　　　86-10-65004079（总编室）
E-mail:zuojia @ zuojia.net.cn
http://www.zuojiachubanshe.com
印　　刷：唐山嘉德印刷有限公司
成品尺寸：152×230
字　　数：380 千
印　　张：26.5
版　　次：2024 年 5 月第 1 版
印　　次：2024 年 5 月第 1 次印刷
ISBN 978-7-5212-2895-3
定　　价：68.00 元

作家版图书，版权所有，侵权必究。
作家版图书，印装错误可随时退换。